凤凰文库
PHOENIX LIBRARY

凤凰出版传媒集团
PHOENIX PUBLISHING & MEDIA GROUP

凤凰文库·海外中国研究系列

主　编　刘　东
项目总监　王保顶
项目执行　卞清波

凤凰文库
海外中国研究系列

刘　东　主编

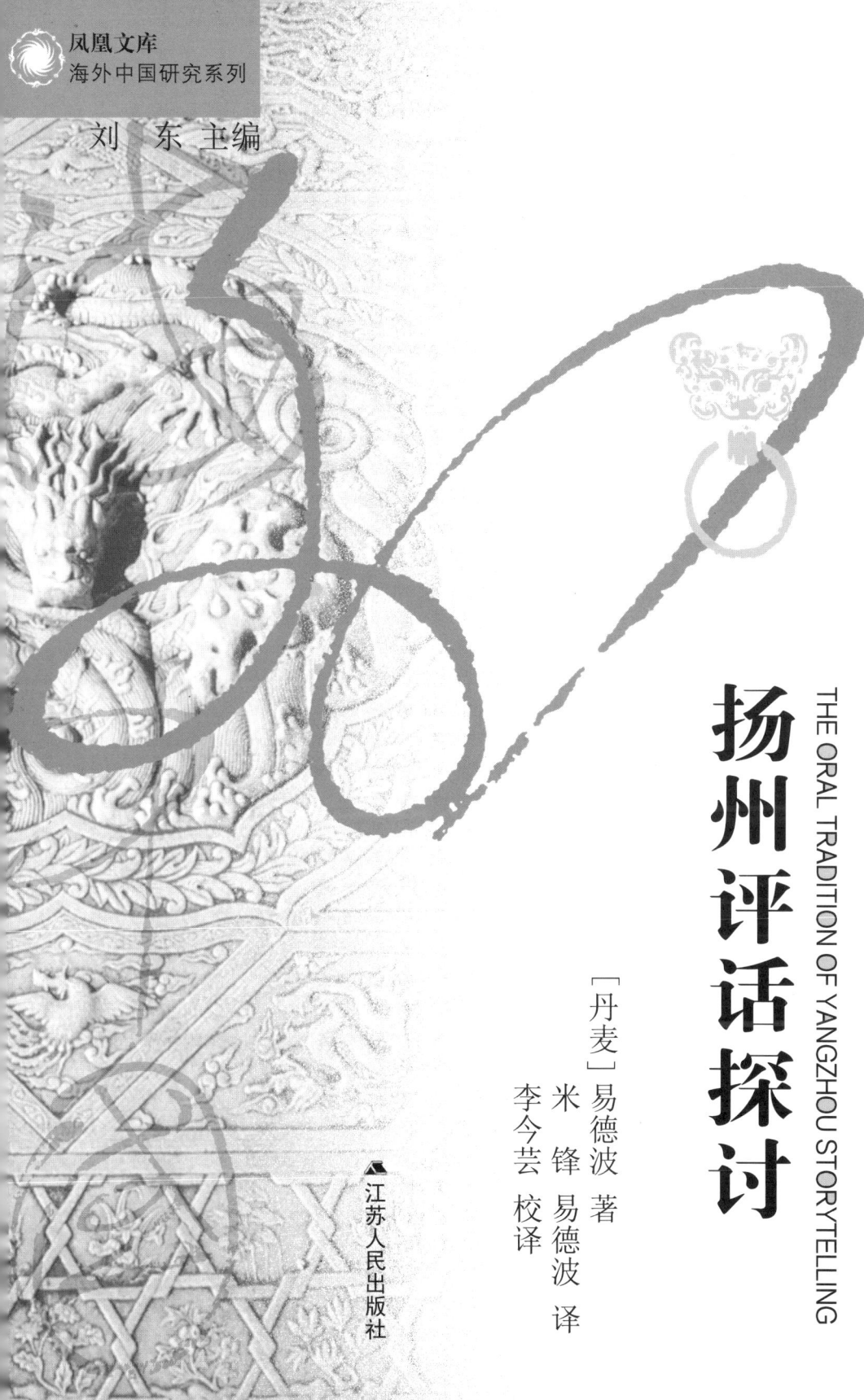

扬州评话探讨

THE ORAL TRADITION OF YANGZHOU STORYTELLING

［丹麦］易德波　著
米　锋　易德波　译
李今芸　校译

江苏人民出版社

图书在版编目(CIP)数据

扬州评话探讨 / 易德波著. —南京：江苏人民出版社，2016.9
(凤凰文库·海外中国研究系列)
书名原文：The Oral Tradition of Yangzhou Storytelling
ISBN 978-7-214-19153-3

Ⅰ.①扬… Ⅱ.①易… Ⅲ.①扬州评话—文学研究 Ⅳ.①I207.39

中国版本图书馆CIP数据核字(2016)第159161号

The Oral Tradition of Yangzhou Storytelling by Vibeke Børdah
Copyright © 1996 by Vibeke Børdah
The Simplified Chinese edition published in 2016 by Jiangsu People's Publishing Ltd.
江苏省版权局著作权合同登记：图字10-2011-651

书　　　名	扬州评话探讨
著　　　者	[丹麦]易德波　Vibeke Børdahl
译　　　者	米　锋　易德波
责 任 编 辑	土保顶　沈　亮
装 帧 设 计	陈　契
出 版 发 行	凤凰出版传媒股份有限公司 江苏人民出版社
出版社地址	南京市湖南路1号A楼，邮编：210009
出版社网址	http://www.jspph.com
经　　　销	凤凰出版传媒股份有限公司
照　　　排	江苏凤凰制版有限公司
印　　　刷	江苏凤凰扬州鑫华印刷有限公司
开　　　本	652毫米×960毫米　1/16
印　　　张	34.5　插页5
字　　　数	437千字
版　　　次	2016年9月第1版　2016年9月第1次印刷
标 准 书 号	ISBN 978-7-214-19153-3
定　　　价	69.00元

(江苏人民出版社图书凡印装错误可向承印厂调换)

出版说明

要支撑起一个强大的现代化国家,除了经济、政治、社会、制度等力量之外,还需要先进的、强有力的文化力量。凤凰文库的出版宗旨是:忠实记载当代国内外尤其是中国改革开放以来的学术、思想和理论成果,促进中外文化的交流,为推动我国先进文化建设和中国特色社会主义建设,提供丰富的实践总结、珍贵的价值理念、有益的学术参考和创新的思想理论资源。

凤凰文库将致力于人类文化的高端和前沿,放眼世界,具有全球胸怀和国际视野。经济全球化的背后是不同文化的冲撞与交融,是不同思想的激荡与扬弃,是不同文明的竞争和共存。从历史进化的角度来看,交融、扬弃、共存是大趋势,一个民族、一个国家总是在坚持自我特质的同时,向其他民族、其他国家吸取异质文化的养分,从而与时俱进,发展壮大。文库将积极采撷当今世界优秀文化成果,成为中外文化交流的桥梁。

凤凰文库将致力于中国特色社会主义和现代化的建设,面向全国,具有时代精神和中国气派。中国工业化、城市化、市场化、国际化的背后是国民素质的现代化,是现代文明的培育,是先进文化的发展。在建设中国特色社会主义的伟大进程中,中华民族必将展示新的实践,产生新的经验,形成新的学术、思想和理论成果。文库将展现中国现代化的新实践和新总结,成为中国学术界、思想界和理论界创新平台。

凤凰文库的基本特征是:围绕建设中国特色社会主义,实现社会主义现代化这个中心,立足传播新知识,介绍新思潮,树立新观念,建设新学科,着力出版当代国内外社会科学、人文学科的最新成果,同时也注重推出以新的形式、新的观念呈现我国传统思想文化和历史的优秀作品,从而把引进吸收和自主创新结合起来,并促进传统优秀文化的现代转型。

凤凰文库努力实现知识学术传播和思想理论创新的融合,以若干主题系列的形式呈现,并且是一个开放式的结构。它将围绕马克思主义研究及其中国化、政治学、哲学、宗教、人文与社会、海外中国研究、当代思想前沿、教育理论、艺术理论等领域设计规划主题系列,并不断在内容上加以充实;同时,文库还将围绕社会科学、人文学科、科学文化领域的新问题、新动向,分批设计规划出新的主题系列,增强文库思想的活力和学术的丰富性。

从中国由农业文明向工业文明转型、由传统社会走向现代社会这样一个大视角出发,从中国现代化在世界现代化浪潮中的独特性出发,中国已经并将更加鲜明地表现自己特有的实践、经验和路径,形成独特的学术和创新的思想、理论,这是我们出版凤凰文库的信心之所在。因此,我们相信,在全国学术界、思想界、理论界的支持和参与下,在广大读者的帮助和关心下,凤凰文库一定会成为深为社会各界欢迎的大型丛书,在中国经济建设、政治建设、文化建设、社会建设中,实现凤凰出版人的历史责任和使命。

"海外中国研究系列"总序

中国曾经遗忘过世界,但世界却并未因此而遗忘中国。令人嗟讶的是,20世纪60年代以后,就在中国越来越闭锁的同时,世界各国的中国研究却得到了越来越富于成果的发展。而到了中国门户重开的今天,这种发展就把国内学界逼到了如此的窘境:我们不仅必须放眼海外去认识世界,还必须放眼海外来重新认识中国;不仅必须向国内读者迻译海外的西学,还必须向他们系统地介绍海外的中学。

这个系列不可避免地会加深我们150年以来一直怀有的危机感和失落感,因为单是它的学术水准也足以提醒我们,中国文明在现时代所面对的绝不再是某个粗蛮不文的、很快就将被自己同化的、马背上的战胜者,而是一个高度发展了的、必将对自己的根本价值取向大大触动的文明。可正因为这样,借别人的眼光去获得自知之明,又正是摆在我们面前的紧迫历史使命,因为只要不跳出自家的文化圈子去透过强烈的反差反观自身,中华文明就找不到进入其现代形态的入口。

当然,既是本着这样的目的,我们就不能只从各家学说中筛选那些我们可以或者乐于接受的东西,否则我们的"筛子"本身就可能使读者失去选择、挑剔和批判的广阔天地。我们的译介毕竟还只是初步的尝试,而我们所努力去做的,毕竟也只是和读者一起去反复思索这些奉献给大家的东西。

刘 东

P. E. Børdahl 摄影

作 者 像

丹麦科学院提供翻译资助
丹麦大龙基金会提供出版资助
丹麦 NIAS 出版社协助出版

Translation into Chinese of the original work was
supported by a grant from the Danish Research Council.
Publication of the book was made possible in part through
a grant from the S. C. Van Foundation (Daloon), Denmark.
Publication assistance was offered by NIAS Press,
Nordic Institute of Asian Studies, Copenhagen.

目 录

新编序言 *1*

插图说明 *1*

音标记录、语法缩写词等的说明 *1*

前言 *1*

引言 *1*

第一部分　对扬州评话的调研

第一章　说唱艺术与扬州评话 *15*

历来"长寿的"说书人 *15*

中国的说唱艺术——曲艺 *16*

　　扬州评话与曲艺；扬州评话与扬州弦词

中国职业说书的起源 *21*

　　扬州评话——从明朝到当代；扬州评话的门派；传统培训方式

表演场合 *33*

　　传统书场；大光明书场；今日景况；其他表演场所

传统书目 *41*

表演成份和要素 *44*

　　表演风格；演出道具；口头叙述的风格

第二章　原始资料　51

活的口传艺术　51

书面的记录;原始资料的收集;录音办法;誊写成汉字的方法;扬州方言的音位和音素的表示

说书艺人　56

四代艺人;书段选择;师徒承传关系图谱;图表一:扬州评话王派图谱;图表二:扬州评话主要门派图谱

说"水浒"的艺人　64

王派和其他说"水浒"的门派;王氏艺人:王少堂先生和他的前辈;王派弟子:王筱堂,王丽堂;外招的学生:李信堂,任继堂,陈荫堂,惠兆龙,马晓龙

说"三国"的艺人　76

吴派的艺人:费正良,徐幼良;康派的艺人:高再华

说"西游记"的艺人　78

戴派的艺人:戴步章

第三章　语音　80

评话与方言　80

扬州方言的语音　82

图表三:扬州方言的声母,韵母和声调;音素和音位细节;声母;韵母;声调;一些词素"文白异读"

方口和圆口　94

说书、语音和说口;方口和圆口的语音分析;语音特征的分布;图表四:扬州评话艺人语音特征一览表;扬州方言日常口语;对图表四的解释:说书艺人对声母/l/,/n/,/r/音区分与否;说书艺人韵母的双元音化;说书艺人的/ar/,/er/的发音;入声的消失;扬州评话里的文白异读

方口和圆口的语音特点　106

方口;圆口

小结　108

第四章　语法　111

扬州方言的语法　111

扬州评话和扬州方言的语法　112

对艺人口头表演的语法分析

名词性的结构　115

形态结构;后缀;复合词

动词性的结构　*121*
　　　　形态结构；后缀；复合词；句法结构；动词短语和副动词短语；副词短语；共存的两种反复问句
　　其他结构　*135*
　　　　助词；叹词；文白异读的现象和文/白形式的交替使用；模仿声音和象声词；有词形式的象声词；没有词形式的声音模仿
　　小结　*146*

第五章　文体　*149*
　　说书的文体　*149*
　　诗体　*151*
　　　　节奏；押韵、母韵和头韵；方言与诗体；诗体效果
　　平行　*173*
　　　　句法和语义的平行骈偶；方言和平行结构；平行的效果
　　重复　*177*
　　　　重叠；句法重复；超句子的重复
　　小结　*189*

第六章　叙述　*191*
　　叙述与口述　*191*
　　叙述交流形态　*192*
　　　　作者的问题；叙述者和叙述对象；口述者与叙述者
　　事中开始，事中结束　*197*
　　　　"武松打虎"梗概；图表五："武松打虎"七次表演；上下文与故事主线；其他书段的展开
　　口述说声　*204*
　　　　口述者；口述人的叙述体、戏剧体和抒情体；叙述体；戏剧体；抒情体；叙述体、戏剧体和抒情体的结合
　　题外话与悬念　*222*
　　　　题外话与书外书；"关子"和"卖关子"
　　叙述者的位置　*228*
　　小结　*230*

第七章　口头性与书面性　*233*
　　口传艺术与书面文化　*233*
　　口头性与书面性　*234*

创作 236
　　说书基本功；共时的角度；历时的角度

传授 242
　　学艺；脚本

表演 245
　　演出的情形；演出的话语；发音；词法和语法；文体；叙述；"三碗不过岗"

小结 258

第二部分　扬州评话艺人口述选段

第八章　王派"水浒" 263
　　"武松打虎"　王少堂口述 263
　　"武松打虎"　王筱堂口述 276
　　"武松打虎"　王丽堂口述 301
　　"武松打虎"　李信堂口述 307
　　"武松打虎"　任继堂口述 320
　　"武松打虎"　陈荫堂口述 347
　　"武松打虎"　马晓龙口述 356
　　"潘金莲和武大郎"　任继堂口述 362
　　"巧遇周侗"　惠兆龙口述 371
　　"武松大闹飞云浦"　王丽堂口述 381

第九章　吴派和康派"三国" 388
　　"斩颜良"　费正良口述 388
　　"看病"　高再华口述 398
　　"葫芦谷"　费正良口述 407
　　"华容道"　徐幼良口述 416

第十章　戴门"西游记" 425
　　"仙庄投宿"　戴步章口述 425
　　"通天河"　戴步章口述 436

扬州评话行话术语 448

专案录音、录像 476

参考书目 486

插 图 说 明

图表

图表一：扬州评话王派图谱 …………………………… 59

图表二：扬州评话主要门派图谱 ……………………… 60

图表三：扬州方言的声母，韵母和声调 ……………… 83

图表四：扬州评话艺人语音特征一览表 ……………… 98

图表五："武松打虎"七次表演 ………………………… 199

图片

扬州说书中心，教场地区的碧螺春巷，1997 年由 Jette Ross（罗爱德）拍摄（以下简写为：JR） ………………………………… 5

作者和陈午楼教授骑自行车跑巷子访问说书艺人，1995 年，由 Per E. Børdahl 拍摄（以下简写为：PEB） ……………………… 3

扬州古城与运河，1997 年，JR ………………………… 7

"武松上岭，打死大虫"，选自明《京本增补校正全像忠义水浒传评

林》，明，木刻 …………………………………… 6

宋朝京都汴梁城的一个说书艺人；选自"清明上河图"画卷局部，人民美术出版社，北京1979 …………………………………… 14

说书艺人一角，同上 …………………………………… 16

高再华在扬州的广陵文化站说"三国"，1992年，由本书作者拍摄（以下简写为：VB） …………………………………… 20

沈志凤在扬州大光明书场表演扬州弦词，1995年，PEB …… 21

扬州西汉时期的"说唱俑"，扬州历史博物馆，1997年，JR …… 22

柳敬亭（1592—约1674），选自孔尚任《桃花扇》（1699），清，木刻 …… 26

"大光明书场"，扬州，1997年，JR …………………………… 39

扬州新华中学大门外，评话艺人李信堂为一大批学生和教师表演"现代作品"，1995年，PEB …………………………………… 40

扬州评话的道具，1997，1998，2000年，JR ……………… 47

王少堂、王筱堂和王丽堂，1957年拍摄；选自王丽堂演出本《武松》的封面，中国曲艺出版社，北京1989 ……………………… 65

王少堂，约1958年；选自王少堂口述《武松》的封面，江苏人民出版社，淮阴[1959]1984 …………………………………… 66

王筱堂，哥本哈根，1996年，JR …………………………… 68

王丽堂，时间不详，选自王丽堂演出本《武松》的封面，中国曲艺出版社，北京1989 …………………………………… 69

李信堂，1995年，PEB …………………………………… 71

任德坤（任继堂），1995年，PEB ………………………… 72

陈世勇（陈荫堂），1991年，PEB ………………………… 73

惠兆龙，1995年，PEB …………………………………… 74

马伟（马晓龙），1997年，JR …………………………… 75

费力（费正良），1995年，PEB ………………………… 76

徐幼良，时间不详，选自《扬州曲艺志》，江苏文艺出版社，南京1993，

154 页	77
高再华,1997 年,JR	78
戴步章,1995 年,PEB	79
王少堂,约 1959 年,选自王少堂口述《宋江》的封面,江苏人民出版社 1985	262
王筱堂,1996 年,JR	275
王丽堂,时间不详,选自王丽堂演出的《武松》(VCD)的封面,安徽音像出版社,上海	300
李信堂,1996 年,JR	306
任继堂,1998 年,JR	319
陈荫堂,1989 年,VB	346
马晓龙,1997 年,JR	355
任继堂,1998 年,JR	361
惠兆龙,2000 年,JR	370
王丽堂,选自王丽堂演出本《武松》的封面,中国曲艺出版社,北京 1989	380
费正良,1996 年,JR	387
高再华,2000 年,JR	397
费正良,1995 年,PEB	406
徐幼良,时间不详,选自《扬州曲艺志》,江苏文艺出版社,南京 1993,154 页	415
戴步章,1995 年,PEB	424
戴步章,1996 年,JR	435

新编序言

《扬州评话探讨》本来是1996年英文版 The Oral Tradition of Yangzhou Storytelling 一书的中文名字,由已故陈午楼教授在1995年提名,书法家于文祎先生书写。目前这个书名的题字再次用作中文版本的"真名"。中文版不仅是英文作品的翻译,还有一些新的补充和修改。

我收集的录音,录像原始材料在1996年到2003年期间增加了一些很重要的表演录音。1996年8月在哥本哈根北欧亚洲学院(NIAS)举行"现代中国口头文学国际研讨会"时,特地邀请了五位扬州评话艺人参加会议:"王派水浒"的王筱堂(1918—2000)、李信堂、惠兆龙,"吴派三国"的费正良(费力)和"戴门西游记"的戴步章(1925—2003)都作为会议的特别来宾。扬州评话艺人一面参加会议的讨论,一面也在国际观众前演出。由丹麦民俗学院(Danish Folklore Archives), Svend Nielsen,负责全程录像,同时丹麦的摄影家 Jette Ross(罗爱德)(1936—2001)拍摄很多黑白照片。这些录像、照片以后也成为我的研究材料很重要的一部份,参见"专案录音,录像"的目录。中文本第二部份加上了费正良和戴步章1996年在哥本哈根表演的书段,也穿插了很多罗爱德的照片。

1997年我和罗爱德一起再次访问扬州。当时我们合作编辑1996年研讨会的论文集 The Eternal Storyteller—Oral Literature in Modern China（中文名字：中国说唱文学），该书1999年出版。同时也在准备另一本新书 Chinese Storytellers—Art and Life in the Yangzhou Tradition（中文名字：扬州古城与扬州评话），2002年出版。那次我们专访"康派三国"的传人高再华。高先生为我们表演"三国"里"看病"这一精彩的书段，我们一面录音、录像，一面拍摄照片。本书第二部份加上了这篇材料。

书里专门研究的材料，即扬州评话"王派水浒·武十回"当中的"武松打虎"开头的书段，本来主要是根据"王派"的传人学的。1996年，英文本出版的那一年，我还没有机会聆听扬州评话大师王少堂（1889—1968）的录音，而1998年经过扬州电视台李新先生的帮助，我找到王少堂1961年给南京广播电台表演的"武松打虎"开头书段一个录音（拷贝）。经过费力先生的帮助，我又得到了王丽堂1998年给中央电视台表演的"武松"五十天书的录音带（拷贝）。2003年当我跟丈夫一起访问扬州的时候，我们听说年轻的评话艺人马晓龙正在镇江表演"王派水浒"的"卢俊义"，于是就专程去镇江听书。几天后马晓龙先生回到扬州，为我们表演了"打虎"开头的小段，也允许我录了音。这样，我的"打虎"材料就更加全面了，中文本第二部份总共收有"王派"四代艺人的录音原料，而且关于王少堂的语音、语法、文体和叙述的特点在中文本的第一部份也略提供了一些看法（另见参考书目：Børdahl 2003, 2004）。

1998年10月扬州评话"王派"的艺人任继堂（任德坤）和扬州电视台的摄影家一起访问挪威和丹麦，准备摄制关于我的研究的电视节目（之后节目定名为"易德波与扬州评话"，并获得了2000年全国性的奖）。1998年任继堂在挪威奥斯陆大学、丹麦国家博物馆、哥本哈根大学的亚洲学院和哥本哈根的一些小学、中学都数次表演。这些表演的录音、录像同样收为本研究的原始材料。中文本第二部份加上了当中一个书段。

以上所提到的从 1996 至 2003 年表演材料当中的某一些书段子,跟以前所录下来的表演,同样被誊写成汉字(记录方法,请见第二章),作为中文本的补充参考资料。

此外我还要提到其他方面的扬州评话表演录像的材料:2000 至 2003 年在扬州举行"中国说书的系统记录"的项目。这个项目是将扬州评话的四家艺人:戴步章、费正良、高再华和任继堂的全书表演录制成 VCD 光碟,一共 360 个小时的评话表演,均在扬州录制,共四套在北京、台北、华盛顿和哥本哈根的收藏研究文献的重要图书馆里保存。2004 年出版的《扬州评话四家艺人全书表演录像目录》,中文和英文两种语言写的,英文名字 *Four Masters of Chinese Storytelling—Full-length Repertoires of Yangzhou Storytelling*(易德波、费力和黄瑛编辑,见本书的"参考书目")是这个项目的一本专题著作和表演目录。录像集为中国说书的研究提供独一无二的资料来源:这是首次完整地把评话艺人的书目一部一部以每日的书段作为单元,并完全按照艺人自己的叙述方法和分段习惯进行录像(没有任何缩减,也没有重新编排或为其他的目的而作改动)。

中文本第二部份附上的"专案录音、录像"是 1986 年至 2003 年收集的全部口头表演的目录。每位艺人的名字之下列出了上所提到的表演录音、录像的材料,包括"中国说书的系统记录",即《扬州评话四家艺人》的材料在内。我认为虽然不能全部深入分析这些材料,但都应作为本研究的背景和泉源。

英文本当然本来是面对西方读者写的,而且脚注里所提到的参考书目也是为了西方读者准备的。这种"向西"的倾向在中文本并没有改变,因为我相信出版中文本的意义之一正好在于为西方的和中国的对口头文学的研究架一座桥梁。然而在翻译过程中,很多处不仅只是翻译过来的,而经常是一种修改重写。一则是因为英文的说法有时不很方便直接翻成中文,二则是因为我在某一些地方改变了看法,三则是因为加上了新的材料而稍微作修改。

本书的翻译工作前后历经近四年，2001年开始于哥本哈根丹麦人文高等学院（Danish Institute of Advanced Studies in the Humanities），也得到该学院的经济支持和精神鼓励。从2002至2005年又得到丹麦人文研究协会（The Danish Research Council for the Humanities）的支持和资助，翻译工作得以在北欧亚洲学院（Nordic Institute of Asian Studies, NIAS）继续下去；对这两个学院提供的极其优厚的研究条件，在此表示由衷的感谢。十年来我得到了北欧亚洲学院出版社NIAS Press的主编Gerald Jackson的很多帮助，我关于扬州评话的研究很大部份包括本书的英文本在内是由他出版的。NIAS出版社又协助出版本研究的中文本，而且帮助我把书里的插图重新整理排列，这方面我对Donald B. Wagner致以诚挚的谢意。这里同样感谢扬州大学的黄瑛女士的帮助，她把书里两个最近得到的书段，即王丽堂说的"打虎"和马晓龙说的"打虎"都誊写成汉字。当翻译工作快要结束的时候，中国社会科学院的石琴娥女士帮助我跟中国人民文学出版社联系，而且人民文学出版社对本翻译极其快速地肯定和给予鼓励。李今芸博士、许馨燕女士和冯一宁女士都做了很仔细的校对工作，谨致谢忱。我也特别感激丹麦大龙基金会（Daloon Foundation，也称S. C. Van Foundation），对本书的出版给予慷慨的资助。我趁此机会向有关的机关和朋友致谢。

最后，我想表示对我的两位翻译合作者——米锋和李今芸深深的感激。没有她们的坚定不移的态度、苦心孤诣的工作方法和热情友谊，就没有这本中文的翻译本。

Vibeke Børdahl

易　德　波

2005年5月9日于奥斯陆

音标记录、语法缩写词等的说明

音标记录等

现代标准汉语的发音是用拼音记录的,以斜体字标志,例如 *pinyin*。

*

扬州方言的发音一面是用音位音标方法记录的,以斜线括号/ /标志,一面是用国际音标 IPA 记录的,以方括号[]标志。扬州方言的音位音标系统在第三章里略有介绍,请见图表三。至于其仔细解释,请见 Børdahl 1977(参考书目)。扬州方言的发音与扬州评话艺人的发音特点主要在第三章里处理,而且这里也用国际音标记录举例。国际音标 IPA(International Phonetic Alphabet)是根据 1989 年的系统,参见 *Language*(语言)1990,Vol. 66, No. 3, p. 551。

* *

口传书目和口头表演的书段用引号标志,例如"王派水浒"、"武松打虎"。书面文学和印刷出版的评话书目用括号《 》标志,例如《水浒传》、《武松》。

＊．＊．＊

本书第二部份,第八章、第九章和第十章一共记录十六场口头表演的书段。第一部份里分析扬州评话各种方面的时候,经常从这些材料举例。以下说明每一位艺人的表演的缩写方法:

"武松打虎"	王少堂口述	缩写:WS
"武松打虎"	王筱堂口述	缩写:WX
"武松打虎"	王丽堂口述	缩写:WL 98
"武松打虎"	李信堂口述	缩写:LX
"武松打虎"	任继堂口述	缩写:RJ
"武松打虎"	陈荫堂口述	缩写:CY
"武松打虎"	马晓龙口述	缩写:MX
"潘金莲与武大郎"	任继堂口述	缩写:RJ 98
"巧遇周侗"	惠兆龙口述	缩写:HZ
"武松大闹飞云浦"	王丽堂口述	缩写:WL
"斩颜良"	费正良口述	缩写:FZ 96
"看病"	高再华口述	缩写:GZ
"葫芦谷"	费正良口述	缩写:FZ
"华容道"	徐幼良口述	缩写:XY
"仙庄投宿"	戴步章口述	缩写:DB
"通天河"	戴步章口述	缩写:DB 96

每次举例提到该表演的来源,即用缩写的方法,而且再说明举例来自该表演记录文本的第几页上、中、下,例如:王筱堂口述的"武松打虎"记录文本第 3 页下部是这样写的:WX[3:下]。

V.(Variant),举例稍有区别。

语法缩写词等

语法术语是根据 Yuen Ren Chao: *A Grammar of Spoken Chinese*, University of California Press, Berkeley 1968, 和赵元任:《汉语口语语法》, 吕叔湘翻译, 商务印书馆, 北京 1979 年出版。以下说明所利用的语法术语的缩写方法:

名词

  名词 N

  专名 Nr

  处所词 Np

  时间词 Nt

  D-M 复合词 D-M

  N-L 复合词 N-L

  区别词 D

  量词 M

  方位词 L

  代名词 Pr

动词和其他词类

  动词 V(形容词 A, 副动词 Vx)

  介词 K

  副词 H

  连词 J

  助词 p

  叹词 I

句法结构

  主语 S

  谓语 P

  宾语 O

  动补结构 V-R

专用的汉字与方块框的用法

  口头表演的书段是完全根据录音带的内容记录的。因为扬州方言某一些说法，助词、叹词、后缀等，没有通用的汉字，所以我们借一些同音字用方框标志。扬州方言里有两个动词后缀，即 -著/zu/，和 -着/za'/，这种区分写法不是随便记录的，而是根据方言发音和语法习惯记录的。

扬州说书中心,教场地区碧螺春巷

前　言

> 巷连巷,巷套巷,
> 长巷子里面套短巷。
>
> 扬州谚语

　　1967年我在巴黎准备关于中国方言的硕士论文时,认识了老家在扬州的朱家训先生,他热情地帮助我进行对他的母语方言的研究。那时,在他工作的饭店里,他不是唯一说扬州话的人,还有其他的同乡,他们之间彼此说扬州话。朱先生的同伴们纷纷告诉我他很会讲笑话和故事。当我为了研究的目的录制朱先生的话语时,工友中的一两个常常会站在旁边,极有兴趣地聆听。我当时的研究仅限于语音学,所以朱先生提供给我的材料,包括所录下音的小笑话和老故事,我只从发音的角度来分析它们。在我专注地进行音韵的分析的同时,也享受着他幽默的独白表演。我几乎根本没想到:这样的业余消遣活动会是口头娱乐这个大传统的缩影。

　　大约二十年以后,我在为北欧的读者编《明清章回小说选》时,对小说里所谓的"说书体"越来越感兴趣,也意识到最具声望的中国说书传统之一是在扬州。并且,扬州的说书艺术——扬州评话,仍然还存在着、上演着,而且用当地的方言说书这个传统一代又一代地被继承着。

1986年我第一次去扬州调研口传文学的情况,在短暂的访问期间,扬州师范学院(扬州大学的前身)邀请说书艺人李信堂跟我见面,他使我初尝了说书艺术的滋味。李先生为我说了一些小笑话,也表演了一些评话小段子,之后还设法送给我一个"武松打虎"的录音,这是我第一次获有扬州评话的录音。1989年我再去扬州做三个月的专题性研究时,发现在大光明书场有长达两三个月连续的每日说书活动。于是,我就常常去市中心的书场听书,当时天天下午两点到四点有评话表演,艺人是定居上海的扬州人邓少南先生。

于此想强调一下:为本研究收集材料,我进行了穿街走巷的"田野调查"。在扬州城里,我平时在街上走,或去小饭馆吃点东西,或到小卖部摊子上购买日用品,都会碰到当地的人问我为什么到扬州来。当他们得知我调查扬州评话的目的以后,大都表现得很热情。其中一些人开始通过他们的朋友关系,主动帮助我。这些偶尔的接触使我得以通过他们的相识、或间接的朋友,与某位说书艺人联系上。就这样,我被邀请去参加一些在学校或者宾馆进行的某些表演,或者是艺人被这些熟人带到我在大学的宿舍来跟我见面。

某一次的巧遇对我来说是特别的重要。早在1986年,作家汪曾祺先生在上海举行的一次座谈会上,对我提到了扬州陈午楼教授的名字。而我与陈教授的见面,却是三年之后的事,也是"穿街走巷"的结果。1989年的一天,我到一家书店向店员打听购买扬州评话方面的书时,他说他的邻居是研究扬州评话的学者,建议我上门造访。次日我按地址找上门,不曾想到这位店员的邻居就是陈午楼。从该日起,情形就急转直下了。陈教授认识扬州评话圈内所有的艺人,也与当中许多人有私交。凭着满腔的热情和精力,陈教授不错过任何机会把我引荐给他所熟识的艺人们。我们几乎每天都骑着自行车,穿梭往来在扬州的大街小巷里,到艺人的家中走访、讨论、录音。那个春天,我们还沿着长江骑车旅行了两天,乘船渡江,到镇江去访问王筱堂先生并在镇江书场里听书。

作者和陈午楼教授骑自行车跑巷子访问说书艺人

1992年我又一次走访扬州,我的评话艺人朋友们尽一切可能帮助我,邀我看特殊的表演,安排见面会对说书艺术进行讨论,帮助我取得所缺的材料,等等。我甚至被戴步章先生收为"徒",他还鼓励我像学艺徒弟一样练基本功,就是说,天天要到他的位于老说书区教场的家中去报到。每次我去,戴先生的朋友,老艺人、学者或票友,都来谈论一些有关他们活动的事情。我成为他们当中的一分子,他们对我研究工作的关心,无疑对我个人事业的发展极为重要,并也对我研究资料的选材方向起了积极的影响作用。艺人之中,戴步章先生是我的良师兼益友,他不仅积极地把我介绍给其他艺人,帮助我安排与艺人们讨论以及录音的会面,而且还要求我体会一些艺术的"内在",逐字逐句地从头教导我。最后他还把承自父亲——扬州评话戴派创始人——的"止语"(又称醒木)送给我。

我想借此机会感谢扬州的那些评话艺人,能让我把他们的表演录制下来并进行研究讨论。无论在书场还是在家中,说书总具有一种神圣感

3

和严肃感,传达了一种伟大艺术蕴含的特殊气氛。而在所有的感官印象当中,录音带只能冻结和保存其某些方面。艺人王筱堂、李信堂、任德坤和陈世勇按照我的愿望,各表演了"水浒"中的"武松打虎"一段,以使我可以把原来的计划落实。艺人惠兆龙说了武松另一段书。费力、徐幼良和戴步章先生给我提供了"三国"和"西游记"的表演段子。陈世勇后曾来挪威和丹麦,参加关于说书的学术研讨会和电台节目制作,同时也提供给我机会录制他书目里更多的书段。说"三国"的高再华先生和沈荫彭女士,说"清风闸"的王铭宏和杨明坤先生,说"三侠剑"的邓少南先生,演扬州弦词和扬州清曲的沈志凤女士和李仁珍女士,他们的表演录音虽然超出了本书详细讨论范围,但是这些艺人的表演使我经验更丰富而录音的材料属更大的一个集合(见第二部分的"专案录音、录像");广陵文化站的领导朱祥生先生对表演录音和研讨场合等方面的积极支援,我也在此一起表示感谢。

在扬州艺人的环境里,我得到的友情和支援是我从来都不能想象的。把毕生精力献给扬州评话研究的陈午楼先生,毫无保留地用其所知来支援我的研究,并且像对待女儿一样帮助我。他为本书命名,并请他的书法家朋友于文祎题写封面书名。评话艺人兼扬州曲艺的研究者费力先生给我提供了巨大的帮助,把第二部分的磁带内容转写成汉字。费力先生极其丰富的经验和学识,特别在说书术语和录音里的方言用语方面,使我受益匪浅。

我愿就此机会也感谢扬州大学、扬州戏剧学校及其他扬州高等院校的师生,在时间和学识上他们给我慷慨的相助,其中:王世华先生、陈晨女士、黄继林先生和刘培伦先生指导我解决语言学和方言学方面的问题;徐德明先生对我的初稿提出建议,与我讨论文学方面的问题,并提供难以得到的资料;韦明铧先生、吉明学先生和李真先生给我提供关于扬州评话的重要材料;杨明坤先生邀请我参加他教授的评话课。我还非常感谢扬州大学外事处的曹振达先生和黄瑛女士,提供给我最好的居住和学习条件。我也特别感谢张蔚文女士,对我研究扬州方言做了辅助工作,并帮助我把一些文献翻译成中文。

早在做此专案的初期,我就访问了中国社会科学院的李荣教授,并与他进行过讨论,他给了我极大的鼓励并向我推荐了一些扬州方言学方面罕见的书籍。当时,我还得到 CHINOPERL 杂志有关学者的一定启发:向我介绍京韵大鼓和山东快书的 Kate Stevens;给我在短期访美时以丰富指导并让我翻阅有关重要书籍和手稿的 Rulan C. Pian 和 Susan Blader。我也感谢加州大学柏克莱分校的 Samuel Cheung,感谢加州大学的 Lindy Li Mark,布拉格的 Vena Hrdličkova 与 Oldrich Svarny 看过我的最初的文章手稿而且提出了宝贵的建议。同时还感谢苏州戏曲研究所的李彬先生帮助把我的一篇文稿翻译成中文。

我也要对在奥斯陆和哥本哈根的朋友们表示谢意,他们在我写作本书期间,给了精神上绵绵的支援与帮助:Trygve Løtveit 不厌其烦地倾听并提供好意见;叶林先生、陈索芬女士和郭亚湘女士帮助写出录音带的内容;于晓星帮助把本书第二部份的中文部份进行汉字输入,并且我曾在语言的许多方面向他进行咨询;Halvor Eifring 和刁小芳先生对如何使用电脑输入汉字给了我不可缺少的帮助;语言学者 Rolf Theil Endresen 借给我他的设备,以便我能写出音素标注。Christopher Ennals 修改了全部英文初稿;Gerald Jackson 帮我进行第一次用电脑准备全书的版样。

我要热情地感谢 Birthe Arendrup 在本书基本完成的阶段,细致地通读了全部初稿,在内容和语言上提出建议,指出各种错误与疏漏;感谢 Solveig Hedin 和 Knud Hedin 在我这些年穿梭往来于奥斯陆和哥本哈根的时间里给予的热情的招待,我们共同度过了许多美好时光;感谢我的儿子 Amund Børdahl 在著书的初期和我讨论,后来对许多章节提供他的看法;感谢我的丈夫 Per E. Børdahl 陪我去扬州为这本书准备照片、并耐心阅读我无穷无尽的文字,帮助我从很多困境中解脱出来。

我为我的老师 Søren Egerod 教授于 1995 年去世深感悲痛。他的支援和教导不仅限于这本书,也对我从 1964 年在哥本哈根成为他的学生以来,许多年的学习、研究产生了重要的影响。他阅读、评论了作为本书前期研究所发表的一些文章。最后他在 1994 年秋天花时间通读了本书的全部文稿,并与我讨论了有关发表和出版的一些问题。

本研究的资助单位有:丹麦作家协会(Danish Authors' Association)、丹麦文化部、丹麦人文科学院(Danish Research Council for the Humanities)、哥本哈根大学亚洲研究所、奥斯陆大学东欧暨东方研究所、哥本哈根北欧亚洲学院(Nordic Institute of Asian Studies, NIAS, Copenhagen)、挪威科学院(Norwegian Research Council)。

第三、四、五、六、七章的一部份根据在 *Acta Orientalia*,*Cahiers de linguistique Asie Orientale*,*CHINOPERL Papers*,*Cultural Encounters*,*East Asia Institute Occasional Papers*,《方言》和《扬州评话之友》(Børdahl 1977, 1990, 1991a, 1991b, 1992, 1993b, 1994b, 1995a, 1995b)发表的论文。

书中错误、遗漏之处,敬请指正!

Vibeke Børdahl

易德波

1996 年于奥斯陆

扬州古城与运河

引 言

不要把中国的说书人想像成一个老农妇夜晚坐在床边……那样的话,就太不着边了。我们谈到的是艺人,那些可能会成为名家的艺人,吸引着社会各个阶层的听书爱好者。有充足的证据说明,这种艺术所具有的悠久的传统、多样和细致,至今仍然发射着隐约的光芒。①

André Lévy

世界上所有不同的讲故事传统,以自发的、非专业的口头性叙述形式存在着,包括民间故事、催眠故事、神话和传说,是人们用闲暇时间一代又一代传诵下来的。② 非职业性的讲故事在中国也有很丰富的传统,形式多种多样,如:民间故事、民间歌谣、神话和笑话也多半以非职业性的方式传播和流传着。然而,当说到中国的"说书"(storytelling)这个

---

① André Lévy(雷威安):"Les quatre grands livres extraordinaires de la litterature chinoise… et quelques autres"[中国文学的四大奇书……和其他],*Aujourd' hui la Chine*[今日中国],1987:55.
② 其他亚洲和非洲文化里的非职业性的讲故事,参见 Lindell, Swahn and Tayanin 1977,1980,1984,1995(老挝、泰国)和 Finnegan1967(非洲)。Møller 1993(丹麦)里从社会语言学的角度探讨对话式非职业性的"讲故事"。

词,通常包括更加指定的含义,即职业性的口头表演艺术这一大种类。本书所论述的扬州评话就是中国众多说书艺术之一,其流行范围主要是以扬州为中心的长江下游一带。

西方对荷马史诗的研究,为讨论职业说唱的口头叙事传统,奠定了极为重要的基础。① 有关口头性与书面性(orality and literacy)内涵方面的探索,使对说唱传统的理解,在20世纪里向前迈进了一大步。② 有关口头文化固定措辞法研究(oral-formulaic research),文献的汇编者 J. M. Foley 曾强调说:

> 我要……提到对于尚存活的口头传统,不仅在搜集方面,还是在分析方面,有必要做更多的工作。无疑地,由于已消亡语言的传统在学术上享有较高的声誉,故对之的研究工作比对那些更近期的或者尚存活的口头传统常常多得多。但是我们对明确的口头资料需要有更多的资讯,一面是为了这些尚存的口头传统本身,另一面为了提供比较研究帮助,这样,可以帮助我们对那些已经失去了原始形式和文化环境的文学进行研究。③

本研究的主要目的,就是为了更深入地理解一个仍然存活的中国口头传统在语言和叙述方面的特征和技巧。我希望本书也可以对比较文学产生一定的帮助。

以下我将就本研究的主题及主要目的做一简短的介绍,并且也说明一下书的结构和内容安排。

*　　*

---

① 对"口头文学"(oral literature)的研究深受到 Milman Parry 和 Albert Lord 在20世纪30年代的著作的影响,特别是 Lord 1960年出版的 *The Singer of Tales*[说唱艺人],是部经典性的比较研究,内涵从古老的荷马史诗到1930年代南斯拉夫口头创作表演者。
② 本领域最有影响力的作品当中,启发本文的有 Jensen 1980, Ong 1982, Goody 1987, Finnegan 1992, Thomas 1992。
③ 参见 Foley 1985:70。

在中国,职业性的说书,最早叫"说话",之后叫"说书",从历史上可以追溯到一千年以前。当中包括的许多个艺术分支种类,可以追溯到三四百年之前,并作为口头文学一直存活到今天。①

与中国的书面文学的三千年上下的历史相比,说书的口头文学形式,具职业娱乐意义,反而只发生在较为近期的阶段,与某些相关的书面或半书面文学种类一同发展,包括例如:编史、戏曲、话本(短篇故事)、章回小说和诗歌各种类。口头艺术一直在深深充满书面文学的社会里表演着,导致了二者间在主题、形式以及其他特征的双向融会。

坐落在大运河与扬子江汇合处的扬州,为中国的说书艺术最繁荣的地区。早年,扬州依靠其发达的盐业中心的地位,成为最重要的商业城市。自唐、宋时期,扬州城的盐商就以腰缠万贯、挥金如土而出名。扬州名城是各种繁忙的商业活动的中心,同样是说书艺人做生意的理想之地。说书艺术在扬州城内,是人们日常生活的一部份,是一种职业,也是一种社会活动的内容,最终它经纬织成城市生活的特有图案垂数世纪之久。

扬州评话自明代至今,一直以连续性的散文叙述的口头传统的形式存在着。以当地方言和该地区特殊的说书艺术特色为基础,几百年来,扬州评话从来都被认为是中国最为著名的艺术之一。具传奇色彩的说书艺人柳敬亭(1592—1674),泰州人,在扬州一带学艺,然后在苏州、南京、北京都从艺,是当时中国最有名的说书人。从那个时间起,不只关于柳敬亭,而且也关于别的扬州说书艺人表演活动的历史资料就陆续出现。从中可知大书"三国"和"水浒"历来是三四百年来扬州评话的重点书题。

本世纪评话大师王少堂(1889—1968),系出扬州说书世家之一,擅

---

① 当代中国口头表演艺术的一般性调查和总结,英文写的有:Mackerras 1981, *China Handbook Series: Literature and the Arts* 1983, McDougall 1984。对中国说书历史的介绍,以法文写的 Pimpaneau[1977]1991,1989。中文的标准手册是《中国大百科全书·戏曲-曲艺》1983。

长说"水浒"。王少堂早已列名为中国最著名的艺术家,常言道:

听戏要听梅兰芳

听书要听王少堂①

数百年来,扬州评话传统的学艺和表演规矩,连同部分内容浩大的评话书目,基本都被保留下来。扬州还有老一代和中生代的评话艺人,是按照老式师徒承传的方法学艺、并实践着传统的表演方式的。但随着全社会现代化进程的加速,尤其在交流与信息技术方面的发展,使传统娱乐领域发生了巨大的和根本性的改变。由于现代大众媒介所提供的其他娱乐方式不断地占领越来越多的文化领域,职业说书不大可能不受到影响。这种地方性传统说书艺术面临着严重的威胁,将来能否继承下去,或者是经过某些转变重新以另外的形式继续下去,将很难预测。

* *

本研究的目的在于调研和描写扬州评话所使用的表演语言和叙述方法。我专门靠1986—1992年亲自观察到的评话艺人根据古老的艺术传统和习惯所表演的书段。我所关注的是扬州评话的口说的语言,这一点需要强调指出。艺人使用的表演语言是扬州方言,一个属于中国北方方言系统当中最南部的方言。但是,艺人所用的语言带有特殊历史传统的特点,与一般市民说的话有所区别。根据表演和讲述技巧的特有要求,地方方言可以随从不同的"说口"而变色变奏。在本书里,我将从发音、语法、文体和叙述的角度展示我的观察和分析。研究方法一面靠语言学的理论,一面靠文学研究的理论,即所谓广义上的"语文学"(philology)。

以调研这个艺术的口头性为目的,收集可靠的原始资料,是最根本的先决条件,即观察和收集一些能够反映该艺术作为口头的行为,活灵

---

① 我从艺人和其他人那里几次听到过此言,又参见李真 1988:44-45。梅兰芳(1894-1961),著名京剧演员,其名远传西方,而王少堂的艺术当时却不适于在国外传播。

活现的表演书段,并且得到这些表演的可靠的"痕迹"。收集原始资料暗含的基本前提是:每一次评话表演都是一种"原作"(original),即每一次表演的说书书段,都是"叙述的框架"(skeleton of narrative)的活的样板:

> 每一次表演是特定的一首歌(the specific song),同时也是属典型的歌(the generic song)。我们正在听的是"那一首歌"(the song),因为每一个表演不单单是一个表演,而是一次再创作……无论从共时的角度(synchronically),或者从历时的角度(historically),这首歌会有无数的创作和再创作。这样理解"一首歌"(一首歌的特定的或典型的好几种表演)再创作之间的关系,比以前所提到的"原形体"("original")和"变体"("variants")的概念更接近真实。在此意义上,每一次表演都是"一个原形"("an" original),虽然并不是"那个原来的原体"("the"original)。①

Albert B. Lord 以上这段引文,虽然是针对口头性的史诗之"歌"而说的,但是似乎正好适合我研究的这种口头性的散文表演。

本书研究以扬州评话传统书目"水浒"为中心,而且专门以王少堂为主的"王派水浒"的表演为核心。"武松打虎"是王派最有名的书段,书里首先探讨的原始资料,都是几场"武松打虎"不同的表演。其中一个段子由王少堂的养子王筱堂所说,被选作重点的书段,通贯全书见到了仔细的分析,同时也不断地在与由其他艺人说的同一段书做比较。扬州评话其他门派说的书也穿插在调研当中,而这些书的特点同时用来与从"水浒"材料中发现的特点做比较。

尽管我认为,说书的表演神态和动作模仿是不可缺的成份,同时将这方面归为对记忆技巧和表演效果起重要作用的因素来考虑,然而在本书中这些问题多半只能"走马观花"。第一章里简要地讨论到这方面,见"表演风格"、"演出用品",偶尔在书的其他部分,联系到录制的表演进行

---

① Lord 1960:101.

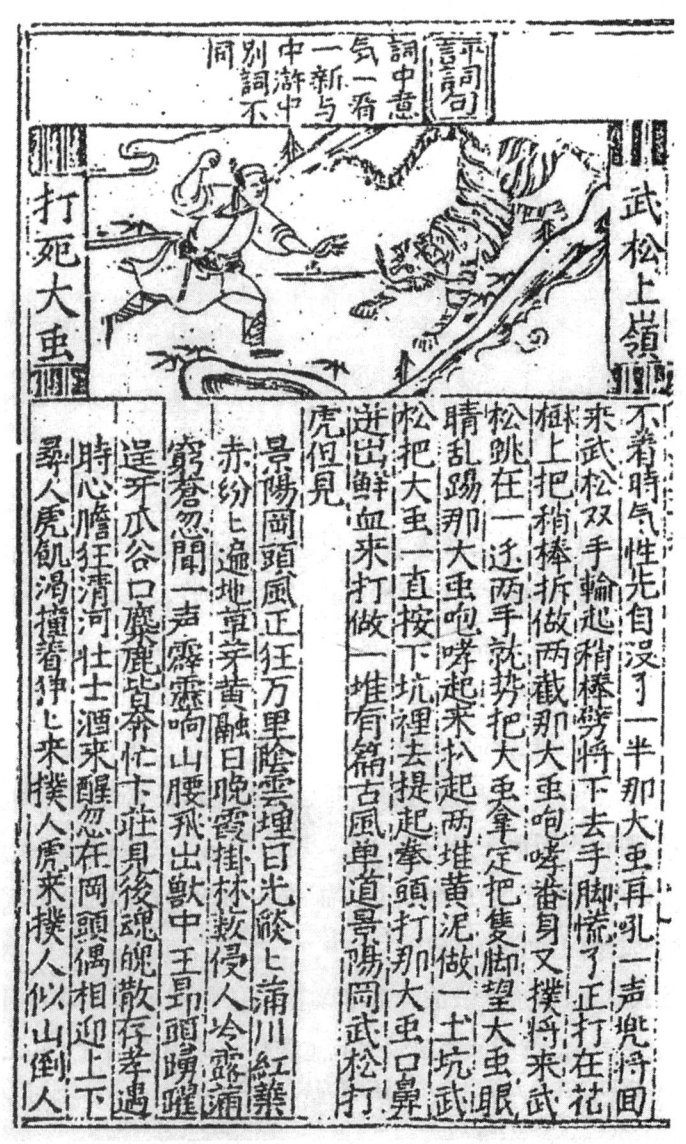

"武松上岭,打死大虫",选自明《京本增补校正全像忠义水浒传评林》

分析的时候也会碰到一些看法。

* *

本书分为两个部分。第一部分:"对扬州评话的调研",包括研究的解释和分析部分(第一至第七章)。第二部分:"扬州评话艺人口述选段",包括所选用的原始资料,即所录下音的书段(第八至第十章),以及"扬州评话行话术语"、"专案录音、录像"、"参考书目"。

第一部分　对扬州评话的调研

第一章　说唱艺术与扬州评话

本章对于扬州评话历史的和当代的背景略述大意,介绍其社会作用、学艺教育条件以及表演环境等各个方面。第二章至第七章全部写的是关于艺术的语言和文学方面,而本章主要分析语言和文本之外的方面(extra-textual aspects),这样该章就是为了后面的篇章铺垫一些基本知识和背景。

第二章　原始资料

本章介绍了本研究收集资料的方法,即讨论各种不同录音材料以及我个人在评话口头表演时进行录音的环境情况。研究专案的资料是1986年、1989年和1992年在我访问扬州和镇江时收集的。原始资料是由评话艺人所表演的书段录音下来而组成的;大多部分是我在做"田野调查"当中录制下来的。对这些书段进行研究,基于保存在录音带(或录影带)上的口头性的表演,并以我在艺人说书时所进行的观察作为补充。此方法与以前关于扬州评话的研究有很大的区别,因为以往的研究基于对扬州评话已出版的文字性的书本为资料库。

第三章 语音

本章概括阐述了扬州方言的语音系统,也对本书所使用的标注方法作了说明。艺人术语里所谓的"说口"(speaking style)分类在本章有一仔细分析,而且这些类别又与一定的发音特点——即音素性和音位性的变体(phonetic and phonemic variations)——互相联系。这些系统性音素变化的表现,在一些情况下也与音位语音系统的一部分相关,如果比较艺人的语言跟一般扬州方言的发音,反映出规律性的离差。另一个在发音调研方面的发现是"文白异读"(alternation of literary and colloquial forms)的具体使用。"文"的和"白"的发音分布表示"白"的发音与土话俗气的语言有关,而"文"的发音在高雅和低俗的语言里都同样出现。

第四章 语法

此章专门分析评话书段里的一些与现代汉语相异的形态类型、句法类型的形式,揭示了书段在这一分析层面的方言性特点。这种形式不仅证明艺人表演语言的一般的方言性质,而且在各种"说口"里方言的形式的分布有时也反映前述的高雅和低俗的风格。艺人们在解释"说口"这个术语涵义的时候,就提到书词语句的这种雅俗区别作用。目前的研究,以具体的口头语言材料作为根据,针对我们所发现的方言语法形式在书段中的分布情况及其与"说口"规律性的关系将进行讨论。

第五章 文体

本章阐释了扬州评话作为口头表演和传授的艺术在文体(style)方面的特点。研究焦点为对于口传文学特别重要的一些文体现象,如诗体特点(prosody),平行法则(parallellism)和重复现象(repetition)。这三个文体上的现象经常被口头文学的研究者强调作为保存口传传统与帮助记忆的最根本的手段。本研究就这三种现象在录音的书段里,仔细标示出现与分布,并列举出某一些形式与特定说口之间的联系。本章中也讨论某些形式和结构"固定化"(formulaic)的程度,并讨论我们分析出来的现象将如何从口头性、书面性的角度去处理。在这层分析上,显然我们的材料缺乏方言的形式。

第六章 叙述

本章讨论了扬州评话叙述性的交流情形,同时描写书段里所注意到的一系列叙述手段。其中,主要焦点在分析说书人的不同叙述"说声"(narrative voices),如"口述者"(the speaker,也称"storyteller-narrator"),包括"叙述者"(the narrator)和"表演者"(the impersonator)的角色。口述的书段分为叙述体、戏剧体和抒情体的三大类,并且讨论叙述体、戏剧体和抒情体与"说口"(speaking styles)和其他"声口"(voices,或称 modalities)的关系。

第七章 口头性和书面性

在第三章至第六章资料分析的基础上,第七章讨论了口述的书段里出现的一些跟书面性与口头性(literacy and orality)有关的特点。同时本章也着意于为前几章所分析的语音、语法、文体以及叙述的特点作一总结。论述分为创作、传授和表演三部分。我们以王筱堂说的"打虎"一小部分(即"酒馆"的一段开场白)为例进行深入分析。比较口头表演与章回小说《水浒传》的形式和特点,我们发现不得不经常把口头的和书面的特点用"连环套"的方式来分析和分类。这是因为书面性与口头性这个二分法的概念(dichotomy)常常不一定是互相排除的,而是互相包括的。某些在一种分析层面上可解释为口头的,而在亚层面上则可能要解释为书面的,再下一层或者又可以定为口头类的,等等。口述的书段,从语言,叙述和文学种类的角度来分析,其口头性的和书面性的特点,可以看出非常复杂的交叉之图。在我们深入研究和理解扬州评话的口头性和书面性时,对这些相互交错的特点似乎颇感深奥。

第二部分　扬州评话艺人口述选段

第八章　王派水浒

这一章包括"王派水浒"中"武十回"一部书的表演录音下来的十一场书段。本书 1996 年的版本有王筱堂、李信堂、任继堂和陈荫堂所表演的"武松打虎"五场书段(任继堂说的"打虎"分成两场),再加上惠兆龙和王丽堂说的其他两个"武十回"的段子,即"巧遇周侗"和"武松大闹飞云浦"。这些材料在本书的中文版里同样作为基本的研究资料。以后我得到了王少堂 1961 年表演的,王丽堂 1998 年表演的以及马晓龙 2003 年表演的"打虎"的第一个小段。另有任继堂 1998 表演的"潘金莲和武大郎"(见本书的"新编序言"),也是"武十回"有名的段子。本章里这四场书段跟原有的七场一并誊写成汉字附上作为参考资料。

第九章　吴派和康派的三国

本章包括"吴派三国"和"康派三国"的表演录音的书段。本书 1996 年的版本只有吴派费正良和徐幼良所表演的"三国"两个书段,即"葫芦谷"和"华容道"。1996 年我得到费先生另外一个表演录音"斩颜良"(见本书的"新编序言")。我后来又得到了康派的接班人高再华 1997 年表演的"看病"。本章里再附加这些录音的段子作为参考资料。

第十章　戴门西游记

本章包括"戴门西游记"的表演录音的书段两个。本书 1996 年的版本只有戴派的一个书段,即"仙庄投宿"。1996 年我又得到了戴先生另外一个表演录音,即"通天河"(见本书的"新编序言")。本章里附加作为参考资料。

第八章、第九章、第十章里的书段已写成汉字文字形式（在书的第一部分里有标注出扬州方言发音的例子）。在把书段写成汉字文字的过程里，我努力按照磁带上所说的原原本本地写下来，不做任何改变或减缩。（与此类似，英文版［1996年出版的］翻译成英文时尽量按原来书段里的风格，说法和词序，没有做任何"改正"的变化，而只从一种语言转移到另外一种语言。）

扬州评话行话术语

"行话术语"这一节包含着大量扬州评话艺人在讨论其艺术和教学时所用的特殊辞汇，我将之逐条按照艺人所给的定义列出。本书的各个章节也曾用到这些术语的一部份。这些词语同时能帮助我们对扬州评话这门艺术的表演场景和社会习惯等方面给予更多的理解。

专案的录音、录像

这一节包括与本研究专案相关的全部录音、录像。录音带和录像带里还包括了一些在本研究中未涉及的材料收集，可供将来进一步研究使用。中文版本也包括1995—2003年所收集的录音、录像，全部材料目前正在准备一个研究数据库（请参见网页"说书""Chinese Storytelling"www.shuoshu.org）。

第一部分
对扬州评话的调研

宋朝京都汴梁城的一个说书艺人

第一章 说唱艺术与扬州评话

> 涂巷中小儿薄劣,为其家所厌苦,辄与钱令聚坐听说古话。至说三国事,闻玄德败,颦蹙有出涕者;闻曹操败,即喜唱快。以是知君子小人之泽,百世不斩。①
>
> 苏东坡(1036—1101)

历来"长寿的"说书人

从宋朝(960—1279)开始,就有历史资料证明,中国以讲故事为职业的,当时称为"说话的"不仅存在,而且颇受欢迎。随着城市的不断发展和扩大,"说话的"也逐渐成为市井中的显要人物。

苏东坡上面这段有关古代说书的随笔,同代的画家张泽端创作的名画"清明上河图"为之做了补注。在长幅画卷的最开始,生机盎然的京都汴梁城的生活景象中,我们看到有个留稀疏胡须的老人,正坐在街角搭起的帐篷底下,斜背对着我们,他面前是一张张入了迷的小听众的脸。画中"说话的",即说书艺人,很自然地从事着他的职业,和画中的车轮

---

① 摘自苏轼《东坡志林》(6),见陈汝衡 1985:35。

匠、船老大、搬运工、客栈老板和小商贩等其他行业的人没有什么两样。这不就是流传至今的说书人一千年以前的活生生的重现吗?①

说书艺人一角

中国的说唱艺术——曲艺

中国当今存在的口头表演艺术大致分为两个主要类别:戏曲和曲艺。② 曲艺这个名词在1949年之后才开始普遍使用。其用法经常和"说唱艺术"基本相同,然而"说唱"不限于职业性的艺术。③ 戏曲和曲艺,两

---

① 图画发表在《清明上河图》,北京:人民美术出版社,1979。
② 在综合性丛书里,有关曲艺方面的介绍,参见《中国大百科全书·戏曲-曲艺》1983,《中国戏曲曲艺词典》1981。英文的曲艺概况,见 Information China, Vol. 3,1174 – 1177。西方学者当中,Mackerras介绍了中国现代的戏剧、音乐和传统表演艺术,包括一小段关于曲艺的部分,见 Mackerras 1981,101 – 104;Pimpaneau 1991主要涉及论述了中国说唱艺术的历史,包括后来被称为曲艺的大多种类;Kaikkonen 1990,7 – 12有关曲艺的指导性的介绍,她对相声的研究触及了曲艺其他种类的许多共同方面,其明确而透彻的研究对于任何有关中国曲艺的探讨都极为重要。
③ 曲艺这个用语似乎在20世纪20年代已具有一定的流行性。之后在40年代重新被使用起来,并且在1949年之后被广泛使用,参见戴宏森1986。

者都是职业性的表演艺术,表演者靠他们的技艺谋生,演出要收取报酬。戏曲和曲艺有时由业余爱好者表演,但这从根本上并不改变这两种表演艺术的职业性。而民歌、劳动号子、笑话、谜语、绕口令、谚语、催眠曲等等这些日常所见的非职业性的口传文化,虽然常常多少占曲艺组成的一些成份,但它们不属于曲艺的范畴。①

尽管如此,曲艺的种类仍然繁多,它包括建立在不同地方风格基础上的,多种的专业口头表演艺术——据记载,中国五十六个民族,曲艺种类多达三四百种左右,主要是以说和唱为主,或是二者的结合。②

现代曲艺所使用的语言与各地的方言有密切的关系。有些曲艺是完全合辙押韵的,有些是散文形式的,还有些是二者兼之。曲艺一般都有动作表演,其特点是一人多角,这一点与戏曲的一人一角不同。每场参加演出的人通常限制在一到三人之间,舞台道具也相应地少而简单。许多曲艺有弦乐器、鼓和快板伴奏,而管乐器却用得不多。

除了一些近期产生的曲艺种类以外,大多数现有的曲艺,其具体的历史可追溯到几百年以前。因为说唱文学的实质是口头表演,过去社会地位不高,不很受人们的尊敬和注意,所以相关的记载自然也就少而不清。由于口头娱乐所留下的文献资料很有限,现代的曲艺各种种类的历史最早能寻根一直到晚明和前清。但是更古老的类似的说唱种类可以查明来历到唐宋时期,其雏形可追溯到中国历史的早期。只是在 1915 年前后,新文化运动发展中,研究民俗学和民间文学的中国学者才对此领域的研究工作开始给予越来越多的重视。③

---

① 大多数说书的种类却严重依靠谚语和笑话。而在另一些曲艺种类,比如在相声,谜语和歌曲也占重要成份,参见 Kaikkonen 1990:21-64。
②《中国大百科全书·戏曲-曲艺》1983:12,并参见第 306-321 页的表格,其上展示了 1958 年所登记的所有曲艺种类,包括登记名称,别名、起源期、起源地,主要曲调和流布地区。
③ 此领域的早期开拓性的著作有郑振铎[初版 1938]1958,陈汝衡 1958,1985,以及娄子匡、朱介凡 1963。近期较广泛而深入的研究中国曲艺与民俗则为:倪锺 1993。1957 年成立的中国曲艺工作者协会的《曲艺》杂志,包括丰富的材料,文章和大量的表演选段。

西方对现代的中国曲艺传统的研究是由捷克汉学家 J. Prusek(普实克)和其他一些"布拉格学派"(Prague School)学者发起的，①后继的有美国和法国的学者②。一般来说，西方学者更注意研究受旧时的口头艺术影响的书面文学。③ 他们对说书发展史感兴趣，主要因为说书与长，短篇小说的前身，即话本、平话和章回小说的这些文学体裁相关联。但是除了相声、④京韵大鼓、⑤快板书⑥、苏州评话⑦和杭州评话⑧等以外，西方对当代其他曲艺体裁的详细研究并不多见。

扬州评话与曲艺

扬州评话属于曲艺中评书或评话这一大类别，南方沿海叫评话（比如扬州评话、苏州评话、杭州评话、福州评话），北方和华中地区叫评书（比如宁夏评书、四川评书、湖北评书）。评话和评书的特点是没有音乐伴奏，也没有节拍，篇幅一般很长。与其他的只说不唱的曲艺相比，评书和评话的要求是连续地讲述长篇故事，一天一两段，可以连讲数月，而篇幅短小的曲艺，如诙谐、滑稽的北京相声、四川相书，其表演可以在一两小时内完成。⑨

评书、评话的表演环境和形式大致相同，按规定，只能是"一人一

---

① Prusek 1955,1968；Hrdlickova 1965,1968,等等。
② 美国的 *CHINOPERL News* 和 *CHINOPERL Papers*（杂志，1971 年至今）对西方研究这一领域也起了决定性的作用。法国的 Pimpaneau［初版 1977］1991 提供了优秀的综合介绍。
③ 影响最大的一些研究是 Hanan 1967,1981，Idema 1974，Lévy 1971,1981 以及 Plaks 1977,1987。
④ Tsao Shuying［曹淑英］1980；Link 1984,1986；Kaikkonen 1990。
⑤ Stevens 1973。
⑥ Walls 1977。
⑦ Blader,1983,1986。
⑧ Simmons 1992。
⑨ 评话、评书的书目按传统规范说很长，但在特殊场合也可以说单篇子。1949 年之后许多短篇的作品被创作出来。类似于北方短小、诙谐的相声，名为"单口相声"。短篇评话和相声的区别主要在于笑话的数量和功能，还有使用的方言不同，参见 Kaikkonen 1990:184-185,黄德和 1994。

口",即一位说书先生说书。① 说书艺人多数是男性,极少数是女性。艺人坐在桌旁说书。他所需要用的是一块一般叫"醒木"的小木头②、一条手帕和一把扇子。在表演开始时,艺人用醒木在桌面上猛击一下,使听众集中精神,表演当中艺人也几次用醒木,以制造紧张气氛。但是醒木从来不当作快板使用。评书和评话非常不同于其他有节奏拍节的曲艺,如快板书和大鼓等。手帕和扇子除了用来揩汗和扇凉以外,还用作表演的道具。尽管各地说书表演方面有不同的传统,但它们都是口说的艺术,伴有丰富的动作表演和面目表情。比如,苏州评话有相对比较大的动作和自由度,所谓"大开门"。相比之下,扬州评话的动作幅度较小,说书人不能离开桌子,此即所谓"小开门"。③

评话和评书是属于用地方方言"说的"曲艺体裁,④但这并不意味着其语言完全是散文或完全是用方言"家乡话"讲的。相反地,律诗(七律或其他韵律)、文言文和其他书面语的公文形式也是说书艺人所运用的语言手段。有些艺人非常善于在表演中模仿中国其他地区的方言。⑤

评书、评话所普遍使用的题材,多数是中国历史、传说和神话故事,同时也是历代流传的戏曲和小说的题材,如"三国"、"水浒"、"西游记"等。每种评话或评书也有其独特的地方传统的故事,例如描写市井无赖"皮五辣子"的"清风闸",这个故事起源于扬州,只为扬州评话所独有。

20世纪50年代以来,兴起了针对说书传统书目的革新运动,一方面,经过比较严格的"整理",出版传统主题的版本,另一方面创作歌颂

---

① 在西方研究中,评话,评书一般的表演情形,见 Hensman, Mack Kwok-ping 1968:1-9 以及 Hrdlickova 1968。苏州评话的表演,见 Blader 1986:11-14。杭州评话,见 Simmons 1992。对30年代北京茶馆里说书表演在 Lowe[初版 1940]1983:154-158 中有动人的描述。"说书的"这个老说法,在现代汉语中,有明显的贬义色彩。
② 扬州评话术语里称作"止语"。
③《扬州评话选》1962:382。
④ 有趣的是,娄子匡、朱介凡 1963:17 明确地把说书和音乐的种类归为一类,其论据是说书表演有特殊的音调和诗歌的韵味。
⑤《扬州评话选》1962:364。

高再华在扬州的广陵文化站说"三国"

抗日战争、解放战争和人民共和国建设的"现代作品"。① 现代作品由说书艺人或其他说书爱好者编写而成。与以前的口头传统不同的是，现代作品都有具体的作者，大多数作品短小，一次演完，内容强烈反映当时的政治形势。扬州评话中也出现了不少这类作品。② 现代作品和传统说书在很多重要的方面都有差异，故研究扬州评话时，应该把现代作品视为特定体裁的从属形式而区别开来，本书对现代作品不多讨论。

扬州评话与扬州弦词

曲艺经常分为说的、唱的或有说有唱的三大类。但这样分类并不足以提供完整的画面来呈现曲艺的各个种类，而就具体的曲艺种类来说，

---

① 政府方面的改革工作似乎对于不同的曲艺种类有着不同的影响。扬州评话的传统书目仍然占据着舞台的主导地位，而"现代作品"只是次要的角色。努力"清除"传统书目表演里的"封建残余"和"暗藏污垢"也许很生效，但是该曲艺种类总体上并未有根本性的改变。中国1949年以来曲艺的变革历史概况，在 Kaikkonen 1990:70-119（第二章的第一节）里得到详细的阐述。

② 孙龙父1962:31,《扬州曲艺志》1992:118-123。

这三类当中的一些,会有密切的关系。扬州曲艺中,扬州弦词(也称扬弹词)与扬州评话的关系最密切。扬州弦词说唱兼具,用三弦或琵琶伴奏,以说为主,所谓"七分说,三分唱",说表和扬州评话相同。由于这两种艺术的关系很密切,许多扬州艺人在评话和弦词二方面都是大师。许多年轻人学徒时期是学弦词的,后来改成评话,也有的先学的是说评话,后来改演弦词。

同时,这两种曲艺的区别也不仅仅在于有无唱词和音乐,还在于其题材的不同。扬州评话的题材分为大书和小书。大书包括历史故事"三国"、"水浒"和"岳传"等等;小书包括"西游记"、"三侠剑"、"清风闸"这样的传奇和武打故事、侦探故事、社会讽刺故事和爱情故事。① 而扬州弦词完全是后一类内容,尤其是像"双金锭"、"玉蜻蜓"这样的爱情故事,多由女演员表演。

沈志凤在扬州大光明书场表演扬州弦词

中国职业说书的起源

职业说书在古代中国的起源,对于文学史家来说是一个充满争议的

---

① 中国说书传统里,对"大书"和"小书"的书目分类,在不同的历史时期和地区有着不同的标准,参见陈汝衡1958:132,Simmons 1992:2。区分扬州评话的大书、小书的标准与书的长短无关,而完全取决于书的内容,这一点不同于杭州评话等。我对书目的分类方法基于对艺人的访谈。然而,研究扬州评话的学者在书目归类上仍存在着分歧,例如:韦人、韦明铧1985:43,费力1991:114。

问题。学者们分别把说书的最初的证据找到从汉朝到宋朝末年这一上千年的历史跨度中。①

当我们寻找中国说书艺术的起源时,我们应当承认,从日常非正规的讲故事发展成为专业娱乐活动和口头艺术种类,经历了一个必然的"史前史"初期阶段。可溯之源长,可证之史短。关键是当寻找根源时,如何定义说书的概念。自从有人类,就有讲故事,但我们必须要找到区别"讲故事"和"说书"的明显分界点。

到了宋代,就有"说话"这种职业性讲故事的艺术表演。当今说书艺人保留曲目之中,还可见宋代"说话"的一些题材和分类痕迹。一般认为,"说话"是"说书"的前身。"说书"这个称法,从明清一直延续至今。中国说书艺术的基本框架,尽管从宋朝到当代有一定的发展,但表现形式和表演者的职业地位的特点基本上没有变。

1957年,在四川省汉墓发掘了一尊被称为"说书俑"的人像,1979年在扬州的四个汉墓之一挖掘出两尊类似的,被称为"说唱俑"的人像。② 和"说唱俑"同时挖掘出的还有二十几尊其他人像,包括侍者、歌者、舞者和讲笑的。

扬州西汉时期的"说唱俑"。扬州历史博物馆

---

① 见马幼恒(Ma Yau-woon)1976。
② 见"扬州邗江县胡场汉墓",《文物》1980,No.3:1-10。

单纯看人像，很难推断他们的活动是否和讲故事有关，就更难说与职业性讲故事有关了。然而这两尊"说唱俑"的面目表情很迷人，其自我陶醉的表情，使人们确实感到，他们好像正在讲一个引人入胜的故事。这些人像的发现对中国早期娱乐活动的研究会起促进作用，但这并不能证明早在汉朝就有职业"说书"。1957年对"说书俑"，1979年对"说唱俑"的不同命名，反映了人们越来越了解说书的狭义概念和说唱的广义概念的不同；说书的概念就是非宗教性的职业化的讲述故事，说唱是包括说书在内的综合的职业性的和非职业性的口头娱乐活动。

从汉朝到唐朝，我们很难找到有关口头形态表演的详细资料。在唐朝，讲故事通常叫做"说话"，或者"说一个话"，但是这个说法不能单独证明当时已经有了"说话的"这一行业。到了宋代，"说话"的一个意思就显然指职业性的讲故事，即明清以后的说书。①

敦煌的"变文"，可以看作是唐代说唱艺术的一种文字记录。它体现了最早期的半白话文的散文和诗词相互穿插的书写形式，内容包括宗教——即佛教和非宗教的故事。"变"字是由佛教演义而来的。宣传佛教的那部分，被认为是从西元4世纪以来口诵的佛经发展而来的。非宗教的那部分都是描写历史人物的传奇生活的。现存的变文也许是在早期口头表演的基础上写成文字的。这种口头表演大概是一面讲故事，一面给观众看翻动的图画——"变相"。②

佛教宣传，用历史故事宣讲孔孟之道以及纯娱乐性的历史传奇故事，它们之间的联系在"变文"中可以发现。宋朝繁多的娱乐艺术显示变文传统可以视为好几种不同的说唱文艺的前身，但我们不可直接把变文和"说书"、"说话"联系起来。③

宋朝讲世俗内容的职业性的故事，无论有无伴唱或音乐，都概括为

---

① 见 Lévy 1981:16。
② 见 Mair 1989:170。
③ 见 Ma Yau-woon［马幼恒］1976:235。

"说话",是城市生活显著的文化特点。当时描写大城市里"说话"情况的一些纪录写道:说话的场合有庙会,"勾栏","瓦子"或叫"乐棚"的民间文艺场所,还有茶馆和酒铺。在庆祝的场合,说话人也可能被请到官邸甚至宫廷里表演。有些资料还提及乡村里的比较低水平的说话的情形。①

从当时宋朝首都汴京的娱乐场所的记载里,我们发现"说话"是按照题材分类的:"讲史"、"小说"、"说诨话"、"说三分"、"五代史"。② 说话一般分为四家,不同的描写之间有细微的差别,但总的来说可以分为:爱情和传奇故事类的"银字儿",罪案和侦探故事类的"说公案"或"说铁骑儿",佛教说经类的"说经"和有关历史人物和大事的"讲史书",这四类。③ 口头表演主要是散文的形式,当中也穿插着诗和歌。此外早期说话的另一重要特点是幽默性的穿插,开玩笑的"诨话"。④

元朝和明朝说话/说书得到极大的发展,同时和说书内容有关的写作也非常流行。宋朝时就有了最早的"平话",也有了"话本"的印刷本子。这些插图书本和故事集后来发展为白话文学独立的文学种类,对中国伟大的小说的产生有深远的影响。这些平话和话本的书面形式跟原本的口传艺术究竟是什么关系,是值得讨论的问题。⑤ 很显然,书面著作基于已经存在了的口传题材,但当文字化传统一旦形成,它对口传文化的反作用也的确存在。口传艺术和文字小说的版本相互影响,交互作用。

扬州评话——从明朝到当代

明朝的扬州已经成为中国最重要的文化和商业中心之一,这缘于扬

---

① 见胡士莹 1980:45-54。
② 见南宋孟元老《东京梦华录》,[1147年著],卷五"京瓦伎艺"条,大立出版社(无出版地点和时间),30页。"说三分",即说"三国",被从'讲史'书目中单选出来作为特殊的类别,可能是标志着这个书目的重要性,参见陈汝衡1985:283。
③ 见陈汝衡1985:306,胡士莹1980:109。
④ 见陈汝衡1985:407。
⑤ 见 Prusek[初版1968]1974:282-288;Idema 1974:4,117,122;Lévy 1981:16-19,112-115。

州当时的盐业垄断地位,优越的水路交通条件和丰富的手工业传统。明末时期,听书逐渐成为富商和业主的一种生活方式。①

著名艺人柳敬亭(1592—1674)是扬州附近的泰州人。② 他在长江中下游地区,如扬州、杭州、苏州和南京等城市有行业性的表演,善于"说书",后来也几次去北京表演。他说的历史故事,如"西汉"、"隋唐"、"水浒"等,所到之处,都得到观众的高度的评价。关于柳敬亭的生平,有不少的记述,亲眼目睹他表演的人作如下的报导:

柳敬亭说书

南京柳麻子,黧黑,满面疤瘤,悠悠忽忽,土木形骸,善说书。一日说书一回,定价一两。十日前先送书帕下定,常不得空。南京一时有两行情人,王月生、柳麻子是也。余听其说"景阳岗武松打虎"白文,与本传大异。其描写刻画,微入毫发,然又找截干净,并不唠叨,哱夬声如巨钟,说至筋节处,叱咤叫喊,汹汹崩屋。武松到店沽酒,店内无人,謈地一吼,店中空缸空甓皆瓮瓮有声。闲中着色,细微至此。主人必屏息静坐,倾耳听之,彼方掉舌。稍见下人咕哔耳语,听者欠伸有倦色,辄不言,故不得强。每至丙夜,拭桌剪灯,素瓷静递,款款言之,其疾徐轻重,吞吐抑扬,入情入理,入筋入骨,摘世上说书之耳,而使之谛听,不怕其不齰舌死也。柳麻子貌奇丑,然其口角波俏,眼目流利,衣服恬静,直与王月生同其婉娈,故其行情正等。③

---

① 介绍扬州评话的历史,请见孙龙父1962;《扬州评话选》[初版1962]1980:357-389;韦人、韦明铧1985:1-83,261-272。陈汝衡1985,包括其《说书史话》1958,以及胡士莹1980也对此提供了充分的资料。
② 柳敬亭的生平和艺术,见陈汝衡1985,胡士莹1980,韦人、韦明铧1985,娄子匡、朱介凡1963,以及在《中国大百科全书戏曲·曲艺》1983里有详尽的叙述。《扬州史志》1990,No.4里有对于柳敬亭的几篇特别的研究文章。Pimpaneau 1991:227-230也总结了柳敬亭的生平。参见Breuer 2013。
③ 张岱(明清)(1597-约1684)《桃庵梦忆》,台北,金枫出版社,1986:68。张岱在1638年亲眼目睹了这场说书表演,参见王澄1990:55。

柳敬亭(1592—约1674),选自孔尚任《桃花扇》(1699)

显然柳敬亭创造性地继承和留传了已建立起来的口头文学传统。更多时候他被请到宫邸去演"堂会",堂会作为节日庆祝活动,那时不仅在富人中,也在一般百姓中盛行。① 柳敬亭不仅在扬州说书,也在北京和苏州表演。所以他究竟用哪一种方言说书,人们一直对此有不同的观点。扬

---

① 韦人、韦明铧 1985:263-264。

州方言是中国最南部的北方话,和"官话"相近,所以柳敬亭很可能是用扬州方言说书,如此一来,南方和北方的人都比较能听得懂。① 柳敬亭那个时代,有说有唱的和只说不唱的表演并没有明确地分开。② 由于他在说唱历史上的突出作用,柳敬亭有被誉为扬州、苏州和杭州评话和弹词的祖师之盛名。

柳敬亭的传记材料中,提到其他一些扬州说书艺人的名字,但没有对他们作更详细的记载。③ 柳敬亭的学生居辅臣,扬州人,17世纪80年代后期继承师传说"隋唐",他由此而出名,当代文献也给他很高的评价。④

随后的一百年里,扬州发展成为中国说书文艺最繁荣的中心。⑤ 1793年李斗所著《扬州画舫录》,生动描写了其时在歌船(一种特有的娱乐游船)、在茶社、在酒楼和在书场里的说书表演。书场的布置是这样形容的:

> 四面团坐,中设书台,门悬书招,上三字横写,为评话人姓名,下四字直写,曰"开讲书词"。屋主与评话以单双日相替敛钱,钱至一千者为名工,各门街巷皆有之。⑥

李斗概述了若干评话艺人的生平,并提及二十多人的名字和他们所说的书。他对知名艺人的精彩表演都作了具体而简炼的评论。如,说历史"三国志"的吴天绪,说"东汉"的徐广如和说"水浒记"的王德山都被李斗评作第一流的艺人。⑦ 那一时期的某些题材,评话艺人以亲身经历而不是历史或传说故事作为创作基础,浦琳的"清风闸"和邹必显的"飞驼

---

① 韦人、韦明铧 1985:46-49。
② 金名 1985:125。
③ 韦人、韦明铧 1985:4,5,16。
④ 同上注,7,17。
⑤ 胡士莹 1980:614。
⑥ 李斗[初版1793]1984:198。
⑦ 同上注,264-247。

传"皆属此类,这些评话运用了大量的地方方言和土语,以嘲讽性的和极其幽默的语言描写了生活在社会最底层的城市赌徒和无赖们的冒险行为。①

当时的扬州城是文化艺术中心,不仅仅评话艺术活跃,而且各种各样的表演艺术都蓬勃兴旺。各类艺术之间的相互作用和影响结出了累累硕果。许多说书艺人先前是唱地方戏或者是唱清曲的,而先说后唱的人也有。艺人们的经历对他们的表演实践有深远的影响。② 有不少著名的说书艺人受过科举教育,但因境遇所迫,放弃仕途,作了艺人。我们所知道的从18世纪末到19世纪初的杰出说书艺人有:叶英(1733—1797)、王景山(约1800)、薛家洪(约1800)和金国灿(约1830),他们的评话主要取材于"三国"、"水浒"、"岳传"及其他历史题材。③

道光年间(1821—1851),扬州处全国垄断地位的盐业和大运河的粮食运输业,这两大重要城市产业倒闭,使扬州的经济遭到了极大的破坏。太平天国(1850—1864)的战争进一步摧毁了扬州城。说书艺人的处境十分艰难,他们不得不到乡下去避难,并在农民和小商人中间寻找新的说书听众。这种情况增加了说书艺人的流动性。他们原先主要在城里,现在开始去到周边的各个乡镇说书,听众也不断增多。④ 到了清朝末年,对扬州评话这种艺术娱乐活动感兴趣的人,一时猛增。在扬州及周边地区活跃着大约二三百名说书艺人。⑤ 从18世纪中叶起,扬州评话各主要门派的主题流传至今,不曾间断。⑥

原先的地理和行政方面的特点曾经给扬州带来的经济上的优势,从20世纪开始逐渐被削弱。特别是20世纪初建成的津浦铁路(天津

---

① 见胡士莹1980:624-628;韦人、韦明铧1985:49-53。
② 见孙龙父1962:24。
③ 见韦人、韦明铧1985:17-20。
④ 见孙龙父1962:26-27。
⑤ 见韦人、韦明铧1985:11-12。
⑥ 见《扬州评话选》1962(1980):365-368。

至南京浦口），绕过扬州，使之偏僻起来。但正因如此，其旧式的传统和生活方式的特点得以保留，说书艺术在扬州城弯弯曲曲的街巷里幸存至今。

扬州评话的门派

在从前，说书艺人靠他们的演出收入维生。一般来说，早期艺人师徒相承，而他们学艺的方法和内容，没有详细的资料。"评话和弹词之祖师"柳敬亭基本上是靠自学成才的，他从幼年和青年时起，开始听别人说书，而后自己入行。在某一时期，他从师于一个学者朋友，一名业余的说书人。① 扬州有几个著名评话艺人，如叶英和李国辉（约1850），他们脱离科举道路，弃举子业而从艺，变成违背社会常规的"怪人"。他们在评话艺术方面的成就，一方面基于他们良好的学识，另一方面也基于对口头文学的适应能力。② "清风闸"的作者浦琳（约1750），原是孤儿，当过乞丐，他开始说书是跟妻子的一个亲戚学的。③ 另一个有名气的评话艺人，徐广如，据说最初缺才少艺，但正当他对说书灰心丧气时，遇见了一位老人，老人教给了他出道的秘密。人们认为，徐广如后一段的经历值得提及，至于他当初如何走上说书之路的，却不值得多说。对说书日常职业培训很少有具体的历史材料。

说书艺人的"门派"概念，只能从题材和表演技巧师徒相承的流传关系上去认识。当我们论述1600—1850年前后扬州评话的发展情况时，只能说特定的主题，比如"三国"和"水浒"，不断出现，而不能用"门派"这个词，因我们对那时候的承传关系所知甚少。在现存资料里，只能找到单个的著名评话艺人的名字和他们的说书题材，却无法找到师传徒、徒再传徒的流传线索。

---

① 见陈汝衡1985:414-419。
② 叶英和李国辉的传记，参见韦人、韦明铧1985:53-56,66-69;胡士莹1980:626-627。
③ 见李斗[1793]1984:196。

然而,从传授系统表(见第二章图1)中可见,1850年前后,最重要的评话门派已经成立,其弟子至今仍在继续着他们各门派的艺术表演。从那些著名祖师的时代算起,这些门派已经拥有了一百五十年师徒相传、生生不已的骄傲历史。[①] 它们是:

"李门三国"
开山祖:李国辉

"任门三国"
开山祖:任德成

"邓门水浒"
开山祖:邓光斗

"宋门水浒"
开山祖:许殿章-宋承章

"清风闸"
开山祖:浦琳和龚午亭

"王门绿牡丹"
开山祖:王德明-王坤山

评话艺人各"门派"的传授系统表简单化地体现了师生关系的概况,但并非详尽。因为在同一门派中只有一部分艺人有血缘关系,所以表中既包括家庭关系,也包括纯粹的师徒关系。徒弟从师多人而且可能博学各家,结合到自己的表演当中,这种情况屡见不鲜;或者,一个说书艺人

[①] 见《扬州评话选》[初版1962]1980:365-368;《扬州曲艺志》1993:344-353。

的儿子师从其他艺人,这些复杂的关系在我们手头的这个图表里一般得不到体现。①

本世纪著名的扬州评话艺人王少堂,属"邓门水浒"的传人,但他父亲、伯父也曾从师宋门。50年代,他被誉为扬州评话的独特门派,以其家族的姓氏被命名为王派。本书即针对王派作专门研究。

扬州评话和其他曲艺种类一样,说书人的艺名有其特殊的规矩。家姓通常保留不变,当师傅认为学生有一定基础,能传这一门的艺的时候,师傅就赠一个艺名给学生,叫"赐名"。有时年轻的艺人自己选择艺名。两个字的名中往往有一个字是和师傅相同的,经常是最后的一个字,但也有些门派是第一个字。王派所定的字是"堂","堂"字可追溯到六代以前的邓门第一代奠基大师邓复堂的名字。② 在此,这个特定的字与艺人的代别没有关系,但从其他门派的名字里,我们有时能看出一定的传代趋势。③

传统培训方式

中国曲艺艺人传统的职业培训方式是师徒相传,师傅带徒弟通常作为一种家庭式的职业。④ 小孩子从五六岁开始练功学艺,有时不到十岁就公开演出了。有的时候师傅会从家外招收一个有前途的,自荐而来的年轻人作徒弟。但在大多情况下,艺人不大愿意收别人家的孩子为徒,一方面因为害怕丢失家庭"财富",一方面也是因为培训一个新徒不容易,

---

① "清风闸"的创始人浦琳,早在乾隆年间(1736—1796)自己创作了这个故事。后来,龚午亭是浦琳的第四代传人,但是既然更早的艺人名字不存在,所以龚午亭也被称为这一门派的口传开山祖。见《扬州评话选》1962:363。
② 孙龙父 1962:28。
③ 相声艺人的艺名使用有较明显的传代系统,参见 Kaikkonen 1990:66。
④ 这个系统似乎在中国如此广泛,Hrdlickova 1965,1968 对此有详细的叙述。王少堂和其养子王筱堂的回忆录,是介绍20世纪初扬州评话艺人接受教育和具有传统艺术生涯的重要的资料。参见王少堂的回忆录 1979,王筱堂的回忆录 1992。

而师傅对这个孩子应负的责任重大。①

如收别人家徒弟,师傅要和孩子的家长签定合同。拜师仪式包括给师傅送礼和请师傅吃饭。徒弟不花钱吃住在师傅家,日常侍候师傅和做各种家务活。当徒弟的水平达到一定的程度,而且学好了基础书段,就能时而替代师傅登场公演。当合同到期或者师傅认为合适的时候到了,徒弟就做正式的首演而从此开始他的艺术生涯,行话叫"过海"。

培训自家孩子学艺和培训别人家孩子的过程是一样的。② 从一开始,小孩子就应该出席他的父亲或师傅的演出,听说书的同时,体验艺术的整体气氛。渐渐地,他不仅只出席演出,还得试记第一个书段。最初,学生要一句一句地背书,但慢慢地,就得记住越来越长的段落。记词的同时,徒弟也模仿师傅的姿势和动作。每天他跟着师傅去书场听书,回来之后,跟师傅学一小段。当他独自一人时,就努力把师傅教的回忆起来、记住,并且连书词带动作表演出来。行话叫作"台功"。第二天,徒弟得"还书",即把师傅教的小段演出来给师傅纠正,如果师傅不满意,常常会在屁股上挨巴掌。③

徒弟掌握了长约两三小时的一场书的情节以后,就继续学记整个一部书,相当于每天一场书、几个月的长度。练习方法是每天观摩师傅的表演,力求抓住故事发展顺序,即书路子,当天的书尽量当天记。说书艺人讨论自己的教育,很少提到书面材料,但是我们知道有些艺人有称作"脚本"的书面资料。"脚本"大多是穿插着诗歌和其他固定段落的概要。④ 然而也有一些评话艺人受过很好的教育,有兴趣把家

---

① 王少堂提到了他小儿时的一段往事,他的父亲曾很不情愿地收了一个盲童为徒学说书,参见王少堂 1979:287-288。
② 以下的描述主要基于王筱堂 1992:30-39,并参见本书第二章其他艺人之补充。另见本书第二部"行话术语"有关教育的一些说法。
③ 见王筱堂 1992:30-31。
④ 王筱堂讲述他小的时候其父从来没有给过他这样的材料来学说书,但是他偶尔做些小笔记,以助记书。参见王筱堂 1992:35。

传的书目较全面地写下来。其中一些也允许别家的评话艺人抄去，但这种做法被视为特例，说明了成年艺人之间有不比寻常的交情，因为各家的书是艺人们的传家宝。这些私人笔记很少用于传统的师带徒方式的艺术训练。①

各个艺人之间和不同门派之间的相互竞争与嫉妒是问题的另一方面。反映在给徒弟传艺时，师傅有时"抽行子"，即教徒弟的时候有所保留，比如漏掉最好的段落，以此保证徒弟永不能超过师傅。这表明学习评话这门艺术，口说耳听有多么重要。艺人之间亦有未经允许就不能听对方的书的行规，担心被人"偷书"。②

表演场合

"五四"运动早期出生的一代评话艺人，亲身经历了国家以及个人的生活所发生的巨大变化。评话表演场合也在20世纪上半叶和下半叶发生了相当大的变化。要概述表演场合，我认为不能不首先从历史的角度描述表演场合，然后从当代的情况加以叙述。本书涉及的评话艺人中的大多数年轻时都实践老传统。今天的扬州评话艺人所用的行话术语，带有强烈的怀旧情绪，反映出他们的父辈和师傅们在世时的那种生活。那些生活方式一部分现在已成为历史，但围绕评话艺术的很多传统仍然保留着。

传统书场

今天的评话艺人说到过去的情况如何如何，他们指的是不太久以前的时候。那时单在扬州就有二十多家书场，尚不提沿长江下游一带

---

① 费骏良，费力 1986:2，前言。
② 孙龙父 1962:23。

定期表演评话的书场总数。① 许多书场设在酒馆或茶馆,吃、喝之外还听说书。其他是专门为说书而建的,听书之外,还可以喝茶,吃点心。后一类有时也称为"书社"。位于市中心教场地区的书社或书场最有名气。

年轻的、不太有经验的艺人初登书台,一定得从城门外的较低档的地方开始。当他出了名以后,才被请到城内的书场来说书。当其艺技得到进一步精湛之后,就会被请到教场的内部圈子的六个著名书社表演。"醒民书社"享有最高的声望,在这里演出一档"生意"后,说书人的名气就能远扬江南江北整个地区。

根据老传统,书场的大门口,有一根竹竿挂着一块牌子,上题"谈古论今,醒世良言",外墙上贴着一张红纸,行话叫作"门红"②。上面写着表演的艺人名字和评话书目。

书场里面总有一只火炉,上边热着几大壶开水。听众们坐在桌旁的长条板凳上。尽里头的书台上有一张蒙着红丝布的桌子,丝布上绣着书场的名字。桌上放一把茶壶和一只茶杯,还有两个大碗,一个是用来收书茶钱的(由书场主和说书人分),靠右边的另一个是当听众要求加演时用来收小转钱的(这个钱全归说书人)。

评话表演通常一天两场:下午从二时至五时,晚间从七时至十时。③ 每天演出开始之前,场东一般站在门口迎接客人。听客坐下以后,那些叫"茶房"的服务员来了,给大家的茶壶和茶杯里斟热水,身后经常跟着小贩,他们拿着大篮子,兜售当地的各种小吃。说书人准时登台,坐到桌

---

① 以下的叙述基于扬州评话艺人李信堂1990和费力1991回忆录。他们所述的情形和习惯联系到过去的情况,多半是四五十年代他们年轻的时候,然而一些情况,比如书场的数量,可能追溯到30年代。另见娄子匡和朱介凡1963:251-252。当时,在扬州及其附近地区活跃着300名说书艺人,参见孙龙父1962:23。慢慢地,这些书场被迫关掉,但是直到60年代后期,在扬州市还有六个书场营业,参见韦人、韦明铧1985:271-272。
② 参见本书第二部"行话术语"里带有"红"字的词语,"广告"的意思。
③ 见娄子匡、朱介凡1963:252。

子后边,随着"止语"(醒木)响亮的一声叩击,随后茶房高喊一句:"开口!"听众停止喧哗,安静下来。

评话表演分为四个段子。第一个段子之后,有个小间休,然后场东把书台左边的大碗传递一周,收书茶钱。第二个段子之后,茶房们给听客备热手巾擦把脸,往他们的茶杯和茶壶里添热水。到第四个段子的尾声,说书人就使劲"卖关子",说到引人入胜的情节,陡然停下来,以保持众人的兴致。如果听众听上瘾了,不想走,就边鼓掌边叫:"打转!打转!"

于是,场东就拿起书台右边的大碗,到听众中收钱。等艺人把后加的一段说完以后,茶房就喊一句:"明儿请早!"

所有的客人都离开以后,说书艺人才走下书台,喝杯茶,再与场东分当日的收入。①

以上描写了一幅扬州说书艺人书场生涯的图画,多少带些怀旧,但可以让我们想像得出昔日评话艺术的繁荣景象。抗日战争、解放战争、社会主义建设、文化大革命和 80 年代后的现代化,加之当代广电传媒的普及,彻底地改变了上述景象。

解放后,大多数书场已被关掉,仅存的从私有转变为公有。先前组织的说书行会已经解散,评话艺人成为文艺工作者,在不同级别的国家或地方文艺团体工作。"扬州市曲艺团"就是评话艺人的正式工作团体。老一代艺人现在退休了,靠退休金生活,一般只有在文化节或类似场合才请他们特别作演出。也有不少以前的说书艺人改行了,虽然没有按"文艺工作者"登记职业,而有机会时还出来说书。接受过一些说书训练的年轻一代,有的也参加表演,但其绝大多数的都在别的单位工作,非职业演员。

---

① 这样的分收入的程式可以远溯及十八世纪之时,见孙龙父 1962:26。

令人惊叹的是,虽经社会的、组织形式的、经济基础的巨变,扬州评话这门艺术却幸存下来了,并且在位于老教场南头巷子里的"大光明书场"里,人们仍可以天天听书!

大光明书场

在文化革命初期,教场仅存的老书社都关掉了。1987年扬州市重开了今日的"大光明书场"。1990年以前,扬州评话和扬州弹词在能容纳五百多人的大厅里演出。大厅屋顶很高,光线半明半暗,正中的舞台上,灯光明亮。盖着红布的书台上面,放着个扩音器。长条木凳阶梯状地摆放成椭圆形。听众中上年纪的男性占多数,也常有上了年纪的妇女,中年的男女也见得到。每天下午两点到四点,是评话演出时间。演员受聘说一整部书,天天说,长达两至三个月。1989年春季,在我出访扬州期间,目睹了多场演出的情形,所见所闻中印象较深的就是书场观众的热闹气氛,聚集在此的大批听众,情绪热烈,气氛活跃,虽然书场可能没有完全坐满。从门口的广告明显看出,这个大厅还派别的用场,比如舞厅。

1992年秋,我再度回到这里时,大厅已经完全只用于其他活动了。扬州评话和弹词搬到二楼的一间小些的演出室。这里更亮些,看着像是更暖和、更整洁些。木头长凳变成了带靠背的沙发椅,而最多只能容纳一百五十人左右。在这儿,仍然每天下午演出评话,一部书连着说几个月。场场爆满,但听众比我1989年时看到的少了。

新演出室舞台后面的墙,由红色的大帏幕挡着,上挂"百花齐放,推陈出新"的横幅标语和一张大幅图片,图片上面的扇子和琵琶,象征曲艺。帏幕两侧的木匾上对仗地写着:"谈古论今,诲人以规,良言醒世,寓教于乐。"此为书场楹联。这当然是模仿过去的书场门口小牌上的词语。大光明书场外的大门口,张贴着当期的评话书目。用的不是传统的红纸,而是立着白色的广告牌子,上面漂亮地写着艺人的名字和说的书名。①

今日景况

1989年和1992年的说书演出每天都是下午二时到四时,一小时一段,总共两段,其间十分钟休息。说书先生上台非常准时,登台后第一件事,是把手表放到桌上。(虽然演员们在列举必要的演出用品时,从不提及,但现在手表好像必不可少。)说书先生身着传统长袍,现在这种长袍除了有些老人还穿,在扬州时已很少见了。扬州评话艺人一直是以长袍为演出的服装。②

用大碗向听众收钱已是很早以前的事了。现在的听众,花几个钱买张门票,既包听书,又包茶水。演出快开始时,一两个女服务员提着开水壶给听客倒水。人们自备茶叶和茶杯。演出休息时,没有过去的卖小吃的和热手巾了。说书开始和结束时"茶房"照例喊的话显然也没了。但热闹的聊天声、嗑瓜子声、间或的咳嗽声和啐痰声,还是给轻松、欢乐的气氛增加了不少特色。说书人桌上"止语"一敲(扬州评话管"醒木"叫"止语"),众人顿时安静下来。

大家聚精会神地听书,而演出中的咳嗽吐痰声音还挺大。第一个段

---

① 我听见的扬州和镇江的书场布置得比苏州的要简单。1992年我去苏州的时候,有机会在书场听了一场弹词,舞台布置雅致,与扬州的简单的书台不同。舞台布景三面封闭,一面开向观众。背景使用彩色的帷幕装饰,舞台上是用上着大漆、包着丝绒的屏风和桌椅。大厅里燃着灯笼,开着电风扇,大概可容200至300人,几乎都是男性观众,各个年龄的都有,大多是上了年纪的老人。观众都坐在小桌子旁的椅子(有号)上,每个桌上都有一个大保温瓶,里面盛着开水,桌上还有带盖的茶杯。这里豪华的气氛,与扬州简朴温馨的书场形成了鲜明的对照。扬州的书场是日常生活的一部分,人们在此会友和消遣时光。Simmons 1992所描述的杭州说书的场景,大概与扬州的情况近似,但是两个城市的听众构成和书场的数量,以及布景和表演的许多其他细节都有差异。

② 在书场里说书,男性表演者通常如此着装,但在其他场所表演,如学校或者饭店,他们更愿意穿日常的衣服。我看到过的演唱扬州弹词的女性表演者,她们穿着便裤,套头衫,不像苏州的弹词女演员演出时身着合身的旗袍,典雅华贵。

子结束,说书先生下台到旁边的屋里休息,演出厅里立刻就回荡起众人喊喊喳喳、热热闹闹的聊天声。服务员又出来给听众茶杯里倒热水。时间一到,说书人就准时重返书台,再次把小小的"止语"击一下,接着说书。当第二段(也是最后一段)说完,末尾一句话音刚落,听众同时起身,说着笑着很快就离开了。① 没有像在西方国家的掌声。在我看来,听众们好像用说书结束时最后一刻的迅速起身来表达他们满意的心情。也许这只是对说书先生尊重的一种表现,因为照老规矩,每个人都走了以后,先生才能离开书台。不管这种举动的作用或原因何在,我本人每次在扬州的书场里看到的扬州评话和弦词(弹词)都是这样,在镇江的书场也看到同样的情况。

在我的出访中,从来没看见过要求加演的情况。偶尔也许发生,但这个传统好像已经废弃了。由于评话艺人领取固定工资,听众买票交的钱是给公家单位的,自然也就没了付给说书先生加演费的方式和渠道。

其他表演场所

大光明书场不是扬州唯一的表演评话和弦词的场所,但曾在很多年里,全城只此一家人们能天天来听长篇评话的书场。② 在一些文化娱乐中心,评话和弦词的演出很常见。90年代在城东的广陵文化站就不时地安排评话演出,通常是周末。这是评话老爱好者重新聚会的机会,同时也是给当地居民提供的一种文化活动。经常是几个艺人共同参加一个下午的表演会,他们只选择精彩片段来演,第二日不再继续。演出基本上都是按照以上描写的情景安排的,送水倒茶为整个活动中义务的部分。

---

① 这种结束的情况 Simmons 1992:5 也在写杭州评话时专门提到。
② 90年代后期,一些可以每日听书的书场开张了一段时期后又关掉了,如1995年扬州城北的"银都书场"。

大光明书场,扬州

有时学校和饭店在特别的节庆假日里安排说书表演。而这些节目常常是为某些仪式增添"地方色彩"而特殊准备的。穿插的评话节目短小,只半小时或更短,带有衬托性质,使那些为更"严肃"的事情而来的观众感到幽默好笑。说书的人经常站着演,既没有书台或椅子,也没有必需的道具,包括"止语"什么的。演出中没有茶喝,每个场合有不同的听众:学生,游客,政治人物或商人等等。这些演出的表演和内容也和扬州评话传统风格的许多方面不一样。

前面提到,扬州评话和扬州弦词不仅在扬州演,而且在说扬州方言的很多其他城市也演。南京和上海有众多说扬州方言的人口,也有传统的著名的书场。① 北至淮阴,南到镇江,西起南京,东达上海,都有扬州评话书场。说书艺人历来流动演出,从一个地方游走到另一个地方,在每个书场,一连几个月,一处说完再去一处。即使现在的说书艺人领月工资,而不直接依赖他们演出的收入,习惯仍然如故。

1995年5月,扬州新华中学大门外,评话艺人李信堂为一大批学生和教师表演"现代作品"

---

① 见娄子匡、朱介凡1963:244;王筱堂1992。

传统书目

扬州评话各门派的传统书目主要源自中国流行的历史性和传奇性的故事。这些故事的戏剧、小说版本和各种曲艺形式之间,对围绕主要人物和情节,都有共同的架构,而评话和评书的表演之于小说和戏曲版本,相对比较独立,尽管其间存在着相互借鉴的复杂情况。扬州评话不只因其方言形式,并且还因其吸收了扬州日常生活中无数典型的细节,从而增加了许多地方风味。

1993年的一个调查说明,扬州评话传统作品估计共六十七部,所谓"书目"或"书"。其中的二十二部被认为失传了,大多几乎只剩下书的题目。① 主要的书目包括以下：②

历史类：

东周列国(也称"伍子胥")＊,♯

西汉＊
东汉†

三国(包括三部)
前三国＊,♯
中三国＊,♯

---

① 《扬州曲艺志》1993:109-114。
② 标有星号＊的书目,有口头表演记录整理的节选,或据艺人的前辈传下来的手稿整理出版的节选,参见《扬州评话选》1962,《扬州说书选》1981,《扬州评话选》(二)1982。标有井号♯的书目,已经被印刷出版成书,参见本书"文献目录"。已经失传的书目标有除号†。详见《扬州曲艺志》1993:109-114。"后水浒"曾被认为失传,王筱堂去世前若干年表演了这部书,他去世后一年,根据其表演整理出版了书面文本,见王筱堂2002。

后三国＊

隋唐（也称"唐书"）＊

粉妆楼

月唐

反唐

残唐

英烈传＊

飞龙传

岳传＊

水浒（包括六部）

武十回＊，#

宋十回＊，#

石十回＊，#

卢十回＊，#

林鲁十回＊

后水浒＊，#

太平天国＊

公案和武侠类：

九莲灯

八窍珠＊

绿牡丹＊

三侠五义（也称"七侠五义"或"包公案"）＊

三侠剑

杨家将

彭公案(也称"杨香武")＊

施公案

三义图

万年青＊

神话类：

济公传＊

西游记＊

社会类：

清风闸＊,#

飞跎传(也称"扬州话")†

金瓶梅†①

通过口说心记，一代又一代的说书艺人继承了师傅们的技艺，同时还不断加工、润色和再创作，形成自己的表演风格。一般认为，扬州评话表演得越长，书说得越好。20世纪王家世传的"水浒"，内容大幅增加。大师王少堂，据说把传到他的"水浒""膨胀"成两倍之多。"武十回"，大概占全部"水浒"的四分之一，王少堂的祖辈会说二十多天的；到他的父辈(父亲、叔父)这一代，说四十多天；到他，王少堂，就长达七十五天。②因为我们没有前辈表演的录音，所以不容易做具体的比较。③

---

① "金瓶梅"作为扬州的传统表演书目，属扬州评话还是扬州弦词(弹词)，目前无法考证。
② 见王少堂 1959：2。根据孙龙父 1962：28-29，宋门的鼻祖许殿章把"武十回"说了二十天；宋承章把书扩大到了三十天，而他的弟子王建章和王金章又扩大到了四十天，之后还被王玉堂和王少堂扩展到了六十至七十天的书，他们使邓门(其父的一支)和宋门(其叔父王金章的一支)结合成了一体。
③ 在整个中国，把一部书艺术性地扩展增容的能力，通常被视为说书人获得最高评价的标准，参见娄子匡、朱介凡 1963：238-253。

表演成份和要素

扬州评话艺人把表演要求归纳为"口手身步神"①。首先提的"口"是最重要的,而手势、身体的动作,脚步的移动,以及面部表情和眼神相辅相成,缺一不可。

另一种说法是:"说噱弹唱演"。严格地说,"弹唱"仅限于扬州弦词。对于扬州评话,"说"和"演"当然是最基本的,而非常有意思的是,"噱",即"搞笑",作为单独的要素被提出来。这强调了幽默在评话里的重要性。纵观历史,扬州评话艺人,因能把众人逗笑而常受称赞。除了在评话表演中一般使用的幽默手法以增添风趣之外,有些说书人习惯在真正开始说书之前讲几个笑话,而且在说书当中还不时地加入笑话。20 世纪初,笑话经常是"荤的",明显地带有性和下流笑话的阴晦语言,这些在政府 50 年代以后对社会的道德改造中,都被清除掉了。②

表演风格

扬州评话限定艺人在桌子旁坐着演。说书时,艺人的动作是示意性的,而不是把故事情节和人物活动"完全"演出来。例如评话中"人物"的脚步,通常由说书人用手臂的特殊动作来代表。③ 艺人不仅靠声音的力度,而且靠动作的幅度和清晰度,能演出故事情节在高潮前后的渐强和渐弱。总而言之,动作活动范围是有限的,"小开门"这种说法反映了其动作的风格特点。苏州评话"大开门",即允许艺人更大的手势和离开桌子在台上走动。还有其他种类的评话、评书,动作比"小开门"更进一步

---

① 王少堂 1979:300 - 301。下面经常引用的扬州说书艺人的特殊行话术语,是从传记资料里收集的,如王少堂 1979 和王筱堂 1992。并且,也与评话艺人当面讨论过这些术语,参见"行话术语"。
② 孙龙父 1962:23。
③ 王少堂 1979:300。

受限,表演只用手指动作。扬州评话的动作定位介于二者之间。然而扬州评话并非唯一使用小开门的曲艺,"小开门"只是扬州评话诸多艺术特点的一方面。

在西方人看来,评话艺人的动作有明显的"中国"特色,这些特点同样出现在中国别的传统文化里,如武术和太极拳。地方戏曲似乎很明显地对评话有较深的影响,许多著名评话艺人曾经是演地方戏的,他们把戏剧演出技巧移植到评话艺术中。① 不过,评话艺人好像没什么用于表述其各种动作的专业词汇。在描述评话的技术和艺术性方面,找不到对特定风格的姿势和模仿方面的具体说法或术语。大多数情况都处理成对各个演员能力的一句褒赞:"如听其声,如见其人!"

但是把上述传统的与"现代化的"表演风格区分开,这很重要。后者不是在书场,而是在饭店、学校等处,演成了一种更像小品剧式的,其完全异于传统的扬州评话。动作上,这种风格似乎更接近于苏州评话的"大开门",幽默变得更为一种滑稽、笑闹式的,这也许是受滑稽类的相声的影响。现代风格的扬州评话是从传统书目中抽选出来的某些动作性强,或者特别幽默的段子,作为一时一处的演出。1949年后新创的"现代作品"里主要用这种风格。

演出道具

用扬州说书艺人的行话来说,表演的道具和其他必需品叫做"八宝"②,包括:

台

---

① 韦人、韦明铧 1985:9。王少堂 1979:303 提到了京剧和昆曲对说书的影响,但主要的是涉及声音和呼吸技巧方面,没有提到动作方面。
② 参见"行话术语"、"八宝"的概念归功于扬州说书艺人的恩人乾隆皇帝。在说书艺人和研究评话的专家中,对"八宝"包括哪些、以什么顺序排列存在许多不同观点,参见《扬州评话之友》1993,6-7期的几篇讨论论文。我所列的是根据戴步章先生的观点,见本书第二章。

椅

桌帏

茶壶

止语

手帕和扇子

大碗

三弦

台,也叫"书台",中间放着一张木头方桌。椅子比一般的高些,可使说书人呼吸更自由、行动更方便。① 茶壶加带上一只茶碗。"止语"是扬州评话艺人的特殊用语,别处叫"醒木"的小条块。大碗和三弦现在不属于必需品,大碗原来用于向观众收钱,而自从评话演员领固定工资,观众买票听书之后就不用了。三弦现在只在扬州弦词里用。从八宝的项目中可见,扬州评话与扬州弦词的姐妹关系。

八宝当中,只有"止语"是说书独特的道具。表演者的手帕和扇子,只是普通的生活日用品,坐在一旁的听众也都用。区别在于:演者靠它们表示故事中讲的各种东西。他文雅而灵活地运用着它们,使之成为舞台表演的一部分。老一代的扬州评话艺人大多只在夏天使用扇子,在寒冷季节表演时就不用。② 有的艺人已经习惯在一年四季的演出里都用扇子。

扇子和手帕起到了各式各样的道具的作用。折着的扇子代表武器,比如:刀、棍棒和枪;或是日常生活所用的物品:如鞭子、擀面杖、筷子等等。打开的扇子可以代表墙、屏风等等。手帕代表信件、公文、书本、盘碟等等。正如评话表演者说书时自己能演出许多不同的角色一样,他能用扇子和手帕这两样道具代表许多不同的东西。艺人身上带着的扇子和手帕,和其他

---

① 费力 1991:116。

② 根据戴步章先生所说,此习惯是个老传统。只在 20 世纪后期,扇子才成为年轻一代必备的道具,也许是受苏州评话等其他传统的影响,老一代扬州评话爱好者为此颇感遗憾,参见音十(笔名)1993。

扬州评话的道具

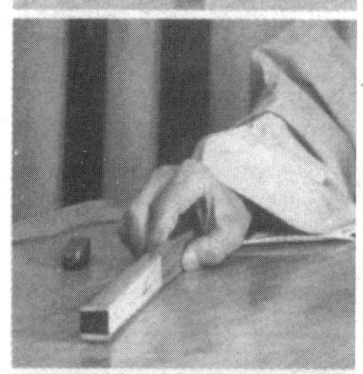

的人一样,是日常用品。但在说书中它们起双重作用:

普通功能:热天演出时,说书人用扇子搧风,他不时地用手帕擦额头上的汗。

特殊功能:作为道具,适用多方面,但扇子和手帕分别代表不同类别的物品。

茶壶和茶杯通常只用其日常的功能,表演当中说书人喝茶润嗓子。可是当说书人表演喝水或喝酒的动作时不是直接拿起茶杯,而是把手弓成碗状来代表碗。不过喝茶在表演中有第二个作用,即,说书人随时需要停一小会儿来想下边该要讲什么了,喝茶就派大用场了。

说书人的小条块,曲艺界一般叫"醒木",这个名词有时解释是"使昏昏欲睡的听众醒来",有时象征着说书是让平民百姓醒觉的教育。扬州评话的行话,"醒木"叫"止语",材料是四至六公分长,直径约一公分的一块玉石或硬木。演出开始时,说书人在面前的桌子上响亮地击一下"止语"。于是可见其作用之一,即请众人停止聊天,安静下来听说书,扬州评话用"止语"的意思正是如此。

除此之外,"止语"还在说书过程中有其他的功用。当说书人想要听众集中注意力，和当他想要变换语气，制造一种新气氛时，他也敲一下"止语"。用音乐词汇来形容"止语"这个工具的效果也许是最佳的。说书人在桌上击他的"止语"时，通常只一下，所以其效果明显有别于众所周知的鼓和快板有强烈节奏感和声响并贯穿整场演出的这些乐器。然而，说书人不时地在桌上敲击着"止语"，随着说书的语言，或重或轻，产生紧张和节奏的音乐效果。如果把说书的语言比作交响曲，那么"止语"发出的单声，一会儿是重敲锣的效果，一会儿是轻碰三角铁的声音。

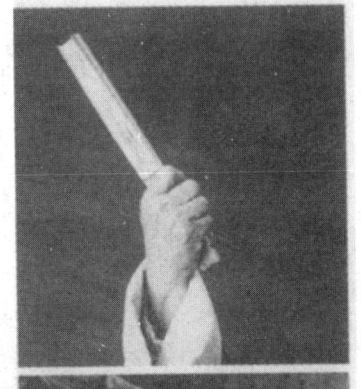

除了表演用途以外，"止语"还有着特殊的意义。它代表艺人已圆满完成专业训练，是获得了说书地位的重要标志。一般在师傅认为学生可以"毕业"，行话叫"过海"时，把"止语"作为赠礼给学生。一个"止语"经常由父传子，或由师传徒，历经数代相传。

口头叙述的风格

和其他说唱艺术一样，扬州评话艺人把他们口头叙述的主要特点概括为：

快而不乱

慢而不断

这句话强调：说书时，艺人紧扣起伏故事情节来把握书说的快慢及语言节奏的变换。①

　　表演里的叙述分为两类说白,官白和私白。官白指书里角色之间的对话,其余都属于私白,比如:说书人的叙述、描写、评论、解释以及角色的内心独白。不同的说白之外,还有不同的所谓"说口"(简说"口"),即说书人声音的变换,涉及强度、节奏、呼吸技巧和反映人物角色社会地位的方言发音。扬州评话艺人使用下列"说口":"方口"、"圆口"、"泼口"、"掼口"、"堆口"、"丢口"、"剪口"和"收口"。② 扬州评话最重要的两个"说口"是"方口"和"圆口"。方口发音清晰、有力、平稳,即兴创作的余地比较有限。圆口则连续、顺畅、快捷,更接近日常说话,土语成份比较多,随时可以即兴创作。先前方口和大书门派有关,像"三国"、"水浒",这些题材的书也叫"方口书"。圆口和小书门派相关,如"西游记"、"清风闸"等,叫"圆口书"。现在大多数门派两口夹用,小书的门派较依赖圆口,大书则二者兼有。

---

① Kaikkonen 1990:246-247。
② 其他评话种类里,尽管也有一系列的"说口",意思和表演常常不一定相同。《中国戏曲曲艺词典》1981,对各地方的术语区别并不作详尽区分。

第二章 原始资料

> 一项民俗传统只从文字形式的文本来了解是不够的,应尽可能地,搜寻其"活"的形式,并且从中观看它传递的情况。①
>
> Axel Olrik (1864 – 1917)

活的口传艺术

中国活的口传的说书艺术,尽管与书面文学的话本小说和章回小说相交织,相互影响不可忽略,两种艺术好像历来表现出互相给予动力和支持,而不是互相抵制的关系。当今,口传艺术可能面临的最大的威胁不是来自于印刷体的文学,而是来自于现代的传媒技术和现代人的生活方式。尽管本研究所访问的说书艺人还都采用的是传统的师徒相承的方法学艺的,传统的师徒关系以及用于师徒相传体系中的教育原则,已经属于过去的时代。当代老年和中年的说书艺人或许是最后一批具有记忆并演出浩大篇幅、连续性故事能力的人了。我们也不禁注意到这一

---

① Axel Olrik(丹):*Grundsætninger for sagnforskningen*(口头叙述研究的规则)[1905 – 1917],1921;英文版:*Principles for Oral Narrative Research*,Bloomington 1992:13。

代艺人,无论其学艺过程,还是寻常表演时,他们不靠书面材料,或极少靠这类本子用来巩固记忆。

书面的记录

除"文革"期间(1966—1976)以外,从20世纪50年代起,中国做了大量为了给子孙后代保留文化遗产而保存说书艺术的工作。在扬州评话方面,工作重点是把20世纪著名大师说的书写成文字,并且发行出版。一些著名大师,譬如王少堂(水浒)、康重华(三国)、费俊良(三国)、戴秉章(西游记)、余又春(清风闸)等,说了他们全部的书或选段,并都得以抄录、整理出版。①

50年代的版本,比如王少堂说的《武松》(1959),使用了几种不同的技术方法整理出来:在艺人演出过程中,由有经验的书写员把他的叙述速记下来,也使用早期的录音器材和电台。这些录音材料然后又经过编辑和王少堂本人的加工与处理。做这项工作时,许多方面要考虑到:

(1) 为了经济和方便的原因,出版书不可能像实际表演评话一样长。当时认为,去掉重复的和冗长的段落是对表演原形的一种改进,但与此同时,也添加了一些插入语,比如"他说","他心里想"等,这样做是为了便于读者更好地理解写下来的文字。

(2) 难懂的方言词语和段落被删除掉了,因为书在出版后要面向全国的读者。

(3) 封建的和"低级趣味"的段落被删除了,使书的内容更"健康"。

(4) 长长短短的段落被重组或重写,以便作品内容更加紧凑,条

---

① 参见"参考书目"。

理更加清晰。①

出于这些考虑,口说的表演中的字句就有所改动,去适应读物的格式与风格。于此,首要的是传播通俗文化,而遗产保护和学术研究的目的是次要的。尽管如此,这些出版物对于扬州评话的学术研究具有巨大的价值。此领域工作的中国学者,主要参考这些出版的文字资料,将其用作研究的资料和例句来源;但同时,因为有社会经验和文化背景,中国学者,特别是扬州本地的学者,能在看书面资料时,回忆起说书表演的生动语言和色彩。

但是这些出版物,对于我目前的研究,只是第二手资料或是背景资料,而非第一手资料——即本书的原始资料。我欲用语言学和叙述学的方法,研究和揭示扬州评话作为口传文学的特点。因为首先,看书面材料不是真的"听书",其次,书面的材料经过整理,在语言方面、结构方面和思想内容上都有一定的改变,所以如果把研究建立在这种材料基础上,对于我来讲,就失去了科学的价值。而我所寻找的常常正是那些在"改正了"的版本中被去掉的部分。于是,从研究一开始,我就尽量去获得评话艺人真实的声音,并且也尽可能地请艺人按实际表演的情况说书,把他们说书的声音录制下来,再将录下来的段子变成我的研究材料。

原始资料的收集

我用作原始资料的录音,大多是1986、1989以及1992年期间去扬州时录制的。录音场合主要为两种:或是在有大量观众的公共表演场合,或是在通常只有少量观众的私人场所。(中文版本第二部份我加上了一些1996—2003年录下来的书段,为了作参考资料;1998年我得到的王少堂1961年表演的"武松打虎"广播录音最前头的三十分钟,也加上了,请见本书"新编序言"。)

在公共表演场所的录音,有的是在扬州的大光明书场、广陵文化站

---

① 王少堂,1959a,后记,1117-1131。

或镇江的书场录的,有的是在饭店和学校录的,重要的是有自然场景的气氛。① 但是由于噪音的关系,声音质量不令人满意。这是我为什么不把这些录音用做本书的主要资料,而只用做参考资料的原因之一。

私人场所的录音,有的是在以上书场专门为我而安排说书的时候录的,有的是当我去说书人家里做客时他们即兴表演时候录的。还有时,说书艺人到我住的扬州师范学院的房间里来录音。这类录音大多只有三十分钟,只有几次长达书场说书规模(大约两个小时)。但这些录音的声音质量适于我的目的要求。从这部分原始资料选出的内容构成了本书的重要组成部分。

选择哪些作为本书的主要材料,不仅仅取决于录音带的声音质量,还需考虑说书的题材。当时在公共书场听到的说书,对于我的研究是相当边缘的,便于用作研究的背景参考材料。因为我有机会请扬州和镇江几位老艺人专门为我说我想研究的题材,故此就并没有修改我的本来计划,我仍然按计划行事。

为此,艺人们特别为我说了一些书段。听众仅限我、艺人的朋友或亲戚及一些感兴趣的人。虽然不是在书场说的,但是艺人们的水平很高,表演得很称职,也很自然。而且我也从来没感到他们因为被录音变得紧张。

录音大多是在会面的现场当时决定的,有时也预先约定时间。有时,说书人事先知道要说哪一段书,但艺人们经常即兴表演,有时说书人自己选段子说,而更多的时候是我提出希望,请他们说一些特定的书段。我将在文后单独介绍各位艺人和他们当时给我表演的书段以及场合。录音时的条件是原始资料的一个重要的内在成份,而且在分析资料的各个层面时应该考虑当时当地的录音情况。②

---

① Finnegan 1992:76。
② 同上注,75-81,91-112。

录音办法

除了个别的资料以外①,录音都是我为此研究的目的 1989 年和 1992 年在扬州和镇江亲自录的。录音带是当前研究的最基本的原始资料,辅之以录像带。表演时,书是怎么说的,我就怎么样录音。艺人从来没要求过删除一段录音或者摘去一些段落,也从来无须为了录音的目的,在一开始先试几遍。录音资料都是原始的,没经过任何编辑。在我的录音资料里,有些不是成段的书,而是请艺人专门为我的研究说一些评话表演手段的例子。

誊写成汉字的方法

本研究项目的所有录音资料中本来为英文版本选了九段书作为专门材料,编排在本书的第二部份。其中七段书全部用汉字写出来了,另外两段只有录音第一部份(十五分钟和三十分钟),被收进去。目前为了中文版本再加上了八段书,同样也编排在第二部份。②

把录音上说的每句话转化成汉字时,遇到的主要困难为:扬州方言里某些特殊的说法没有其相对应的汉字③;某些语法助词写成汉字,就需

---

① 王少堂 1961,李信堂 1986,王丽堂 1986。在丹麦和挪威录的一些本书所附的参考资料,请见"新编序言"。

② 为了把录音内容写成汉字,我得到了以下几位的帮助:原籍上海、现居奥斯陆的叶林先生,1986—1987 年他帮助我听辨早期的录音;之后我得到了扬州师范学院的学生陈素芬的帮助,她当时在奥斯陆学习;当我 1989 年再访扬州时,得到扬州师范学院的学生张蔚文的定期的帮助,我们之间的合作持续了好几年,她还到奥斯陆来探访过我;在 1992 年我走访扬州期间,得到了扬州评话艺人、学者及专家费力先生的帮助。我的前提条件是:录下的评话内容不可"修正"、挪换或"改编",所有这些帮助我的人为逐词逐句分辨录音并书写成汉字,做了大量的工作。费力先生为 1996 年英文版把所有的写录下来的文字作了最后的核对。在合作过程中,我们一直不断地努力寻求解决上述问题的办法。

③ 关于扬州方言的特殊辞汇,我所见到的有:洪为溥 1980 及《扬州方言词典》1990。这两本词典并不涵盖我录音书段的方言用语。在这方面我还得到了陈午楼先生的帮助,他送我他 1983 年写的未出版的《扬州评话"武松"中的方言实例》。

要加上特有的字（跟现代汉语的用法不同）；有些段落因模仿某些人物说话非常不清楚，也就录得不清楚，不容易转成汉字；有些拟声的发音不符合一般的口语语音规矩，没有现成的汉字可以表达。

对以上问题的解决方法为：没有相应汉字的方言说法用同音字（扬州方言里的同音字）或发音相近的字来表示，这种汉字加上一个空框：□；语法助词的每一类这种问题，请见第四章；不清楚的段落，把辨认出的写下来，句子残缺的部分也不做修改；拟声发音是用与声音比较近似的汉字表示的，这些写法基于扬州评话艺人的听写习惯，但是只看这些拟声词和拟声段落的汉字写法，并不能自动地猜出来扬州评话发音确实如何如何，而这些写法只能说明大概的声音。

扬州方言的音位和音素的表示

本书的第三、第四和第五章里所引用的扬州评话的例子，都是用汉字表达的，并使用音位符号的方法将其拼写出来。音素符号的使用主要在第三章。音位和音素符号主要是按照我早年研究扬州方言的系统，该系统将在第三章得到介绍。①

说书艺人

四代艺人

本书所涉及的原始材料是四代评话艺人说书的录音。这四代人正好属于20世纪这一百年。第一代是约1880—1915年出生的，第二代是约1915—1935年出生的，第三代是1935—1955年出生的，还有第四代多半是1970年以后出生的。1955—1970年出生的评话艺人不多，我只认识了一个女的弦词艺人是在这个时间以内出生的。一面大概是因为

---

① Børdahl 1977。

文化大革命的影响,一面是由于新中国社会一般性的改变。

20世纪上半叶,扬州说书艺人生活和活动的最好资料,是著名大师王少堂(1889—1968)和养子王筱堂(1918—2000)的传记。① 从中我们看到他们少小学艺时受的严格训练,功成名就之前走过的艰辛道路和在迫于生计而四处卖艺的年代所经历的各种苦难。传记当中还有对上海、南京、扬州、镇江、泰州、淮安等城市里人声嘈杂的茶馆与雅俗共赏的书场以及对书场场东之间的私下交易的细致描写。听书爱好者当中也有怪声怪气的,书场内也会碰到抽大烟及小混混的现象。

老一代的评话艺人经常用自己的行话和术语谈他们的传统习惯,所讲的就是上述那个时代的情景,那是他们孩童和青年时期的真实生活,艺人们对评话艺术的评判标准基于他们年轻时的生活经验。

评话艺人经济和职业的状况在20世纪下半叶经历了巨大的变化,这无疑也对该艺术的未来具有深远的意义。在我目前的研究工作中,所研究的是我1986至1992年在扬州期间亲眼目睹的艺人与他们的表演。此外我在中文版中也加上了王少堂1961年给南京广播电台表演的一段书,这段录音我1998年才得到,所以英文版(伦敦1996)里没有王少堂的材料,当时也没有机会对之进行研究分析。

王少堂说的"武松打虎"这段是本书所收集的最老一代艺人的作品。许多八十九十年代给我表演的艺人当时已经退休,属于本研究中的第二代,本书里共有八段他们的书。第三代中年艺人当中,有些人已经找到与他们的本行有或多或少联系的其他的职业,而大多数是有地位的评话艺人。选用的段子当中,有六段是这代艺人说的。年轻的第四代里,当本书英文版出版的时候(1996年),尚没人成名,因为文化大革命造成了演员的断传。但是,80年代中期,扬州戏剧学校开始培养新的一代。我的参考资料包括:录制这些学生们在学校的排练演出,以及他们老师的

---

① 王少堂[初版1958]1979,王筱堂1992。

演出(参见《专案录音、录像》)。英文版原来不包括第四代人说的书段，但是中文版本里我附上我2003年录的年轻的王派艺人马晓龙的一段书。①

书段选择

本书专门分析和研究的书段，是从传统的扬州评话的书题中选择的。王少堂先生及其弟子承传的"水浒"被选做主要的题材。扬州评话的"水浒"分成六部。其中第一部"武十回"里的开篇故事"武松打虎"是我研究的重点，所以专门选了王派的七位艺人说"武十回"的开书"打虎"：王少堂、王筱堂、王丽堂、李信堂、任继堂、陈荫堂和马晓龙。"打虎"书段是根据每人在不同时间，不同地方，把不同长短的表演录了音而做的研究。本研究项目刚开始的时候，我早就选了"武十回"以及"打虎"的故事作为分析的中心，因为我希望观察口头叙述的稳定性与变化性。②第二部所收集的"打虎"书段可以说都是一种"叙述框架"(skeleton-of-narrative)的七次不同"变形"(versions)。③

除"打虎"以外，出于对比的目的，我也选了"武十回"的三个其他书段，以进一步轮廓和总结王派的评话特点。为了补充对王派的研究，我还选了康派和吴派的"三国"、戴门的"西游记"中的一些书段，通过它们发挥的透视和比较的作用，使我更清楚地认识了扬州评话语言及其叙述艺术的特点。

---

① 中文版第二部份中所附的一共有十六段书，而英文版只有九段。中文版里除了把原来在英文版里做了细致的专业性研究的九段书外，对王少堂1961年说的"武松打虎"也做了同样仔细的分析，而中文版里其余的书段都属补充参考资料。
② 请求、说服各位王派艺人专门给我说"打虎"，实际上并不总是容易的，在他们看来，我的目的好像是比较"谁说得最好"，而在有机会说明情况之后，他们一向很愿意帮助我达到目的。
③ 见 Lord 1960:99-101。

师徒承传关系图谱

图谱的意义主要在于展示艺人之间师徒的关系。图表一列出了扬州评话王派说"水浒"的艺人间的师徒关系。图表二列出了扬州评话说"水浒"、"三国"、"西游记"的艺人间的师徒关系。艺人之间经常为有血缘(父子、叔侄等)的师徒关系,也有不少是纯粹的职业关系。但实际情况要比这个图表上所反映的复杂得多,因为他们中的许多人曾就师于多家艺人。

图表 一

扬州评话王派图谱[①]

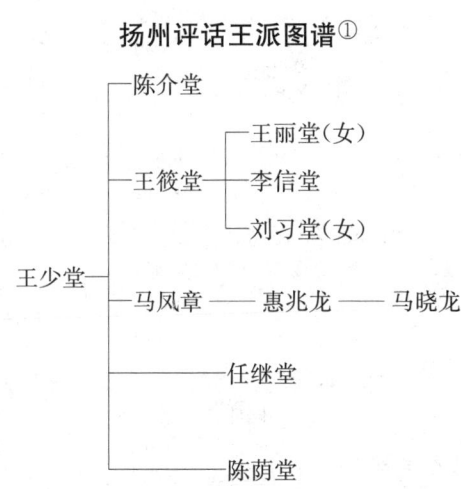

[①] 王派说书艺人在表中的排序是根据他们自己提供给我的隶属关系而成的。

图表 二
扬州评话主要门派图谱①
邓门水浒

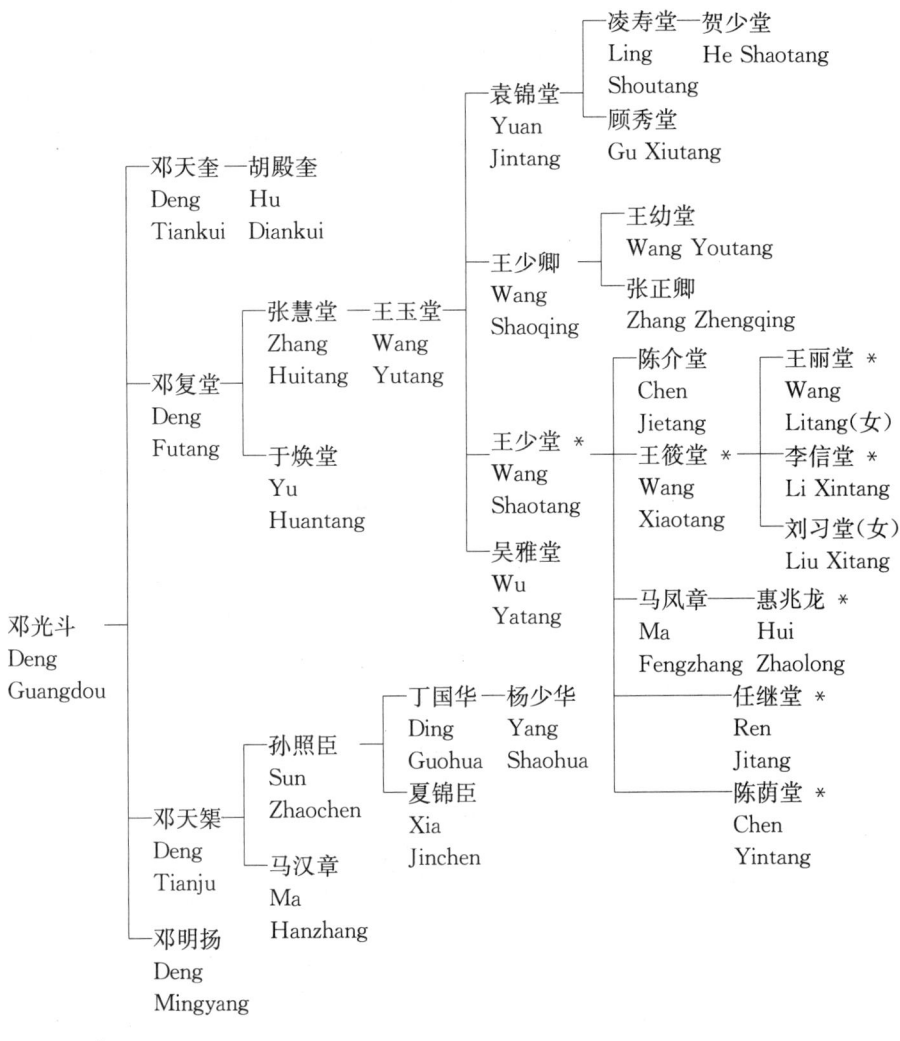

---

① 图表二基于《扬州评话选》1962:365-367,《扬州曲艺志》1993:344-350,再加上一部份后代艺人。标有星号＊的艺人名字在本研究有其表演录音的书段。马晓龙——惠兆龙和任继堂的徒弟——就是"王派水浒"的最后一代的年轻艺人,请见前面图表一。

宋门水浒

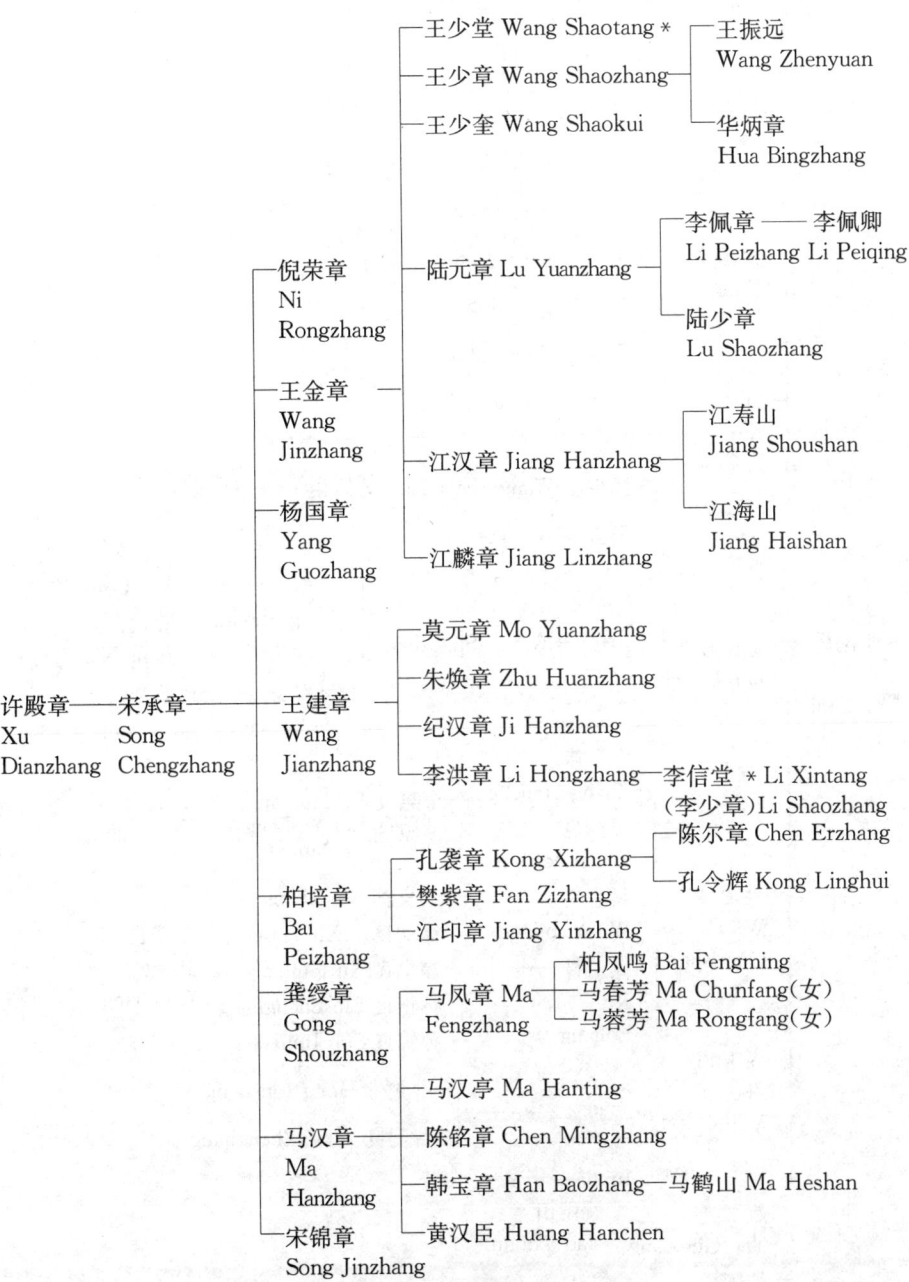

李门三国

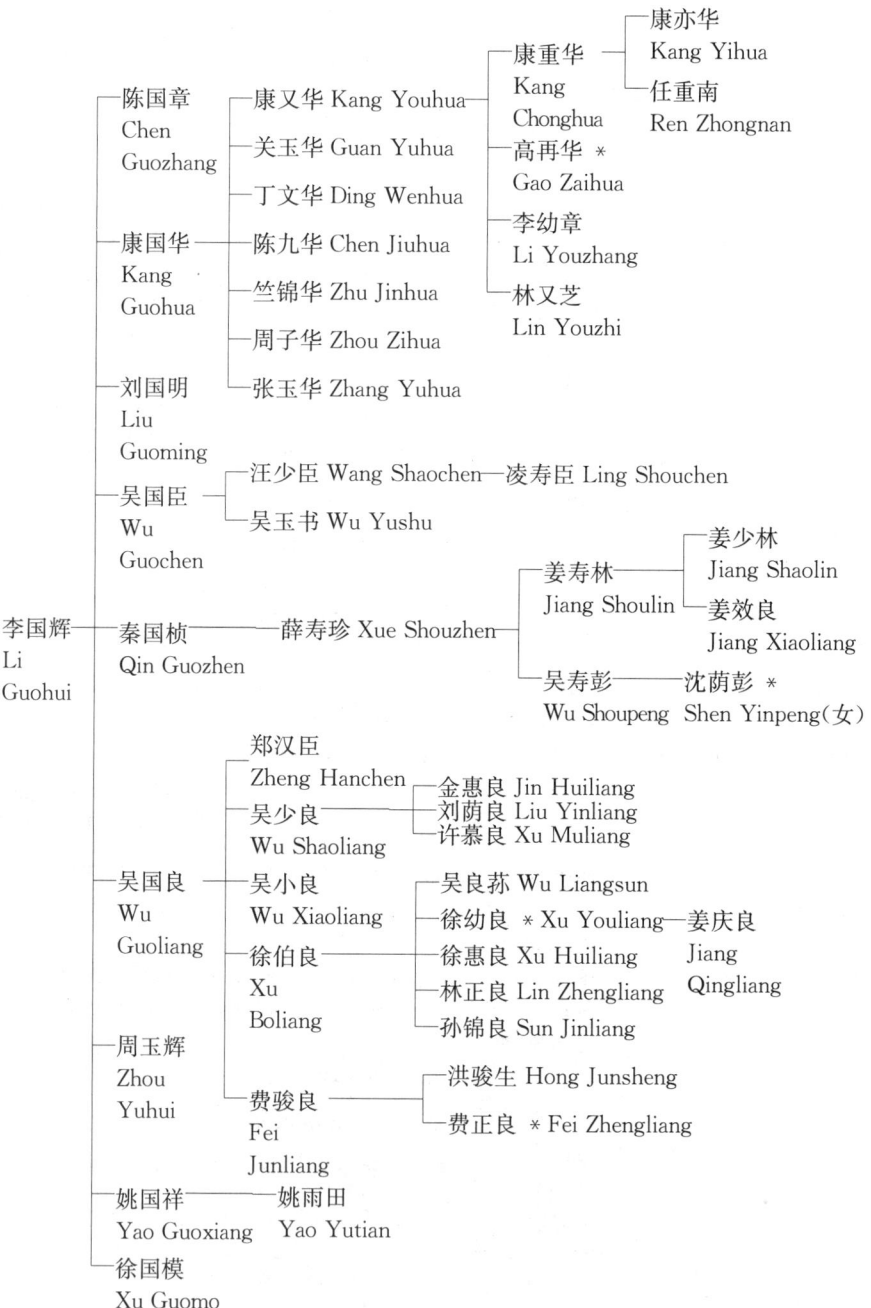

任门三国[①]

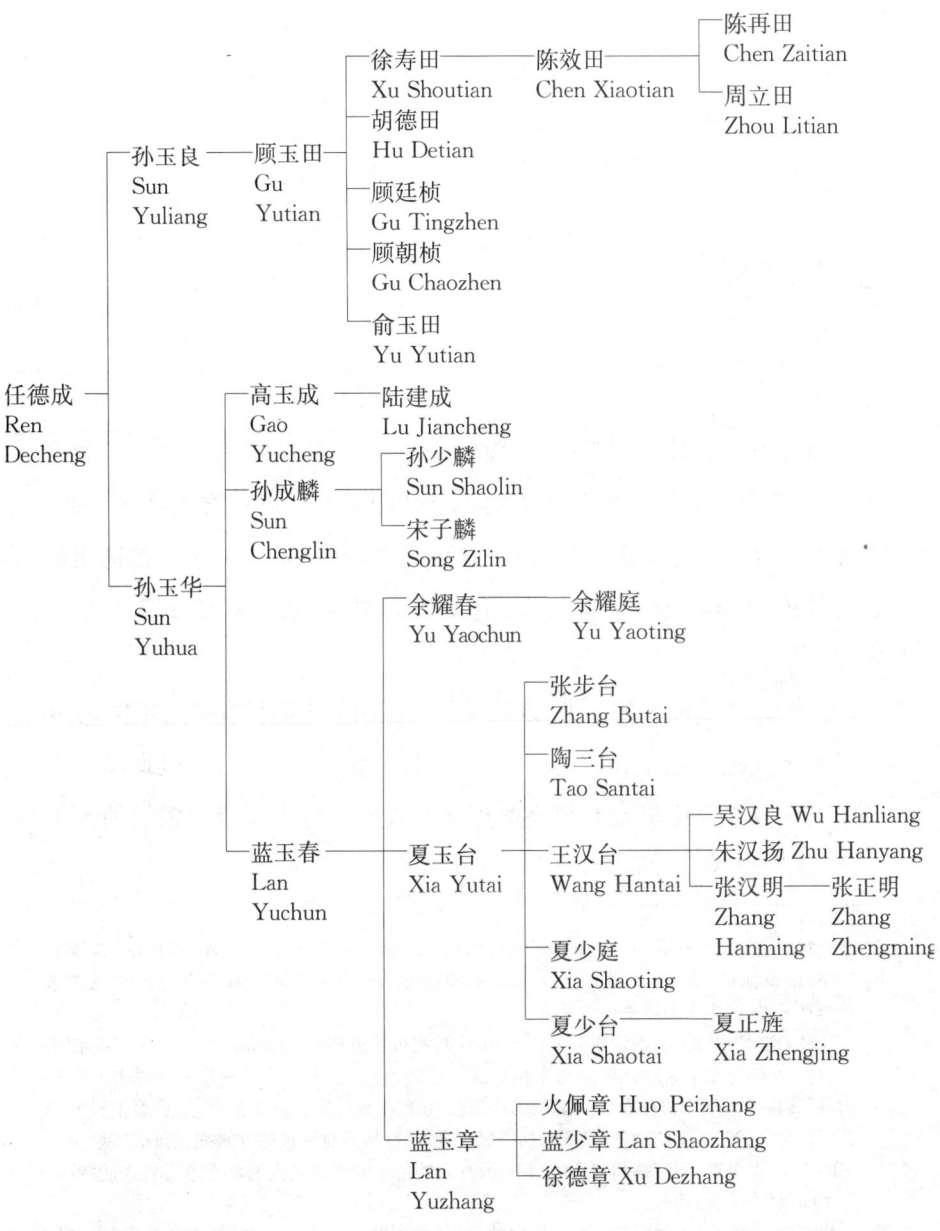

[①] 任门三国,也称"蓝门三国"(蓝玉春是这一门特别有名的艺人)。

戴门西游记

说"水浒"的艺人

王派和其他说"水浒"的门派

  第一章,扬州评话的门派一段里,我们已经提到了王派的来源和这个门派与邓门、宋门之间的发展关系。从图表二也可以看出这些方面。王派是从邓门中分支出来的,由于王少堂大师(1889—1968)①在扬州评话界的地位与贡献,他的前人、后辈以及外招的学生都享有王派的声誉。②

  王少堂先生的名气之大,以致其他门派的艺人显得有些黯然失色。③王派并不是唯一说"水浒"的名门。当时,马派的马汉章、马凤章和马春芳等其他人在评话界也有很高的声望。人们至今也还谈到宋门的宋承

---

① 王少堂的生年,有不同的说法:韦人和韦明铧 1985:23 说王少堂是 1887 年出生的,李真 1988:43 说他是 1888 年出生的,而王筱堂 1992:1 说他生年是 1889 年;王筱堂 1992 这本书是李真编辑的,本书采用王筱堂说法。
② "王家'水浒'"或"王派"的说法至少从 50 年代初就被普遍使用,参见陈汝衡 1985:154[初版 1954]。文学历史学家以此明确地来指自豪的"四代评话艺人",即王少堂和其说书的前辈们,以及其子(养子)和孙女(参见下文)。但是外来弟子们是否包括在内,是悬而未决的问题。我对"王派"含义的理解,是既包括家庭成员,也包括其他拜过师并被赐王派的"堂"字艺名的艺人(参见第一章"扬州评话的门派");外来的弟子跟王家艺人的联系各有各人的情况,见下面每位艺人的短介。
③ 扬州评话一般意义上的"门"中包括不同的派,其主要"门"当中的一些"派"特别追溯以前的著名艺人,以之姓氏命名,如:康派是由康国华、康幼华、康重华等等而命名的;吴派是由吴良、吴少良等等命名的。这两个派都属李门"三国",参见王筱堂 1992:41。

章、王建章或者许门的许殿章等人，①仍然很敬佩他们对评话"水浒"的早期贡献。

王派三代艺人：王少堂（中），王筱堂（右）和王丽堂（左），1957年

王氏艺人

王少堂先生和他的前辈

王派"水浒"家传四代，王少堂的父亲和伯父年轻时放弃了他们钱庄小业主的职业，改行学说书。② 他的伯父本来是评话爱好者，通过经常听书来自学扬州评话，后来他也跟"宋门水浒"的老一代大师宋承章学艺。从那时起他有了王金章这个艺名。王少堂的父亲向他的哥哥王金章学习，但受了基本的教育之后，从师于"邓门水浒"的师父张慧堂。张慧堂是邓门奠基人邓光斗的第三代传人。王少堂的父亲艺名是王玉堂。王玉堂取用带"堂"字的艺名，确定了自己是邓门的传人，但是他掌握的书目增加了从宋门学来的那部份。这样，从王家第一代艺人起，就集合了

---

① 此门派的开门人许殿章比宋承章早一辈，见图表二：宋门水浒。
② 见王少堂1979：286；王筱堂1992：1-2。

邓、宋两门的"水浒"。①

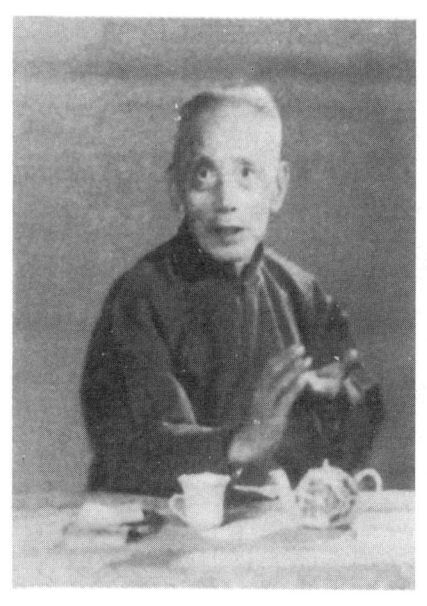

王少堂

王少堂和其弟王少卿两人跟其他的徒弟一道,继续了父辈的说书传统。从师徒承传图谱来看,邓门分支的四个徒弟和宋门分支的五个徒弟里,其中有两个是王玉堂的儿子,有两个是王金章的儿子。我没有见到王金章的儿子和徒弟被明确地列为王派成员。王派这个说法主要指狭义上的意思,王玉堂(父亲),王少堂(命名人),王筱堂(儿子)和王丽堂(孙女)。② 然而,目前属于王少堂传统的一代说书艺人(多数取用带"堂"字的艺名),他们也包括在"王派"说法的广义范畴之内。

王少堂,原名王熙和,七岁开始跟父亲学艺。③ 九岁登台说书,人们叫他少堂,意思是"年少的堂",所以他取了"少堂"这个艺名,十二岁开始说书。在职业生涯的最初几年,他取得了非常的成功。但十七岁时,王少堂经历了听众减员的窘境。当时在扬州地区活跃着三十多个说"水浒"的艺人。年轻的王少堂曾犹豫是否应该变换书题以新颖来吸引听众。但是他的计划并未落实,因为其父告诉他:你以前卖的是个"小",现

---

① 这个事实经常被一些评论家所忽视。从师徒关系图谱上看出:王玉堂和王金章两兄弟分别列在邓门和宋门之下,还可以看出,王少堂是唯一的既属邓门又属宋门的艺人,被誉为承传了两个门的最优秀的艺术的传统,参见《扬州评话选》1962:386。但根据他本人的回忆,两门派的融合基本上是在其父亲的时代开始的,这也由李真1988所述。图谱显然只能起一般性的指引作用,而这种错综复杂的传艺关系不能用图表说明。
② 李真1988:45。
③ 下述简短的介绍是根据王少堂的回忆录1979,王筱堂的回忆录1992以及李真1988。

在你个子长高了,看你像个大人了,听你说书就要求高了,你要赶快用心。于是,在随后的几年里,王少堂停止了公开露面,开始跟父亲再一次学艺,叫做"听还魂书",这是年轻艺人们常用的方法。继而,他开始跟他伯父王金章从头到尾排"武十回"和"宋十回"全部的书。他还旁听父辈其他大师们的表演,康国华的"三国",朱德春的"八巧珠"和刘春山的"西汉",从他们每个人那里,他学到和模仿了一些表演和说口的一定的特点,并将之融合到他自己表演的风格里。在他"悟道"几年后重返书台时,王少堂的名字很快排在当时最好的艺人之列,著名的书场竞相邀请他。在30年代早期,他在上海广播电台表演了"水浒"的一部分。当年他可与京剧大师梅兰芳齐名。

战乱期间,王少堂痛失了几位家人,他本人因被怀疑走私鸦片而被国民党监禁,①他因此不得不逃亡上海,在外国租界躲避了三年。

年轻的王少堂没有亲生儿子,但是收养了他兄弟的儿子王汝杰,即王筱堂,并教他说书,后来又教孙女王敏,即王丽堂。儿孙二人后来都是他的正规弟子。他年老时,生了个小儿子,叫王慧安,但没有教他学家传艺术。②

1949年,人民共和国成立以后,王少堂荣誉地在共产党政府里就职。1954年有关部门着手大规模录制他口传的"水浒"。1958年,他成为全国曲艺协会的副主席。1959年加入共产党。1960年,在扬州曲艺协会的组织下,王少堂开始指导年轻一代的评话艺人,当时他教了二十个左右的学生。③

王少堂和中国的其他许多文化名人一样,经受了同样的政治厄运。"文革"期间,他遭到攻击并被迫参加"批评与自我批评"会,那时他已是古稀老人,而且身体不佳。他于1968年在扬州逝世。

---

① 见王筱堂1992:92。
② 李真1988:45。
③ 李真1988:45。

王少堂口传的"水浒"在 50 年代录制下来大半部分。① 1959 年两卷名为《武松》的约八十万字的"武十回"整理后出版,1984 年再印了第二版。1985 年名为《宋江》的三卷大约一百万字的"宋十回"又整理出版。这些所谓"新话本"对我的研究有一定的辅助作用。

1998 年扬州电视台李新先生帮助我与南京广播电台取得联系,他们给了我 1961 年王少堂在广播电台说"打虎"的第一天的录音资料。此录音共三十分钟,虽然是早年的录音,但总的来说质量很好,只有开头的两、三句有些失真。这是我手头所有的最早期的扬州评话录音。我把这一段书在发音、叙述方面,如同其他的核心材料一样,做了仔细的分析,而关于其语法和文体方面的特点在此不详述,只用作为参考资料。

王派弟子

王筱堂

王筱堂

王筱堂(1918—2000),原名王汝杰,生父王少卿是王少堂的弟弟。王筱堂三岁时,被王少堂收为养子,后来跟王少堂学说书,并被公认为王派的传人。王筱堂小的时候,上了十年私塾。他经常陪伴着父亲王少堂出行到各个城镇去表演。自从他十五岁过海以后,就一直做职业的评话艺人。他的父亲给了他"王筱堂"的艺名,听众知道他是王少堂的儿子,又看他的说口、眼神、手势与其父酷似,所以亲切地喊他"王小堂"。从 50 年

---

① 他的书所录下来音的部分,记录成文字,总达六百万字,参见孙龙父 1962:31。

代起,王筱堂的家一直在镇江,另一个扬州评话盛行的城市。① 除了他口述的自传《艺海苦航录》1992,王筱堂也在晚年口说并被记录下王派水浒最后一部书,名为《后水浒》,2003年出版。

王筱堂说的"打虎"录于1992年11月11日他镇江的家中,共八十分钟。② 我们没有事先商定书的主题,但当我按约去他家时,我请他说"打虎",这好像也是他预料之内的。表演录音时,王筱堂穿了长袍,有桌子,也有道具。③ 这次见面是通过扬州的老艺人安排的,听众是他的一些同行、亲戚和我。表演当中有十分钟的休息,他休息时和在书场里一样,到外屋喝茶。从1989年我第一次见王筱堂一直到1997年,我有他多次说的"打虎"和其他"武十回"段子的录音,作为参考资料,请看"专案的录音,录像"。

王丽堂

王丽堂(1940—),原名王敏,是王筱堂的女儿,跟她的祖父和父亲学艺。

王敏的童年主要是在扬州和镇江度过的。她六岁开始学说书,九岁的时候就随着祖父王少堂上台,为他的表演说一些短的开篇或"书头"。她十一岁过海,艺名叫王丽堂。王丽堂从少年时期起,就是很受崇拜的扬州评话之星,她在评话界获得的特殊地位,不仅因为她很娴熟地掌握了这一门艺术,还因为她赋予了这个老传统一

王丽堂

---

① 王筱堂1992:7,44,前言:4。
② 1989年5月我去镇江,第一次和王筱堂先生见面,他就为我说了一小段"打虎"的开头部分(大约十分钟)。这一小段录音在我以前关于扬州评话所写的文章里曾作为研究材料。本书分析的1992年的录音收在第二部分的第8章里。
③ 参见第一章的"道具"部分。

种特殊的色彩——女性的发音和动作。① 她家在南京,一个一直拥有大量扬州评话听众的城市。她口述并记录成文字的《扬州评话王派武松》(简称《武松》)一、二卷于1989年她祖父一百周年诞辰纪念日出版发行。1995年,王丽堂继之又口述了另三部"水浒",并将之印刷出版,即《宋江》《石秀》和《卢俊义》。

王丽堂说的"打虎",录于1998年南京广播电台,说书首一天录音,共三十分钟。她说的"武松大闹飞云浦"是"武十回"的另外的一个段子,1985年录音并于1986年上市发行了两盘卡式磁带,总长一百分钟,我在1986年扬州的书店里买到了一套。在此书里,只选用开始的十五分钟。②

外招的学生

扬州评话艺人传授训练弟子时,把"正式传授弟子"和"挂名弟子"分成两类,待遇不同。③ 王少堂先生对儿子和孙女的要求非常严格。他们在童年备受磨练,下了大功夫,终得王少堂传艺的首肯。④ 他特别不愿意收外来的学生。根据王筱堂所述,其父早年从外面只曾招收过一个学生,那个学生几乎与王少堂同龄,是个业余说书人,名叫陈介堂(1892—?),英年早逝。⑤ 而我们在传承系统图表一里,还看到一个名为马凤章的学生从师于王少堂,他同时也被列为著名评话大师、"马派'水浒'"的始创者马汉章先生的学生。⑥ 此外,我们也知道王少堂从1960年开始教授一班学生说书,其中有:任继堂(原名任德坤)、惠兆龙和陈荫堂(原名陈世勇)。这一些学生跟随王少堂时断时续地学,大概有三至四年时间。

---

① 见凡夫1979:41-42;周荣耀1989。
② 王丽堂:"武松大闹飞云浦",二盘磁带,中国录音录像公司1986年出版;英文版本(1996)只有这段书。1998年费力先生从广播中帮我复录下王丽堂的全部口述的"武松"。本书(中文版)里只把第一段收入作为参考资料。
③ 见《扬州评话选》1962:366注解。
④ 见凡夫1979,王筱堂1992。
⑤ 王筱堂1992:21。
⑥ 马汉章如同王少堂的父亲王玉堂一样,在宋门和邓门都曾从师学艺,参见表二"宋门水浒"。

还有一部分王派艺人，主要是跟王筱堂和王丽堂学的艺，但在早年也旁听过王少堂的书。本书中文版写就之时，王派最年轻的后生是马晓龙（原名马伟），以前跟从任继堂和惠兆龙学艺。虽然王少堂的学生，师徒的关系亲疏不同，每个人自己却都认为他们是属于王派的，而他们的出身背景及职业教育情况迥异。①

李信堂

李信堂(1935—)，原名李少章，出身于扬州一个宋门水浒的说书人家庭。他的父亲是位盲人说书艺人，李洪章，从师于王建章，他不仅能说"水浒"，还能说"彭公案"。② 李信堂从幼年时起就跟父亲学书，年仅十四岁时，就开始随父出行表演。③ 同时他也上了七年私塾。后来，他还是父辈的另一个宋门说书艺人樊紫章的学生；又师从于属李国贤一支的说"万年青"的杨啸臣。以后他也拜王筱堂为师。④ 李信堂从年少时期起就从事评话演出，曾在扬州曲艺团有重要的地位，享有很高的艺术知名度。

李信堂

从50年代初开始，他有机会得以听王少堂表演"武十回"；并于1963年，和王少堂一同在上海说"武松"，参加了六十二段全篇的表演。当年

---

① 参加此项调查的艺人都按我的请求填了《方言调查字表》1964:ix 的表格,此表目的是了解艺人们的身世和语言背景。资料来源是评话艺人对表格里问题的亲自回答,有时也由其他文章里的资讯作补充。这种补充在以下注解中可见。
② 《扬州评话选》1962:310,352。
③ 索今 1992。
④ 参见《扬州曲艺志》1993:346,353。

李信堂下午在一个地方说完书,之后又赶到城市的另一个地方去听王少堂晚上说的书。深夜步行回来的路上边走边练,自己"还书"。① 他从来没有与王少堂本人一起排过书,但是他原本已是很有技巧的说书艺人,再通过自己的听和练,很努力地去掌握著名大师的书目。李信堂的妻子刘习堂,也是说书艺人,也师从于王少堂。她多年前就已经退休。②

李信堂是我最早认识的评话艺人,并录有他不同时期表演的"打虎"。本书专门研究的"打虎"书段录于1986年11月,共四十分钟,录音带是李信堂先生为我准备的,但录音的时候我不在场。这是我最早得到的扬州评话"打虎",本书对之做了较仔细的研究和分析。1986—1997年期间,我录过李信堂几次不同的"打虎"和别的"武十回"的段子,这些录音和录像都属参考资料,请看"专案的录音、录像"。

任继堂

任继堂

任继堂(1942—),原名任德坤,扬州人,受过初中教育。他是职业说书艺人。他开始师从张惠侬,学扬州弹词(又称为扬州弦词)。1960年,任继堂入选王少堂培养的学生班。从1963年起,他也跟王丽堂学习。作为王少堂的正规学生,得到了任继堂的艺名,名字表明了他和王派之间的关系,但在日常生活中仍用原名任德坤。任继堂的妻

---

① 索今1992。
② 1989年5月13日,和李信堂、刘习堂本人交谈,又见《扬州曲艺志》1993:346。

沈志凤是职业弹词演员。他们两人都是扬州曲艺团的演员。

任继堂说的"打虎",分别录于1989年5月29日扬州他家中(第一部分,三十分钟)、1992年11月11日扬州戴步章先生家中(第二部分,四十五分钟)。第一次录音是在没有任何表演上的或其他形式上的准备的情况下开始的。我们坐在屋里桌子旁边,任先生穿着日常的衣服,没用道具,听众只有陪我同去的陈午楼教授和我。这是我第一次见任继堂,只寒暄了几句,他就同意为我说"打虎"的一个片段。第二次环境正式一些,戴步章先生的几个说书的朋友以及戴先生的家人在场。任继堂先生穿着平常的衣服,坐在一张小桌旁,桌上有一杯茶,他这次用"止语",但因为当时在冬季,没用手帕和扇子。事先没约好说什么书,但应我的要求,他继续1989年的那段书,这样我就能得到完整的一天"打虎"书段。

"潘金莲和武大郎"是任继堂说的"武十回"的另外一个段子,录于1998年10月10日,共二十五分钟,是任先生到丹麦和挪威访问期间,在大学和博物馆说的段子,录音是在我的家里完成的。这个段子在本书的英文本(1996)里没有。在中文本作为补充的参考资料。1989—2003年任继堂"武十回"的一些别的录音,作为参考资料,请看"专案的录音、录像"。

陈荫堂

陈荫堂(1951—   ),原名陈世勇,小时候随父母从北京搬迁到南京,又到扬州,受过现代的学校教育。他从小就喜欢和扬州的小朋友玩模仿说书的游戏。所以,一个邻居通过他所认识的说书人把他带到曲艺团去试一试,引起了王少堂的注意。于是1960年陈世勇被吸收到大师的一班学生里来,从而跟着王少堂学了四

陈荫堂

年,并得艺名陈荫堂。1962年,他被认可为王少堂的"关门徒弟"。文化革命期间,他放弃了说书,而后被扬州广播电视台聘用。从1980年起,陈荫堂开始在地方电台上说"武松"和"宋江",以后在1984年、1985年和1986年进行连续播讲。人们称赞他用官白表演时具有模仿各种方言的能力。① 1990—1991年陈先生访丹麦和挪威,在哥本哈根大学、奥斯陆大学、丹麦广播电台等地表演扬州评话选段。

陈荫堂说的"打虎",录于1989年5月26日,地点在扬州师范学院我的房间内,共二十分钟。他穿着平常的衣服,没用道具,只有我在场,表演内容是预先决定的。1989—2000年陈荫堂"武十回"的一些别的录音,作为参考资料,请看"专案录音,录像"。

惠兆龙

惠兆龙

惠兆龙(1945—2011),扬州人,1961年从初中的学校直接进入了曲艺艺术团。后来在南京旁听了两个月王少堂广播电台的书。60年代初被招入王少堂的培训班。后来,他向马凤章学马派"水浒"。马凤章去世后,他继续向张正卿(王少卿的直传的弟子)学习,所以惠兆龙是王派和马派"水浒"的继承者。② 惠兆龙在中国曲艺界有很高的地位。他在继承了传统的同时,创作和改编了很多的

---

① 见李明1986,姚文群、李之光1987。
② 见王淼1982:48-49。《扬州评话选》(二),1982:94。

"现代作品",比如我 1989 年看过的"陈毅过江"。

惠兆龙说的"巧遇周侗"(别称"月下传刀"),是王派"武十回"中的另一段书。那是 1992 年 10 月 10 日在大光明书场演出时录的音,共三十分钟。当时是半公开性的演出,听众大多是说书艺人、评话爱好者和友人们。惠先生身着长袍,按传统的说书习惯表演。那次是艺人等朋友们为了帮助我,完成录制本项研究中王派后代艺人说的"武十回"而专门安排的。① 1996 年惠先生专门给我表演了一些别的"武十回"的段子,请看"专案的录音、录像"。

马晓龙

马晓龙

马晓龙(1980—),原名马伟,扬州人。他受过现代的学校教育。他从师戴门的戴步章,也从师王派的任继堂和惠兆龙。他的艺名表示他承认惠兆龙为基本的老师。2003 年 10 月我在镇江听马晓龙说"王派水

---

① 我本来请惠先生说"打虎",但他为了补充我收集的资料说了这一段。

浒"的"卢十回"一天书。过几天,10月31日,我们又在扬州见面,而且这一天马晓龙专门给我和我的丈夫表演了一次"打虎"的开头,也允许我录音。这个小书段十二分钟,在扬州大学的虹桥宾馆,我的房间里录的音。在中文版本附上作参考资料。2005年马晓龙经常在扬州电视台晚上的"电视书场"上表演。他是扬州评话年轻的一代当中天资特别突出的艺人。

说"三国"的艺人

吴派的艺人

费正良

费正良

费正良(1931—),笔名费力,出身于扬州的评话艺人世家。他的父亲费骏良(1891—1952),是说"吴派三国"的著名大师。吴派的命名是由著名的"八骏"之一,李门三国奠基人李国辉的出色弟子,吴国良(1872—1944)的名字而来,参见本章图表二。

费正良是从小受父亲传教的正规弟子,他的父亲给他起了"正良"的艺名。学说书并非费先生本人的意愿,所以他后来换了职业,接受了大学教育,而后从事别的文化事业,平常用的名字费力,也是笔名。① 尽管他不以说书为生,但也在公共的和私人的场合表演。他一直积极地编辑出版老一代扬州评话艺人说的书,

---

① 见费骏良、费力 1986:3。

包括口说的和笔录的，其中有他父亲说的，也有其他艺人说的。费力先生曾是扬州说书活动的组织者、《扬州评话之友》刊物的编辑，也是扬州评话和扬州弹词的出名学者。

费正良说的"葫芦谷"录于1989年5月23日扬州他家中，共三十分钟，录了音，也同时录了像。表演时有书台，也有道具。书目是几天前我跟他事先约定的。听众为几个说书的朋友、一些其他的朋友及其亲戚，气氛非常轻松。

"斩颜良"录于1996年8月31日哥本哈根大学北欧亚洲学院，共三十分钟，书题是费正良先生自己定的，他没有穿长袍，但用了道具。观众当中有不少汉学家和中国人，书场气氛浓烈。这个段子在本书的英文本（1996）里没有，目前的中文本里加上作为参考资料。

徐幼良

徐幼良（1926—1995），江苏南通地区的海安人，出身于扬州的评话艺人世家，属于"吴派三国"。父亲徐伯良是费骏良的同事，也是说"三国"的著名艺人。徐幼良上过五年私塾，同时为受父亲正规训练的学生。他家住扬州，一生中主要从事评话表演，在沿着大运河的长江下游一带，特别是扬州和泰州地区说书。我们见面时，他已经退休了。

徐幼良

徐幼良的"华容道"是1989年5月10日我们第一次在扬州戴步章家认识时，他即兴说这段书录的音，共三十分钟。当时书题是我提议的。戴先生及家人和我，以及几个要好的说书朋友和评话爱好者在场。表演是非正规的,但还是具有浓厚扬州评话应有的传统气氛。

康派的艺人

高再华

高再华

高再华(1928—2009),原名高锦江,扬州人,上过十年私塾。他从小立志说书,十八岁时拜康又华(1898—1951)为师学艺,康先生是"康派三国"的祖师康国华(1853—1916)的儿子和传人。高先生十九岁"过海",取得艺名高再华。1961年—1972年期间,高再华先生是扬州曲艺团的评话演员,1964到1966年,曾讲"新书",后来又说"三国",1966年—1972年因文化大革命而停止演出,1972年调至工厂工作,1989年退休之后再次活跃在评话舞台上。

高再华说的"看病",录音于1997年11月1日他扬州家中,共二十分钟。高先生自己定的书题,当时没有穿长袍,但用了道具,观众里有我和他的一些学生。这个段子在本书的英文本(1996年)里没有,在目前的中文版里作为参考资料。

说"西游记"的艺人

戴派的艺人

戴步章

戴步章(1925—2003),原名戴大钩,出身于扬州的评话艺人家庭。

他是"戴派西游记"创始人戴善章(1880—1938)的养子。① 戴步章先生受过高中教育,从小就跟养父学书,后来继续跟他的亲父戴秉章(1899—1972)学"西游记"和"施公案",也跟著名的宋门说"水浒"的江寿山(1888—1961)学"西汉"。此外,他还跟张子南(1894—1960)学"隋唐"。② 戴先生到1964年四十岁以前一直以说书谋生。但是因为"文革"期间连续说书有困难,所以被迫改行。以后在工厂里工作。

戴步章

当我认识他时,戴先生已经从工厂退休了,但他一直积极地为当地艺人组织各种活动。戴先生家位于"教场",即扬州传统的书场中心,所以他家是评话艺人和其他爱好者时常聚会的地方。

他说的"西游记"中的"仙庄投宿",是1989年5月23日在费力家录的音。书题是我建议的,录音时间是数天前约定的,和费力先生(费正良)的"葫芦谷"录于同一天,所不同的是,戴步章先生表演了一百二十分钟,这里我只选第一部分,长三十分钟。

他说的"通天河"录于1996年8月29日哥本哈根大学北欧亚洲学院,共三十分钟,书题是他自己定的,演出情况和上面谈到的费力先生的演出相同。这个段子在本书的英文本(1996年)没有,在目前的中文本中再加上作为参考资料。

---

① "戴门西游记"的命名直接从明吴承恩的《西游记》小说而来。戴善章原来是说"西汉"的,20世纪初期,书面小说《西游记》改创为评话口传的书目。他不仅把故事改成适合于扬州方言表演,同时也在评话里糅和进了其他曲艺种类的表演技巧。他使用小说的暗喻结构来表达其对当时社会现状的讥讽与评论。参见孙龙父1962:29。
② 见《扬州评话选》(二)1982:236,《扬州曲艺志》1993:350-351。

第三章 语 音

语言学的"音位"的分析方法,经常是单面的,而且过度简化的。我相信,这个学派很快会失色,而且语言学上的新潮流会比较公平地看待每一个活的语言的无限丰富。①

Bernhard Karlgren (1889 – 1978)

评话与方言

扬州评话是建立在扬州方言基础上的口传艺术。扬州方言属于江淮方言——中国最南部的北方方言。从方言学的角度来看,扬州评话作为一种艺术的语言,具有特殊的地位。评话艺术通过师徒相传,流传至今几百年,因而保留下来了旧时的说法和语句,其中不少在当今的扬州话中已不复存在。②

艺人们以扬州为大本营,沿着运河往其南部及长江下游两岸的广大

---

① Bernhard Karlgren(高本汉)*Compendium of Phonetics in Ancient and Archaic Chinese*,《中世纪,古代汉语的语音学综述》,远东古籍博物馆,连载刊物第二十六期,斯德哥尔摩1954;再版于歌德堡1963:367。
② 参见袁家华1960:23;《江苏省和上海市方言概况》1960:69。

地区游走说书,在一定程度上,他们把所使用的艺术语言,朝着当时高雅的共同语——北方官话——方向推近了。① 扬州评话这门口传艺术受到传统性和流通性的双重作用,在语音、语法和辞汇方面,与一般的扬州口语,又叫扬州家乡话,存有一定的区别。

讨论扬州方言的语音,我们不时地将之与现代标准汉语(普通话)作比较。② 现代汉语代表当代中国国语,以北方方言为基础。③ 对扬州评话的语言起一定作用的一些标准语当中包括有艺人们所谓"北方话"(或"京话"),然而这里所说的"北方话",其概念并非中国语音学里"北方话"一词的定义,后者为"中国北方方言的共同名"(包括扬州方言在内)。扬州评话艺人所言的"北方话"反而却是不包括扬州话在内的而指"扬州以北的北方话",我们以后将专门讨论其在艺人表演语言里的语音和语法方面的特点。同样,早期的官方语言(过去的标准语),也叫"官话"(包括地方官话在内,如扬州官话),也在扬州评话的艺术语言里留着夕照。地方方言和地方标准语的穿插对扬州评话的叙述文体、语法和语音都有影响。

本章重点研究扬州评话的语音特点,并尝试建立评话表演语言的几种"说口"④与语音音素方面的表现之间的联系。于是,我们可以看出:扬州评话所用的扬州方言,不是均一性的,而方言和不同的标准语在语音方面有密切的关系。

由于在各种中国北方方言里存在显著的共同点,相互之间的语音关系则是很明显的。有时两个类别的声音几乎是一对一的关系,只要借助一些简单的规则,就可以很容易地把一种方言的发音"翻"成另一种方言的发音。但这并不是说在语音方面,现代汉语和扬州方言之间普遍存

---

① 见黄继林 1988a:23。
② 本研究以下关于"现代标准汉语"(也称为"普通话")用简略说法,即"现代汉语";注音的时候用汉语拼音字母。
③ 参见 Norman 1988:245—249。
④ 参见第一章:"表演的成分和要素"。

着一对一的对应关系,它们之间是更为复杂的关系。① 但发音上,某些固定的系统性联系使得说不同北方方言的人较容易相互理解。显然,通过一些"转换"发音的规则,使其语言适合于中国标准的"北方话",扬州评话艺人能让更多地方的人听懂他们的书。然而在扬州评话这门艺术里,这类语言手段具有多方面的功能,我将在下面一一说明。

扬州方言的语音

关于扬州方言的语音系统,已有一些综合性的研究,②就其特殊的语音现象也有一些研究论文。③ 为了方便讨论,我们先简要介绍一下扬州方言的语音系统,重点研究一些语音音素的细节。以下解释基于我本人对扬州方言语音音素现象的观察,并使用音位学的方法将之分析表达出来。④

---

① 见王年芳 1959;王世华 1959。
② 参见 Børdahl 1977;"江苏省和上海市方言概况"1960;王年芳 1959;王世华 1959,1992a。
③ 黄继林 1987,1989a,1989b;王世华 1981,1983,1986,1987a,1987b,1988,1992b。
④ Vibeke Børdahl"扬州方言音位与音素系统"(哥本哈根大学 1969 专业论文,77 页,未出版);Børdahl"扬州方言音位系统的历史综观"(哥本哈根大学 1972 硕士论文,107 页,未出版);Børdahl 1977。我对扬州方言的音位分析,所基于的语言学分析方法以及语言资料,参见 Børdahl 1977。以下所列的音位系统并不能看作是唯一的表达方法,参见赵元任 *The non-uniqueness of phonemic solutions of phonetic systems* 1934。我根据 Eli Fischer Jørgensen 等提供的哥本哈根语言学派的语言分析原则,同时也受到 Søren Egerod 对方言研究的很大启发。在本书里,我用这个音位表达法写出所研究的例句。扬州方言里的单元音很多,当年为了用一个字母表达每个主要元音,我采用北欧字母 æ, å, ø 以及 w 和 y 来表示主元音,见 Børdahl 1977。这种用北欧字母表示的方法由于中文电脑软体系统而有所改变。在 Børdahl 1977 里用/æ/表示平舌(flat varieties)的 a-类元音,在此我用双字母/ae/表示,卷舌音(rounded varieties)/å/用/aa/来表示,零元音[ɿ],以前用/ø/,在此用/r/。音位的音素表现,包括自由的和固定的变形,助于我们理解艺人如何在这种声音规定范围内趋向根据叙述的条件作特定发音方面的选择。

图表　三
扬州方言的声母,韵母和声调

音位音标写在/ /里,音素的国际音标(IPA)写在[ ]里

声母:

/p/　　　　/b/　　　　　/m/　　　　　/f/
[pʰ]　　　　[p]　　　　　[m]　　　　　[f][fʷ]

/t/　　　　/d/　　　　　/l/
[tʰ]　　　　[t]　　　　　[n][nʲ][ɭ][l][ʎ][ɹ]

/c/　　　　/z/　　　　　/s/
[tsʰ][cɕʰ]　　[ts][cɕ]　　　[s][ɕ]

/k/　　　　/g/　　　　　/h/
[kʰ]　　　　[k]　　　　　[χ]

/ /＝zero
[ʔ][ʷ][ʲ][O]

83

图表三(续)

韵母：

/r/	/e/	/ae/	/a/	/aa/	/o/	/w/
[ʐ:] or [ɔ:]	[e:] [e:ʲ]	[æ:] [a:ʲ]	[ɑ:]	[ɒ:] [ɒ:ʷ]	[o:] [o:ʷ]	[u:]
						[ʌ.ɯ.]

/i/	/ie/	/iae/	/ia/	/iaa/		/iw/
[i:]	[i̯e:] [i̯e:ʲ]	[ⁱæ:]	[i̯ɑ:]	[i̯ɒ:] [i̯ɒ:ʷ]		[i̯u:]
	[i̯i:] [i̯i:ʲ]					[i̯ʌ.ɯ.]

/u/	/ue/	/uae/	/ua/
[u:] [u:ʷ]	[y̯e:] [y̯e:ʲ]	[y̯æ:] [y̯a:ʲ]	[y̯ɑ:] [y̯ɒ:]

/y/
[y:]

	/en/	/aen/	/an/	/on/
	[ə:ɲ]	[æ̃:]	[ɑ̃:] [ɑ:ŋ]	[ɔ:ŋ]

/in/	/ien/	/iaen/	/ian/	/ion/
[ɪ:ŋ]	[i.ɛ̃:] [i̯ɛ̃:]	[i̯æ̃:]	[i̯ɑ̃:] [i̯ɑ:ŋ]	[i̯ɔ:ŋ]

	/uen/	/uaen/	/uan/	/uon/
	[u:ə̯ɲ]	[y̯æ̃:]	[y̯ɑ̃:]	[u.õ.]
	[y̯ə:ɲ]		[y̯ɑ:ŋ]	[u.ɔ.ɲ]
			[y̯ɒ̃:]	
			[y̯ɒ:ŋ]	

	/yen/	/yaen/
	[y̯ɛ̃:ŋ]	[y.æ̃:]

	/er/		/ar/
	[ə:ɹ]		[ɑ:ɹ]

	/e'/	/ae'/	/a'/	/o'/
	[ə?]	[a?]	[ɑ?] [ɒ?]	[ɔ?] [ɔʷ?]

	/ie'/	/iae'/	/ia'/	/io'/
	[i̯ə?] [i̯ɛ?]	[i̯a?]	[i̯ɑ?] [i̯ɒ?]	[i̯ɔ?] [i̯ɔʷ?]

	/ue'/	/uae'/	/ua'/	/uo'/
	[y̯ə?]	[u̯a?]	[y̯ɑ?]	[u̯o?] [u̯ɔ?]
			[y̯ɒ?]	

/ye'/
[yɛ?]

图表三(续)

声调：

1. 阴	2. 阳	3. 上声	4. 去声	5. 入声
/ˉ/	/ˊ/	/ˇ/	/ˋ/	/ˊ/
[21]or[↓]	[24]or[↑]	[31]or[↘]	[55]or[→]	[4]or[┤]
1st tone	2nd tone	3rd tone	4th tone	"5th" tone

声母和韵母结合的字表：一，二，三

声母和韵母结合的字表　一

	/r/	/e/	/ae/	/a/	/aa/	/o/	/w/	/i/	/ie/	/iae/	/ia/	/iaa/	/iw/	/u/	/ue/	/uae/	/ua/	/y/
/p/	陪	牌	怕	跑	婆		批				漂		普					
/b/	悲	擺	把	包	波		比				表		部					
/m/	每	買	馬	毛	磨		米				妙	謬						
/f/	飛					否							府					
/t/		台	他	逃	拖	頭	題				條		土	腿				
/d/	的	代	打	道	多	豆	祇			簽	掉	丟	肚	對				
/l/	你	來	拿	老	怒	肉	離			遼	留		如	內				女
/c/	詞	車	才	叉	朝	初	酬	期			斜	橋	秋	除	吹	揣		去
/z/	紙	遮	者	炸	早	左	州	雞	姐	界	家	交	久	諸	最		抓	據
/s/	思	寫	賽	傻	少	所	收	西		懶	下	小	休	蘇	歲	帥	要	婿
/k/		開	卡	考	科	可								苦	虧	筷	誇	
/g/		給	街	加	糕	過	梗							古	歸	怪	掛	
/h/			海	哈	好	河	候							互	回	懷	花	
/ /		也	啊	傲	我	歐	衣	野	崖	牙	要	有	無	圍	外	瓦	魚	

二

图表三(续)

声母和韵母结合的字表　二

	/en/	/aen/	/an/	/on/	/in/	/ien/	/iaen/	/ian/	/ion/	/uen/	/uaen/	/uan/	/uon/	/yen/	/yaen/
/p/	盆	盼	旁	朋	平	騙						判			
/b/	本	辦	帮	崩	賓	便						半			
/m/	門	慢	忙	猛	民	免						滿			
/f/	分	乏	方	豐											
/t/	屯	談	堂	通	聽	天						團			
/d/	燈	撐	當	冬	定	点						端			
/l/	人	懶	嚷	隆	令	念		兩				亂			
/c/	塵	廛	長	從	親	錢		墙	窮	春		創	穿	羣	全
/z/	珍	站	丈	中	今	見	間	江	窘	準	赚	莊	專	君	卷
/s/	身	三	傷	送	新	先	閒	鄉	兇	孫	涮	雙	算	訓	喧
/k/	肯	看	抗	空					困	環	礦	寬			
/g/	跟	感	剛	工					棍	関	光	館			
/h/	很	鹹	杭	紅					婚	還	荒	欢			
/ /	恩		昂	翁	音	然	顏	揚	容	文	晚	網	玩	運	元

图表三（续）

声母和韵母结合的字表 三

	/e'/	/ae'/	/a'/	/o'/	/ie'/	/iae'/	/ia'/	/io'/	/ue'/	/uae'/	/ua'/	/uo'/	/ye'/	/er/ ar/
/p/			泊	拍	劈							潑		
/b/	不	八	膊	北	畢							撥		
/m/	没	抹	莫	木	滅							末		
/f/	佛	法	縛	服										
/t/	特	塔	託	禿	貼							脫		
/d/	得	答	鐸	獨	敵							奪		
/l/	日	臘	落	六	曆	略								
/c/	尺	察		族	七	卻	曲	出	戳	撮		決		
/z/	這	雜	著	燭	急	甲	腳	局		卓	拙	缺		
/s/	色	殺	索	俗	夕	狹	學	畜	刷	朔	述	血		
/k/	刻		殼	哭				闊						
/g/	隔	夾	各	國			骨	颳	郭					
/h/	喝	瞎	鶴	或			活	滑	劃					
/ /	額		惡	屋	一	鴨	約	育	物	挖	哇		月	二 二

音素和音位细节

  日常生活中，扬州当地人说的扬州口语，在习惯用法语方面经常有一些区别。老年人和青年人说话不一样，教育程度高的和低的也不一样，这种情况是较明显的。① 随着国家现代汉语（普通话）普及政策的推进，现代汉语在成为学校用语、广播电视用语的推广上，得到了很大成功，而方言则越来越受忽视。随着现代汉语所获得的愈来愈广泛的大众基础，其使用自然而然地就对当代扬州话的发音和语法产生了明显的影

---

① 王世华 1981:84。

响。① 从音位分析的角度讲，这些影响并没有给音位的总数或每一音位的发音范围（即音素特征）带来实质上的改变，而只是使个别词素在已有的声韵母各种发音组合类别中，从一类转换到另一类而已。②

参照前面的**图表三**，我们将讨论一些特定的音位和音素，有些细节已经被不同的研究扬州方言的语言学者们调查和阐述过，他们对之做了不同的分析和描写。扬州评话语音方面特别令人感兴趣的特点，正好与上述分歧点相吻合。下面我们将扬州方言的声母、韵母和声调分别进行讨论，而我们集中分析与讨论的，专门是针对说书用语里起重要作用的声音特点。

声母

通过把扬州方言语音学方面的各种研究做比较，可以看出，对于声母的争论不多。扬州方言的声母大多与现代汉语的声母相对应，这不仅在类别上，而且在实际的语音表现上均如此。也有一些明显的例外：

扬州方言中的/z/、/c/、/s/

现代汉语里有的卷舌塞擦音及摩擦音 zh, ch, sh 系列和平舌塞擦音及摩擦音 z, c, s 不同的两个系列，扬州方言里却没有，不分出来。扬州方言中的这些系列都发成平舌的塞擦音及摩擦音，我采用 Y:/z/、/c/、/s/ 音位标注。现代汉语的 zh, ch, sh 及 z, c, s 和颚塞擦音及摩擦音 j, g, x 之间存在互补分配关系，扬州方言是同样的现象。在现代汉语拼音表达法里，这种互补的分配关系没有使声母系统的音标给简略掉（这种音标表达方法跟韵母有关）。而在我对扬州方言的语音表达法中，将这两

---

① 见王世华 1981,1987a:13。
② 见王世华 1992a:115。然而，王世华举了一个声母和韵母的新组合的例子，即"然"这个词素：新扬州方言：[lœn]，老扬州方言[iεn]；l 声母＋œn 韵母在老扬州方言里不存在，有关词素在王世华的记录里只有[liœn]的表达法。参见 Børdahl 1977:295 注 17）。

个系列减为一个系列,即减少了三个音位,只用一个系列,Y:/z/,/c/,/s/。①关于这些声母,我所收集的扬州方言语言材料与其他学者所发现的似乎一致,但中国学者更愿意采用类似拼音的分类法,使用两个独立的音位系列,换言之,两系列之间的互补关系在他们的看法是次要的现象。②

根据我的分类法,扬州方言音位标注和现代汉语的拼音之间的关系,总结如下:③

现 z,c,s 对应扬 /z/,/c/,/s/
现 zh,ch,sh 对应扬 /z/,/c/,/s/ >扬:平舌塞擦音及摩擦音
现 j,q,x 对应扬 /z/,/c/,/s/ ——扬:腭塞擦音及摩擦音

扬州方言/l/

现代汉语的声母 l,n,r 是三个互不相同的音位,而在扬州方言里却不然。在对扬州方言的各种研究中,对[l]/[n]声母的发音细密解释存有异议。对于[l]/[n]音素的不同表现,各家学者都认为:这些[l]/[n]发音在扬州方言中没有区别作用,即不能看成两个不同的声母音位。有些学者将其用互补相对的方法处理,④还有的就简单地分为[l-]或者[n-]。⑤

在声母系列里,扬州方言与现代汉语有区别,一方面是 l-和 n-音的

---

① 有关此问题的讨论,参见 Børdahl 1977:276-277。
② Børdahl 1977:292-293,王世华 1992a:115。
③ 以下在图表类的地方把"现代汉语"简写成"现";"扬州方言"简写成"扬"。
④ 在王世华 1959 年的研究里,对声母[n]和[l]是互补的分布:[n]在[i]和[y]的前面,[l]在其他韵母之前。在该研究里,他用两种相区别的字母表示这些声音。而这种表示法在王世华 1992a:117-119 做了改变,声母 l/n 以一个字母 l 表示,因为两种声音从性质上没有音位区别。在王世华后期的研究中他同样把这种 l/n 声音的分布处理成互补关系。在我自己的研究中,l-和 n-声音一样,没有音位区别,也没有很清楚的互补关系。然而在[i-]之前似乎更趋向发近于[n]的音,而在[i:]和[ɿ]之前则不是,参见 Børdahl 1977:257,276,277,293,295。根据我的观察,卷舌音(the rolled lateral)[ɭ]也是/l/音位常见的变体。根据《江苏省和上海市方言概况》1960:69,有些扬州人多发一个/r/的声母音位,他们的语言里能分出如/rú/和炉/lú/,而大多数当地人把两个字(词素)都发成/lú/,对他们来说二者是同音字。
⑤ 几种处理扬州方言发音分析系统对照表,参见 Børdahl 1977:290-295。

融合:现代汉语拼音的 l-和 n-,在我的注音系统里相应扬州方言的/l/-,例如,现代汉语的**努力** nǔlì 即扬州方言的/lǒ-lie'/;另一方面扬州方言缺少现代汉语的声母 r-,这类音相应于扬州方言里声母/l/-,或是零声母//,例如,现代汉语中**人** rén 在扬州方言里发成/lén/,而现代汉语**容** róng,在扬州方言里是/ión/。总结如下:

  现:l-和 n-对应 扬 /l/
  现:r-对应 扬 /l/或//

韵母

  对于扬州方言的韵母,学者们之间的看法差别较大。争议主要局限在语音音素表现的方面,而韵母的数量及其和词素的关系这些问题,却无太大矛盾。

  一些韵母的主元音的单元音或双元音的发音
  有一方面我与其他研究者的表示法不同,即关于属于长声(long),非鼻化音(non-nasalized)韵母的音素表现,如下所列:

  扬州方言:/e/,/ae/,/aa/,/w/
     /ie/,/iae/,/iaa/,/iw/
     /ue/,/uae/①

  现代汉语中相应的韵母②出现高音的尾音(主元音和尾音组成双元音的发音):

  现代汉语:*ei*, *ai*,*ao*,*ou*

---

① 关于这些韵母的音素表现,请看**图表三**。
② 扬州方言和现代汉语的韵母之间的对应原则绝对不仅如此简单,但针对大多数的词素来说是适用的。

ie,① iao, $iu(you)$

$ui(wei)$, uai

我在对扬州方言语音的调查研究中发现：这类韵母的发音可以自由切换（free variation），主元音是单元音的发音用的多，也能使用双元音的发音，只是使用得较少，参照**图表三**。相反地，中国的语音学家却倾向于把这些韵母的主元音表示为纯粹的单元音。②

零声母的特定词素：/**a**/＝/**ar**/＝/**er**/

现代汉语中，有一些特定词素是零声母与韵母 er 的结合，例如，**而，儿，耳，二**等。这些词素是通过从舌体中部向上、向后方卷翘的方式，发出的单元音。③ 根据中国语言学家的解释，这些词素在扬州方言中发 [ɑː]音（加上声调），跟词素啊[áː]的元音是一样的，无任何卷舌音的痕迹。这些研究中并没表明**而，儿，耳，二**，还有其他发音的可能。④ 通过我收集的调查资料可以看出：**而，儿，耳，二**发音/a/，/ar/和/er/相互间自由切换，/ar/占主导地位。⑤ 这些词素的发音现象将在下面"说书人的

---

① 现代标准汉语里的韵母 ie 是例外（不是高音尾音），而在扬州方言里，与 ie 这个韵母同类的词素要和其他那些在现代汉语里双元音的韵母一样处理。
② 请见 Børdahl 1977:272-273,283,290-294。除了两个韵母写成双元音的[ʌɯ]和[iʌɯ]（对应我用的/w/和/iw/），王世华 1992a 把上述韵母处理成单元音的。然而王世华 1959 把同样的音素材料做了不同的分析，上述的两个韵母处理成单元音的：[ɤ]和[iɤ]，而对应我用的/e/、/ie/、/ue/，他当时处理为双元音的[əi]、[iəi]和[uəi]。王年芳 1959 和《汉语方言辞汇》1964 在处理韵母的方法上稍有区别，参见 Børdahl 1977:291,294。关于单元音的和双元音的发音不是绝对固定的，这也许反映了中国语言学者所研究的语言资料存在着有关韵母自由切换的趋势。
③ 见赵元任 1934:42。关于"儿化"现象与扬州方言，参见第四章"名词性的结构"1.1.1.1。
④ 参见 Børdahl 1977:295,注 18。王年芳 1959:4，王世华 1959:9,26。王世华 1992a:116。
⑤ 对扬州方言最早的研究，Parker 1884:13，其中提到："All oa syllables have got confused with orh and are pronounced orh or oa"（所有的 oa 音节，发音和 orh 混淆了，发成 orh 或 oa）（相应于我的/ar/和/a/），但是"the educated natives can still distinguish the two sounds and laugh at the absurd confusion"（受过教育的当地人可以区分这两种发音，并取笑混淆发音的情形）。/ar/和/er/韵母在我 1968 于巴黎接触的扬州人的语言里能够与/a/自由切换，参见 Børdahl 1977:295,注 18。当时，我试图解释这种情况是受"普通话"的影响，而我现在对扬州评话艺人语言的研究使我的看法有了新的修正，参见以下"小结"部分。

"/ar/,/er/"一节里继续讨论。

声调

扬州方言里长元音韵母的四个声调,大多都与现代汉语里的四声类别相符合,一声,二声、三声和四声。但是,这些四声具体的音素性发音和现代汉语的四声完全不同。汉语里过去存在的入声早就从现代汉语里消失了,原来具有入声的词素分散到四声的各个声调之中。在扬州方言里,入声还存在,体现为短促的、由声门发出的韵母尾音。元音的音长和元音的音质有很密切的关系,一般来说,入声韵母元音所发出的音,比长元音韵母更松弛。① 扬州方言里,长元音韵母有下列声调音素的音调与音位分类:②

第一声调,阴平,[↓] 21,标成 /ˉ/
第二声调,阳平,[↑] 24,标成 /´/
第三声调,上声,[↓] 31,标成 /ˇ/
第四声调,去声,[┐] 55,标成 /`/

短元音的韵母都属于第五声调,即入声,[ʔ┤] 4,标成 /ʼ/

一些词素"文白异读"

中国方言,或多或少地可以发现留有若干语言层次,语音历史基层的遗迹。③ 这些现象与中国传统的"文白异读"概念有关系。文白异读,指就一个特定的词素(字)而言,其"文"的发音与"白"的(或"口语"的)发

---

① 非强调的音节是否有声调消失的现象,在王世华 1992b 里"扬州话里的'轻声'——补足调"得到了首次详细的论述。在本书举例写连续音节的发音,非强调音节的"补足调"就是不注声调的,而本研究对此现象不做特殊的标注。
② 对扬州方言的声调高低上下音调,各位研究者有不尽相同的描述,但从分析声调的音位作用的角度,并无实质性的矛盾。
③ 参见 Karlgren 1926:58 - 59;Forrest [1948]1965:197,242 - 243;Egerod 1956:71 - 82,208 - 211,1967:94,1983;袁家华 1960:69 - 70,116 - 117,154,254 - 259;Van der Loon 1967:135。关于文/白在词义和语法上的功能,见第四章 3.3"文白异读的现象和文白形式的交替使用"。

音就常常不同。① 文的发音(文)似乎经常是和"文雅的场合"相关,比如,把单个的字一个一个念出来,在学校里大声朗诵等情况下就用文的发音。② 白的发音(白)和"日常说话"有关。在大多数北方方言里,文白异读的现象是极有限的,③但在属于北方方言群组中最南方的方言扬州方言里,不仅文白异读现象相当广泛地分布在辞汇中,而且用法又似乎与一些中国南方方言的情况大相径庭。

从扬州方言里,我们可以找到相当多的这样在发音上有异读的词素。比如,**去**,扬州方言里有两个发音:文的发成/cẏ/,白的发成/kè/。在 1959 年王年芳和 1959 年王世华的汇编中,有标注了国际音标发音的字表。这些字当中的大部分没有文/白的区别,而大概有百分之十左右,标出了发音是属于文的还是属于白的分类。一部分只属于当中一个类型,或是文的,或是白的,然而还有一部分,文的和白的发音都存在。另有一些发音被标注为"白",但没有相对应的汉字可用来书写以表达其含义。除了这些字表之外,有关扬州方言里文的和白的发音其分布与功能方面,我们找不到更多的参考资料。文的和白的发音,在以往的研究中被定为属于正常扬州方言发音的范畴以内。然而,使人感兴趣的是:白的发音大多是发在软腭(velar)、小舌(uvular)和声门(glottal)的声母;对应着硬腭(palatal)的文的发音。例如,**家**,在扬州方言里是 白/gā/,文/ziā/。④ 如果从扬州方言声母和韵母结合表格中,去掉白的发音的话,则会发现这种方言声母、韵母的结合可能会有很不同的范围。

所以,尽管相对而言白的发音比较少,它们却像是对一种特定说话

---

① 在汉语里,一个词素多半用一个字来写,所以经常只提到"字"而不说"词素",似乎两个说法是一个意思,实际上不完全如此。
② 参见 Egerod 1956:71。Egerod 1983 的研究中,这些形式的分布情况更为复杂。
③ Demiéville 1950,研究了北京方言里的文白异读现象,他发现了白的发音与古汉语的发音有规律性相符的根据,而文的发音则不然。Demiéville 关于北京方言的观点大部分对扬州方言也适用。
④ 参见图表三,详见 Børdahl 1977:257-258. Børdahl 1993a 专门研究李信堂 1986 年所表演的书段里文白异读的现象,软腭、小舌和声门的声母在白的发音为数较多,见第 36 页及之后的分析。Forrest [1948]1965:222 简短地提到了此现象。

方式的强有力的标志,可以形容成是起定调作用的。这些白的发音具有特殊的声音组合,这使它们的口语性以及土语的味道,立即显得很突出。文的发音却不起任何语言风格的区分作用。在扬州评话的语言里,白的发音出现与否,似乎发挥着标志雅俗的作用。就此题目,我们以下再接着讨论。①

方口和圆口

说书、语音和说口

说书用的语言,是按照老式传统,一代又一代由师父口说、学生耳听传授下来的。② 评话艺术在很大程度上是一种模仿性的艺术,不仅体现在对动作与面部表情的模仿上,还体现在对不同人物的语言以及动物所发出的声音的模仿及用口技对其他声音的表演上。③ 这里,我们首先考察语言性的声音。语言性的声音之中,我们把说书人叙述的声音和表演书里人物角色的声音区别开。说书人表演人物对话的时候是通过模仿各个人的音高和音色来表现一系列不同的人。④ 时而,外地人说话也由说书人模仿其他地方方言而表现出来。但从语音学的角度看,令人特别感兴趣的是,扬州评话艺人的表演语言里面具有不同的方言阶层,穿插

---

① 王世华1987b:12认为这些文白的两种形式在扬州方言里作用甚微,从我自己对说书艺人的语言的观察来看,似乎文白异读现象有很重要的作用,参见Børdahl 1990,1991a:141以及之后,1991b:199以及之后和1993a。
② 参见第一章,"传统培训方式"一节。
③ 口技是曲艺种类之一,有较长的发展历史,同时也是其他曲艺种类所含的重要成分,比如:相声、评话,弹词等等,参见Kaikkonen 1990:14-21。扬州是口技艺术的传统中心之一,清朝的多个著名说书人既在评话、也在口技曲艺领域做职业表演者。参见蒋星煜1982:58-59。
④ 参见陈晨1984:15。李真1988:43提到评话艺人王少堂的学艺功课:基本上分成两方面,即说工和做工;说工的第一阶段包括学吐字、咬字、切音、团音与尖音、用气、节奏、语气、语音;第二阶段包括学官白、私白、官加私、私加官、圆口、方口,以及与京剧一样的五种角色:生旦净末丑;做工包括"口、手、身、步、神",参见第一章"表演的要素"一节。

自由,运用自如。

我们先介绍一些说书人的术语。① 表述不同叙述类型的叫"说白",简称"白";表述不同语言风格的叫"说口",简称"口"。说书人的术语里经常有构成相对意义的两个成对的词:在叙述性的"白"一类里"官白"和"私白"相对,在形容语言风格的"口"一类里"方口"和"圆口"相对。

官白

官白指书里人物的对话和独自大声说出来的话。②

私白

私白(也叫"表白")指说书人以第一人称发表的议论、人物角色的内心独白以及说书人从第三人称角度对场景和情节的交代。

方口

方口指一种有力、清楚,沉稳的发音方式。方口的段落里多用文言语句、诗词和诗句,如占有主导地位的四言和六言句,从而赋予相应的段落以强烈的节奏感。方口的特点使说书人即兴发挥的余地较少。这种说口或许是受北方传统戏剧的影响。③

圆口

圆口具有流畅、快捷而且发音连续的特点,更接近日常口语(家乡话),圆口中夹带低俗的土话,说书者能根据情况做各种即兴表演。

---

① 参见第二部分"扬州评话行话术语"所列的艺人特有的说法的注解。
② 有的艺人使用"官白"的说法时,是指英雄和大人物的对话(不包括"小人物"的对话),见王少堂 1979:298。这样"官话"和"官白"的说法,似乎在概念上有一定的混淆。亦有一部分艺人把这两种说法分清开来,据他们的看法,"官白"的意思是对话,无论之于大小人物而言。我早年还没有发现这个在术语上的分歧,当时我多靠前一个说法(官白和官话是差不多的意思);以后根据费力、戴步章等艺人的解释,我采用第二个意思(官白是对话的意思),见 Børdahl 1994b 及以后的论文。
③ 根据 1989 在扬州与费力的交谈,参见"行话术语"。

官白与私白二分法是用来表述演出的不同部分。方口与圆口是用来表述评话某一门派的风格,即表演时主要用方口还是圆口,或将二者有机地结合起来。①

方口较正规、较接近标准的官话,圆口流利顺畅,则更近于平日里百姓说的扬州家乡话。"大人物"(英雄)的官白(对话)用方口表演,"小人物"的官白用圆口表演。私白评论里,圆口占绝大部分,而一般对场景和情节的介绍有时用方口,有时用圆口。无论大小人物,他们的独白(心里话)都用圆口表演。

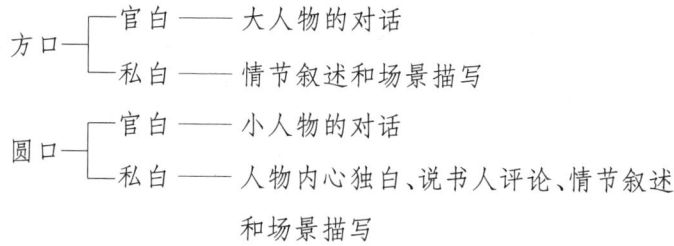

方口和圆口的语音分析

方口被形容为"文言色彩很浓,词汇庄重文雅,句子棱角分明",而圆口具有较强的方言土语的味道,"灵活多姿"。② 下面我将试从语音学的角度对"说口"和"说白"作一些说明。③

本研究中语音现象的观察材料,来源于评话艺人口说的书段,即艺人表演时录的音。关于方口和圆口,官白和私白在语音方面的特点,我的注意力集中在一些比较突出的发音特征上。以下,将就这些特点进行考察,但并不预先假定这些特点已包括了所有的相关特征。

---

① 王少堂以说方口书而闻名,但是我们应该指出,他说书时方口、圆口并用,参见《扬州评话选》1962:383。
② 陈晨 1985:462。
③ 此外,扬州评话艺人还使用更多的说口,如"泼口"、"剪口"等,这些说口的特点体现在用气技巧和语速的加强或减缓。这些技巧似乎对音素或音位的表示并无影响。至于这些说口的叙述功能,我们将在第六章进行讨论。

第三章 语音

本章里所研究的材料基本上跟英文版的一样,再加上王少堂1961年说的"武松打虎"。这样一共有"王派水浒"七位艺人的书段,另外附两位"吴派三国"和一位"戴门西游记"的书段。从"图表四:扬州评话艺人语音特征一览表"编排的结构,则反映出每一位艺人说书的语言习惯。①

语音特征的分布

每一位说书人的语音特征,概括在下列的"图表四"之中。对表中用语的说明:

说口与说白

  方＝方口
  方官＝方口官白
  方私＝方口私白
  圆＝圆口
  圆官＝圆口官白
  圆私＝圆口私白

语音特征的标志:

  1) /n/l/r/＝区别声母/n/l/r/
  2) 双＝某些韵母的双元音化
  3) /er/＝某些词素的尾音是卷舌音
  4) -入＝入声消失
  5) 白＝某些词素是白的发音

语音特征出现代号:

  X＝经常;(X)＝偶有;(O)＝稀罕;O＝没有

---

① 关于王少堂的表演语言的发音特点,见 Børdahl 2004。本论文的一些细节加在图表四里。对康派的高再华和王派的马晓龙的两次表演,本书未得作仔细分析,但是其书段收在第二部分里。

图表 四

扬州评话艺人语音特征一览表

说书艺人	说口与说白	1) n/l/r	2) 双	3) /er/	4) -入	5) 白
水浒						
王少堂 1961	方官	X	X	X	X	O
	方私	X	(X)	(X)	O	O
	圆官	X	(O)	(O)	O	X
	圆私	(X)	O	O	O	X
王筱堂 1992	方官	X	X	X	X	O
	方私	X	(X)	X	O	O
	圆官私	(X)	O	X	O	X
李信堂 1986	方官	(X)	X	X	O	O
	方私	O	O	X	O	O
	圆官私	O	O	(X)	O	(X)
任继堂 1989, 1992	方官	X	X	X	X	O
	方私	(O)	O	X	O	O
	圆官私	(O)	O	(X)	O	X
陈荫堂 1989	方官	X	X	X	X	O
	方私	(X)	(X)	X	O	O
	圆官私	(X)	(X)	(X)	O	(X)
王丽堂 1986	方官	X	X	X	X	O
	方私	(X)	O	X	O	O
	圆官私	(X)	O	X	O	X
惠兆龙 1992	方官	(X)	X	X	O	O
	方私	(O)	O	X	O	O
	圆官私	(O)	O	(O)	O	X
三国						
费正良 1989	方官	O	X	X	O	O
	方私	O	O	X	O	O
	圆官私	O	O	X	O	X
徐幼良 1989	方官	X	X	X	O	O
	方私	(X)	(X)	X	O	O
	圆官私	(X)	O	X	O	X
西游记						
戴步章 1989	方官	(X)	(X)	X	O	O
	方私	O	O	(X)	O	O
	圆官私	O	O	(X)	O	X

图表四(续)

扬州方言日常口语

研究作品	日常口语	1) n/l/r	2) 双	3) /er/	4) -入	5) 白
王年芳 1959		O	O	O	O	X
王世华 1959		O	O	O	O	X
王世华 1992		O	O	O	O	(O)
Børdahl 1977		O	(X)	(X)	O	(O)

对图表四的解释

图表四概括了说书表演语言中我们所发现的一些发音习惯。把扬州评话的特点与扬州日常口语对比一下,就能看出二者之间的差别程度。根据表中的研究作品(请见上表《扬州方言日常口语》),所测试的五个语音特征(区别声母/n/l/r/,某些韵母的主元音发成双元音,某些词素的尾音是卷舌音/ar/或/er/,入声消失,某些词素是白的发音),其中前四项在王年芳和王世华的研究都不存在。只有第五项,即文白异读的现象,由王年芳和王世华在1959年认为扬州方言常见现象,而王世华在其后期的研究中,把这个问题列在边缘的位置。在我本人1977年的研究里,所测试特征中的两个(即某些韵母的主元音发成双元音,某些词素的尾音是卷舌音/ar/或/er/),在某种程度上跟扬州方言的所谓平常的发音有自由切换(free variation)现象;而白的发音却很少见。总之,除了"白"的这一项以外,我们可以说,表中出现的"O"越多,这种"说口"以及"说白"与日常扬州话就越接近。

同时表中"X"和"O"的分布也明显地告诉我们,扬州评话艺人在表演中所反映出来的这些特点,总是不一致的。从语音学的角度来看,每位艺人说的方口和圆口,都有与他人不同的表现方式。尽管如此,我们能够从语言现象的情境中,总结出一些主要趋势。

以下让我们试着总结各派艺人表演特点的共性与个性：

（1）说书艺人对声母 /l/,/n/,/r/ 音区分与否

现代汉语声母 *l*,*n*,*r* 是三个互不相同的音位，但扬州方言里却不然，[①]或在某些语言环境中，发成含糊不清的鼻化音或类卷舌音；或在另一些情境中，为互补的关系。因此，l-、n-、r-音就音位而言，在扬州方言里没有区别。然而，在大多数艺人说书的时候，我们确实发现这三个声母有类似于现代汉语里的音位区别，并存在与之对应关系。有些艺人在使用上不完全固定，大多时候跟日常扬州话一样，这三个音没有区别；但当他们要特别强调某个字时，发音就有区别了。/l/ 与 /n/、/r/ 好似潜伏在这些艺人的表演语言之中，一旦需要说什么"清晰"或有力的字眼，就能随时发出来。艺人当中只有费正良，在这方面使用非常接近日常扬州口语的发音，我们在他的表演中找不到这三个发音的区别。除此之外，大多数艺人却根据情况来处理这些发音，比如**能**、**愣**、**人**，在日常扬州话里，这些字都发成：/lén/[lə:ɲ˥]（参见图表三，"声母"）。当说书艺人着重发音时，这些词素就有音位的区别，分别为 /nén/[nə:ɲ˥]、/lén/[lə:ɲ˥] 和 /ren/[ʒə:ɲ˥]。

在方口官白里，王派的许多艺人，基本都是区分这些声母的，只有李信堂和惠兆龙，即使在强调的情况下也很少区分。说《三国》和《西游记》的艺人在这方面的习惯各不相同。

从下面的例子里，即方口官白的书段里，我们发现"**拿**"这个字（现代汉语 *ná*，扬州方言 /lá/），声母 /n-/ 发的清晰可辨，并且 /n-/、/l-/、/r-/ 音和现代汉语的分布有对应关系。

(a)"拿好酒好肴，多拿这么一点儿！"[②]

[①] 例如：现代标准汉语：**浪** *làng*、**齉** *nàng*、**让** *ràng* 发成扬州话：/làn//làn//làn/；现代标准汉语：**蓝** *lán*、**难** *nán*、**然** *rán* 发成扬州话：/láen//láen//íen/，参见以上"声母"一节。

[②] 艺人语言的音位标注只有当其音素表现需要时才另外多加一些音位表示，如在声母 /l/、/n/、/r/ 可以区分的情况之下。一些韵母的主元音的双音发音的现象不需要使用新的音位来表示，尤其是因为扬州方言里单元音、双元音发音有自由切换的趋向，参见 Børdahl 1977: 272–280，以及本书图表三"韵母"一节。

/ná hăa ziw̌ hăa siáa, dō ná ze-mo ì-diěnr/ WX[3 上]
[nɑ:˦ χɑ:ˇˇ cɕiʌ.ɯˇ χɑ:ˇ cɕiɑ:ʷˇ to:˦ nɑ:˦tsəmo: i:˦ tiẽ:˦ɻ]
（武松用方口官白说的）

在方口私白中，一些艺人，例如王筱堂，始终保留着对这三个音的区分。而大多数则变成扬州方言普通的发音，只在重点强调的语句里才有区别。"路"这个字，现代汉语 *lù*，扬州话/lù/；还有"日"字，现代汉语 *rì*，扬州方言/le'/，请比较以下两句王筱堂和李信堂说书里的发音：

(b) 在路非止一日

/zàe lù fē zř ie' re'/ WX[1 上]

[tsæ:˦] lu:˦] fe:ˇ tsʐ:ˇ iə̰ʔ ʐə̰ʔ]

（用方口私白叙述）

(c) 在路行程，非止一日

/zàe lù sín-cén fē zř ie' le'/ LX[1 上]

[tsæ:˦] lu:˦] ɕɪ:ŋ˦tsʰə:ɲ˦ fe:ˇ tsʐ:ˇ iə̰ʔ lə̰ʔ]

（用方口私白叙述）

圆口（官白和私白）里，多数艺人不区分这三个音位，只有少数艺人在强调的语句里偶尔给予区分，特别是王派的王少堂和王筱堂。比如"人"这个字，现代汉语 *rén*，扬州方言/lén/，请比较下面的王筱堂和任继堂的语句：

(d) 人还有新的吗？有的！

/rén há iw̌ sīn-dè ma? iw̌-dè/ WX[1 下]

[ʐə:ɲ˦ χɑ:˦iɯ:ˇɕɪ:ŋte:˦] ma: iɯte:˦]

（说书人用圆口私白评论）

(e) 人还有新旧吗？有！

/lén há iw̌ sīn ziw̌ ma? iw̌/ RJ[1 下]

[lə:ɲ˦ χɑ:˦iɯ:ˇɕɪ:ŋcɕiɯ:ˇma: iɯ]

（说书人用圆口私白评论）

(2) 说书艺人韵母的双元音化

评话艺人的发音中,最为"醒耳"的是,单元音韵母在一些片段里给双元音化了。这些韵母是扬州话里的非、来、老、口、要、有、会、外的韵母:/e/、/ae/、/aa/、/w/、/iaa/、/iw/、/ue/、/uae/。当这些韵母被双元音化的时候,主元音给"拉长"而且好像加上韵尾[ᴗ]或[-ʷ],其效果是向现代汉语(或过去的标准语,官话)靠近了。由于每句话都包含几个这样的韵母,故此,仅仅双音化的现象就使得语音的整体情况发生了显著的变化。然而,韵母的双元音化并不意味着由此就具备纯粹现代汉语的发音特点,元音的发音特色仍然具有强烈的扬州方言语音系统的色彩。

双元音化经常出现在方口官白中,而圆口的官白和私白一般来说是单元音的发音。① 二者之间形成了鲜明的对照。请比较王筱堂说的方口官白和圆口官白段子里小字的发音:

(f) "小二!"

/siǎa-èr/ WX[3 下]

[ɕiɑːʷ↓əːɹ]

(武松说方口官白)

(g) "就是某酒店里头的个小二,王二噢!"

/ziw̌ sr̀ mǒ ziw̌-dièn lǐ-tw̌ gw̌ siǎa-èr uán-èr w/ WX[13 中]

[cɕiɯːˀ sʐː moːʷ cɕiɯːˣtiẽː liˣtʰɯː1 kɯː ɕiɒːˣɑːɹ ɣɒːɳ əːɹ ɯː]

(绣店里的掌柜的说圆口官白)

方口私白的段子里,双元音化在一些说书人强调性的词语里很偶然会出现。其他一些艺人则用扬州方言的一般的单元音的发音,尽管发音的方式较慢一些和更夸张一些。

也请参看有双元音化的例句(a)(方口官白)与后面没有出现双元音

---

① 只有陈荫堂在圆口段落的重音词里有双元音化的趋向。

化的例句(b),(c),(d),(e)(或方口私白或圆口)。

(3) 说书艺人的/ar/,/er/的发音

现代汉语发 er(+声调)的词素,如,而,儿,耳,二等,在大多研究扬州方言的著作中被注成[aː](+声调)的音。① 但如上所述,说扬州话的一部分人,情况并不总是如此简单。这些词素是在/a/,/ar/或/er/音之间摆动的。

在多数艺人的表演里,经常有/ar/和/er/的发音,而/a/只可能出现在语速快或发音不清的时候。然而,有些艺人确实相当严格地按日常扬州方言来发音,比如,惠兆龙在圆口的非强调的语句中,根据扬州话语音发这些词素的音,即韵母/a/的结尾没有卷舌音。李信堂、陈荫堂和戴步章在圆口的、快语速的和非强调的语句中,偶尔也用扬州方言日常的发音/a/。

/er/、/ar/音在方口官白和圆口官白里的出现可以在上面的例子(f)和(g)中看到。让我们来看看艺人惠兆龙书中说的一些例句,他对这类词素的发音根据"口"和"白"而变化,请专门注意"二"字的发音:

(h) "若问晚生,姓武,名松,排行第二"

/la' uèn uǎen sēn, sìn ǔ, mín sōn, páe-hán dì èr/ HZ [9 上]

[lɑʔ u:ŋ̊] ɣæːn˅səːɲ˅ ɕiːŋ]uː˅ miːŋ˥ sɔːŋ˅ pʰaːʲ˥ ɣɑːŋ˥ tiː] əːɹ]]

(武松说方口官白)

(i) 武二爷翻过墙头

/ǔ-à-ié fāen-gò cián-tẃ/ HZ[8 下]

[uː˅ɑː˥ ʝeː˥ fæ̃ː˅koː] cɕʰjɑːŋ˧tʰɯː˥]

(圆口私白叙述)

---

① 参见前面"韵母"一节。

(4) 入声的消失

扬州方言里，入声是一个明显的音位范畴，表现成韵母短促，尾音自声门发出的短促的音节。① 然而，我们发现一些评话艺人在表演人物对话的段子时，去掉入声，将这些词素变为类似现代汉语的发音。其他的声调也朝现代汉语的方向变化，尤其是四声（去声）。

在方口私白和圆口里，我们从未发现入声的消失。但是在方口官白里，王派的大多数说书人（王少堂、王筱堂、任继堂、陈荫堂和王丽堂）都去掉了入声，这就意味着他们的音谱在这一方面异于其他的说书艺人。惠兆龙说书讲壮士武松和周侗的时候，两个角色都用方口官白，在表演武松的言语时，入声字（即在一般的扬州方言里有入声的词素）都消失了入声发音，而在周侗的对话里却还保留着。

王筱堂模仿武松的话时，把入声消失了，如"八"字发成/bá/（现代汉语 bā，扬州方言/bae'/）。惠兆龙模仿武松的话时，入声同样消失了，如北，直，府（现代汉语 běi, zhí, fǔ，扬州方言/bo'/,/ze'/,/fo'/）发成/bě/,/zr̄/,/fǔ/，而他模仿周侗说话，入声还是存在，如若、不、一、入、席（现代汉语 ruò, bù, yī, rù, xi，扬州方言/la'/,/be'/,/ie'/,/le'/,/sie'/。例句：

(j) "哪八句？"

/nǎ bá zỳ/ WX[2 中]
[nɑːˇ pɑː˦ ɕɕyː˥]
（武松说方口官白）

(k) "北直广平府清河县人氏。"

/bě-zŕ guǎn-pín-fǔ cīn-hó-sièn rén sr̀/ HZ[9 上]
[pɛ̠ːˇtsẓ˦ kɥɑːŋˇpʰiːŋ˦fuːˇ ɕɕʰiːŋ˦χoː˦ɕi̯ẽːˇ ʒəːɲ˦sẓ˥]
（武松说方口官白）

---

① 例如，不 bù，扬州方言发/be'/[pəʔ]。

(l)"若不嫌弃,请过来一同入席。"

/la' be' sién-cì, cǐn gò-láe ie'-tón le' sie'/ HZ[8 中]

[lɑʔ pəʔ ɕi̯ẽːˈˌccʰiː˥] ccʰːŋ˩ko:˥]laːʎ i̯əʔtʰo̯:ŋ˩ləʔ ɕi̯əʔ]

(周侗说方口官白)

当入声消失时,相应的音节或多或少根据现代汉语的音节类别而发音,但并不总是一致的。如王丽堂在说武松的话时,把一些音节发成相应的长音节(入声消失),然而这类音节在扬州方言里原本短促,而元音的本质并不改变(入声不完全消失),如:"出",现代汉语 chū,扬州方言 /cue'/[tsʰuəʔ],她用方口官白说成[tsʰuːə̯↘]。

(m)"王大爷又要出恭了"

/uán dà-ié iẁ iaà cū[tsʰuːᵊ]gōn-le'/ WL[2 中]

[u̯a:ŋ˩ tɑː˥]i̯eː˥]i̯ʌ.ɯ.˥] i̯o̯ː˥] tsʰuː˯ᵊ̯ko̯:ŋ˥ lə]

(武松说方口官白)

(5) 扬州评话里的文白异读①

存在文白异读现象的词素,在我的录音资料中,出现的只是一小部分。只占所有词素的百分之一至三。

在所收集的评话段子里,白的发音确实存在,但文的发音占绝大部分(戴步章比其他艺人更为频繁地使用白的发音)。白的发音出现频率较高的词素②,全部属于语音系统的特殊部分,在此部分里没有文的词素。③ 这些白的形式的出现表明了该段落的口语性与百姓用语的特征特别突出。以下例子里,我们注意到这些白的发音:扬州方言 **去** ᵡ/cỳ/,白/kè/,和 **下子** ᵡ/sià-zr/,白/hà-zr/:

---

① Børdahl 1990 和 1993a,对扬州方言书段里"文的"和"白的"词素分布进行了分析,就此问题在第四章 3.3 节将作进一步讨论。
② 现代汉语 **家** jiā,扬州方言文的发音/ziā/,白的发音/gā/;**去** qù,扬州方言文的发音/cỳ/,白的发音/kè/;**下** xià,扬州方言文的发音/sià/,白的发音/hà/。
③ 参见 Børdahl 1990:81;1993a:40。

(n) 你就去说下子…你去望看！

/lě ziẁ kè suo' hà-zr… lě kè uàn kaèn/ DB[6 中]

[leːᴧ ccįɯːꜝ kʰeːꜞ suoʔ χaːꜞtsɛ……leːᴧ kʰeːꜞ ɥɑːŋꜞ kʰæ̃ːꜞ]

（老掌柜说圆口官白）

不论在方口官白还是在方口私白中，我们都没有找到白的发音。① 这与圆口形成了明显的反差，所有说书艺人的圆口中都有白的发音，我们在第四章将再讨论这个问题。

方口和圆口的语音特点

从对以上语音方面的测试的角度，方口和圆口的特点总结如下：

方口

方口，一般来讲，是慢速的、清晰的和高雅的说书方式。从语音角度看，方口并非单纯的或同质的类别。官白和私白在语音方面有一定的区别，在方口官白（对话）的片段中，说书人模仿"人物"的语言，即英雄或是大人物的公开说话；方口私白用于更为严肃、高雅的叙述、描写和评论的片段。

方口官白，其普遍语音特点是，从扬州方言里所包括的不同的语言亚层里选择一种，而且根据一定的标准进行"换调"。其中最为普遍的特点是将一类韵母转换成双元音的发音，这在所有扬州评话艺人的方口官白中都如此。/l-/、/n-/、/r-/区别发音也是大多数说书人的方口官白的典型特点，但只有王少堂、王筱堂、任继堂、陈荫堂、王丽堂和徐幼良一贯对之加以区分，而其他的说书人只在强调的片段里才区别这三个发音。

在王少堂、王筱堂、任继堂、陈荫堂和王丽堂的方口官白的片段里，

---

① 这种情况的特例是副词还，现代标准汉语发 hái，扬州方言白的发音/há/，文的发音/huán/。艺人到处都用白的发音，只有李信堂偶尔用文的发音/huán/。在方口官白里，戴步章用跟现代标准汉语相似的发音/háe/[χaːⁱ]。

"换调"的出现比别的艺人都透彻。除了上说的几点外,他们的表演里也有入声消失、声调的改变。还有使含有鼻音的韵母,如/aen/,/iaen/,/uaen/里的鼻音朝尾音移动的趋势,如/aen/[æːn],/iaen/[ⁱæːn],/uaen/[ᵘæːn],参见**图表三**。在王丽堂和陈荫堂的一些片段里,我们有时能发现像现代汉语里一样区分卷舌音 *zh*,*ch*,*sh* 和非卷舌音 *z*,*c*,*s* 的现象。总而言之,在英雄人物,即"人物"的对话里,王派艺人(除了李信堂以外),有模仿"北方话"的习惯趋势。①

其他的说书艺人,在表演"人物"的对话时,却用扬州方言的标准语,即本地的地方官话——扬州官话。② 这种对话夸张的发音和加强的语气很可能是受中国戏曲中的"道白"的影响。③

方口官白所具有的特定发音特点,在方口私白里不是同样普遍的,在某些说书人主要出现在强调的片段里。方口私白与圆口(包括圆口官白和圆口私白)在语音方面的区别很微小。我们测试的语音特点,除了白的发音只在圆口中出现,而在方口中没有;其他的特点在一部分艺人的方口私白和圆口中并无区别。

李信堂、惠兆龙、费正良和戴步章的方口私白基本上是遵循日常扬州话的发音习惯,但是**而**,**二**,**儿**,**耳**,一律发成卷舌音/er/或/ar/,只有戴步章偶尔使用/a/的发音。王少堂、王筱堂、任继堂、陈荫堂、王丽堂和徐

---

① 王少堂 1979:289,298-303,表述了官白和私白的不同用法。在演武松和年轻跑堂小二的角色时用"北方话"(小二并不是大人物,但是他跟武松说话的时候,就用"外国话",因为他希望过路的人听得懂他的话;这几句客气话以外,小二都说圆口官白)。王少堂认为老一辈说书艺人的发音更"经过精心雕琢",因为他们的发音基于河南省的中州韵。这种发音传统和从京剧的前身皮黄的语音习惯的移植有密切关系。参见 Mackerras 1975:19-20,杨振淇 1991:34 及之后。王少堂主张评话表演应该向京剧借鉴,他是否认为中州韵发音随处都要用还是只用于英雄人物的官白,这一点他没有清楚地阐述。
② 根据 1989 年 5 月 9 日对李信堂的访谈。李信堂举例说明,王丽堂更愿把武松说的话改用普通话说,而他自己说这些书时用扬州官话。康派、吴派与戴派的艺人在我收集的材料里都用扬州官话模仿英雄人物的话。
③ 费正良偶尔使用特殊的双元音化的发音方法,特别像戏剧的音韵。如,在方口官白的段子里,费正良把**来**,现代汉语发 *lái*,扬州方言发/láe/,发成[lɔːʸ↓]。成为动词的后缀和助词**了**,现代汉语发 *le*,扬州方言/le'/,都发成[lⁱɒːʷ↓]。

幼良的方口私白里，经常有/l-/，/n-/，/r-/的区别。但是，除了王少堂和王筱堂以外，其他说书人常常用日常扬州话的/l/发音。王少堂、王筱堂、陈荫堂和徐幼良经常在强调的片段中有元音双音化的韵母。

这种说口在某种程度上是受中国的北方标准语（Northern koine）发音的影响，当特殊强调某一些片段时，就可以感到传统的扬州官话浮现出来，但总的来说，方口私白的语音范围仍然是跟日常扬州话一样。而方口私白片段里的慢速的、清晰的发音风格明显地有别于圆口的片段。

圆口

圆口官白和私白除了以下几个特例外，在语音方面很接近日常扬州话：

在圆口片段中，绝大多数艺人把而、耳、二词素发成/er/或者/ar/。但是，王少堂在圆口片段里经常发成/a/。李信堂、任继堂、惠兆龙和戴步章也偶尔发成/a/。李信堂、惠兆龙、费正良和戴步章的圆口片段里没有/l-/，/n-/，/r-/音的区别。王少堂和王筱堂经常把这些声母区分开，而其他的说书人大多时候不分，而只在强调的片段里才会出现这种区别。白的发音只在圆口中出现，所有的艺人都如此，只是戴步章先生用得更为频繁。

小　结

一种表演艺术的个别发音方法（diction）经常不会影响表演者的语音系统。虽然某一些发音法的传音现象，如音高、音量、语速等，是很突出的，如女性的声音、老人的声音等，但是从语音学的角度看这种特色是不会影响某一个语言的音位系统与音位分类的，故经常不为语音学调查研究所记录。同样，方口和圆口两个说口最明显的区别是语音学范畴之外的，如说：方口是有力的、加强的、速度较慢的言语；圆口是幽默的、软绵绵的、随便的、速度较快的言语。在本章中，我们指出扬州评话艺人的表演语言跟乐器一样可以换"调门"，"调弦"。在不同的"调门"下，即"说口"里，语言的最基本单位——音位及其音素特征表现——在一定程度上随时可以根据所用的说口而变换。

从语音学的角度讲，方口不是单纯的、同质的种类。在方口官白中，我们发现两种主要类型：一些说书艺人用扬州官话（李信堂、费正良，徐幼良和戴步章），其余的艺人，即所有王派的艺人，其发音用一种"外来"口音，叫做"北方话"或是"中州韵"（王少堂、王筱堂、任继堂、陈荫堂、王丽堂和惠兆龙）。在惠兆龙的段子里，我们发现两个英雄角色在他们的方口官白中，分别说北方话和扬州官话。我们应当注意从中国方言的总体概念上说，扬州方言属于中国的北方方言（也称北方话），然而在评话艺人的概念里（大概也是普通扬州市民的看法），"北方话"是规范的、"外来的"标准语，即来自北方的语言，与"京话"同义。

方口官白中有扬州官话和北方话的区别。但二者之间也有重要的相似之处，从而与方口私白的片段相区分开来。方口私白，一部分艺人（王少堂、王筱堂、陈荫堂、王丽堂和徐幼良）倾向于使用扬州官话，尤其是在强调的片段里。其他艺人（李信堂、任继堂、惠兆龙、费正良和戴步章）的方口私白在音素细节的表现方面更接近于日常扬州话。方口私白有别于圆口，主要因为只在圆口里才有文白异读的白的发音。

圆口是最能忠实地反映日常扬州话的一种说口。但就是在这种最地道的说口里，艺人们也把而，二，儿，耳词素，发成/er/,/ar/音。我认为以上特点很可能是艺人们对这些词素的发音保留地传承了扬州官话——该地区文人的言语。① 圆口官白用于模仿普通的"小人物"说话；圆口私白用于以亲切、随便的方式叙述故事情节以及说书人的评论和对人物内心思想的表达。对于这种接近百姓语言的说口形式，扬州家乡话算最适合的。

---

① 关于地方官话，参见 Norman 1988:136,246。

本章的开始,我们解释了对评话艺人的特定语言有影响的两个因素:历史的传统性和广泛的地域性。说书艺人能使其语言接近过去和当代的语言标准,从而能让更广大地区的人听懂他们的书。然而,当我们具体地观察的时候,就发现他们的圆口表演,并不会使更多的地方的人听懂他们说书。在圆口里,唯一具有标准性的特点就是/er/、/ar/词素的发音。相反地,在方口里,标准性的特点较多,但是既然艺人们一直变换说口的表演风格,所以方口说口的片段只占一场书的一部分。其帮助扬州本地以外的听众听懂扬州评话的作用,当然很有限。如果艺人抱有此目的的话,他们会一直使用标准语,如地方官话或北方官话。明显地,说书艺人是以语言为"乐器"工具,用艺术的方式表达和创作人物和情节。方口和圆口的表演风格是艺人们在表演中最基本的"定调"方法。在下面几章里,我们将逐步展开讨论这些表演风格——说口——在不同语言及文学分析范畴中的表现。

第四章 语　法

> 我所要注意的，正是要减轻国语的标准性这一点。因为这里关于国语的讨论，特别是文法方面，大部分都适用于整个的中国话，甚至连文言也可以有一部份包括在内。①
>
> 赵元任(1898－1982)

扬州方言的语法

中国各种方言在语法结构上存在着很大的共性，同时也存在着细微的差异。目前，我们将着眼于北方方言之间的语法区别。尽管这些方言在语法上大同小异，而正是细微的差别形成了各自的语法特征。

现代标准汉语，即现代汉语，其发音是以北京方言为基础的，而语法方面则以整个北方地区的方言作为基础。由于现代标准汉语意于含括整个北方方言，而建构一个更能被普遍接受的语法基础，推广普通

---

① 赵元任 *A Grammer of Spoken Chinese*[汉语口语语法]，加州出版社，1968：Viii。引言的中文翻译，见《中国话的文法》赵元任原著，丁邦新翻译，1980 香港：香港中文大学出版社。赵元任的作品还有吕叔湘所翻译的《汉语意语语法》(1979)，北京，商务印书馆。我们以下主要利用吕叔湘的翻译。

话的政策,就使现代标准汉语和北方地区方言的界限变得特别含糊不清。

对扬州方言的发音已有广泛、细致的研究,①但对其语法尚未有同等程度的探讨。北方方言之间在语法上具有的共性,这种认知影响了方言学的研究方向:似乎对每一种方言的综合语法研究显得是次要的,其结果就造成了研究扬州方言的中国语言学者只把注意力集中在该方言语法的某些特定的形态和句法结构上,②而缺少对扬州方言语法的全面认识。这种现状对我们的研究是一种限制。

扬州评话和扬州方言的语法

扬州评话所使用的语言一般被认为是"扬州方言"。如前一章所阐述的,我们必须加以保留地对待这个问题。在语音分析方面,我们发现评话艺人的语言里,音素系统的规律性变换有时涉及到音位系统。不同的"说口"是由不同体系的语音成分所组成,其反映的与一般的扬州家乡话相异。在形态和句法方面可以同样期待存有相异之处。

研究艺人们承传扬州评话所用的方言,最理想的情况应当是:将艺术语言的语法特点与扬州方言综合性的语法特点做比较,但我们没有这种条件。目前,参照材料仅局限于上述特定的研究之内。想要调查扬州评话的语法结构,就如同在变化莫测的深水里航行。一方面,由于没有扬州方言语法的完整构图,故我们无法将之与评话片段中的发现进行比较。另一方面,对于现代汉语这种标准语,我们也经常处于一种不确定的状态。因为尽管关于现代汉语的研究很为详尽,但我们却常常难以确定说书录音里的某些说法是否也符合现代汉语的口语说

---

① 参见第三章。
② 就下列问题进行研讨:名词后缀,陈晨 1981;动态后缀,王世华 1989;程度副词,黄继林 1987a,刘培伦 1958a;语气副词,黄继林,出版年不详;反复问句,王世华 1985,黄继林 1990b;把-句子,薛遴 1990。

法。我们常常感到不易决定一个说法是方言的,还是标准语的,因为这种确定不仅只取决于其绝对性的存在,而且和其在方言中的统计发生率密切相关。

艺人的每段书里几乎都有与现代标准汉语语法相异的特征。我们尤其注意研究那些揭示方言性特点的形式和结构。即使方言性的区别在语法方面不像在语音方面之显著(语音方面没有任何一个音节不受影响),但仍然非常值得注意的是,每一分钟的说书表演(即,每页抄录下来的表演录音)之中,或多或少有一些说法,其构词或句法不属于现代标准汉语,或只处于现代汉语的边缘地位(marginal),却在扬州方言(或江淮方言)里很常见。

尽管扬州评话语法方面的方言特点比较明显,我们同时仍然要牢记:保守的与标准性的语言,如评话"扬州官话"和"北方话",①以及受现代汉语影响的一些语句,在评话艺人的语言里很可能有其特殊的位置。既然如此,一些语法方面的方言特征很容易和标准语的相应的形式相混淆。构成扬州评话表演语言基础的方言和标准语,如经纬交织,故此需更加深入地调查扬州方言的语法以及旧时的和现代的标准语用法间一一对应的关系。目前的研究不允许进行如此之大范围的调查。于此,我们只试将一些从评话艺人表演中所搜集的方言语法例子逐一分析讨论。

由于扬州方言属于中国北方方言,而且具有这个方言群的共同特点,我认为研究时应该尽可能地使用现代汉语口语现有的确定的分析系统。这方面我主要基于赵元任先生 1968 年发表的 *A Grammar of Spoken Chinese*(中文版《汉语口语语法》1979)。在讨论扬州方言的语法和现代汉语口语的对应关系时,我主要依靠赵元任的分析理论,同时辅

---

① "北方话",说书艺人也称之为"京话",其意义是中国北方地区,如河北、山东等地的标准语,参见第三章的"小结"。而在中国语言学界,"北方话"一词的意义,是指中国长江以北的语言;在此意义上,扬州方言也包括在这些北方方言以内,见袁家华1960。

之以近年来针对现代汉语口语各种语法问题的专门论著。①

对艺人口头表演的语法分析

本章对扬州评话的语法分析,主要基于我们研究的中心故事,王派王筱堂1992年说的"水浒武十回"里"武松打虎"(或称"打虎")的一段书。② 我们从这个材料当中得到的一些发现,由我早年所研究的李信堂1986年说的"打虎"中的例子所补充。③ 当我们观察到特殊的语法特征时,随之也提及研究材料里另外一些引证。

王筱堂和李信堂说的都是"打虎"故事,但是,其不同点在于长度、内容、叙述结构,当然还有个人的词语使用不同。李信堂的"打虎"压缩到只跟老虎有关的一段情节,即,武松和老虎在山上相遇的这一段;王筱堂的书包括更多对周围环境事物的描述,即,酒馆里喝酒的场景,掌柜的和小老板之间为武松多给的银子的争吵,等等。故此,李信堂的书是典型的"单篇子"④,其大部分时间是讲武松单独一个人和老虎在山上的情景,是富于动作但少于对话的一段情节。这段书里,虽然有英雄武松的大声叫喊和老虎的吼叫,还有许多其他动物的声音,但是人物间对话极少。然而我们听到的不仅有武松的内心独白,也有老虎的。与之相反,王筱堂说的"打虎"这段,有各种人物间的许多对话,而这些情节铺垫并形成了英雄打虎的故事高潮。⑤

不同的叙述方式,有不同的说口,如第三章里所写的语音的表述特点。该章所讨论的方言语法形式主要出现在圆口的段落中,即"小人

---

① 本书利用赵元任1968作为基本手册(语言学的术语根据吕叔湘1979年的翻译本)。为了把方言形式从现代标准汉语里区分出来的目的,吕叔湘1984《现代汉语八百词》一书也帮助很大。《现代汉语词典》(简称《现代》)1984,被用作现代标准汉语辞汇权威词典。除了这三本书之外,我每次使用其他资料时,在书中都专门注明。
② 见第二部分:第八章。
③ 参见 Børdahl 1991b。
④ 见王少堂1979:299。
⑤ 参见第六章"'武松打虎'梗概"。

物"对话,说书人的评论以及对更随意的场合和情节的描述。这些方言形式有些也确实出现在方口私白里,即,更加高贵尊严的叙述和描写之中。我们甚至发现有个别方言语句出现在方口官白里,即,像武松这样的"人物"所说的话。以下,我将特别评注这种在圆口之外出现的方言语法形式。当我观察到艺人们在用法上有所区别时,也将特别注明。

名词性的结构

1.1 形态结构

1.1.1 后缀

1.1.1.1 名词后缀-子/-zr/:[1]

扬州方言里,名词后缀-子/-zr/和现代标准汉语里的名词后缀-子-zi之间有所差别,比现代汉语里的-子-zi 使用的频率更高。[2] 扬州方言,总的来说,没有儿化音,也没有后缀-儿,[3]而现代汉语用-儿后缀的地方,在扬州话里经常有后缀-子/-zr/,但并不绝对如此。这里举中心故事"打虎",1992年王筱堂的和1986年李信堂的书段为例,来讨论这个语法特征,实际上,在录音资料里随处都有这类例子。

---

[1] 书段里的例子用音位标注,详见第三章"扬州方言的语音"部分,特别参见图表三。大多艺人在一些片段里用两个额外的音位性的声母,/n/和/r/,相关的例子将用之标注。无音位变化的音素性的切换在本章不做标注。有轻声的长的音节用"引语形式"(citation form)(参见 Kratochuil 1968:172),但音调被省略。短的音节,即有入声的韵母的音节,同样用引语形式标注(以/-'/结束),轻声也用这种方法标注,尽管元音和小舌塞音在此比较弱。
[2] 参见陈晨1981,其对扬州方言-子后缀的多种组合情况做了详细的说明。
[3] 陈晨、王年芳、王世华等一致认为在扬州方言的发音里没有[-ɹ]音,也没有儿化现象。在评话艺人的语言里,我们却发现/er/[ə:ɹ]或/ar/[ɑ:ɹ]发音,例如:儿、耳、二,参见第三章"韵母"一节。我收集的录音里此外还有一些词尾的词素儿/ar/或/er/,例如:门儿/mén-ár/,WX[2上],前儿个/cién-ár-gw/,WX[9中],LX[2中]以及巾儿/zin-ár/,LX[7中]。尽管这种构词形式使人联想到现代汉语的儿化现象,而作为复合词来处理也许更为妥当。此外也有羊儿疯/yáng-ár-fōn/,WX[13中],火团儿/hó-tuón-ár/,WX[5上],一刻儿/ie'-ke'-ár/LX[3中]。

a) 匾子

/biěn-zr/（现代汉语**匾** biǎn）例 WX[8 下]

b) 下壳子

/sià-ke'-zr/（现代汉语**下颌** xiàhé）例 WX[16 下]

c) 石头子

/se'-tw-zr/（现代汉语**石头** shítou，**石头子儿** shítouzir）

例 LX[3 下]

d) 石子

/se'-zr/（现代汉语**石头** shítou）例 LX[10 下]

e) 身子

/sēn-zr/（现代汉语**身体** shēntǐ，**身子** shēnzi）例 WX[13 上]

f) 仵作子

/ǔ-zò-zr/（现代汉语**仵作** wǔzuò）例 WX[22 下]

g) 凹子

/uā-zr/（现代汉语**凹儿** wār）例 LX[3 下]

h) 尾子

/uě-zr/（现代汉语**尾巴** wěiba）例 WX[18 中]

i) 走扇子

/zw̌-sièn-zr/（现代汉语**走扇** zǒushàn）例 WX[13 上]

例 a)，b)，f)和 i)例证了一类扬州方言的名词，其词尾带后缀 -**子**/-zr/，而与之相对应的名词在现代汉语里不带后缀。例 c)和 g)例证了另外一类名词后缀 -**子**/-zr/相应于现代汉语的带后缀 -**儿**-r。[①] 例 d)和 h)例证了如何带后缀 -**子**/-zr/的词，词尾相应于现代汉语的其他名词后缀，如，-**头**

---

① 参见陈晨 1981:86。

-tou 和 -巴-ba。① 例 e)似乎是扬州方言里这个词的一般形式,不显示雅俗之分。而现代汉语的带 -子的后缀形式显示出俗的特征,而一般用的复合词**身体**和扬州话的**身子**相当。

扬州方言里带有和现代汉语同样后缀,如,**猴子**/hɯ̆-zr/(现代汉语 hóuzi),**带子**/dàe-zr/,(现代汉语 dàizi),**尾巴**/uĕ-ba/(现代汉语 wěiba),这样的情况是常见的。而且有些词两种形式共存:一个是扬州方言常用的,例:**尾子**/uĕ-zr/、**身子**/sēn-zr/,另一个是和现代汉语相同的后缀 **尾巴**/uĕ-ba/或相同的复合词 **身体**/sēn-tǐ/。是否两种形式都在日常的扬州方言里出现,或许这是评话艺人的特别的特征,我们无法从手上现有的扬州方言的语法材料中推断出来。但是我认为,我们至少要对这种双重的形式抱有质疑的态度,原因是这样的双重形式也许是混合语言的征象,即为标准语形式与方言形式的交融。②

1.1.1.2　时间词和动量词带后缀 -**子**/-zr/,扬州方言**下子**:ᵡ/sià-zr/,ᵇ⁾/hà-zr/,(现代汉语**下** xià,**下儿** xiàr(**下子** xiàzi))

现代汉语和不少北部的北方方言里,**下子** xiàzi,作为时间词较常用,而作为动量词处于边缘地位(marginal),-儿后缀的形式**下儿** xiàr 或者无后缀的**下** xià 作为动量词普遍使用。③ 然而在扬州方言里**下子** ᵡ/sià-zr/,ᵇ⁾/hà-zr/作为动量词和时间词使用很正常。④(在我的材料里未发现无后缀的**下** ᵡ/sià/,ᵇ⁾/hà/有这些作用。)

下子的词根**下**-ᵡ/sià-/,ᵇ⁾/hà-/,是文白异读现象的表现,请见下文

---

① 扬州方言-**头**/-tw/也有构成名词后缀的特殊的作用。以-**头**/-tw/做后缀的常见的双音节位置词,是我录音材料的明显特性。在现代汉语里,这样的形式属于口语性的语言,参见吴之翰 1965:209。在我们举例的书段里,这样的词既属于圆口,也属于方口说口。
② 参见 Børdahl 1991b:196 及之后。
③ 参见赵元任 1968:616。在现代汉语里,**下** xià 或**下子** xiàzi 作为时间词,在**数词**＋**下(子)**＋**动词**(Dn xia(zi)V)结构里的这种后缀形式时常出现,参见吕叔湘 1984:496。
④ 参见王年芳 1959:35。

3.3。在我收集的研究资料中,绝大多数艺人更愿采用这个词的白的发音,而在王筱堂 1992 年说的"打虎"的录音里只有该词的文的发音,如:

 a) 这<u>一下子</u>踢上去,踢巧了

  /ze'-ie'sià-zr tie' sàn cỳ, tie'-ciǎa-le'/ WX[20 下]

 b) 花了<u>下子</u>,五壶下来了

  /huà-le' sià-zr, ǔ hú sià-láe-le'/ WX[5 中]

1.1.1.3 指示代词和疑问代词的后缀 **-子**/-zr/:

在我们的录音材料里,我们找到带后缀 **-子**/-zr/的指示代词和疑问代词的例子:**这么子**/ze'-mō-zr/(现代汉语:**这样** *zhèiyàng*),**怎么子**/zěn-mō-zr/(现代汉语:**怎么样** *zěnmeyàng*)和**多晚子**/dō uǎen-zr/(现代汉语:**什么时候** *shénme shíhòu*)。① 例如:

 a) "所以<u>这么子</u>嘛,人家家里起了个名字"

  /sǒ-ǐ ze'-mō-zr ma, lén-ziā ziā-li cǐ-le' gẁ mín-zr/ WX[4 中]

 b) "爷吃了三十碗,又把爷<u>怎么子</u>的!"

  /ié cie'-le' sāen-se' uǒn, iẁ bǎ ié zěn-mō-zr-de/ WX[7 中]

 c) "这个酒客是<u>多晚子</u>来的呀"

  /ze'-gw ziw̌-ke' sṙ dō uǎen-zr láe-de ia/ WX[5 下]

我们出乎意料地发现例子(b)表演的是武松跟小二的对话,所以说书人用方口官白。由于武松通常说"北方话",其语音是特殊的,语法方面同样极少留有方言的痕迹。但在这个例子里,武松被表演成一个醉汉,他差不多已经失态,说话开始结结巴巴,他的话里就有较俗的方言微迹。

1.1.2 复合词

1.1.2.1 疑问代词和指示代词的 D-M 复合词(指示区别词 D 和量词 M 的复合词):**哪个**/lǎ-gẁ/,**哪块**/lǎ-kuàe/,**那块**/là-kuàe/,**块**/kuàe/,

---

① 参见陈晨 1981:87。

这块/ze'-kuàe/:

指人疑问代名词,相应于现代汉语**谁** shéi,在扬州方言里为 D-M 复合词:**哪个**/lǎ-gẁ/。① 疑问和指示处所词,相应于现代汉语**哪儿** nǎr 或**哪里** nǎli,**那儿** nàr 或**那里** nàli,和**这儿** zhèr 或**这里** zhèli,在扬州方言里为:**哪块**/lǎ-kuàe/②,**那块**/là-kuàe/或**块**/kuàe/和**这块**/ze'-kuàe/,如:

a) 喊哪个?

/haěn lǎ-gẁ/ WX[5 下]

b) 哪个说的?

/lǎ-gẁ suo'-dè/ LX[4 下]

c) 他到哪块来的数呢?

/tā daà lǎ-kuàe laé-de sù ní/ WX[8 中]

d) "那块是九把酒壶,这块是一把酒壶"

/là-kuàe sr̀ ziw̌-bǎ ziw̌-hú, ze'-kuàe sr̀ ie'-bǎ ziw̌-hú/ WX[7 中]

e) "那块有吃白大的哪!"

/là-kuàe iw̌ cie' bo'-dà-de-la/ LX[5 下]

f) 因为地方官有告示在块

/īn-uè dì-fān guōn iw̌ gàa-sr̀ zàe kuàe/ WX[11 中]

和现代汉语一样的形态结构,**谁**、**哪儿**、**哪里**、**那儿**、**那里**,以及**这儿**、**这里**,只在用"北方话"或扬州官话对话的方口中出现,并且极少出现,例如:

g) "他上哪儿去啦?"

---

① 参见王年芳 1959:34-35。**哪个**,这个疑问代词在靠近扬州方言地区的吴方言当中的一些方言里也有,如无锡方言。参见袁家华 1960:90。

② 只有在固定说法**哪晓得**/lǎ siǎa-de'/里,我们找到一个单音词素**哪**/lǎ/作为疑问代词,相应于现代汉语里的:**哪儿晓得** nǎr xiǎode 或**哪里晓得** nǎli xiǎode。

/tā sàn nǎr cỳ la/ WX[2 下]

（武松说北方话）

h)"哪里去了？"

/lǎ-li cỳ liǎa/ FZ[2 下]

（曹操说扬州官话）

1.1.2.2 相对时间词

相对时间词，除了有与现代汉语相同的复合词**今天、明天、昨天**和**前天**以外，还存在特殊的方言形式。在说书录音里所找到的形式有**今儿**/zīn-ár/，**明儿**/mín-ár/，**昨儿**/zá-ár/，**今儿个**/zīn-ár-gw/，**明儿个**/mín-ár-gw/，**前儿个**/cién-ár-gw/，**后儿个**/hẁ-ár-gw/，[1]如：

a)"前儿个呐，你家嫂子嘛就跟我说了……"

/cién-ár-gw-la, lě-gā saǎ-zr-ma ziẁ gēn ǒ suo'-le'/ WX[9 中]

b) 昨儿晚上就没有吃，今儿早上又没有吃

/zá-ár uǎen-sàn ziẁ me' iẁ cie', zīn-ár zǎa-sàn iẁ me' iẁ cie'/ FZ[3 上]

此外还有时间词**将才**/ziān-cáe/和**将将**/ziān-ziān/与现代汉语**刚才** *gāngcái* 和**刚刚** *gānggāng* 的意思是一致的，但是**将将**跟**将才**一样，是时间词（可以位在名词以前，**走扇子**是名词），而现代汉语的**刚刚**是副词的词类，例如：

a) 将才小二追得来告诉我……

/ziān-cáe siāa-èr zuē-de'-láe gaà-sù ǒ/ WX[15 上]

b) 将将走扇子"咋嘎——"开下来了

/ziān-ziān zẃ-sièn-zr zae'-ga'…kaē-hà-laé-le'/ WX[13 上]

---

[1] 参见第三章的"韵母"一节，关于扬州方言发音和儿词素的一些特别情况，又见黄继林 1987b：57。在评话艺人的语言里，儿基本上都发成/ár/或是/ér/。

在王筱堂和王少堂的段子里,我们只找到**将才**/ziān-cáe/和**将将**/ziān-ziān/,而在录音材料里,其他的说书艺人从头到尾用的都是没有特殊方言特征的**刚才**/gān-cáe/和**刚刚**/gān-gān/。

动词性的结构

2.1 形态结构

2.1.1 后缀

2.1.1.1 动词进行态的后缀:-**著**/-zu/,-**到**/-daa/,-**着**/-za'/

相应于现代汉语动词进行态的后缀-**着** zhe,评话语言有以上三个不同的形式。① -**著**/zu/是研究资料里最常用的,例如:

a) 他背著包裹,大踏步
   /tā bē-zu bāa-gǒ, dà tae'-bù/ WX[1 中]

b) 头抬著,望著天空一轮明月
   /tẃ táe-zu, uàn-zu tiēn-kōn le'-lén mín ye'/ LX[3 下]

c) 听著听著凤目不睁
   /tīn-zu tīn-zu fòn-mù be' zēn/ XY[8 中]

-**到**/-daa/使用频率不高,但是**接逗**/zie'-dw/,(现代汉语**接着** jiēzhe)经常用,或许是**接到**/zie'-daa/的另一种形式。② 例如:

d) 打了酒,接逗就拿了杯筷
   /dă-le' ziẁ, zie'-dw ziẁ ná-le' bē kuàe/ WX[3 中]

---

① 王世华 1989 把扬州方言里的动态后缀论述得很详细。以词源学和字体学为基础,他论辩了扬州方言里的动态后缀/-zu/应该用-**著**字写,于此,我们按照使用。王世华又发现了-**著**和-**到**作为进行态的后缀使用同等频繁,而且相互替换,而**着**对于扬州方言是外来语的一个新词,只为学校的老师和学生在朗读现代汉语的课本时使用。参见王世华 1989:62。
② 非重读的后缀的元音比重读的常常轻弱得多,这于是就造成二者的音位区别不明显。上述/-daa/和/-dw/就似乎中性化了(neutralized)。

121

e）二阵风接逗来

/èr-zèn fōn zie'-dw láe/ LX[6 上]

-**着**/-za'/在评话语言里是否有进行态后缀的作用，有待深入研究，录音材料中似乎有此作用，如：

f）武松背着包裹又往前走

/ǔ sōn bē-za' bāa-gǒ iẁ uàn cién zw̌/ LX[2 下]

-**着**/-za'/和-**著**/-zu/在同一句中并排出现，如：

g）英雄背著包裹提着哨棒，大踏步进镇

/īn-sión bē-zu bāa-gǒ tí-za' sàa-bàn dà tae' bù zìn zèn/
LX[1 中]，RJ[1 上]，CY[1 中]

然而，大多数 -**着**/-za'/的出现，包括上面的例子，可以被分析为结果补语，而不作进行态的动词后缀。目前还是把 -**著**和 -**着**分析为同一类，即动词进行态的后缀。

我们录音资料里前前后后出现的这些动词后缀，在圆口和方口中都有。使用动词后缀 -**着**/-za'/，与说口变换或与书面语的使用无关。在王派艺人说的书段里，这两种后缀之间好像有时可以自由切换，尽管 -**著**/-zu/占主导地位。除此之外，用 -**着**/-za'/的句子经常属于艺人们熟记下来的固定化的片段，参见例(f)和(g)。如果扬州方言的 -**着**/-za'/没有进行态后缀的作用，艺人的用法所反映的可能就是我们以前提及的混合语言的现象。

其他艺人说的书段里，自始至终都用 -**著**/-zu/做进行态的后缀，而没有出现 -**着**/-za'/。

2.1.2 复合词

2.1.2.1 动补结构:动词＋结果性的或方向性的补语 V-掉/V-te'/ 扬州方言里 -掉/-te'/①(现代汉语 -掉-diào),作不同谓语动词的结果性或方向性的补语,经常出现在我们的录音材料里,②如：

 a) 把个宝剑都押掉了,把乌纱都当掉了

  /bǎ gw bǎa zièn dū ia'-te'-le', bǎ ū-sā dū dàn-te'-le'/

  WX[2-3]

 b) 本方的飞禽走兽全散掉了

  /běn-fān de fē-cín zw̌-sẁ cyáen saèn-te'-le'/ LX[5 中]

吴方言里的补语-掉比现代汉语里的-掉-diào 更常用。③ 扬州方言-掉的高频使用很可能是受附近的吴方言的影响,然而吴语里的一些特有的用-掉词素的动补句型,扬州方言却没有。④

2.1.2.2 谓语性和可能性的补语

录音材料里的有些补语结构似乎不属于标准语的范围以内。这些结构有没有浓厚的方言色彩,或者相当程度地反映了汉语口语作为一个活的机体所具有的"不整齐性",对此我们目前不能确定。

此下例 a),b)和 c)具有 V-得 X-X 的 /V-de'XX-de/的形式,其中的 X-X 为重叠的动作动词组织的,起谓语性的补语作用。⑤ 在此,我们也许

---

① 这个补语有时写做-脱,与动作动词"解脱"的"脱"词素同源,参见赵元任 1968:466。
② 扬州方言掉/diaa/是动作动词,-掉发成/te'/(也写-脱)就是结果补语。
③ 参见赵元任 1968:466。Cartier 1972:191,列出了与结果补语 -掉-diào 结合使用的三十六个动词(根据赵元任的理论,方向补语是在 V-R 结果补语大组中的一个分类)。她也把 -脱-tuō 列为补语,但只有两个动词相结合。Cartier 的例句材料指出掉-diào 是相当于扬州方言 -掉/-te'/的补语,但是现代汉语里 -掉-diào 和扬州方言里 -掉/-te'/出现频率的比较情况很难估测。
④ 袁家华 1960:101 记录了一些典型的吴方言里的补语结构类型。扬州方言里没有类似的动补结构。
⑤ 袁家华 1960:96-97 指出了吴方言里重叠的动词和形容词出现的频率与多样性。例 a),b), c)中的形式没有被提及,但这种重叠形式有可能是受周边方言影响的结果。

注意到 -得和 -的的发音区别：词素 -得/de'/[tə˧]里的主元音发松弛的声门元音，而词素 -的/de/[te:]发成长的主元音。-得和 -的 词素作为中缀和后缀似的助词，不像在现代汉语里有单一的发音 -de。位于补语最后的是助词 -的/-de/，在赵元任先生的分析系统大概应属于"的"的名词化作用。①

  a) <u>奔得行行的</u>

   /bèn-de' sín-sín-de/ WX[17 中]

  b) <u>飞得行行的</u>

   /fē-de' sín-sín-de/ LX[4 中]，RJ[16 下]

  c) <u>扒得泛泛的</u>

   /pá-de' faèn-faèn-de/ LX[10 下]，RJ[24 上]

例(d)和(e)具有 **V-得(H)HA** /V-de'(H)HA/的动补形式，这里 H=副词，A=形容词。**V-得 A** 动补形式与现代汉语一致，但是现代汉语补语里不含有还 *hái*、就 *jiù* 这种副词的插入。②

  d) 小虽小，<u>跑得还就快</u>

   /siaǎ sué siaǎ, paǎ-de' há ziẁ kuàe/ LX[4 下]

  e) <u>他跑得就快了</u>

   /tā paǎ-de' ziẁ kuàe-le'/ LX[6 上]

例(f)的形式有 **V-了-不-V** /V-le'-be'-V/的形式：完成态的词缀 -了/-le'/ 插在否定的能动补语的结构里。现代汉语里，无论肯定的还是否定的能动补语，和动词是紧密复合的，之间不可以插入包括动词后缀在内的其他任何成份。

---

① 见赵元任 1968：294 - 295。
② Alleton 1972：116 - 128，148 - 164 虽然没有论证这种副词有无可能在此处出现，但我认为，当她的例句资料里不存在这种形式时，这本身就说明了此点。

f) 抖了不住

/dw̌-le'-be'-zù/ LX[5 上]

在例句(g)和(h)中,**难不成**/laén-be'-cén/,/V-be'-R/,其形式为正常的否定的可能性补语结构(现代汉语 **V-不-R**,V-*bu*-R)。然而,该形式在现代汉语里却找不到,现代汉语用起同样作用的另一种说法,即**难道**(…**不成**)*nándào*…(*bùchéng*)。**难不成**,像现代汉语里的**难道**…(**不成**),是一个强调性反问句的习惯用语。①

g) 这个好酒难不成就这种好法吗?

/ze'-gw haǎ ziw̌ naén-be'-cén ziw̌ ze'-zǒn hǎ a-fae' ma/ WX [5 上]

h) 我难不成就惧怕这只老虎吗?

/ǒ laén-be'-cén ziw̌ zẏ-pà ze'-zr laǎ-hǔ ma/ LX[2 中]

2.2 句法结构

2.2.1 动词短语和副动词短语

2.2.1.1 否定性的动词短语

在扬州方言里似乎存在两个异于现代汉语的否定形式系统:一个基于存在动词**有**/iw̌/与其否定副词**没**/me'/:**没有**/me' iw̌/;另一个基于动词**得**/de'/与其否定副词**没**/me'/或者**不**/be'/:**没得**/me' de'/或**不得**/be'de'/。这两种否定形式在否定存在短语和否定副动词系统中都有。

2.2.1.1.1 存在短语:**有**/iw̌/,非存在短语:**没有**/me' iw̌/,**没得**/me' de'/,**不得**/be' de'/

相应于现代汉语存在动词**有** *yǒu*,扬州方言里有相同的词**有**/iw̌/。在肯定的形式里,用法上没有区别。但是存在动词的否定形式有三种变

---

① 参见黄继林,出版年不详:49;赵元任 1968:135。

换形式:(1) **没得**/me'de'/,(2) **不得**/be'de'/,(3) **没有**/me'iw̌/,①例如:

 a. 1) 晓得没得数

  /siǎa-de' me' de' sù/ WX[8 上]

 b. 2) 一个酒客都不得

  /ie'-gw ziw̌-ke' dū be' de'/ WX[3 上]

 c. 2) 这是景阳岗有老虎的呀,不得老虎的时候……

  /ze'sr̩ zǐn-ián-gān iw̌ laǎ-hǔ-de ia, be' de' laǎ-hǔ de sr̩-hw̌…/ WX[15 下]

资料里的(1)和(2)似乎可以自由切换,而(3)只在一些王派艺人的段子中出现。李信堂、任继堂和陈荫堂,他们主要是在方口官白的一些模仿武松的"北方话"片段里使用,例:

 d. 3) "……笑天下人没有酒量……"

  /…siàa tiēn-sià-rén me' iw̌ ziw̌-liàn/ CY[5 中],RJ[5 中]

  (武松说方口官白的北方话)

但,这种形式也在一些圆口的片段里有,可能是由于混合语言的缘故,例如:

 e. 3) '……前头如没有老虎……'

  /…cién-tw lú me' iw̌ laǎ-hǔ…/ LX[2 中]

  (武松用圆口私白说出内心思想)

(1)和(2)在圆口里和方私白里都有,但是一般在方口官白里没有。

 2.2.1.1.2 助动词短语的否定形式:(1)否定过去态:**没有 V**/me'

---

① 扬州方言里"存在动词"(verbs of existence)的否定形式和助动词的否定形式,据我所知,以前没有被研讨过。但是其他研究中提供的例句,佐证了我在本书里阐述的观点。参见王世华 1989:64,黄继林,出版年不详:48。王年芳 1959:36-38 的一些例句表明了我所收集的材料中还没有涉及到的其他否定形式。

iŵ V/；(2) 否定可能性助动态：**没得 V**/me' de' V/和**不得 V**/be' de'V/相应于现代汉语**没(有)V** méi(yǒu)V，扬州方言里有 **没有 V**/me' iŵ V/的形式(现代汉语里**没 V** méi V 的形式在我们的材料里没有找到)。

  a) 武松还<u>没有</u>进店咧…

   /ǔ sōn há me' iŵ zìn dièn lia/ WX[2 上]

  b) 武松<u>没有</u>望到老虎

   /ǔ sōn me' iŵ uàn-daa lǎa-hǔ/ LX[6 下]

在存在动词的否定结构 **没有，不得，没得**和助动词的否定结构 **没有 V，不得 V，没得 V** 之间，似乎有一种对应关系。但事实上，二者表现了一个非对称形式。否定的助动结构 **没得 V** 和 **不得 V** 含有否定的可能性的意思。在扬州方言好像比否定的动补结构 V 不 R/V-be'-R/更常用，例如：

  c) 倒有三天<u>没得吃</u>了，哦，人不会吃吗？<u>没得</u>咧！

   /daà iŵ sān tiēn me'de' cie'-le'，o，rén be' huè cie' ma? me' de' lia/ WX[16 下]

  d) 他的酒暂时<u>不得</u>醒

   /tā-de ziŵ zaèn-sŕ be' de' sǐn/ LX[3 中]

  2.2.1.2 动作动词：**望**/uàn/和 **玩**/uòn/

  扬州方言里的一些动词与其在现代汉语里的相对应的词，在句法分布和含义方面有显著的相异之处。①

  2.2.1.2.1 **望**/uàn/

  现代汉语的动作动词 **望** wàng 出现情况相当局限，而且意义范围比较窄，为"往远处看"、"希望"等的意思；而在扬州方言里，**望**/uàn/是一个常用的词(在我们的段子里也如此)，表示广义的"看见"、"看"，包括"从远处凝视"的意思。一般来说，扬州方言的 **望**/uàn/出现于现代汉语里用

---

① 陈晨，出版年不详，处理了扬州方言里**望**和**玩**语意的和词法的特性。

127

看 kàn 一样的位置。扬州方言里 看/kaèn/也和现代汉语 看的用法相同,但是 望比 看用的多得多。

  a) 小二再把他<u>望望</u>

   /siǎa-àr zaè bǎ tā uàn-uàn/ WX[4 下]

  b) 小伙啊,<u>望望看</u>!

   /siǎa-hǒ a,uàn-uàn-kaèn/ WX[13 中]

  c) 英雄再朝店里头<u>望了一望</u>

   /īn-sión zaè caá dièn-lǐ-tw uàn-le' ie' uàn/ WX[1 下]

  d) 他没有<u>望</u>过

   /tā me' iw uàn-go/ LX[7 下]

扬州方言里的动作动词 望/uàn/,加动态后缀 -了/-le',-过/-go/和 -著/-zu/,也有尝试态的重叠形式 望望/uàn-uàn/。望 加 见/zièn/形成结果性动补复合词 望见/uàn-zièn/以及否定可能性动补 望不见/uàn-be'-zièn/。这些用法在圆口和方口中都常用,在武松的官白段落里(方口的北方话,京话)没有出现,而在他的私白(圆口内心语言)偶尔有这些方言用法。

2.2.1.2.2 玩/uòn/

扬州方言里的动作动词 玩/uòn/,除了和现代汉语里相应的词 玩儿 wár 用法相同以外,还作为代动词,代替句子中的其他的动词,并同时使语调变得轻缓。短语 不能玩/be'lén uòn/,意思为"这不是开玩笑的事,当心",是扬州喜用的感叹语,而且几乎成为说书语言中的一种"套话"。

  a) <u>不能玩</u>!

   /be' nén uòn/ WX[6 中],[8 上],LX[2 上],CY[4 中],等处

  b) 你叫他到后头再说呐,<u>玩不起来了</u>

   /ně ziaà tā daà hw-tw zaè suo' na, uòn-be'-cǐ-láe-le'/ WX[3 中]

c) 武松玩了误会了

/ǔ sōn uòn-le' ù-hùe-le'/ WX[12 中]

d) 就是一个雀子也能当早茶玩玩

/ziẁ sr̀ ie'-gw cie'-zr aě lén dān zaǎ-cá uòn-uòn/ LX[4 下]

（这里 玩玩/uòn-uòn/作为"吃"的代动词，使句子更加轻松幽默）

e) 这个不叫哨棒了，玩了擀面杖了

/ze'-gw be' ziaà saà-bàn-le', uòn-le' gǎen-mièn-zàn-le'/ LX[8 下]

2.2.1.3 动作动词，动作补语和介词（副动词）：把/ba/

扬州方言里，介词（副动词）和动作动词 把/ba/的语法特性明显地与其在现代汉语里的同源语素 把 *bǎ* 不同。① 扬州方言里，用 把/bǎ/作为介词的连动形式的主要动词并不受像在现代汉语里一样的限制。并且，把/bǎ/可以有类似于现代汉语里 给 *gěi* 的功用，无论作为介词、补语还是主要动词。在此，我们不试图细致地解释扬州方言里 把/bǎ/的语法特征，只是从所研究的段子里例举一些句子：

a) 小二再把他望望

/siaǎ-àr zàe bǎ tā uàn-uàn/ WX[4 下]

b) "说余多的赏了把我……"

/suo' ý-dō-de sǎn-le' bǎ ǒ/ WX[10 上]

c) "你就把他咧！"

/lě ziẁ bǎ tā lia/ WX[10 上]

d) "你把五壶把他吃啊？"

/lě bǎ ǔ hú bǎ tā cie' a/ WX[6 上]

---

① 参见薛林 1990。

2.2.1.4　介词 **朝**/cáa/

录音资料里,介词 **朝**/cáa/的使用频率非常高。现代标准汉语里有三个介词,**往(望)** wàng、**向** xiàng 和 **朝** cháo,与扬州方言里常用的 **朝**/cáa/相应。现代汉语里的 **往(望)** 和 **向** 在扬州方言里较少作为介词使用,所以给**朝**/cáa/增加了使用频率,同时也具强烈的方言色彩。更进一步说,**朝**/cáa/可以和 **起**/cǐ/和 **过**/gò/词素形成介宾(K-O)结构,**起**和 **过**起到位置词的作用,即 **朝起**/cáa cǐ/,**朝过**/cáa gò/。**朝**/cáa/经常在一个句子中出现几次,例如:

  a) 武松把包裹<u>朝</u>下一抹,就<u>朝</u>旁边座上一放,人就<u>朝</u>正当中桌上一坐

  /ǔ sōn bǎ baā-gǒ cáa sià ie' mae',ziw cáa pán-biēn zò-sàn ie'-fàn,rén ziw cáa zèn dān-zōn zua'-sàn ie' zò/ WX[3 上]

  b) 英雄把身子<u>朝过</u>一转,接逗把自己的右手<u>朝起</u>一抬

  /īn-sión bǎ sēn-zr cáa gò ie' zuǒn,zie'-dw bǎ zr̀-zǐ-de iw sw̌ cáa cǐ ie' taé/ WX[13 上]

2.2.1.5　准介宾短语的介词省略[K-O V>] OV **家来,家去**

相应与现代汉语的"介宾动"(K-O V)结构:**回家(来/去)** huí jiā (lái/qù) 或 **到(我们)家(来/去)** dào(wǒmen)jiā(lái/qù),录音材料里有"宾动"(O V)结构:**家来** 文/ziā láe/,白/gā láe/,**家去** 文/ziā cỳ/,白/gā kè/,/gā cỳ/,例如:

  a) "请<u>家来</u>坐!"

  /cǐn ziā láe zò/ WX[2 上]

  b) "你<u>家来</u>啦"

  /lě ziā láe-la/ WX[9 下]

  c) "喊两个人把他抬<u>家去</u>吧"

  /haěn liǎn-gw lén bǎ tā taé gā cỳ ba / WX[13 下]

2.2.1.3,2.2.1.4,2.2.1.5 里所述的 **把、朝** 和 **家来、家去** 的特殊用法,在圆口和方口私白中是常见的。此外我们注意到上面的例 a),这种方言的形式用在小二说的方口官白的片段里。但这是特殊的情况:当小二的视线落到了外地顾客的身上时,他就用学来的几句对他来讲是外地话的"北方话"。由于他只会说几句北方口音的话,所以他的话某种程度上反映的是家乡方言的语法,就不足为怪了。他这种半截子地学说有身份的人的话,正好被我们的说书人恰如其分地模仿出来了。①

2.2.2　副词短语

2.2.2.1　否定副词和程度副词

扬州方言里有一些和现代汉语的语义范围或是结合方式相差别的副词。② 扬州方言里的否定副词 **莫**/ma'/(现代汉语 **别** *bié*),在 **莫忙**/ma' mán/这个说法里频率很高,在录音材料里也较常见。如:

　　a) 莫忙!

　　　/ma' mán/ WX[4 中],[9 中],LX[4 中]

一些程度副词也同样如此,**蛮**/maén/(现代汉语 **很** *hěn*)和 **格外**/ge'-uaè/(现代汉语 **挺** *tǐng*,**非常** *fēicháng*,**格外** *géwài*)。如:

　　b) 价钱蛮大

　　　/zià-cién maén dà/ WX[14 上]

　　c) 虎生双翼,就格外厉害了

　　　/hǔ sēn suān ì, ziw ge'-uaè lì-hàe-le/ LX[4 中]

2.2.2.2　时间副词

2.2.2.2.1　一/ie'/或 这一/ze'ie'/

录音资料里,一/ie'/或 这一/ze'ie'/(现代汉语 一 *yī*,这一刻

---

① 参见第六章"叙述体、戏剧体和抒情体的结合"。
② 参见黄继林,出版年不详,1987a;刘培伦 1958a。

zhèyīkè、**马上就** mǎshàng jiù 的意思)作为时间副词来修饰动词和谓语,极为常用,即 **一 V** 或 **这一 V**。**这**/ze'/在此处是起副词的作用(现代汉语**这么** zhème、**这样** zhèyàng)。① 虽然扬州方言里也有**这么**/ze'-mō/,**这样**/ze'-iàn/跟现代汉语同源的副词,但这些副词在上述的结构里不使用。**一 V**/ie' V/或 **这一 V**/ze' ie' V/的结构,看似可相互替换,经常堆砌重叠,在同一个句子中或相近的上下文中,一个接一个地出现。

a) 武松把个银袱子朝起<u>一扎</u>,银袱子朝包裹里头<u>一放</u>,包裹朝起<u>一扎</u>,包裹朝肩头上<u>一背</u>

/ǔ sōn bǎ gw ín-fo'-zr cáa cǐ ie' zae', ín-fo'-zr cáa bāa-gŏ lǐ-tw ie' fàn, baā-gŏ cáa cǐ ie' zae', bāa-gŏ caá ziēn-tw-sàn ie' bē/ WX[8 下]

这些时间副词的使用频率看似基本上是方言的特征,但此特征可能被说书的叙述方式所强化了,其作用是通过不断地渲染紧张的气氛,以图抓住听众的注意力。

2.2.2.2.2　**一声**/ie'-sēn/

录音材料里,另一个作为 D-M 复合词时间副词 **一声**/ie'-sēn/反复出现(相当于现代汉语 **一旦** yídàn 的意思)。多数情况,其位置是在谓语动词前面 **一声 V**,见下例 a)、c)、d);偶尔是在主语之前,见以下 b)。现代汉语里 **一声** yìshēng,作为动量词(Mv)经常是某些动词的宾语,而录音材料里 **一声** 的例子通常处于动词前面副词的位置,见以下 c)和d)。例如:

a) 他<u>一声</u>有数…

/tā ie'-sēn iw̌ sù/ WX[8 上]

b) <u>一声</u>性过了之后…

---

① 参见吕叔湘:1984:584。

/ie'-sēn sìn gò-le' z̄r hẁ/ WX[16 中]

c) 小老板一声应答

/siǎa lǎa-baěn ie'-sēn iñ-dae'/ WX[7 下]

d) 老虎这一声喊，就格外抖得凶

/lǎa-hǔ ze' ie'-sēn haěn ziẁ ge'-uaè dw̌-de-siōn/ LX[5 上]

一声/ie'-sēn/偶尔也有相应于现代汉语里作为动量词的用法，见 WX[2 中]。

以上 2.2.2.2 所提到的时间副词主要在圆口段落里出现（官白和私白），但是在方口私白段落里偶尔也有。

2.2.3 共存的两种反复问句：**V 不 V 和可 V**

扬州方言里存在一个有趣的现象，即两种不同类型的反复问句是共存的，而其他的中国方言只有其中一种类型的反复问句。① 这两种形式为：

(1) **V 不 V？** V bù V？

(2) **可 V？** kě V？（＊现代汉语里这种形式没有问句的含义和作用）在我们的资料里，这两种类型的反复问句都出现，也有一些两个类型相结合的例子：

(1) **V 不(没)V？** /V be'(me')V？/

(2) **可 V？** /kw̌ V？/

(3) **可 V 不 V？** /kw̌ V be'V/

---

① 朱德熙 1985 研究了各方言之间的反复问句，并得出结论：两种反复问句形式，即 VP 不 VP 与 FVP（我上述的 V 不 V 与可 V 两种形式），不在其所研究的任何方言里相共存。王世华 1985 指出在扬州方言（朱德熙的材料不包括）里，确实可得到两种反复问句。黄继林 1990b 进一步表明扬州方言里不仅同时存在有两种反复问句，还有以之为基本形式的不同组合形式。

例如：

a（1）你晓得这个客家有数没数呢？

/ně-siaǎ-de' ze'-gw ke'-ziā iw̌ sù me' sù ní/ WX[8 上]

b（1）现在究竟走不走？

/sièn-zaè ziw̌-zìn zw̌ be' zw̌/ LX[2 上]

c（2）先问一声可有好酒

/siēn uèn ie'-sēn kw̌ iw̌ haǎ ziw̌/ WX[2 中]

d（2）这话可确实？

/ze' huà kw̌ cia'-se'/ LX[3 下]

e（3）你说他家这个酒可好不好？

/lě suo' tā-gā ze'-gw ziw̌ kw̌ haǎ be' haǎ/ WX[2 下]

f（3）你说这个老板可怕不怕呢？

/lě suo' ze'-gw laǎ-baěn kw̌ pà be' pà ní/ WX[11 中]

方言形式 **可 V？** /kw̌ V？/ 和 **可 V 不 V？** /kw̌ V be' V？/ 在圆口和方口中都有。在王筱堂说的"打虎"书段里，前者出现在武松说"北方话"的对话片段里（方口官白），如：

g（2）"你可知道景阳岗的老虎今天请我吃晚饭？"

/ně kw̌ zī-daà zīn-ián-gān-de laǎ-hǔ zīn-tiēn cǐn ǒ cie' uaěn-faèn/ WX[12 下]

而在其他艺人的书段里，方口官白的段落中用扬州官话（参见第三章"方口和圆口的一些语音特点"一节），反复问句 **可 V？** /kw̌ V？/ 较常出现在这些片段里，例如：

h（2）"尔等腹中可饥馁？"

/ěr-děn fo'-zōn kw̌ zī-lüe/ FZ[3 中]

（曹操说扬州官话）

其他结构

3.1 助词

扬州口语的合音现象,[①]主要在句尾的一些特殊助词(P)里出现。在录音材料里 **吵**/sa/ 和 **啥**/sa/ 是高频率的合音复合词,主要用于圆口官白,方言性特别强。

3.1.1 吵/sa/

吵/sa/疑问助词(P),**是啊**/sr a/的单音节的合音复合词,例如:

a)"我告诉你吵?"

/ǒ gaà-sù lě sa/ WX[9 中]

3.1.2 啥/sa/

啥/sa/疑问助词(P),**事啊**/sr a/的单音节的合音复合词,例如:

b)"这块银子把你做啥?"

/ze'-kuàe ín-zr bǎ lě zò sa/ WX[9 上]

3.2 叹词

材料里出现的叹词(I)当中,一些是扬州方言所独有的,**乖乖**/guāe-guāe/,**乖乖隆的咚**/guāe-guāe-lón-dì-dōn/和**唉喂**/aè-uè/或者**啊唪喂**/á-iaà-uè/,用以表示惊讶。现代汉语里叹词的规则为单音节(哎呀! āiyā!作为双音节的叹词是特例),[②]而这些特有的叹词在扬州方言中都是双音节的或多音节的。**乖乖**/guāe-guāe/是重叠形态,**乖乖隆的咚**

---

① 参见黄继林 1987a:58。
② 参见赵元任 1968:815-819。

/guāe-guāe-lón-dì-dōn/是重叠再加上押韵的尾音。

a) 这个酒,<u>乖乖</u>,吃下去啊,简直就跟火团儿差不多!

/ze'-gw ziw, guāe-guāe cie'-sià-cỳ á, ziaěn-ze' ziw gēn hǒ-tuón-ár cà-be'-dō/ WX[5 上]

b) <u>乖乖隆的咚</u>!这个人多厉害!

/guāe-guāe lón-dì-dōn, ze'-gw lén dō lì-haè/ LX[7 下]

c) "<u>唉喂,唉喂,唉喂</u>,小伙啊,望望看!"

/aè-uè, aè-uè, aè-uè, siaǎ-hō á, uàn-uàn kaèn/WX[13 中]

d) <u>啊唷喂</u>,武松心里头舒服呢!

/á-iaǎ-uè, ǔ sōn sīn-lǐ-tw sū-fo' ní/ WX[2 下]

3.3 文白异读的现象和文/白形式的交替使用①

根据以往其他学者对扬州方言的研究,不少词素具有文的也具有白的发音。② 其中大多数在我们的录音材料里却出现得相当少,故此我认为,分析这部分文白异读的辞汇的分布规律,目前无法实现。但是,我们确实发现有一些高频率使用的词素,可以从文白形式交替出现的分布规律这个

---

① 袁家华 1960:69-70,116-117,154,254-259 针对吴、湘、闽南方言讨论了这种现象,但就北方方言,此问题并无提及,只被考虑为北方方言的边际问题。王世华 1987b:12 认为此现象在扬州方言里并不重要,这一点令人惊奇,因为在他 1959 年的著作中已经提供了大量的有文白异读的汉字。Egerod 1956 详尽地解析了中国南方一种方言里存在的与文白异读有关的若干语言层次,而且挖掘了其不同形式的历史根源。这些"词源上是同一个词素(相应同一汉字)的两种形式"的语法和辞汇的性质与分布,经他解释如下:"通常文的和白的两种发音之间,意义上存有区别",Egerod 1956:79。Van der Loon 1967 有类似的观察,他在对闽南方言文白异读现象的研究中说:"两个相对应的形式极少可以互换,但属于不同语意的和词法的范畴,于是表现了词或词素的不同",参见同书第 135 页。在评话艺人用的扬州方言里,文白异读的情况与此不同,参见 Børdahl 1990,1993a。而 Van der Loon 关于文的形式的阐述,与我的材料相符合:"许多被认为是文的发音的形式属于口语语言。在白的发音存在的同时,文的发音使用仍然灵活多变。许多划分为'文'的发音是口语的一部分,在口语里其非常丰富,尽管相应的'白'的发音也存在",参见同一页。

② 王年芳 1959;王世华 1959。

角度去分析。在我们所收集的资料里,使用频率高的文白交替的词素有:

家 ᵂ/ziā/ ᴮ/gā/

下 ᵂ/sià/ ᴮ/hà/

去 ᵂ/cỳ/ ᴮ/kè/

还 ᵂ/huáen/ ᴮ/há/

3.3.1　家 ᵂ/ziā/ ᴮ/gā/

词素家在以下的词语中,录音材料里面以文的发音出现:

家 ᵂ/ziā/ 量词(M)

大家 ᵂ/dà-jiā/ 名词(N)

出家人 ᵂ/cue'-ziā-lén/ 名词(N)

在家人 ᵂ/zàe-ziā-lén/ 名词(N)

家人 ᵂ/ziā-lén/ 名词(N)

客家 ᵂ/ke'-ziā/ 名词(N)

俗家 ᵂ/suo'-ziā/ 名词(N)

例句如下:

a) 在下首有<u>一家</u>酒店

/zaè sià-sw̌ iw̌ ie'-ziā ziw̌-dièn/ WX[1 中]

b) 跟<u>出家人</u>不来往……

/gēn cue'-ziā-lén be' laé-uǎn/ DB[3 下]

在以下的词语中,家词素的文白发音交替出现,但白的发音/gā/占多数,文的发音/ziā/出现较少:

我家 ᴮ/ǒ-gā/ ᵂ/ǒ-ziā/

你家 ᴮ/lě-gā/

他家 ᴮ/tā-gā/ ᵂ/tā-ziā/

人家 ᴮ/lén-gā/ ᵂ/lén-ziā/

男人家 ᵇ/laén-lén-gā/ ˣ/laén-lén-ziā/

女人家 ᵇ/lў-lén-gā/ ˣ/lў-lén-ziā/

家里 ᵇ/gā-li/ ˣ/ziā-li/

家头 ᵇ/gā-tw/

家里头 ᵇ/gā-lǐ-tw/

例句如下：

c) 武松心里头舒服呢，他ᵇ家这个酒是好极了，开坛子这个酒香把隔壁就醉倒了三ˣ家，人ᵇ家没有吃酒，闻到这个酒香就醉倒了。你说他ᵇ家这个酒可好不好？

/ǔ sōn sīn-lǐ-tw sū-fo' ní/tā-gā ze'-gw ziw̌ sr̀ hǎa-zie'-le'/kāe taén-zr ze'-gw ziw̌-siān bǎ ge'-bie' ziw̌ zuè-dǎa-le' sāen ziā/lén-gā me' iw̌ cie' ziw̌, uén-dàa ze'-gw ziw̌-siān ziw̌ zuè-dǎa-le'/lě suo' tā-gā ze'-gw ziw̌ kw̌ hǎa be' hǎa/ WX[2 下]

d) 弄个和尚朝ᵇ家头跑啊跑的，不好

/lòn gw hó-sàn cáa gā-tw pǎa-á pǎa-de，be' hǎa/ DB[4 上]

3.3.2 下 ˣ/sià/ ᵇ/hà/

词素 下在起主要动词作用时，只有文的发音/sià/，如：下马 ˣ/sià-mǎ/，下雨 ˣ/sià-ў/。在所有的复合词中也同样，如：令下 ˣ/lìng-sià/，手下人 ˣ/sw̌-sià-lén/。在介动结构里表示位置词的作用时，文的形式是最为常见的，但是白的形式也出现，尤其在含糊不清的话中，例如：

朝下 ˣ/cáa sià/ WX[8 中]

朝下 ᵇ/cáa hà/ WX[18 下]

时间词和动量词 下子在一些艺人说的段子里，文白的发音几率均等，或者白的发音占多数。但在王筱堂说的书段里，只用文的发音/sià-zr/，参见1.1.1.2节。然而这些不同的发音与不同的语法之间没

有关联。文的和白的形式同时都存在,甚至同一个句子多次重复时也如此,如:

  a) 打了考究有个头二十^文下子

   /dǎ-le' kǎa-ziw̌ iw̌ gw tẃ èr-se' sià-zr/ LX[11 下]

  b) 打了头二十^白下子

   /dǎ-le' tẃ èr-se' hà-zr/ LX[11 下]

  c) 打了头二十^文下子

   /dǎ-le' tẃ èr-se' sià-zr/ LX[11 下]

在方向性补语的结构中,**V-下(来/去)** 两种都存在:^文/V-sià(-láe/cỳ),^白/V-hà(-lae/kè)/(方向性的助词 **去**同样有文白交替的出现,^文/cỳ/ ^白/kè/),白的发音形式,比文的频率高,包括王筱堂的段子在内,例如:

  d) 他这个睡^文下来呢……

   /tā ze'-gw suè-sià-láe-ní/ WX[16 上]

  e) 武松顺就把它顺^白下^白去了

   /ǔ sōn sùen ziw̌ bǎ tā sùen-hà-kè-le'/ WX[14 中]

  f) 就回^白下头

   /ziw̌ hué-hà tẃ/ WX[8 中]

我们甚至发现如下的例子,**下**作为主要动词(文的发音)和方向性的补语(白的发音),出现在同一个短语里,如:

  g) 现在雨^文下^白下来……

   /sièn-zàe y̌ sià-hà-laé/ FZ[1 上]

3.3.3 去 ^文/cỳ/ ^白/kè/

  词素 **去**有文的发音/cỳ/和白的发音/kè/(参见上面的例子 3.3.2e)。但大多数艺人较少用 ^白/kè/。只有在戴步章 1989 年说的一段书(DB)里 **去**^白/kè/出现得较多。于是,对这个词素的分布分析就以他的使用情况

139

为基础。起主要动词作用的**去**,在戴步章说的段子里,文的和白的发音出现的频率几乎相等。作为方向性的补语与方向性的助词,白的发音形式占多数,例如:

a) "你就⁵去说⁵下子……你⁵去望看!"

/lě ziw̌ kè suo' hà-zr... lě kè uàn-kaèn/ DB[6 中]

b) "走我⁵家这个东山尖到后头⁵去呐"

/zw̌ ǒ-gā ze'-gw dōn-sāen-ziēn daà hẁ-tw kè la/ DB[7 上]

3.3.4 还 ˣ/huáen/ ᵇ/há/

词素**还**作为副词,使用频率很高,既有文的,也有白的发音。文的发音较为少见,特别出现在方口官白的片段里,用于模仿"北方话"或者是扬州官话。例如:

a) "你店中ˣ还有好酒?"

/ně dièn-zōn huáen iw̌ haǎ ziw̌/ WX[2 上]

(武松说北方话)

令人感兴趣的是,王筱堂在表演说"北方话"的时候,副词**还**用的是扬州方言的文的发音形式/huáen/,而不是模仿现代汉语的发音 **还** *hái*。除了戴步章在方口中模仿现代汉语 *hái*,发成/háe/[χaːˀ↑]以外,其他的艺人对**还**的使用也却如此。

在圆口中,**还**作为副词,主要是白的发音形式 ᵇ/há/,例如:

b) 武松ᵇ还没有进店咧……

/ǔ sōn há me' iw̌ zìn dièn lia/ WX[2 上]

在圆口的片段里文的形式偶尔也出现,但主要是用在强调的位置。

3.3.5 文/白的发音形式与说口的相互联系

方口中,无论在方口官白(对话)还是方口私白(非对话)里,以上所专门研究的词语只有文的发音形式。不仅是在可选择的情况下,选用了文的发音形式,而只有白的发音的词语,以及很少在文的发音形式出现的词语在方口段子里似乎被回避了。

圆口中,无论对话还是非对话,文和白的形式都存在。文的形式用在当辞汇和结构毫无选择的情况之下,如:下,作为主要动词,一定用文的发音/sià/。在我们资料里存在文白交替的辞汇,在圆口的片段里,文的和白的两种形式的发音都会出现,但是每个说书人在圆口中使用白的发音的几率各异。白的发音出现在快速的和含混不清的话语里。从研究材料中似乎可以得出:每位说书艺人有其各自所喜爱的特定白的发音,比如,戴步章经常用动词 **去** 的白的发音形式/kè/,而其他的艺人就极少用。

"王派水浒"的评话艺人们,王筱堂、王丽堂和任继堂在圆口里似乎不使用太浓的方言。对于文的和白的发音形式可交替使用的词,他们更经常用其文的发音;但白的形式则易出现在对话里。对于词尾带有**家**的代词性的词语,王派艺人们经常用白的发音形式,如:**他家** 白/tā-gā/,**人家** 白/lén-gā/;而量词 **下子**,他们更常用其文的发音形式 文/sià-zr/,其他的艺人则多用白的发音 白/hà-zr/。李信堂、陈荫堂和惠兆龙对白的发音甚至更少用。

"吴派三国"的两位艺人费正良和徐幼良,对文的和白的发音形式的使用方面相当有别。在费正良的段子里,文的发音形式比徐幼良的多,而白的发音形式比之少。徐幼良在圆口中,常常使用白的发音形式。然而,由于他说的书段里,方口段落占多数,包括方口官白与方口私白,所以绝对地说,他所用的白的发音形式并不多。

说"西游记"的戴步章,圆口的段落占多数,而且圆口说口特有的性质很明显,具有强烈的民间幽默感。他比任何其他评话艺人用的白的发音形式都多。但是当他模仿一个善于修辞、讲话高雅的人说话时,戴步章就也同样用文的发音形式,比如:在方口官白的段子里,唐三藏文雅的话语里,戴步章全部使用文的发音形式。

3.4 模仿声音和象声词

说书艺人的书段里,一般来说,富于声音模仿,而在人与老虎搏斗的这段书里,我们听到艺人不仅模仿虎啸,而且还模仿森林里不同野生动物的声音。但这只是对声音模仿的一小部分。我们听到人们行走、跑动、吃喝、打鼾、摔倒、搏斗等等的声音。我们还听到刮风的呼呼声、门轴的嘎吱声、骨头的断裂声、血流的喷涌声。一些模仿声音的语言具有"随意的"的形式,近于自然界的声音,另一些有词的形式,就是所谓象声词。每个方言里有该方言的发音特点,所以象声词在每个方言里具有其方言的发音特点。

我们录音材料里的象声词,一般来说,在形态与句法结构方面,似乎是符合现代汉语这一类词的规律的。① 我们找到典型的象声词的多种构成形式,如:叠音词(重叠词和重叠短语),② 叠韵词和双声词。可以发现其中有些词在现代汉语里的同源词,但发音遵循扬州方言的语音规律,所以由于两个语言的发音系统有一定的区别,现代汉语里象声词的发音和扬州话里"一样的词"的发音实际并不一样。另一部分所记录的象声词在现代汉语的词典中见不到,也许是纯方言的缘故。有一些重复或重叠形式类型的象声词在现代汉语规范词典里没有。这些象声词的形式是否处于现代标准汉语的边缘地位或者是纯方言性的,我们目前无法进行更深一步的研究。

除了那些有固定的词法形式用来模仿声音的象声词,还有很多较灵活的、没有固定的字词表达的对声音的模仿,这种"自由"模仿声音的语言——我们叫"象声声音"——受方言语音跟构词法的影响较少。

---

① 参见廖化津 1956;邵敬敏 1981;张静 1982。
② 象声的音节的重叠属于构词的重叠或句式的重叠范畴,这点经常不清楚,参见赵元任 1968: 210。

说书语言里的象声词的问题,有必要对其做一个特殊的研究,但在这里,我只列举几个有词形式(wordlike)的(象声词)和没有词形式(non-wordlike)(象声声音)模仿声音的语言。

3.4.1 有词形式的象声词

有词形式的象声词,包括单音节的、双音节的和多音节的形式。①

3.4.1.1 单音节的象声词及其重叠的形式:

A 型

a) "轰!"老虎的身形就朝地下一倒

/hōn laǎ-hǔ-de sēn-sín ziẁ cáa dì-sià ie' daǎ/ WX[23 中]

A-A 型

b) 它后足"叭叭! 叭叭!"在地上就扒著

/tā hẁ-zo' bā-bā bā-bā zàe dì-sàn ziẁ pá-zu/ LX[10 下]

A-A-A-A 型

c) "噗噗噗噗"蹦纵蹿跳

/po'-po'-po'-po' bòn-zòn cuòn-tiàa/ WX[18 下],LX[6 上]

A-A-A-A…型(也许为扬州方言所特有)②

d) 老虎这一声喊,就格外抖得凶:"得得得得得得得"

/laǎ-hǔ ze'-ie'-sēn haěn, ziẁ ge'-uàe dw̌-de'-siōn de'-de'-de'-de'-de'-de'/ LX[5 上]

---

① 邵敬敏 1981:57-60,系统地分析了现代汉语的不同形式的重叠现象。在该论文里,他只研究了现代书面汉语里有词形式的象声词。我收集的录音里,一些邵敬敏所解释的形式没有,这可能因为我的材料有限。另一方面,我的材料包含了一些邵敬敏没有处理的重叠形式,也许是方言的,也许属于没有被探索的"汉语口语"的范畴。
② 本书第二部分写出的评话录音文本里,一些连续重叠的多于四个音节的声音,如上述 A-A-A-A 型,一般的写法只有四个汉字的形式。我们这里举例的时候,就根据具体的情况而写,即五个或更多的字(音节)。

3.4.1.2 双音节的象声词及其叠字的形式:

A-B 型

a)"<u>噗秃</u>!"朝地下一掉

/po'-do' cáa dì-sià ie' diàa/ WX[17 上],LX[5 上]

A-B-A-B 型

b) 眼睛这么<u>挖打挖打</u>的

/iaen-zīn ze'-mō uā-dǎ-uā-dǎ-de/ WX[4 下],LX[5 上]

A-B-A-B-A-B-A-B⋯型(也许为扬州方言特有)

c) 当中浪裂波开,"<u>咯郎咯郎咯郎咯郎咯郎</u>"

/dān-zōn làn lie' bō kaē, ga'-lán-ga'-lán-ga'-lán-ga'-lán-ga'-lán/ XY[3 下]

A-B-A-B-A-A-B 型(也许为扬州方言特有的)

d) 走起来有应声:"<u>的哒的哒的的哒</u>"

/zw̌-cǐ-lae iw̌ īn-sēn die'-dae'-die'-dae'-die'-die'-dae'/DB[8 上]

A-B-A-B-B-B-B⋯型(也许为扬州方言特有的)

e) "<u>咕噜咕噜噜噜噜</u>⋯⋯"又饿了

/gū-lū-gū-lū-lū-lū-lū-lū-lū iw̌ ò-le'/ DB[1 下]

A-A-B-B 型

f) <u>滴滴嗒嗒</u>的粘水淌著

/die'-die'-da'-da'-de liěn-suě tǎn-zu/ LX[6-7]

A-B-B-B-B⋯型(也许为扬州方言特有的)

g) "<u>嗦郎郎郎郎</u>⋯⋯"就在左边一声响

/sa'-lán-lán-lán-lán⋯ziw̌ zàe zǒ-biēn ie'-sēn siǎn/ WX[24 下]

3.4.1.3 多音节的象声词:

A-C-B-D 型

a) 打在人身上"<u>辟的啪托</u>"的响

/dǎ zàe lén sēn sàn pie'-die'-pa'-ta'-de siǎn/ HZ[1 中]

A-B-C XY D 型（扬州方言特有的？）

[B,C 和 D 叠韵/-on/,XY 为象声声音（没有词形式）]

b)"忽弄通！咋嘎！工！"哪块来这么些声音的？

/hū-lòn-tōn[tsʰ k]gōn//nǎ-kuàe láe ze'-mō-siē sēn-īn-de/ WX[13 上]

例句 3.4.1.1d),3.4.1.2c),d),e)和 3.4.1.3b)反映的类型，由扬州方言里正常的音节所构成，从语音学的角度看，是固定的有词形式象声词。但是，从句法的角度看，这些模仿声音的音节出现于完全独立的语言段落，没有跟其他辞汇相互组合，所以也可以说这些"象声词"跟别的词语有相当大的区别。

3.4.2　没有词形式的声音模仿

3.4.2.1　假单音节单元（pseudo-monosyllabic units）以及其重叠形式

X 型

a) 把酒杯子朝起一端，"口"

/bǎ ziw̌-bē-zr cáa cǐ ie' duōn/[kʰ] WX[3 下]

例 a)中的"口"字，日常扬州方言发成/kw̌/[kʰɯː↙]，然而这里用在使人联想到饮一大口酒的声音：[kʰ]（后一个声音明显地于扬州方言的一般说话的声音有区别，该声音只包括一个辅音的喷发，没有元音）。

XXXXXXXX…型

b) 大踏步，"踏踏踏踏……"

/dà tae' bù/[tatatata…] WX[1 中]

例 b)表示出扬州方言语音系统单音节词语和没有词形式的象声声音之间的明显区别。**踏**字作为动词，在扬州方言里发成/tae'/，声母送气，为入声音节,然而模仿脚步"随意"或"自由"的声音,虽然写出来是同一个汉字,但发音是松弛的不送气的[t-],并结合同样松懈的[-a]音,没有声调区分。此音节在扬州方言的语音上是没有意义的一个成分,只纯粹表示对一种非语言性的声音的模仿。

3.4.2.2　假双音节单元及其重叠形式

XY 型

a)"唔——吗——!"一声喊

[uːuːuːuːuːh mɑːɑːɑːɑːɑːɑːɑh]/ie' sēn hǎen/ WX[17 中]

XYXYXY…型

b) 的笃的笃的笃的笃……朝前头跑

[tiktɑktiktɑktiktɑktiktɑk…]/caá cién-tw pǎa/ WX[11 中]

研究对声音的模仿处于传统语言学的边缘地位。上述例子只为对说书人口说的表演技巧的一窥。而这些表演技巧处在语言学研究之境外。"自由象声声音"是否具有特别的语音、句法规则?也许带有方言色彩?我们以为这些问题很有研究价值。然而,对此问题的深入研究超出了我们现在的讨论范围。

小　结

本章我们从所收集的以王筱堂的"武松打虎"为中心的书段录音资料里,审查评话语言的扬州方言语法特征。评话段子所记录的语言,其方言特点明显地表现在语音方面,甚互可以说,每一音节均使人清楚地听出方言特征。但是,语法方面却不然。中国北方方言在语法方面,是一幅大同小异的景象。各个方言的不同点,体现在共同类型之间的细微差异上。我们努力找出显示扬州方言的语法特点。

艺人们说的段子里的语言,符合于中国语言学家已有的关于扬州方言语法研究结果的一部分。我们还注意到了一些尚未研究的、可能存在的方言结构。在没有明显语体或风格区别的片段里,共存的方言和非方言的形式,也许是一种混合语言的迹象。一般地说,方言形式更经常在圆口这种说口里出现,而且一些形式似乎是这个说口完全专用的。一些方言形式使用得更加广泛,方口私白和圆口里都有。但是,我们只发现了方言形式用在方口官白里的几个特例。因为英雄武松在说方口官白是用"北方话",即说书艺人用类似的"京话",因而结果自然是方言的特征在这些片段中被埋没了。而那些更喜欢在这个说口里用扬州官话的艺人,也同样地把方言的特征在方口官白中压下去了。在这种说口里一些方言形式好像仍然允许使用,如问句 **可 V**? /kw̌ V/ 的形式。至于形成书面语或文言的说法,几乎毫无例外地都只在方口官白和方口私白中出现。

"文白异读",即一些词素"文"的和"白"的发音现象,从语法的分布方面得以研究。资料显示,在特定的语法结构里,只有文的发音形式是可用的,而在其他的特定语法结构中,文的和白的发音形式是可以交替的。这一点因为跟其他的南方方言的情况不同,故令人很感兴趣。其他的南方方言,文的和白的发音形式经常取决于语义和构词的不同,从而很少可相互转换。反之,我们发现说书艺人的用语在一定程度上有文的和白的发音形式之间的交替。具有不同发音形式的词素,在辞汇和句法结构上的分布情况并非出于偶然。一部分的辞汇和短语,只存在文的发音形式,例如**大家**(意指:每个人),扬州方言里一直发成 ᵡ/dà-ziā/。另一部分,主要只是白的发音形式,虽然文的发音形式偶尔也出现,如**你家** ᵇ/lě-gā/(意指:你)。还有一部分,白的和文的发音形式存在的几率同等,比如**人家** ᵇ/lén-gā/,ᵡ/lén-ziā/。白的发音形式,方言味道重,而且包含白的发音的词素辞汇和句法结构更局限在圆口的片段里,即在圆口官白(对话)和圆口私白(叙述)里。文的发音形式不一定是文雅的或是"书面"的。文的发音在日常的词句及其组成中,并没有"高级"语言的意味,例如作为主要动词**下**,在扬州方言里总是文的发音/sià/,无论在什么情形之下说的。但是，应当注意，在语法和辞汇上具有文雅的以至文言意味的片段里，所受其影响的词素只有文的发音形式出现，例如：**出家人**^{文}/cue'-ziā-lén/。故此，在方口中只有文的发音形式，而圆口的片段中，文白共存，互相交替。

在形态结构和句法分析这方面，另一个值得注意的题目是象声词和象声声音在说书艺人的语言里所起的重要作用。本章列举了各种有词形式象声词和无词形式的模仿声音的象声声音，并且指出了一些处于现代汉语边缘或之外的叠音（词类）和重叠声音（非词类）的类型。

第五章 文 体

在原始的口传文化中,为了有效特意地保存和回溯一些清晰的想法,人们必须用助忆句型来想,而这些句型应该符合口传交流的本质。这样,为了把思想口传,人们是用强烈的节奏以及对称的方式,也用重复或对比的方式,用头韵或母韵的方式、固定语句或其他固定措辞法的表达,用规范化的情节和场景,用人们所耳熟的谚语,即这种随时可以听、容易记住而且根本为了记住和回溯创作的语句形式,或为其他有助于记忆的形式。①

Walter J. Ong

说书的文体

就一些被认为是口传文化的典型特点,本章针对扬州评话的口头性文体(oral style)进行调研。西方对于口传文学的研究扎根于 Milman Parry 和 Albert Lord 建立的称为"口头文化固定措辞法"(oral-

---

① Walter J. Ong: *Orality and Literacy*[口头性与书面性],伦敦,1982(1988):34。

formulaic)的学说,① 他们提出口传创作的模型(model of oral composition),其特殊性在于口头创作者从丰富的固定化的口传辞汇和语句中,选择其独特的、即时即地的表演素材。②

"口头文化固定措辞法"这门学说,其出发点在研究西方经典的荷马史诗的传统。荷马史诗在一个没有文字或很少用文字的社会里出生,而相反,中国的说唱传统并未能追溯到这样一个植根于古老"原始口头文化"(primary oral culture)的年代。扬州评话作为口传艺术,可倒溯至三四百年之前,其时整个社会已浸淫在成熟的书面文学中。中国职业的说唱艺术之初可追溯到一千年以前,但此时书面文学也已存在了三千年。口头文学的文体特点,在书面文学没有产生的社会里,和在具有丰富书面文学文化遗产的社会里,可能差异相当大。尽管中国的书面文学和口传文化,在某种程度上可以说是流行在不同的社会族群中的两种文学形式,但二者间也许一直存在强烈的相互交融。

长期存在的对荷马史诗以及其他口传文学中固定措辞法特性的讨论,使我们认为,口头文学和书面的文学的分界线比早先设定的更加模糊。统计"定式语词"(formulaic expressions)并建立其在特定口头文本(oral text)里出现的几率,此方法得出的结论与所预先期待的结果恰恰相反,统计结果表明:定式语词对书面文学和对口传文学都有较大的影响。③

"口传固定措辞法"的理论,与艺人的助忆方法及表演方法的心理密切相关。"定式语词"被认为是基本的记忆工具,艺人的脑海里储存着固定说法和语句,有助于其表演时进行再创作(creation-in-performance)。④ 这些固定形式的语句具有常见的诗体特点(prosody)

---

① 参见 Lord 1960。"口头文化固定措辞法"研究作品的概况,参见 Foley 1985。
② 对此理论的肯定性的评价,见 Ong 1982。对之所存在的缺点的批评性评价见 Finnegan 1977:126-133;Finnegan 1992:118-120;Thomas 1992:36-44。
③ 参见 Thomas 1992:40-44。
④ 参见 Lord 1960:43。

(节奏、韵律等),平行法则(parallelism)(各个定式的语法形式相对应,如对偶,排比),还有重复现象(repetition)(为固定措辞法的本质特点)。然而,这种诗体、平行和重复现象,不只是口传文学所特有的,大概是各类文学重要的共性。当我们将之与口头表演者相联系时,可能会认为是帮助记忆的工具;当我们将之与听众相联系时,会认为这些词语具有乐感或者容易扣动人心;我们也可以从审美的角度欣赏这些特征。这些有助于记忆、具有音乐节奏、富有美学艺术感的许多方面,在广义上归结为一点,即人类所致力于创造的语言修辞的基本功能。

尽管固定语言格式的特征并非是口传文化独有的,然而固定的语言成份在某一种口传体裁里的特征和数量,一直是学者感兴趣的问题。修辞手段似乎在口传艺术里总起着重要的帮助记忆的作用,无论这些口传艺术作为原始口头文化的一部分,还是同时与案头文化并行存在着。

本章的主要目的在于勾勒出"武松打虎"在诗体、平行和重复方面的语言的情形。① 如同前面的一章,我们选王派的王筱堂 1992 年说的"打虎"为主要研究的段子,辅之以李信堂 1986 年的段子。② 我将继续把这些段子与所收集的其他段子做比较。

诗 体

扬州地区的各种说唱艺术中,③扬州评话基本上为散文类。诗词歌赋只是偶尔地用于故事的高潮和抒情性的间奏,有时出现在表演的开始或结束时。扬州评话明显地是一门说的艺术,决非演唱,评话演出没有

---

① 诗律、平行现象可以都简约为重复的特定形式。在叙述上,"重复"是 Axel Olrik 创建的著名民俗"史诗法则"(epic laws)的基石之一,参见 Olrik 1992:44。
② 本章基于前面对李信堂 1986 所说书段的文体特点的研究,参见 Børdahl 1993b。
③ 即扬州弦词和扬州清曲。

乐器伴奏或歌唱。① 然而，说书人使用"止语"，营造一种特有的气氛，达到一定的音乐效果。

至于评话的诗体（prosody）的问题，显然我们不只要注意散文里偶尔穿插的诗词歌赋，而还要寻找那些比诗歌里更难以捕捉的散文韵律和节奏。说书表演者如何使用节奏、押韵（end rhyme）、母韵（assonance）和头韵（alliteration）等等诗体手段，也是很值得研究的问题。

1.1 节奏

我所收集的扬州评话的段子，一般是用方言说的散文性语言。但这些散文语言中，穿插着具有明显节奏（rhythm）的词语。

1.1.1 诗歌类

在王筱堂说的"打虎"的一段书里，我们注意到有几个片段是诗歌类的形式，遵循着中国传统的诗词歌赋的规律，是用加重的语气诵读的，而非吟唱出来的。"打虎"里有诗、词、赋各一首，一些对联以及另外几段类似诗句的词。在近两小时的说书表演中，诗歌为数不多，但是在散文性的表演里，诗歌的存在符合于传统的所谓"说书体"。② 在收集的说书录音里，诗词普遍存在，各书段包括的数量大致相同，但也有一些书段没有包括诗词之类。

中国诗词的诗体反映了中国语言的特殊性，比如：单音节词和词素、声调的平仄分类、音节简单的语音结构，等等。这里，我们将不深入研究中国诗词的规律，而只列举一些分散在说书段里的诗词的例子。

1.1.1.1 诗词

我收集的所有"打虎"故事的各个评话书段，除了一个段子以外，最

---

① 这是我对说和唱的主观看法。这方面的观点或许带有较强的文化背景的色彩。参见第一章第17页注5。
② 参见 Idema 1974:70。

后老虎被打死时,都出现了一首诗。① 这首结尾的诗在各个段子大致相同,但是某一些字词有出入。② 李信堂和任继堂的段子,用诗来做结束,这是说单场书时常见的。③ 王筱堂的书里,这首诗不是表演的结束部分,因为说书人加了一个在公共书场连续表演时惯用的"虚关子"。④ 此诗本身具有某种粗犷和自负之味,相称于故事主要人物及故事主线。所以虽然这一段诗绝对不是什么名诗佳句,但放在故事的当下却似乎非常适当。用的是中国唐代七言四行,句末尾韵,平仄呼应。⑤

a)
武二英雄胆气强
挺身直上景阳岗
精拳打死了山中虎
从此威名天下扬

/ǔ èr īn-sión, daèn-cì cián/

/tǐn sēn ze' sàn zǐn-ián-gān/

/zǐn cyáen dǎ-sř-le' sāen-zōn hǔ/

/cón cř uē mín tiēn-sià ián/ WX[24 上]

---

① 1989 年陈荫堂只说了"打虎"的开头部分,故此他的书段不含此诗。见第六章,图表五列出"打虎"不同文本的书路子。
② 诗歌明显地属于书里的"固定段落"(set pieces),王派的艺人都将其牢记在心。在印刷出版的《武松》里也有这些诗歌,参见王少堂 1959:1, 3, 15 和王丽堂 1989:3, 16, 22。这首诗在王少堂 1959:1 里用在说书开始的部分,而在王丽堂 1989:22 里放在原先最后的虚关子之前。有趣的是,这首简单的小诗,虽然似乎都有可以帮助记忆的作用特征,而在我所收的艺人的表演录音里,每个人都有一些小变化。先从老一代大师王少堂说书的出版材料看,他的这首诗与当今任继堂的表演相同,参见 RJ[26 下]。王筱堂稍有不同,在第三行的末尾多了个动缀 了/-le'/。王丽堂也几乎和王少堂的一样,但是在第一行里,用 **方**/fān/代替了 **强**/cián/。李信堂在第二和第三行里也有不同,他用 **独**/do'/代替 **直**/ze'/,**捕去**/bǔ-cỳ/代替 **打死**/dǎ-sř/,参见 LX[12-13]。
③ 关于单场书,参见第一章,"其他表演场所"一节。
④ 见第六章,"'关子'和'卖关子'",一节。
⑤ 参见 James J. Y. Liu 1962:26-27。在相对的行里,对照表示了声调的平仄对比,平(=),仄(+)。另参见 Kordas 1987:182-195。

```
+  +  =  =  +  +  =  a
+  =  +  +  +  =  =  a
=  =  +  ++ =  =  +  b①
=  +  =  =  =  +  =  a
```

另一首出现在武松到酒馆喝酒一段之开头。跑堂小二招揽武松进店后,背诵了一首词,为六言或七言结构的节奏,夸耀酒店的酒好,参见例句 WX[2 中]。这首诗在各个艺人的表演里,都有些不同,参见 RJ[2 中]和 CY[2 中]。李信堂 1986 年,例 LX[6 中],多诵了一首七言诗来描述正当老虎到来时,风吹醒了睡着的武松(而在王筱堂或其他人的书段录音里则没有)。

1.1.1.2 赋

当武松头一次看见老虎从树林里出来的时候,说书人是用"虎赋"描述,有一定节奏的三、四和五音节相间。赋的最后部分包含着四行七言诗,上下句之间平仄押韵。整个这段赋里语法上对偶、字数上规矩,还有少量的押韵(标注 a,b,c),如下:

```
a)
/- - -,- - - - -/a
/- - -,- - - - -/a
/- - - - -,- - -/
/- - - - -,- - -/
/- - - - -,- -,- - - - -/
/- - -,- - -,-,- - -/
/- - -,- - -,-,- - -/
/- - - -,- - -/  b
/- - - -,- - -/  b
```

---

① 这一行稍微有一点不规律,因为加了动词后缀 -了/-le',给诗歌增添了一层低俗的味道。

/- - -,- - -/

/- - -,- - - -/

/- - -,- - - -/

/- - - -,- - - -,- - -/

/- - - -,- - - -,- - -/

/- - - -,- - -/ c

/- - - -,- - -/ c

/- - - -,- - -/ d

/- - - -,- - -/ c

WX[20 上]

最后四行有平仄呼应和押韵:

走兽之中独显它

深山野洼是它家

三天不食人身肉

摆尾摇头自锉牙

/zǔ sù̀ zī zōn,do' siěn tā/

/sēn saēn iě uà,sr̀ tā ziā/

/saēn tiēn be' se' lén sēn lẁ/

/bǎe uě iáa tẃ, zr̀ zò iá/

++== ++=

==++ +==

==++ ==+

++== ++=

这段赋在李信堂和任继堂说的"打虎"里都有,但各自所选的字、句有所差异,参见 LX[7 中],RJ[20 上]。

1.1.1.3 对联和其他诗歌类

除了上面所述的诗词赋以外,我们的录音里还有一些对联:"打虎"开头七言对联完全和明代小说《水浒传》的章回标题一样。[①] 对联的对偶形式,七言节奏,平仄呼应,都赋予明显的诗味。

a)
横海郡柴进留宾
景阳岗武松打虎

/hón-hăe-zyèn, cáe zìn liẃ bīn/
/zĭn-iań-gān, ǔ sōn dǎ hǔ/ WX[1 上],LX[1 上],CY[1 上]

=++　=+==
+==　+=++

Nr-Nr-N　Nr Nr V N[②]
Nr-Nr-N　Nr Nr V N

另外还有简单一点的五言对联,用于说书人对武松决心打虎这一紧要关头的评论,既无押韵,也无对偶的形式。但是节奏的对应、平仄的相

[①] 这个评话书段的书题与明代小说《水浒传》的第二十三回的题目相同。李信堂和陈荫堂的表演也是用这个对联书题开始的。任继堂说武松打虎,直接开始,没有任何书题。一般来说,扬州评话没有搬用古典小说的章回题目做书题的规矩。口头文化里,书题是特例,但当说的书目被编辑、印刷时,每一节都加上了书题。这种书题都具有其对仗和韵律规则,但是通常与古典小说的章回题目没有紧密的关系。

[②] 平行的语法分析是在词素的层面上进行的,于此遵循赵元任 1968 年的分析方法指明了单音节词的词类和多音节词的词法构成。参见第四章"扬州评话和扬州方言的语法"这一节。

对,以及此处的"山"、"虎"两字,把行与行有机地连接起来,以起类似谚语的作用和效果。

b)
明知山有虎

偏向虎山行

/mín zī sāen iw̌ hǔ/ WX[15 中],LX[2 下],RJ[14 下]
/piēn siàn hǔ sāen sín/

===++
=++==

其他类似诗歌的片段例子,在 WX[1 下],RJ[1 下],CY[2 中]和 WX[4 中]里能找见。

1.1.2 其他有特殊节奏的词句

除了这些少量的诗歌类的例子以外,录音里经常出现有明显节奏的词句,有时多,有时少。以下将按出现几率多少的顺序逐类进行讨论。

1.1.2.1 四音节的短语

四音节短语尤其具有节奏、语音、语法和语义方面的平行(对照)的特点。① 比如,许多四字短语有内在的两组对称关系,即为:短语包括同样节奏的两组词。② 四个音节实质上经常用有一定抑扬顿挫的断奏方式发出来/- - - -/或/- -,- -/,③举例如下:

---

① 四音节短语的节奏单位,包括四字格的成语及谚语。这些语言形式在 Sabbm 1980 和 Kordas 1987 里得到细致地研究。在本书中,这些成语和谚语只构成四音节短语总体的一部分。然而,成语和谚语典型的诗体、语法和辞汇特点也标志其他非固定的四音节短语的特征。
② 参见 Kordas 1987:196 - 230。
③ 在徐幼良 1989 说的"三国"书段里,这种文体得到了特别的反映,参见例:XY[3 中,3 下,6 上,8 中]。

(a)

非止一日

/fē zř ie' re'/ WX[1 上],LX[1 上],RJ[1 上],CY[1 上]

/- - - -/

(b)

虎生双翼

/hǔ sēn suān ie'/ WX[17 上],LX[4 中]

/- - - -/

(c)

挺身过岗

/tǐn sēn gò gān/ WX[4 下,6 中,7 上,5 上],RJ[5 上],CY[4 中,5 上,5 中]

/- - - -/

(d)

向西而去

/siàn sī ér cỳ/ WX[8 下],RJ[7 上],CY[7 下]

/- - - -/

(e)

辞王别驾

/cŕ uán bie' zià/ WX[1 上],v. LX[1 上],RJ[1 上],CY[1 上]

/- -, - -/

(f)

头重脚轻

/tẃ zòn zia' ān/ WX[11 下],LX[2 下]

/- -, - -/

因为音节轻重和声调的关系,一些四音节的短语在节奏上有一种

"不利落的"感觉。① 用符号/—.- -/表示,例如:

(g)
背著包裹
/bē-zu bāa-gǒ/ WX[1 中],LX[1 中],RJ[1 上],CY[1 中]
/—.- -/

具有同样节拍形式的连续两个或多个四音节的短语相呼应,从而产生一种特别的节奏,例:

(h)
君子一言,快马一鞭
/zyēn-zř ie' ién, kuàe mǎ ie' biēn/ WX[6 中]
/- - - -,- - - -/

(i)
背著包裹,提着哨棒
/bē-zu bāa-gǒ, tí-za' sàa-bàn/ LX[1 中],RJ[1 上],CY[1 中]
/—.- -, —.- -/

(j)
头重脚轻,走路打飘
/tẃ zòn zia' cǐn, zẁ lù dǎ piāa/ LX[1 中]
/- -, - -, - -, - -/

(k)
四个大字:酒色财气
/sr̀-gw dàzř, ziw̌ se' cáe cì/ WX[2 上],v.RJ[2 上],v.CY[2 上]

---

① 有 -了/-le',-著/-zu/,-的/-de/等后缀和助词的短语,虽然属于四音节节拍变换的范围,我从本质上将之看作是四音节短语的一类。大多数扬州方言的后缀和助词,如同现代汉语,被视为"轻声"音节。但与现代汉语的发音不一样,比在现代汉语里发得重一点,声调更强,参见王世华,1992b 一般地,这些后缀与助词和前面的词相连(enclitic),故所在短语也许有"不利落的"的节奏,使之与其他的四音节语句有所区分。

159

/- - - -,- - - -/

(1)

英雄<u>腹中饥馁</u>,意欲打尖,<u>抬头一望</u>

/īn-sión fo'-zōn zī-luě,ì io' dǎ ziēn, tái tẃ ie' uàn

/.......- - - -,- - - -,- - - -/

一看看见迎面是乌酣酣的<u>一座镇市</u>

/ie' kàen kàen-zièn īn mièn sr̀ ū-haēn-haēn-de ie'-zò zèn-sr̀/

/.............................- - - -/

他<u>背著包裹</u>.............<u>两脚站定</u>。

/tā bē-zu bāa gǒ........... liǎn zia' zaèn-dìn/

/...—.- -.................- - - -/

WX[1 中],v. LX[1 中]v. CY[1 中]

1.1.2.2 三音节的短语

在1.1.1.2中讨论的那首赋当中,我们发现一系列的三音节短语,即相呼应的节奏组合。这样的三音节短语,其中一大部分在语法和修辞上是以压缩的文言为特征的。在我们收集的说书录音资料里,多个对应的三音节短语不仅在诗赋的片段中,而且在散文性的段落里都存在。这些三音节短语,要是有短语与短语之间的节奏对应关系,不只体现在节奏方面,而且还体现在诗律性和对偶性的方面,有活泼的气氛。

(a)

<u>六尺长,三尺宽</u>

/lo' ce' cán, saēn ce' kuōn/ WX[15 下]

/- - -,- - -/

(b)

就这么,<u>你也坐,他也坐</u>

/ziẁ ze'-mō, ně aě zò, tā aě zò/ WX[15 下]

/............ - - -, - - -/

在某些书段里,三音节短语用的"一",或作为数量词(一壶),或作为副词(一抬),出现的频率很高。①

(c)

到了前头就左一壶,右一壶

/dàa-le' cién-tẃ ziẁ zǒ ie' hú, iẁ ie' hú/ WX[5 中]

/.................. - - -, - - -/

(d)

不怕离兔子一百步,二百步

/be' pà lí tù-zr ie' bo' bù, àr bo' bù/ LX[4 下]

/............. - - -, - - -/

(e)

头一抬,嘴一张

/tẃ ie' táe, zǔe ie' zān/ LX[8 下]

/- - -, - - -/

S—V/S ie' V/和 这—V/ze' ie' V/的形式似乎一面使故事情节更活泼生动,一面也像口头禅,用来赢得时间以便说书人想想接下来要说的片段。例:

(f)

朝下这一落,落下来头朝起这一抬,

/cáa sià ze' ie' lo', lo'-sià-láe tẃ cáa cǐ ze' ie' táe

/....... - - -, ... - - -,

嘴朝开这一张,舌头朝下这一伸

――――――――――

① 这个句型在李信堂的"打虎"书段里用得特别多。

zŭe cáa kāe ze'ie' zān,sé-tw cáa hà ze'ie' sēn/ LX[6 下]
......ˉˉ,.....................ˉˉ/

除了高频出现的上述描述行为的生动语句之外,还有其他一些三音节的短语,因其具有词法和句法上的特殊结构,从而能产生超出一般语法和辞汇意义上的装饰性的功能。三音节的节奏是与字词的重复现象相结合的,构成形容词性的 A-B-B 结构形式。

(g)
只见前面<u>乌酣酣</u>、<u>黑丛丛</u>一座镇市
/ze'zièn cién-mièn ū-haēn-haēn, he'-cón-cón ie'zò zèn-sr̀/
/..................ˉˉˉ,ˉˉˉ..................../
LX[1 上],v. WX[1 中],v. RJ[1 中],v. CY[1 上]

我们还经常看到动词 V(包括形容词 A 在内)句法上的各种重复性模式,为三音节的结构。

(h)
<u>惊是惊,怕是怕</u>
/zīn sr zīn,pà sr pà/ LX[7 上]
/ˉ.ˉ,ˉ.ˉ/

(i)
还有兔子这个东西,<u>小虽小</u>,跑得还就快
/há iẁ tù-zr ze'-gw dōn-sī,siaǎ súe siaǎ, paǎ-de' há ziẁ kuàe/
LX[4 下]
/.............,ˉ.ˉ,............/

(j)
<u>硬碰硬</u>,骨节断了
/èn pòn èn, gue'-zie'duòn-le'/ LX[11 上]
/ˉˉˉ,................../

一些三音节短语有谚语的意味。例如：

(k)

酒在肚,事在心

/ziw̌ zàe do', sr̀ zaè sīn/ WX[11下,18下]

/- - -, - - -/

1.1.2.3 五音节的短语

有明显节奏的句子和短语中,五个音节的短语很醒目,尽管在录音材料里并不多见。由于每个句子的语法结构不同,句子的内在节奏虽然都是五音节的,而不是单一的。有时,几个五音节的短语之间有节奏和语法对应的情况,例如：

(a)

空身的也有,挑担的也有

/kōn-sēn-de ăe iw̌, tiáa-daèn-de ăe iw̌/ WX[15下]

/- - . - -, - - . - -/

(b)

右边又是路,左边又是路

/iw̌-biēn iw̌ sr̀ lù, zǒ-biēn iw̌ sr̀ lù/ WX[24上]

/- - - - -, - - - - -/

(c)

东西的大路是南北的高岗

/dōn sī-de dà lu sr̀ láen bo'-de gāa gān/ LX[2下]

/- - . - - . - - . - -/

(d)

前爪这一抬,后足这一蹬

/cién-zăa ze' ie' táe, hẁ-zo' ze' ie' dèn/ LX[8中]

/- - - - -, - - - - -/

有时,单个的五音节短语用法类似俗语或固定短语,产生较强的描写效果。例如:

(e)

虎死不落架
/hǔ sř be' la' zià/ WX[23 下]
/‐ ‐ . ‐ ‐/

(f)

太阳大偏西
/tàe-ián dà piēn sī/ WX[1 上],LX[1 上],CY[1 上]
/‐ ‐ — ‐ ‐/

故事里还有很突出的五音节形式的语句,如武松上山打虎之前在酒馆里喝的烈酒的酒名:

(g)

三碗不过岗
/sān uǒn be' gò gān/ WX[1 下],LX[1 中],CY[1 中]
/‐ ‐ . ‐ ‐/

另请参见 1.1.1.3 对联和其他诗歌类,例(b)。

1.1.2.4 有标记和无标记的三、四和五音节的短语

录音段子里不是所有的三、四或五音节的短语都有明显标记的出现,或者有特别明显的修辞格。其中大部分没有韵律、对偶、重叠、反复或文言语法等"固定措辞法"的特征。这些短小的、在语法上和语义上无明显标志的短句,节奏并不非常的醒目。但是大多数是短小的语句(二至五个音节),这使说书的语言易懂,同时给人流畅的感觉。①

---

① 参见陈晨 1985:459。

1.1.3 不同长度的短语

另外一些以排比结构出现的不同长度的语句,节奏特点则较为突出。

(a)

柜台里头坐了个小老板……柜台外头站了个店小二

/guè-táe lǐ-tw zò-le' gw siǎa laǎ-baěn … guè-táe uaè-tw zaèn-le' gw dièn siǎa-èr/ WX[1 下]

/- - - - - . - - - - … - - - - - . - - - -/

(b)

三十里一个山头,五十里一个寨子

/sāen-se' lǐ ie'-gw sāen-tw, ǔ-se' lǐ ie'-gw zàe-zr/ WX[12 中]

/- - - - - - . , - - - - - - . /

(c)

哪三威?虎啸,虎爪,虎尾,叫:啸,扑,扫

/lǎ saēn uē, hǔ-siaà, hǔ-zaǎ hǔ-uě, ziàa, siàa, po', saǎ/ LX[8 上]

/. . . . . . - -, - -, - -, … -, -, -/

(d)

头抬抬不起来,嘴张张不开来

/tw̌ táe, táe-be'-cǐ-láe, zǔe zān, zān-be'-kāe-láe/ LX[10 中]

/- -, - . - -, - -, - . - -/

(e)

一摇,二摆,三歪,带个四甩

/ie' iaà, àr bǎe, sāen uāe, daè gw sr̀ suǎe/ LX[4 上]

/- -, - -, - -, . . - -/

(f)

左嘴夹水进去,右嘴夹水出来

/zǒ zuě-gae' sǔe zìn-cỳ, iẁ zuě-gae' sǔe cue'-láe/ LX[5 中]
/- - - - -, - - - - -/

1.2 押韵、母韵和头韵

押韵(rhyme)、母韵(assonance)，头韵(alliteration)，在我们录音的段子里，不仅仅只出现于插入的那几段诗歌类的片段中，而且还出现在散文部分中，使部分的词、句得以润色，增添诗律的效果。这些声音的效果与平行、重复的句式共同产生作用，给相关的段落添加了着重强调的效果。① 四音节的短语尤其具有上述诗体特点。由于在书段子当中穿插了很多四音节的短语，理所当然地我们也就在这些结构里发现许多有母韵和头韵的语句。

1.2.1 押韵

本节，我们以"押韵"为题，不只讨论两行或两行以上的诗歌的尾韵，而且也把两个或两个以上的散文句子的尾韵称为"押韵"(end rhyme)。而叠韵词(rhyming within words)和有叠韵的短语(syntactical rhyme)，在下文里将按母韵(assonance)处理。② 诗词赋当中的押韵已经在1.1.1.1和1.1.1.2中举例说明。散文段落里的押韵例子如下：

(a)

"东西又好，价钱又巧"

/dōn-sī iẁ hǎa, zià-cién iẁ ciǎa/ WX[2 上], v. CY[2 上]

---

① 参见 Kordas 1987:163 - 170。
② 在此，我遵循 Kordas 1987:113 - 163 的方法。她的书里，assonance(母韵)的说法，因为不仅主元音，而且音节里的整个后一部分，即"韵母"，都是合辙押韵的，所以也可处理成押韵的亚层次。见以下1.2.2母韵节。

(b)

"旁的东西不敢讲高,酒的身份是怪好"

/pán-de dōn-sī be' gaěn ziǎn gāa, ziw̌-de sēn-fèn sr̀ guàe haǎ/ WX[2 中], v. RJ[2 上], v. CY[2 中]

(c)

君子一言,快马一鞭

/zyēn-zř ie' ién, kùae mǎ ie' biēn/ WX[6 中]

(d)

多带木棒,护送过岗

/dō dàe mo' bàn, hù sòn gò gān/ WX[14 下], LX[2 上], RJ[14 上]

(e)

一摇,二摆,三歪,带个四甩

/ie' iaá, èr baě, saēn uāe, dàe gw sr̀ suǎe/ LX[4 上],参照上面的 1.1.3 中的例句。

(f)

跌跌跄跄,踉踉晃晃

/die'-die' ciān-ciān, liàn-liàn huàn-huàn/ LX[1 中]

(g)

朝那个树顶上一爬,后腿朝树丫上一插

/cáa là-gw sù-dǐn-sàn ie' pá, hẁ-tué cáa sù-iā-sàn ie' cā/ LX[5 上]

1.2.2 母韵

我们把词和短语内部出现的不同形式的韵,按母韵对待。①

---

① 重叠形式 X-X 可以算作是母韵的一种形式,即-X 音节包括了声母在内的整个音节,为 X-的"韵",我们将在下文的重复一节里处理(参见以下 3.1)。

1.2.2.1 叠韵词

例如：

(a)

飞禽走兽

/fē-cín zǔ̌-sẁ/ WX[17 上], LX[4 上], v. RJ[16 下]

(b)

斑斓猛兽

/baēn-laén mǒn sẁ/ WX[19 下], LX[7 上], RJ[20 上]

(c)

圆圈镇门

/yaén-cyáen zèn-mén/ WX[1 中], LX[1 中], RJ[1 上], CY[1 中]

(d)

乖乖隆的咚！这个人多利害！

/guāe-guāe-lón-dì-dōn! ze'-gw lén dō lì-hàe/ LX[7 下]

象声词的构成基于重复、重叠或者母韵（参见第四章的 3.4 节），如：

(e)

猴眼睛就挖打挖打的就望著老虎

/hẃ iaěn-zīn ziẁ ua̱-da̱ ua̱-da̱-de ziẁ uàn-zu lǎa-hǔ/ WX[17 中], LX[5 上], RJ[17 中]

1.2.2.2 叠韵

叠韵经常在四音节的结构中出现：

(a)

不慌不忙

/be' huān be' mán/ WX[17 中], LX[4 中], RJ[16 下]

有时候叠韵与重叠形式结合：

(b)

踉踉晃晃

/liàn-liàn huàn-huàn/ LX[1 中]

叠韵还存在于分散在所录书段里的成语、俗语中，一些是四音节的，也有另一些是三音节的结构：

(c)

酒后误事

/ziw̭ hw̭ ù sr̀/ LX[3 中]

(d)

云从龙，风从虎

/yén cón lón, fōn cón hǔ/ LX[3 下]

1.2.3 头韵

头韵，即短语里两个或多个音节的声母相同，这是中国诗词常见的修辞法手段，见以下诗、赋里的举例：

(a)

五湖四海

/ǔ hú sr̀ hǎe/ LX[6 中]

(b)

深山野洼

/sēn sāen iě uà/ WX[20 上]，LX[4 中]

如上所述，头韵是四音节短语常有的特征，如：

(c)

多带木棒，护送过岗

dō dàe mo' bàn, hù sòn gò gān/ WX[14 下]，参见上面1.2.1(d)

(d)

拦路伤人

/laén-lù sān rén/ WX[14 下](/laén-lù sān-lén/ LX[1 下],RJ[13 下])

在一些双音节的固定说法里,也有头韵。

(e)

莫忙

/ma' mán/ WX[9 上],LX[4 上]

(f)

便罢

/bièn bae'/ WX[20 上],LX[4 中]

此外,头韵还频繁地出现在象声词及模仿声音的词语中,例如形容老虎流口水时(另请见第四章3.4节):

(g)

滴滴嗒塔的粘水淌出

/die'-die'-da'-da' liěn-suě tǎn-cue'/ LX[6 下]

1.3 方言与诗体

1.3.1 诗体形式

我们从录音里所能观察到的节奏、平仄相对,押韵,母韵与头韵构成形式,遵循着汉语的一般规律,而方言似乎对之影响不大。由于方言的发音特色,一些不太适于现代标准汉语的押韵或者母韵,用扬州方言能发出圆满的韵律来,例如:

(a)

风从

现代汉语:*fēng cóng*

扬州方言:/fōn cón/,请参见上面 1.2.2.2 中的例句。

同样地,某些片语合在一起,用扬州方言发音有头韵,但是在现代汉语口语就反映不出来,这是缘于声母的音位系统的不同,例如:

(b)

吃<u>乳</u>的<u>力</u>气都<u>拿</u>出来了

汉语标准语:*chī rú de lìqi dōu náchulaile*

扬州方言:/cie' lú-de lì-cì dū lá-cue'-lae-le'/ LX[12 上]

然而,这种相对现代汉语具有不同韵律结构的例子少到可以忽略不计。扬州方言中存在的短促的入声和特殊的轻声(补声)等语音特点,的确对说书的语言流程有相当的影响。但是我尚未找到这样的方言语音特征与前面所探讨的诗体形式之间存在任何直接的关系。①

1.3.2 诗体形式与说口

审视诗体的修辞特征,我们发现诗体形式和说口有一定关联。除了诗词本身以外,这种诗体形式与说口的关系是率领性的:是多少的问题,而非有无的问题。

诗、词、赋、对联和类似诗词的词句,全都是用方口说口的。在叙述的片段里,背诵诗类是用方口私白。"打虎"书段里其中的一首词是由跑堂的店小二用方口官白背诵的,在这个片段里,该人物试用"北方话"说话。(见第六章第 6 节)

四音节的短语主要出现在方口私白里,但也可随时出现在方口官白和圆口私白里。而这些形式在圆口官白,即小人物说较浓的方言中,却极为罕见。四音节的节奏形式,如同诗体韵律一样,明显地是与高雅的文体相关,尽管某些四音节成语和固定说法也属于日常语。

---

① Svarny 和 Ruskova1991 对北京方言日常说话中的诗体特征进行了仔细研究。目前,对扬州方言还没有类似的调查,所以在此领域进行探索为时尚早。

押韵、母韵和头韵大多见于四音节的语句,故此从统计上看,其大部分出现在上述的说口里。但是,这些特征偶尔也出现在其他的结构中,而不受说口局限。

1.4 诗体效果

1.4.1 诗歌

在散文叙事里穿插一些诗句,恰为说书体裁的传统特征,说书人用这种手段,让听众清楚体验,这是在表演评话,而非日常随便的讲话。这个讯息当然也透过其他途径传递给听众,但是诗歌的穿插更强调了这一点。诗歌本身不能当作"口头性的"特征,而说书运用诗歌的方法是口头记忆传统的一部分。表演中,诗歌起重要"垫脚石"作用,有助于艺人记得情节发展方向,行话所谓"书路子"。但是,对于扬州评话,诗歌并非每一场表演都是必不可少的,而只是属于一些书段。

所录的不同"打虎"书段里,王派艺人引用的诗句,虽然不一定在书段的同一部分里给插进去,但几乎字字不差,一模一样。诗句可以说是评话中最恒定的内容。①

1.4.2 四音节的短语

扬州评话大多数句子的节奏是不规则的,如涓涓细流,和缓平静;而四音节短语集中出现的段落里的节奏则像是均匀的"进行曲"。个别四音节短语在其他段落里偶尔出现,更显得其节奏突出,并与其上下文清楚地区别开来。这些短语发的音声大些,速度慢些,也清晰些。有些时候,这些形式与上下文只有少许的区别。这些语句之所以能产生一种显著的作用,是由于其和许多诗体的、语法的、辞汇的因素相关。

阳谷县城土地庙墙上贴着此地有猛虎的告示,在说书表演里基本都

---

① 在章回小说《容与堂本水浒传》[1988]1997 第二十三回,一共有六首诗词赋和三副对联,但除了标题的对联以外没有一首与王派扬州评话中的一样。从所有的诗词当中只有一行是相同的,即 **挺身直上景阳冈**,见容与堂本 1997:317;WX[24 上]。

用四音节的语句表达告示的内容，WX[14下], LX[1-2], RJ[13-14]。这个片段念出了官方的书面通告，此时的四音节修辞方法增强了这种官腔语言正式的味道。这一片段，与其他的诗歌片段一样，属于故事的最固定、最格式化的部分，说书人都很用心地去记。在我录的"打虎"里表演几乎字字相同。①

尽管四音节形式是录音材料中节奏最明显的之一，但远非占全部语句的主要地位。② 把"打虎"这段评话和小说《水浒传》做比较，结果发现在小说中出现的四音节语句的频率，和说书表演里的大致是一样的。③

由于四音节语句外型近似于成语，从而也就具有一些像成语所包含的历史性和谚语性的意味。明显可见，这样的语句既有艺术装饰性作用，也具帮助记忆的功能。汉语成语和类似成语的固定化说法，在口传文化和书面文学内都存在，④也是我们录音资料里最为固定的部分，但不便于成为"口头性的"或"书面性的"分类标准，我们将在第七章里再回到这个问题上来。

平　行

以上讨论的修辞结构的规律，在很大程度上，遵从着广义的平行（parallelism）与重复（repetition）的规律。比如，三、四、五音节的语句的节奏感，在两句或多句堆砌后，得以增强。我们称之为节奏的平行骈偶法则。同样，押韵的字通常在两句或多句句尾的最后一个音节，重复某

---

① 在章回小说《容与堂本水浒传》[1988]1997 第二十三回，也有类似的告示，但评话这一片段却和《水浒传》里的措辞不同。
② 陈晨 1985:459 论述了四音节短语在扬州评话里的重要性。她举的这些例句在节奏上的功用似乎先假设了其在表演中的高频出现，并且她把四音节的节奏称为说书语言的"基本节奏及基本韵律"。在我收集的录音材料里，这种节奏似乎用的少，四音节的短语占各类音节短语总数的百分之八至十。
③ 以小说《三国演义》为例，四字短语大致占总短语数的三分之一，参见 Arendrup 1988:4:"读者感觉被送到了一个撒满'成语'的世界！"在我的资料里，如此密度的四音节短语只偶尔才出现。
④ 参见 Alleton 1980:222-223。

个声音元素（或韵母），也可以认为是平行对仗的形式。

平行骈偶原则的理念暗含了更宽广的范围：句法和语义的骈偶原则，不但用在单句之内，也用在句与句之间。

句法上的平行骈偶原则，常常不仅指着语法结构上的类似，也在词义上经由字斟句酌而就范，造成观念上的一组对仗，对仗有时正向，有时反向。

所研究的书段从头到尾各处都有平行结构，出现频率最高的是四音节语句，但也经常出现在三个的、五个的音节的语句里，还出现在诗歌的片段及其他的不同长度的词语或句子里。

2.1 句法和语义的平行骈偶

2.1.1 诗歌段落

"打虎"开头的对联（见本章 1.1.1.3a)例)和虎赋里，有句法和语义上的平行（对偶），例如：

(a)

<u>左耳点点红</u>，红似火

<u>右耳片片青</u>，似水波

/zǒ-ěr diěn-diěn hón, hón sr̀ hǒ/

/iẁ-ěr pièn-pièn cīn, sr̀ suě-bō/

LX[7 上], RJ[20 上], V. WX[19 下]

<u>A N M-M A</u>, A V N

<u>A N M-M A</u>, V N-N

赋里不少句子，具有文言语法的简洁结构，使其在节奏上和平行的形式上的效果更加突出。

2.1.2 四音节语句

四音节语句常具有在句法上和语义结构上的对偶形式。在录音中有大量例句是句子内在的或者外在的平行(internal and external parallelism)。其中较多的并没有排成外在句法或语义上的对偶形式,尽管单个的句子可能有内在的对偶存在。

2.1.2.1 内在的句法词义平行

(a)

头重脚轻

/tẃ zòn zia'cīn/ WX[11 下],LX[1 中]

N A N A

(b)

飞禽走兽

/fē cīn zẃ sẁ/ WX[17 上],LX[4 上]

V N V N

2.1.2.2 外在的句法词义平行

(a)

店东不拦,地保不阻

/dièn-dōn be' láen, dì-bǎa be' zǔ/ WX[14 下],LX[2 上],RJ[14 上]

N-N H V, N-N H V

(b)

人有人言,鸟有鸟语

/lén iw̌ lén ién, liaǎ iw̌ liaǎ y̌/ LX[5 下]

N V N N, N V N N

2.1.3 三音节语句

三音节的语句,这一 V/ze'ie' V/和 S — V/S ie' V/,在李信堂的段子

里出现的频率特别高,其他说书者较少用。这个短语多用作不规则的间隔,但有些片段中有连续地外在的平行,例如:

(a)

把哨棒这一拿,腰一哈,头一埋

/bǎ saà-bàn ze'ie'lá, iaà ie'hà, tw ie'máe/ LX[6 上]

……H H V, S H V, S H V

其他三音节语句的外在平行的例子在上面的1.1.2.2中举出。

2.1.4 不同长度的短语和句子

外在的句法词义平行在不同长度的短语和句子里,一直随着平行的节奏出现,例如:

(a)

没有起过名子,没有读过书

/me'iw cǐ-gò mín-zr, me'iw do'-gò sū/ WX[5 下]

H V V-gò N-zr, H V V-gò N

(b)

左嘴夹水进去,右嘴夹水出来

/zǒ zuě-gae'suě zìn-cỳ, iw zuě-gae'suě cue'-láe/ LX[5 中]

A N-N N V-R, A N-N N V-R

这样的平行例子在节奏方面和语法方面有时稍微不对偶(如以上 a 例)。其他的例子已在1.1.3中提出。

2.2 方言和平行结构

2.2.1 平行的形式

材料显示,句法和语义的平行没有特殊的方言形式。录音的平行骈偶构词及句法方面和现代汉语或文言文的语法一致。

2.2.2 平行结构与说口

由于这一节里所研究的句法及语义的平行法则是与节奏的修辞形式紧密相关的,所以平行与说口的关系跟我们在 1.3.2 里所提到的节奏与说口的关系差不多。平行主要在方口私白中出现,特别反映于四音节的语句。三、五音节的语句,或者其他不同长度的语句,其外在的平行,有时出现在圆口私白中,但却极少出现在方口官白或圆口官白中。

2.3 平行的效果

句法、语义平行现象散布在录音书段内,没有固定的系统和规律可言。① 正如百姓所用的日常扬州话一样,说书人的评话里包括"装饰"结构,具有相当大的强调性或艺术性效果。这些用法,一则反映了说书与扬州普通百姓的日常口头用语的紧密联系;二则也反映出这门艺术的匠心所在,比如,以成串的诗赋描述老虎的雄壮,其中一些诗句不仅是对偶句,并且也恰具文言文的简洁语法,给该片段增添了伟岸的效果。以四音节语句为主的其他片段排成平行的形式,像各种诗体特点的属性一样,较容易固定化。平行结构语句的稳定性可以根据其在同一段书中的反复出现辨认,无论是反复出现在同一说书人各次所表演的书段里,或是反复于同一门派、甚至不同门派的艺人间共用的说法。

重 复

上述的诗体结构及平行结构跟重复(repetition)有密切关系:特定声音元素或者特定句法及语义结构以重复的形式出现。一些重复现象的种类已经在前面的章节中列举了,比如:节奏、押韵、头韵、母韵、平仄相

---

① 评话艺人的表演语言,虽然平行现象较突出,但是要跟中国历来的书面文体"骈体文"比较,则肯定没有其类似的平行结构。

对,这些都是基于声音成分的重复。平行句在句法上和语义结构上类似于重复句,即词类和词性同位相应,但是与重复相反,平行句用字相异,而且必须出现在相近的上下文里。

我们这里要专门研究重复现象的三种形式:其一是形态的重复,即重叠;其二是词句内部的句法重复,即叠句;其三是超句子的重复(macro-syntactic repetition)。于此,我也就某些修辞格的语句重复(repetition of figures of speech)进行分析。

3.1 重叠

以重叠形式出现的字词的重复,是现代标准汉语及扬州方言中较为多见的语法形式。现代汉语里的重叠,即,词的内部一个或多个词素的重复,已分析成具有不同语法功能和意义的特殊种类的后缀。[1] 录音资料里频繁出现的重叠,同样具有各种形式和功能,常常是(1)动作动词(尝试态 tentative aspect)和(2)形容词(生动重叠 connotation of vividness),大多数同现代标准汉语相一致。所以并没有在第四章里特别做分析(象声词形式除外,见 3.4 声音的模仿和象声词)。以下我将列举一些在我们录音里最常见的(与现代汉语形式相符的)重叠的例子。但是,重叠形式在此并不展示其全貌,只举两个例句:

动作动词(尝试态)

  (a)
  "弄一张贴贴看吵!"
  /lòn ie' zān tie'-tie' kaèn sa/ WX[14 上]

---

[1] 参见赵元任 1968:198-210。

形容词(生动重叠)

(b)

武松在这一刻摇摇晃晃的

/ǔ sōn zàe ze'-ie'-ke' iáa-iáa huàn-huàn-de/ WX[14 中]

我以下将再加入几种看似不属于普通现代汉语而可能是方言的重叠的例子,如下:

3.1.1 副词的重叠,D-D-的

(a)

每每的人听到老虎喊

/mě-mě-de lén tīn-daà laǎ-hǔ haěn/ LX[4 上]

3.1.2 形容词的重叠,A-B-B 形式

(a)

乌酣酣

/ū-haēn-haēn/ WX[1 上],LX[1 上],RJ[1 上],CY[1 上]

(b)

黑丛丛

/he'-cón-cón/ LX[1 上]

(A-B-B 的形式在现代标准汉语里也有,但是例中这些形容词是扬州方言里特有的。)

3.1.3 动作动词的重叠作为补语

(a)

飞得行行的

/fē-de' sín-sín-de/ LX[4 中],RJ[16 下]

(在第四章里的 2.1.2.2 复合句部分还有这类例句。)

3.1.4 时间词重叠

(a)

将将哪晓得小二到了

/ziān-ziān lǎ siǎa-de siǎa-èr dàa-le'/ WX[8 下]

3.1.5 叹词重叠

(a)

乖乖!

/guāe-guāe/ WX[5 上],LX[6 中]

3.2 句法重复

句法重复表示在同一语句里的字词的重复。在现代汉语和扬州方言里,形态的重复,即重叠,与句法的重复,尤其是一些动词的结构,其分界线相当模糊不清。① 本章的研究焦点是文体,而不是语法方面,在此,我们不讨论汉语里重叠的语法问题。接下来,我们将就各种句法重复一一举例说明。

3.2.1 形容词(A)的重复
/A sué A/,从属态,例:

(a)

还有兔子这个东西,小虽小,跑得还就快

/há iw̌ tù-zr ze'-gw dōn-sī, siǎa sué siǎa, pǎa-de' há ziẁ kuàe/ LX[4 下]

3.2.2 动作动词(V)的重复
3.2.2.1 尝试态
/V ie' V/,例如:

---

① 参见赵元任 1968:205。

(a)

也能跟老虎斗一斗

/aě lén gēn laǎ-hǔ dẁ ie'dẁ/ LX[2 中]

/V-了 ie' V/,例如:

(b)

再朝店里头望了一望

/zàe cáa dièn-lǐ-tw uàn-le' ie' uàn/ WX[1 下]

3.2.2.2 进行态
/V-zu V-zu/,例如:

(a)

走著走著,也不过走了三里半路

/zǔ-zu zǔ-zu, ǎe be' gò zǔ-le' sāen-lǐ-buòn lù/ WX[14 中]

/V a V-de/,例如:

(b)

喊啊喊的,喊高起性来了

/haěn-á-haěn-de, haěn-gāa-cǐ sìn láe-le'/ WX[16 中]

(这种形式似乎是方言形式,在许多录音段子里都多次出现,另请参见 LX[12 下],RJ[15 下]。王筱堂说书特别喜用此形式。)

3.2.2.3 强调态或从属态
/V sr V/,例如:

(a)

喊是喊呢

/haěn sr haěn-lí/ WX[21 上]

(强调态)

(b)

惊是惊,怕是怕,惊过了就没事了

/zīn sr zīn, pà sr pà, zīn gò-le' ziẁ me' sr̀ le/ LX[7 上]

(与上面 3.2.1(a)中的例子相似的从属态)

3.2.3 副词(H)的句法重复

/H V1 H V2/,(V 包括形容词,A),例如:

(a)

老虎,不慌不忙,到了他面前

/laǎ-hǔ, be' huān be' mán, dàa-le' tā mièn-cién/ WX[17 中],LX[4 中],RJ[16 下]

(b)

它大摇大摆出来走著

/tā dà iáa dà bǎe cue'-láe zw̌-zu/ LX[5 下]

3.2.4 重复与方言和说口的联系

扬州评话书段里的形态和句法的重复形式,其大多数同样存在于现代汉语以及古典汉语中。但是,我们也发现有扬州方言所特有的重复的形式,如上所述。

一般公认:重叠形式和句法重复似乎主要属于汉语口语,这缘于口语形式轻松和生动的语气。① 于是,我们就不难理解,上述重复的形式主要出现在圆口(私白和官白)里,与诗体和平行句主要出现在方口私白的特点相反。另外,重复的双音节动词与形容词构成的四音节语句,在方口私白里也很频繁地出现。

---

① 参见王德春和陈晨 1989:89-90。

3.2.5 重叠形式和句法重复的效果

重叠形式和句法重复是汉语语法结构的特色。语法意义随着辞类和重复形式的不同而变化。

除了具有语法方面的各种特征以外,重复由于其声音效果,还在汉语(和扬州方言)中产生特殊的作用。在早期的中国文学《诗经》中,就已经开始利用声音效果来达到美学的目的。① 我们发现,随着其他有标记的结构,特别是随着诗体和骈偶特征带来的装饰性,引人注目的重复结构的形式,属于扬州评话录音词汇库里较稳定的、常用的一部份。

3.3 超句子的重复

句子和比句子更长段落的重复,称为超句子的重复。在我们的资料里,有一些短语的重复不发生在同一个句子内,而发生在书段中不同的句子里;我们也视为超句子重复。还有一些其他修辞上的重复形式,比如"顶针"结构,"自问自答"句和特殊的"奇妙数字"。一些重复不是字对字的,但是词语如此相近,我这里将之处理为重复而非复述。

3.3.1 描述固定语句

一些短语似乎有描述固定语句(epithets)的特性,成为书中主人公的固定人物性格的描写手段。② 所有"打虎"的录音,在形容虎时都再三出现如下的描述:

(a)

拦路伤人

/laén lù sān lén/ WX[14 下,15 上]

---

① 参见周法高(Chou Fa-kao)1986:9-46,第三章"Reduplicatives in *The Book of Odes*"《诗经》里的叠字,叠音和叠韵。
② 本书第二部份参考资料中,徐幼良表演的"三国·华容道"描述英雄的固定片段,特别使用了描述固定语句的文体,参见 XY[3 下,6 上]。又见费力 1986。

(b)

不慌不忙

/be' huān be' mán/ WX[17 中],LX[4 中],RJ[16 下]

(c)

摇头摆尾,张牙舞爪

/iáa t́w bǎe uě, zān iá ǔ zǎa/ WX[19 中], v. LX[7 上], v. RJ[20 中]

山中野兽再三被称为:

(d)

飞禽走兽

/fē cín zw̌ sẁ/ WX[17 中],LX[4 上],RJ[16 中]

喝了烈酒后,武松被描述为:

(e)

头重脚轻

/t́w zòn zia' cīn/ WX[11 下],LX[1 中]

(f)

摇摇晃晃　（或)踉踉晃晃

/iáa-iáa huàn-huàn/ WX[14 中]或/liàn-liàn huàn-huàn/ LX[1 中],RJ[13 上]

3.3.2　说书的套语

录音资料理所谓"说书套语"不常见,只有一些说法可被认为是典型的说书的套语,出现在说书人的评论里和引出诗歌的时候。以下的语句几乎场场演出都有,例如:

(a)

不……便罢

/be'... biàn bà/ WX[20上, v.6上]

(b)

武松不望便罢，这一望……

/ǔ sōn be' uàn bièn bà, ze'ie' uàn.../ LX[2上, v.4中]

诗词和俗语有时也用固定的说法引出来，这使人联想到明清白话小说里类似的套语，例如：

(c)

我倒有几句赞它：……

/ǒ daà iw̌ zǐ-zỳ zaèn tā/ WX[19下], LX[7上, 12下]RJ[14下]

(d)

正是：……

/zèn sr̀/ LX[2下]

3.3.3 "顶针"

一种特殊的超句子重复是"顶针"结构，即用前一句的结尾来做后一句的起头，例如：

(a)

在店门口戳了一根簇崭新青竹竿，青竹竿上头挑了一方簇崭新蓝布酒旗，蓝布酒旗上……

/zàe dièn-mén-kw̌ ciàn-le' ie'-gēn co'-zǎen-sīn cīn zo'-gaēn, cīn zo'-gaēn sàn-tw̌ tiaá-le' ie'-fān laén-bù ziw̌-cī, laén-bù ziw̌-cī-sàn/ WX[1下], RJ[1中], CY[1中]

"顶针"结构经常被描述为扬州评话人中特别重要的表演手段之一。① 在我们的材料里,有这样一些修辞的例子,尤其在例句(a)中,一连串的,一个接着一个(请参照第八章的全篇,WX[1 下])。这种一连串的重复常常用加速度,一口气地以"泼口"说出,王派艺人都是用此方法表演的。

3.3.4 长段的重复

在我们的材料里,有不少是一、二或多个句子成串在一起重复。有时,重复当中,加减了个别的字词。例如:

(a)

"爷吃三十碗,挺身过岗"

/ié ćr saēn-se' uǒn, tǐn sēn gò gān/ WX[4 下,6 中],RJ[4 上,5 上],CY[4 下,5 上]

(b)

头抬著,望著天空一轮明月,望著望著就是一声虎啸

/tẁ táe-zu, uàn-zu tiēn-kōn ie'-lén mín ye', uàn-zu uàn-zu ziẁ sr̀ ie'-sēn hǔ-siàa/ LX[3 下,5 下]

3.3.5 修辞格的重复

我们于上已讨论了一些频繁出现的修辞格(figures of speech),比如:四音节的句子,"顶针"结构等等。在下面这一节里,我们将研究其他一些在超句子层次的修辞格,如:"自问自答"和"奇妙的数字"。于此,我们注意的不是具体字句的重复,而是修辞格本身的重复。

3.3.5.1 说书人的自问自答

评话表演里一个最显著的、并经常出现的特点是自问自答,即叙述中插入问题问观众,而后说书人自己回答,体现了说者和听者之间平易

---

① 参见陈午楼 1990b:40,60。

交谈的气氛。① 下列的例子是说书艺人经常用的自问自答,藉以和听众保持"对话":②

(a)

啊? 天下东西有新的,<u>人还有新的吗?</u> 有的!

/áa, tiāñ-sià dōn-sī iw̌ sīn-de, rén há iw̌ sīn-de ma? iw̌-de!/ WX[1 下]

(b)

他这一觉的时间睡得不短,<u>睡到多晚?</u> 一直睡到二更以后。他正睡得舒服,有件东西出来了,<u>什么东西?</u> 吃人无餍的老虎。<u>老虎在什么地方?</u>

/tā ze'-ie' ziàa-de sŕ-ziāen suè-de' be' duǒn, suè-daà dō uǎen? ie'-ze' suè-daà àr-gēn ǐ-hw̌, ta zèn suè-de' sū-fe', iw̌ zièn dōn-sī cue'-láe-le', sèn-mō dōn-sī? cie' lén ú yaèn-de lǎa-hǔ, lǎa-hǔ zàe sèn-mō dì-fān?/ LX[3 下]

3.3.5.2 奇妙的数字

王筱堂的"打虎"录音里,数字"三"具有特殊的效果,出现得比较多。

(a)

三个凹字……三间簇崭新的草房……三碗不过岗……

/sāen-gw uà zr̀ … sāen-ziāen co'-zǎen-sīn-de cǎa-fán … sāen-uǒn be' gò gān/ WX[1 中]

---

① 参见《汉语语法修辞词典》1988:339。这种无须回答的问题,并不具备西方古典修辞性问题(rhetorical question)所具的雄辩式的、张力十足的气氛,而相反是让叙述态度更亲切,更随便。
② 其他门派的扬州评话的录音书段里,这种修辞格使用得比王派"打虎"里的更多,例如费正良1989(FZ),见第九章。

其他的"打虎"书段，同样有这种对数字三的用法，但是所用之处和所用频率有些不同（请参见第七章3.4小节）。在别的书段里，这种用法较少。

3.3.6 超句子重复与说口

本节分析的结构包括短语、句子和长于句子的段落，以及特定的修辞格，都属在同一书段或在个别书段里（intertextual repetition）的重复的语句。这种重复在说书的录音里时而出现，而我们尚未发现说口与其之间的联系。就单一书段来看，这些重复出现的统计频率与说口之间并无明显的关系。但是，比较多个书段之后发现，重复与方口有关联，因为在这种说口里四音节的语句出现比较频繁，并且许多这些语句具有固定的性质，在同一门派的不同说书人的每场表演中都被重复，见下文。

3.3.7 超句子重复的效果

在同一场说书表演里的短语、句子和较长段落的重复，是口传艺术里常见的赘述现象。重复有时用于解释一些固定的表达法，有时用于加强表述力度，还有时用于减缓速度或遮盖口误。

比较王派不同艺人说的"打虎"录音，可以看出，相当多的短语是扬州评话里比较固定的表演用语。这些短语不一定在同一场说书表演中反复重申，但却肯定在同一说书人的各场演出中一次又一次地出现；或者，由同一门派的不同艺人反复使用。而且，不同门派的艺人似乎也有一些共同的特殊性固定用语。表演同一段书的不同录音之间的差距程度，也很值得研究，即尽管固定的短语对于记书极为重要，但是每一位说书人都各有各的措辞方式，绝非死记硬背。

修辞格的重复，如自问自答、奇妙的数字的使用，是说书体裁的重要标志。说书人不断地提问——自问自答，从而制造模拟对话（simulated dialogue），不待观众回答，从而营造了说者与听者的互相默契。

小 结

本章的重点在于诗体、平行与重复的分析。具有鲜明修辞特征的各类形式,如节奏、韵律、句法的和语义的对偶以及重叠和重复在书段录音里大量出现。上述特征通常相互结合在一起,加强了其修饰作用。比如,四音节短语的节奏有时与句法和语义的外在对偶相结合,偶尔也和语音(押韵和头韵)的外在对偶相结合,而四字音节结构无须其他外在的修辞形式,本身就具有有形的极突出的节奏感。很大一部分的四音节短语具有有标记的结构,如文言语法或类似文言的短缩的句子、老式的语句、句法和语义的内在的对偶、语音的内在的对偶(头韵和母韵)以及重复,等等。一部分四音节短语并非由于有标记的结构或由于出现在一系列的平行短语里,而却是因为重复的运用定型的(主要是描述固定语句这方面 epithetic usage)。

在一定类别的叙述中,某些诗体形式和修辞特征出现频率较高。如此不均匀的分布情况,是一场书不同片段的特点所决定的,同时也跟说书艺人所用的不同说口和说白相关。例如,诗词和四音节的短语较多出现于方口的说口里,尤其是方口私白里。如在第三章和第四章中所述,方口以其发音和语法特点,显现出较为高雅的风格。一系列的四音节短语出现于带有文言味道或书面性较强的部分,如较为严肃的叙述部分和书中所穿插的固定的官文、告示等。

各个有标记的形式,如有诗体、平行或重复标记的形式,在一场书里大多数分散偶尔出现,在各种说口、说白中都可以一一找到。然而这种有标记的形式很大程度上构成了王派艺人共同使用的基本固定语句。

另一显著特点是大量运用重叠和重复的形式。单音节词素与单音节词的重叠产生一种独特的语言音乐效果,给人一种轻巧、活泼的感觉。此特点从古到今一直在中国诗词中运用。在日常汉语口语里,这些形式也常见,而在一般性的书面文法里却较少见。如前所述,艺人自如地运用书面性的语言或日常性语言,使二者的典型特点有机地结合起来。重叠和重复的形式,给艺人说家乡话的段落增添了生动的色彩。

我在前面的章节中,对于评话书段语音和句法的分析,说明了扬州方言在评话里的重要性,但在文体上则下尽然。在文体上,方言只扮演一个边缘的角色。一部分文体修辞格式为汉语所特有,而在抽象的层次里,大部分文体形式与修辞形式具有国际普遍性,在这一方面则符合世界潮流。其中"自问自答"和数字"三"的特殊用法,就属于世界性的民间口传文化的使用手段。

第六章 叙 述

> 演到哪个像哪个！……像这一场书，短短的一段中，说书的一个人就要把生、旦、丑、末四个人物的一举一动，哭的哭，笑的笑，急的急，怕的怕，气的气，声色形容，不但表演得要像，而且在自己的艺术要求上，就要使得听众如同活生生的看见这几等人物的形象，又如同听见这几个人在这块说话。①
>
> 王少堂(1889—1968)

叙述与口述

说书这门口述的艺术，至今作为师徒相传的口传职业，②具有一种原始的味道。在说书的情形里，我们似乎找到了最"根本"和"实质"叙述要素，这种口传叙述基本不依靠、也不沾染书面和印刷文字的形态，难道不是吗？

中国的口头文学和书面文学之间，明显地不是一种简单的关系，而

---

① 王少堂："我的学艺经过和表演经验"(1958)，收录在《说新书》，上海 1979：298。
② 参见王少堂 1979：287；王筱堂 1992：30 - 35。

且也绝对不只有单向的交流。① 我们可以发现说书影响了中国小说的迹象,同样地,书面文学也对说书发生影响,这是无庸置疑的。我将在第七章里更加详细地阐述这个问题。本一章我将分析扬州评话使用的一些叙述手段,比如,叙述方式或"说声"(narrative mode or "voice"),悬念的制造(creation of suspense),插入题外话的作用(the role of digression)以及叙述代言人的位置(the stance of the narrating agent)。

收在本书第二部分的评话录音书段,在此作为研究口头叙述一时一次的表演范例。我的分析一方面是以西方叙述学近几十年的理论为基础,或着眼于其"全球的"普遍适用性("universal" validity),或针对中国的叙述文学的具体特殊性。② 另一方面也基于我和扬州评话艺人对其艺术手段看法的讨论,③辅之以王少堂、王筱堂以及他人传下来的心得笔记。④

叙述交流形态

作者的问题

当文学分析的对象是书面印刷作品,即"案头文学"时,作品的作者(author)与读者(reader)、叙述者(narrator)与叙述对象(narratee)二者间的关系,在许多方面异于口头传达的叙述交流形态。⑤ 当作者或编者用纸张和印刷为媒介时,一方面是无言地、独自一人地组织他的故事;另

---

① 参见 Blader 1978 和 1983,其中研讨了小说《三侠五义》的各个版本、不同说书人的脚本以及与 1982 年苏州评话的表演录像之间的关系。
② 参见 Chatman 1978,1990;Genette 1980,1988;Hanan 1967,1981;Rimmon-Kenan 1983,Wang David Tehwei(王德威)1983。
③ 参见第二部分的"行话术语"目录。
④ 参见费力:"前言",选自费骏良和费力 1986:1-5;王少堂 1979;王筱堂 1992。
⑤ 讨论叙述交流的形态,我按照 Rimmon-Kenan 1983:86-89 和 Genette 1988:135-154,认为"隐含的作者"(implied author,原来是 Wayne Booth 创造的概念)是多余的概念,我们没有必要考虑。

一方面他有一群想像中的观众或潜在的读者,这是他所无法期待谋面的。在此意义上,口头文学和书面文学的叙述形态有原则上的区别。

书面文学的作者经常是一个或几个真实存在的人(historical author),我们可以或多或少地了解其历史情况,即便不明情况下产生的一些作品也同样。

我们发现,现存的扬州评话,像中国和其他国家的一些口头艺术一样,不存在"真正的作者"(real author)。对于口头艺术,"故事是谁创作的"这个问题并不重要,"师父"是这种职业中一切知识的权威性来源。师父说的书是由他的师父或师父们传下来的,只能从往昔不为人知的过去追溯。例如,本世纪评话大师王少堂说的"水浒"比明代《水浒传》小说内容份量的十倍还多。《水浒传》的口头来源与书面来源的关系问题,姑且全不论,单想想评话作品的巨大篇幅,就足以认识到:把施耐庵看作是王少堂说的"水浒"的作者是毫无意义的。章回小说和过去的"说话"、后来的说书之间的历史关系是复杂的"取予"的关系。而作者的概念(concept of authorship)在说书人看来,基本上跟他们没有什么关系。

即使有些评话被公认是由我们对其稍有了解的历史人物们孕育而成的,如扬州评话"清风闸"的原创人浦琳,但浦琳之后该门派早期艺人说的形式已鲜为人知,故书应该怎么样说,并没有一个权威性的来源作为确定的标准。

但这并不意味过去或现在的评话全部排除书面的资料。相反地,说书艺人使用的诗词、笑话等等就经常是从书本中选取的。先前的说书人有些有家传的脚本——一种帮助记忆的笔记,包括重要的情节,即书路子的概总,某些诗歌,以及一些主要对话的要点。有些艺人的脚本写得很简略,有的写得更详细一点。这些脚本以前是当作传家之宝保存下来的,评话艺术的流传不是基于背诵这些本子,而是靠倾听师父说,亲炙于师父。扬州说书艺人看不起那些靠背书混进扬州评话这一行"看书说书"的"懵黑"的小骗子。说背的书叫"说死书",也叫"说空书"。①

尽管自五六十年代以来,中国记录、出版了不少评话"新话本"和选篇,但这些书本并不产生权威作用,不足以把说书方式固定下来。这些出版物意在为读者服务,所以不真正属于说书形态之内。②

作者的问题,照说书人来看,好像和他们大不相关,但是从叙述学的角度看,作者概念(也可以看成作者和说书人的关系)还是一个原则性的问题。说书人本人难道不该看成是他所说的书的真正作者吗?意义不只在于他说的书是他个人独创的,而在于他每次表演都将学来的书用自己的话重新创作出来,而且每一次都有新的变化,他当然是一个创作者。在此意义上讲,每次表演就是一时一次的当下创作,说书人就是那场具体表演的真正的作者。③

于是作为说书叙述形态的一个要素,真正的作者,在某一个意义上是不存在的,而在另一个意义上又的确存在,而且非常具体。这是因为职业的评话表演只在实际的观众面前进行。说书人(作者)与说书对象(听书者)有具体面对面的交流形态。④

---

① 20世纪晚期,原来的口传教育不太受官方的重视。"文革"后期教育出来的,比如扬州戏曲学校培养的新一代说书艺人,主要依靠课堂里的教学,根据老一代著名艺人的表演而改编印刷的书本背诵。
② 如由王少堂表演的"武十回"修改后的版本,用《武松》做题目,1959印刷出版。在我收集的表演录音里,从王少堂弟子说的书可以看出:他们既具继承师父艺术的共同点,也有每个人在其各方面表演时表现的创作自由度。这些艺人全都是在老式的师徒训练口传心授下培养出来的。
③ 民俗学者对于"民俗叙述者"(folklore narrator)的讨论,参见 Kaivola-Bregenhøj 1989:45-54,以及有关"变体"(variant)和"非变体"(invariant)的讨论,参见 Leino 1989:33,都属同类问题。我们在第二章里(当介绍收集本研究资料的方法时)和第五章(在分析艺人语言中或多或少的固定性部分时),已经初步涉及到此问题。我所以不把每一场表演叫做"变体"的原因之一,正是由于这个说法引起的问题:"什么东西的变体?"一个变体存在的前提条件是有一个"原体"(original),而目前的研究中,从共时的角度看,我们所寻求的是一种"共同特性"(common denominator),存在于多次即时的表演中,而非假设性的过去曾存在的所谓"原体"。
④ 这种情况当然随着在电台或电视上的表演而变化,在目前的分析里不加讨论。

叙述者和叙述对象

对于叙述者(narrator)和叙述对象(narratee)，我们又一次面对异于书面文学的情形。在书面文学里，作品的叙述者(或一个作品的好几个叙述者)，可以具有多种形式和多种说声。相应地，作品或多或少明确地限定了叙述对象，给读者多多少少一些余地去参与或游离这一要素。在说书艺术中，叙述者的角色局限于"说书人"，这本书里，我们定义为"口述者"(teller or speaking voice)①。口述者总是和说书人的声形相联系的。对应于书面文学叙述者，这种口述者，毫无隐晦，绝非为某个场合而创造的"虚构的"代言人(fictive agent)，以待由全神灌注的读者去"重建"("reconstructable" by attentive readers)。

一方面，说书人的说声是活生生的说书表演者的声音。但尽管如此，这个说声只是说书人全部生活中的台上的那部分声音。这本书里我们引入"口述者"(teller)这个概念，表达说书人表演时的声音，即录音带上记录的"声音的文本"(sound text)。口述者这个词既能体现中国传统说书艺人的一般性，又是指具体说一场书的艺术代言人。另一方面，当我们利用说书人的录音带进行研究时，把即兴而成的口头叙述变成了可以分析的"文本"，藉此录音材料，我们可以用叙述学的方法来研究其叙述形态以及口述者在叙述结构的成分要素(the voice of the teller as a purely textual constituent)。

在某种程度上，叙述对象(narratee)可以与真正的观众相联系。叙述对象必须特别定义为"口述者的叙述对象"，即是观众在说书表演现场的角色。二者的区别表现在观众对说书人的自问自答的反应。说书人在说书的过程中，会问很多的"问题"，但他从来不期待他的观众回答。

---

① 在《扬州评话探讨》英文原版 *The Oral Tradition of Yangzhou Storytelling* 中，这个代言人叫做"说书人叙述者"(the storyteller narrator)，该术语目前的叫法为"口述者"(the oral teller)或"说声"(the voice)，即由之把整个表演"说出来"的代言人。

观众同样也不准备参加到对话中,我们录音的内容里从没有这类回答。假若有人坐在台下的长凳上要高声回答说书人的问题,那将完全打破常规,这个人会被认为是疯子(或也许是个孩子)。这种态度都属于观众实际的社会角色。①

同样地,为了分析评话的叙述对象,我们不得不把这个要素从录音的材料(即固定化了的口头表演的文本)中萃取出来。我们必须从这个证据中找出来,口述者是针对什么样的一种叙述对象。

口述者与叙述者

口述者(the teller)在此定义为一段书的表演的全部声音。每一场演出都包括相交织的对话和叙述,于是有必要区分口述者作为"叙述者"(narrator)和作为书中人物的模拟者,即表演者(impersonator)的不同功能。有时这两个功能在中国说书艺人当中也就区分成"说"和"表"的功能。以下,"叙述者"这个词在这个限定的意义上使用。

口述者的概念看上去很像西方叙述学中所谓"隐含的作者"(implied author)②。但我认为口述者的含义和热奈特(Gerard Genette)的"叙述者"等同,而我所用的"叙述者"和"表演者"这些概念,在他的分析系统中会按两种不同的方式处理:事件的叙述(narrative of events)和话语的叙述(narrative of words)③。

尽管我们这里把口述者(包括叙述者和表演者)和叙述对象理解成一个虚构范畴的要素或代言人(fictive agents),而不是历史上真正的人(historical persons),但不能忽略这些代言人也曾是跟活生生有血有肉的说书人与其观众紧密相关。这明显地是口头文学叙述交流形态的一

---

① 这是扬州评话表演的一般情况,但是中国其他说书的观众态度有时与此不同。比如我在2000年11月天津一个书场的经历:说书过程中,观众和艺人一直进行直接、具体的对话交流。
② 参见 Chatman 1978:151;Genette 1988:135—154。
③ 参见 Genette 1980:164—185。

个主要特征,因而对于我们的研究对象,即录下来的说书录音文本材料(textual level),有一定的影响。

事中开始,事中结束

1992年王筱堂说的"打虎"一直是贯穿本书的研究。之所以选择这一次"打虎"的录音,是基于几方面的考虑,其中叙述形式(narrative form)的问题亦非次要,正如在第二章里所论述的,王筱堂当时的录音,虽然不是在书场而是在王先生家里完成的,但情况还是最为接近于公共说书场合的气氛和环境的。我所录制的材料一般都是如此,但是经常比在书场里说得短。而王筱堂说的"打虎",其长度和形式符合在书场给观众演出的惯例。如我们在第一章所见,这个场景是几百年来说书的普通环境,连续长篇故事每天讲几个小时,一连几个月。从叙述的形式和结构上看,这种说书所具有的一些特殊方面,是我们在其他简短的、偶尔的表演形式中不一定找得见的。①

"武松打虎"梗概

王筱堂1992年说的"打虎"的情节可以分为以下几部分:②

1) 酒馆

武松来到景阳镇,在酒馆里喝了三十碗叫"三碗不过岗"的烈酒,醉了。他尽管喝醉了,却离开酒馆,继续上路。

---

① 在此所收集的录音段子大多是以在书场外,例如广陵文化站等处,短小的公演形式为主。参见第一章"其他表演场所"。
② 对情节的划分也适于其他艺人"打虎"段子的表演。但每一次表演体现了对情节的特定选择,而每一个情节的内容只是大致相同,存在着不少区别。王筱堂的表演是最长的、最全的,但别的艺人有时加上一些补充的情节,即 7a)"三威" LX[8上—9上,],RJ[20下—22上],老虎试图用三种方法吃人:虎啸,虎爪,虎扫;武松用其哨棒打击老虎,但哨棒被老虎咬住并断成三截。根据费力1993,"王派水浒"并无这个片段,但是在接受了《武松》(王少堂1959)编辑们的建议后,王少堂将之添加上了。

2) 争吵

跑堂的小二和年轻的酒馆老板,为了武松留给小二小费的那块银子,争吵起来,小二跑去追赶武松,告诉他老虎的事,但是武松不信他的,还打了他一顿。

3) 告示

武松在路上发现了地方官贴的景阳岗出了老虎的告示,开始为他对小二的行为感到不安。

4) 岩石

尽管如此,武松仍攀上山脊,并且在一块又大又平的岩石上躺下睡着了。

5) 虎爱

当武松睡觉的时候,老虎出现了。说书人题外话:讲这只老虎的爱情的不顺利。

6) 虎猎

威风凛凛的老虎。说书人的题外话,讲老虎捕食的方法和它所攻击的各种动物的反应。

7) 虎风

突然一阵风刮来,紧接着是一股恶臭,武松从沉睡中醒来。老虎朝他扑袭。

8) 搏斗

每次当老虎扑袭过来,武松都躲闪开,直到他得机会把老虎的双眼踢瞎,并打断老虎的尾巴。可是,武松仍不知道怎样才能打死老虎!

9) 虎死

他忽然意识到老虎和人一样,一定有个"致命点",他就猛击老虎的太阳穴。老虎被打死了。这件事被后人所称颂。

10）双虎

筋疲力尽的武松刚要回到那块平整的岩石上,再去睡一会儿,一下子觉察到树丛中还隐藏两只老虎。

图表 五
"武松打虎"七次表演

XXX　很细节地讲说

XX　比较全部地讲说

X　概括地讲说或说成一小段

打虎	王少堂 1961	王筱堂 1992	李信堂 1986	任继堂 1989,1992	陈荫堂 1989	王丽堂 1998	马晓龙 2003
1. 酒馆	XXX	XXX	X	XXX	XXX	XX	XX
2. 争吵	XX	XXX		XXX	XX		
3. 告示		XXX	XXX				
4. 岩石		XXX	XXX	XXX			
5. 虎爱		X					
6. 虎猎		XXX	XXX	XXX			
7. 虎风		XX	XXX	XXX			
7a. 三威			XXX	XXX			
8. 搏斗		XXX	XXX	XXX			
9. 虎死		XXX	XXX	XXX			
10. 双虎		X					

上下文与故事主线

在开始分析我们的焦点故事的叙述特点以前,我们要记住,这个故事是一连几个月天天讲的书的开篇序幕。"王派水浒"里的"武十回"是四部书的第一部,①而"打虎"故事是第一部书的第一天故事。故事事中开始(in medias res),即没有任何对过去情况的交代或人物介绍②:英雄武松在回家看望兄长的途中,路过一个酒馆。故事直接开始,假设听众对武松来到景阳岗之前所发生的情况略知一二。③ 这种开始的方式不仅与小说《水浒传》的开端,而且与中国白话小说整个的书写传统,形成了反差。④ "王派水浒"起点和小说的序幕有所不同,既不是严重的天灾人祸的降临,也不是怪异的天体现象的出现,而讲的是英雄传奇里最吸引人的故事,一个无需背景交代或进行铺垫的故事。⑤ 这种开篇方式,似乎密切地联系着说书人直接关心的事情,即如何吸引和保持其听众的注意力。这同时反映了一个事实,就是不仅说书人了解,而且听众也了解所讲的故事。但只有说书人知道,这一次他将怎样讲这个故事。由于内容早已成为常识,对于听众来说故事的主要情节一般已十分熟悉。说书人以表演谋生,他必须从开始就设法抓住人们的兴趣。所以,他先上最受欢迎的

---

① "王派水浒"的四部书,即"武十回","宋十回","石十回"和"卢十回",早就被称为该门派的传统表演书目。说"水浒"的门派当中也有马汉章和马凤章的"马派水浒",这一派的传统表演书目包括"林鲁十回"等。马凤章后来也属于王派的艺人,这样可以说王派包括所有的"十回"书。在20世纪末,王筱堂表演过另外一部书,即"后水浒",同时也被整理出版(王筱堂2003),如此可以说"王派水浒"包括六部书,但是一般只提到上述的四部。
② 我1986年到1995年所录音的"打虎"表演片段都是这样开始的。王少堂1961年广播的段子(我1998年才能听)也是这种开始。我想这种开始一定是传统的开始习惯。但是以后王丽室1998年的广播和年轻艺人马晓龙2003年的表演,就改变了开始方法,即去掉了开头的对联,加上了解释武松的名字和生活背景的一小段。关于这种新的改变,Børdahl 2003有分析,这里不专门探讨这个问题,读者可以参考本书第二部分第八章的书段以作比较。
③ "酒馆"情节里王筱堂说武松的银子是柴进送他的礼物(WX[8中]),可以看出这一点。
④ 参见Hanan 1981:20:"几乎所有的白话小说作品都有一种开场白,或是一首诗、一组诗,或是散文引言、引言性故事,都起一个提示性的评论作用。"在第五章里1.1.1.1.的注解,我们已经提到在王少堂口述的已出版的《武松》里,有一个小开场白,这是一首通常位于"虎死"这一情节里的诗。这也许是当说书一旦转换成文字媒介,书面说书体的形式就对真的口头表演的说书体产生影响的迹象。
⑤ Porter 1992针对小说《水浒传》的第一章回如何起到开场白的作用,讨论了不同的分析方法。这种开场白早就被看作是口头说书传统里所谓"入话"的书面形式的延续。根据她的分析,小说这一部分,绝对具有书面文学的特点,为全书最深奥的一段。这种开头可能对一般的听书观众不太具有吸引力。

那道菜！

评话讲的内容紧紧扣住"武松和老虎"一段情节，只和武松碰上老虎的那个下午及晚间发生的事有关。这一场书的主角限于武松和老虎，伴之以次要的角色，如酒馆老板、跑堂、兔子和猴子等等。① 评话与书面小说《水浒传》对应章回里的叙述结构有相当差别。评话里喝酒的一段和打虎的一段，情节上和小说的第二十三回的中间部分相当一致，书面小说这一回的组成，在总体上更加复杂，不仅只介绍了更多的人物与事件，而且还使用了迥然不同的起头和收尾的方法。评话讲的故事里，我们发现了时间和地点的统一性（在阳谷县范围里的一个下午和晚间），而小说第二十三回的时间跨度是武松生命中的一十四天，期间他走过了大半个家乡。

尽管王筱堂说的这场书只覆盖了小说中情节的约三分之一，然而长度却是小说相应部分书面文字的五至六倍。② 对同样基本情节的不同处理，造成故事篇幅相差如此之大，处理方法包括的一系列的叙述手段，也和口头叙述形态紧密相关，比如：把对话的段落戏剧化地表演成相当长的情景，说书人（叙述者）在段落中加叙加议，成段的描述性

---

① 本资料所收集的不同表演录音有长有短。短的是由于各位艺人为了符合我录音的目的而说的。情节的连接方式（包括添加和减缩的选择）在每一次的表演里，都和口头文学"表演中的创作"（composition in performance）这一基本问题有着密切的关系。王筱堂选择说一场完整的书，尽管我事先并没有想到他会说这么长。这里我们为了分析"一天书"的叙述结构，就主要是利用他的这种"全部"表演来举例，李信堂本计划说大约一小时的书，所以就省略了"酒馆"和"争吵"两段。任继室说了两小时的一场书，但是分两次录的音，一次在1989年，另一次在1992年。陈荫堂以正式说一场书的方式开始的，但只选择说了第一部分"喝酒"的一段。在此书的中文版里我再加上了王少堂、王丽堂和马晓龙的"打虎"段子。王少堂的"打虎"是他1961年为南京广播电台表演的第一天书，然而广播电台一天的书只有三十分钟左右（书场里是两三个小时）；因为他同样根据传统的方法说，所以只来得及说"酒馆"和"争吵"这两个情节（我没有机会听王少堂第二、三、四天的广播录音）。王丽堂这一小段是根据她1998年广播说的书，但是我只是举她的开头部分而不是全的一段为例。马晓龙根据他自己的决定给我说这么一小段的书。这样他们的书段只有"酒馆"里一小部分。

② 在小说《水浒传》容与堂本的第二十三回里，王筱堂说的情节大概相当于其中中心部分的三分之一。众所周知，章回小说这部分前三分之一为武松与宋江的会面，后三分之一为打虎后景阳镇发生的事。

的细节，叙述性的散文中插入表示感叹的诗句和类似诗词的段落，以及与主要的故事（正书）关系或近或远的题外话。这些手法在小说中也出现，成为白话小说"说书体"（the storyteller's manner）的特色，但出现的频率较少。

故事的主线是沿着上升抛物线发展的，其高潮为武松和老虎的搏斗。武松杀死老虎之后，故事回到了平静点，但接着，极为可怕的事情出现了，又有两只老虎从树林中猛窜出来……恰在这时，艺人停止了他的表演，暗示观众，如果他们要满足好奇心的话，必须次日再来。在我收集的录音材料里，扬州评话艺人从来不用固定的说法来结束他们的表演，与章回小说里每回结束时都用的说书体的"套话"明显不同。

其他书段的展开

本书所收集的其他书段的展开，反映了每个故事在以下方面的个体特点：

1) 书段在全部书中的位置。

2) 说书人的表演情况：或是准备像在书场一样表演，即说完整的一场书，或是准备做一个比较短的单场表演。

3) 书段所属的评话书目及其与书面文学的亲疏关系。比如，扬州评话戴门"西游记"是在20世纪初期基于吴承恩的小说创作的，而其他门派的口传书目处于与书面作品关系较远的地位。

本书中另外两个"武十回"的故事，是讲武松生活中少为人知的两件事。1992年惠兆龙说的小段"巧遇周侗"（又称"月下传刀"），讲的是武松和另一个武术大师的两勇士相遇（《水浒传》找不着这段情节）。[①] 1986年王丽堂表演的"大闹飞云浦"（《水浒传》第三十回有相应的情节）[②]，那

[①] 参见王少堂1959a，第二章。
[②] 前引书，第六章。又见王丽堂1989，第六章。

是在书场里讲单场的一种,具有在书场表演一场书的长度,但本书的第八章只包括所录的前面二十分钟这部分。这段是关于武松在被押往监狱的途中,如何智斗狱吏,并把他们四个人杀掉的。这两个故事都是事中开始(in medias res),就像我们焦点故事一样,但是却以一个松散的形式结束,单场的表演经常这样收尾。①

四个"三国"的书段,同样是单场的段子。"葫芦谷"和"华容道"两段属扬州评话"三国"中部"火烧赤壁"的最后部分(相应于明小说《三国演义》第五十回)。本书又加上了两段,即"斩颜良"和"看病"(相应于小说第二十五回和第四十九回)。四段都很突然地"事中"开始,对主要人物根本没有任何介绍。表演也是在事中结束的,尽管并非结束于迫在眉睫的危机,却也在特别令人难忘的时刻。

"西游记"的两书段当中,"仙庄投宿"是以在书场表演的长度讲的(第十章里只写了前面的部分);"通天河"是短的单场形式。(情节和明小说《西游记》的第二十三回和第四十七回相应)。评话表演开始后,尚未进入故事主题以前,说书人先把章回小说《西游记》做了简短的介绍。"仙庄投宿"这一段说的是:唐僧师徒取经途中,来到了一个山庄,在那儿猪八戒一心想立即和所有的女孩子结婚。小说的第二十三回里也可看到类似的引子,但小说更具讽刺笔调。故事沿着小说的线索发展,而评话里的人物对话更复杂。女庄主和猪八戒之间的讨价还价无止无休。在他们二人互开玩笑的幽默气氛中,表演以一个意犹未尽的方式结束。"通天河"这一段的叙述结构也同样,在正书以前有短短的介绍,但是只有几句话就马上从"事中"说起。结束方法同样在"事中"突然停止,好像以后还要继续说下去,而目前只作暂时停顿。

---

① 王丽堂 1986 说的录音书段是一场书的长度(大约两个小时)。但是,该演出的目的是为商业出版发行双面卡式磁带。故此,这个表演的叙述结构是单场书段的形式,而不是连续地天天说下去的书段所具有的形式。

口述说声

口述者

按一般意义,王筱堂表演的"打虎"书段里的口述者(speaking voice)是叙述理论中哪一类叙述者(type of narrator)呢?我认为我们基本上可以把这个全知全能的(omniscient)代理角色,定位在一个"外于叙述"(extradiegetic)而且"不参与叙述"(heterodiegetic)的层面①。王筱堂作为"打虎"的口述者,位于故事情节之外讲武松和老虎的一系列事件。在这个意义上,他不参与故事里的任何活动。

口述者的说声,原则上是可以偶尔暴露的(overt),若干次以第一人称提及其本身:"我"或"我,说书人"②。但是,说书开始,所谓"开口"的时间,不是用一种公开声明的形式介绍说:"我要给你们讲什么什么……"③,相反地,说书是从毫不相干的第三人称的叙述开始,直接说主要人物武松目前的活动,连他的绰号、姓名、来历,也好像早为观众所熟悉:

(a) 酒馆 WX[1 上],LX[1 上],RJ[1 上],CY[1 上]

灌口二郎武松在横海郡得着哥哥消息,辞王别驾,赶奔山东阳谷县寻兄。

---

① 参见 Genette 1980:228—248。
② 我们在评话录音材料的个别书段里,发现有"暴露的口述者",即"我说的人",或"我说书人",参见下文。
③ 我收集的"打虎"表演里,艺人不以"暴露"个人开始,如:"今天我要讲的故事是有关……"而在现存的两个出版了的王派《武十回》的版本里,即王少堂 1959 和王丽堂 1989,两位艺人都在第一章的头几句用上面的话如此面对读者的。我就此很有疑问:这样的开头,是由于书的编辑努力用被认为更具可读性,更为引人入胜的形式"改正"的结果,为所谓"新话本"的"说书体"。

几句之后,给了武松一个称号,"英雄":

(b) 酒馆 WX[1 中],v. LX[1 中],RJ[1 上],CY[1 上]

英雄腹中饥馁,意欲打尖。

用"英雄"来称呼武松,包含着听众早就对故事熟悉了这层意义,谁都知道武松这个人物在书里肯定是英雄的角色。因而,使用这个称号几乎就像用简单的第三人称代词"他"来代表武松。

故事已经展开了,口述者才露出"马脚",用叙述者的自问自答的形式和观众交流,以及用讲解、争辩、讽刺和说教的形式来评论他自己的书,甚至几次以第一人称提及他自己(说书人)。演出中这种更个人化的交流首次出现时,用的是自问自答的形式:

(c) 酒馆 WX[1 下],v. RJ[1 中],CY[1 下]

英雄再朝店里头望了一望,只看见簇崭新锅灶、簇崭新案板、簇崭新柜台、簇崭新的人。啊,天下东西有新的,人还有新的吗?有的。

故事再稍进一步,下一例自问自答和叙述者的评论又来了:

(d) 酒馆 WX[2 上],v. RJ[2 上],CY[2 上]

"你店中还有好酒?"

咦,奇怪啦,武松还没有进店咧,先问一声好酒做事呢?

古时候的人呐,平生都有四个大字:酒、色、财、气。但是武松只好两个,他好贪杯,好动无辜之气。他看镇市又小,怕他家家里头不得好酒吃,所以未曾进店先问一声可有好酒。

以上两段,口述者的说声作为叙述者明确地表现出来了,在第三人称的叙事(summary)或情景(scene)段落当中插入了感叹语、问话、回答以及谈论性的解释,这些都表达了叙述者的态度(必须与真正的、历史的说书人区分开来)。这些评论性的段落在说书当中频繁地出现。除了揭示叙述者的说声之外,这些段落还起很多其他的叙述性作用,如,放慢进行的动作、制造悬念、笑话、对智谋和美德加以评价,等等。从扬州评话的行话中,我们看出有类似的区别:什么属于"正书",什么属于评论性的题外话,"楔子""噱子"和"书外书"等。

王筱堂说的一个半小时的书段,四次出现了口述者用叙述者的代言人以第一人称提及他自己。第一次出现是景阳镇,当年轻的酒馆老板叫跑堂的时候:

(e) 酒馆 WX[5 下]①
"王二啊!王二啊!"
喊哪个?就喊那个店小二。店小二跟<u>我</u>本家,<u>也姓王</u>,……

武松离开后,酒馆出现了跑堂和店主间争吵的场面,叙述者生动地描述这段情节后,第二次指向自己:

(f) 争吵 WX[14 上],v. RJ[13 上]
他们在这一刻嘛,<u>我</u>就随他(武松)去了。

当武松来到土地庙,那里贴着告示,口述者又一次公开表明叙述者的身份,他在讲这个故事,"帮助"听众"看"武松所看到的:

(g) 告示 WX[14 下],v. RJ[13 下]
英雄在这一刻凝神望,但是<u>我</u>要把它读出来。

最后,当武松和老虎第一次交锋时,叙述者再次以第一人称露面,引用散文诗来赞赏老虎的威风:

(h) 虎风 WX[19 下],v. RJ[20 上]
这只老虎在武松的眼睛底下望,武松在这一刻也掂掂,也吃了一惊。<u>我</u>倒有几句赞它……

---

① 当然这只能是王氏的书段独有的说法。

在(e)段里,我们的说书人王筱堂,不仅直接提及他自己——"我",而且他还使人们注意到他的姓——"王",稍事炫耀他属于著名王派的王家。通过提他的姓,一种幽默的效果油然而生,因为叙述者在此瞬间,步出了一直所在的说书人的角色,而直指他个人——王先生。这是叙事幻想中的一个短暂间歇,也是王筱堂特有的说书小插曲。

同样的手法也用在其他的段落里,叙述者点出自己的身份,是与一连串事件的间歇相关联的。(f)段里,"我"出现在故事话分两处时,一处酒馆里争银子,另一处武松爬上虎山,叙述者表明他要转换话题了。(g)段里,出现在武松默默地看告示的情况下,叙述者利用这个停顿给他的听众"读出"告示的内容,作为一种"旁白"。(h)段里,出现在武松碰上老虎的那一刻,叙述者花费一点时间念首诗,并且在念诗之前,插入的话语里提到说书人自己。

本书第二部分收集的几个不同艺人的"打虎"书段,以第一人称出现点出说书人自己,即用"公开的第一人称叙述者"(overt first person narrator)讲述,这个特点虽然偶尔有,但并非频繁出现,其中一个"打虎"段子里连一次也没出现。① 说书人涉及到他自己的姓,也别无它例。所以当叙述者"我"这类主语不大正面出现时,这种回避必须看成叙述代理的一个具体特征。② 这种"谦虚",常常渗透到隐晦的叙述者(covert narrator)的类型里,这当然也是其他文学叙述类型的一般特点。故此,也许应该更强调这个事实,即说书人的叙述者确实或此或彼在我们的故事里,公开说明他作为讲述的声音的存在。③

叙述者在很大程度上,有"全知"(omniscience)和给予"全面资讯"

---

① 陈荫堂 1989。
② 与此相反,在对话和内心独自的片段里,即说书人模仿书里人物说话时,第一人称代词使用的频率和在一般现代汉语对话里的一样高。
③ 在书段材料里,叙述者偶尔用第一人称"我","我说的人","我说书的(人)"指他自己,但次数很少。在惠兆龙 1992 和王丽堂 1986 的表演里,两个人都这样几次用来指自己,HZ[1 中,2 中,3 上,9 中],WL[2 下,3 中,4 上]。费正良 1989 缺少这种直接对自己的指代,但(转下页)

(complete information)的能力。② 他能讲出人物的过去、现在和将来,能联系人物的内在思想,能跟随人物到任何之处,等等。从"无焦点"(non-focalization)或"零焦点"(zero-focalization)③,也叫"外在焦点"(external focalization)④的叙述角度出发,对于久远以前发生的事(宣和年间)叙述者能够描述出时间和地点的每个细节。从景阳镇的酒馆到七里之遥的景阳岗,叙述者很容易地随着人物武松而移动。口述者能够说出人物之间大段的对话,也能出入他们的内心世界,用内心独白形式道出了人物的思想活动,而不大是描述他们的情感。山上的野兽拟人化了,不仅其行为得到描述,其思想也得到表达,叙述者跟着动物们四处行走,如同跟随人物角色同样容易。

在本书的其他书段里,我们也能找到口述者(叙述者)同样程度的"无所不知"和"无所不能"。

口述人的叙述体、戏剧体和抒情体

戏剧还是叙述?

在前面一节中,我从"叙述言语"(narrative discourse)的结构角度,把说书人,即口述者的说声处理为叙述形态(narrative mode)。然而,"打虎"一场实际上包括三首有一定长度的诗和类似诗的几个段落(verse and verse-like passages)。人物间的对话与他们的内心独白相结合,这些戏剧性表演段落(dramatic passages of dialogue)占据了大概三分之一的篇幅。其余则是叙述者的叙事(summary of events)、描述

(接上页)由于较多使用自问自答的手段,所以叙述者的存在也比较"暴露"。徐幼良 1989 自我指代是最为"暴露"的,在他开始念读军旗上的字之前,先说"我说书人(的交代,……)",XY[3 中]。戴步章 1989 在开始的片段里,用间接指代"我们",指说书人和其观众,DB[1 中]。

② 参见 Genette 1988:74。
③ 参见 Genette 1980:189。
④ 参见 Rimmon-Kenan 1983:74—75。

(description)和评论（commentary）。我们为何不能把说书人当作为独角演戏，一人表演多角色呢？这一系列角色包括：

(1) 叙述者（说书人）

(2) 武松

(3) 王小二（跑堂）

(4) 年轻酒馆老板

(5) 老老板

(6) 老虎

(7) 小角色，如：兔子、猴子、店铺老板，等。

小说这种书面文学，虽然大多分类为叙述性的，但是基本上是叙述、戏剧和抒情的混合体。① 我们也很习惯把戏剧和抒情的段落当作叙述者的工具，即叙事（"summary" or "telling"）和场景（"scene" or "showing"）；也可以把这些不同类型的展示看作是整体中叙事的、戏剧的和抒情的部分。以下的分析里，"叙述"一词专指戏剧体（dramatic register）和抒情体（lyrical register）之外的其他成分，即叙述体（narrative register）。

动词时态作为戏剧体和叙述体的标志

叙述体和戏剧体，根据西方文学理论的分析方法可以用动词的时态作为标志：进行叙事的叙述是围绕着故事讲述之前已经发生了的虚构的事件，于是叙述体的语法时态通常在叙事段落（passages of summary）里为过去时。② 戏剧体与之相反，我们几乎总能找见一些事件表现得好像发生在"此时此地"，对话里的语法时态主要为现代时。在处理中国说书传统时，这种区分方法就不能直接利用。

---

① 参见 Genette 1988：42。
② 该时态用法的一个重要变形是所谓的"历史的现在时"（historical present），参见 Tristram 1983。

汉语的动词构词法,这里主要指动词的动态系统(verbal aspect),与很多西方语言的动词时态系统(verbal tense)有根本的区别,这影响着对叙述的分析。从汉语翻译成欧洲语言,我们不得不使用动词时态的系统,因为西语使我们别无选择——动词毕竟与时态(和人称)结合起来。但时态,不是汉语动词系统的同样一部分,并且现在时和过去时的表示(通过副词和时间词)在很大程度上是可以选择的,而且经常也不明确。这种语言上的区别意味着:西方现代文学理论时常所利用的一些语言特征,如时态系统,被处理成好像是世界通用的分析方法,这实际上并不能做到,因为并非人类所有的语言都在这些语法性的范畴里。①

这种语言现象当然不只是中国说书艺术(或更明确地说——扬州评话)所独有的,而是中国语言和文学的普遍的特征。但在说书里,此问题比较突出,这是因为说书这种表演是叙事与戏剧的有机结合。相似的结构,欧洲语言则利用几种不同的时态来表现:叙述多半用过去时,对话和内心独白用现在时,我们目前研究的说书材料却不然。叙述的段落和对话、独白的段落一样,从来没有明显的时态,好像都为正在发生的事。由于区分叙述性和戏剧性的基本的语言特征分法不存在(从印欧语系的角度来说),我们能否就将故事里的人物角色和叙述者的"说书人"角色等同起来呢?②

叙述体

如果我们不能以动词时态为基础,把作为口述者的叙述者的说声(narrator's voice),从他"引述"人物对话("quoted" dialogue)的说声区分出来,我们可以设法找出别的分析特点。

---

① 参见 Nøjgaard 1976:237, Rimmon-Kenan 1983:109—113, Genette 1988:50—57。
② "叙述者"似乎就像别的角色一样进入说书的"戏剧"当中。西方戏剧有类似的结构,如 Thornton Wilder 的 Our Town(我们的城市)(1938)的剧中,"舞台导演"(Stage-Manager)作为剧里的一个角色,一直在剧中表演,和其他角色一样用"现在时"时态说话。

叙述和对话

叙述者提供的资讯种类从根本上异于故事里人物之间的对话内容。对话中,口述者直接用第一人称"我"和第二人称"你"来"表演"人物间迅速交换的对话。在口述者的叙述段落里,他"讲述"连续发生的事件,用第三人称描绘背景和人物,即"武松"、"他"、"英雄",其间插有自问自答式的评论,所用的第一人称(很少用)指说书人自己,第二人称(较常用)指其观众。评论故事里发生的事情,叙述者("说书人"、"我")会"步出"故事情节,并且和观众们"讨论"情况。戏剧体中只要把人物的行为演出来,而叙述体中则用一个似乎对戏剧而言不必要的方式,把故事里人物的反应讲解给我们听。

引述的话语和思想

口述者对人物的内心思想的表达,或用自言自语(soliloquy)或内心独白(inner monologue)的形式(第一人称),如:

(i) 酒馆 WX[3 下]

武松看见酒肴到了,把酒杯子朝面前一拿,酒壶一起,"沙……"斟了一杯,酒壶朝下一放。武松就咂嘴摇头。"<u>照小二说起来:'他家酒好得很',我看斟下来这个颜色就不对,而且香味也全无。唔,照常不中看哪,抑样中吃呐,吃吃看。</u>"英雄把酒杯子朝起一端。唉喂,吃到嘴里头啊,一点个口力都没得。"<u>嗳,笑话笑话。我倒要来问问这个小二呢。</u>"

有时用非限定性间接引语(free indirect speech/thought)(第三人称)①,如:

(j) 酒馆 WX[4 下]

小二再把他望望:唉喂,这个客人不大好说话,眼睛这么挖打挖

---

① 在用"私白"的内心独白里,第一人称和第二人称跟在"官白"里一样,指的是故事人物,而不是指说书人和观众。

打的,拳头就跟五升柳斗子差不多。唔,生意人不至于跟他淘气,最好不过就拿一壶酒打发他请便吧。把他面前的酒呐,跟酒壶一起拿了跑掉了……

有时难以搞清,思想活动属于角色,还是属于叙述者或叙述对象(由于缺少代名词或由于第一人称有双重所指,既指叙述者也指角色),如:

(k) 酒馆 WX[2—3]

啊唷喂,武松心里头舒服呢。他家这个酒是好极了。开坛子,这个酒香把隔壁就醉倒了三家,人家没有吃酒,闻到这个酒香就醉倒了。你说他家这个酒可好不好?神仙爱酒把个宝剑都押掉了,乌纱都当掉了。唔,这个酒好呢。

这些不同种类的"引言"(quoted speech)从叙述体逐渐过渡到戏剧体,而对话是构成评话中最具戏剧性的部分,如:

(l) 酒馆 WX[3—4]

"小二!"

"哎,爷驾。"

"这就是你店中的好酒?"

"喧,喧不不不,这是我们店里的中等酒。"

"你不拿好酒给爷吃吗?"

"爷驾,你老人家要如果再要吃好酒的话,就叫'三碗不过岗。'"

"好!"

"白"和"口"

如前所述,扬州评话艺人说书有两种所谓"白":"私白"(也叫"表白")与"官白"(也叫"说")。① "官白"指的是说书人把故事中人物间的对话表达出来,模仿每个人物的方言、语调和声音特征。"私白"指的是表

---

① 参见"行话术语"。

演中"官白"以外的所有部分,比如人物角色的内心独白,说书人的评论,叙事以及描写,等等。这种区分直接基于说书叙述形态,一部分是戏剧性的"官白",一部分是叙述性的"私白",然而"私白"的内心独白也有一定的戏剧性特色。

这里,我们也可以再次扼要地重述一下,扬州评话是如何在叙述性的和戏剧性的段落里,运用各种不同的"说口"的。方口和圆口在官白和私白里都可以用。方口用于英雄和其他显要人物的对话,而圆口用于"小人物"们的对话。① 在私白里,我们发现方口用于表述庄严和高贵气氛的段落,其他地方则用圆口。②

我们应当进一步提出其他几种至此还没有涉及的"说口",如"泼口"和"剪口",因为这些"说口"的特殊发音方法基本上可以从叙述的角度来分析。这两种说口也能代表评话里使语言节奏速缓抑扬的方法之一:③

泼口/po'-kw̃/
口锋泼辣,嗓音洪亮,常用于不断加快的节奏。

王筱堂的"打虎",说到当武松来到酒馆,看见所有的东西都是"簇崭新"的时,这里能找到一个典型的"泼口"的例子。在此,用一个"顶针"结构把几个句子连成一长串,说得越来越快,而且也很清楚。这段泼口,以最后这个句子"簇崭新的人"结束一串话:

(m) 酒馆 WX[1 中], v. RJ[1 中], CY[1 中]

英雄又步进了镇门,看见街道宽阔,两边店面整齐。走了总在十几家门面,就在下首有一家酒店,三间簇崭新的草房,就在店门口戗了一根簇崭新青竹竿,青竹竿上头挑了一方簇崭新蓝布酒旗,蓝

---

① 在王丽堂 1986 里,这种用法有些特殊情况。在此,一些小人物,即两个看守,使用方口的北方话与武松和其他外地人说话,而自己相互说话时,用圆口的扬州地方话。
② Hanan 1967:173 提到白话小说里文体之间的转换,如同"突然换档"。我认为,这一形象的比喻也正适合于扬州评话说口之间的转换。
③ 参见第一章"口头叙述的风格"一节,以及所附的"行话术语"部分。

213

布酒旗上贴了一张簇崭新梅红纸,梅红纸上写了簇崭新五个大字:
"三碗不过岗"。英雄再朝店里头望了一望,只看见簇崭新锅灶,簇
崭新案板,簇崭新桌凳,簇崭新柜台,簇崭新的人。啊,……

结束表演的方法叫做"收口":

收口/sw̄-kw̃/

指每场书的末尾终止,或最后一场书的末尾终止。"收口"之
前,说书艺人经常要"卖关子",目的是给听众制造悬念,第二天再来
听书。说最后十二句时,节奏愈来愈快,声音愈来愈低,末尾一句几
乎难以听见。

利用"收口"的方法,口述者把当天的一场书的末尾——仿佛水漏里
以最后的几滴水,给"滤"光了,如:

(n) 双虎 WX[24 下]

"我将才在岗上头打死了一只老虎,我已经力尽筋残,这个当口
两只老虎,这个两只老虎,我是无有能为了。"究竟怎麽说法呢?武
松在这一刻想逃的,接逗老虎就朝他面前奔……

戏剧体

口述者一开始表演角色的时候,即"引述"角色的对话时,不断地变
化音色,用以区分不同的人物,所以我们将之分析成戏剧体(dramatic
register)。但他并不把角色完全表演出来。由于说书人坐在书台边,并
受"小开门"的限制,活动范围不太大。其动作只是提示性的,并非完全
模仿,借助其变换的声调,示意听众他正在演各种人物。而并不像在戏
剧舞台上一样,把人物的每一细节演出来。这一点,在学动物的话,如老
虎和猴子等的声音时,表现得最明显。

然而,从叙述学的意义上讲,对话部分好像力求获得一个纯粹的模

仿效果(pure mimesis)。每个角色的话语之前没有插入语(比如,他说:"……",他想:"……")。从上下文,从说的内容,从第一、第二人称代名词的使用及方口或圆口的官白和私白中,我们知道谁在说话。叙述者通常不"告诉"我们谁在说话。一些少数例子里,叙述者会为观众介绍谁在说话。叙述者如提到"某某说,某某想",好像和其他动作行为一样,"想"和"说"也是角色的一种动作。

私白的内心独白跟官白的对话一样,用第一人称代词来指该角色。角色大声说话的说口和自言自语(内心思想)的说口会有明显的不同。比如,武松对跑堂小二大声说话或向老虎喊叫时,口述者用戏剧体方口官白,即一种带有北方话口音的扬州话,以反映武松的高大形象。但是当武松沉思默想时,口述者用戏剧性而非叙述性的私白,即一般的扬州家乡话来说。这种"说口"变换并不是毫无例外的,我认为这种情况与人物的内心独白既非纯粹戏剧性又非纯粹叙述性,而经常处于中间态的位置有关系。在此,"说口"的变换经常具有一个幽默的味道,①从而刻画出人物多面性的性格,夸大的方口表达人物说话,模仿其外在语言形象,而用圆口家乡话表达其自言自语和内心的秘密。② 以上"说白"和"说口"主要在发音方面有区别,在语法和风格方面也有一定的较小的区别,如前几章所述。③

模仿自然的声音,说书人称为"六技:马鼓炮哭笑噪",这些显然是口头表演的明显特点,具有强烈的戏剧特性。口述者以表演者的身份表达书中人的语言和思想,拟人地表达动物的语言和思想,而且还表达其他那些接近话语的声音,如:笑、哭、叫、噪,以及和动作相关的声音,比如:喝酒、跑步、滴水、眨眼、穿衣、打呼、剪切,等等。自然现象的声音,如刮风,在"打虎"书段里似乎也可以成为书中一种角色。

---

① 参见陈晨 1985:462。
② 费正良 1989 和徐幼良 1989 模仿曹操,也有相似的效果。在这两个段子里,曹操对士兵说话都用雄伟的方口,用的是扬州官话,但在表达他的内心思考时改成了圆口,用扬州家乡话。
③ 在白话文学的章回小说和话本里,文言和白话混合使用,似乎与口头文化上方口和圆口,私白和官白在功能上是平行的现象,参见 Hanan 1981:15。

抒情体

属抒情体（lyric register）的节奏、韵律，即押韵（end-rhyme），头韵（alliteration）和母韵（assonance），以及平行的对仗结构（parallelistic structures），如对偶式（antithetical forms），排比式（parallel forms），在扬州评话里起着重要的作用。第五章中已经专门讨论过这方面。但在此当我们分析书段的整体结构时，将着眼于诗歌和类似诗歌的段落的分布以及作用。

王筱堂"打虎"的开头，即七律的一个对联，和《水浒传》第二十三回的标题相同：

(o) 酒馆 WX[1 上], LX[1 上], CY[1 上]

横海郡柴进留宾

景阳岗武松打虎

本书所收集的"打虎"书段，虽然不都有这样的开头，但是这个对联显然是传统的开始。当然通过朗诵这个标题，说书人给听书人传达了一个讯息，即他的书说的是什么，但这似乎不是主要目的，因为观众事先一般都知道他要说哪段书。并且，实际上只是标题的后半部分跟所讲的故事有关，前半部分的事件不属于王派的"打虎"故事。标题只不过是原封不动地借用了《水浒传》里的对联。

这种类似诗词的标题形式，起的作用如同以诗歌开头一样，允许观众有片刻来集中精神，同时也制造了一种期待的气氛，就像一个短小的"书头子"。①

背诵完标题之后，口述者随即用散文体说下去。整个段子当中，只

---

① 王少堂、王筱堂、李信堂和陈荫堂都是用这个对联开始的，但是任继堂、王丽堂、马晓龙直接进入情节。"王派水浒"，后者的开始方法可以看成一种"现代化"。艺人告诉我慢慢地他们不大用"书头子"这种开始方法，而倾向于马上开始说"正书"。我材料中其他的艺人书段，都是直接开始的，没有任何的书题或诗歌等。"行话术语"里的"开口"，"书头子"的说法，(转下页)

有几处穿插了诗歌的语句。扬州评话艺人把这些手法统称为"诗词歌赋",与我们所分成的抒情体是一样的意思。这本书收集的书段里所出现的诗歌体的段落,几乎全部出现于叙述者的评论,但偶尔一首诗会出自故事中一个人物之口。在"打虎"的段子里,我们发现店小二用一首诗来夸耀他店里的酒好:

(p) 酒馆 WX[2 下]

"啊唷,是,爷,小店旁的东西不敢讲高,酒的身份是怪好,外人送小店八句。"

"哪八句?"

"造成玉液流霞,

香甜美味堪夸,

开坛隔壁醉三家,

过客停车驻马。

洞宾曾留宝剑,

太白他当过乌纱,

神仙爱酒都不归家,"

"他上那里去了?"

"醉倒那西江月下!"

"好酒!"

其他地方的诗词,是作为评论的一部分。诗词出现在故事情节发展的重要阶段。例如,武松读了有关老虎的告示之后,决定不顾危险继续上路,叙述者用五言对联对于英雄的性格加以评论:

(接上页)使我们知道,艺人以往常是采用不同的手段来开始说一场书的。入话故事和笑话以及说教式抒情性的诗过去似是常用的"开头",但除了"打虎"的对联外,我却未曾亲自经历过其他的。扬州评话的传统入话故事和笑话的选集,参见费力和汪复昌1986。

(q) 告示 WX[15 上],LX[2 中],RJ[14 中]

英雄心里头有话:"我们学拳棒功夫做事的?我们就是防身保命。老虎,老虎罢咧,老虎就有多狠啊?而且这个老虎它拦路伤人,我不替行人除害嘛,我非要把这一只老虎打死了!"所以武松在这一刻一想,"嗳……!"明知山有虎,偏向虎山行。

与之类似,武松打死老虎以后,叙述者用一首七言诗表达了几代民众对武松的称颂,同时也是叙述者对打虎行为的评论:

(r) 打虎 WX[24 上],v. LX[13 上],RJ[26 下]
<u>武二英雄胆气强,</u>
<u>挺身直上景阳岗,</u>
<u>精拳打死了山中虎,</u>
<u>从此威名天下扬!</u>

此外,在"打虎"的段子里还有一个很突出的诗歌体的例子。在老虎正要扑咬武松的紧要关头,叙述者就以一篇韵散赋终止叙述。这个"虎赋"不仅有很强的描写性,并且此刻似乎还有其更重要的作用,即像缓冲剂一样,使角色的动作停顿下来,而让听书人保持紧张状态,以待下文。①

叙述体、戏剧体和抒情体的结合

"打虎"的书段,叙述体的叙事,描述和评论(summary, description and commentary)与戏剧体的不同种引言(narrated speech)以及纯对话(pure dialogue)一直是相交织的。由于叙述体的段落占全体表演的较大的篇幅,而且对叙述结构有决定性的作用,所以我们总体来说,把全书段的口述体分析成叙述性的文体。诗歌的段落只占书段的一小部分,不足

---

① 其他书段也包括一些诗歌。徐幼良 1989 表演里,用一首诗来介绍主要的英雄关羽。在戴步章的段子里,用一首诗来描写秋景。这些诗似乎纯粹只为描写。

以改变我们的定性观点,但是"诗词歌赋"所起的作用,使我们感到评话戏剧性的倾向还是特别强的。

　　下面的例子,反映了叙述体,戏剧体和抒情体三体的统一。分析这一段的组成要素,我们标志了叙述体的段落(私白)与戏剧体的段落(官白),人物的独白专门标明(根据艺人行话术语属于私白,根据我的分析是属于戏剧体和叙述体的边缘地带)。每一段对话(官白)对方言的种类都加以标注,如:扬州话或北方话。而至于说口,也指出方口或圆口。(这段中,没有其他的说口。)叙述的段落进一步分成叙事、描述和评论。诗歌的出现也被标明。

　　口述的各种"说体"、"说白"和"说口"的标志方法:

　　叙述体的叙事段落 ＞(事)

　　叙述体的描述段落 ＞(描)

　　叙述体的评论段落 ＞(评)

叙述体　方口(私白)

戏剧体　方口(官白)

　叙述体　圆口(私白)

　戏剧体　圆口(官白)

扬州话

<u>北方话</u>

"对话"(官白)

"独白"或"自言自语"(私白)

(s) 酒馆 WX[2上—4上]

"小二！"

"是，爷。"

"你店中还有好酒？"

（评）咦，奇怪啦，武松还没有进店咧，先问一声好酒做事呢？古时候的人呐，平生都有四个大字：酒、色、财、气。但是武松只好两个，他好贪杯，好动无故之气。他看见镇市又小，酒店又小，怕他家家里头不得好酒吃，所以未曾进店先问一声**可有好酒**。

"啊唷，是，爷，小店旁的东西不敢讲高，酒的身份是怪好，外人送小店八句。"

"哪八句？"

"造成玉液流霞，

香甜美味堪夸，

开坛隔壁醉三家，

过客停车驻马。

洞宾曾留宝剑，

太白他当过乌纱，

神仙爱酒都不归家，"

"他上那里去了？"

"醉倒那西江月下！"

"好酒！"

（评）啊唷喂，武松心里头舒服呢。他家这个酒是好极了，开坛子，这个酒香把隔壁就醉倒了三家，人家没有吃酒，闻到这个酒香就醉倒了。你说他家这个酒可好不好？神仙爱酒把个宝剑都押掉了，把乌纱都当掉了。唔，这个酒好呢。（事）武松就跟随着小二进了店门，走前进，进腰门，到了第二进。（描）**啊，是一座草厅。厅上的桌子，板凳倒是整整齐齐，清清爽爽。一个酒客都不得。**（评）不错，已经过了中饭市了。(事)武松把包裹朝下一抹,就朝旁边座上一放,人就朝当中桌上一坐。小二就打了一把手巾,把武松擦擦手脸,泡了一碗茶。小二到了武松的旁边:

"爷驾,你吃什么酒肴?"

"拿好酒好肴,多拿这么一点儿。"

"嗄—哎!"

(事)小二掉脸就跑。(评)奇怪啰,店小二在店门口不是玩的二八京腔吗,为什麽到了后头又说土语的呢?嗳,就因为他这一片店哪,就开在个山东的地界,因为他店门口来来往往啊,都是南来北往的、南蛮北侉的人都有,你要说是如果站在店门口,就说是地方上的土语来招揽买卖,有的人就不懂,所以他呐就学了这么几句京味儿,学了几句京话,但是只学了这麽几句,你叫他到后头再说呐,玩不起来了,那一来狐狸尾子就沙下来了,就现相了。

(事)小二到了前头就切了一点牛肉,装了馒首,打了酒,接逗就拿了杯筷,一托盘,就托到后进。到了后进,就把托盘朝武松旁边桌上一放,把酒肴就朝武松的桌子上一放。他把托盘收掉了。小二就站在旁边伺候。

武松看见酒肴到了,把酒杯子朝面前一拿,酒壶一起,"沙……"斟了一杯,酒壶朝下一放。武松就咂嘴摇头:"照小二说起来,他家酒好得很,我看斟下来这个颜色就不对,而且香味也全无。唔,照常不中看哪,抑样中吃呐,吃吃看。"(事)英雄把酒杯子朝起一端。(评)唉喂,吃到嘴里头啊,一点个口力都没得。"嗳,笑话笑话。我倒要来问问这个小二呢。"

"小二!"

"安,爷驾。"

"这就是你店中的好酒?"

"噎,噎不不不,这是我们店里的中等酒。"

>*"你不拿好酒给爷吃吗?"*
>
>*"爷驾,你老人家要如果再要吃好酒的话,就叫'三碗不过岗'。"*
>
>*"好!"*

(评)啊唷喂,武松心里头高兴。怪不道没有进店的时候啊,就看见他家酒旗上头的五个大字"三碗不过岗",不晓得怎么讲法。

题外话与悬念

所有的书段子,都有意使用"慢动作"(slow motion)的技巧,这为对话,评论和描写的细节提供了更大的空间。① 说书叙述的魅力特别体现在说书人能围绕常见的故事主线"添枝加叶"。② 威名四方的英雄武松空拳打死老虎,听众喜爱听这部书的原因很明显,即前面所提到的,其兴趣在于欣赏说书人对故事的润色和戏剧性的表演。一些润色的部分具有远离主线的题外话的特点,例如:"打虎"书段里的小段:"争吵"、"虎爱"、"虎猎"。题外话所起的作用经常是创造和保持一个悬念,例如:"虎猎"。另一个作用就是打趣逗笑,例如:"虎爱"。而"争吵"、"虎爱"、"虎猎"这三个插曲在《水浒传》的第二十三回里却无一出现,题外话是典型的口头文学里的"枝与叶"。③ 评话艺人的行话术语里,题外话要是离主线比较远,叫"书外书",而跟主线有密切关系的段落算是属于"正书"的。

---

① 参见韦人和韦明铧 1985:26—27;陈午楼 1990:13—15。
② 给故事"添枝加叶",一般认为是中国早期说书艺人的重要的技巧之一,并一直持续到今。从宋代的资料里,有对那些以扩大说书容量而著名的艺人的描述,参见胡士莹 1980:86—87。
③ 我收集的"武十回"里其他的书段和"三国"及"西游记"中的一样,都例证了典型口头传统里有大量额外的细节和题外话这种叙述形式。而章回小说,虽然具有"说书体",但比说书结构更紧凑。至于说书是相对章回小说而言"添枝加叶"了,还是小说把早期说书(说话)的内容裁减压缩了,这个问题无从找到真正的答案,故此,"添枝加叶"的说法本身就可能缘于一种对口头文学的偏见。

题外话与书外书

让我们来看一看"打虎"里的题外话段落的出现,其不同的构成及其效果。

插曲"争吵"发生在景阳镇的酒馆里,此时武松已经离开这里上了山岗。这段题外话的插入,加深了我们对武松的英雄行为之社会背景的印象。在此我们碰到了普通市民,他们是年轻酒馆老板、跑堂的店小二、老老板以及其他次要的人物。在这些"小人物"对比之下,武松的高大形象鲜明而突出。这段情节的插入,可能被认为是多余的,因为它和故事主线无关。用评话的行话来说,"打虎"这段书叫"单篇子",因为这段书里几乎没有人物对话。大多数时候,台上只有武松和老虎,他们之间也没有真的对话。说书人只得把其内心思想用"私白"表达出来。一般认为,单篇子的书不易说得生动活泼。① "酒馆"和"争吵"(尤其"争吵")这两小段,对后面的英雄行为不仅起了轻喜剧一样的衬托作用,还像小型"话剧",与后面的"虎风"、"搏斗"、"虎死"叙述体形成对比。

"争吵"到最后,有一小段"题外话里的题外话":跑堂的小二警告武松山上有虎,可不被其所信,反遭粗暴殴打,浑身青一块紫一块,几乎被打死,待小二回到酒馆,老老板决定赏他武松给的那块银子:

(t) 争吵 WX[13下—14上], v. RJ[12下—13上]

老老板倒也还好,晓得他吃了苦了,把那块银子就赏了把他。赏了把他不是弄到外快了吗?哎,外快是弄到了。唉喂,这个地方疼咧,有伤咧,怎麼弄法呢?请医生医了。医生他一天两天到哪块医得好呢?跟他就说了:万寿堂膏药店有一种膏药专医跌打损伤,买一张膏药贴贴吧,但是这个膏药的价钱蛮大,好呢,弄一张贴贴看吵。哎,哪晓得一张一贴啊,好些了。好些嘛过两天还要换一张。

---

① 参见王少堂1979:299。

就这么左一张,右一张,左一张,右一张,将将把弄的几个钱外快用光了,他这个地方的伤痕也好了。这叫"横财不发命穷人"。他们在这一刻嘛,我就随他去了。

在上面那小段题外话的最后,我们看到典型的说书人评论的例子:

(1) 口述者作为"叙述者",用一个俗语说明了整个"争吵"这一段的道德观点。

(2) 叙述者"用第一人称"直接指明他"说书人"的位置,"他们在这一刻嘛,我就随他(武松)去了……"。

正如我们在以上所见,这种公开的指向叙述者的情况在整个表演中只出现了几次,而用"自问自答"的手段不断联系观众是从头到尾都经常使用的。

在"虎爱"的小段里,我们有一例逗趣的题外话,老虎的一段佚事,一个有点难以启齿的,说书人的行话称为"荤的"段子。

(u) 虎爱 WX[16 中]

老虎在哪块呢?在景阳岗的南头。景阳岗的南头有个虎穴,这一只老虎就蹲在虎穴的洞口,前爪撑着,后足蹲着,把虎头就昂着,就望着空中一轮明月。这一只老虎啊,过去没得老虎,怎么今秋突出猛虎,这一只老虎还是走天上掉下来的,还是走地下蹦出来的呢?天上也不能掉老虎,地下也不能蹦老虎,这一只老虎哪,是在家里闯祸,它溜出来的,闯的什么祸呢?虎交。老虎一声长大了,它到了起性,它要虎交的时候,它就不觅食了,它就喊了。譬比那雄虎喊一只雌虎来,雌虎还是喊一声雄虎来,你就交咧,它不交,头对头,"吗……"一递一声的喊,做事呢?也谈了玩玩咧,要熟悉熟悉咧。所以一声喊啊喊的呢,喊高起性来了,它们就交了。交起来这个日子不大好过,因为阳虎,就是公虎哪,在阳物上头哪,它有倒刺。母老虎呢,阴户里头就跟钢炭炉子仿佛,烧着了一样,一个就烫得疼,一个就戳得疼,两下都喊。一声性过了之后,一个向东,就一个向西,就奔了,都要奔坍了性之后,这块就扒穴藏身。这一只老虎呢,他就是虎交崩出来的。①

题外话"虎猎"的插曲起双重的作用:(1) 给模仿各种各样动物的声音和动作提供了较大的空间,即为说书人发挥口技和模仿天才的机会。(2) 制造悬念,拖延最危险的时刻的到来,以使观众得以片刻的松弛。当老虎就要向睡着的武松扑去的那一瞬间,叙述者没有继续讲下去,却放慢了他的步子,回头讲老虎的日常生活,如何日进四餐的详细的故事:

(w) 虎猎 WX[16 下—18 下], v. LX[4 上—5 下], RJ[16 上—18 上]

哪晓得老虎啊,倒有三天没得吃了。哦,人不会吃吗? 没得咧,人被它吃了咧。来往的行人,走到这个地方,它就吃。最后地方官的告示出来了,每日只准巳、午、未三个时辰,行人结伴,地保鸣锣,多带木棒,护送过岗,不是一个两个咧,他打起帮来了,头二百,二三百,你虽望着它是畜生哪,大畜生,通灵性,看见人多,它也就不敢出来了。

人嘛,不吃啦,飞禽走兽它不吃吗? 也没得了,全被它吃光了。譬如老虎朝岗上一坐,一看看见空中有个雀鸟,雀鸟飞得来,它不能飞哎,那一来虎生双翼,糟啦,更狠啦,它只要把头朝起一抬,

---

① 把王少堂的表演进行出版的编辑们,十分清楚地说明了他们已经全力清除了所有原表演记录里和性有关的所谓"低级下流"的内容,见王少堂1959后记第1120页及孙龙父1962:23。在1949年前油印版的王少堂《武松十回》12—13页,我们发现"老虎的爱情故事"的小插曲,与其子王筱堂如今说的这个段子相比很相近。但在1959年正式的印刷出版中,被认为明确是低俗的东西,被删节了。然而,在其孙女王丽堂的版本1989:13里又被恢复了,而她完全是用"无伤大雅"的方式说这一插曲的。扬州评话艺人运用这两类相反的笑话说书,或者"荤的",或者"素的",这一事实告知我们原来存在并流行着这两类笑话。1949年后的"四清运动",影响了整个社会,使得口头艺术里这一方面从前轻松自由的气氛所留无几。另见 Link 1993 所翻译的一段40年代风格的荤的相声(录于1953年),比起我们讨论的"老虎的爱情故事"小玩笑,则极为大胆了。

"吗……!"一声喊。这个嘴里头啊,腥鲜的臭味,它嘴里头朝下一张,就这麽一声喊,这个风一声送去,这个气味上去,雀鸟在空中飞,就靠两个翅膀护风才飞得起来呢,闻见它的个气味呐,接逗就把个翅膀朝起一扰,"嘟……噗秃!"朝地下一掉,老虎朝前头进,就把它当个早点。譬比啊兔子,它不会奔吗?它那个四条腿奔起来快哪!它一声看见老虎,兔子就奔了,奔到兔窟里头去。老虎的块头多大呢,它那个洞能有多大呢。老虎看见兔子,该派要追了?不追。老虎朝下一趴,"唔……吗……!"一声喊,"呜……"这一阵风把它嘴里头气味就卷了去了,兔子在前头奔得行行的,闻见这个气味啊,它就抖了,一抖,老虎不慌不忙,到了它面前,"得笃",接逗就把它当个中饭。猴子它不会漫高吗?猴子一声看见老虎,朝那个高树上头一据,两个后足朝树桠巴里头一骑,两个前爪就抱住树枝,猴眼睛就挖打挖打的就望着老虎,唔,心里头有话:(老兄哎,不怕你狠,你还能漫高吗?你还能上来吗?你能奈我何?)老虎还更妙,老虎它到了老树面前朝下一坐,它就望着个猴子:

"吗……!"

它就喊。猴子一声看见它喊呢,啊唷喂,它心里头就发抖。你抖嘛,这块老虎就喊:

"吗……!"

越喊得凶,它就越抖得凶,就这么抖啊抖的,抖啊抖的,手朝下一松,前爪一松,后脚也朝下一松,"噗秃!"朝地下一掉。老虎朝前头一进,"得!"就当个下午。晚上到涧河里头去饮水,左嘴夹子水进去,右嘴夹子水出来,鱼虾都被它吃得干干净净。哦,本方的没得吃了,路过的呢?路过的走到这个地方,要吃咧?没得咧。老虎朝下一坐,本方的飞禽、走兽通生都抢出去,对到了,譬比啊,一声抢出去,乌鸦会见乌鸦,它就喊了:"嘟……"它喊什麽东西呢?"老兄啊,景阳岗去不得啊,有老虎哪,有个吃白大的哪!"都代它送过信了,所以它没得吃了。没得吃,该派要饿死啦,三天了? 不要紧,没得问题,你要如果说有人,它就吃人;有飞禽走兽,就吃飞禽走兽;没得,没得,它天天露水回吸,它也能充饥当饱。

老虎在这一刻趴伏在岗西,正在旱草中,又是一声虎啸。

在这段题外话里,口述者好像"把时间锁定在当前这一时刻,让人们沉浸在这一状态中"("brings time to a complete standstill and locks our attention unremittingly on the celebration of the present moment")。①

"关子"和"卖关子"

"关子"是扬州评话的一个重要的行话,指说书过程中的各种各样的令人兴奋的段落。② 会说"关子书"是艺人的骄傲。会把一段本来平淡无奇的书说成"关子书",为大师级说书能力的一个标志。说书艺人在一场书结束时留下悬念,吸引听众第二天再来听,这就叫"卖关子"。扬州评话艺人特别注意"卖关子",他们的行业技巧。

"卖关子"的效果取决于说书人如何用好各种"关子",并且正好插在合适的空档。说书人有时是用"虚关子",有时是用"实关子",以使观众一直处于不断的悬念之中,观众也无法得知紧张之后有险情发生,或只是一个笑话罢了。

老虎的故事当然从一开始就是一个关子书,这个故事的主题从根本上就充满了令人兴奋的事件。随着故事主线的延伸——从山谷里景阳镇的小酒馆到高山上的景阳岗——主要角色的身体活动和观众精神情绪同时不断地随从情节低潮发展到高潮。老虎被打死之后,武松下山,

---

① 引用的是 Austin 1966(1978):84,"The function of Digressions in the Iliad"("伊利亚特"中题外话的作用)一章,在此 Austin 讨论了 Auerbach 对"Odysseus' Scar"(奥德赛的伤痕)的经典研究。Auerbach 认为"着重"(foregrounding)和"松弛紧张"(relaxation of tension)是荷马史诗中题外话的效果,这对我们理解中国口头说书的题外话很有帮助。又参见 Auerbach [1946]1968:4—7。
② 参见陈午楼 1957,1992。

故事的紧张气氛也松弛下来,而这一时刻即是"卖关子"的时候了,故事出人意料地出现反转:

> (x) 双虎 WX[24 中]
>
> 武松在这一刻正想着心事,忽然耳畔中只听见:"嗦郎郎郎郎……"就在左边一声响,好像是钢铃的响声。再把个脸掉过来朝左边一望:"嗨呀!"啊唷喂,武松大吃一惊。一看看见左边有个大树林,树林子口一坐就坐了两只老虎。哪晓得钢铃的响声就是老虎颈项上的钢铃,"嗦郎郎郎郎……"有这一种响声。武松心里头有话:"啊呀呀!景阳岗这个地方究竟有多少老虎啊?啊?我将才在岗上头打死了一只老虎,我已经力尽筋残,这个当口两只老虎,这个两只老虎,我是无有能为了。"究竟怎么说法呢?武松在这一刻想逃的,接逗老虎就朝他面前奔……

正在此时,说书人结束了他的表演。这个结尾起了什么效果?给人们一个悬念,好让他们第二天再来听书?那是"表面的"效果,假如大家都不太知道这个故事,也许会有这个效果。但是这个结尾对于中国观众产生不了这个效果,因为大家都知道后面的故事是什么。没有人不知道这只不过是个"虚关子",那两只老虎实际上是两个猎人在穿着虎皮扮装老虎。所以,这种结尾不过是被人喜爱的一个俗套,一个共用的笑话而已。

叙述者的位置

明清章回小说利用所谓"说书体"进行叙述,而叙述者(说书人)处在与观众平等的位置,即所谓"中等的位置"(middle distance)(这种"位置"特别在《红楼梦》以前的作品里很普遍)。[①] 他让我们透过"一个棱镜不近

---

① 参见 Wang D. T. 1983。

不远地看事物,使我们看到完全和日常生活中一样的景象。读书的过程中,我们不由自主地觉得,叙述者是'我们其中的一员',通过他的口,道出了公众的伦理道德和社会观念"①。

中国的口头艺术,举王筱堂的评话"打虎"为例,口述者当为叙述者与观众共处"中等位置"的关系非常明显,无论是在他的评论里,还是在他插入的题外话里都如此。叙述者的感叹、笑话和讽刺成语,这些都为故事所反映的精神的重要标志,在这方面就如同章回小说一样。然而,正如上述的节选里看到的,扬州评话与明代小说《水浒传》相比,交织着更多的这种交流式的话,从而制造了一种与观众沟通的亲密无间的氛围。

在上面的题外话例子里,我们还可以觉察到另一个当代口头文学和经典小说文字相区别的特点。好像我们说书的叙述者从"中等"的位置调到了"中低"(lower middle)的位置,即有一个不仅要去掉神话般的英雄行为,还把主角变成有点滑稽的人物的趋势。所以我认为《水浒传》的叙述者应该定位置为"中高"(higher middle)的,而扬州评话"王派水浒"就可以定位置为"中低"的等级。②

在外在的行为和语言里,武松表现为一个模式化的除暴安良的侠士,"为了替万人除害"而奋不顾身,好像毫不犹豫。但是他的内心却有另一个声音告诉我们:当他知道山上有老虎的情况时,吃了一惊;当他在山上有生以来第一次面对老虎而立时,又吃了一惊;当他无论如何拳打脚踢,而却打不死老虎时,焦急不堪,直到最后想出了好办法打它的"致

---

① 参见 Wang D. T. 1983:137:"through an optic which neither brings us too close to the object nor lifts us too far above it, but views it in precisely the way we ordinarily do in the daily business of living. In the process of reading, we are supposed to take it for granted that the storyteller is 'one of us' and speaking for the publicly endorsed moral and social assumptions"。
② 在王筱堂"打虎"的段子里,这一点此我收集的其他的书段里更明显。这可能缘于他与1949年前老的说书传统更为接近的原因。

命点"。与此相类似地,老虎的外表使人畏惧,但它内心独白(思想)却告诉我们它没什么了不起的,在它经历了不愉快的爱情之后,流落到了景阳岗;在饥饿至极时,有见了人想一口吞下的幼稚与兴奋。

　　口述者(包括叙述者和表演者)相对观众的"中低"位置,可以从对角色的普普通通的日常生活事情中看出:吃饭、喝酒、睡觉、行路、聊天、诈骗、吵架。打死老虎当然是一件不寻常的事,但是口述者把我们的英雄表达成普通的人,他在处理各种情况时的思想和行动,具有人的特点,而非高高在上的神。任何一个人好像下次遇到老虎,也会一脚一脚地踢它的眼睛,攫它的尾巴,击它的太阳穴,如此而已。口述者的位置主要明显地表现在叙述者的评论中:以上的一些例子也同样能说明这一点。在本章第一节的例子(d)中,叙述者一定要给"吃惊的"观众解释武松首先打听酒的原因。例子(e)中说书人用自己的姓和小人物王二的姓相提并论,直接跟观众交流。例子(h)中武松实际上被描述成像我们大多数普通人一样也害怕老虎。

　　叙述对象(narratee)在以上的例子里非常明确。叙述者评论的第二人称指向叙述对象,我们可以看到叙述者是以平等的、相互理解的态度同叙述对象说话的。叙述对象如你、我一样,与叙述者同样聪明,有时狭隘,有时宽容。艺人尽量把武松的英雄故事从神的高度放到一个普通人的高度去说,这种描述手段像一根红线贯串评话表演的始终。类似地,老虎私生活的一点佚事使威风凛凛的猛兽带上了一些小丑的色彩,这与《水浒传》里所表述的气氛相距甚远。在王筱堂的表演里,武松和老虎所具有的超人的和凡人的双重性格,相互冲突,起到了妙语双关的作用(carnivalistic wit)。

小　结

　　本章研究了扬州评话中的叙述手段,重点在于叙述交流形态的情景。作者与观众、叙述者与叙述对象、叙述者和表演者等等的关系在本章得到了讨论。我们进而把说书表演中,讲出整个故事的这个内在的说声,定义为"口述者"。叙述的代理被区分开来,分别为"叙述者"——表演中讲出叙述性段落的说声,和与其相对的戏剧性"表演者"的说声——表现对话段落里各种角色的那些说声。

研究这些口述者的说声,主要用我们重点故事王筱堂的"打虎"里的例子,同时也参考我所收集的其他的书段。评话的口述者,属于法国文学理论学家热奈特(Gerard Genette)的"外于"、"不参与"的叙述类型(extradiegetie, heterodiegetic type)。原则上,叙述者的说声,是公开的(overt),乃至对于说书人来说,他完全可以用第一人称指向自己,即作为说书人,例如,"我倒有几句赞它……"或者更明确地说"我说书的交代……",但这种"公开所指"用得较少。叙述者是经过自问自答和评论的手段让听众发现其潜伏的态度:第三人称叙事段落或表演人物对话的段落经常被感叹句、问题、回答、添枝加叶的解释这些评论性话语所打断,由此产生叙述者与叙述对象在平等水平上的沟通和互相理解的气氛。

本章里,我们提出一个问题,即评话可不可以理解成一种独角戏,其中"叙述者"就是"表演的角色"之一。根据西方研究的分析,戏剧体与叙述体的一个很重要的区别似乎建立于其印欧语系的动词时态的基础上。由于中文是动态系统(verbal aspect)而非时态系统(verbal tense),所以我们不能靠时态的不同来区分叙述体和戏剧体。但是,在不同说声所表达的各种各样的内容里,能分出扬州评话的叙述形态具有叙述体、戏剧体和抒情体的三个成分。口述者作为表演者(表演人物)的时候运用戏剧体,偶尔也用抒情体;作为叙述者的时候运用叙述体,时而也运用抒情体。叙述的段落包括叙事、描写和评论。

说书人的术语"官白"和"私白"表达了他们所意识到对于"表演"(showing)和"讲述"(telling)的区别,即"叙述体"和"戏剧体"相穿插。不同的说口,"方口"和"圆口"体现了大人物和小人物的区分以及较庄严的事件和日常情况段落的不同。在对话里,英雄人物用方口,而他们的思想活动多半用圆口。这些人物的外在表现和内心感觉之间的冲突,常生出有趣的效果。说书人对于其他说口的一些特殊的用语,比如,"泼口"和"收口",用于制造特殊的效果。"泼口"响亮而清楚的发音在于描写时,有节奏不断加强的作用,增强了表达的节奏性和流畅性。"收口"节奏越来越快,同时声音越来越低,用在一场书的结束部分。

我们从功能多样化的角度,分析题外话的叙述风格所起的作用,主要的效果之一是:在制造片刻的轻松幽默的同时,通过推迟险情的到来,即书中"关子",而保持观众的悬念。"卖关子",即以悬念结束说书,无论"实关子"还是"虚关子",经常是书场表演的最后一个题外话。

主要基于叙述者的评论和题外话的段落,口述者被定义为:接近中国章回小说"说书体"的所谓"中等"(平等)的位置。王筱堂"打虎"的一场书,雅中有俗,俗中有雅,二者有机的特殊结合产生了一种讽刺和幽默,故此我们更倾向于说他书里的叙述者是"中低"的位置。

第七章　口头性与书面性

> 长江后浪催前浪
> 世上新人赶旧人
>
> 谚　语①

口传艺术与书面文化

扬州评话这门口头表演的艺术一向存在于文字语言和书面文学已经成熟的社会里。说书并不只是给文盲的老百姓听的,也被具有学识的文人所欣赏。认为说书只作为文盲替代看书的方式,是不成立的。这一点对于我们正确理解该艺术的社会、语言和文学方面的功能有重要的意义。

说书的艺术语言不仅完全靠口说的方法表演,而且也是由师传徒、徒再传徒的口授方法流传下来的,相当程度上,还是口头创作和再创作的结果。但同时,从艺人口说并录下音来的书段子可以体现出:口头性与书面性的语言,其相互间的影响和重叠极大,这也就是中国通俗文学

---

① 谚语摘自王派"武十回"的"武松打虎"。

所共同具有的特性。①

从录音书段的叙述结构上,我们发现了案头的白话小说和口头的说书之间有双向交流的痕迹。同时,说书在文体和语言方面,经常交织一些文言的成分,并且,评话艺人偶尔也会从某些书面素材里引用较长的段落,或者模仿书面文体自己创作一些段落。在扬州评话表演过程中,说书人不断地变换说口,利用高等的方口与低等的圆口其间的雅俗之分,直接关联到书面性与口头性在文体上、语法上和发音上的不同色彩——以至语言的最小构筑单位词素上的区别,即扬州方言里某些词素保留有文白异读的现象。为了理解中国文化口头性与书面性之间的交融,我们将在以下对说书的这一方面进行调研。

口头性与书面性

西方学者 Milman Parry 和 Albert B. Lord 对荷马史诗及 20 世纪南斯拉夫口传文学的专题讨论,引起了关于口传艺术的口头性与书面性关系的热烈研究。② 他们创新的研究思想对我们了解中国文学,特别是对我们探索中国的说唱艺术很重要。③ 中国的说书,包括扬州评话,与荷马时期作品的基本表现相比,既有类同的特征,也有显著的区别:

(1) 扬州评话是一门活的艺术,尽管在广播、电视以及其他许多新的生活方式的挑战下,也许已滑向消殒的边缘,但是人们仍可耳闻目睹到那一代受老式传统训练的大师的说书表演。另一方面,虽然到书场听书的人数不断在减少,但观众尚存,书场像过去一样场场书都有人来看演出,这就使我们有可能了解或探询许多问题与情

---

① 关于口头文化对白话小说的影响已有广泛的研究和讨论,西方学者的论著请见 Prusek 1968; Idema 1974; Levy 1978, 1981; Blader 1978; Alleton 1980。口头文学与书面文学的相互影响的生动讨论,参见 *CHINOPERL News*, 1974, No. 4: 53—58。
② 参见 Lord 1960。又见 Jensen 1980 和 Thomas 1992。
③ 参见 Foley 1985: 70, Goody 1987: 262, Finnegan 1992: 5。

况,而这些问题和情况在对古希腊口头文学的研究里是只能靠猜想或用理论去推测的。

(2) 这门说书艺术的历史追溯到四百年以前,根源于更古老的口传文艺,并且,书面的和口头的这两大类别之间一直在思想、文体和形式上有交融。这与古希腊的口传文学不同,因为众所公认的荷马史诗产生在一个没有文字(或极少用文字)的社会里,而后被作为最早期的古希腊文学材料写录下来。

(3) 扬州评话主要是散文形式的传统文化,不受诗律的限制。散文性的即兴创作更为突出,而固定措辞(formula)的功用比古希腊和20世纪南斯拉夫史诗里的更为少见。

说书艺术是"真口头性的"("genuinely oral")还是"假口头性的"("pseudo-oral")——表演只靠背诵书面的文字作品,这样的问题很早就开始有争论。① 套用这两种类别,来定义中国的口传说书的情况都不太合适。第一种"真口头性的"理论对于大多数口传的说唱艺术来说,过于"纯粹"了,第二种"假口头性的"理论又太远离这些艺术的口头性特征了。而我们必须承认每种口传文化都具有特殊的情况:"口头性必定带有社会背景的独特性,即口传文化的表现,如书面文学一样,即便不是全部的,也一定在大多方面,由该社会的特定性质所形成。"②

当深入研究某一个口传文学的种类,而且从口头性和书面性的角度分析具体的说法和词语时,我们就会发现自己进入了一系列相关的,但远非同义的概念,例如,书面/口头(written/oral)、文言/白话(literary/

---

① Wivell 1975 认为弹词和评话在很大程度上(他所举的例子多选自扬州评话)是属于"假口头性的"文学,而非"真口头性的"。"假口头性的"表演者的定义来自 Scholes 和 Kellogg 1966:30:"一种新的职业艺人,只靠记住书面的台词并背诵表演,可以与那些真正的说唱艺人相竞。当'口头传统'一词被文学学者误用时,就常常指这类对用笔、纸等现代的方式创作的固定文学本子的口头背诵。创作的方式,而不是表现的方式,把真口头文学从书面文学里区分出来。"又参见 Lord 1960:101。
② 摘自 Thomas 1992:107。

vernacular)、高雅/低俗(high style/low style)。把这三对概念相关联的词组天真地组合,极可能导致在深层意义上对复杂的语言和文化结构的误解。以下,我将试着针对扬州评话的表演方法和语言习惯,给这三对概念作出解释。

把扬州评话的口头的与书面的成份作为有机的一体来分析,接下来分别讨论一般视为与文字和社会关系相异的三种活动:创作(composition)、传授(transmission)和表演(communication/performance)。① 这种分析方法,如同适用于其他国家地区的口传文化一样,对我们所研究的中国说唱也很合适。同样明显的是,这三种行为活动具有相承的关系,一种活动的终点与另一种活动的起点常常是模糊不清的。

创 作

究竟谁创作了"武松打虎"? 最开始的创作情况怎么样? 以"口头的"还是"书面的"形式创作的? 我们将从共时的(synchronic),也从历时的(diachronic)角度出发,思考这个问题。

从共时的角度来说,每一场即时的演出都是独特的。我收集的评话资料里,王派的各个艺人所表演的"打虎"书段都迥然不同。尽管都师从同一家师父,每位艺人表演的方法和内容与其他艺人的却不一样。甚至同一故事、同一位艺人,他每次说的也都各异。② 在演出当中,说书艺人不是逐字逐句的背诵固定的文本(finalized text)(无论是口头传递的或是文字记录的),他说的书段不能归于某位权威性"作者"。但我们可以认为每位说书人即便不是文学意义上的作者,也是他本人演出的创作者。此观点符合扬州评话艺人对于从书本里"背书"的术语所表达的一

---

① 参见 Finnegan 1977:16—24, Thomas 1992:27。
② 我收集的资料包括同一艺人几次说的"打虎",即王筱堂 1989 和 1992,李信堂 1986 和 1989,陈荫堂 1989 和 1990,参见"专案录音,录像"。

些看法:①

> 说空书:说书艺人未得真传,而简单地依靠文字性的小说,只是记住了书路子,故此书词较粗糙,带有较大程度的随意编凑。

> 说死书:依照所学的书词,像"背书"式说书,表演艺术不高明。

但是,各个评话书段之间许多相似的特征:书段的梗概、大致相同的一些片段、诗赋歌赞、成语、谚语以及其他固定的片段、重复使用的表达方法等,这些都表明艺人同从一师,说明了师父的说书用语是即兴创作表演的基本来源。

说书基本功

如前所述,"打虎"书段是"武十回"这一部书的第一天书。王派"水浒"包括着四位武侠英雄(武松、宋江、石秀和卢俊义)的各十回书。"武十回"按顺序是第一部,并且王派弟子学艺时开始必须先从"打虎"学起。说"打虎"起着练习基本功的作用。② 这一情况非常有助于正确理解我所收录的相同书段不同表演之间相互关联的程度。我们有理由认为:正因为艺人在青少年时期学说这个故事,并且逐字逐句下了大功夫,所以记得似乎特别像师父的。换言之,我们能够设想其他故事的不同演出之间的区别较大。③

在下面关于扬州评话的口头性和书面性的讨论中,我将主要从"打虎"的头一篇"酒馆"里选取例句来做一些说明。④ 该片段的开场段落,在

---

① 参见"行话术语"及第六章的"作者的问题"。
② 参见王少堂 1979:289,王筱堂 1992:31,凡夫 1979。
③ 目前我的录音资料,不包括其他的对同一书段的数次表演,而上述的推理得到了艺人们的同意;费力先生认为,扬州评话艺人说同一书段时无论同门派艺人之间,还是每位艺人各次表演之间,通常都有较大的区别。
④ 参见第六章王筱堂书段的梗概。

一代又一代的王派"水浒"里都起着指引弟子入门的作用。王筱堂 1992 年的片段是这样开始的：

(a) WX[1 上]
横海郡柴进留宾
景阳岗武松打虎

灌口二郎武松在横海郡得着哥哥消息，辞王别驾，赶奔山东阳谷县寻兄。在路非止一日，走了有二十余天，今日已抵山东阳谷县地界，离城还有二十余里大路。其时在十月中旬天气，太阳大偏西。

英雄腹中饥馁，意欲打尖。抬头一望，一看看见迎面是乌酣酣的一座镇市。他背着包裹，大踏步，"踏踏踏踏……"到了镇门口，两脚站定。再把头抬起来一望，只看见扁砖直砌到顶，是圆圈镇门，上头有一块白矾石，白矾石上头錾了三个凹字：景阳镇。

英雄又步进了镇门，看见街道宽阔，两边店面整齐。走了总在十几家门面，就在下首有一家酒店，三间簇崭新的草房，就在店门口戗了一根簇崭新青竹竿，青竹竿上头挑了一方簇崭新蓝布酒旗，蓝布酒旗上贴了一方簇崭新梅红纸，梅红纸上写了簇崭新五个大字："三碗不过岗"。英雄再朝店里头望了一望，只看见簇崭新锅灶，簇崭新案板，簇崭新桌凳，簇崭新柜台，簇崭新的人。啊，天下东西有新的，人还有新的吗？有的。柜台里头坐了个小老板，今年总在二十一二岁，柜台外头站了个店小二，不满二十岁，俗语云："长江后浪催前浪，世上新人赶旧人"。

共时的角度

王筱堂 1992 年、李信堂 1986 年、任继堂 1989 年及 1992 年、陈荫堂 1989 年表演的"打虎"里的"酒馆"一段，我们发现有以下的片段几乎字字相同。其中的三场表演以七言对偶句的"书题"为开头，WX[1 上]，LX[1

上],CY[1上],只有任继堂 1989 年的录音是直接开始叙述的,没有用"书题",RJ[1上]。

"酒馆"的开头,从书题到谚语"长江后浪……",王筱堂、任继堂和陈荫堂说的却非常相似。李信堂的表演,只有从开始到"三个 X 字:景阳镇"这部分与他们的相似。在不同的表演中,表示三个字的形容词都不同。王筱堂用"凹",任继堂和陈荫堂用"大",李信堂用"红"。就在这次表演里,李信堂略过酒馆这一段不说,而直接说武松喝过酒后不顾店老板的劝戒,决定过岗以及之后发生的事。

在夸赞酒好的诗词里,王筱堂、任继堂和陈荫堂说的书里除了一、二个字以外,几乎完全相同。①

酒名"三碗不过岗"在四位艺人的书里都一样。

在谚语"后浪催前浪"之后,见 WX[1下],我们发现王筱堂、任继堂和陈荫堂以同样的顺序发展故事情节:1. 武松踏进酒馆,2. 叫好酒,3. 小二上菜上酒,4. 小二勉强说些北方话,5. 给武松淡酒喝并解释为何他不能喝烈酒"三碗不过岗"。李信堂当时的表演只概括了武松喝过烈酒以后半醉的情形。王筱堂、任继堂和陈荫堂的这一片段说得有时字字相同,但大多语句各自相异,尽管彼此的内容非常相同。

随着故事情节的发展,不同艺人的表演有了更明显的区别。于此可见,各个艺人表演时,传统上普遍包含两种成分:保守的逐字逐句的记忆和创造性的即兴表演。

历时的角度

从历时的角度分析扬州评话的口头性和书面性时,首先跃入我们脑海的是这门艺术为集体性创作的结果。从历史演绎过程看这个问题,一般认为,书面作品当中,主要为元代的"水浒"戏曲和明代的章回小说《水

---

① 参见第六章例(s)。

浒传》对说书这门艺术的影响甚深。①

主流的观点认为,口头性和书面性交替的发展过程为:从原始的口头形式(民间故事、各种说唱艺术),到书面形式(文字写下来的戏剧、章回小说),再到新的口头形式(民间故事,包括扬州评话在内的说唱艺术)。② 王派"水浒"的起源,根据这种看法,必定要追溯到"原作"(original work),即《水浒传》。③ 如果没有《水浒传》这部具有天才创造的杰出作品,很难想象今天扬州评话的"水浒"怎么得以组织为一体合成。由于小说的构架或多或少地与口传评话雷同,故此人们认为,编写成书的《水浒传》深刻地影响了后来口传的说书艺术。相关研究意欲把扬州评话"水浒"的发展,看作是在章回小说这部杰作的基础上一次又一次地进行展延,故此其口传的叙说才变得长而又长、好而再好。④

另一些研究对于评话"水浒"在多大程度上归功于章回小说,则比较保留。此观点指陈,口传艺术自始至今一直具有其自身的生命力,此外也不断导致了各类书面形式的话本、戏剧、小说、新话本等等的问世。⑤ 除了一些简单的、似乎用做艺人记忆工具的话本以外,大多数的话本文学连同戏剧和各类小说出版物,作为大众读物(或者剧院演出)流行在社会上,对说书传统起着不可否认的回馈性的作用,但这不意味着小说的出现在口传艺术的历史上是一个重大转折点。⑥ 故此,当今的评话被认为主要起源于早期的说书。自明代起就存在的《水浒传》,一直是评话一大影响因素,但并非后来的说书之根本来源。用这个观点分析扬州评话"水浒"和小说《水浒传》所具有的共同结构,缘于以下两点:(1) 两者有共

---

① 参见 Dars 1978:CXIV。
② 参见段宝林[1989]1990:74。
③《水浒传》极为复杂的创作历史(结构相异的几个版本系统的存在,"原作"作者问题的模糊不清)令我们思考:扬州评话"武十回"与《水浒传》一些版本系统是否有关联? 有何种关联? 有多大关联? 此问题有待进一步的研究。
④ 例见陈午楼 1985a。
⑤ 围绕 CHINOPERL 期刊的学者群主要持此观点。
⑥ 参见胡士莹 1980:615。

同的起源,即明朝之前的说书(说话)和戏剧艺术;(2)评话的口传艺术明朝之后向着小说提纲结构的趋进。

按创作的时间顺序,扬州评话"水浒"的主要"作者"可列作如下:

1) 口头创作:
无名氏的宋元时代的民间讲故事的,说话的,演戏的。

2) 书面创作:
元杂剧"水浒戏"的一些留下来的作者名字,如红字李二、康进之、高文秀等。

3) 书面创作、编辑:
施耐庵(约元末明初)[通常与罗贯中(约 1330—1400)并举]被认为是《水浒传》的作者或编者。

4) 口头创作、再创作:
柳敬亭(1592—约 1674),我们所知道的扬州地区第一位说"水浒"的艺人,他很可能以扬州方言表演,被后世说书艺人举为一代宗师。

5) 口头创作、再创作:
王少堂(1889—1968),20 世纪著名的扬州评话艺人。在表演时间上,他把前辈的"水浒"篇幅在其有生之年里扩大了两倍之长。① 他被认为是扬州评话"水浒"最伟大的创造者,而且确立了王氏"水浒"门派的称号。

---

① 参见王少堂 1959:2。从王少堂 1979 和王筱堂 1992 中明显看出:王少堂从来不用脚本或笔记的书面方法准备表演。其养子王筱堂偶尔写一些笔记,帮助记住难记的段落,对此王少堂很不满意。参见王筱堂 1992:35—37。

从柳敬亭一直到王少堂,历史文献里记载了许多其他说"水浒"的扬州评话艺人。文献资料通常围绕说书特定的表演风格,而几乎无一涉及整个说书表演中的精心制作与再创作。即便最受尊敬的王少堂的先辈,关于他们对口传"水浒"发展的贡献,我们也所知无几。

传　授

对说书艺人来说,以优良的记忆力来继承师父的技艺,无疑是非常重要的。问题在于哪些是应该记的。各门派艺人掌握的书目范围巨大惊人。王派"水浒"全四部的说书辞汇估计为小说《水浒传》的十倍以上。① 艺人们如何掌握如此庞大的表演内容的?说书用语的固定化程度究竟如何?在传授和表演的准备工作中,书面材料起了什么作用?

学　艺

艺人的某些行话术语,能帮助我们领会传授说书的基本方法:

口传心授:说书艺人通常用的一种传授方法,即口头逐句教传,并以自己的心得、体会来指导,包括示范性的书台表演。

口、手、身、步、神:口,即口说的艺术;手,即手势;身,即身体动作;步,即腿的动作;神,即面部和眼睛的表情。

书路子:情节先后的连接,说书艺人必须首先熟记的。

以上三个术语给我们了解该艺术教学法提供了一把钥匙:

1) 做中学(teaching by doing):让徒弟先模仿说短小的书段,而

---

① 这个估计基于王少堂在 20 世纪 50 年代的口头表演情况。王派"水浒"书目的两部十回,记录下来并且出版,即《武松》1959,1131 页(约八十万字),《宋江》1985,1440 页(约一百万字)。这两个版本被彻底地"整理"过,而整理的目的之一是缩短篇幅。根据《武松》的编辑孙龙父所说,王少堂全部书的记录初稿包含六百万字,参见孙龙父 1962:31。《水浒传》七十回的版本(1644 年金圣叹编的)包括五十万字。

后再记越来越长的情节。

  2) 记书的诀窍:记书词的同时结合对手、腿、身、脸动作表情的模仿。

  3) 教书路子:教书的情节提纲(书路子)以及说书的风格(包括固定的套句和片段),而留下其他的部分由个人进行发挥。

  本书研究的重点书段的说书艺人王筱堂生长在评话世家。他的祖父、叔祖父、父亲、伯父和弟弟都是说书人。王少堂和王筱堂都讲述过他们的生活与教育经历,后来有人据此出版了二人的生平回忆。(值得一提的是他们两位自己都没有从事过任何写作。)从王筱堂的回忆录中,我们可以窥见他在孩童时代怎样练习和学说第一段书的,那段书就是"武松打虎"。[①]

  当被养父王少堂相中了其说书天才和前途之后,王筱堂就开始接受正规的说书培养。他每天必做的功课包括听养父在家里家外说书和表演,把所看的和所听的"吃下肚"努力记住,然后第二天"还书",即表演给养父看,并由养父在用词上、人物模仿上和动作上给予纠正和指导。他每天得一个人静坐数小时,锻炼"坐台功",默想当天说书的场景,思考和演习次日要"还"的段子。王筱堂上过学,受过文言文基本教育,而他在学艺过程中没有用过任何书面的材料。但自从有一天,他忘记了几句书词而遭严厉惩罚后,王筱堂就开始笔记最难记的那些语句和固定的诗词。[②] 这种情况似乎只是他个人解决困难的办法,而不是一般的学艺方法。

  在王少堂的回忆讲话《我的学艺经过和表演经验》里,同样没有提到传艺使用书面资料。相反,他讲起过他的父亲曾经接收了一个盲人徒弟教他说"水浒"。那个盲孩儿在记忆语句和模仿措辞发音方面异常地聪

[①] 参见王筱堂 1992:30—34。
[②] 前引书:34—37。

慧,但在学习模仿动作和面部表情时却特别困难,只有当老师父在他面前放了一条长凳当作老虎以后,他才取得了一些进步:想像着长凳作为"老虎",有虎的后背和四条腿,于是盲人学徒演"打虎"的动作能力提高了。① 根据王少堂的回忆,我们可以理解这个盲童学艺没有因为不能阅读而受到任何妨碍。

故此可见,笔记和书面材料在说书传统里基本没有被提及,所以如果不是不存在的话,至少在王派王筱堂及其前辈的艺术继承实践中几乎没有用到。可是在40年代,王少堂的表演给笔录下来,并且接着于1959年和1985年印刷出版,这是该门艺术传统首次被定型、资料化。这些书在80年代扬州戏曲学校的课堂里用做评话学习教材。自此,新的一代学生跟老一辈的学艺方法就有很大区别,至于评估这些书面材料对他们日后表演风格的影响,则不在本书讨论范畴之内。

由王少堂和王筱堂教的这代正值中年的艺人,似乎都还受传统的"口传心授"的教育,不大依靠书面材料。在我们比较各个艺人说书录音之后,也会有这种印象。如果他们是以王少堂印刷成字的《武松》为基础来记书的话,估计我们会能看到各个"打虎"段子的表演之间,比现实情况有更多的相同点和统一性。

脚　本

尽管书面材料是属于王派"水浒"传授手段范畴以外的,但我们不应该下概括性的结论说扬州评话所有门派对书面的材料是绝对禁止的。说书艺人时而提到"脚本"的存在。②

---

① 参见王少堂1979:287—288。
② 在50年代大规模地印刷扬州评话的记录本,即所谓"新话本"以前,口传书目的书面材料,包括本子,脚本,笔记非常罕见。说书人一般没有脚本,也没有兴趣写下他们数以百万字的表演内容。最多不过有对一些固定片段的手写记录,比如诗歌和一些对话。参见陈午楼1994。

> 脚本：说书艺人的书词底本。先前，一部分教育水平较高的艺人手中有脚本，大多数艺人没有脚本。脚本一般说来有两种：一种只包括书路子的简短总结、书的重要固定片段和主要人物的对话。另一种是书台上说书表演的较详细的记录。

上述定义与对中国早期话本的双重功能相符，一方面对艺人记书词有所帮助；另一方面作为说书表演的较完整的和加工过的记录，同时也可以上市达到商业目的。评话艺人的脚本以及其他传下来的手稿不易找到，材料也较少，我们希望日后有机会将对此进行研究。①

表　演

演出的情形

扬州评话艺人上台表演的时候无须依赖书面的材料。演出前做准备时，艺人通常用一小段时间沉思默想，叫做：

> 焐书：说书艺人在登台前，把当天要说的内容，即书路子，在脑子里大体默想温习一下。

目前所研究的"打虎"一段在表演时（1992年11月），王筱堂的面前只摆放着冬季里传统使用的道具：止语和手帕②。道具运用得颇为讲究、雅致，与说书表演中精雕细琢的动作、模仿姿态相呼应。艺人在故事情节发展的一定时刻敲击止语；手帕用来表现书中的一些物件，比如用之表示小二手里托着的菜盘；同时，用心设计的表演动作、止语和道具的使用，三者似乎构成一个动作性的定式，如同书词的语言性的定式一样，支

---

① 2000年我进行研究扬州评话一些保留下来的脚本，参见 Børdahl 2005。
② 天热的季节，摺扇也是必须的道具。许多中青年艺人，无论夏日还是冬季，说书时都离不开扇子仿道具。艺人在手边还经常有个茶壶和茶碗。

援着说书人的记忆。

演出的话语

对口头文学的研究经常是以书面文字资料的基础上进行的,而这种资料一般并不是为了反映口头形式的原貌准确的,因为出版的目的处于另外方面。对扬州评话的研究情况也大致如此。研究扬州评话的演出话语(也称"书词"),一般是以20世纪中、末期出版的所谓"新话本"为基础。这些材料都是经由编辑的修改和加工,为全国大众读者准备的。而我目前的研究方法则不然,重要的前提之一是完全依靠艺人口头的表演现场录音书段,并根据录音带上的声音,以最真实的方式记录下来,一个音节不漏,一个字也不"改正"。

从整体上看,我们的重点书段"打虎",反映了表演和语言上统一的风格。不过,在总体表现之下,我们还多多少少发现了一些跟"高"或"低"、"雅"或"俗"色彩相关的细微成分与结构,而这些成分与结构也或多或少可以跟"书面性"与"口头性"的概念相连。

如同世界上许多其他文学一样,中国文学包括一些被认为是高雅的文类(文)跟低俗的文类(小说)。故此,缘于其方言性、口头性、小说的通俗性,扬州评话在传统上还是被划为低俗文学。在这些方面,低俗文学的意思接近"白话文学"的概念,即用一种近似口说的语言写下来的文学。章回小说《水浒传》就是用接近早期北方口语的语言写的,[①]包含着一些一般认为是当时说书人所用的套语,故不论其具有多高的独创性,也不论有多少杰出的文人曾对其评点、润色,传统上被认作是低俗

[①] 关于《水浒传》早期版本里所用的基于北方方言的语言,很可能也是受某一些南方的或江淮地区方言的影响,参见 Hanan 1981:8—9。

文学。①

我们接下来讨论扬州评话本身所属的文类。我们发现不同门派的评话分成大书和小书。这种区分意味着大书主要为高等、较雅的,即方口书,而小书主要为低等、较俗的,即圆口书。"水浒"属于大书,所以认为其较雅,方口说口用的较多。故我们所有举例用的王派书段都属于高等的、较雅的方口书。

但是,在我们更进一步分析说书表演时,发现方口和圆口相交织,艺人灵活地运用高雅或低俗的说口来表演不同的角色,而且这种说口的变换也经常用于区分公开的对话和隐藏的内心活动的表述。进一步,还用于区别是说书人叙事和描述里的声音,还是评论性的自问自答的声音。②如果我们再深入到词法的层次进行探讨的话,又能发现有高和低的不同形式之间的交叉,即文白异读。

归纳起来,在中国文学(高和低等)的连环套里,我们研究的评话种类,被认为是低等的。此种类包括高等和低等的门派,而我们研究的书属于较雅的、较高等的大书,即方口书的门派。在方口书的表演里,雅的(方口的)和俗的(圆口的)片段相互结合,在这层意义上说,我们研究的书段是方、圆口相混合的。在较俗的圆口的片段里,我们找到较多的白的发音的音节,表示其较土的发音和低等的色彩,但在方口和圆口里,我们却找到许多文的发音的音节,但并不就意味着具有高等或雅的色彩。

目前再集中观察一次"打虎"头几分钟的表演,武松在景阳镇小酒馆的部分,请参见第六章第六节,例(a),我们将看一下发音、语法、文体和叙述方面这些交错情形的一些例子。

---

① 见 Plaks 1987,引言和第四章探讨了明末清初对《水浒传》极为复杂的编辑、修改历史。根据他的看法,《水浒传》这部杰作的成熟形式,其基本意义在于用通俗、简单、低调的文字进行暗讽,以表达对社会时弊的批评的态度。
② 在早期白话小说里,同样看得出高低语言的混合,参见 Hanan 1981:14—16,关于《水浒传》,参见 Plaks 1987:318。

1 发音

从发音的方面看,高等的和低等的风格是用方口和圆口体现的。方口说口的发音有力而富有尊严感;圆口的发音,圆滑而平缓。方口和圆口不是对立相斥的。在方口书里,穿插着圆口的片段,同时在圆口书里,也能经常找到方口的片段。

王少堂当年以说方口书而著名,然而他的表演基于方口和圆口的结合使用。① 我们目前研究的王筱堂的录音书段也是用方口、圆口混合地说的,其中一些片段偏重于方口,另一些却偏重于圆口。

从发音的角度分析,王筱堂方口片段里的发音在相当程度上接近中国北部的北方方言的音素特质,而并非遵循扬州方言的发音规律。② 方口段落的发音虽然大多方面按照扬州方言的发音系统,但是同时也存在显著的差异:如,区别声母/l/n/r/,不像日常扬州话都发成/l/;在强调的地方把扬州方言里某一些发成单元音的音节变成双元音的发音,等等。王筱堂的这种方口说口用于叙述和描写,其特点为有缓慢而明显的节奏,使之表现特殊的高雅氛围。

方口说口的另一个用法,是在王筱堂模仿武松对话时出现的。这里,艺人模仿的是"北方话",也叫"京话"的发音,把包括声调系统在内的整个声音系统,都朝着北方标准汉语的方向明显地改变。这种发音在小二招徕远近顾客,打招呼用的头几句话里面也有。小二夸耀店里的酒好而背的那首诗也用的是"北方话"。武松用堂皇的方口措辞和他的北方话发音,将其人物英雄好汉的特点充分地表现了出来。尽管武松远不是什么有学问的人,但是他作为一号"人物"所处的地位,为了让他和那些德高望重的人相提并论,艺人就用高雅的方口来模仿武松说话。小二说北方话则是另外一回事了,他只是个"小人物",通常用"圆口"说日常方

---

① 参见《扬州评话选》1962:383。
② 根据王少堂 1979:301 和王筱堂 1992:38,这个发音根源于作为京剧和昆曲发音基础的古老的中州韵标准发音。

言。当他说北方话时,只是为了显耀自己——能说一种外地语言,以便来往的路人听懂他说的话。店小二用方口背诵的夸酒诗则暗含着高雅的格调和文学修饰的意义。

圆口说口的片段里,王筱堂按日常扬州方言发音,所存特例的情况有:词素"儿"、"耳"、"二"[现代标准汉语里发成 er(声调分别为 2、3、4声)],他通常在方口和圆口里都发成相似的/er/或者/ar/(+2、3、4 声),而日常扬州方言发音是,/a/(+声调)。在强调的地方,即便在圆口里,总有一个趋势,把/l/n/r/分辨区别开来,而且将元音双音化,但是整个声音的色彩仍然还更接近日常扬州方言的。圆口的特征是节奏较快、发音含混不清。圆口多用在说书人的评论片段里和在模仿"小人物"的对话里,如小二、酒店掌柜等小人物的对话,也用于武松的内心独白。圆口传达了一种家常的、亲切的感觉,有时近于土气和愚拙,明显标志着书段里的低俗一面。

在第三和第四章中,我已经试着展示文白异读的现象,一些词素文的和白的发音与不同说口之间的关联。目前所举例的片段里,我们找到的例子有,"家"(现代汉语 jiā),在扬州方言里有两个不同的发音,文/ziā/,白/gā/。所举的例段 WX[1 上—4 上]例中,共用了十五次,其中十次为文的发音,另外五次为白的发音。"家"白的发音出现在说书人模仿武松内心思想的两个片段里,WX[2 下]以及[3 下],并且还在模仿小二说家乡话的一段里,WX[4 上]。在以上每种情况中,使用白的发音都增添了家常聊天的亲切气氛。比如:武松在对话时用坚强有力的方口说北方话,而在内心思考时明显地变成圆口说的扬州家乡话。从外在的具有威慑力的英雄行为与其更具人情味的内心生活的对比中,产生了一种幽默的效果。

当用白的发音时,其标志为用扬州家乡话说该段书,文的发音的使用更为中性的(neutral),因为文的发音在圆口和方口里都被普遍应用。文的发音不一定是"文雅的",或"书卷气的",在丝毫不具有高雅语言意味的许多日常字词结构中常常能遇见这种发音。然而,在有文言文味道的语法和辞汇里,只用文白兼可词素的文的发音。

2　词法和语法

从词法和语法方面看,我们发现所举例的片段里,各处都有一些扬州方言特有的语法现象,而这些在现代标准汉语里用得很少或者不存在,例如:

(a) 扬州方言特别频繁使用的词尾 -**子**/zr/有如下的例子:

鸡子/zī-zr/(现代汉语:鸡蛋),WX[2 上]

尾子/uě-zr/(现代汉语:尾巴),WX[3 中]

这么子/ze'-mō-zr/(现代汉语:这样),WX[4 中]

(b) 两种问句的共存现象,即反复问句 **V 不 V?** /V be' V/? 和 **可 V?** /kw̌ V/? (在所举的片段里,我们甚至发现有 **可 V 不 V?** /kw̌ V be' V/? 的形式),比如:

可有好酒?

/kw̌ iw̌ hǎa ziw̌/ WX[2 中]

可好不好?

/kw̌ hǎa be' hǎa/ WX[2 下]

(c) 存在动词 有/iw̌/的否定形式:**没得**/me' de'/和 **不得**/be' de'/,例如:

不得好酒。

/be' de' hǎa ziw̌/ WX[2 中]

一个酒客都不得。

/ie'-gw ziw̌-ke' dū be' de'/ WX[3 上]

一点个口力都没得。

/ie'-diěn-gw kw̌-lì dū me' de'/ WX[3 下]

上面所列举的属于日常扬州方言的词法形式(跟标准汉语的用法不同),在圆口里比在方口里的频率相对更高。在方口里,扬州方言特有的语法和辞汇也有一定频率的出现。在武松说北方话的对话里,却极少存在扬州方言语法的迹象。① 某一片段的扬州方言特有的词法和语法出现得越多,这个片段的低俗的气氛就越强。

明显的文言语法形式不很常见,但是我们发现其典型地出现在四音节短语中,如:**非止一日**,WX[1 上]和**无辜之气**,WX[2 上],而更多地出现在方口的片段里。文言的辞汇和文言性压缩的短语,出现在书题的偶句之中,如:WX[1 上],在诗词里,如:WX[2 中],以及谚语中,如:WX[1 下],这些都是方口说的片段。

3 文体

第五章对我收集的录音里的诗体、平行和重复的文体性及其特点进行了研究。这里,我将给出这些文体特点的一些例句,以之讨论其与以上所讲的雅俗有多大的关系,以及其与一般的口头性和书面性的问题之间的关系。

3.1 诗体

在所举例的书段里,我们可以找到一些似乎和方口、圆口二分法有关的诗体现象。如有韵诗体赞酒的词,WX[2 中],和如无韵诗体的对联和谚语,WX[1 上,1 下],都是用方口说的。对于"打虎"的其他诗类片段也成立。四音节短语的密集出现,包括成语和谚语,在方口的叙述和描写(但不包括方口的对话)中的出现比在圆口中的更多。

诗句和四音节的短语属于表演的固定部分,构成了传统上须记忆的和重复的固定形式化的表达语句和片段。"打虎"里最早出现的用方口

---

① 虽然武松的官白(对话)很少用扬州方言特有的语法说法,但是 **可 V?** 的结构偶尔在他的"京话"里出现。这种问句形式不一定有方言的味道,有可能属于过去的北方官话。

说的叙述和描写里的固定化的四音节短语,例子有:

(a) 非止一日
/fē zř ie're'/ WX[1 上],LX[1 上],RJ[1 上],CY[1 上]

(b) 腹中饥馁,意欲打尖
/fo'zōn zī luě, ì io' dǎ ziēn/ WX[1 中],LX[1 上],CY[1 上]

"打虎"书段的诗歌和诗类语句一般比较短,只有二到八行,至于这些段落,每位艺人每次的表演里,却基本逐字不差地进行重复(偶尔一个或两个字变成另外的同义字)。但"打虎"中部有一段"虎赋",共十四句,WX[19 下—20 上],对此,不同艺人的表演有较大的差别。

我们如何针对口头性和书面性这个问题来诠释扬州评话的诗歌呢?就所收集诗歌的语法趋向文言,或者是明显的文言语法形式,或者是紧凑的结构和书面性的辞汇。诗体形式按照唐宋诗词的诗歌规矩或其他经典的诗句形式塑成的。然而,这类经常既有书面的也有口头的创作传统,所以二者紧密交织、难以区分。[①] 诗歌或者在高度悬念的时刻插进去,用以延宕说书时的悬念,或者在抒情描写性的场合使用。有时,用在介绍或结束某个书段的时候。诗歌经常作为叙述者一种情致高昂的评论。我所收集的表演里的诗歌,尽管具有书面性的意味,仍不失为说书表演口头性的标志。

3.2 平行

诗词和四音节短语里的平行现象跟这些形式的诗体有密切关联,如上所述,明显地与方口和圆口、雅的和俗的语言风格相关。然而具有句法语义上平行特点的不同长度的短语和句子,在书段中错落于书中各处,与方口、圆口都不相干。但是,平行的片段肯定属于固定措辞的部

---

① 参见 Alleton 1980:219。

分,例如:

(a)

柜台里头坐了个小老板

/guè-taé lǐ-tw zò-le' gw siăa laă-băen/ WX[1 下]

N L-词尾 V-词尾 M A N

柜台外头站了个店小二

/guè-taé uaè-tw zaèn-le' gw dièn siăa-èr/

N L-词尾 V-词尾 M N Nr

(在任继堂和陈荫堂的书里这个片段也有,稍许不同。)

3.3 重复

在我们所例举的大段引文的方口片段里,请参见"说书基本功"一节,例(a),当中有一片较长的"顶针"重复片段。"顶针"出现在武松刚走入镇门进了小酒馆后,看见"三间簇崭新的草房"(WX[1 下])。形容词"簇崭新"重复使用了十次,在开始联接结构,上句的结尾和下句的开始相重复,构成了对酒旗上广告渲染的高潮:"三碗不过岗!"之后,运用特别的呼吸技巧,以加速的节奏和短促的、不连贯的短语继续下去,成为"泼口",最后以拖长的"簇——崭——新的——人"结束。这一段在任继堂和陈荫堂的书里跟王筱堂的近乎完全相同。

其实,"顶针"句结构一般认为是雅致的中文修辞的特征,主要是用于修饰各类书面文学的,这里,重复的句子被夸张到了滑稽的程度。然而,此片段的幽默感更来自于用气发音的形式,即泼口的效果,而泼口不能用文字的形式表达出来。于是,这种滑稽的重复与口头表演技术紧密相关,在书面的形式里,反而显不出滑稽的效果,却可能给人一种冗长、缓慢的印象。

音节的重复,或假音节的重复,即重叠,是汉语里最为普遍的象声形式(包括象声词和没有词形式的对声音的模仿)。我们在所举的片段里找到描写武松朝着景阳镇急匆匆大踏步行走的声音：踏踏踏踏[tatatatatatata…]（WX[1中]）。大量使用不同重叠形式的象声词和对声音的模仿,明显地是评话口头性的特点。

在构词法、句法和超句法的各个分析层面中,不同的重复结构在书段中随处可见。第五章3.2.4论述了重复重叠形式和圆口说口之间有相当的联系。其他形式的重复与方口和圆口的关联似乎难以确定。以上的两个例子在高雅的方口中出现,但是都有典型的口头性的特点和幽默的内涵,更常通过圆口来表现。

3.4 数字"三"的使用

数字"三"在录下来的评话"打虎"书段里出现的比在文字性小说《水浒传》里的多得多。在相应的小说第二十三回里,数字"三"只用了几次,而在不同艺人的书段里出现十几处,同时还有重复使用的情况：

《水浒传》：

　　"三碗不过岗"

　　三个时辰结伴过岗

　　大虫拿人只是一扑,一掀,一剪,三般

王筱堂：

　　三个凹字:景阳岗

　　三间簇崭新的草房

　　隔壁就醉倒了三家

　　"三碗不过岗"

　　好酒吃下去要有三香

　　一壶三碗

　　爷吃三十碗,挺身过岗

　　走了三里半路

　　三个时辰（过岗）

> 又走了三里半路
>
> 老虎啊，倒有三天没得吃了
>
> 三拳两脚打死老虎

李信堂的段子里，此现象更甚。他又多了四个场合用"三"：

> 三阵风接逗到
>
> 一咬三段
>
> 离老虎有三丈远
>
> 老虎有三威

根据西方文学理论常识，民俗学家 Axel Olrik 的口头叙述系统里，数字"三"为叙事性的定律（epic laws）。① 无论在重点的和非重点的叙事表演部分，都一而再，再而三地使用数字"三"这个手段，似乎对之的运用程度，与表演的口头性有密切的关系。

4 叙述

在明清章回小说和话本小说的文字遗产中，书面和口头的模式融合了，叙述方式通常反映或者模拟说书表演的交流情形，所谓"说书体"。小说的叙述者意味着反映说书人的声音。② "说书体"最为明显地出现在叙述者的评论和套语的使用上。这两种手法好像是"模仿"口说传统最明显的标志。但是，在和长篇、短篇的白话小说融合之后，就成为了文字性小说的使用习惯了。

在流传至今的扬州评话的口头表演传统里，我们发现叙述者的评论手段非常重要，而说书套语用得极少，特别要注意：扬州评话录音里不存在用介绍套语，联接套语以及结束套语这些习惯。

叙述者评论的口头特点，清楚地反映在频繁出现的自问自答中。在"打虎"刚开始的书中，第一例叙述者的评论和自问自答出现在上述的顶

---

① Olrik 1992:41,52。
② 参见 Wang D. T. 1983:133。

针片段之后。艺人在紧张的泼口片段之后深吸一口气,问道:

(a) WX[1下]

啊,天下东西有新的,人还有新的吗?有的。柜台里头坐了个小老板,今年总在二十一二岁,柜台外头站了个店小二,不满二十岁,俗语云:"长江后浪催前浪,世上新人赶旧人"。

一会儿之后,当武松问询好酒时,我们遇到了第二个评论和自问自答的例子:

(b) WX[2上]

咦,奇怪啦,武松还没有进店咧,先问一声好酒做事呢?古时候的人呐,平生都有四个大字:酒、色、财、气。但是武松只好两个,他好贪杯,好动无辜之气。他看见镇市又小,酒店又小,怕他家家里头不得好酒吃,所以未曾进店先问一声可有好酒。

显而易见,这样的问题是修辞上的装饰,无需观众真正回答。即便这种提问题的手段用在一个真的口头交流的情形之下,其作用却只是口头性的象征,而不具口头交流的本质。该手段属于中国"长寿不朽"的说书人的文体范畴,而不真正是要期待观众踊跃反应的。实质只不过是制造艺人与观众之间双向交谈、互相理解的气氛,为中国说书的叙述态的典型的工具。

在小说《水浒传》里,每一章回通常是用说书人的套语"话说"做引子的,以"正是甚人,且听下回分解"这样结束的,以"话分两头"、"且说"、"却说"作为连接,以"话中不说……只说"、"话休絮烦"、"不在话下"为省略,等等。

在中国文学里,这些套话传递了属于传统小说说书体的讯息。正如西方文学用"从前有……"(Once upon a time…)表征着开始讲童话了一样。这些套语具有极强的与口头性相关的内容,(貌似使用在"说"和"听"的口头交流的场合),但已成为书面文学的一定种类——即长、短篇的白话小说的文学常规。

在我收集的表演录音中，这些习惯性语言从来未见使用。其既不属于现代普通汉语，也不属于现代扬州方言的一部分。但是，我们仍然可以期待这些语句一些方言性的或现代性的变异形式的出现，从而代替老的套话。然而，在王派和其他我所收集的各派艺人的说书录音中，这类固定的引语、结束语以及联接语都没有出现过。尽管如此，我们还是找到一些频繁使用的与之相关的用法，类似以前说书人的套话：**哪晓得**/lǎ siǎa-de'/，**不 V 便罢，这一 V...** /be' V bièn bà, ze' ie' V.../，二者经常用在引进事件的一个新转折的时候。偶尔也出现一些使人联想到白话文学所通用于引出诗句的语句，如 **正是**/zèn sr̀/，或 **我倒有几句赞他**/ǒ daà iw̌ zǐ zỳ zaèn tā/。

人们不免质疑：那些作为最明显的口头性特征的套语，存在于书面的白话文学里，而在今天的扬州评话中几乎毫无遗迹。问题在于：这些套语源于口头传统，或原来源于书面文学，而作者为了模拟口述的交流情形所创造的文学习俗？

"三碗不过岗"

《水浒传》的"打虎"情节主线，和王派艺人说的书，在大架构上非常相像，但是明显地在分支上不同，在每一单个故事情景里更加不一样。假如说扬州评话艺人的说书主要基于书面小说的话，那么为何采用的相同之处却如此之少？①

例如：当武松下听跑堂小二的劝阻，执意要过岗时，他再一次被祠堂外墙上的告示所警示。在《水浒传》里告示的内容是用官样文章（公告形式）写的。王派艺人也按官腔表演说书，但他们却有自己的说法。为什

---

① 与此相关，令人感兴趣的是王派"水浒"的一些地名和其他的说法，表明了该口头文化传统可追溯到比章回小说的创作时间更早的年代，参见孙龙父 1962：21。

么艺人不直接引用小说里固定的公告语言形式呢?

另一处例子:《水浒传》使用四音节语句的频率和王派"水浒"里的基本一样高。为什么说书艺人没有或多或少地直接引用小说里的那些固定语句呢?他们没有这么做,他们坚持用自己的说法。

实际上,在王派"打虎"的整个书段里,唯一和《水浒传》最普遍的版本(金圣叹本)相同的用语只有:(1)人物和地点名称,即,武松,柴进,景阳岗,等;(2)书题的偶句;(3)酒的名称:"三碗不过岗"。①

小　结

在这一章里,我们从口头艺术的创作、传授和表演三个方面的角度,就扬州评话的口头性和书面性的问题进行了研讨。

在创作和传授的范畴里,师父教授徒弟的口传方法及表演里创作(composition-in-performancc)的口头性质都比较容易定位。从历时性的角度来看,文字性的书面作品,如《水浒传》,给口头传统的影响,一般是被承认的;但是,我所研究的录音资料,引起我们对现代说书大量借鉴小说的提法产生质疑。故事结构和情节发展上,说书和小说的关系似乎较强,但说书具体用的语言与小说语言迥然不同,引用小说语言填塞在架构间却极为罕见,这使我们对二者之间联系的紧密性表示怀疑。

表演方面,是显而易见的口头性的,但是当我们开始细察说书艺人真正所说的,说书时用的一字一句,文字性的和口语性的字词、书面语和口头语相互间的交融和感染,就很明显了。大多情况下,我们不得不把口头性的和书面性的特点放到一个等级分明的"连环套"里。我们得到一幅最为复杂、但不失有趣的,由语言、叙述以及文类相关的特点镶嵌而成的精美图案。

---

① 容与堂本此外还有一两个特殊说法,如"挺身直上景阳冈","透瓶香",与评话是共同的。

本章展示了我们所找到的书面性的白话小说和口传性的说书艺术之间双向交流的迹象。说书的文体和语言里交织着文言性的说法，这些口述的、但非口头性的片段，有的是直接从书面作品里移植过来的，有的是以书面性文体形式创作的。在表演过程中，与高雅或低俗风格相关的不同说口的不断转换，给口述的表演赋予了一种跟书面性与口头性有关的更生动的色彩。在文体、语法、发音（以至词素的文白异读）方面，都能发现这种风格转换。

在民间"低俗"的艺术之范畴内，扬州评话也属于"低俗"种类，而王派说的"水浒"代表大书，即高雅的方口书。我们举例的说书录音里，王筱堂的表演在总体上以其儒雅的风姿为特点，反映于发音、语法和文体方面。然而，我们可以观察到艺人在表演不同人物时，是如何转换使用高等的、雅的方口和低等的、俗的圆口的：武松的对话（方口）；店小二（大多为圆口）；人物思考时的内心独白（圆口）；说书者在叙述和描写时的声音（大多用方口）；说书者的评论（大多用圆口）；诗歌类的评论片段（方口）。在方口和圆口混合的书段里，我们发现带有文言味道的语言成分都出现在方口的片段里，但通常来说，方口片段里也用日常的方言口语。在圆口片段里，我们发现特殊的"白"的发音的词素经常出现，而在方口片段里却非常少见。但相对来说，所谓"文"的发音在方口、圆口里用得同样多（从雅俗之分上考虑则是中性的）。

说书这门口传艺术，数百年来一直与印刷文字形式的书面文学共存。但现代广播、电视大众媒介，以其广泛的口头娱乐性对其进行了严峻的挑战，构成了对此古老艺术传统的严重威胁。

第二部分
扬州评话艺人口述选段

王少堂

第八章　王派"水浒"

武松打虎

扬州评话"王派水浒"

王少堂　口述

横海郡柴进留宾
景阳岗武松打虎

灌口二郎武松在横海郡柴庄得着哥哥消息,辞别柴进,赶奔山东阳谷县寻兄。在路非止一日,走了二十余天,今日已抵山东阳谷县地界,离城二十余里。其时十月中旬天气,太阳大偏西。

英雄腹中饥馁,意欲打尖。抬头一望,只见远远的乌酣酣一座镇市。英雄背着包裹,右手提着一根哨棒,大踏步前进,走到镇门口。抬头再望,只见扁砖直砌到顶,圆圈镇门,上有一块白矾石,三个红字:景阳镇。

进著门,街道宽阔,两旁店面倒整齐,草房居多。人倒有还不少,正走之间只看见右边有家酒店,三间簇崭新草房,檐下插了一根簇崭新青竹竿,青竹竿上挑了一方簇崭新蓝布酒旗,蓝布酒旗上贴了一方簇崭新梅红纸,梅红纸上写了簇崭新五个大字:"三碗不过岗"。

再朝店里一望,只见簇崭新桌凳,簇崭新锅灶,簇崭新案凳,簇崭新柜台,还有两个簇崭新的人……你说笑话了,旁的东西有新的,人哪里会有新的?何尝不得。

柜台里头坐了个小老板,二十外岁,柜台外头站了个跑堂的,十八九岁,大概青年人就谓之新人。果然年老的人当然就称旧人了。俗语说得好:"长江后浪催前浪,世上新人赶旧人。"这也要算得一新。

只看见柜台外头在店堂里头站得这个堂官,说俗么就是跑堂的,漂亮,眉清目秀,齿白唇红,枵嘴薄唇,一定都会说伶俐的样子,头上戴的把抓的帽子,身上端一围裙头儿系得干干净净,底下布袜布鞋,两手叉著腰,望著店门外,见了这个做事?以备招揽买卖。忽然看见一个客家,背著包裹,提着哨棒,站下来不走了。这分明想进来吃酒的。生意人见了生意不得不个招呼,笑嘻嘻抢几步上前双手这一抬,一嘴的二八京腔:

"爷!爷老在小店打尖吧!粟黍,高粱,鸡子,馒首,薄饼,东西又好,价钱又巧,爷么请进来坐吧!"

武二一望望,这小二吧,很漂亮的:

"小二!"

"是,爷!"

"你店中可有好酒?"

武松好会品嘛,还没有进酒店门就先问有好酒。他这个人啦,侠肠傲骨,有点与人不同。在过去的人呢,免不了四个字:酒,色,财,气。这四个字原来也是不好的,所以现时的人呢对于这四个字没有了。在那个时代啊,教育不良,都免不了这四个字,唯有武松了,只好两个字:他只好贪杯好酒,他好动无辜之气,他好着气。这就是他这个人一生的缺点。他看见镇市小,酒店小,恐其没有好酒吃,这个掺水的酒不得吃头,莫如就不打尖,所以武二未曾进门了就先问一声好酒。

"是,爷!小店旁的东西不敢说好,小店的酒身份怪高。外面人送小店八句。"

"哪八句?"

"造成玉液流霞,

香甜美味堪夸,

开坛隔壁醉三家,

过客停车驻马。

洞宾曾留宝剑,

太白当过乌纱,

神仙他爱酒都不归家,"

"他上哪里去了?"

"醉倒西江月下!"

武二爷听一听:

"好!"

这样"好!"是何故?这样"好!"就有一个道理。他家这个酒啊,不但好的,太好了。开坛打酒隔壁就醉倒了三家,人闻闻就醉了。这个酒还有怎么好呢?吕纯阳爱他家酒好,把腰里钱吃完了,宝剑下下来押酒钱。李太白也爱他家酒好,把腰里钱吃光了,把乌纱脱下来押酒钱,何说当真的李太白当乌纱,吕纯阳押宝剑呢,不会有这回事,这都是吃客之恭维。这个顾客能够想到这些话来恭维他家这个酒,可想他家这个酒就像个好的。武二爷遂得意洋洋,跟随着小二去店门,穿店堂,一到腰门,进腰门,里头还有一进,一个天井,上头一座草厅,草厅上倒还干干净净,有七八张桌子。一个酒客没得。什么道理呢?这一刻已过中饭市,太阳倒大偏西了。

武二爷走上来就把包裹跟哨棒,朝右边桌角上把包裹放了,哨棒饯了。身上灰尘掸掸。正当中这张桌子首座坐下来,小二打把手巾,倒了杯茶:

"爷驾,用什么酒肴?"

"好酒,好肴,多拿这么一点!"

"嘎—哎!"

嗳,这个小二回言说话怎么变调的?将才在店门口,一嘴的二八京腔。怎么回言到后头来说起,说起江北话了,什么缘故?有个道理。这个小二,就是江北人,是我们的同乡。他怎么会说京话的呢?因为在店门口招揽买卖。南来北往的客家对于这个江北话觉得有点不普通。他就特为学几句官话,专为应付客家的。就学那么几句,野蛮仔,再多就不行了,所以这刻到了后头呢,不敢再玩京调了。不如老老实实就玩本调吧,所以因此这个腔调,就,就不同了。

小二到了前头,拿了一块牛肉,二斤多重,切得柌柌薄片,红砍砍喷香老卤子一浇,一个大盘子,将将的盘子。另外呢,剥了十几个鸡蛋呢,熟鸡蛋壳子一剥,雪白粉嫩,拿个小盘抓点白盐,这个盐是准备沾鸡蛋吃得,装了两盘馒首薄饼,打了一壶酒酤,带来双杯箸,一托盘,托到后进草厅,托盘就朝武二爷摆包裹的桌上一放,把点心,酒肴,牛肉,杯箸一起同上来朝武二爷面前一放。小二把托盘起去,站在英雄左边,笑嘻嘻的望着武二。武二爷把茶杯朝前这一推,伸手就拿酒壶:

"换个大杯!"

"就是了!"

换了一只最大的酒杯。这个酒杯等于跟饭碗差不多,"沙……",斟了一杯。"哎呀,酒不好!颜色不对,香味全无。这种酒何尝没气!吃吃看!看看吃到嘴里怎么样!"

武二爷把这杯酒吃下嘴两次:"咿喂!这个酒坏极了!这就是水酒,一点口力不得,香味全无,奇怪了,和他将才在店门口说的话大不相符,倒要来问问他!"

"小二!"

"是,爷驾!"

"这就是你店中的好酒?"

"哦,不是的,这是小店的中等酒。"

"哦,你为何不拿好酒?"

"还要好酒啊,这个酒就不错了,你人家如再要好酒,除非是'三碗不过岗'。"

"好!"

啊呀,武二爷得意!不错,未曾进门,看他家酒旗上有一张梅红纸的贴子,写的这五个字"三碗不过岗"。"我并不懂,也不晓得怎么讲,何妨来问问他?"

"小二,怎么样叫'三碗不过岗'?"

"爷驾,我们小镇,这个镇了,叫景阳镇,离镇西首七里大路,有座岗,叫景阳岗,东西的大路,南北的高岗,但凡行人向西呢,必由此地要翻岗而过。在小店这个酒不能吃的,只能吃中等酒,果然吃了这等最好的酒啊,只要吃三碗,三碗吃下去,就不能过前面那座景阳岗了,所以外面人送小店个酒名字,叫个'三碗不过岗'。"

"好!拿一壶来给爷尝尝瞧!"

"咿!不能玩,那个酒,差不多的人不能吃,或就吃醉了。"

"不妨!"

"噢,你人家实在要吃可以,我有一句话要问你:你吃过了还是预备不走,今个来就在小店住,小店有房间,那我就拿来把你吃。你如吃过了赶路,那就不行了。"

"赶路!"

"赶路不能。"

"怎么子?"

"你如果赶路么,我看你如果向西走啊,恐其后头不能过那景阳岗,怎么办呢?"

"你混讲的什么?笑天下人没有酒量,爷吃三十碗,挺身过岗,拿酒!"

"噢!"

小二一吓,看来人说话这嗓子跟铜钟仿佛,房子好像都喊得震震的,撒耳朵底子。再望望他眉头，看见他眼睛翻起来，眼就挖打挖打的，拳头跟五升柳斗仿佛，生意人胆力小，一吓不敢违拗，遵命拿酒，把这一壶不好的酒带了走，随时到前头换了一壶，一定是"三碗不过岗"。

"唉，爷驾，请用！"

"好！"

武松把酒壶一抓把，又斟了一碗。唉，有趣，这个酒，不要吃，一望就晓得好了。绿澄澄颜色，香味扑鼻，酒凌都把碗边子。酒凌什么东西？酒凌就是酒花。究竟这个酒是什么酒？"三碗不过岗"。"三碗不过岗"怎么讲啊？也无所谓怎么讲啊，这都是卖酒人捏造出来的一些名称。倒了好酒啊，就听你起名字了，名字多哪，也不只就一种名字呢，都是古哩古怪的，都叫好喝酒的人听见啊，还觉得都要嗓子发痒。什么"透瓶香"了，"捉月清"了，"应风倒"了，"倒算帐"了，什么又叫"三碗不过岗"。追根穷源，那不过是佳酿原泡。总归是好酒就罢了。

好酒吃下去，有什么好处？我看也不见得有好处。就他们吃酒的人说话，这个酒吃下去，只有两桩好处。什么好处啊？吃下去有两种香味啊，头一种香味，吃到嘴里就喷香，过一刻呢：

"呃—！"，开口气出来，可以是喷香，除此而外没得旁的好处。

武二爷的量大，三大杯，这一壶酒就完了。不能怪这个酒少，那因这个碗太大了，嗯，不吃倒也罢了。这个三杯吃下去，好像这么馋亮亮的，反而把馋虫吃了吊上来了，望望小二。小二在旁边暗暗的伸舌头："这个角儿的酒量害怕，这种大杯啊，可算就是饭碗了，他玩一碗一口，这个量要算是海量了，深怕他吃醉了。"

"小二！"

"爷驾！"

"添酒！""咦，不能玩了，还晓你人家这个样子吃饭是我还没看见过呢，你人家两碗还算不错，不能再吃了，再吃，你人家就醉了，就不能过前面那座景阳岗啦！"

"你混讲的什么？笑天下人没有酒量！爷吃三十碗,挺身过岗！拿酒！"

"噢,噢！"

小二不敢不拿,看到眼睛又翻起来了,走了去又拿了一壶,"哗……"了下倒,又完了。

"添酒！"

"来了！"

"拿酒！"

"到了！"

吃得来,富贵不断头,算了多少？五壶。每壶三碗,三五一十五。他在后头蛮喊乱叫惊动个人啦,惊动那个？惊动前头柜台上小老板。小老板诧异啊,下晓得后头什么事啊,这么喊喊吵吵的,不放心啊。小老板提著衣服从柜台到腰门口。再一望:噢！只看这一个酒客,小二站在旁边伺候,低低的就喊了,喊什么呢？喊:

"王二！"

这个跑堂的姓王,排行第二,就叫个王二。王二听见小老板喊呢,随时跑到前头腰门口。

"小老板！你喊我做事啊？"

"后头这个客家啊,跟你吵什么事啊？"

"不得事呕,他要喝酒！"

"要喝酒么,开饭店不怕肚大,你当然拿了把他吃！"

"你晓得吃得什么酒啊？"

"嗯！"

"这个'三碗不过岗'！"

"咦喂！这个酒不能多吃啊！"

"就这句话了！"

"吃了多少了？"

"五壶！"

"哎呀！你真麻木！这种酒旁人一壶都当受不起，你把上五壶把他吃啊！"

"唉，他要吃呢嘛！"

"他家添不添啦？"

"不晓得！"

"我把个底把你，不添则已，他恐其再要添那……"

"唉！"

"手底下绕住些！"

"就是了！"

绕住些，怎么讲？在他们生意人的是暗语，不好明说。他如再喊添，你稍微给他兑点水，不要把这个正真货把他吃了。你不能说明了兑水啊，所以就手底还绕住些，只有他们懂，外人不会懂得。小老板走了，小二当然照办了。武二爷怎么样？武二爷还要吃。吃得真高兴。究竟曾够呢，够是可以够了，为何还要吃呢？他因为将才有句话已经说出去了："笑天下人没酒量，爷吃三十碗挺身过岗"。他这个说到那块，做到那块。说吃多少，就要吃多少。即说吃三十碗了，差一碗都不行。他一壶就三碗，他吃了五壶，三五，才有一十五，还差著一半呢，所以武二爷还是要吃的。

"小二！"

"爷驾！"

"添酒！"

"来了！"

"拿酒！"

"到了！"

接著又是五壶。这个五壶，跟前首五壶呢，就很不相同了。前首五壶呢，是到底货原泡子，这个五壶兑了水了。大约三成酒七成水。武二爷这一刻呢，也不晓得好丑了。什么道理？越吃越不对了。不怕他酒量大，吃到这一刻，把这个第十壶就吃得差不多。脸搞大红缎子一个样子，眼睛定了,舌头舔了滚边了,说话不大顺便了。

"小二!"

"爷驾!"

"添酒!"

"你人家还要添酒的,不能玩喽,你人家够喽!"

"你混讲的什么?笑天下人没有酒量,爷吃三十碗,挺身过岗!"

"有了三十碗了!"

"有了?"

"唉,你人家望望看,你数酒壶啊,桌上共计一五一十,十把酒壶啊,一壶三碗,十壶酒就可是三十碗吧!"

"哈,哈!"

"你笑什么事啊?"

"笑天下人没有酒量,爷吃了三十碗,又把爷怎么子了?嗯?"

"唉,你人家的量呢是不小,就是眼睛定了,舌头舔了插杠了!"

"你混讲的什么?"

武二爷这一刻不吃酒了,吃馒首,吃薄饼,吃牛肉。他直想喝酒,不吃菜。这一刻就吃菜,不喝酒。连鸡蛋一起吃得干干净净,呃……!饱了。饱了,就不吃了。小二蘸把手巾,英雄擦擦手脸。

"算帐!"

"就是了!你人家请到柜台上会吧!"

"好!"

武二爷站起身,包裹哨棒这一拿,跌跌撞撞……

"唉,要慢慢的走,不要跌倒了,我来搀你!"

"不,不,不要搀!"

武二爷在前走,小二跟随背后报帐。

"唉,前头柜台上听着啊!来客会帐,共计四钱五分银子啊!"

这一阵吃不过吃了四钱五啊!哎,那刻东西价钱是不贵。

武二爷走到柜台前朝下一站，包裹朝柜台上一放，哨棒朝柜台高头一戗，这个小老板把他望望，点点头晓得他醉了，你看他这个脸上的颜色，眼睛都发定。武二爷把包裹打开，在包裹里把个银袱子取出来，乌绸帕包的，里头有三十多两。他原来在柴庄动身，小梁王柴进送的五十两路费，沿路用掉了十几两，所以还有这许多，最大的块头有二两多重，最小的块头四五钱重。武二爷随手拈了一块，这块银子在我说的人交待，有一两多哩，就朝柜台上这一放。

"随你算！"

"啊，哦！"

小老板跑到里头拿了，把了把戥子，复行朝独凳上存来一坐，面对武松，一团的神就望著武二爷这副脸，望过之后，就把这块银子朝戥盘子里一放，右手两指头捻住戥毫，左手就捻住戥杆子。戥砣挂在戥杆子上，把个戥花一赶，一字平，把左手离开，右手就捻住戥毫，望望这块银子，抬头望望武二爷的脸色，嘴里头报数目了：

"爷驾，你人家这块银子，我秤过了，是个一两……还欠一分呢啊！"

这种什么说象啊，他就跟拖死蛇差不多，什么道理呢？小老板起心不良。他看来人酒意大了，醉了，他看他这块银子很多，他想吞吃他的银子，以多报少，这块银子究竟多重啊？他秤过了，实在是一两五钱四分，他将才嘴里报多少？报一两欠一分，你看讹错多少？一两欠一分，九钱九，你看他这颗心黑成什么样子？九钱九嘛，就报个九钱九呢，什么一两要拖下子，"还欠一分呢"，玩跌断桥什么道理？哦，他有用意的，他看来人虽酒醉呀，你晓得他银子有数没数呢？他照常银子有数，你如其嘴里头就报个九钱九啊，捉住膀子穿衣服，没得多谈了，他如银子有数，他就要骂了，瞎闹了，"你家里头混帐啊！你错我的钱啊！"那一来没嘴回了，所以这么这呢，他就改个样说，玩一两欠一分，给他走两极，把这个"一两"在嘴里光拖下子，"一两……"嘴里拖住，两个眼睛望住武松的脸色："他如银子果然有数啊，听见我报一两啊，他就要吵了，他就要喊了：'啊，我这个银子何止一两啊?'。他如说到这句话呢,这底下就接上来了:'还有五钱几呢!'可是把舵就带过来了"。他将才一两出了口,见来人若无其事,足见他银子不得数。既不得数嘛,一下再回下头,"还欠一分呢啊"。

且慢,究竟武松银子有数没数,朋友送给他的路费,他那里还这么小气,还一块一块地秤,就秤过了也记不得。那来,贴起红纸条子来了,还要把人麻烦死了哩。武二爷就随随便便地用,他莫说银子不得数,他就即便有数,这一刻也不得数了,何以呢?他酒吃多了。武二爷还怕噜苏:

"这块银子多还是少?"

"这块银子稍微多些!"

"多了就赏了把小二吧!"

小二站在腰门口,在块望住,看见小老板在块秤银子,听见小老板嘴里报帐。小二也聪明,抢几步跑到前头来,把这块银子特为望望,做事啊?晓得小老板这颗心,专门错人家的钱。小二骨里跟他是不得过,只听见客人说多的银子赏了把他,小二嘴里来得快:

"多谢爷驾!不送爷驾!明日请早些来!"

武二爷就把银子朝包裹一放,包裹扎好,肩头一背,哨棒一拿,出店门,抬头望望,哎啊,东边亮月子倒已上了。倒上亮月子,嗯,今日十月半的日期,他是太阳大偏西进得镇,他吃酒的时间不小了,而且这个十月间日天最短。十月中梳头吃饭工,此时月光将上。武二爷背住包裹一直向西而去。

这个小老板跟小二绝没有顾武松,他们一团的神摆在银子高头,小二呢,心神也摆在银子高头,晓得小老板把人家钱错下来了。小老板呢,居心错的钱,自己上腰,没得把这个小二,各有所思,顺手就把这块银子朝抽屉里撂了。小二上来了:

"嗳,小老板!"

"嗯!"

"你不要朝抽屉里撂,将才这个客家说多的银子赏了把我!"

"赏了把你?"

"赏了把我嘛,你要把我呢!"

"把你嘛,这块多呢!你不能连正帐一齐拿嗳!这块银子九钱九呢,客人吃了四钱五,我把这块银子收起来,我找一块五钱四的把你,错不错?"

"噢!这块噜里不苏的,你把这块银子把我,你把我,回头晚上算帐,回头到了晚上了,我当然找你的钱!"

"我们这一刻儿就把它结掉了,不好嘛?"

"不,回头晚上算,你先把我!"

"你要这块银子做事啊?"

"你要这块银子做事吵?"

"我要这块银子有所谓,因为你家嫂子,日前叫我代她打根簪子,这个镇上银匠店里银色又不好,跑到城里去啊,觉得又,又稍微远一点,我想代你嫂子打根簪子……"

"慢忙!我家嫂子是寡妇,你怎么打簪子把她的?"

"嗳。你不要弄误会啊,不是你家那个嫡亲嫂子啊,我家女眷!"

"你家女眷,怎么又是我的嫂子?"

"我跟你弟兄相称,我的岁数比你大,我的老婆可是你的嫂子!"

"咦,不错,不错,不错!"

两下正在块说著,老老板叉步进店。

1961 年于南京

王筱堂

武 松 打 虎

扬州评话"王派水浒"
王筱堂　口述

横海郡柴进留宾
景阳岗武松打虎

灌口二郎武松在横海郡得着哥哥消息，辞王别驾，赶奔山东阳谷县寻兄。在路非止一日，走了有二十余天，今日已抵山东阳谷县地界，离城还有二十余里大路。其时在十月中旬天气，太阳大偏西。

英雄腹中饥馁，意欲打尖。抬头一望，一看看见迎面是乌酣酣的一座镇市。他背着包裹，大踏步，"踏踏踏踏……"到了镇门口，两脚站定。再把头抬起来一望，只看见扁砖直砌到顶，是圆圈镇门，上头有一块白矾石，白矾石上头錾了三个凹字：景阳镇。

英雄又步进了镇门，看见街道宽阔，两边店面整齐。走了总在十几家门面，就在下首有一家酒店，三间簇崭新的草房，就在店门口戗了一根簇崭新青竹竿，青竹竿上头挑了一方簇崭新蓝布酒旗，蓝布酒旗上贴了一方簇崭新梅红纸，梅红纸上写了簇崭新五个大字："三碗不过岗"。英雄再朝店里头望了一望，只看见簇崭新锅灶，簇崭新案板，簇崭新桌凳，簇崭新柜台，簇崭新的人。啊，天下东西有新的，人还有新的吗？有的。柜台里头坐了个小老板，今年总在二十一二岁，柜台外头站了个店小二，不满二十岁，俗语云："长江后浪催前浪，世上新人赶旧人"。

武松才预备进店，哪晓得这个店小二做生意的门儿是一绝，笑嘻嘻地走到店门口，双手一抬，就望着武松：

"啊唷，是，爷，就在小店打尖吧！粟黍、高粱、鸡子、薄饼、馒首，东西又好，价钱又巧，爷请家来坐。"

"小二！"

"是,爷。"

"你店中还有好酒?"

咦,奇怪啦,武松还没有进店咧,先问一声好酒做事呢?古时候的人呐,平生都有四个大字:酒,色,财,气。但是武松只好两个,他好贪杯,好动无辜之气。他看见镇市又小,酒店又小,怕他家家里头不得好酒吃,所以未曾进店先问一声可有好酒。

"啊哨,是,爷,小店旁的东西不敢讲高,酒的身份是怪好,外人送小店八句。"

"哪八句?"

"造成玉液流霞,
香甜美味堪夸,
开坛隔壁醉三家,
过客停车驻马。
洞宾曾留宝剑,
太白他当过乌纱,
神仙爱酒都不归家,"

"他上哪儿去了?"

"醉倒那西江月下!"

"好酒!"

啊唷喂,武松心里头舒服呢。他家这个酒是好极了,开坛子,这个酒香把隔壁就醉倒了三家,人家没有吃酒,闻到这个酒香就醉倒了。你说他家这个酒可好不好?神仙爱酒把个宝剑都押掉了,把乌纱都当掉了。唔,这个酒好呢。武松就跟随著小二进了店门,走前进,进腰门,到了第二进。啊,是一座草厅。厅上的桌子、板凳倒是整整齐齐,清清爽爽。一个酒客都不得。不错,已经过了中饭市了。武松把包裹朝下一抹,就朝旁边座上一放,人就朝当中桌上一坐。小二就打了一把手巾,把武松擦擦手脸，泡了一碗茶。小二到了武松的旁边：

"爷驾，你吃什么酒肴？"

"拿好酒好肴，多拿这么一点儿。"

"嗄—哎！"

小二掉脸就跑。奇怪啰，店小二在店门口不是玩的二八京腔吗，为什么到了后头又说土语的呢？嗳，就因为他这一爿店哪，就开在个山东的地界，因为他店门口来来往往啊，都是南来北往的，南蛮北侉的人都有，你要说是如果站在店门口，就说是地方上的土语来招揽买卖，有的人就不懂，所以他呐就学了这么几句京味儿，学了几句京话，但是只学了这么几句，你叫他到后头再说呐，玩下起来了，那一来狐狸尾子就沙下来了，就现相了。

小二到了前头就切了一点牛肉，装了馒首，打了酒，接逗就拿了杯筷，一托盘，就托到后进。到了后进，就把托盘朝武松旁边桌上一放，把酒肴就朝武松的桌子上一放。他把托盘收掉了。小二就站在旁边伺候。

武松看见酒肴到了，把酒杯子朝面前一拿，酒壶一起，"沙……"斟了一杯，酒壶朝下一放。武松就咂嘴摇头。"照小二说起来：他家酒好得很，我看斟下来这个颜色就不对，而且香味也全无。唔，照常不中看哪，抑样中吃呐，吃吃看。"英雄把酒杯子朝起一端。"唉喂，吃到嘴里头啊，一点个口力都没得。嗳，笑话笑话。我倒要来问问这个小二呢。"

"小二！"

"哎，爷驾。"

"这就是你店中的好酒？"

"喳，喳不不不，这是我们店里的中等酒。"

"你不拿好酒给爷吃吗？"

"爷驾，你老人家要如果再要吃好酒的话，就叫'三碗不过岗'。"

"好！"

啊唷喂，武松心里头高兴。怪不道没有进店的时候啊，就看见他家酒旗上头的五个大字"三碗不过岗",不晓得怎么讲法。

"怎么叫'三碗不过岗'?"

"噢噢,爷驾,因为我们小店里头酒呐,太好了,你要说是吃了三杯下去啊,我们这个镇外头啊,离镇七里大路有一座岗,叫景阳岗,你就不能跑过景阳岗了,你就吃醉了,所以这么子嘛,人家家里起了个名字,就叫'三碗不过岗'。"

"好!拿一壶来给爷尝尝瞧!"

"哎,莫忙,你吃过了还是赶路啊,你还是预备在我们店里头住宿呢?"

"赶路!"

"嘟……,不能玩,你老人家要是赶路的话,你由东向西哎,你非过景阳岗不可哎,你跑不过去咧,'三碗不过岗'的酒。"

"嗳,你混讲的什么!啊?爷吃三十碗,挺身过岗!拿酒!"

"噢!"

小二再把他望望:"唉喂,这一个客人不大好说话,眼睛这么挖打挖打的,拳头就跟五升柳斗子差不多。唔,生意人不至于跟他淘气,最好不过就拿一壶酒打发他请便吧。"把他面前的酒呐,跟酒壶一起拿了跑掉了,到了前头换了一壶"三碗不过岗",就朝武松桌上一放。小二仍然站在旁厢伺候。英雄看见酒换掉了,把酒杯子朝面前一拿,把酒壶朝起一拎,"沙……"。好啊,嗳,好的跟丑的啊,哪晓得不能比,这一比的话,就现出高低了。你看看瞧,颜色是绿澄澄,酒花子都堆满了。这个酒好呢。酒壶朝下一放,把酒杯子朝起一端,"口……"唔,这个酒,乖乖,吃下去啊,简直就跟火团儿差不多,滚啊滚的一直滚到小肚子底下。哦,这个好酒难不成就这种好法吗?唔,好酒据说吃下去啊,要有三香。哪三香呢?第一,吃到嘴里头香;过这么一刻呢,"呃……"嗝出气来香;或则呢,哪怕放出屁来都是香的。不过三碗咧,一壶酒倒了三碗,倒没得了。武松这个吃起来还不快嘛。

"小二。"

"哎,爷驾。"

"添酒。"

"来了!"

"拿酒!"

"噢,到了!"

小二不敢不拿,到了前头就左一壶,右一壶。花了下子,五壶下来了。武松在后头吃酒是蛮喊乱叫。因为他是声若铜钟,他一声说到话啊,这个简直震震的,惊动了前头柜台里头小老板了。小老板接逗把衣服朝起一提,出了柜台,一走就走到角门口,再朝上望了一望,啊,厅上只坐了一个酒客,小二站在旁边。

"王二啊,王二啊!"

喊哪个?就喊那个店小二。店小二跟我本家,也姓王,排行第二,他又没有起过名子,没有读过书嘛,人就喊他王二。王二这一刻听见小老板喊了,一走走到角门口:

"哎,小老板。"

"厅上这个酒客是多晚子来的呀?"

"噢,将才才来。"

"吃的什么酒啊?"

"吃的'三碗不过岗'。"

"吃了几壶啦?"

"吃了五壶。"

"你麻木哪!你啊,啊?旁人一壶也当受不起啊,你把五壶把他吃啊?"

"咦,他要吃呢嘛。"

"他还添不添啦?"

"这个就不晓得了。"

"这个样子,啊,他要如果不添的话,就罢了,要如果添的话,哎,手底下绕住些,噢。"

"噢,噢。"

小老板跑掉了。怎么叫绕住些呢?这是生意人打的 捎喻 ,叫他家如果再添酒呐,就不能把这个好酒把他吃了,最好不过里头多掺点水啊。不会就叫他掺水吗?嗳,不能玩,你要如果说是说明了叫他掺点水啊,人家客人听见了,大桌子要 消 掉了哪!所以这个样子呐,叫他手底下绕着些,这是生意人打的个 捎喻 ,这是暗语。小二复行上了厅,一站就站在武松的旁边。武松究竟还吃不吃呢?要如果照武松的这个酒量呐,五壶正好。照这一说,就不吃啦?唔,不能,为什么呢?我刚才跟小二说的"爷吃三十碗,挺身过岗",话说出口咧,君子一言,快马一鞭,我何能出乎而反乎呢?唔,非吃不可。

"小二!"

"哎,爷驾。"

"添酒!"

"噢。"

"拿酒!"

"噢,到了!"

接逗又是五壶。哪晓得这个五壶呐,跟前首的五壶就大不相同,前首的五壶是佳酿原泡,这五壶呐,怕的倒三七。就绕到这种样子,望著望著,武松脸就跟大红缎子仿佛,眼睛珠子都定了光了,说话这个舌头就不大顺便了。

"小二。"

"嗯嗯,爷驾。"

"添酒。"

"啊,还添酒哪?我看你老人家不能添啦,脸就跟大红缎子差不多啊,说话都不灵便啦。"

"你混讲什么?爷吃三十碗,挺身过岗。"

"唉,有了三十碗咧!"

"有了?"

"有了有了有了。喏喏喏喏,你把酒壶数数看呐,那块是九把酒壶,这块是一把酒壶,十壶,一壶三碗,十壶不是三十碗吗?"

"啊……,哈哈!"

"咦,你笑什么事?"

"爷吃了三十碗,又把爷怎么子的!"

"哎,你老人家呐,量是海量,就是舌头有点偏了插角了。"

"你混讲的什么!"

"唉,唉唉,没相干,没相干,没相干,你请到前头算帐。"

武松点点头。英雄站起身,把包裹朝起一背,这个脚底下已经打飘晃晃的了。小二把残酒肴一收,一托盘就托在后头,就跟在后头报帐了:

"呔……!前头柜台上听著啊,来客会四钱五分银子啊!"

"哎。"

小老板一声应答。英雄到了柜台面前,把包裹朝下一抹,包裹朝柜台上一放,包裹打开,在里面把银袱子取出,银袱子打开来,里面还有二三十两散碎的银两。一拈,拈了一块,就朝柜台上一放,就望着个小老板:

"称了算。"

"噢,嗷。"

小老板把个戥子拿过来了,接逗把银子朝戥盘里头一放,一手拈住戥毫,一手就理戥杆,抬头就望著武松的脸色,低头接逗就望望这一块银子,底下:

"你老人家这块银子嘛,是一两……………还欠一分哪。"

一两欠一分嘛,就干脆报报个九钱九就是咧,这个何必还要玩"跌断桥"呢？哎,不,哪晓得武松这块银子不止一两,小老板居心想少报他的。少报嘛就少报咧？哎,不能玩,你要说是这一刻啊就报个九钱九,你晓得这个客家有数没数呢？他自己的钱咧,他照常有数,他一声有数,你报他九钱九,他就喊起来了：

"啊！何止九钱九啊？"那一来糟了。所以他呐,先弄个"一两"照下子路,"你老人家这块银子是个一两……"拖著,就望著武松的脸色,武松如果要是把脸色朝下一沉,他接逗底下就来了："还有五钱几哪。"

一看就看见个武松若无其事,晓得,没得数。既然没得数,一实就回下头："还欠一分哪。"究竟武松这一块银子还有数没数呢？他到哪块来的数呢。因为他从河北柴庄动身,小梁王柴进送了他五十两,叫他在路上做盘费,朋友送的钱咧,他都不能一块一块的手上称,所以他就没得数咧。

"这块银子还是多,还是少？"

"噢噢,爷驾,这块银子如果把酒帐呐,要稍微多些。"

"多了就赏了给小二。"

将将哪晓得小二到了：

"噢,谢谢爷驾,多谢爷驾咧……！"

武松把个银袱子朝起一扎,银袱子朝包裹里头一放,包裹朝肩头上一背。他随时跌跌冲冲,才出了门,接逗就向西而去。

武松走咧,小二到柜台面前来了。小老板就预备把这块银子朝银匾子里头撂了。

"哎哎哎,小老板,你不要把这块银子朝银匾子里头撂了,你把我嗷。"

"这块银子把你做啥？"

"咦,你将才称过咧,这块银子九钱九哎,客人吃了四钱五,他说余多的赏了把我,还多五钱四,错不错？"

"唉唉。"

"我把个四钱五的酒帐把你,你把这块银子把我。"

"来噢,这块银子九钱九,客人吃了个四钱五,还多五钱四,我把五钱四把你。"

"哎不不不,啊,你啊这块银子把我。"

"你为什么要这块银子啊?"

"哎,莫忙,小老板,你为什么又要这块银子呢?"

"我告诉你吵,因为前儿个呐,你家嫂子嘛就跟我说了'你跟我打根簪子吧。'我望望这个银铺子里头的银色又不好,镇上嘛全是小银匠铺子哎,我又不敢进城,我看客人今天这块银子啊,银色好得很,我就预备代你家嫂子打根簪子。"

"哎,小老板啊,你这个说话存神啦,我家哥哥死了,我家嫂子是寡妇啊,啊,要你代她打簪子做啥?"

"哎不不不,你说话不要说出嫌疑出来啊。我跟你虽然是东伙,我们可是弟兄相称啊?我比你大这么两岁,我可是你的个老大哥啊?我的个老婆可是你的个嫂子啊?"

"好啊,你要说清楚了咧。"

他们正在这个地方争银子,老老板走隔壁回来了。老老板在隔壁裁缝铺子里头玩的,听见家里吵起来了。老老板就抹著马爷标的胡子:

"小伙哎!一天到晚的又没得个倒头生意,不晓得吵什么事!"

"噢噢噢噢,老老板,你家来啦,我来告诉你噢。"

"唉唉。"

"将才嘛,来了个客人,他吃了四钱五分银子,把了一块银子,这块银子小老板称的九钱九,说余多的赏了把我,我嘛就叫小老板把这块银子把我,我嘛就把四钱五分银子的酒帐给小老板,唉,你看这个帐还错不错?"

"不错。"

"噢,不错嘛就罢咧。"

"小伙哎,你就把他咧。"

"怎干把他哎,我的老太爷啊,我也有本帐咧!这块银子九钱九,客人吃了四钱五,还多五钱四,余多的赏了把他,我把五钱四把他不是一样吗?"

"又多不出一厘出来哎!"

"噢,罢咧罢咧罢咧。"

"不,老老板啊,你叫小老板把这块银子把我。"

"罢咧,小伙哎,你就把他。"

"怎干把他,来噢,这块银子多咧。"

"多哪?"

"哎,我少报咧,你要晓得这块银子不止九钱九。"

"多多少吵?"

"这一块银子实数是一两五钱四。"

"你报了客人多少啊?"

"报了他九钱九。"

"唉,乖乖!小伙啊,你这颗心黑漆都退了光啦!啊,我就不懂啊,你你你什么玩艺头啊,这个样子就能玩了吗,人家家里头回头闹得来……"

"不得不得不得不得,过路的噢,背著包裹倒走掉了噢。"

"朝哪块跑的呀?"

"由东向西。"

"朝西头跑的呀?"

"哎,朝西头跑。"

"朝西头跑,你可曾告诉他,西头有个景阳岗,景阳岗有老虎,你可曾告诉他的呀?"

"不好了!老爹啊,玩了忘记掉了。"

"小伙哎,一天到晚的噢把个心就摆到钱上,就不问人家家里头的性命了。……小伙哎!"

他就掉过脸来望着这个小二。

"哎哎哎。"

"快快快,你赶快的把这个客人追回头。把他一声追回了头噢,我把这块银子就都赏了把你。"

"噢噢,就是咧!"

"的笃的笃的笃的笃……"

小二在这一刻啊,又步就出门。为什么在这一刻老老板要这个急法呢?唔,他急呢,急什么事呢?因为地方官有告示在块:不论军民人等,要如果说是看见有行人,非阻拦他不可,不能过景阳岗,你要如果不阻拦,这一个行人被老虎吃死了,那一来地方官就要重办了。你说这个老板可怕不怕呢?

小二在这一刻出了门,"的笃的笃的笃的笃……"朝前头跑。再朝前头望了一望,噢,看见武松在前头还是这么摇摇的,晃晃的。因为武松今天有了酒意,要如果不得酒意的话,他这个大踏步跑起来,小二追啊?你今生也追不上他。因为他今天有了酒意了,头重脚轻,脚底下走路都有点打飘了,所以他在这一刻就走得慢咧。小二看见他:

"呔……!爷驾不要走啦!"

武松在前头听听:啊,好像是熟喉音嘛。再把个脸掉过来望了一望:噢,酒店里头的个小二。酒在肚,事在心哎。

"小二。"

"哎,哎,哎,啊唷喂,你把我都追死了,太爷哎!你老人家不能走了。"

"干什么?"

"怎干干什么哎,你向西哎,西边出了我们的镇头,离镇七里大路有一座景阳岗,景阳岗上有老虎,你要如果一声走到那个地方,被老虎吃掉了,就糟了!回头回头回头,赶快到我们店里头住宿。"

"什么,前途有虎?"

"哎,前头景阳岗有老虎。"

"你先前因何不讲?"

"我先头玩了忘记掉了,这当口想起来了,追得来告诉你咧。"

"哈哈,咱明白了!"

明白了。他到哪块明白呢?武松啊,哪晓得在这一刻怀疑了。因为在宋时路道难行,三十里一个山头,五十里一个寨子,十里八里打闷棍,剪径的,蒙汗药酒广行。古时的黑店太多。武松心里头有话:我进店的时候你们家也没有说是景阳岗有老虎,噢,在这个当口追得来了说景阳岗有老虎,我明白了,我在柜台上算帐,我把那个银袱子打开来,你看见我雪白的一摊银子,你才见财起意,你把我骗回了头,住到你家店里头,睡到三更天,你家东伙两个爬起来,就要我的性命了。武松玩了误会了。

"哈哈,你可知道,景阳岗的老虎今天请我吃晚饭。"

"噢,唔唔唔,你老人家油呢噢,油呢噢,你怕的送了给老虎吃晚饭噢。我看你快些回头。"

"你混讲的什么!滚了吧!"

武松接逗又跑。你是个小二嘛,你就随他跑咧?

哎,小二不行。为什么呢?老老板说的哎,要把这一个客人追回了头,那块银子才赏了把他。客人追不回头,那块银子他弄不到。所以他在这一刻心里头就急咧,伸手就预备来拖武松了。

"爷驾,不要走!"

将将武松背的包裹,他就抓住武松的包裹。英雄再把脸朝过一掉,武松来了气了:噢,你拿老虎来吓我,我在这一刻没有回头,你居然的在这一刻抢我的包裹。你既能抢我的包裹,我就能够打得你!英雄把身子朝过一转,接逗把自己的右手朝起一抬,两个指头,他这个指头真正就跟铁尺仿佛,就在小二的左肩窝:

"你这个囚攘的,滚了吧!"

"噼!"就这么点了一下子。"啊唷喂!""忽弄通! 咋嘎!""エ!"哪块来这么些声音的？哪晓得他身子一统将将一跌跌到人家实板子门上，实板子门将将当中的走扇子，走扇子里头的闩也没有闩，将将走扇子"咋嘎……"开下来了，"工！"一个筋头跌到里头去了。里头这一家绒线铺子，绒线铺子里头老板正在柜台上头弄帐，小老板站到旁边，老老板弄着帐忽然的听见："咋嘎……工！"

"唉喂唉喂唉喂，小伙啊，望望看。"

"噢。"

这块小老板再到店门口一望：

"嗷嗷嗷，老爹哎，不是外人嗷，就是某酒店里头的个小二王二嗷……王二啊，你羊儿疯病发啦？"

一看看见他捧着个肩头，嘴里嘛口水粘沫直撒。

"没得命了！"

"什么事情没得命啦？"

"我告诉你吵，将才如此情形，这等这样。"

"罢咧，他不肯回头嘛，你就家去咧。"

"还家去呢，我都爬不起来了。"

"爬不起来怎么说呢？"

老老板听见了：

"喏喏喏，到铺上喊两个人把他抬家去吧。"

到铺上喊了两个人，一抬把他抬回去。老老板倒也还好，晓得他吃了苦了，把那块银子就赏了把他。赏了把他不是弄到外快了吗？哎，外快是弄到了。唉喂，这个地方疼咧，有伤咧，怎么弄法呢？请医生医了。医生代他一天两天到哪块医得好呢？跟他就说了：万寿堂膏药店有一种膏药专医跌打损伤，买一张膏药贴贴吧，但是这个膏药的价钱蛮大，好呢，弄一张贴贴看吵。哎，哪晓得一张一贴啊，好些了。好些嘛过两天还要换一张。就这么左一张，右一张，左一张，右一张，将将把弄的几个钱外快用光了，他这个地方的伤痕也好了。这叫"横财不发命穷人"。他们在这一刻嘛,我就随他去了。

武松把个店小二打倒之后,把身子朝过一转:

"哈哈!"

武松心里头有话:"拿老虎来惊吓我呢。"他就朝镇外头跑了。出了镇头,迎面的西风太大了,直朝他脸上吹。他有了酒意了,啊咦喂,这个风才吹得舒服哪。武松在这一刻摇摇晃晃的,走着走着,也不过走了三里半路,英雄正朝前头跑着,乘着月亮的光芒,再把路旁边一望,一看看见路旁边有一座土地祠,就在东山尖挂了一件雪白的东西。什么东西吵?英雄这一刻走到土地祠面前,乘着月亮的光就凝神了。噢,原来是地方官的一张告示。怎么晓得的呢?因为布告出来嘛,它底下都有地方官叠角峥方的一颗印咧。就像告示上的字呐,武松还认得。武松虽没有上过学,记问之学,就像从头到尾,当中就是有个把"拦路虎",武松顺就把它顺下去了。英雄在这一刻凝神望,但是我要把它读出来。头一行是一道官衔:

特授山东东昌府阳谷县正堂,加十级,记录十次史为出事晓谕事:照得城东景阳岗地方,乃系通衢要道,来往客商必由之地。不幸今秋突出猛虎,拦路伤人,受害甚苦。地保无论如何要阻拦,每日只许巳、午、未三个时辰,行人结伴,地保鸣锣,多带木棒,护送过岗。要如果说店东部不拦,地保不阻,行人遇虎所伤,本县察出,一并重究,决不宽贷。无违特示!

宣和年月日发景阳岗东土地祠实贴。

"嗨……唉唉呀!嗳……!"

哦,武松在这一刻看到这一张告示啊,为什么又恨呢,为什么又跺脚呢?武松看到这一张告示:"啊呀呀,武松啊,我错啦,错啦!你看看,将才小二追得来告诉我,说景阳岗有老虎,我不但不相信,我把他打伤了。你看看,告示贴到墙上咧,告示上就说景阳岗有老虎,这个是真的了吧,地方官的印在上头咧。照这一说,我就回头咧?唔,不能。我将才说过大话了,说老虎请我吃晚饭,我回了头,回头被小二要耻笑。"而且武松再想想:"嗳……!"英雄心里头有话:"我们学拳棒功夫做事的?我们就是防身保命。老虎,老虎罢咧,老虎就有多狠啊?而且这个老虎它拦路伤人,我不替行人除害嘛,我非要把这一只老虎打死了!"所以武松在这一刻一想,"嗳……!"明知山有虎,偏向虎山行!

英雄又朝前头跑,又是跌跌冲冲。这当口就稍微好些了,风吹著,这个酒呐,酒意就散些了。

又走了三里半路,前后并起来离镇是七里大路,将将到了景阳岗的岗下。这一座岗呐也没多大,这一座岗也没多高,武松如果在平时的话,他一口气就能翻过了岗头。唔,今天不行,因为今天有了酒意,这个走路脚底下都打飘了,晃晃的,勉强上岗。走到半岗,唉喂,稍微休息下子吧。一看看见旁边有块青皮石,六尺长,三尺宽,一尺多厚,上头倒是 滴 滑,唔,都有了 包浆 了。怎么 滴 滑的的,怎么有了 包浆 的?石头嘛应当要糙 哈哈 的?哎,不,这是景阳岗有老虎的呀,不得老虎的时候,这一座是来往的要道哎,譬比空身的也有,挑担的也有,挑担子的一声走到这个地方,他不是嫌负累了吗,负累了就把它墩下来,就坐在这个石头上头,休息休息,休息一下子,接逗挑起担子来又走,就这么你也坐,他也坐,你的衣服在上面蹭蹭,他的衣服在上面蹭蹭,年深日久,把这块石头蹭啊蹭的蹭得 滴 滑。英雄随时就朝石块上头一坐,包裹朝下一抹,包裹就朝石头上一放,自己的左手肘就朝包裹上头一搁,左手就勒了个拳头,枕着太阳,双睛紧闭,武松自己的这一只右手就朝心门口一放。他这个睡下来呢,真正"何仙姑懒睡牙床"的形式。武松在这一刻就被风吹吹,在石头上头彻彻,舒服呢。一声到了舒服啊,"啊……"打起呼来了,"呼……"沿途放的夜站多了,吃了辛苦了,就这样子睡著了。一直睡到二更天,老虎出来觅食了。

老虎在哪块呢？在景阳岗的南头。景阳岗的南头有个虎穴，这一只老虎就蹲在虎穴的洞口，前爪撑著，后足蹲著，把虎头就昂著，就望著空中一轮明月。这一只老虎啊，过去没得老虎，怎么今秋突出猛虎，这一只老虎还是走天上掉下来的，还是走地下蹦出来的呢？天上也不能掉老虎，地下也不能蹦老虎，这一只老虎哪，是在家里闯祸，它溜出来的。闯的什么祸呢？虎交。老虎一声长大了，它到了起性，它要虎交的时候，它就不觅食了，它就喊了。譬比那雄虎喊一只雌虎来，雌虎还是喊一声雄虎来，你就交咧，它不交，头对头，"吗……"一递一声的喊，做事呢？也谈了玩玩咧，要熟悉熟悉咧。所以一声喊啊喊的呢，喊高起性来了，它们就交了。交起来这个日子不大好过，因为阳虎，就是公虎哪，在阳物上头哪，它有倒刺。母老虎呢，阴户里头就跟钢炭炉子仿佛，烧着了一样，一个就烫得疼，一个就戳得疼，两下都喊。一声性过了之后，一个向东，就一个向西，就奔了，都要奔坍了性之后，这块就扒穴藏身。这一只老虎呢，它就是虎交崩出来的。

老虎在这一刻一摇二摆，踱出了虎穴。老虎真正是摇官步了。一直到岗西道路旁边，就在树林子口，就朝旱草丛中一伏。两个前爪伏下来，两个后足就朝起一盘，下壳子就朝前爪上头一镦，虎眼睛就望著空中的月亮。这个畜生大有吞月之意噢。老虎正在这个地方望著这个月亮。哪晓得老虎啊，倒有三天没得吃了。哦，人不会吃吗？没得咧，人被它吃了咧。来往的行人，走到这个地方，它就吃。最后地方官的告示出来了，每日只准巳、午、未三个时辰，行人结伴，地保鸣锣，多带木棒，护送过岗，不是一个两个咧，他打起帮来了，头二百，二三百，你虽望著它是畜生哪，大畜生，通灵性，看见人多，它也就不敢出来了。

人嘛，不吃啦，飞禽走兽它不吃吗？也没得了，全被它吃光了。譬如老虎朝岗上一坐，一看看见空中有个雀鸟，雀鸟飞得来，它不能飞哎，那一来虎生双翼，糟啦，更狠啦，它只要把头朝起一抬，"吗……！"一声喊。这个嘴里头啊，腥鲜的臭味，它嘴里头朝下一张，就这么一声喊，这个风一声送去,这个气味上去,雀鸟在空中飞,就靠两个翅膀护风才飞得起来呢,闻见它的个气味呐,接逗就把个翅膀朝起一拢,"嘟……噗秃!"朝地下一掉,老虎朝前头进,就把它当个早点。譬比啊兔子,它不会奔吗?它那个四条腿奔起来快哪!它一声看见老虎,兔子就奔了,奔到兔窟里头去。老虎的块头多大呢,它那个洞能有多大呢。老虎看见兔子,该派要追了?不追。老虎朝下一趴,"唔……吗……!"一声喊,"呜……"这一阵风把它嘴里头气味就卷了去了,兔子在前头奔得行行的,闻见这个气味啊,它就抖了,一抖,老虎不慌不忙,到了它面前,"得笃",接逗就把它当个中饭。猴子它不会漫高吗?猴子一声看见老虎,朝那个高树上头一据,两个后足朝树桠巴里头一骑,两个前爪就抱住树枝,猴眼睛就 挖打挖打 的就望著老虎,唔,心里头有话:"老兄哎,不怕你狠,你还能漫高吗?你还能上来吗?你能奈我何?"老虎还更妙,老虎它到了老树面前朝下一坐,它就望着个猴子:

"吗……!"

它就喊。猴子一声看见它喊呢,啊唷喂,它心里头就发抖。你抖嘛,这块老虎就喊:

"吗……!"

越喊得凶,它就越抖得凶,就这么抖啊抖的,抖啊抖的,手朝下一松,前爪一松,后脚也朝下一松,"噗秃!"朝地下一掉。老虎朝前头一进,"得!"就当个下午。晚上到涧河里头去饮水,左嘴夹子水进去,右嘴夹子水出来,鱼虾都被它吃得干干净净。哦,本方的没得吃了,路过的呢?路过的走到这个地方,要吃咧?没得咧。老虎朝下一坐,本方的飞禽,走兽 通生 都 抢 出去,对到了,譬比啊,一声 抢 出去,乌鸦会见乌鸦,它就喊了:"嘟……"它喊什么东西呢?"老兄啊,景阳岗去不得啊,有老虎哪,有个吃白大的哪!"都代它送过信了,所以它没得吃了。没得吃,该派要饿死啦,三天了?不要紧,没得问题,你要如果说有人,它就吃人;有飞禽走兽,就吃飞禽走兽;没得,没得,它天天露水回吸,它也能充饥当饱。

老虎在这一刻趴伏在岗西,正在旱草中,又是一声虎啸。西风太大了,"呜……!"风这一吹,由西向东。武松将将在东边的半岗。唔,睡在石块上头,睡觉也就睡醒了。啊呀,就被这一阵风啊,吹到身上汗毛直竖。天上寒咧,到了深秋的天气了。

"啊唷!"

英雄把二目睁开,手肘子一摁,拗了朝起一坐。这一阵风风头过去,无意间在风尾子上头,武松再闻了一闻,唔,有腥鲜的臭味。哼哼,老虎怕的出来觅食了。武松是酒在肚,事在心,他也想起先前在景阳镇的事,有人告诉他景阳岗有老虎。他怎么晓得在这一刻老虎出来觅食的呢?就因为他蹲在家里头跟些猎户处朋友,猎户就告诉他啦:

"我们要如果一声到了深山野庄,恐其刮到大风,风尾子上有道腥鲜臭味,就是野兽出来觅食。"

惟有这个老虎,这个嘴朝下一张,这个气味才难闻。所以武松闻了一闻,这个气味,这是武松的身体的呀,要差不多的就受不了。哎,老虎出来觅食了。武松也顾不得这一只包裹,手一捻朝起一站。站起来"噗噗噗噗……"蹦纵蹿跳。走著走著,在这一刻一到到了岗顶。到了岗顶上头,一个"金鸡独立"架落,左脚直立,右腿朝起一悬,自己的个左手就勒了个拳头,叉着腰杆,右手朝起一抬,遮住天上的月亮,就四下里观望。

他找老虎,他找老虎还没有找得到,老虎倒看见他了。老虎在旁边的那个树林子口,将将趴伏在旱草丛中,因为到了深秋了,草嘛也就黄了,老虎身上的这个虎毛嘛也是黄色哎,所以武松一时也分不出来。老虎在这一刻一看看见武松:

"咦喂咦喂咦喂!"

它大畜生有灵性咧。老虎这个心里头说不出来的舒服,啊咦喂,快活呢。快活,它什么样子啊?它要把个前爪伸到皮啊肉的里头去,要抓抓这颗心才快活哪。"嗳,我有三天没得人吃了,来的这个人块头大呢,唔，今儿个有一餐饱食呢。"老虎在这一刻随时四个爪子朝起一撑，就把前爪又朝前头一伸，就把个后脚又朝后头一搭，腰就这么一拱，虎头就朝下一埋，尾子就朝起一竖，做事呢？伸个懒腰。虎啊，就跟猫子差不多啊，猫像虎形猫像虎形哎，你比方猫子要如果到了冬令天睡到草焐筒子上头，它睡得著呼呼的，你跑了去照常的拍拍它，它一声跳下来，跳下来的时候它把前爪朝外头一伸，接逗把头朝下一埋，尾子朝起一翘，接逗把腰朝起一拱，就跟人一个样子伸个懒腰。老虎在这一刻就叫虎困。虎困之后，前爪一悬，后足一蹬，"吗！""得儿……"一蹿就蹿到路心，四个爪子朝下一落。落下来就把虎头朝起一昂，望著武松摇头摆尾，张牙舞爪，它就是一声虎啸。

哪晓得武松站在岗顶上头，正在这个地方找著，正准备找老虎，忽然地就在旁边"得儿"蹿了一件东西出来，蹿到路心里头朝下一落，他再乘著月亮，再把这一只老虎一望："啊呀！"啊呀做事？唔，武松再望望：要死，老虎！怪不道行人被它伤害不少，啊呀，这一只老虎放了样了，其大如牯牛，嘴朝下一张，就跟个血盆一样，这个牙子就跟锋利的利剑仿佛，尾若钢鞭。这一只老虎在武松的眼睛底下望，武松在这一刻也点点，也吃了一惊。我倒有几句赞它：

> 远望它，像独角魁牛；进觑它，是斑斓猛兽。左耳点点红，按太阳；右耳点点青，按太阴。眉横一王字，正按巡山都太保。二十四根胡须，如钢针铁线；四大牙，八小齿，如巨锉钢钉。眼若铜铃光似电，虎尾如同竹节鞭。前为爪，后为足；前爪低，扒山越岭；后足高，跳涧蹿溪。抬头呼风，天上飞禽皆丧胆；低头饮水，水内鱼虾尽亡魂。走兽之中独显它，深山野洼是它家，三天不食人身肉，摆尾摇头自锉牙。

它望著武松摇头摆尾，张牙舞爪。"哼！"武松再把它望了一望："畜生，你厉害哪，你狠哪，你凶恶哪，你伤害的行人不少啊，望望你这个样子就晓得你厉害,今天我来了,我非把你打死不可!唉喂,它厉害哪?厉害怎干,他再厉害死了,我是个人,不是个畜生哎。你来咧,你来想伤我咧,你不上来便罢,你要说是如果一声上来,我先把你两只眼睛踢瞎了,我看看你瞎老虎,你怎么样子吃人吧?你又不知东南西北,你到哪块找我呢?"所以武松这一个人哪,他在"武十回"上头"虎起龙收",整整十回书,他这个人做事不但说是英勇,而且还有智谋,他是智勇双全一等大英雄。所以武松把章程想定了,先伤它的眼睛。英雄当时章程想定了之后,就把头巾朝上头挺了一挺,腰带就紧了一紧,衣角一筛煞,接逗把靴子就蹬了一蹬,就把袖子朝上头捺了一捺,摩拳擦掌,"噗噗噗噗……"离着老虎都在丈把远,英雄三尖紧对的架子朝下一站,鼻尖子、脚尖子是一崭而齐。武松两个眼睛眨都不眨,就望着个老虎。所以武松这个人做事啊,从来不失败,沉着得了不得。他都是应付。"你来吵,你来,我就遇空即补。"所以武松这一刻就凝神望着老虎。

老虎到底是畜生哎。老虎一声看见他,把前爪朝起一悬,后足一蹬,"吗!""得儿……"蹿得来,两个前爪就认定武松左右的肩头就扑。哼哼,不能被它扑着了,扑着了要把武松这一个人要扑偏了。武松一看,看见他蹿得来,两个前爪认定自己的左右肩头就扑,英雄随时就把自己的身子会过来,就朝左边一偏。老虎在这一刻扑空了,"霍!"一扑就扑在他的个右边。武松看见它才趴下来,英雄把自己的左脚直立,右腿朝起一悬,接逗就把自己的这个右足足尖子一拧,望准了老虎的左眼,"着!""噼!"这一下子踢上去,踢巧了,老虎一声喊:

"唔……"

为什么?喊是喊呢,啊唷喂,骨里疼呢,老虎在这一刻眼睛珠子被他踢了都炸出来了。这个老瘟眼珠子真正就跟小鸡蛋仿佛,结在这个外头,鲜血就直淋。老虎不是护痛吗,老虎才不动,英雄就预备来抓它了。老虎随时把周身的毛片一紧,"唔吗!"朝前头蹿了一下子。英雄把身子就朝过一转。老虎心里头也不服,哎,白大没有吃得到,它倒吃了苦了,身带重伤了。一蹿蹿到上头去翻身一纵,又跟武松对了面了。英雄乘著天上的月亮,再把老虎望了一望:

"好……!"

啊咦喂,心里头舒服。"唔,畜生,眼睛瞎掉了一只了吧?你再来吵,再来,我就把你这一只眼睛再踢了,我看看你瞎老虎怎么吃人!"老虎是畜生哎,吃了苦咧,一看看见武松,随时把前爪一抬,后足一蹬,"唔吗!"两个前爪又认定武松左右的肩头来扑。武松在这一刻一看,看见它才准备不怕得来,接逗就把自己的身子,"嗨!"就朝自己的右边这一偏。老虎倒又扑空了,"霍!"一扑就扑在他的左边。英雄把自己的右腿立定了,接逗就把自己的左腿朝起悬,左足尖拧足了劲道,就认定老虎的左眼,"着!""噼!"就这一下子才踢上去,老虎可怜了:

"唔……吗!"

啊唷喂,疼呢疼呢疼呢疼呢!哪晓得左眼又被他踢瞎了,眼睛珠子又踢得炸出来了,真正就跟小鸡蛋仿佛,鲜血就直淋。老虎在这一刻两只眼睛都瞎了,下知东南西北,武松还有得给它跑吗?英雄在这一刻随时就进前一步,接逗就预备来抓它。老虎想转的。老虎在这一刻想转。你转,转死也转不了。将将虎头在武松的左边,英雄接逗就把自己的左手朝起一抬,"嗨!"就把老虎项上的老瓜皮就是一把抓。抓住它,老虎还想朝前头蹿呢。武松再望望,"你蹿,你逃,你朝哪个地方逃!"武松的这个五个指头就如同是钢钩仿佛,英雄在这一刻抓住它,它就跑不了,接逗在这一刻把自己的左膀一拧,"嗨嗨!"哼,可怕了,哪里像一条膀子,就如同是千斤铁柱子仿佛。老虎就被他这一磕,"唔!"动都不能动。老虎的虎尾子呐,"得儿……得儿……"两面在这块甩。四个爪子就在地下扒。武松再凝神望了一望:"咦喂咦喂,畜生,你还甩啊?啊?哎,老虎虎尾子甩到我身上来,虎尾子就跟钢鞭一样啊,不要吃它的苦啊。"英雄把身子朝前头倾了一倾,就把自己的身子 鹤 定它的左胯,左脚直立,右腿就朝起一悬,右脚就顺着它的老虎的虎背,一脚蹬,就拿自己的足后跟,认定它老虎虎尾子的尾巴根,"着!""噼!"就这么一蹬,只听见底下"咋!""咋!"的这一声哪,骨头断了。虎尾子也耷下去了,甩不起来咧,尾子倒已经骨头蹬断了,还甩呢吗?尾子朝下一耷,武松随时就朝它身上一跨。不把它当著老虎玩了,把它当著个牲口在这个地方玩了。老虎呐难受哪,从来身上没有负过这么重啊,巷虎心里头不着急吗?

"唔……吗……!"

就把个头朝起怡。上头被他抓住咧。武松再凝神把它望了一望:"哦,你居然的还把个头朝起怡啊?"就把个右拳朝起一扬,贯足了劲道,"着!""噼!"这一下子将将打到它的右眉骨。"唔!"老虎又把个虎头朝下一埋。英雄就把自己的右拳贯足了劲道,认定它的前头右边前软胯,"嗨!嗨!嗨!嗨!嗨!……"接逗甩了它十几下子。这个不对啰,三拳两脚打死老虎,怎么打上十几下子呢?啊,不,因为这个是几下没有统地方啊,认定它一个地方打的呀,所以后来到阳谷县堂上,仵作子验伤,这个地方只能算一拳的伤痕哎,所以他虽然打了十几下子,不统地方嘛只得一拳哎。

武松打了十几拳下来,"嗨唏!"啊呀,武松心里头有话:"我这个样子还到沙场上头去作战啊?我还跟敌人动手啊?啊?我连老虎都打不死嘛,我还要敌人的性命吗?噢,明白了,打人伤人也要伤到人的致命,下伤致命他到哪块有得死呢?老虎,老虎嘛跟人一样哎,人像众生相哎。人是哪块是致命呢?耳朵也是致命。唔,老虎将将右耳门在我的手口,来吵,弄它一下子。"英雄把拳头朝起一扬,贯足了劲道,"着!""噼!"这一下子的劲道大呢。老虎哪晓得被他这一打:

"唔……"老虎一声哼,喊都没有喊得出来。就在它的左耳门,"沙……"冒出去总在丈把长,仿佛是一条红丝线。什么东西呢?瘀血。什么瘀血?就是右耳门的瘀血。右耳门的瘀血嘛该派走右耳门朝下淌,或者走右耳门朝外冒,为什么走左耳门冒出去的呢?噈,因为武松的这一拳哪,劲道太大了,把它的大门打了闭起来了,大门走不通,开后门,走左边的耳门子,"沙……"冒出去了。就这瘀血这一冒,老虎的虎头也不昂了,四个爪子也不扒了,本来把地下扒了有四个深塘,老虎动都不动了。唔,武松心里头有话:"死啦,死啦死啦死啦。唉喂,畜生的玩头大哪,作兴它装死啊。来咮,问问它。"就把自己的左手两下子一挠。不动。不动怕的是死了。英雄随时朝起一站,就把自己的右腿朝过一会,左脚直立,右脚这一起,"噼!"就把它一踢,"轰!"老虎的身形就朝地下一倒。老虎倒下来啦?哎,倒下来了。这个不作啊,虎死不落架啊?啊,不不不不,虎死不落架是不错,要看它怎么样子死。它要是自己生老病故,它晓得要死,它不能动了,它总是三叉路口,四叉路口,它朝下一撑,嘴张多大的,舌头拖多长的。它坐到那个地方,来往的行人要如果一声看见有个老虎:

"咦,乖乖!"

看见有老虎呢,速些跑吧。其实它是死老虎。死后尚能惊人。在自古为大将的,都是拿老虎比,"你将军真乃虎将是也"。这一只老虎被武松一阵子恶打,架子都打散咧,它还不倒下来吗?它朝下一倒,英雄接逗把腿会过来,站到它旁边,再凝神把老虎望了一望:

"哈哈!孽障,你的威风安在了?"

  武二英雄胆气强,
  挺身直上景阳岗,
  精拳打死了山中虎,
  从此威名天下扬!

武松在这一刻才奔岗东,到了复行睡觉坐的那个地方,不是有一块青皮石吗,先坐下来歇歇,回头睡下来的,他有个包裹咧,把包裹就朝肩头上一背,接逗就翻过了岗头,"噗噗噗噗……"离开了景阳岗,整整都在二里多路。武松再朝前头一望:"啊……?"一看看见火叉头的路。啊呀,两条路哪，右边又是路，左边又是路，哪条路通着阳谷县呢？不中哎，这当口又没得个行人，而且又没得个乡里人可问。我究竟走哪个地方走？

　　武松在这一刻正想着心事，忽然耳畔中只听见，"嗦郎郎郎郎……"就在左边一声响，好像是钢铃的响声。再把个脸掉过来朝左边一望："嗨呀！"啊唷喂，武松大吃一惊。一看看见左边有个大树林，树林子口一坐就坐了两只老虎。哪晓得钢铃的响声就是老虎颈项上的钢铃，"嗦郎郎郎郎……"有这一种响声。武松心里头有话：'啊呀呀！景阳岗这个地方究竟有多少老虎啊？啊？我将才在岗上头打死了一只老虎，我已经力尽筋残，这个当口两只老虎，这个两只老虎，我是无有能为了。'究竟怎么说法呢？武松在这一刻想逃的，接逗老虎就朝他面前奔……

1992 年 11 月 19 日于镇江

王丽堂

武 松 打 虎

扬州评话"王派水浒"

王丽堂　口述

英雄武松本是北直广平府清河县人士,因在家惯打不平,一拳打死人,溜逃到柴庄避灾。在柴庄巧遇宋江,得着哥哥移居到山东阳谷县的消息。英雄辞别王驾,赶奔山东阳谷县寻兄。在路非止一日,今日已抵山东阳谷县地界。其时十月中旬天气,太阳大偏西。英雄腹中饥饿,抬头一望,只见前面乌酣酣一座镇市。到了镇门口,看见扁砖直砌到顶,圆圈镇门,上有一块白矾石,有三个红字:景阳镇。

武二爷抢步进镇,只看见街道宽阔,两旁店面整齐,走了五、六家,就在右边有一爿酒店,簇崭新三间草房,店门口竖了一根簇崭新青竹竿,青竹竿上挑了一面簇崭新蓝布酒旗,蓝布酒旗上贴了一张簇崭新梅红纸,梅红纸上写了簇崭新五个大字:"三碗不过岗"。

英雄再朝店里一望,看见簇崭新锅灶,簇崭新案板,簇崭新桌凳,簇崭新柜台,簇崭新的人!不要忙,旁的东西有新旧,人还有新旧嘛?有!

柜台里头坐了个小老板,今年二十一、二岁,柜台外头站了个跑堂的,今年十八、九岁。"长江后浪催前浪,世上新人赶旧人。"这也要算得一新。

英雄刚要进门,小二笑嘻嘻到了店门口,双手一抬:

"爷!就在小店打尖吧!粟黍、高粱、鸡子、馒首、薄饼,东西好,价钱又公道,爷请到里边坐!"

"小……二!"

"是,爷!"

"你店中可有好酒?"

武松未曾进门,先问一声好酒啊,因为武松平生最爱吃酒。

"爷！小店别的东西不敢讲好，酒的身份怪高。外人送小店八句。"
"哪八句？"

"造成玉液流霞，
香甜美味堪夸，
开坛隔壁醉三家，
过客停车驻马。
洞宾曾留宝剑，
太白当过乌纱，
神仙爱酒都不归家。"

"他上哪里去了？"

"醉倒在西江月下！"

"好……酒！"

哎呀，武松这一听，他家这个酒非吃不可唉，神仙都爱吃嘛，何况是我们凡人嘛。

英雄抢步进门，跟随著小二进店门，穿店堂，到了腰门口，看见上头是一座草厅，座位很整齐。小二上去，先把正当中桌子、板凳用抹布一抹。已经干净了，还要再抹下子，这个小二通正在跑堂的当中，要算是个标兵。英雄把包裹朝旁边一放，就朝正当中一坐。小二打了个手巾，泡了一杯茶，笑嘻嘻的到了旁边：

"爷驾，你人家吃什么酒肴？"
"拿好酒，好肴，多拿一点！"
"就是哎……哎……！"

不要忙，小二刚才在前头说的普通话，这一刻到了后头怎么又说扬州话的。因为小二本是鄙家乡扬州人，在店门口招揽买卖，南来北往的客人太多啊，南蛮北侉，就怕语言不通，特为就学了几句普通话，只得这个几句，招揽买卖。这一刻到了后头，当然要说扬州话的本调。

小二到了前头,先称了二斤咸牛肉,切得枏枏薄片,老卤子一浇,喷香,剥了二十个熟鸡子。不要忙,一个人二十个熟鸡子太多了,俗说就是鸡蛋。装了两盘馒首,两盘薄饼,另外带了一壶酒,一双杯筷。小二一托盘,到了后进,先把酒肴朝武松面前一放。小二把托盘摆在旁边,伺在旁厢伺候。唉哟武松肚子饿了,看见酒肴来了,酒壶一抓:

　　"沙……"斟了一杯酒。啊!奇怪,只看见这一杯酒啊,斟下来不要吃就晓得不好,颜色是雪白,香味全无。嗯,不要紧,最好来尝尝看!照常这个酒啊不中看,它中吃。把酒杯朝起一端:

　　"咻……啧、啧、啧",吃到嘴里头唉呀淡歪歪的,最好来问问他看!

　　"小二!"

　　"嗨、嘿嘿,爷驾!"

　　"这就是你店中的好酒?"

　　"哎,爷驾,这是小店中等酒。"

　　"你因何不拿好酒来?"

　　"爷驾!你人家再要好,除非是'三碗不过岗'。"

　　"好!"

　　武松未曾进门,就看见他家酒旗上有五个大字:"三碗不过岗"。不晓得怎么讲法,问问看。

　　"小二!"

　　"爷驾。"

　　"怎么叫'三碗不过岗'?"

　　"爷驾,小镇叫景阳镇,离镇西首七里大路,有一座岗,叫景阳岗,而且这一座岗非常之高大,是南北的岗头,东西的大路。吃了小店这三杯好酒,就不能过前面那座景阳岗,所以外人送小店的酒名字,叫'三碗不过岗'。"

　　"好!拿一壶把爷来尝尝瞧!"

　　"不要忙。噢,你人家吃过了还是在小店住宿,还是准备赶路?"

"赶……路!"

"赶路？……不能玩！吃了小店这三杯好酒,就不能过前面那座景阳岗了。"

"你混讲的什么？笑天下人没有酒量,爷吃三十碗,挺身过岗。打酒!"

"噢!"

小二这一望,哎唷喂,不能玩。看一看来人,眼睛珠子翻翻的,拳头蹓竖竖的。生意人啦和为贵,免淘气。把这一壶酒拿到前头去换了个"三碗不过岗"的酒来,朝武松桌上一放。

武二爷把酒壶一抓,"沙……"斟了一杯下来一望:

"好!"

没有吃就晓得好。只看见绿澄澄颜色,香味扑鼻。把酒杯朝起一端:"嘶、嘶、嘶……"这一杯酒吃到嘴里头,就跟火团子仿佛,就直朝小肚子底下滚。哈,这个酒是好极了。在武松来说,快得很呢,一会儿功夫一壶酒啊三碗吃了了。

"小二！添酒。"

"哪？找话说呢,旁人一杯都吃不下去,你人家倒已经吃了一壶,一壶是三碗了,不能再添了。"

"你混讲的什么？告诉你,笑天下人没有酒量！爷吃三十碗,挺身过岗！添酒!"

"来了。"

"拿酒!"

"到了。"

就这个样子,吃了多少,也不过吃了五壶,三五就是一十五碗啦。这个五壶下去,其实按照武松的酒量是正好。照这一说,就不吃了。哎！武松这一想:"不能！刚才我已经说过了:'笑天下人没有酒量,爷吃三十碗,挺身过岗！'我要如果吃一半不吃,岂不被小二耻笑,大丈夫一言既出,驷马难追!"

"小二,添酒!"

"来了。"

"拿酒!"

"到了。"

又吃了五壶。就这个样子,武二爷整整吃了十壶酒,三十碗。武松什么样子,脸就跟大红缎子仿佛,眼睛定了光,舌头都添了滚边了,说话都不灵便了。

"小……二!"

1998 年于南京

李信堂

武松打虎

扬州评话"王派水浒"
李信堂　口述

横海郡柴进留宾

景阳岗武松打虎

灌口二郎神武松,得着哥哥的消息,辞别王驾,赶奔山东阳谷县寻兄。在路行程,非只一日,走了二十余天,今天已顶到山东阳谷县地界,其时十月中旬天气,太阳大偏西。武松腹中饥饿,意欲打尖。抬头一望,只见前面乌酣酣、黑丛丛一座镇市。渐来渐近,只见扁砖直砌到顶,当中圆圈镇门,上有一块白矾石,三个红字:"景阳镇"。英雄背着包裹,提着哨棒,大踏步进镇。

他在镇上酒店头把酒吃醉了。"三碗不过岗"的酒吃了三十碗,吃得醺醺大醉,走起路来头重脚轻,走路打飘。出了镇,跌跌跄跄,踉踉晃晃,走下来三里多路,到了土地祠,见东山墙一张告示贴着。这张告示是阳谷县出来的,上面的字看得清楚。武松虽没有上过学,后来还识几个字。他站下来就望了,有的认不得,顺就把它顺下去了。上面写的是:

　　特受山东东昌府阳谷县正堂、加十级、记录十次史为出示晓谕事:照得城东景阳岗地方,乃系通衢要路,来往客商必由之地。不幸今秋突出猛虎,拦路伤人。本县已差壮丁猎户捕捉,至今未获。除饬差外,合即示仰城乡军民人等,一体知悉:每日只准巳、午、未三个时辰,行人结伴,地保鸣锣,多带木棒,护送过岗。倘有私自单行,店东不拦,地保不阻,被虎所伤,本县查出,一并重究,决不宽贷。无违特示!宣和年月日发景阳岗东土地祠实贴。

是这一张告示。武松不望便罢,这一望:

"嗨唷!"

不由吃了一惊。悔之不及:"我这个人太粗莽,刚才店小二追得来,我不该打他。人家是好意,叫我回去,说岗上有老虎伤人。我不信,认为人家是黑店,不但没有感谢他,倒过来还把他打倒了。这一点是自己的不是。"他又想,事已过去,懊悔也没用。"现在究竟走不走?前面有老虎,当然回头?不能玩。我如回头,就要被那个小二笑了。我回头当然住在他店中,他别的话不说,好说:'爷驾,我先前追了告诉你,你老人家不但不相信,还打我。你老人家说的哎,景阳岗老虎请你吃晚饭的哎,你为何不去吃呢?我明白了,大约你是看见那张告示了,晓得我的话不假,你一吓,吓回头了。你太爷说大话的噘!'嗳,我何能被他耻笑?前头如没有老虎,我回头不回头倒不得关系,前面既有老虎,我不能回头,我难不成就惧怕这一只老虎吗?大丈夫只有前进,是哪有后退的道理?依仗自己这身本领,也能跟老虎斗一斗,把老虎打死,代万民除害。"英雄想到这个地方,就认定这条路走,一定要去跟老虎斗一斗。趁着酒兴,大踏步向前。正是:明知山有虎,偏向虎山行!

武松背着包裹又往前走。走了三里多路,离景阳镇已有七里了。前面有座山岗,这就是景阳岗。东西的大路,是南北的高岗,行人向西是必由之地,要翻岗而过。武松踏步上岗。要摆到往日间,凭这座山岗,没有一里路高,武松一口气蹦纵蹿跳,就可以过去了。这一刻不行了,酒吃多了,头重脚轻,走路打飘,跄跄跟跟,走了半岗实在不能走了。只看见路旁有一株老树,老树根下有一块青皮石,六尺多长,三尺多宽,有一尺多厚,不知陷在土内有多深。石块倒干干净净的。武松再一望,何不坐下来歇歇?英雄朝青皮石上一坐,包裹朝石头上一放,哨棒朝旁边一戗。哪晓得坐下来就睡了。

"哈哈,要睡就睡他一觉再走。"

酒喝多啦,有老虎伤人就能睡了吗?这酒醉要误事。包裹朝前头一推,两条腿这一环,身子一旁,就在青皮石上朝下一睡,右手勒个拳头,膀肘子就在包裹上一搁,拳头就靠著右边的太阳,左手就护著心门,两条腿环著,这叫虾米睡。他睡觉一点不露空,胸前有左手护著,下面有两腿护著。如其这个人来同他动手,你要打他上头,他左手这一抬,把你来的拳头这一搪,右拳这一搪,右拳就打进门;你要动他的下部,他两条腿就能够还手。睡下来,你晓得朝青皮石上这一彻,啊,觉得不晓得多舒服呢!没有一刻儿工夫,"啊……嗤……呼……"倒了睡著了,鼾呼浓厚。老虎伤人,他忘其所以,记性太坏了。他平时记性很好,今日不对了,因为酒吃多了,这叫酒后误事。嗳,也大亏睡了这一觉,不然他的酒暂时不得醒。武松就在青皮石上这一阵瘟睡,西北风头上一阵瘟吹,所以到他醒来,酒就能十分之七的去了。

他这一觉的时间睡得不短,睡到多晚?一直睡到二更以后。他正睡得舒服,有件东西出来了。什么东西?吃人无餍的老虎。老虎在什么地方?老虎就住在景阳岗的南岗,没人到的地方,一个山凹子。这里头有间把房这么大一个洞,洞口一转有枯草盘著。这个畜生在里头用爪子扒扒,就当自己的虎穴。这一刻要出来了。它前爪撑著,后腿盘著,头抬著,望著天空一轮明月。望著望著,就是一声虎啸:

"呜吗……唔哇……!"

它一声喊,同时就是一阵狂风,把老树刮得乱吼,地下小石头子都刮得飞起来了。刚才没得风,这一刻怎么有风的呢?有人说"云从龙,风从虎",这话可确实?这句话我看也不见得。大约老虎看见了狂风,它就喊了,它就借风的威力以助它的这一股威气。所以,每每的人听到老虎喊就有狂风。一声虎啸之后,前爪一悬,后足一蹬,"唔吗……!唔吗……!""得儿……"窜出了穴洞,"哒……哒……"朝外面一落。这一刻看见它一摇,二摆,三歪,带个四甩,直接走起官步来了。它肚子饿了,已经有好几天没有吃东西了。它吃什么东西?它所吃的东西,最好是人,人是上肴。除人而外,就吃飞禽走兽。打阳谷县这张告示贴出来,来往行人限定每日巳、午、未三个时辰,结队过岗,多带木棒。老虎看见人一多,个个手上有利器,就不敢出来了。这几天没得人吃,何妨就吃飞禽走兽呢?飞禽走兽也不得吃了。什么道理?给它吃完了。莫忙,这个飞禽在天上飞,它想吃,如何就够得到?大约它也会飞?不是的。它若再有双翅,能飞,那就糟了,虎生双翼,就格外厉害了。它决心要吃飞禽,就朝深山野洼地方一坐,头一昂,望著天空。没得雀鸟走此经过便罢,如有雀鸟走此经过,它望著天空一声喊,"唔吗……!"马上嘴里头这股虎气,"呜……!"雀子飞得行行的,只要掸到这个虎气,闻到这个味道,周身就软了,两个大翅不能煽动,一软由上就掉下来了,"噗秃!"这么高掉下来,虽不死也差不多了。老虎不慌不忙,慢慢地踱到面前,一口气,"口……",就吸到嘴,嘴一抿,毛衣退出来,皮、肉、骨就下了它的肚了。就是一个雀子也能够当早茶玩玩。还有兔子这个东西,小虽小,跑得还就快,它如看见老虎,一溜烟就跑到自己洞穴里头。兔子的洞穴不多大,恭维些,也没得拳头大,它钻进去,老虎就不得法子办它了。老虎拱不进去,只好望著它。这么说老虎就吃不到兔子了?哪个说的?它也不要追兔子,只要望见兔子,朝前头一趴,不怕离兔子一百步,二百步,它只要一声喊:"唔吗……!""呜……"一股气出来,兔子老远的只要闻到这一股气啊,就不得动了,团在草窝头直抖,"得得得得……"这一抖,抖软了,就不能走了。老虎不慌不忙,渐来渐进,不怕离二三尺远,一口气一吸,"口……"到了嘴,嘴一抿,完全就下了肚了,直接当中饭。再说猴子就更聪明,猴子天然地爬高。看见老虎来了,朝那个树顶上一爬,后腿朝树丫上一插,前爪抓住树枝,两只猴眼睛挖打挖打望著老虎。心里有话:"老兄,你虽狠,你不能爬高,你能奈我何?"老虎就更妙,离这一棵树还有三四丈远,朝下一坐,头一昂。就望著猴子一声喊:

"唔吗……!"

猴子望见老虎来了,从心里头就怕,抖起来了,"得得得得……"老虎这一声喊,就格外抖得凶,"得得得得……"猴子抖了不住。不要多喊,只要十声八声一喊,猴子头抖昏了,眼睛花了,前爪后腿坐不住,只要腿一软,"噗秃!"朝下一掉。老虎不费事,不怕离着丈把远,一口气,"唏……咕……"就到了嘴了。到嘴就到肚,直接当下午。到了晚上,到涧河边饮水。左嘴夹水进去,右嘴夹水出来,鱼虾一个漏不掉,直接就当晚饭。一天四餐,飞禽、走兽、鱼虾被它吃得干干净净。现在连个过天星的雀子都不得。只要老虎朝这块一蹲,本方的飞禽、走兽全散掉了,别的地方也不得来了。什么道理?诸如来一阵子老鸦,只要给老虎吃几只,其他溜掉了"夸夸夸夸……"老鸦飞到旁的地方,见到其他的老鸦,它就叫了"嘟儿……哇……,嘟儿……哇……",叫,什么道理?说话。老鸦还说话?人有人言,鸟有鸟语。说什么话?

"嘟儿……"——"景阳岗不能去啊!""嘟儿……"——"哪块有吃白大的哪!"哇……哇……"夸夸夸夸……"

所以过天星一只都不得。这个畜生几天不得东西吃了。它大摇大摆出来走着,在这块觅食。实在饿了,只能在青草上舔舔露水,嚼嚼松枝松果,它也能当顿了。老虎走到岗的下面,在草窠头朝下一坐,前爪一坐,前爪撑,后腿盘著,头这一抬,望著天空一轮明月,朗照空中,望著亮月子一声喊:

"唔吗……!"

这一声喊把武松惊醒了。

"啊哈……"

武松打了一个哈欠。武松这一醒,酒去了一大半了。唉喂,这个风刮得多大嗷。"呜……嘘……"头阵风过去,二阵风接逗来"呜……哗……"二阵风才过去,三阵风接逗到。在风尾上有一阵腥臭味。武松闻到这个臭味,"啊!"不由得触目惊心。他的酒气整个没有了。这一刻晓得,怕的畜生老虎出来了。听人说过,风尾上有腥臭味,就有豺狼虎豹伤人。嘿,我才麻木,有老虎伤人,我在块睡觉。武松连忙站起来,把哨棒这一拿,腰一哈,头一埋,就朝岗上跑,"噗噗噗噗……"蹦纵蹿跳。这一刻肚里的酒醒了,他跑的就快了。一口气跑到岗顶,一个"金鸡独立",

左足滴直,右腿朝起这一环,左手朝起这一抬,搭著阳棚,右手提着哨棒,四下观望,来寻找老虎。看不见老虎,只望见两旁边,这个风吹得树枝草动的。乖乖,这个风不小。

  五湖四海浪滔滔,
  刮得红尘透九霄;
  两岸芦花齐摆叶,
  摆动山头树枝摇。

  "嘘……嘘……"换到胆小的也不敢站到这个地方。
  老虎在什么地方?老虎就在下面枯草丛中。武松为何望不见?因为十月中旬草是老黄色,老虎身上的毛衣也是黄的,在夜里,所以看不清楚。武松没有望到老虎。哪晓得老虎这一刻把个头朝过这一掉,掸眼望见岗顶上的武松。老虎这一刻看见单头人站在岗顶上都笑死了。心里开心。三天不得人吃了,今天看见一个单头人,它可高兴啊?就如同人三天没得饭吃,看见一个大肉包子,当然高兴。老虎不得耽搁,前爪一悬,后足这一蹬,一声嘶啸:"噜……噜……!""噗!噗!"走枯草丛中就窜到大路心,朝下这一落。落下来头朝起这一抬,嘴朝开这一张,舌头朝下这一伸,滴滴嗒嗒的粘水淌著,尾子朝起一翘,望著武松,张牙舞爪,摆尾摇头。
  武松怎么样?武松正找著的哎。听见一声虎啸,一望,看见老虎出来了,不由就吃了一惊。啊呀,武松还吃惊?不怪他,他没有看过:今天望老虎,第一次。惊是惊,怕是怕,惊过了就没事了。武松望望这一只老虎:可要死啊,多大啊,比牡牛还大上一套。倒有两句赞它:

  远望它,没角魁牛;近觑它,斑斓猛兽。左耳点点红,红似火;右耳片片青,似水波。眉横一王字,正按巡山都太保。二十四根胡须,如芒针铁线。四大牙,八小齿,如锯锉钢钉。前为爪,后为足。前爪低,扒山越岭;后足高,跳涧蹲溪。抬头呼风,天上飞禽皆丧胆;低头饮水，水内鱼虾尽亡魂。走兽之中独显它，周身尽是锦斑花；三天不食人身肉，摆尾摇头自锉牙。

"唔吗……！哇……！"

武松看到好欢喜："我来者就是要寻虎斗。"连忙把头上的巾儿朝上抹了抹，腰间带子一收紧，两足的靴子一蹬，哨棒这一抬，指定下面的老虎，一个大顶调：

"呔！孽障别走！"

"噗噗噗噗……"由上面蹿下来，离老虎有三丈远，站定了。为什么不上去？武松打老虎是第一次。因为为武的跟人动手，不靠著的，都要离这么头二丈远。一声上来，说动手就动手。不像我们，不得拳棒功夫，要一声动手打架，离开来不好打，还就要靠起来，不但靠起来，还要抱起来，才好动手呢。他们为武的不是的。所以离了三丈远，两足站定，门户立好。英雄手上哨棒提着就望著老虎。老虎怎么样？老虎在底下，头抬著，望著武松，看见来人跑到面前，离三丈远，站那个地方不动了。老虎这个畜生心头有话："乖乖隆的咚！这个人多厉害啊。平常我只要望见人一声喊，人吓了就朝下这一跌，我蹿上去，"啊呜"一口，拖了就走。今天这个人不但不怕，还跑到我面前来了。手上拿的什么东西？不晓得好吃不好吃？"它只晓得要吃。

老虎心里头有话："你不怕，我来吓唬你下子。"怎么吓的呀？老虎有三威呢。哪三威？虎啸、虎爪、虎尾。叫：啸、扑、扫。第一威就是老虎望见人一声喊。胆小的给它这一喊，你就吓倒了。身体不好的，闻到这腥臭味，头就昏，也要栽倒。第二威，虎爪子。如吓不倒你，就来扑你。扑着了，身上就是十个洞。扑不到，这个虎尾子就来扫。虎尾如钢鞭，扫到腰，腰断；扫到腿，腿断，叫你骨断筋崩，皮开肉绽。老虎见武松不怕，就来用第一威。头朝起这一抬，嘴朝开这一张，只看见它的胡须，"得儿得儿……"根根倒楂；这个嘴巴子，"扩扩扩扩……"直动。冒里冒失地这一声喊：

"唔吗……！噜……噜……"

这一股虎气出来了。武松并没有怕。这一股腥臭味不要闻了,但是武松身体好,不在乎。老虎望望,它也不叫了。什么道理?这个人又不怕嘛。既然第一威吓不倒,第二威就到了:老虎前爪这一抬,后足这一蹬,"噜……""噗!"蹿上来,两爪就对著武松的左右肩头就扑。武松这一望:

"好!"

这个畜生来势凶猛。他不慌不忙,人就朝左边一偏:

"好!"

"噜……""叭!叭!"老虎扑空了,就扑在武松的右边。武松没有耽搁,随即把右手的哨棒朝起一抬,对著老虎的头就是一棒:

"着!打!"

"呜……!""唔吗!""咋!"!"托!""嗨……!"什么玩意头?哪晓得武松这一棒打下去,这个畜生也坏呢,连忙把头朝后头一褪,棒让了,头一抬,嘴一张,就对著哨棒一口咬,"咋!""托!"一咬三段。一小段在它嘴头,一段在地下,武松手上还有一段。武松望望,着躁了:"嗨……!"这不叫哨棒了,玩了擀面杖了。

"哎呀!"

"嗒!"撂了,要它没用了。啊呀,手上没得利器,空手怎么可以打老虎?可以,精拳扑虎。武松有功夫。

武松撂哨棒,老虎嘴头就吐哨棒。这个畜生好吃,把一小段哨棒咬到嘴头,它用个嘴嚼嚼,不好吃。哨棒当然不好啰。所以因此吐了。它吐哨棒,武松撂哨棒。武松右手这一抬,就在头上五花皮一把抓:

"不要动!"

这个畜生晓得人抓它,"唔噜……!"就走武松右手底下蹿过去了。啊!跑掉了?跑不掉,它来者是吃白大的,白大没有吃到嘴,不会走。武二爷掉转身躯就望了。这个畜生蹿过去,它要掉转身不容易,不得我们人灵活。老虎颈项,人说没颈项,有,短。它要连身子一起转,累呢,像个笨的。这个畜生它有它的笨办法,它两爪这一抬,后足这一蹬,"唔……!""叭!叭!"一个空心跟头,翻了转过来了。转过来把个头朝起这一抬,望著武松。武二爷把它望望:这个畜生没有跑。英雄还没有动,望著它,两手勒两个拳头分在左右。老虎这一刻还是这个架子,前爪一抬,对著武松肩头扑来。不会改个着子?不会改。这个畜生吃人一千次,一万次,都是这个架子,没得第二个架子。前爪这一抬,后足这一蹬,"呜噜……!呜……"第二次扑来。武松有准备了,不慌不忙,身子朝左边一偏:

"好!"

"呜噜!"老虎扑空了。就在它的左边,英雄来得很快,左手这一抬,跟著下去,把老虎头上五花皮一把抓:

"不要动!"

"唔噜,唔吗……!"什么道理?给武松抓住了。这个畜生晓得坏了,今天吃白大,吃了给人抓住了,所以在块喊著:

"唔吗……!"

喊著把头要朝起抬,想把武松的手甩掉。哼!甩不了。武松这一刻见它不动,一声哼:"嗨……嗨嗨嗨嗨!"就这一声哼,功气一运,虽不得一千斤重,有六百六。把老虎的两只前爪捺了就陷到泥土里头,腿就盘著,把它头一直捺到地。老虎:

"唔吗……!"

老虎这刻难过,前爪不好动。武松左足朝起这一抬,后足跟对著老虎的面庞就是一足蹬,当其时是无意。

"着!"

"噼!""唔噜,唔吗……!"什么道理?老虎痛煞了。老虎的左眼给武松蹬瞎掉了。眼珠炸掉了,黑水撒撒,血水流流的,你看可疼哪。玩掉一只眼了,武松还不晓得。在底下,看它在块喊著,英雄再入神一望,天上

明星亮月,看得清楚:

"好!"

赞好者何以?"眼睛给我蹬瞎了一只。嗳,刚才无意,我何不这一刻把它的右眼再蹬瞎了,打个瞎老虎玩玩?"对的。英雄左腿滴直,右腿朝起这一悬,劲道运足,足后跟对著老虎的右眼:

"着!"

"噼!""唔噜,唔吗……!"老虎这一刻疼死了。不得命了,今天吃白大把眼睛都吃瞎掉了。双眼不通。老虎前爪不好动,头抬抬不起来,嘴张张不开来。今天武松打虎最主要的就是这一只手左手抓住五花皮,捺定了,老虎前头不好动。不好动,这一刻看见它后足,"叭叭!叭叭……"在地上就扒着,扒了两条小直沟,石子扒得泛泛的。但是扒不到武松。扒不到武松,吃又吃不到,老虎就用尾子来扫武松,"叭……!叭……!"它来扫,两边甩。武松一望:

"不好!"

虎尾是钢鞭,扫到身上要吃它的亏。要把它处理掉,要把它办掉!武松始终这一只左手不敢松,捺住它,身子就朝过这一偏,偏到老虎的左边。右腿朝起这一悬,就在老虎背上这一搁,把劲道运足在右足,用右足尖来蹬老虎的尾巴根。老虎这一刻尾巴翘多高的在块甩着。英雄一声喊:

"着!"

"呜!""咋!嗒!得儿……笃"好,老虎尾子齐桠根断了。它的骨头是一节一节的脆骨。老虎的尾子挺硬的,两边甩,武松的足也是硬的,硬碰硬,骨节断了。断了,尾子就朝下一拖,甩不起来了。老虎的三威都没有了,听武松摆布了。

武二爷把右腿朝前这一抬,就朝老虎身上这一跨,就骑在它身上,手捺住。"唔噜!"老虎晓得坏了:人骑在我身上,把我当驴子待了。老虎这一刻头抬不起来,它就朝右边恉。好恉呢。恉,什么道理?想恉过来对

武松"啊呜"一口,还想来吃武松。"唔噜!"它将把个头朝右边一恬,武松右拳抬起来了,拳头就对着老虎的右眉骨砸下去:

"着!打!"

"噼!""唔!唔吗……!"老虎头给他打了朝下这一埋,头都打昏了。但是这一拳砸下去由右眉骨打到眼睛,这个拳头跟他的刚才那一足玩了合起来了。下面到阳谷县堂上一声相验,这个地方一足就不算帐了,就单算一拳了。老虎趴在底下,在块喊著,武二爷的右拳抬了,就对著老虎右边软胯这个地方,"嗨……!嗨!嗨!嗨!嗨!……"打了考究有啊头二十下子。但打的一个地方,没有换地方。下文到阳谷县堂上相验,这个地方只算一拳。仵作子胆不小,打了头二十下子,怎么算一拳?这个怕什么,老虎又没得苦讲。说得越少,对打虎英雄越体面。武二爷打了头二十下子,老虎不买帐,在底下还是在块喊著:

"唔吗……!"

"嗨……!"

英雄着躁:"坏了,我这个拳头不得用了,打到它身上不买帐,摆到那块换糖吃了。"再一想:"有了!没有打到致命。跟人动手,要人的命,要打到致命,人才有得死。这是我没有打到周正部位。"老虎的致命在什么地方?武松这一刻右拳这一抬,眼睛就望了找。

老虎这个时间头又恬了。怎么老恬的呀?给武松捺得难过咧!它又朝右边恬了,"唔噜!"它刚朝右边这一恬,右太阳耳门对著武松。武二爷望望:"哎,耳门怕的是致命!人的耳门就是致命。何不就在它右耳门供一下子?打不死,再来打,再想办法。好在拳头长在我身上,又不花钱。"英雄右拳这一起,贯足了劲道,吃乳的力气都拿出来了:

"着!打!"

"呜!"

这一拳砸下去,只听见:

"唔……"

老虎考究都没有喊得出来,头打了朝下一埋。就在老虎的左耳门有一件东西,"噼……"冒出去一丈多远,仿佛一根红丝线,就到旱草丛中。老虎耳朵里开丝线店了？没得这话。你怎么说是一根丝线？仿佛是老虎耳朵里瘀血。瘀血嘛,应派从右耳门出来,武松打的右耳门,怎么从左耳门出来的呀？论理,打的右耳门,血走右耳门出来,只为武松右拳劲道大了,把老虎的右耳门打了闭塞住了,右耳门不得出,走左耳门出来了；大门不得出,开后门了。

　　老虎这一刻不动了。武松望望:死啦？还不敢松。不要装死。左手慢慢地松。松啊松的,"哄……",老虎头朝下这一夯,不动了。英雄身子朝过这一拧,拎起来一腿,"吞！""轰！"老虎朝旁边这一睡,不动了,死了。英雄看得得意:

　　"好……！"

　　"这一来我替万人除害了。"不要说武松赞好,后人看到这个地方,有四句口赞,说:

　　　　武二英雄胆气强,
　　　　挺身独上景阳岗,
　　　　精拳捕去山中虎,
　　　　从此威名天下扬。

1986 年 11 月于扬州

任继堂

武松打虎

扬州评话"王派水浒"
任继堂　口述

  灌口二郎神武松,在河北沧州柴庄小梁王柴进府中避祸,得着哥哥消息,辞别王驾,赶奔山东阳谷县寻兄。在路趱赶,非止一日,走了二十余天,今天已抵山东阳谷县地界。

  武松正走之间,只望见远远乌醋醋一座镇市。英雄背著包裹,提着哨棒,大踏步前进。到了镇门口,只见扁砖直砌到顶,圆圈镇门,上有一块白矾石,三个大字:"景阳镇"。英雄抢步进镇。只见街道宽阔,两旁店面整齐。草房多数,瓦屋较少。走了五六家门面,只看见就在右边有一家三间簇崭新草房,在店门口檐下插了根簇崭新青竹竿,青竹竿上挑了一面簇崭新蓝布酒旗,蓝布旗上贴了一张簇崭新梅红纸,梅红纸上写了簇崭新五个大字:"三碗不过岗"。再朝店里一望,只看见簇崭新桌凳,簇崭新的锅灶,簇崭新案板,簇崭新柜台,簇崭新的人。啊,用物东西有新旧,人还有新旧吗?有。只看见就在柜台里头,坐了个小老板,总在二十一二岁;柜台外头站了个跑堂的,总在十八九岁,俗说:"长江后浪推前浪,世上新人赶旧人。"这也要算一新。

  这个跑堂的站到店门口檐下,长得眉清目秀,齿白唇红,枵嘴薄唇,头上戴了一把抓的帽子,身上布衣布服,围裙头儿系得俏波波的,肩头上担了一块单抹布,两只手叉住腰杆,一团的神就直朝店门外望。一看就看见店门外来了客家,跑堂的好欢喜,抢步上前,未曾开口,面带笑容,双手一抬:

  "爷,你老肚子饿了吧?小店有的是鸡子、牛肉、馒首、薄饼,东西好,价钱又公道。你老请店中坐。"

  "店小二!"

"爷。"

"你店中可有好酒?"

武松未曾进店,先问好酒何来?因为在过去的人免不了四个字:酒、色、财、气。武松只好两个字,好贪杯,好动无辜之气。所以他现在未曾进店就先问一声,你店中可有好酒。跑堂的一望:

"爷,有。小店旁的东西不敢讲好,小店酒的身份怪高,当地的顾客送小店八句。"

"哪八句?"

"造成玉液流霞,
香甜美味堪夸,
开坛隔壁醉三家,
过客停车驻马。
洞宾曾留宝剑,
太白他当过乌纱,
神仙他爱酒都不归家。"

"他上哪里去啦?"

"醉倒在西江月下。"

"好酒!"

啊唷喂,武松心头好欢喜:他家这个酒太好了。听他说的呀,他家开坛打酒,隔壁就醉倒三家。想这种酒不要吃,闻闻就醉了。所以跟著跑堂的抢步进店。

到了后头,只望见桌子、板凳摆得整整齐齐。英雄到了一张桌子面前,就把哨棒朝旁边这一戗,包裹褪下来,就朝桌子上头这一摆,人朝下一坐。武松才坐下来,跑堂的接逗就到了:

"爷驾,请问你老人家用什么酒肴?"

"好酒好肴,多拿一点!"

"就是了！"

跑堂的直奔前面。武松两个眼睛再把跑堂的看看，觉得奇怪："他刚才在店门口跟我说的是一嘴的北方话，怎么到了后头，口音不对了，说的扬州话？"武松当其时并没有问他，我说的人要交代：哪晓得这个跑堂的本不是北方人，是江北人，照常跟我同乡，扬州人。他既然是扬州人，他为什么不说扬州话呢？因为扬州话的土话多，说出来怕人听不懂，北方话比较普通些，所以他就特为下苦功，学了几句北方话。嗐，才结绉呢，只会这个几句，多一句都不得，所以假如现在你再叫他说个北方话，他就玩不起来了。所以不如干脆老实些，还是说扬州话吧。

这个跑堂的到了前头，就拿了一块牛肉，约有二斤多重，切成枵枵薄片，大盘子一装，老卤子一浇，红酣酣香味扑鼻，剥了十个熟鸡子，鸡子就是鸡蛋，拈了一碟白盐，装了两盘馒首，一双杯箸，一托盘，就直奔后面。到了后头，把个托盘就朝桌角上头一搁，酒肴杯箸一一就摆在武松的面前，托盘撒去。跑堂的垂手落肩，站在旁边伺候。

武松怎么样？武二爷看见酒肴到了，他旁的不忙，先忙酒，手一抬，酒壶一把抓，"沙……"倒了满满一大杯。再朝杯子里头一望："咂，这个酒的颜色就不对，香味全无。哎，不中看，他照常中吃呐，我最好不过来吃吃看。'口……'哎喂，吃到嘴头淡歪歪的，一点酒劲都没得，倒像是水酒嘛。这就奇怪了，要照跑堂的说，他家这个酒就像个好的哪。试问这种酒又何尝好起呢？我来问下子看"：

"小二！"

"哎，爷驾。"

"这就是你店中的好酒吗？"

"爷驾，不是的，这是小店的中等酒。"

"你为何不拿好酒伺候？"

"爷驾，不是不拿好酒啊，我告诉你，有个道理呢，因为我们这座镇啊，西首有座岗，叫景阳岗，如其吃了小店的三碗酒的话，就不能爬山过岗了,所以这么样子呐,我就没拿好酒。"

"你笑天下人没有酒量,爷吃三十碗,挺身过岗!拿去!"

"噢,就是了!"

跑堂的吓了一大跳。做事?看见他眼睛翻翻的拳头竖竖的,心里有话:"如其再不拿酒,照常他手一抬,'忽隆通!'把个大桌子打了翻掉,那个东西就啰嗦了,不如干脆,拿一壶酒,打发他请便。"

跑堂的这一刻到了前面,就拿了一壶"三碗不过岗"的酒,到了后头,朝桌子上头一墩。武松怎么样?武松看见酒到了,手一抬,酒壶一把抓,又倒了满满一大杯。再朝杯子里头一望:好!哎,这个酒太好了。何见得?你看绿澄澄的颜色,香味扑鼻,考究酒花都堆满了。"口……"吃到嘴头滚圆喷香。不要忙,这种酒究竟怎么好法?我也不晓得,我是外行,我也不会吃酒。不过据喜欢吃酒的人说啊,说:到了好酒有三香,哪三香呢?首先倒下来闻到鼻子里头香,吃到嘴里香,最后欬出气来还香,所以这么样子谓之三香。武松就这个样子倒着,吃著;吃著,倒著,一刻儿功夫,五壶酒吃得干干净净。

"小二!"

"哎,爷驾。"

"添酒!"

"来了!"

"拿酒!"

"到了!"

接逗又是五壶。前后计共十壶。十壶酒有多少?一壶三碗,十壶就是三十碗。照这一说,武松的酒量不大?哪个说的呀?这种酒不是一般的黄酒、绍兴酒啊,这是家酿原泡子的白酒。就饶到武松这种酒量,也就差不多了,看见他脸上就跟大红缎子一个样子,考究眼睛都定了光了,说话舌头都不大灵便了。

"小二。"

"哎,爷驾。"

"添酒。"

"唉喂,不能玩了。"

"你笑天下人没有酒量,爷吃三十碗挺身过岗。"

"爷驾,咦,你老人家吃了有了三十碗咧。"

"倒有了吗?"

"有咧。咦,你把个酒壶数下看哟,那边桌角上头九把酒壶,这一边是一把酒壶,计共十把酒壶。一壶三碗,十壶可是三十碗啦?"

"哈哈。"

"咦,你笑做事啊?"

"也笑天下人没有酒量。爷吃三十碗,又把爷怎么子?啊?"

"唉喂,爷驾,你老人家酒量是不小,在我看,不过你现在脸上颜色不对了,跟个大红缎差不多,说话都不大灵便了,舌头都僵了。"

"你混讲的什么!"

"不啰嗦。"

"算帐!"

"噢,就是了。……哎,前头柜台上听著啊,来客算帐,四钱五分银子啊!"

只听见前面柜台里头小老板一声应答:

"哎……!"

武松站起身,把包裹、哨棒这一拿,抢步直奔前面。到了柜台面前,手一抬,把哨棒朝旁边一戗,包裹就朝柜台上一摆,把包裹打开,手伸进去,就在里头"噼!"把个银袱子摘出来了。什么是银袱子?是个乌绸帕,包银子的。把乌绸帕打开,只望见里头有二三十块散碎银两,最大的总在有两把重,最小的也有三四钱重。武松手一抬,就在里头拈了一块,这一块在我交代是一两五钱四分,就朝柜台上一放。

"称了算。"

"就是了。"

小老板转过身来,就在后头帐桌上把个银戥字拿过来,手一抬把银块接过来,在手上掂了两掂。要掂做事?看看银色如何。哎,银色着实不丑。把银块就朝戥盘里头一放。望见他右手两个指头拈著戥毫,左手就位著戥杆子。把戥花子拣好了,戥杆子戥平了,小老板低头看看银块,抬头看看武松的脸色:

"哎,爷驾,你老人家这块银子我戥过了,是个一两………还欠一分哪。"

咦,这种什么报相啊?怎么中间玩个"跌断桥"的?不是"跌断桥",哪晓得这个小老板其心不良,他想吞吃这块银子,想以多报少。既是一两欠一分,何不就报个九钱九呢?不能玩。为什么?你如其秃头秃脑的报个九钱九,你可晓得来人的银子有数没数啊?如其他的银子有数,你报个九钱九,他马上就要喊起来了,好说:"哪个说的呀?我的银子是九钱九啊?"那一来就找话说了。所以这么样子,他先报个一两,先来探下子路,单看来人的银子可有数没数。要如其来人的银子有数,他马上就喊了,好说:"哪个说的呀?我的银子何止一两啊?"我底下就有话说了,好说:"爷驾,你不要吵吵,我底下的话没有说得了呢,底下还有个几钱几分哪。"就好带舵了。哪晓得"一两"两个字出了口,再把对过的脸色再望望,只看见对过脸色是若无其事,晓得银子不得数。他既然没有数,我最好不过跟他再回个头:"还欠一分哪"。不要忙,武松的银子究竟可有数没数?他到哪块数来呐。什么道理?酒吃得太多了。

"这块银子还够吗?"

"够了够了够了。我告诉你噢,不但够,而且还多。"

"多了就赏给小二。"

"咦喂!多谢爷驾,谢谢爷驾咧……!"

跑堂的心头好喜欢。武松手一抬,把乌绸帕包好,就朝包裹里头这一放,包裹这一扎,肩头上这一背,哨棒这一拿,出了店门,由东向西而去。

小老板看见来人走了,手一抬,把个抽屉朝下一开,就准备把这块银子朝银匾子里头撂了。跑堂的一望:

"哎,不要忙,小老板,我就不懂啊,你把银子朝哪块撂啊?"

"我把它放到抽屉里头哎。"

"哎,不啊,这块银子多哪,客家说余多的赏了把我哎,你把它拿起来做事啊?"

"你听我说呦。"

"哎。"

"这块银子九钱九。"

"哎。"

"客家吃了四钱五,说余多的就赏了把你。"

"不错。"

"我现在把这个银子拿起来,我马上就找一个五钱四的把你,不是就行了吗?"

"哎,不行。小老板,你,你把银子把我。这块银子九钱九,客家吃了四钱五,说余多的就赏了把我,你现在把这个银子把我,我马上就倒过头来,把一块四钱五的把你,不是就行了吗?"

"不错哎,我找了把你。"

"啊,不,我找了把你!"

"来噢,我就不懂啊,小伙啊,你要这个银子做事啊?"

"哎,小老板,你要这个银子做事呢?"

"噢,你听我说呦,有个道理咧。"

"哎。"

"因为前向时,你家那个嫂子啊,叫我代她打根簪子。"

"哎。"

"我看这块银色不丑,我呐,就想代你家嫂子打根簪子。"

"不啊,小老板,你弄清楚了啊,我家那个嫂子是寡妇嫂子啊,怎么想得起来叫你代她打簪子的呀？"

"不好了，不好了，照你这个说法子，还要说出嫌疑出来哪。我又不是说的你家那个嫂子，我告诉你，你就晓得了。"

"哎。""我们两个人，可是东伙两个啊？可对不对？"

"噢。"

"可算就是弟兄。"

"啊。"

"来噢，我的岁数比你大些，我就算是你一个老大哥。"

"不错。"

"我的老婆可是你的个嫂子啊？"

"噢，就这么个嫂子啊！"

"哎。"

"你说清楚了吵！"

他们东伙两个正在块蛮扛乱吵，哎，有个人家来了。哪一个？老老板。老老板正在隔壁香腊铺子里头玩，只听见家里蛮扛乱吵的，不放心，家来望下看。老老板今年六十外岁，蟹壳子脸，马爷标的胡子。望见他先生抹着胡须，进了店门了。

"唉！我就不懂死啦，没生意，没买卖，不晓得吵的什么事啊？"

"咦喂，老老板家来了。"

"老爹哎，你来得正好，我来把本帐把你算下子。"

"哎！"

"刚才来了客家，在我们店头吃过了之后，把了块银子，这个银子九钱九，客家吃了四钱五，说余多的赏了把他。"

"哎。"

"我说嘛，我把这块银子拿起来，我马上就找一块五钱四的把他，你看这本帐可错不错？"

"不错！"

"啊,不,老爹哎,你再听我把这本帐再来告诉你,这块银子九钱九,客家吃了四钱五,说余多的就赏了把我。"

"哎。"

"我叫小老板把这块银子把我,我马上就倒过头来就找一块四钱五的把他,你看这本帐错不错?"

"小伙啊,又多不出一厘来啊!"

"噢,罢咧。"

"不谈了,小伙啊,你就给他咧。"

"怎么就给他的哎,你又不晓得,我告诉你吵,这块银子多哪。"

"多多少吵?"

"你不要吵好不好,你让我来慢慢告诉你,这一块银数实数是一两五钱四分。"

"哎,你报客家多少的?"

"我……我只报了九钱九。"

"不得命了,小伙啊,你这个心那,伙计啊,黑漆都退了光了。不要忙,有件事情我要问你,这个客家吃过之后,你看见他出了店门朝哪一头跑的呀?"

"唉喂,老爹啊,这个倒没有在意。"

"好,小伙啊,你们只顾钱,就不顾人家的性命。——王二啊,小伙哎!"

"哎。"

"你赶快代我追,你如其能把这个客家追回头,喏,我把这块银子,我都赏了把你了。""噢!"

乖乖,跑堂的出了店门,兔子是他家孙子,直奔,"踢笃踢笃踢笃踢笃……"客家走嘛罢咧,为何要追呢?非追不可。什么道理?因为就在这座镇的西首有座岗,叫景阳岗。景阳岗今年就在秋天,突出猛虎,拦路伤人,阳谷县有告示在外:每日巳、午、未三个时辰,如其有行人走此经过,店东要拦,地保要阻。如其店东不拦,地保不阻,行人被虎所伤,店东跟地保就要吃官司。所以这么样子就非追不可。"踢笃踢笃踢笃踢笃……"跑堂的跑得快哪。走啊走啊,再朝前头一望,噢,一看就看见武松正朝前头跑著。啊,武松走这么慢啊?不怪他,酒吃得太多了,跌跌跄跄,踉踉晃晃。跑堂的看见,老远就喊了:

"哎……!前头爷驾站住,不要走啊!"

"踢笃踢笃踢笃"。武二爷这一刻正朝前头走著,耳畔中只听见后头有人招呼,不晓得哪一个。英雄足不停,掉过脸来一望:"噢,认得,原来就是酒店里头跑堂的。不晓得喊我什么事。"

"你叫爷干什么?"

"爷驾,你老人家不能走了。因为就在前头有座岗叫景阳岗,景阳岗就在今年秋天突出猛虎,拦路伤人,你老人家现在赶快跟我回头,在我们店头住一宿,等到明日,有人护送你老人家过岗。"

"怎么,前头有虎?"

"哎,对啊,前头有老虎。你老人家不能走。"

"你先前为何不讲?"

"先前实在是小人大意,玩了忘却了。"

"哈哈,爷明白了。"

武松可是明白?他要明白,我能代他赌咒。他玩到夹层子里头去了。在武松度量:这爿店肯定是爿黑店,东伙两个不是好人。这都是我在柜台上会帐的时候,东伙两个见我包裹里头银子多,他见财起意,所以他现在就用老虎的话来吓我。我被老虎一吓,我可是要回头啊;我如其回头,必定在他家店中住宿,等我睡到半夜三更,东伙两个拎把刀,进我的房,就动我的手。啊呀,照你这一说,武松的疑心病太大?不能怪他。为什么?因为在那个时间路道荒险啊,三十里一个寨子,五十里一个山头,十里八里有打闷棍剪径,卖蒙汗药广行,盗贼蜂起,走路的走得不好就是人财两空,所以不能怪武松多疑。

"你可知道,今天景阳岗的老虎要请我。"

"啊,请你做事?"

"请我吃晚饭。"

"咦,我看你怕的油得大呢噢,噢,老虎还请你吃晚饭哪?我看你噢,怕的要送了把老虎当晚饭吃去呢噢。"

"你混讲的什么!"武松说过之后,转身就走。

哪晓得跑堂的一看见武松走,心头急了,就准备来拖他。你拖他不要紧,你哪怕就是拽他的衣服,或是拖他的膀子。他不是的。他一看,看见武松肩头上背了个大包裹,手一抬,就来抓他的包裹了:

"爷驾,不要走!"

武二爷正走着,只听见背后一阵风。英雄掉过脸来一望:"啊!可要死啊!他拖我的包裹是假的,抢我的包裹是真的。你既然能动到手,抢我的包裹,我就能打得你!"英雄转过身来,两个指头这一抬,就认定跑堂的肩头就是一下子:

"好囚攮的,你替爷滚了吧!"

"啡!""啊唷喂!""忽隆通!咋嘎!工!"咦,哪块来这么许多声音的呀?声音虽多,一个不杂。哪晓得就在旁边是香腊铺子,香腊铺子的门虚关而未闩,跑堂的刚才就被武松这一点啊,一个跟跄,一个旁插子,朝旁边这一掼,正好这一掼就掼在这个石板门上头,"咋嘎!"把个门跌了开下来了;"工!"跑堂的跌进去了。

香腊铺老板正在柜台里头在块过帐,有个学生意的小倌就站在柜台外头。老板正在块过着帐,突然只听见外头:"忽隆通!咋嘎!工!"

"不好,小伙啊,望下看,是哪一位打到我家来了。"

"噢。"

跑堂的过来一望:

"哎,老爹哎,不是哪一位打到我家来了,是某人家酒店里跑堂的王二,怕的是羊儿疯病发作了,你望下看,喏,这个嘴头沫粘痰撒撒的嘛。"

"不得命了,不是羊儿疯病噢!"

"噢,不是的。不是的。究竟什么玩意头啊?"

"我告诉你吵,刚才有一客家在我们店里头吃酒,吃过了我就忘却把个老虎的事情告诉他了。我现在特为追得来告诉他,他啊不但不相信,把我的肩头都打伤了。"

"打伤了罢咧,爬起来回去咧。"

"爬不起来了。"

"唉,坏了。……老爹哎,他爬不起来了。"

"来噢,小伙哎,代我到铺子上喊几个大个子把他抬了走。"

"噢。"

跑堂的随即到了铺子上,喊了几个大个子,把这个小伙抬回去了。

跑堂的虽然到了家,老老板见他回来没有把客家追回头,他还好,把余多的两把银子都赏了把他了。跑堂的虽然银钱到了手,哪晓得到了第二天,不能做事了。做事?这个半边身子麻里木足,不能动。只好找人替工。小人闲居为不善。就有人举荐了,哎,说:

"你家对过万寿堂药店里头啊,走都城带回来的膏药专治跌打损伤,价钱不贵,五分银子一张,你买一张贴贴看。"

"噢!"

跑堂的特为买了一张,贴了下子。哎,是好些呢。哪晓得到了第二天,药性走了,身上还是麻,就又买了一张贴了下子。哎,又好些了。就这个样子,左一张,右一张,右一张,左一张,一气头贴上头二十张。难为他,嗨,把余多的两把银子贴膏药贴得干干净净。所以世间上不义之财不可贪。他到了随后,他做他的生意,我也就留他去了。我再来拉回头交待武松。

1989 年 5 月 29 日于扬州

（续）

武松在景阳岗吃了"三碗不过岗"的酒,吃得是跌跌跄跄,踉踉晃晃。他这一刻出了西镇门,就直奔景阳岗。

今天西北风比较大。武二爷走著走著,只觉得胸门口这个地方拱拱地、泛泛地、漫漫地就直朝上泛了,到了咽喉这个地方,就要朝外吐了。你是个武松,你这一刻把它吐掉,倒不是蛮好的吗？嗯,不,他舍不得。武松也有他的算盘呢,他的算盘并不错。他怎么想的呢？他想:"我好容易把它吃下去,把它吐掉,就诚为可惜,就浪费了。"

"呃,嗯……""好囚攮的,爷好容易把你吃下去的,你倒又要出来了,那不行,再替爷下去！嗯……"哎,倒又被他忍下去了。武松就这个样子,走著走著,又下来二里多路,离景阳岗还有二里多。

英雄正走之间,只看见就在旁边有一座土地祠,就是土地庙子。月光照射,看得清楚,好像就在土地祠上头贴了一张东西,好像是个告示。武二爷这一刻抢几步上前,凝神这一望,果然不错,是一张告示。武松当其时就看了。不过,他看是看在肚里头,我现在要把它说出来。不要忙,武松可看得下去？可以。他虽然自幼失学啊,到了后来后学,还着实认得几个字。

> 特授山东东昌府阳谷县正堂、加十级、记录十次史为出示晓谕事:照得城东景阳岗地界,不幸今秋突出猛虎,拦路伤人。本县切齿痛恨。已差壮丁猎户捕捉,至今未获。合即出示,惟此示仰城乡军民人等,一体知悉,每日只准巳、午、未三个时辰,行人结伴,地保鸣锣,多带木棒,护送过岗。行人走此路过,店东要拦,地保要阻,若店东不拦,地保不阻,被虎所伤,本县查出,一并重究,决不宽贷。宣和年月日发景阳岗东土地祠实贴。

"啊唷！"

武松不由吃了一惊。不过他是惊,不是怕。惊是惊,怕是怕。他惊者何以呢?武二爷再一想:"啊呀!我刚才把那个跑堂的打错了,我错怪他了。在我刚才的度量啊,我认为这一爿店肯定是一爿黑店,那个东伙两人不是好人,他告诉我说老虎,肯定是假的,他是骗我的。哪晓得不相干,前头确实有老虎,跑堂的说的话是对的。我刚才不但不相信,反而把人家打伤了。"所以武松晓得自己错了。他既然晓得自己错,这一刻该派要回头了?啊,没有,没有回头。什么道理?武松想过了:"前头不过是一只老虎,我假如现在回头,跑堂就要笑话我了,好说:'来噢,客驾,你刚才不是说的吗,说景阳岗的老虎要请你吃晚饭,你不去吃晚饭去吗?'那一来他就耻笑我了。我何能被他人耻笑呢?再说,景阳岗不过是一只老虎,就凭这一只老虎难不成就拦住我的去路了吗?我将来还能冲锋打仗吗?还能办大事吗?"所以武二爷想到这个地方,望见他上了这一条大路,是挺腰腆肚,直奔前方。有两句可以赞他:明知山有虎,他偏向虎山行!

武松就这个样子,走著走著,又下来二里多路。只看见前面已经顶到了景阳岗。景阳岗是东西的大路,南北的高岗。由走岗底到岗顶啊,也不过总在里把路的样子,要摆往日间,武松根本就不费事,一口气就可以上去了。哪晓得今天不对了,什么道理?酒吃得太多了。英雄现在是头重脚轻,跌跌跄跄,踉踉晃晃。他勉强走到半山腰,实在不能走了。只望见前头旁边有一株老树,这一株老树有一人合抱围圆。就在树根脚下有块青皮石,这块青皮石总在有六尺多长,三尺多宽,有一尺多厚,不知陷在土内有多深。嗳,这块青皮石倒是干干净净,亮刮刮,滑滴滴的。武二爷这一想:我这一刻何不坐在这个地方稍微休息一下呢?用得。英雄走上前,手一抬,就把哨棒朝旁边这一戗,包裹褪下来,就朝青皮石上这一放,把包裹朝青皮石头前推了一推,这个右手肘就朝包裹上头一搁,右手勒了个拳头,枕着太阳,眼一闭,身就定了,"唉……喊……哈……"咦,他倒睡着了。

啊,武松这么辛苦啊?不能怪,因为这一路上放了好几个夜站了,所以倒下来就着。啊呀,武松也太荒唐啦,你要晓得这个地方有老虎,你岂能睡觉吗?咦,他把老虎的事情倒玩了忘却了。好坏的记性啊?啊,不,武松的记性并不丑,今天不同了,什么道理?酒吃得太多了。所以酒这件东西不是件好东西,酒能误事。不过,在我看呐,武松还就大亏睡这一觉,他就睡这一觉啊,就在这个青皮石上一阵子彻,在西北风头上一阵子吹啊,这个酒就醒得比较快了。等老虎马上出来,他酒醒了之后,他正好有精神,就能够跟老虎斗了。

武松睡的时间不小哪,由现在睡起,一直睡到将近二更左右。他正睡得鼾呼浓厚,正睡得着呼呼的,就在这个时间有件东西出来了。什么东西?吃人无餍的大虫,老虎出来觅食了。不要忙,景阳岗原来可有老虎?原来没得,就最近才有的。难不成还是走天上掉下来的,还是走地下冒出来的呢?不是的,天上不可能掉老虎,地下也不见得冒老虎。这一只老虎走哪块来的呢?是从外山山崩崩过来的。哪晓就在外山啊,有两只老虎。这一只老虎在一起就斗了,俗说"一山不能存二虎"哎,这个两只老虎斗啊斗的斗到最后,斗败了的这一只就逃奔他方,就到这一座山上来了。老虎住在哪块呢?这一只老虎就住在南山这个没人到的山洼子里头。这个老虎就用前爪扒啊扒的,就扒了一个穴洞下来。这个穴洞有多大呢?有间把房子这么大。只看见周围这一转有枯草围着。这个老虎就住在里头。

这一刻老虎已经出动了,"叭哒……叭哒……叭哒……"望见他一摇二摆,踱起官步来了。踱啊踱的踱到外面,后足朝起一盘,前爪朝起一撑,头一抬,嘴一张,就望著天空,就是一声虎啸。

"呜……!"

"呜……啊……"只看见狂风乱吼,刮得野树直摇。起了风了。老虎一声喊,为什么起风?并不是老虎喊起风,这都是起了风之后,这个老虎就喊了。为什么?它就借助风的这一股威力,来倚仗自己的这一股威风。老虎一声虎啸之后,望见它前爪这一抬,后足这一蹬。

"吗!"

"得儿……"一蹿就蹿到一丈多远"叭!"朝下一落。落下来之后"叭哒……叭哒……"踱啊踱的就踱到岗西。哪晓得就在岗西是一条大路,这个两旁边长的全是枯草。老虎就朝枯草丛中一伏。伏下来之后啊,它就等白大吃了。噢,老虎肚子饿了?饿了。有三天没得吃了。老虎究竟吃什么东西?它吃的东西,它最欢喜吃的就是人;它如其吃到人哪,就如同我们各位吃到那个上等酒肴差不多。除人而外,吃的东西就更多了,什么天上的飞禽、地上的走兽、水头的鱼虾,它都能吃。噢,天上的雀子它也能吃啊?也能吃。你比方这个雀子在天上正飞得行行的,它在块飞著,被老虎看见了,老虎就朝下这一伏,头一抬,嘴一张,就望著雀子就是一声喊:

"吗……!"

就这一喊,把它肚里这一股腥臭味就整个冲上去了。你不怕这个雀子在天上飞得行行的,只要掸到这一股腥臭味,坏了,就不能飞了,两个大翅朝起一拢。试问这个雀子在天上飞嘛就玩的两个翅膀哎,大翅膀朝起一拢嘛,它飞不起来咧,"得儿……噗碌秃!"朝下一掉。才掉下来,老虎不慌不忙,走上前,嘴朝开一张,"啜!"一口吸就到了嘴了。到嘴就到肚,直接就当早点。再说这个兔子。兔子要算跑得最快了,大概老虎吃不到了?哪个说的呀?照吃。你比方这个兔子在前头跑著,正跑得行行的,被老虎看见了,老虎朝下一伏,嘴朝开一张,就望著兔子就是一声喊:

"吗……!"

它就这一声喊啊,肚里这一股腥臭味就席地卷了去了。兔子正朝前头跑得行行的,只要掸到这一股腥臭味,坏了,就不能跑,就踩在那个草窠里头直抖不止,"得得得得……"老虎不慌不忙地走上前,嘴朝开一张,"啜!"一口吸就到了肚了。到嘴就到肚,直接就当中饭。还有这个猴子。猴子要算最会爬高啦,大概老虎吃不到了?哪个说的?照吃。你比方说,猴子在树上,前头两个爪子就吊在树枝上,两个猴眼睛 挖打挖打 地望著老虎,猴子心里头并有话呢:"哎,老兄啊,你虽狠哪,你不能漫高,你能奈我何?"嗳,老虎就更妙,老虎朝树脚下这一伏,头一抬,就望著猴子就是一声喊:

"呣……!"

猴子听见老虎喊啊,走心里头就抖起,就怕起,"得得得得……"

"呣……!"

"得得得得……"坏了,抖得更凶。也不要多,老虎只要三五声这一喊,这个猴子的猴头抖昏了,眼睛抖花了,前爪后足一松,"噗碌秃!"朝下一掉。掉下来,老虎嘴一张,"啜!"一口吸就到了嘴了。到嘴就到肚,直接就当晚饭。到了下午,它到山涧去饮水,左嘴夹子水进去,右嘴夹子水出来,鱼虾是一个漏不掉。所以一天三餐,飞禽、走兽、鱼虾是被它吃得干干净净,没得再吃了。试问啊,本方的飞禽、走兽被它吃了了,哪块一个"过天星"也没得吗?一个外方的飞禽、走兽也不到本方来吗?也不来。什么道理?都已经带过信了。是哪个带的信?就是它们同行。嗷,你不要看它们在一起哎,这个畜生跟畜生之间啊,它也谈话咧,噢,人有人言,兽有兽语哎,嗳,它们在一起,没事就谈了玩玩了。你比方本方的飞禽、走兽,一声飞到远方,遇见远方的飞禽、走兽,它们就打招呼了:

"哎,老大哥啊,伙计啊,某地方不能去啊,那块有个吃白大的哪!"

所以都已经带过信了,因此外方的飞禽、走兽呐,都不到本方来了。因此这个畜生整整三天没得吃了。望见它现在伏在枯草丛中,头一抬,就望著天空这一轮明月,就是一声虎啸:

"呣……!"

"哈……!"

它现在这个心里,望著亮月子,恨不能一口头把亮月子吞到肚头,心里头才舒服呢!哪晓得这个老虎刚才第一声虎啸啊,离武松比较远,一个在岗东,一个在岗西。第二声虎啸呐,离武松已经邻近了,就在第二声虎啸,把武松惊醒了。武二爷睡在青皮石上,正睡得鼾呼浓厚,正睡得着呼呼的,就被这一阵风吹醒了。

"啊唷。"

只觉得周身是彻骨之寒。英雄右手肘就在包裹上一摁,拗了朝起一坐。坐起来之后,两只手这一抬,就把眼睛一揉一眨,眼睛睁开来一望,晓得起了风了。"呜……啊……!"一阵风过去了。一阵风过去,接逗第二阵风又到了。哪晓得就在第二阵风的风尾子上头,武松闻见一股腥臭味。

"不好!"

武松晓得坏了,肯定是老虎出来了,或者其他野兽出来了。武松怎么晓得的?听人说的。听什么人说的?听走道的人说的。走道的说:如果在外头走路啊,到了深山老林,特别一声到了起到风,这个风尾子上头如果有腥臭味,大多数是老虎或者其他的野兽出来觅食,大要留神。所以武松晓得,肯定是有东西在出来觅食。武二爷想想:"啊呀,这个地方不能久留,要赶快走!"英雄站起身,手一抬,就把自己衣角一招扎,然后一筛煞,把靴子蹬了一蹬,再看看,哨棒这一拿,包裹都不要了,"噗噗噗噗……"一口气就直奔岗顶。

武二爷到了岗顶,一个"金鸡独立"势,他左足直立,把右腿朝起一环,左手捺了个身部叉住腰杆,右手就提着这一根哨棒,由上至下的就朝底下看了。武二爷这一刻再朝底下这一望啊,哪晓得满眼看不见老虎。老虎在哪块?这个畜生就伏在草丛中。为什么看不出来?不奇怪,因为枯草的颜色是老黄色,老虎身上的毛皮的颜色它也是老黄色,因此就不大容易看得出来。哪晓得武松在岗顶没有看见这一只老虎啊,老虎伏在枯草丛中却早已经看见岗上的武松了。这个畜生心里头有话:"俺,今儿个这个白大吃准了,伙计啊。"咦,它倒以为白大吃准了。要是有我在旁边,我就把底把它了:

"白大不能吃啊,哎,吃得不好,谨防钉到上颚子上头,拿都拿不下来!"

它到哪块晓得呢。看见老虎这一刻前爪、后足这一踏,腰一拱,头一缩,尾子一翘,就是一个虎睏。何谓虎睏?俗话就是伸懒腰。要看老虎的虎睏可看得到?可以要看老虎的虎睏呐,就看猫子伸懒腰。俗说猫像虎形嘛。你比方说,有的人家家里养只把猫子,特别到了冬令天啊,猫子睡到哪块?比方睡到草窝子里头,或者水焐子里头,你跑了去冒里冒失把它打醒了,它呐,腰一拱,头一缩,尾子一翘,接逗"喵呜……",蹳掉了,这就是猫子伸懒腰。猫子的伸懒腰跟老虎的虎睏没得二样,是一个样子。这个畜生一个虎睏之后,前爪这一抬,后足一蹬,"吗!""嘟……叭!"蹿到大路的中心朝下一落。落下来之后,望着岗顶的武松是张牙舞爪,摇头摆尾。

武二爷站在岗顶再朝底下一望,一看看见由枯草丛中蹿出东西来了,武松吃了一惊。再凝神一望:"要死,老虎!"武松怎么晓得是老虎的?他虽然真老虎没有看见过啊,画上画的纸虎……假老虎看见过的,这个扎的老虎他看见过的,所以晓得是老虎。武松再望望:"这是摆到我的啊,要摆到差不多胆小的,今儿个就被它吓了瘫下来了。可要死啊,这个畜生是厉害呢!"看见这个样子就可怕。老虎可厉害?当然厉害啊。我有几句赞它:

> 远望它,像独角魁牛;近觑它,是斑斓猛兽。左耳点点红,红似火;右耳片片青,似水波。眉横一王字,它好似巡山都太保。二十四根胡须,如芒针铁线;四大牙,八小齿,像锯锉钢钉。眼若铜铃光似电,虎尾如同竹节鞭。前为爪,后为足。前爪低,扒山越岭;后足高,跳涧蹿溪。抬头呼风,天上飞禽皆丧胆;低头饮水,水内鱼虾尽亡魂。走兽之中独显它,它周身尽是锦斑花,三天不食人身肉,摆尾摇头自锉牙。

"吗……!"

望着武松是张牙舞爪,摇头摆尾。

武二爷这一刻站在岗顶,右手的哨棒棒头这一起,就对着老虎,一声大喝:

"呔……!孽障休走!"

"噗噗噗噗……"武松现在是蹦纵蹿跳,其快如飞。一口气到了山脚下,离老虎还有一丈多远,人朝下这一站。英雄站下来,丁字步,八字脚,左手勒了个拳头叉住腰杆,右手就提着这一根哨棒,两个眼睛就望著老虎。咦,武松倒没有上来跟老虎斗吗?没有。为什么?先要把个门户先要立好了。你不要看为武的啊,不管跟什么东西动手,跟畜生动手也好,跟人动手也好,他事先要把门户要把它立好了。所以武松就站到这个地方。

老虎怎么样?老虎这个畜生啊,它见人"三威"。"三威"怎么讲呢?三威者就是三种狠处。哪三威?第一威就是一声虎啸,也就是一声喊。它这一声喊,你对过这个人的身体如果稍微弱一点,稍微差一点,你人就瘫下来了,你人就不行了。你如其能够把它的第一威让过去,它第二威接逗就到了。第二威就是两个前爪。它这两个前爪蹿上来,就认定你左右的肩头就扑了,要果真被他掸着了,对不起,是骨断筋崩。你如其能把它第二威再让过去,它第三威跟著就到了。第三威就是虎尾。它这个虎尾子啊,就认定你这个人就扫,就剪了,扫到你的腰,腰断;扫到你的腿,腿断,就如同钢鞭这一般。老虎现在怎么样?老虎现在第一威到了,前爪撑著,后腿盘著,嘴张著,望著武松就是一声虎啸。

"呜……!"

一声虎啸之后,肚头这一股腥臭味啊,就冲出来。武二爷怎么样?武松站在这个地方若无其事,考究动都没有动,还是这个架子,丁字步,八字脚。老虎再把对过来人一望:"咦,可要死!嘿,这个人厉害呢嘛!啊,我刚才这一下,对过都没有买帐嘛。唔,看来第一威不行了,要来第二威了。"望见老虎冒里冒失前爪这一抬,后足这一蹬,"嘟……"蹿上来,两个前爪就对准对过武松就扑得来了。武松怎么样？武二爷只看见老虎两个前爪认定自己面前扑得来，英雄就把右足朝左边这一会：

"好……！"

身子就偏过来了。他不但身子偏过来，连这一根哨棒都过来了。老虎怎么样？

"吗！"

老虎扑空了。老虎一扑就扑在武松的右边。老虎这一刻就扑空了，它也晓得人就在它的右边，它就把个头偏过来，就认定武松就准备一口咬，"吗！"武二爷只看见老虎认定自己面前咬得来，英雄哨棒这一抬，由上至下，就认定老虎的虎头就朝下打了：

"着！"

"呜……！"

只听见"咋！""托！"好，哨棒断了。这一根哨棒怎么断的？武松把个哨棒朝下打，老虎就把个头呐，朝后褪，它这一褪啊，哨棒可是打空啦，这根哨棒一打就打在老虎的面前，老虎看见哨棒，它不晓得什么东西，它以为是能吃的东西，因此走上去就是一口咬，就这一口咬，就把这根哨棒咬为三截。怎么咬为三截的？前头一截掉地下，中间一截老虎含嘴头，最后一截武松抓手上。武二爷再把这根哨棒望望：好，这个东西没得用了，本来可以打老虎的，这一下打不起来了，太短咧。抓在手上反而累赘，反而累手，不如把它撂掉吧。手这一抬，"托！"把个哨棒撂掉了。

武松撂哨棒，这一刻老虎就吐哨棒。为什么吐哨棒？老虎把个哨棒含在嘴里头，想想："没得味嘛，木渣木渣的，又不能吃，不如就把它吐掉吧。"它把哨棒这一吐，认定武松又咬过来了：

"吗！"

武二爷看见老虎又咬得来，英雄左手这一抬，五个指头就认定老虎的脑盖皮，也就是五花皮，就是一把抓：

"孽障，不要动！"

"吗!"

"嘟……"什么玩艺头？老虎这一刻冒里冒失就把周身的毛皮这一紧，它由走武松的手底下一蹿，它就蹿过去了。蹿过去有丈把远，朝下一落。老虎大概要走了？没有。做事？它今儿来者是准备吃白大的哎，白大没有吃得到咧，岂能走呢？不走！老虎这一刻把个头朝过一掉，掉过来之后又认定武松又扑得来了。武二爷看见老虎又扑得来，英雄就把身子仍然就朝左边这一偏。老虎又扑空了。仍然就扑在武松的右边。武二爷这一望："这一下要把你认准了。"英雄左手这一抬，就认定老虎的五花皮就是一把抓：

"孽障，不要动！"

"吗!"

好，被搭住了。嗳，就不得动了，就给他捺住了。武二爷你晓得这五个指头哪块是指头哎，就如同钢钩差不多，就紧紧地把个老虎揹住了。英雄接逗右足朝起这一抬，足尖子就认定老虎右边的面庞，就是一脚蹬：

"着！"

"噼！"

"吗!"

哪晓得这一喊啊，老虎眼睛珠子炸掉了。只看见白的、红的、黑的三种颜色都出来了。因为武松这一下蹬下去，蹬巧了，正好就蹬在这个眼睛珠上头。哪块这么许多颜色的？当然啦，白的眼睛白子，黑的是眼睛珠子，红的是鲜血，可是三种颜色啊？噢，老虎淌血了？淌血了。咦，我们不是听人说啊，老虎见血封喉？有人说老虎见血封喉，并不是说老虎见了血就死啊，你比方说，哪怕就是拿把刀，你在老虎的这个屁股后头剜一块肉下来，无所谓，它到了随后风吹吹，塘灰搽搽，结疤子，疤子一掉，长毛衣，是一复如旧。最怕的拿一把锥子，在它前爪这个地方捣一个眼子，冒个血珠子，坏了，哎，这个老虎就不能保命了。做事？它整天就躲在这个洞里头啊，它就盯住这个血珠子望，老虎这个畜生它最干净，最

RJ[22]

爱洁,它身上不能有一点污点,它看到血珠子,它就用舌头来舔了。哼,这个舌头还就舔不得。为什么?猫子的舌头还尚且厉害呢,何况老虎的舌头呢,这个倒刺多厉害啊!就这一舔啊,就把眼子周围的毛衣就舔掉了,唔,眼子倒又更大了些了,血倒又淌了多了些了,它见了血又舔,舔了又淌,淌出来又舔,就这么天天舔,日日舔,时时舔,刻刻舔,舔尽了骨头,舔死了告止。所以这个样子叫见血封 喉 ,并不是老虎见到血就死。

武二爷这一望:"唔,你的右眼已经瞎了,我现在最好不过代你把个左眼再打了瞎掉,我单看你这个瞎老虎可厉害不厉害吧,可凶不凶吧。"英雄右脚又朝起一抬,足尖就对准老虎左边的眼睛,又是一脚蹬:

"着!"

"噼!"

"吗!"

好,左眼也瞎了。现在老虎双目不通,变成瞎老虎了。看见老虎两个眼睛鲜血直淌,直滴。老虎疼啊,都疼到命眼里头去了。当然疼啦。你晓得上头武松手揸住它,它又疼,这一刻老虎难受噢,四个爪子就在地上就扒了,"叭哒……!叭哒……!叭哒……!"老虎扒啊扒的就把地上的这个石头子子扒得泛泛的,塘灰勃勃的,扒了四个深塘下去。老虎现在不但四个爪子在地上扒,尾子就在后头甩"叭哒……叭哒……"武松这一望:"唉,不好,这个老虎尾子犯嫌了。做事?这个老虎尾子这一甩啊,谨防老虎尾子碰到我的身上,就要吃它的亏,就要吃它的苦了。那怎么办呢?最好不过代你把个尾子办掉,把尾子蹬了断掉。用得。"英雄就把右脚朝起这一环,右脚环起来之后就顺着它的脊背,就认准老虎的尾巴根,就是一脚蹬:

"着!"

"噼!"

只听见:"咋!托!"好,尾子断下来了。这个尾子怎么断的呢?哪晓得老虎的尾子啊,它是一节一节脆骨接起来的,它刚才在块甩的时候啊,这个尾巴根这一节呐,是个挺硬的,武松刚才蹬得来的这一腿,也是个挺硬的,就硬碰硬,"咋!"断掉了。尾子这一断,甩不起来了,这还甩什么东西呢?武松接逗就将右脚收回,一个跨马式就朝老虎脊背上一骑,左手就仍然抓住它的五盖皮。再望望:咦,老虎这一刻把个头啊,要朝起昂了。昂起来做事?难过啊,它想把个头昂起来,稍微舒服些。

"吗……!"

它刚把个头朝起昂,武松这一望,右拳这一勒,就对着老虎右边眉骨这个地方,甩起来就是一拳:

"着!"

"噼!"

"吗!"

就这一下子,就把个老虎的头就打了埋下去了,就打了扣下来了。武松接逗又朝起这一勒,对住老虎右边前老胯这个部位,"嘿!嘿!嘿!嘿!"打了十几下子。但我要交代,他虽然打了十几下子啊,他是认定一个部位打的,他并没有统地方,就在这个地方打的。所以随后这只老虎抬到阳谷县堂上,杵作子就过来验伤了,这个地方呢,只算一拳之伤,为什么?因为他没有统地方,他是认定一个部位打的,虽然打了十几下子,只算一拳之伤。

武二爷这一望:啊?看见老虎在地下还在块动著呢。老虎还没有死啊?再看看自己的拳头,

"唉唏!"

武松叹气了。"我这个拳头没得用咧,要换糖吃咧。不是的吗,我打了半天子,把个老虎都没有打得死,这个拳头还有什么用呢?"咹,武松这一刻就来找老虎的致命伤了。为什么?听人说过的,不管打人,打畜生,最要紧要找他致命伤,你认准他这个致命伤一下头,就能够解决问题了。武二爷正在块找着老虎的致命,唔,这个畜生要把个头啊,朝过偏了。怎

么朝过偏的？难过那。它这一刻又想把个头偏过来呐，准备认定武松就是一口咬。

"吗……！"它刚把个头朝过这一偏啊，武松这一望：哎，好极了，正好有个露空了。什么地方？右耳门子。右耳门子可朝上啊？哎，武松想想："这个右耳可是个要害的地方啊，是个致命伤啊，我最好不过认定你这个右耳门，跟你打一下子。用得。"英雄右拳朝起这一勒，就认准他的右耳门子，贯足了劲道，带谎说吃奶的劲都拿出来了：

"着！"

"噼！"

"吗！"

"丝……"什么玩艺头？只看见就在左耳门子里头冒出去有一丈多远，活像是红绿丝线。啊，大概老虎耳朵里头开了绒线店啦？啊，不是的，不是绒线店，什么东西？是瘀血。瘀血打了冒出来了。这个地方你说得不对啰。为什么？你刚才交代武松这一拳打下去是认定它右耳门子打的哎，瘀血嘛该派要走右耳门出来，怎么走左边耳门子出来的呢？有个道理呢。我刚才交代武松这一拳啊，劲道用得太大了，太猛了，这一拳打下去把个右边耳门子打了闭塞起来了，这个瘀血在里头呐，大门不得出来了，只好就走回路了，就走后门出来了。所以这么样子瘀血走这一边冒出来了。瘀血这一冒，老虎不动了。武二爷这一望："唔，怕是死了。"但是不能大意，为什么？这个老虎啊，你不要看虽然是畜生，有灵性哪，唔，它照常装死。"我来试试看。"把手松了一点下来。老虎不动。又松了一点下来。老虎还是不动。一 式 把它全松。老虎仍然不动。唔。

武二爷这一望：肯定死了。英雄就把右腿这一 会 ，人就站在老虎的左边，双手这一抬，就把老虎朝过一推，"轰……！"老虎朝下一倒。噢，老虎倒下来了？倒下来了。咦，不是有人说，虎死不落架吗？虎死不落架是不错哎，要看它怎么死的。每每的老虎它晓得要死了，它事先找个地方，特别找那个要道路口,把个架子朝下一摆,后足盘著,前爪撑著,头昂著,嘴张著,这个眼睛睁多大的,舌头还拉上多长的,嗯,一刻工夫,它就死了。这个样子叫虎死不落架。今天不是的啦,做事呢? 今天它没得架子咧。怎么没得架子的呀? 被个武松这一打,把个瘟架子打散掉咧,老虎还有什么架子呢? 因此倒下来了。武二爷再把个老虎望望,心头开心啊:"我今天打死了老虎,代百姓除了一大害了!"英雄望望老虎,顶调一声:

"呔! 孽障,你的威风安在了?"

> 武二英雄胆气强,
> 挺身直上景阳岗,
> 精拳打死山中虎,
> 从此威名天下扬!

1992 年 11 月 11 日于扬州

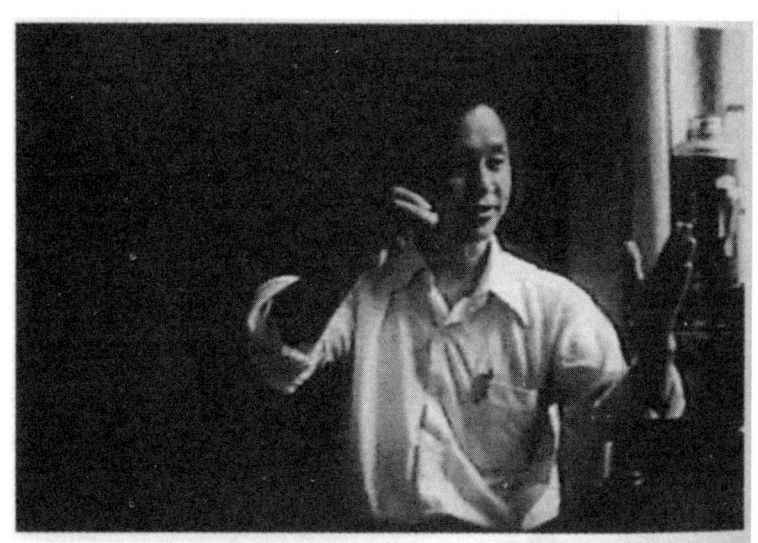

陈荫堂

武松打虎

扬州评话"王派水浒"
陈荫堂　口述

横海郡柴进留宾
景阳岗武松打虎

灌口二郎神武松，在河北沧州柴庄小梁王柴进府中避祸，得着哥哥消息，辞别王驾，赶奔山东阳谷县寻兄。在路非止一日，走了二十余天，今日已抵山东阳谷县地界。其时十月天气，太阳大偏西。

武松腹中饥馁，意欲打尖。抬头一望，只见远远乌酣酣一座镇市。英雄背著包裹，提着哨棒，大踏步前进。到了镇门口，只见扁砖直砌到顶，圆圈镇门，上有一块白矾石，写了三个大字："景阳镇"。英雄抢步进镇。只看见街道宽阔，两旁边店面整齐。就在右边有一家三间簇崭新草房，檐下插了一根簇崭新青竹竿，青竹竿上挑了一面簇崭新蓝布酒旗，蓝布酒旗上贴了一张簇崭新梅红纸，梅红纸上写了簇崭新五个大字："三碗不过岗"。再朝店里头望望，只看见簇崭新桌凳，簇崭新锅灶，簇崭新案板，簇崭新柜台，簇崭新的人。啊，用物东西有新旧，人哪块有新旧？嗳，就在柜台里头坐了个二十出头的小老板，柜台外面站了个十几岁的跑堂的，人常说"长江后浪推前浪，世上新人换旧人"，所以这也要算得是一新。

这一刻小二看见有个人站在门口，晓得顾客来了。他头戴一把抓帽子，围裙头儿扎得俏波波的，肩头上搭了一条毛巾，笑嘻嘻地走上前，望住武松，说：

"爷，到小店打尖吧，小店粟黍粥、高粱饭、鸡子、馒首，东西好，价钱又公巧。"

"小二！"

"是,爷。"

"你店中可有好酒?"

武松未曾进店,先问好酒何来?哪晓得在那个时候的人啊,好四个字:酒、色、财、气。武松这个人,只好两个字,好贪杯,好动不平之气,财、色二字跟他无缘。武二爷看看这个镇市不大,店面也不是太大的,心里有话:"恐其没得好酒吃呐,与其没得好酒吃嘛,我就不进店了,就赶下家。"所以武二爷未曾进店,先问有没得好酒。

"是,爷,小店旁的东西不敢讲好,小店的酒是身份怪高。来往的过客送小店八句。"

"哪八句?"

"造成玉液流霞,

香甜美味堪夸,

开坛隔壁醉三家,

过客停车驻马。

洞宾曾留宝剑,

太白当过乌纱,

神仙爱酒他不归家。"

"他上哪里去啦?"

"醉倒在西江月下。"

"好酒!"

乖乖!这酒就像个好的,开坛隔壁就醉倒三家。这种酒不要吃,闻闻就醉了。李太白到他家吃酒,爱他家酒好,把身上钱吃完了,把个乌纱褪下来押酒吃。吕洞宾到他家吃酒,欢喜他家酒好,把身上钱吃光了,把宝剑下下来押酒吃。你说这个酒好是不好?

武二爷这一刻抢步进店,穿店堂,进腰门,过屏风,到第二进。第二进也是一大厅,嗳,哪晓得一个人都没得。什么道理?已经过了中饭市了。武二爷这一刻把包裹、哨棒旁边桌上一放,人在当中一张桌子首席首座朝下一坐。小二打了个手巾把子,泡了一壶茶。

"啊,是,爷驾,你老人家究竟用什么酒肴?"

"好酒好肴多拿这么一点。"

"噢,就是了。"

莫忙啊,刚才这个小二在门口讲话说的是北方话,怎么到后头来,怎么玩本地话的呀?嗨,哪晓得啊,这个小二呐,本来就是本地人,说的就是本地话,站在门口招揽来往的过客,怕本地话人家听不懂,就学了几句北方话。对不起,只得这个几句,多一句还没得。到了后头,玩不起来了,只好玩本地话了。小二到了后面,拿了一块牛肉,足有二斤多重,切成枵枵薄片,大盘子一装,老卤子一浇,带了一壶酒,剥了十几个鸡子,两盘馒首,又带了几个饼子,一托盘,又带了一双杯箸,到了前面,到了武松面前以后,把酒肴朝下一放,托盘撤去。小二垂手落肩,站在武松旁边来伺候他。

武二爷看见酒到了,酒壶一把抓,"沙……"斟了满满一杯酒。再朝酒里头望望:"唉喂,不对嘛。什么玩艺?刚才听他家说啊,这个酒就像个好的哪,这种酒何尝好吃啊,啊?香味全无。哎,说不定不中看中吃呐,吃吃看哟。"武二爷酒杯一端,"口……""咂咂咂","唉喂,吃到嘴头淡歪歪的,一点个劲都没得。刚才小二说,他家这个酒就像个好的哪。我来问问看哟":

"小二!"

"嗨,爷驾。"

"这就是你店中的好酒吗?"

"嗯,不是的,嗨,这个酒是小店的中等酒。"

"你因何不拿好酒来给爷吃?"

"噢,爷驾,这个好酒,要吃可以咧,就是'三碗不过岗'。"

"好!"

武松心里好欢喜。刚才在门口看啊,这个酒旗上写的"三碗不过岗",不晓得究竟什么意思,噢,原来是酒名。

"怎么样叫'三碗不过岗'?"

"告诉你哟,爷驾哎。本镇叫景阳镇,离镇七里路有一座岗,叫景阳岗,它是东西大路,顾客如果要是经过这个地方朝西走的话,是必经这个岗经过不可,要是有人吃了本店三杯酒啊,这一座岗就翻不过去了。所以来往的过客呐,就送小店一个酒名,叫'三碗不过岗'。"

"好!拿一壶来,给爷尝尝。"

"唔,不能玩。嗨,请问你老人家,还是住在本店呐,还是,嗯,要走路的?"

"怎么子啊?"

"我告诉你哟,你老人家如其要是赶路的话呐,对不起,这个酒你还就不能吃。"

"怎么子啊?"

"三碗喝下去,你老人家就不能走路咧!"

"哈哈,笑天下人没有酒量,爷吃三十碗,挺身过岗!拿酒!"

"嗷!"

小二把武松望望:"乖乖,这个家伙难玩呢。看见他眼睛里头有威光,这个拳头跟铁锤仿佛。伙计啊,这个家伙不大好对付呢。不谈,免气淘,弄一壶酒,打发他走路。"小二到了后面,拿了一壶酒来,把原来的一壶酒把它撤去。

武二爷把酒壶一把抓,"沙……"斟了满满一杯酒。再一望:"好!什么玩艺看看这个酒色就好,绿澄澄颜色,香味扑鼻,这个酒花字都凝了边了。唔,这个酒是好酒啊。"端起来,"口……""咂咂咂","吃到肚里头滚圆的。嗯,酒好虽好啊,只得三杯,碗大,壶小,不得了。不谈,叫他添酒。"

"小二。"

"嗨,爷驾。"

"添酒。"

"唉喂,爷驾,这个三杯酒下去,你老人家就不能走路啦。"

"哈哈,笑天下人没有酒量,爷吃三十碗,挺身过岗!拿酒!"

"嗷!"

没得办法啊。小二接逗就拿酒了。哎,就这个样子,富贵不断头,五壶就下去了。叙理,武松这个酒量呐,这个五壶酒下去啊,也就正好,正到门。算了?唔,不能玩。武松这个人还就抱整。"刚才我跟小二说过了:笑天下人没有酒量,爷吃三十碗,挺身过岗。我这个才吃多少啊?五壶酒,一壶三碗,三五一十五碗,我才吃了一半。我如其这个一半不吃了,我就走路,这个小二不问我嘛:嗨,你刚才还要吃三十碗,怎么才吃了一半的哟?吹牛,说大话噢?唔,不能玩,不能给人家笑话。"

"唔,好!"

其实,武松这个人呐,过于认真了。你如其这一刻就是不吃,小二也不会怎干。武松这个人还就顶真得很哪,三壶酒下去,接逗又玩了五壶。他这个人是说一不二,三十碗,对不起,差一碗不玩。

"小二!"

"爷驾。"

"添酒!"

"来了!"

"拿酒!"

"到了!"

接逗又是五壶。十壶酒下去了。怎么样?武松不对劲啦,这个脸就跟大红缎仿佛;说话不对劲了,舌头都舔了滚边了:

"小……小二。"

"嗯,爷驾。"

"添酒。"

"唉喂,爷驾,我看不能玩了吧。"

"哈哈,笑天下人没有酒量,爷吃三十碗,挺身过岗。"

"爷驾哎,你老人家吃了有三十碗啦。"

"噢,倒有了吗?"

"有了有了有了有了。你望下看吵,这个桌上五壶,哪个桌上五壶,喏,一壶三碗,十壶可是三十碗?"

"哈哈,笑天下人没有酒量,爷吃三十碗,挺身过岗。算帐。"

"哎,就是了!算帐到前头。"

小二打了个手巾把子。

"呔!前头听着啊,来客会帐,四钱五分银子啊……!"

"噭……!"

武松背著包裹,提着哨棒,到前面柜台来算帐。

武松武二爷跌跌跄跄,踉踉跄跄,到前面柜台来算帐。武二爷到了柜台面前,哨棒朝柜台面前一戗,包裹拿下来,朝柜台上一摆,伸手到包裹里头"劈!"把银袱子掏出来。银袱子打开以后,里面有二三十两的散碎银子,极大的一块有二三两上下,最小的也有三四钱重。武二爷随手拈了一块中等的,朝柜台上一放:

"称了算。"

"噭,就是了。"

小老板把银子朝戥子里头一放,右手拈著戥毫,左手理著戥花子,低头看看这块银子,抬头就望望武松的脸色:

"嗨,爷驾,你老人家这块银子,是个一两……还欠一分哪。"

这个什么报相?怎么中间玩"跌断桥"的?哪晓得这个小老板啊,其心不良啊,他看见来人的酒意大,想吞吃这块银子,以多报少。这块银子是一两五钱四分,他报多少?是一两欠一分。一两欠一分就报个九钱九就是咧,要报个一两欠一分做事?哎,不能玩,你如其报个九钱九啊,谨防来人对银子有数,啊,他一下骂起来啦:

"来噭,我这块银子何止九钱九啊?你们店好混帐,想错我的银子!"

那一来被人家骂下来没嘴回。所以他说一两欠一分,这个"一两"在嘴里头拖著,两个眼睛就望著武松脸色,如其武松有数,武二爷就要问了:"哎,我这块银子不止一两啊?"他底下就好带舵了:"来来来,伙计啊,不要吵呦,我底下还有话咧,一两四钱五分哪。"他把底下舵就带过去了。这一刻,小老板看看武松这一刻脸上若无其事,晓得不得数,所以他接逗"一两"后头来了个带了个舵,"还欠一分哪"。莫忙,武松对这个银子可有数呦?他哪块有数呢,这个银子是他走河北沧州柴庄动身的时候,小梁王柴进送给他的五十两路费,沿途用了将近一半,所以现在还剩二三十两。不要说武松这一刻没得数啊,武二爷就是有数,这个时候也就没得数了。什么道理?酒吃下去了。酒吃下去以后,这一刻已经糊里糊涂,所以他没得数。

"这块银子是多还是少?"

"嗨呀,你老人家这块银子,要算酒帐,还多这么点个子呢。"

"多了就赏把小二吧。"

"噢。"

"就是了,多谢爷驾,不送爷驾,明日请早些咧……!"

小二这一刻心里好欢喜。武松把银袱子包起来,朝包裹里头一摆,背起包裹,提着哨棒,出了店门以后,由东向西而去。

这一刻小老板在柜台里头,这一块银子他没有动,两个眼睛就望著武松出了门,一直到看不见武松为止,才把个眼光收回头,看看这一块银子,手这一抬,"得!"拿了就把它准备朝银匾子里头放了。哎,哪晓得这一刻柜台外头有个人,在块入神著小老板呢,哪一个? 跑堂的,跑堂的王二。王二站在旁边,一直盯住柜台上这块银子。看见小老板正准备把这块银子朝银匾子里头放,他玩了喊起来了:

"来来,来噢,小老板哎,这块银子多咧,客家说的余多的都赏了把我。只有我们小二领赏,到哪块你这个东家领赏呢?"

"不错哎,小伙哎,这块银子是多咧。我告诉你呦,这块银子是九钱九,客家吃了四钱五分银子的酒帐,来噢,我把这块银子拿起来,我把余多的银子五钱四分,我来把你。"

"不不不,小老板啊,你把这块银子把我。哎,这块银子九钱九,客家吃了四钱五分银子的酒帐,我呐,会个四钱五分酒帐把你。"

"来嗷,小伙哎,你把我,我把你,不是一回事吗?""呃,不不不,小老板啊,你把这块银子把我。"

"来嗷,这块银子我拿。"

"不行,你要把我。"

"来嗷,小伙啊,你什么事要这块银子哨?"

"来嗷,小老板啊,我就不懂死啦,你什么事要这块银子哨?"

"我告诉你哨,有件事咧。前儿个你家嫂子呐,叫我代她打根簪子,本地银的银色我觉得不好,如其进城的话路又太远,我看这块银子银色着实不丑,我想拿这块银子代你家嫂子打根簪子。"

"来嗷,不要忙嗷,小老板啊,我家那个嫂子是个寡妇啊,她怎么叫你给她打簪子的哨?"

"唉,不好了,笑话,笑话。不要闹了,不要闹了,我告诉你嗷,不是你家那个嫂子。"

"不是我家嫂子,是哪个哨?"

"我告诉你哨,我比你见长几岁,我可算是你的老大哥啊?"

"啊,这个不错。"

"我的老婆可是你的个嫂子啊?"

"嗷,就这么个嫂子啊。我还以为我家哪个嫂子的。"

东伙两个在这个地方,为争这块银子,正争得热闹的时候,门外头有个人回来了。……

1989 年 5 月 26 日于扬州

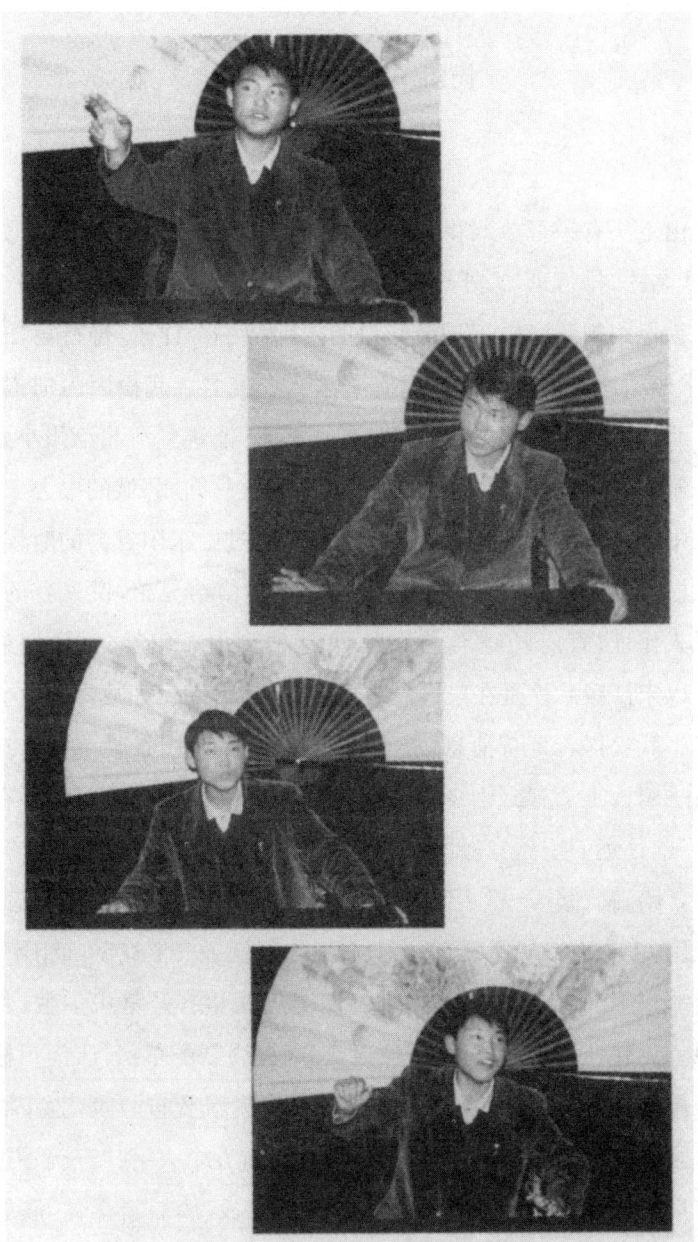

马晓龙

武松打虎

扬州评话"王派水浒"

马晓龙　口述

梁山上头有一百单八将,三十六天罡,七十二地煞。内中有这么一位,姓武名松,排行第二,外号人称灌口二郎神。为什么叫个灌口二郎神呢？因为他跟神话当中正是灌江口的二郎神一个样子,排行第二,武艺高强,拳棒精通,神通广大,所以有了这么个美名。武松因为惯抱不平,在家乡北直广平府清河县一拳打死了个恶霸,溜逃到河北沧州小梁王柴进府中避祸,一度就是两年。直到那一年的九月间,郓城的书办宋江,因为在家中杀了外室阎惜娇,也到柴庄避难,路过山东阳谷县的时候,将好遇到武松的胞兄武植武大郎。武大郎让他带信给兄弟,说家乡的命案,因为无人作证,官府已经不了了之了,让他到山东阳谷县,我们弟兄相逢。所以宋江跟武松是在柴进府中见的面,两下一见如故,结拜金兰,拜为弟兄。武松得着哥哥消息,辞别王驾,赶奔山东阳谷县寻兄。在路上赶,非止一日,走了有二十一天。英雄腹中饥馁,意欲打尖,其时在十月中旬天气,远远的望望:乌酺酺一座镇市。他背著包裹,提着哨棒,大踏步前进,"踏、踏、踏……"。到了镇门口,两足站定。只见扁砖直砌到顶,圆圈镇门,上头有一块白矾石,白矾石上头錾就了三个红字:景阳镇。

英雄进了镇门,望见街道宽阔,两旁店面整齐。草房多数,瓦屋较少。只望见就在那一边,有一家酒店,三间簇崭新的草房,店门口檐下插了一根簇崭新青竹竿,青竹竿上挑了一方簇崭新蓝布酒旗,蓝布酒旗上贴了一张簇崭新梅红纸,梅红纸上写了簇崭新五个大字:"三碗不过岗"。再朝店里一望,只望见簇崭新锅灶,簇崭新案板,簇崭新桌凳,簇崭新柜台,还有两个簇崭新的人。啊,你说笑话呢,天下东西有新旧,人还有新旧呐？有。柜台里头坐了个小老板,二十一二岁,柜台外头站了个跑堂的,十八、九岁,跟我一个样子,都是少年人。俗语云:"长江后浪催前浪,世上新人赶旧人",所以他们也算得一新。

望到跑堂的站到柜台外头,眉清目秀,齿白唇红,绡嘴薄唇,头上是一把抓的帽子,身上布衣布服、布袜布鞋,围裙头儿系得俏和和的,肩头上担了一块干抹布。他一团的神朝店门外望,忽然看到外头来了个客人,打尖的样子。跑堂的笑嘻嘻的上前,人无笑脸不开店。双手一抬:

"啊唷!爷,爷老就在小店打尖吧!小店粟黍、高粱、鸡子、馒首、薄饼,东西好,价钱又巧,爷,请店中坐吧。"

"小二!"

"爷?"

"你店中可有好酒?"

奇怪啦,武松没有进店,他先问好酒何唻?过去的人,免不了四个大字:酒、色、财、气。因为武松他好贪杯,好喝酒,爱动无辜之气,他爱作气。至于财、色二字,跟他沾不上边。他看到这个镇子又小,酒店又小,"不要不得好酒,大麦铳子头都铳昏了,那我就不打尖了。"小二一听:

"啊唷,爷,小店旁的东西不敢讲好,小店酒的身份是怪高,当地的顾客送小店的酒八句。"

"哪八句?"

说:

"造成玉液流霞,
香甜美味堪夸,
开坛隔壁醉三家,
过客停车驻马。
洞宾曾留宝剑,
太白当过乌纱,
神仙爱酒都不归家。"

"他到哪儿去了？"

"醉倒在西江月下！"

"好酒！"

啊唷喂，武松听到心头高兴呢。你看他家这个酒多好，神仙把个宝剑都押下来了，隔壁邻居闻到他家酒香，已经醉倒了三家。英雄跟著跑堂的进店门，绕屏风，过腰门，到了第二进天井里面。再朝后进一望，后进是一座草厅，厅上桌子、板凳倒是干干净净，整整齐齐的，但是一个酒客不得，什么道理呐，因为这一刻儿已经过了中饭市了，离晚饭市还早。英雄到了厅上，把包裹抹下来，旁边这一放，哨棒旁边戗好，人到正当中桌子面前啊这么一坐。跑堂的到了旁边，就打个手巾把子，泡了一壶茶。

"爷驾，你人家吃些什么好酒好肴？"

"好酒好肴，多拿这么一点。"

"就是了！"

跑堂的掉脸走路。奇怪啰，这个小二在外头不是说的二八京腔吗，怎么进来玩起扬州话的呢？嗳，这个跑堂的呐跟我个一样子，同乡，扬州人。因为他在山东阳谷县地方打工、跑堂，这个店门口南来北往的，南蛮北侉的人很多，要是跟我一个样子说扬州话的人，外人不懂，所以他就学了这么几句不标准的普通话，京味儿，叫个二八的京腔。但是要他再说，咦喂，玩不起来了，只学了这么几句，所以还玩本调。

跑堂的到了前头，在案板上头拿了一块咸牛肉，将近有二斤多重，百果砧板上用薄器刀这一起，削成绡绡薄片，大盘子一装，老卤子这一浇，红堪堪、香喷喷的。又剥了二十几个鸡蛋，鸡蛋小盐这一撒，装了两盘馒首，拿了两张薄饼，一双杯筷，打了一壶酒，一托盘，到了后头，朝旁边桌上面这一放，一样样的酒肴拿到武松面前。

"爷驾，你人家请慢用！"说过之后，朝旁边这一站，站到那个地方伺候。

武松看见酒到了,天下事不忙,先喝酒。酒杯这一抓,"沙……"倒了一杯酒。酒不好,好酒颜色应该是绿的,绿澄澄的颜色,应该有酒力,有酒花。这个酒跟清水一个样子,也不得酒香。它照常不中看,中吃呐,吃吃看。"噗……"吃到嘴里头,一点个口力没得,咽下去不忍心,吐掉了舍不得。"噢,照小二说,他家酒好得很呐,这就是他家的好酒啊?我倒问问看呢。"

"小二!"

"哎,爷驾。"

"这就是你们店中的好酒吗?"

"唉,不是的,这是我们店中的中等酒。"

"你不拿好酒给爷吃吗?"

"爷驾,你人家要吃好酒啊,要吃好酒嘛,那就是'三碗不过岗'了。"

武松未成进店,就看见他家的酒旗上头写了五个大字:"三碗不过岗",不晓得怎么个讲法。噢!那晓得指的是酒。

"怎么叫个'三碗不过岗'?"

"噢噢,爷驾,因为我们这座镇子呐叫个景阳镇,离镇西首七里大路有座岗,叫景阳岗,是南北的高岗,东西的一条大路。客人要是在我们镇上吃了酒,三碗,就翻不过前面的景阳岗了,这么样子,叫个'三碗不过岗'。"

"好!拿一壶来给爷尝尝!"

"哎,莫忙,爷驾,你人家吃过了是在我们小店住宿呢还是……赶路啊?"

"爷赶路!"

"赶……,赶路不能玩,我们这个店中的酒要是吃了三碗的话,就翻不过前面的景阳岗了。"

"哈哈,笑天下人没有酒量!爷吃三十碗,挺身过岗!打酒!"

"噢!打……打酒,打酒噢。"

跑堂的把爷驾望望：眼睛珠翻翻的，拳头蹓子就跟五升柳斗子仿佛。算了，生意人买静求安，打一壶酒，打发他走路吧。这么样子跑堂的到前面打酒嘛，这一段到此结束。

2003 年 10 月 31 日于扬州

任继堂

潘金莲和武大郎

扬州评话"王派水浒"
任继堂　口述

　　就在北直广平府清河县,有个大财主,这个财主姓潘叫潘大户,家里家财偌大,推奴使婢,佣人着实不少,就因为家财大,因此人都叫他潘大户。就在十几年之前啊,他就在外头买了个丫头回来,五岁就买回来了,买回来旁的不忙,先带她把这一双脚给她先裹起来,因为在过去中国封建社会妇女作兴裹脚,这个脚裹得特别的小,有多小呢?上尺量不到三寸,在过去封建社会啊,三寸的脚就叫个金莲,所以这么样子代她取名就叫金莲,因为在过去封建社会仆随主姓,因此就姓潘叫潘金莲。

　　潘金莲到了二十外岁,长得就格外漂亮,直接是如花似玉啊。她经常没得事,就到书房里头替潘太公掺掺茶,打打手巾把子,哪晓得时间一长,久而久之的,潘老头子有了歹念了,一开始跟她嘻嘻哈哈,接逗就敲敲打打,摸摸抹抹,哪晓得有人把这件事情背地下就告诉安人,安人是哪一个?安人就是潘太公的妻子。你晓安人听见这个话心头恶啊,气啊,唉喂,气得跟癞猴等差不多,随即叫人就把潘金莲喊到自己面前来了,就跟潘金莲说了:

　　"丫头!"

　　"太太!"

　　"我听说这个老骚骨的跟你不周正,啊,跟你不大好啊,哎,我告诉你啊,你不能依从他啊,你要假如依从他的话,我就把你打落下去的呀!"

　　"啊,噢!"

　　说过这个话就罢了,哪晓得到了随后还是如此,依然如旧。又有人把这回事情又告诉安人,你晓得安人听见这个话心头就更恶,心头就更气,心头有话:"你这个小贱婢,你居然不听我的话,怎么办呢?"安人再一想,"有了,我最好不过代她嫁人,我把她推下火坑,我代她嫁的这个人,要三分不像个人,要四分像个鬼,并起来七分头,这个样子叫她永世不得翻身。"所以这么个样子,安人就叫人到外头把媒婆奶奶叫回来,媒婆奶奶来了之后啊,安人就把代金莲嫁人的这回事情就告诉媒婆奶奶。你是个安人你应该告诉她,好说我代金莲要嫁个什么样子的人呢?她也没有说,媒婆奶奶也没有问,媒婆奶奶为何不问呢?媒婆奶奶心头有话,"我估猜嫁的这个人大概都是生意人,为什么?生意人没大小。"所以这么样子。就在这一天子媒婆奶奶就在外头找了七八个,全是年轻小伙子,长得都是蛮漂亮的,一起就带到潘府请安人看人,安人朝厅上一坐,就在面前有个帘子挂住,两旁站的全是些妈子、丫头。媒婆奶奶就在这七八个当中挑选一个最漂亮的,望见这一位年轻人长得眉清目秀,齿白唇红,身上的衣裳穿得嘎溜格楞正。望见这个小伙子到了帘子面前朝下一站,站下来就望住上头的安人,笑嘻嘻双手一并。请教了一声:

"安人,我小人见安人请安!"

请过安之后,见他丁字步,八字脚就站到这个地方,左手勒了个拳头权住腰杆,右手大拇指头翘翘的,鼻尖上都飞了金了,胸脯子都挺了翻过来了。为什么?这个小伙子哪晓得心头高兴呢!为什么高兴,他心头有话:"今儿个来的这些年轻人,我长得最漂亮,潘金莲肯定是我的了。"这个不得话说,因此他就高兴了,把个胸脯子就挺到这个地方,大拇指头翘住。安人坐到上头,隔住帘子再把这个年轻人一望,安人眉头朝起一皱,为什么?这个人不能用。为什么不能用?长得太漂亮啊!如果把潘金莲嫁了把他吗,倒让潘金莲满足了,倒让她满意了,这个就行了吗?'我就是要替她嫁个丑陋下堪的人,这个人不能用,不能用。'但是安人又不好意思来回他,那怎么说呢?她就把这个脸调过来望旁边的梳头的妈子,跟梳头妈子会了下意,梳头妈子一望有数了,望见梳头妈子走过来手一抬,把帘子朝开一挑,就望住底下的媒婆奶奶:

"媒婆奶奶!"

"哎!"

"我们家安人说的,说这一位大爷长得是不丑,就是胸脯子稍微挺了些,怕日后要遭凶呢。"

"哪一个?"

这个小伙子都气死了,做事?胸脯挺了下子,把个老婆挺掉了。接逗又带第二个,带到第二个的时候,媒婆奶奶就暗暗地把底把这一位了:

"哎,哎,哎,你这次上去这个胸脯不能挺啦!伙家,腰要稍微哈住些呢!"

"噢,就是了,就是了。"

望见这一位走上来,朝下这一站,站下来双手一并,笑嘻嘻的就望住上头的安人:

"安人,我小人见安人请安!"

请过安之后,望见他曲臂哈腰,就站到这个地方,你是这一位,你这个腰哈还稍微有数些,哪晓得他过哈很了,脊背就差要朝天,安人坐到上头隔住帘子再把这一位一望,还是不能用,做事?长得还是蛮漂亮的,这个东西就行了吗?怎么说,要回他。安人复行把脸调过来,就望住旁边的梳头妈子会了一下意,梳头妈子一望有数了,望见梳头妈子手这一抬,把帘子一挑,就望住底下的媒婆奶奶:

"媒婆奶奶!"

"哎!"

"我们家安人说的,说这一位大爷长得也不丑,就是腰稍微哈了些,怕日后不经老。"

"啊,哪一个?"

这一个小伙更恶,做事?腰一哈把个老婆哈掉了。就这个样子带上来哪晓得一个都不能用,到了第二天又带了三四个还是不行,第三天又带了四五个,还是不得成功。

媒婆奶奶觉得奇怪啊,"我带来的人都不丑,都长得蛮漂亮的,都长的蛮标致的,为什么到了潘府,安人一个都看不上,都被打回头,这究竟是什么道理?"媒婆奶奶再一想,"噢,我晓得了,这个里头恐怕都有了玩意头了,都有了原因了。我最好不过来了解了解,哎,对的。"媒婆奶奶特为在家里头就拿了二百文,用红纸朝起一包,包好了之后就抓到手上,然后就直奔潘府,到了潘府进了大门,哎,巧呢,直望见就在对过来了一个人,什么人? 是上房里头一个丫头,出来冲茶水的,望见她手上拎了一个水吊子,就准备到茶水炉子上头冲茶水,媒婆奶奶一望,"我来问问她哟。"

"大姑娘!"

"哎,媒婆奶奶!"

"来呀!"

"噢!"

"这块二百文给你买花戴的。"

"唉喂,媒婆奶奶,无功不受禄!"

"不错哎,你收住,受禄必有功,我跟你打听一件事噢!"

"哎,什么事啊?"

"哎,我就不懂啊,你们家安人究竟想代金莲嫁个什么样子的一个人啊?"

"噢,媒婆奶奶,你要问到这个话呢,我就把你银子收下了,我就告诉你了,哎,我告诉你了,我们家安人想代金莲嫁的这个人,要三分不像个人,要四分像个鬼,并起来七分头!"

"哪,哪个?"

媒婆奶奶把她望望心头有话,"这个媒我不做啊,唉喂,算了吧,这个媒我不想做了,这个财我也就不想发了。"所以这么样子她气冲冲出潘府。哪晓得媒婆奶奶将出了潘府,巧了,只望见就在对过巷子里头来了个人,这个人什么样子,咦喂,这个人难看呢,像个难看的呢,要算是丑陋不堪。究竟难看成什么样子? 首先他的个子就矮,身高不到三尺,头尖目暴,结喉露齿,一脸的核桃麻子,一嘴的络腮胡子,小小两个招风耳,头上戴了一把抓的帽子,身上是蓝布长衫,布腰带,闷青布的袜子,破布底鲢鱼头的鞋子,肩头上担了一副炊饼担子,这一位是卖炊饼的,什么叫炊饼呢,炊饼这个炊字写下来是火旁打个欠字,另外,重用糖跟油,把它在笼里头蒸出来的,所以这么样子叫个炊饼。这件东西岁数大的到了七八十岁的老人也能吃,三岁的小孩也能吃,因此叫个炊饼,他是卖炊饼的。

这个"卖炊饼"到了喊起来要好听,声音要响亮,小堂调,哪晓得这一位不是的,这一位喊起来的声音肉而且臭的角崰方,活像跟人淘气:

"卖炊饼噢!卖炊饼噢!"

他究竟是哪一个,他姓武,单名是个植字,排行第一,人都不喊他武植,喊他什么东西,都喊他武大郎,就因为他的个子矮,他的外号很多,什么三寸丁,矮矬矬,谷树皮,还有叫人塞子,怎么叫人塞子的,因为他个子矮,他往往走人档子里头啊,一拱就拱出去了,所以这么样子叫个人塞子,哪晓得武大郎现在挑著担子,走著喊著:

"卖炊饼噢!买炊饼噢!"

媒婆奶奶一望,"咦喂,咦喂,咦喂,咦喂,这个卖炊饼的二哥哥啊,倒有七分头的样子呢,我来找他谈了玩玩唦。"再望望,"咦喂,岁数不小。"为什么?"倒有了络腮胡子了,说不定倒已经娶了老婆了,找他谈谈看唦。"

"卖炊饼的哎!"

"啊?是哪里买我的炊饼?"

"这个地方来噢!"

"噢,来了!"

大老爹挑著炊饼担子,到了媒婆奶奶面前:

"你买我多少炊饼?"

"我不买你的炊饼,我跟你谈了玩玩,哎,我来问你啊,你可曾娶过老婆呢?"

"没有。"

"没有呢,没有,我就跟你谈了玩玩了,你晓得呀,潘府上房里头有个丫头,叫个潘金莲,现在安人呢,要代她嫁人,叫我做媒,我就想把她嫁了把你,你看怎么样?"

"我没有钱。"

"不要紧哎,我告诉你噢,一个钱不要,不但不要花钱,到了其后还能带上多少的回头货家来,老婆便宜呢,相当便宜呢,如果这个老婆你再不娶的话,今生都不要想娶啦!"

"哦哟,好!"

大老爹心里头有话:"啊咦喂,便宜,好极了,为什么,我之所以一直到现在没有娶老婆,为什么事?就因为没得钱,因为太穷,因此没有娶老婆。"

"既便宜吗,我们就谈谈看。"

"好的,谈谈看,哎,我来问你,你家住在哪块?"

"南关城脚跟。"

"家里头多少房子?"

"两间草屋。"

"多少人口?"

"就是我一个。"

"啊咦喂,好极了,人口倒不多,这样子噢,你现在就把我带到你家里望望看,望过之后,我就把你带到潘府请安人看人。"

"噢,是了。"

大老爹挑著炊饼担子在前带路,媒婆奶奶跟随在后,现在到了自家门口,大老爹把个担子朝下一登,然后把钥匙拿出来,门一开,把个担子挑家来朝下一放,接逗就领著媒婆奶奶进门,媒婆奶奶进门再一望,房子不丑,地方虽小,顺得干干净净的。

"这样子啊,你现在换一身新衣服,我就把你带到潘府去,请安人看人,如果安人看合了适了,这事情就成了功了。"

"是了。"

大老爹随即就在箱子里头翻了一身簇崭新鲜的蓝布长衫朝身上这一换,然后就跟著媒婆奶奶直奔潘府,到了潘府,媒婆奶奶就请安人看人,安人不想再看了,为什么?安人心里头有话:"你这个媒婆奶奶带得来的人要能用呢,你带得来的人都不能用,我何必再看呢?不过现在人既然带得来了,又不能不看呢。"所以这么样子安人勉强朝厅上一坐,帘子挂著,旁边站的全是梳头妈子,或者丫头,望见现在媒婆奶奶就领著大老爹,到了帘子面前,大老爹朝下这一站,站下来,毕恭毕敬,笑嘻嘻就望住上头的安人双手一并:

"安人,我小人见安人请安!"

请过安,随手落肩就站到这地方,安人坐到上头隔著帘子再把武大郎一望,安人忍不住要笑,做事?"这个人从哪块找来的呀,我就不懂,啊咦喂,亏媒婆奶奶找呢,居然就被她找到了,这个人怎么这么丑呀,我从来没看过,哎,这个人能用了,如果把金莲嫁了把这个人,真正就把潘金莲推下火坑了。"安人又不好意思说,只好就把个脸调过来就望著旁边的梳头妈子会了一下意,梳头妈子一望有数了,望见梳头妈子手一抬把帘子一挑:

"媒婆奶奶!"

"哎!"

"我们家安人说的,说这一位少年大爷,长得着实不丑,就他吧,用得了。"

"哪一个啊!"

才损德呢,大老爹一嘴的络腮胡子,楞说他是少年大爷说的,所以这么样子,随即有人就告诉潘金莲,说现在安人已经替你嫁人了,接逗就帮助潘金莲顺顺,料理料理,顺了两大包裹,就把包裹朝轿肚里头这一放,接逗就搀扶金莲上轿,上了轿之后,就把个轿帘子朝下一放,四个轿夫就抬著个轿子,吱嘎吱嘎,吱嘎吱嘎,吱嘎吱嘎,吱嘎……

大老爹在前带路,四个轿夫就跟随在后,大老爹在前头领著路,心头开心,心头有话:"啊咦喂,我一个钱没有花,居然把老婆娶到手了。"所以这么样子,武大郎跟潘金莲就结为夫妻了。

1998年10月11日于奥斯陆

惠兆龙

巧遇周侗

扬州评话"王派水浒"
惠兆龙　口述

　　武松在山东阳谷县参任土兵都头，奉官差遣，到河南东京去办差。河南东京就是目下的河南开封啊。到了东京之后到通政司衙门投了文，就住在客栈里头等候回文。这一天消闲没事，武松就上街闲逛。

　　河南东京啊，是大邦之地，街道宽阔，是店面整齐，人来人往，车水马龙，滔滔不断，是络绎不绝。武二爷一边走著，就一边望著。走著走著，突然地起了天色，就是天作变了。先是狂风阵阵，"呜……呜……"刮得飞沙走石，是天昏地暗，只望见天空乌云是滚滚地，漫漫地，涌涌地上来了。乌云正上来，"嚓！"一道闪电，"咯炸！"一个惊雷，"哗……"下来了。什么东西下来了？雨下来了。乖乖，这个雨大呢！有多大？我不带谎说，每个雨点子比小酒杯奘一套。打在人身上"噼的啪托"的响，打在头上还生疼。哪里是下雨啊，就如同有人把大水缸扳倒了，直接是平倒。人说"倾盆大雨"，没这话，"倾缸大雨"。考究地下下起了浪头子，房子上下起了烟。下了这么大的雨，不能走了，武松就跟街上的百姓噢纷纷躲到店里头。

　　哪晓得躲的时间不大，咦，不下了。不但不下，雨住天晴，太阳出来了。不好了，怎么一刻儿下，一刻儿又不下的呀？这是暴雨，暴雨就这个样子，说下就下，说不下就不下；这个地方下，照常那个地方不下，用现在天气报告的话说，叫"局部地区有雨"。

　　既然不下了，可以走了。武二爷这一刻继续朝前走。走著走著，前面顶到一座桥。这座桥起名叫天汉桥，是拱形式，一层一层的桥坡。武二爷这一刻就踩桥坡上桥。英雄右手拎著衣衫，眼光望著脚底下，朝上走。为何要望著脚底下？因为刚才下雨啊，地下大一个水塘，小一个水塘,要间著脚走。他这一刻朝桥上走,没有看见,就在桥上下来一位。这一位年在五旬开外,五十外岁,立地身高约八尺,面若淡金,两道高眉,一双朗目,正准头,四方口,鹤鹤两耳,颏下是三缕胡须,胡须花白;头戴天蓝缎的高巾,身穿天蓝缎的阔服,腰束丝绦,玄色丢裆叉裤,是薄底缎靴。就在靴子底下,还绑了个木履,就是木头做成的鞋子。因为在那一刻古代时候没得套鞋,也没得塑料凉鞋,这就是一种雨具。望他左手就打著一把伞,右手拎著衣衫,由桥上朝桥下走。噢,打著一把伞,这个说法不对啦,你不是说不下雨吗?不错,现在不下了,刚才下的,伞上是水滴滴的,落下来水滴滴的,不如把它撑到这块吹吹干。这一位从桥上往下走,武松就走桥下往上走,哪晓得走啊走的,两个人走睹了面了,武松的右肩头噉就对著老者的右肩头,就要朝上撞了。这个撞呐,实在是无意,我刚才上文交代,武松因为把头掯著,望著脚底下,他没有在意。

  武松是个无意啊,哪晓得这位老者入了神了。老者把来人一望:"不好!看见来人身高个大,身材魁伟,满功满壮,年纪又轻。啊呀,不是来'访'我的呀?""访"怎么讲?在那一刻但凡成名的教习,叫"树大招风",你的名声大,有人不服气,跟你动手打,打不过你,就巧巧地趁你不在意,跟你玩一下子,把你一个跟头撩倒了,那么你的声名就去了,这就叫"暗访"。老者一想:"我还不能给这个少年人'访'了去。那怎么办呐?嗯,让我来把个功运下子。"这位老者内功很好啊。功就是气,所以气功气功。世界上什么力量最大?气的力量最大。哦,你怎么晓得的呀?噢,我们打个比方哨,比方天上的飞机,喷气式;水里船,汽艇;火车嘛现在有个内燃机了,在过去蒸汽机"气工气工"还是玩的气;就是我们骑的脚踏车,没得气,还要打气。我们就拿成语来说,但凡带"气"的,气魄都很大:"气势磅礴","气贯长虹","气象万千",全是"气",可是气的力量最大啊?哪晓得这位老者的气功很好,他这个运功不费事,望见他鼻子里微微哼了下子,"哼!"大概这个声音都没得我大,就这个"哼",功上来了。运到哪块?就运到自己的右肩头。这一刻他衣服穿著啊,你看不到啊,如其把衣服扒下来,你望了要把你吓一跳呢!什么道理?这个右肩头这个地方颜色就不对了,就发红发紫,瘊里疙瘩,嘎里嘎楂。

老者把气功运起来了,武二爷不晓得哎。武松这一刻上来了,上来自己的右肩头就对著老者的右肩头,也不过就擦了下子。这一擦怎么样?怎么样啊,嘿,不怕武松今年二十九岁,满功满壮,做过铁布衫功,打醉八仙拳,都不行,也不过就这一撞,应了句俗话了,叫"盘缠钱带少了,去得速,回头得速",脚底下直接滑,人就朝后退了。退啊退的一直退到桥栏杆这个地方,两个手把桥栏杆抓住了,不是桥栏杆,"不咚……!"就下河了。他右手抓住桥栏杆,左手就把右肩头一捂。唉,不好。哪晓得半边身子撞了麻木住了。哪里是撞在他的身上,如同撞在山嘴上仿佛。"咻,唔……"嘴里酸水都撞出来了,如同夏令天到冷饮店里喝酸梅汤差不多。武松心里话:"把我撞到哪块来啦!"把个头一抬,再一望。一望怎么样?武松该派要骂了?要出言不逊了?好说:"你这个人走路怎干走法的呀?还把我撞下河哪!"可是要骂了?没有。嗨,如果是武松今天一骂,把他这一生的造化就骂得干干净净。所以,这个人哪,还是以谦和为好。武二爷不但没有骂,把这位老者一望,头部朝下一低,脸是通红,一直红到耳朵根子。什么道理?武松自觉惭愧啊。想想:"我今年才二十多岁,我自以为我是满功满壮,功夫很好,内功也不差,想不到跟这位老者也不过碰了下子,就把我撞这么远。可想而知,一个人哪不能犯骄,天外有天,人外有人,强中更有强中手啊。"所以武松想到这个地方,自愧不如,把头朝下一低。这位老者把他一望:"你看,好。我都以为他要出言不逊,要开口骂了,哪晓得他没有。像这种少年人还不可多得。"老者很想跟他攀谈几句,奈因这一刻有事,不便逗留,笑嘻嘻地望他欠了一欠身,"踏踏踏踏……"走了。

他走了,武松把个肩头揉揉。罢了,撞也撞过了,萍水相逢,算了。他也就走了,回到客栈。到了客栈,到中吃中饭,到晚吃晚饭。晚饭吃过之后啊,睡觉还嫌早。哎,何不到后院打一趟拳玩玩?为武的呀,要拳不离手，曲不离口。虽然办差在外，我还不能丢功。这个客栈不小，前到后有三进，外有个大院子，周围有院墙，院墙有八尺高。武松这一刻到了院落当中，朝下一站。静悄悄，寂静无声。今天是个晴朗的夜晚，一轮明月是朗照天空，几点疏星在银河渡口。这个晴朗的夜晚，打个把拳多么舒服。武松把腰带一解以后，打了个结，"嘿嘿嘿嘿，嘿嘿嘿嘿。"收了收紧，"啡！""啡！"左右筛煞。筛煞好之后把功气一运，就打拳了。打的什么拳？醉八仙拳。武松的醉八仙打得很好，蹦纵蹿跳，闪躲偏让。在这块打著呢。

哪晓得这一趟拳还没有打得了，打了一半，就在这个时间忽然地耳畔中只听见院落地东边哪，传来吆喝之声："嗨咿……！嗨咿！……！""嗨唷！"武松立定，收住了驾落。那边一定是有人不是打拳就是耍刀。"嗳，想不到这个地方还有我的同行。哎，来吵来吵，这个机会不可失，我何不瞻仰瞻仰。"对，武二爷章程想定，"噗噗噗噗……"就直奔东边院墙面前，人朝下一站，两个手就朝院墙上一担。望见了。啊，倒望见啊？哎，武松的个子高，武二爷的个子是九尺开外，将近一丈。那么院墙？院墙，刚才交代只有八尺高。就可以望得见了。还嫌望得不太清楚，把脸掉过来一望，嗳，正好旁边有张板凳，把板凳端过来，朝下这一放，腿一挥，上了凳子。哎，这个样子望得舒舒服服。

武二爷再这一望，只望见隔壁邻居又是一家，迎面是一座花厅。这座花厅不小，高台阶，花屋顶，三面透空，四面回廊。花厅上是灯烛辉煌，摆了三桌酒席，杯、筷、椅、凳都摆得好好的，但是一个人都没得。人在哪块？人全部站在花厅的檐口，正在看一位老者耍刀。倒有二三十个呢，绝大多数是王孙公子打扮。旁边还站了个家人。他们怎干没有看见武松的呐？因为武松的前面哪，是个花台子，花台子当中长了一棵老本的紫藤树，是一蓬松，正好把他遮盖住了。一个个眼光就望着院落当中，只望见院落当中有一位老者正在耍刀。

这位老者什么样子？年在五旬，立地身高八尺，面若淡金，两道高眉,一双朗目,正准头,四方口,鹌鹑两耳,三缕胡须,胡须还打了一个择。什么叫择啊?把它编起来,就跟编小辫子仿佛。因为有胡子耍刀啊,弄得不好,头一仰,胡子飘起来了,正好刀从面前过,"嚓!"好,把胡子刮掉了,所以这么子把它打个择起来。头戴天蓝缎高巾,身穿天蓝缎的阔服,腰束丝绦,玄色丢裆叉裤,是薄底缎靴,端着一对雪亮的钢刀。正在这块耍著呢。这个刀耍得怎么样?怎么样啊,嗨,哪里是耍刀,就跟雪球子差不多,把他人就拿了裹起来了。这种刀耍得好极了,有两句,叫"风不透,雨不漏"。"风不透,雨不漏"怎么讲?照你这一说,刮风下雨不要带伞了,就弄个刀摆在头上舞啦,不不不,不是这个说法,这是个形容。"风不透",他在这块耍刀,你趁他不在意,在旁边抓一把黄豆豆,"铺……!"朝他身上撒,黄豆撒完了,等他把刀耍完了,收住架落,你再找黄豆豆,不作有一颗黄豆豆在他刀圈子里头,这就叫"风不透"。"雨不漏"怎么讲?雨不漏,他在这块耍刀,你趁他不在意,端一碗墨汁,墨汁就是写大字用的墨汁啰,把墨汁朝他身上浇,等他把刀耍完了,你再看,不怕他穿一身白小挂裤,在他身上不作找到一个黑墨点子,这就叫"雨不漏"。这位老者这口刀耍得是好极了。武松哪晓得都望呆了。啊呀,叫何地无才。漂亮呢!耍啊耍的,这位老者把脸耍了掉过来了,跟武松已经睹了面了。他没有望见武松,武松这一刻再把老者一望:"啊,啊呀,这副脸好熟啊,好像在哪块见过的。我在都城没得熟人啊。"噢!不错。再一想,想起来了:"今儿在桥上跟我撞的,不就是这位老者吗?哎唉喂,不提撞倒也罢了,提到撞,这块倒又酸起来了。就晓得这位老者内功很好,果不其然。"

武松正在块褒赞著,望著,这位老者耍得行行的呀,突然嘴里一声喊。这一声喊怕的有点惊人呢,犹如高山失足,不亚是大海崩舟。喊的什么?字面不多,两个字:

"嗨呀!"

一声喊"嗨呀",脚底下一跐一滑,"轰!"一个跟头朝下一跌,整跌整掼,仰跟头跌下来了。他这一个跟头朝下这一跌,武松一望:"唉,不好,跌下来了。啊呀,说到底年纪大了,大概地下有青苔,大意滑了跌下来了,这是失足。唉,美中不足啊。"他以为这位老者是大意跌下来的,实在不是的。你看他这个跟头跌下来,他架子没有散。跌跟头最怕把个架子跌散了。他这个跟头跌下来什么样子啊?很漂亮,左腿伸得滴直,右腿环于裆下,两口刀悬于左右胁下,这一双眼睛望著天空一轮明月,架子很漂亮的。武松正代他惋惜,哪晓得这位老者在地下又发作了,嘴里一声喊,字面不多。还是两个字,两个什么字?

"起……来……!"

"呜……!"

人腾了空了,飞上去了。飞多高?不带谎说,跟花厅的檐口不差上下。不但飞到空中,而且把两口刀朝起一竖,摆了个架子。这个架子漂亮极了。莫忙噇,这个老头子什么玩意头,他一刻儿跌下来,一刻儿又玩上去,什么道理?他啊,他在打拳。你不是说他耍刀的吗?嗳,他今儿高起兴来了,刀里夹拳,是拳里夹刀。打的什么拳?打的是醉八仙拳。刚才打了两着。哪两着?第一着一声喊"嗨呀",人朝下一跌,左腿伸得滴直,右腿环于裆下,两口刀悬于左右胁下,眼光望著天空一轮明月,这是八仙拳当中一着:"铁拐李蹬倒炼丹炉"。接逗又换了一着,人腾了空了,飞到空中,两口刀朝起一竖。这一着叫什么?叫"韩湘子紫燕双飞"。你看这个醉八仙打得多好,好成什么样子啊,好到把个内行玩了憷住了,武松自幼就学的醉八仙,居然他都没有看出来。

这一刻他腾了空了,两口刀朝起一竖,架子朝起一摆,武松恍然大悟,才明白:"原来是打的醉八仙。啊呀,这个醉八仙漂亮了,不在我之下噇。奇怪啊,照我家恩师说,当今天下打醉八仙就是我家师徒两个,怎于又多出一位出来?"

"啊,漂亮!"

武二爷这一刻情不自禁,脱口而出,一声喊,喊什么?喊好。在那一刻江湖上有规矩,偷看人家的技艺,不作蛮喊乱叫,你摆到肚里头。嗨,哪晓得武松玩了喊起来了。喊不要紧,你喊低些吵,不中,低不下来,天生的双料货,就这个奘嗓子。夜晚之间,寂静无声,他这一声喊,喉音洪亮,就如洪钟仿佛。武二爷冒里冒失的,就在墙头上喊起来了:

"好……!"

你晓得这一声喊"好",这位老者在天空准备再改换一着,突然听到有人喊:

"嗨呀!"

"得儿……呜……"下来了。落下来把两口刀朝起一合:

"嗯……,谁人叫好?"

问哪一个叫好。站在厅口的些公子王孙,一个个你望望我,我望望你:"哪,哪个叫好的呀?我们又没有叫好。"他们也不晓得叫好。哪晓得一个个是黑漆皮灯笼,冬瓜撞木钟,擀面杖吹火……一窍不通,他们只晓得好玩。问哪一个叫好,是的哎,刚才是有人喊好的哎,究竟是哪一个吵?哪晓得旁边站的这一个家人看见了。这个家人站在旁边呐,他是旁势,就可以看见武松了。这一刻看见老人家问嘛,随即上来:

"回老太爷,刚才叫好的,诺,就这一位。"

老者把脸掉过来,再朝墙头上入神一望:

"啧啧啧啧,好。"

倒也罢了,武松喊他好,他也喊武松好。什么道理?月光照射,看得清楚,看到小半段身材:"好一个美男子,俏丈夫,你看他这一身的筋骨这是多好!"啊,倒看到骨头啦?哎,老太爷什么眼睛,他不要说看到骨头,能看到你骨髓里头去;他这个眼睛就如同医院的 X 光,能代替透视。把他一望就晓得,这个人的功夫很好。把两口刀交了把人家,手一抬,把胡子朝下一抹:

"噢,壮士,小老儿献丑耍刀,承蒙壮士隔墙观看,又蒙赞好,若不嫌弃,请过来一同入席。"

唔,倒也罢了,就这一声喊好,喊出交情出来了,请他过来一同入席。武松一听:

"噢,是。"

"啊呀,难为情。"

什么道理?他这一刻他才悔悟过来:"刚才我不该喊这么高,有点失礼。嗳,他既喊我过去,我是要过去呢,跟这位老者讨学讨学。"武松好学噢。

"是,晚生遵命。"

两手在墙头上这一捺,腿一挥,翻墙头过来了。啊呀,武松也是的呀,人家叫你家来嘛,你还走人家大门进来吵,就翻墙头啊?不,这个他有苦衷,不晓得他府上门朝哪块,门朝南,门朝北,不晓得,出去摸还摸到天亮哪,不如就走这个墙头上翻过去。

武二爷翻过墙头,到了老者面前:

"老先生,晚生见老先生有礼。"

双腿跪倒,行了大礼。礼下于人,必有所求。武松内心佩服老者,所以跪下来了。老太爷一望:

"哦唷,呵呵呵呵哈哈哈哈……"

手一抬把武松扶起:

"唔,壮士少礼,小老儿这厢有礼相还。请问壮士尊姓大名,何方人氏?"

"若问晚生,姓武,名松,排行第二,北直广平府清河县人氏。"

"哦……呀!且慢,去年十月半山东景阳岗捕虎的武壮士,可是你否?"

"嗨,是,老先生,那也是晚生命不逢绝,侥幸把老虎打死,何劳老先生褒赞。"

你看武松打虎的这个声名多大,去年十月半在山东景阳岗精拳捕虎，到今年子河南东京都晓得了。啊呀，这个消息并不快啊，去年的事今年晓得还快哪？瞎，我不是说的现在啊，我说的宋朝啊，在那一刻不简单，一没得广播，二没得报纸，更没得电视，不像现在还有卫星转播，没得哎，能这么快，不简单了。

"请问老先生尊姓大名？"

"哦呀，岂敢岂敢，若问小老儿，姓周，名侗。"

"嗨唷！"

武松又跪下来了。怎干倒又跪下来的？他不麻木啊，周侗什么人？江湖上赫赫有名，如雷贯耳，文武双全，铁膀周侗周老先生。想不到见到这位老者老前辈，他怎么能够不激动呐，随即就趴下来磕头。老者很谦和，把武松搀扶起来。接逗老太爷就准备月下传刀。

1992 年 10 月 10 日于扬州

王丽堂

武松大闹飞云浦

扬州评话"王派水浒"
王丽堂　口述

武松转配北走恩州,二公差受蒋忠的买足,前后一百五,准备飞云浦暗杀武松。出了城二十里,前面有座荒镇。怎么叫荒镇？就是两边不得圈门,就这么一条光秃秃的街,但是也不得金字招牌店,什么小□□馆子、豆腐店、香腊铺子、老虎灶。但是武松这一刻听见施恩告诉他,说过了荒镇前面不远,二里多路就要到飞云浦了。一团的心神放在飞云浦,哪有心思再观看这荒镇。

王二爷心里也怕。怕什么东西？因为他胆小,生怕回头动起手来自己保不住命。王洪这个畜生走路,东张西望,居然还就给他望出好处出来了。正望著,忽然就在右边有家香腊铺子,老板六十外岁了,蟹壳子脸,马爷标的胡子,坐在柜台里头没事光抹胡子,就跟柜台外头一位正在块闲谈。柜台外头这一位四十外岁,嫩黄脸,十七八根老鼠胡子。什么人呢？就在对过石台子上头摆了个旧货摊子,这一位就是旧货摊子上头的个老板。但是旧货摊上不得什么值钱的东西。只有一把刀,大概是人家小孩子才学刀法的时候打的这把刀,没乡长,靴筒子里头都能摆。这把刀旁边刀鞘子上头插著个草标子,这个意思是卖的。

王洪这个畜生走著走著,猛然间看见这把刀。哎呀！不由触目惊心:"我既然到飞云浦去,我要想把武松杀掉了,我手上不得家伙,赤手空拳,我请问:不得刀怎么能杀人？那么这一刻就把这一口刀买下来,不能当着武松的面。如果当着他的面,他肯定要怀疑了,好说:'这好好的为什么要买这口刀？'就算他不怀疑,他总归心摆在我刀上呢呀！不要紧,最好把他送出荒镇再说。"

嚓朗朋朗朗,跟著武松出了荒镇。王大爷手一抬,唏——把个兄弟袖子一揿。

"做啥?"

"嘿,我告诉你,你同二爷先走,我回头买件东西马上就来。"

"喔。"

他们两个人说话武松听见了。

"王大爷!"

"是,哦……,二爷。"

"你嘴里讲什么?"

"是,我……我要大便。"

"呵,呵,王大爷又要出恭了。啊,快点来吧!"

武松好笑,刚才在和事居茶馆,他说要大便的,刚才呢不是底下大,你是上头进的,大概怕的涨多了,这一刻怕的真要大便了。其实不是的。王大爷忙匆匆地回了头,走到旧货摊子面前,朝下一站:

"呔!刀摊是谁摆的?刀是谁卖的?这把刀要卖多少钱?"

把刀拿起来就抓在手上看。这个摊子上不得老板?哪个说的?我交代刚才嫩黄脸、鱼虾胡子那个人就是老板。不好了!王大爷这一手问法子,他居然地不开口。这小伙啊,要算阴间里头的秀才,又嫩又瘟。他看见王大爷回了头来一问刀摊是谁摆的,晓得你不要把他当个交易。你不要以为他是来买东西的,照常是问了玩玩的。刀是谁卖的,也不是个生意。我要如果跑上去告诉他,我这刀怎么好法,价格怎么便宜,呱啦呱啦说上一大套,他回头照常:呃哼,问了玩的。好了,蚀了本了。说话还蚀本哪?哎,元气不是本钱吗?他问到这把刀要卖多少钱,嗯,这下可以谈了玩玩,有几成数了。你么还稍微带快些吵。这小伙冰冷彻骨,走到王洪旁边,头一伸,嘴一撅,对住他耳朵说了一句话:

"纹银二两。"

唉喂!王大爷一望:"可要死啊!这多冷啊!"

"什么?这把刀要卖二两银子?"

"哎,没二价!"

"不好了,死人头一个,还不能跟他还价,还价他不卖。哼哼!我要如果花二两银子把它买了去,把武松杀掉了,就不能要咧。凶器哎,要摆在身上不算数,我就不是摆的刀了,我就是摆的二两银子。"一想,不要紧,想了个办法。

"朋友,你这把刀二两银子一点都不贵。可惜这个刀不是我兄弟自己买的,我是代一个朋友办的,不知道这个朋友嫌贵不嫌贵。我想这样子,拿了去给他瞧瞧,他要如果要了,我就把钱送得来。他要如果不要,我就把刀送得来。"

你看他个龊不龊?他想把著刀拿了去,而后把武松杀掉了,把刀上的血揩揩,跑得来就告诉他了:"对不起,告诉你呀,我那朋友看过了,不合适。"一个钱没有花,你看他人又杀过了。这个在我们扬州有一句俗话,这叫"借刀杀人"。

"噢,这口刀不是你阁下自己买的,是代朋友办的。啊,还不晓得这一位令友合适不合适,还要拿了去给他看。"

"对了,啊呀,这就巧了。这把刀也不是我兄弟本人的,也是我的朋友寄到我这块来卖的。你拿了去把你这一位令友看,不晓得合适不合适。但不知我这一位卑友放心不放心。"

摆下了!啊咦喂,可要死哪!啊,这么巧法子啊!

"什么?你不放心吗?"

"不是不放心,大爷,这这个说话岂有此理。不通!不是我责备你。跟你初初地见面,我又不晓得你尊姓大名,府上门朝东朝西,你居然地就要跟我把这口刀要借了去。你要如果借了去,一去就这么不回来怎么办?"

"啊,不错,那是我兄弟不周到。这样子,我丢个押金把你。"

"且慢!就要这二两!"

"这个你放心,当然啦!"

伸手就在兜子里头,抠了半天子,"唏……"抠了一块银子出来。你这个说书好难听,要么拿了一锭银子,或者是取了一锭银子,怎么抠了一锭银子?不是我说书难听啊,这个字非说在个"抠"字不可。以为蒋忠给他五十两一包,一包包住。他要一起掏出来,就怕露白显眼。要说不拿吵,又不行,只好把手伸到兜子里头去,弄个中指,就在,这个纸上一阵抠。好不容易抠了一块,大概怕的不止呢。

"呐,这个银子够了吧?"

"哎,够了够了够了!乖乖这么些呢嘛!"

"来噢,老板,金银不过手啊,请你代我弄个戥子戥下子。"

香腊铺子里头老板把银子拿过来一戥一望:

"来啊,共计是四两九钱八。"

好的,五两欠二分。

"呐,五两欠二分。"

"好,这个就放在你这个地方。"

"哎,慢忙!你什么时候来把回信?"

"我啊,马上就来!"

"不能马上。大爷啊,跟我这个人共事,没有共过的人哪,都以为我这个人啊,太死。共过的人就晓得了,我们先难后易。我们以三天为标准,三天之内要不要,那个随你的便。出了三天,这个跟你不客气了,啊,不合适,这把刀也是你买了。"

"哎,好好好好!"

王大爷心里一划拉:"哪块要三天吵。我跑了去把他杀掉了嘛,我就送得来了。先把刀鞘子拿过来,把上头的个草标摘了撂掉了,把刀入了刀鞘。这口刀放在哪块?摆在身上拿起来不方便。"再一望,有了"噼……"放在右边靴筒子里头。一阵有了机会,拔出来上去就是一刀,而且武松也看不见,很好。

"嗯,大爷啊,请问你大爷尊姓?"

"这……这……个,我我姓洪,叫个洪王。"

不是王洪吗?不敢说。晓得说出来以后,假如有人晓得我是县衙门的,那个糟了。虽告诉他,名姓另外捏凑,一时间也想不起来,所以"我姓洪,叫个洪王。"把自己的名姓翻了跟头,倒过来了。

"好的,洪王洪大爷,你放心,我们就是三天了。"

"且慢,刚才你不放心我,我现在也不放心你。你不是一片店,你要如果是一片店,我来找你这片店。你是个摊子,你要如果把摊子收掉了,我到哪里去找你呀!你也要把个保把我。"

"啊呀呀,洪王洪大爷,你刚才准备走啊。我并且说是这个人办事啊,不精明,太毛糙。你跟我要个保,对的,我不怪你。这叫连环保。来啊,老板哎,请你代我做个保。"

"啊哈哈,没事啊。洪王洪大爷,喏,一切都由我。"

好,一切都由他,卖刀的小伙弄到外快了。本来嘛,只有二两,现在呐四两九钱八,可是另外多出来了?外快是弄到了,这小伙大病吓出来了。到了明天,飞云浦的案子发现了,而且地保把这口刀拿到这个地方来,跟这个老板准备买花鼓,打报呈。你晓卖刀的这个小伙一望,嗯?晓得坏了,出了人命案了。地保走掉了,这店里老板就跟他谈了。

"来嗷,那一口刀你看见了?"

"看见了。"

"就是你摊上的!"

"就这个话咧。昨儿个是洪王洪大爷来买了去的。"

"就是的。我告诉你啊,我下一次哪,我再劝你下子,你不听我的就罢了。我说你摊上头旁的东西都能卖,这些刀啊枪啊的少要玩。你非不听。你看看瞧,出了人命了吧?万一老爷下来追问,这个刀是你摊子上头的,糟了,那一来怕的把你带了去啊!伙计啊,一起归案。怕的还要弄碗牢饭吃了玩玩呢。"

"啊唷喂!这一来紧啊好。我走吧。我下乡躲两天。"

"不中哎！你跑掉了，我跑不掉哎。他要如果来问我，紧啊好呢。"

"问你嘛，你一句话就回掉了。就说他得了急病，死掉了。不是就没得好了吗？干干净净。"

"哎，好，就说你死掉了，倒也就罢了，就吓得这个样子？"

王大爷买了这口刀是如获珍宝。出了荒镇的镇头，哈啦啦……为什么这么急？不是旁的呀，"我家这个兄弟啊，不顺手呀。他要顺手的话，那肯定不会把他带过岔路，笃定到飞云浦。万一他把他带过了岔路，我就再也不好把他拖回头了。"王大爷心里一急，走着走着，呵，看见武松跟他家兄弟并肩朝前头走。哎呀，才把个心脱下来。没事了，没有过岔路呢。……

1985 年于上海

费正良

第九章 吴派和康派"三国"

斩 颜 良

扬州评话"吴派三国"

费正良 口述

河北名将颜良领十万大兵来讨伐曹操,曹操见报以后也亲自带领十万大兵,在白马坡这个地方跟颜良交锋,打不过颜良,现在没得办法,就用的谋士郭嘉的计策,写了一封书信,命当差的回转许昌去请关羽来帮忙。信上呢,说的是请关羽到军中来饮酒盘桓,喝酒谈了玩玩。为什么不明说请他来帮忙呢?曹操不好说,因为在曹操出兵之前,关羽曾经向他讨差,愿意领兵来跟颜良交锋,曹操没有答应,说:

"这是些许小事,不劳大驾。"

就没有让他来。为什么不让他来?曹操怕呢,怕他出了许昌得到哥哥刘备的消息,他一去不回头,这样子呢他就不答应了。这时候呢就不好意思说出口请他来帮忙,只好说请他到军中来饮酒盘桓。关羽心里头并不明白。

这时候两个人在大帐上正在饮酒,只听见岗前"啊……,……"一阵嘈嚷。有个报事的当差的"的笃的笃的笃……"跑到大帐口单落膝朝下一跪:

"报……!禀丞相,颜良在岗下要战哪。"

"知道了,退。"

"是噢。"

报事的当差的起身退下去了。

"将军请用酒。"

"丞相请。"

一会儿工夫,只听见岗前"啊……"又是一阵嘈嚷。报事的当差的又到了:

"报……!禀丞相,颜良在岗下口出不逊之词;在那块骂战哪。"

"知道了,退。"

"是噢。"

当差的又退下去了。

"将军请食肴。"

"丞相请。"

一会儿工夫,"啊……"岗前又是一阵嘈嚷。这当差的惊惊慌慌到了帐口:

"报……!禀丞相,颜良在岗下说,如果丞相再不开兵,他就领兵冲上白马坡啦!"

"知道了。退。"

"是噢。"

当差的又退下去了。

"将军远道而来,途中辛苦了,请多饮两杯。"

"丞相请。"

当差的接连报了三次,曹操居然若无其事。曹操能若无其事,关羽这时候心里就不安了。"嗳,曹操啊!颜良要冲山啦,你光顾陪我饮酒就行了吗,你这个时候应该要领兵去抵挡咧。不过也不能怪曹操,他请我姓关的来做事的呀?来饮酒盘桓,这时候总不能把我这个尊客一个人撂到这个地方,他跑掉了,这成什么待客之礼呐。照这么说,我就向他讨差下岗去战颜良？唉喂，不能。我上次见他讨过差咧，他回我是'些许微末之事'，用不着我。这时候你晓得他有没得计策对付颜良呢？说不定他有了妙计了，我一开口讨差，他还是回我这句话，'些许微末之事'，那一来我不难为情吗？唔，对。他如居心要请我姓关的帮忙，他自然会开口来请我。你不开口，我最好还是暂时不开口为妙。"关羽想了一阵子，结果没有开口。那么曹操应该请关羽下岗了？嘿，曹操不敢开口。他上次没有答应他哎，这时候如果开口："嗳，姓关的呀，请你帮帮忙，下岗去跟颜良打下子"。姓关的脸色一沉："啊，我上次讨差，你说是'些许微末之事'，用不着我，怎么这时候又请我下岗？岂有此理，不去！"这个钉子碰下来不得轻。"姓关的这个人是聪明人，他晓得我曹操的苦衷，他居心帮我的忙噢，用不着我开口，他自然会开口向我讨差。你不开口噢，我就直接请你吃，看你吃得可好意思。"哎，倒也罢了，两个人，你等我开口，我等你开口，这叫两个人在这块摽劲。哪一个摽得过哪一个呢？曹操的摽劲大，关羽摽不过他。

关羽吃啊吃的心里头不安了。"不好，这样子下去要误事。如果颜良真的冲上山来，把白马坡丢掉，旁人议论起来，不怪曹操啊，怪哪个？怪我关羽。说关羽这个人武艺虽好，学问虽大，但是呐有一点，他好吃，在白马坡上只顾在这块吃，就拖住曹操陪他吃，这个样子才把白马坡丢掉。你看我这个声名多坏，我算什么英雄豪杰呢。那么怎么办呢？有了。我现在先不谈下岗的事，跟他谈谈旁的事，看他可有办法来对付颜良。哎，用得。"

"请问丞相，大兵到此，开兵几次？"

"将军若问，开兵一次。"

"胜负如何？"

"将军勿用提起，先是宋宪、魏续二将下岗双双阵亡，后来如此如此，令他等四将下岗也未能取胜，至今还令止罢战。"

"噢……"

关羽心里明白了。"听他这个口气,到现在他还没得办法来对付颜良。"

"如此讲来那颜良果然英勇。关某虽有耳闻,未曾目睹,意欲到岗前一观,不知丞相意下如何?"

"呵呵呵呵哈哈哈哈……"

曹操一听,心里好喜欢。"如何啊,他要到岗前看了。我就巴望你到岗前看,你只要一看,嗨,到那个时候你自然会向我讨差,用不着我开口。"

"操奉陪。"

随时两个人起身。有手下人来收拾残酒残肴。当差的递暖布过来让他们揩脸。两个人到了帐外,彼此邀请上马。关羽手在鞍山一捺,"嘟……噗!"飞身上骑。文武也纷纷地到外面来,纷纷地上骑。当差的跟在后面。他们离了大帐,就到白马坡。白马坡是一带平坡。手下人把折桌,折叠椅放好。关羽呢坐在上首,曹操坐在下首。众文武排列在后面。有手下人把茶担子挑得来给他们献茶。关羽坐下来,一想曹操是个用兵的老手,怎么会这一次打不过颜良的,我倒要来望望看。理著颏下五绺长须,把对过河北的大营一望,嗯,只看见旌旗密布,戈戟如林,足有十万人的声势。再看看后面的山上,"啊,你曹操的兵不比他少啊,怎么会打不过他的?噢,大概是河北的将士厉害。望望看。"再看看对过营前的将士,再看看曹操面前的这班将士,"啊,要看将士,不是我恭维你曹操,河北的将士虽然不少,比不上你曹操面前的将士。那怎么会打败仗的呢?一定是颜良厉害啊。望望看。"朝岗下一望,哦,在这块呢。只看见岗下一将,金盔金甲,红马金刀,在征场上威风凛凛,是往来奔驰。好,名不虚传。不看旁的,就看他手上的这一口刀,就看得出来不是寻常之辈啊。啊,颜良的嘴呀怎么,怎么动啊动的?噢噢,不错不错,当差的报来的颜良在岗下骂战,他在那里骂曹操呢。"啊呀,颜良啊,你是什么人?你是一员名将。名将就应该有涵养,就不作兴骂了,你既然在岗下在那块开口骂到现在,瞎,你这个人也足见。"关羽看过之后没有开口。

曹操呢,曹操这个时候肚子里头正在块打著算盘呢。"我家谋士郭嘉说的哎,把关羽请得来跟颜良交锋,不管哪个胜,哪个负,对我曹操都有利。不过,利呐,有大有小。如果关羽下去,颜良一刀把关羽斩掉了,有利,什么道理呢?我的大对头,大后患是刘备,关羽一死,刘备也要死,他们当初在桃园结盟,誓同生死,一生三在,一死三亡,关羽死了,刘备呐,拔剑自刎。刘备一死,我的个大后患除去了,但是眼前的这场干戈之危解不了。如果关羽下岗,一刀把颜良斩掉了,啊,这个利大了!什么道理呢?颜良是河北袁绍面前的人,袁绍听说杀颜良的是什么人,是刘备的兄弟关羽,刘备在什么地方,现在在袁绍面前在吃白大饭,袁绍够不到关羽,还不是拿他的哥哥报仇嘛,一怒之下把刘备推去开刀,把刘备一杀。刘备一死,关羽得到消息,何能罢休,向我曹操借兵,杀奔冀州,凭关羽的武艺冀州无人能挡,抓住袁绍一杀,代哥哥报仇,然后呐,姓关的拔剑自刎,追随泉下。这个利大啦,不但是解了眼前的干戈之危,嘿嘿,刘备这个后患也除掉了,而且不费吹灰之力,河北四州也是我曹操的了,什么道理呢?关羽那个时候要报答我啊,乐得做个人情,把河北四州送了把我。你看这个利多大,这是利上加利,利上滚利。最好是关羽下岗一刀把颜良斩掉。怎么样才能成功呢?让我来望望看,我代他们来称下子,看看哪个高些,哪个低些。"曹操理著颊下满髯长须望望关羽,"好!你看看朋友这种威光,不怒而自威,令人生畏。"再看看岗下的颜良,"好!你看看,威风凛凛,杀气腾腾,令人一望就胆寒。好。究竟哪一个高,哪一个低?不晓得。"就凭曹操的这双眼睛,这时候看不出来哪一个高哪一个低。

曹操一想:"唔,我一定要关羽成功。怎么样才能成功?有啦,我来引他生气。只要把他气到那种程度,嘿,下岗不要多,一刀头。"那么曹操怎么晓得引他生气就能成功的?他过去经历过的。什么时候?当年十八路诸侯讨董卓,众诸侯的大兵到了泗水关,遇到吕布面前的一员将士叫华雄,这个华雄本领大呢,他不但不怕,而且到关外来要战。十八路诸侯都是派的能征惯战的将士去跟华雄打,哪晓得华雄连胜七阵,众诸侯面面相觑,无计可施。袁绍面前有两员大将颜良、文丑,当时不在军中,叫远水救不了近火。嗨,那时怒恼了关云长,关羽跑到大帐上来讨差。要出去会华雄。袁绍哪,是盟主哎,他认不得关羽,他说:

"你姓甚名谁?"

关羽就说了:

"我是平原县令刘备结拜的兄弟,排行第二,姓关名羽,字云长。"

袁绍问他:

"你官居何职?"

关羽说:

"官居马弓手。"

因为那时候刘备不过做了个平原县令,马弓手跟兵士都差不多,纵高也有限。哪晓得袁绍一听,勃然大怒:

"好大胆的马弓手,你有何能为去战华雄?……来,左右代我把他叉了!"

叫帐上的人用棍子把他赶下帐去。你看这个多难为情啊。当时呐,曹操出来了。十八路诸侯是曹操发檄文请他们来的,用现在的话来说,曹操是发起者,是组织者,曹操有面子呢。他说:

"息怒息怒,我看这位将士相貌堂堂,一定有惊人武艺,操愿保举此人,如因他是马弓手,不能顶盔贯甲,可赐他一副掩心甲。"

袁绍黄不了他的面子,只好勉勉强强地答应了。掩心甲就是不能顶盔不能贯甲,只是一件背心子,护著前后胸,这叫掩心甲,因为不戴甲是不能上征场的。拿了一副掩心甲过来给关羽穿起来。曹操呢,叫当差的用大酒斗斟了一斗酒,到了关羽面前:

"祝将军马到功成,勿负操意。"

当时关羽气极了,说:

"酒请斟下,某去便来!"

没有喝,跑到帐外,飞身上马,端著大刀出去了。曹操呐就端著这一斗酒在这个地方等了。哪晓得一会工夫,征场上杀声震天,关羽回了头了,到了帐口,飞身下马,右手拎著大刀,左手拎著华雄的首级,到帐上见盟主报功。曹操呢,把手指头放到酒斗里头试了下子,过去都是吃热酒,不是吃冷酒,其酒尚温,酒还没有冷呢,你看这是多快!

辕门战鼓响咚咚,
威震乾坤第一功,
云长一怒施英勇,
酒尚温时斩华雄。

这一回书叫"温酒斩华雄"。所以当初呢,曹操经历过的,所以这个时候想到还是要引他生气。"跟你谈了玩玩。"

"将军请看,那河北兵丁身高个大,年富力强,在将军看来是以为如何?"

"在关某看来,也不过土鸡瓦犬耳。"

这个口气大呢。人家十万兵,他比成什么东西?土鸡瓦犬,就是泥做的鸡,瓦做的狗,这些东西是小孩子玩的,一碰就散了板了。十万大兵都不能碰,一碰全散了。"不错哎,你的武艺高,这些兵丁不在你眼下,跟你谈将士。"

"将军请看,那河北将士盔明甲灿,马壮人强,在将军看来又以为如何?"

"在关某看来,也不过金弓玉矢耳。"

这口气大了。人家那么多将士,他比作金弓玉矢。什么叫金弓玉矢呢?金子打的弓,玉琢的箭。这个呐在皇帝的宫殿里有,挂到墙上,做啥呢?装饰品,只能看看,不能用。这些将士啊,全是给人看看的,不能打。"你的武艺高,这些将士也不在你眼下,还是跟你谈谈颜良。"

"将军请看,那岗下颜良乃是河北一员名将,将军看以为如何?"

"在关某看来,也不过插标卖首耳。"

乖乖,这个口气更大了。什么叫插标卖首?过去有的人家不用的东西拿出去卖,用根草插在上面,上面哪还弯个结,这就叫插标。他说颜良是插标卖首,卖什么东西啊?卖头!哪个要买它,直接把他的头买了走。"这个口气多大啊!如果颜良真的是来卖头的,不管他价钱有多大,我早已把它买下来了,我用不着请你姓关的帮忙了。好,既然你这么说,我就跟你谈了玩玩,就拿这话来激你。"

"将军不可小看此人,他英勇过人,马前无三合之将,世上能胜他者甚少啊。"

"嗯……"

关羽一听,来了气了。"不好了,曹操啊,你打了个败仗就这么胆小啊,你曹操怕他,我姓关的不怕他哎!噢,世上能胜他的人甚少呢。"

"丞相休出此言,关某不才愿意挑战,下岗与颜良比个高低。"

"呵呵哈哈哈哈……"

曹操一听,"如何啊,开口讨差了。嗯,来了气了,来了气了。嗯,气还不够,才有八分数,还要叫他再气。"

"将军既然要下岗去会颜良,操何敢不遵命。也罢,待操调齐全山兵马,将军再下岗。"

"丞相此言是意欲何为?"

"好保护将军。"

"嗯……!"

关羽格外来气。这话多难听啊!"噢,我下岗去会颜良,要你把全山的兵马调齐了来保护,我要你保护,你不如把全山的兵马调齐了下岗去跟颜良决一雌雄咧。"

"要关某下岗只消单人独骑,倘有一兵一卒,恕关某不便下岗。"

"要我下岗就单人独骑,多一个我都不去。"嗯,有了十分气了。就让他下岗？还不够，还要再加二分，要把他气足了，下岗就能成功。

"将军既然要单人独骑下岗，操何敢不遵命。不过，将军下岗能战则战，倘不能战，赶速回转啊。"

"嗯……！"

关羽勃然大怒。这话太难听了。"叫我下去，能打就打，不能打赶快往家溜。"关羽这时候来了火了：

"丞相休出此言，关某下岗定斩颜良！"

"定"字都说出口了。曹操一看，"嗯，这时候有了十二分的气了。"于是关羽上马端刀，下岗去斩颜良。

1996年8月31日于哥本哈根

高再华

看　病

扬州评话"康派三国"
高再华　口述

"先生这个两天没有上岸？"

"岸上有风。"

"是的哎，因为冬令天，你先生小船上好避避风。"

"岸上没事。"

"来噢，今天有事了。"

"何事？"

"你还是真不晓得还是假不晓得？"

"真不知道。"

"噢，真不知道，我告诉你，今天有个人病下来了。"

"谁人病了？"

"我家大都督周公瑾得了病了。"

"哦，公瑾病了？"

"嗳，我家大都督病了。"

"哦唷，呵哈哈哈哈……"

"狗屁，胡话，要死，不通！""诸葛亮啊，你这个就不对啦，噢，他有病，你就笑他。人吃了五谷不作不生灾的，你就保得证你一生一世你就不害病？"

"你知道我这个笑不是笑的你家都督？"

"噢，不是笑的我家都督，好，人有病也不要作笑他。你笑从何来？"

"我这个笑，笑的是拜服我自己。"

"来噢先生，""你哪一年子拜服过人的，你都拜服你自己。""拜服你自己什么呢？"

"亮在三日前,见你家都督脸上有病色一块,料定他三日后必有大病临身,今大夫前来言道,公瑾果真病了,可见我眼视不差。"

"这话是现成话,我也会说,我在三年前看见我家都督脸上有病色一块,料定他三年后必有大病临身,这句话哪个不会说? 你要在三日前把个底把我鲁肃,好说'你家都督脸上气色不好,三天后要有病。'现在有了病,我就拜服你了。"

"你不拜服就罢了。我来问你嗷,你家都督的病怎么得的呀?"

"怎么得的吵,我也不在场,手下人告诉我的:他在南屏山看操,看见了曹操操水师,猛然起了风,旗角刮在他脸上,就用手分,哪晓得分了几会没有分掉,突然一声'啊呀',口吐鲜血,栽倒在南屏山上,就这么得了病了。"

"可曾请医家来到治病?"

"这个我当然请医家哎。"

"请的什么人家?"

"请的四个军医,说的都不对嗷,四个军医说的,直接不能听哎,什么先天不足,阴肾亏咧,什么胸中积食未消,闹痰火,还有闹湿气。不对,不对嗷,药方子都被我家都督拿了撕掉了。"

"哈……,大夫错了。"

"噢,怎么我又错啦?"

"你家都督是贵体,军医只能代小军看看毛病,何能医治你家都督?"

"是的哎,我晓得咧。"

"应当在三江口请个名医代他医治。"

"是的,三江口没得名医,有名医我倒请来。"

"现在你怎么办?"

"我不怎么办,已经找人去块嘛,到柴桑请了一位先生。这位先生很有名,虽不是医国手,药到病除。"

"柴桑的医家何时临营?"

"柴桑的医家……我的家人骑快马赶到柴桑,先生不会拿架子,跟他随即就来,要,要到明天中午。"

"可有得再早?"

"再早,再早小中午时候吧。"

"不得再早?"

"不得了,路程这么远哪。"

"啊呀!"

"先生,你冒里冒失一声'啊呀',人还被你吓了哪。"

"啊呀!"

"咦?你这个两声'啊呀',喊的什么事?"

"柴桑的医家来不及了,你家都督就是今夜三更人世!"

"哺……!你不要咒骂他,我才走那块来的,脸上气色蛮好,眼睛蛮灵的,说话蛮清楚的,你怎么说他今夜三更天人世?"

"你不相信?"

"我不相信。"

"大夫,我跟你相处的日期不少,我诸葛亮说的话可有一回不对的呀?"

"先生,你这一说,我给你说了怕起来了,你先生说的话从来都是对的。你说我家都督今夜三更的人世,这一来不得了啦,我家都督的病没人治,对江曹操百万干戈,这一来怎么得了,曹操大兵一至,江东又不保啦,对贵君臣也没有好处。先生,你,你帮我想个办法好啊?"

"柴桑的医家来不及,何不在三江口找个名医?"

"三江口要有名医嘛,我就去请咧,没得哎!这个地方穷人多哎,有钱的都搬了跑掉了,名医站不住脚,有钱的才看病,穷人得了病叫个拖病哎。不得。"

"一定有。"

"不会有。"

"必有。"

"不作有。"

"哦?"

"嗳,我是江东人,没得你清楚吗?"

"你想,肯定有。"

"可结皱啊,我说没得,他偏说有。""噢,我晓得了,先生意中一定有个把朋友会行医?"

"大夫猜巧了,亮有个朋友会行医。"

"好极了,能跟先生作朋友,虽不是个医国手,一定是药到病除。好的,请教请教,你这位贵友上姓高名,住居何处?我鲁肃派人把他请得来,代我家都督治病。"

"请不动。"

"请不动?噢,有身份。这样子好啊,手下人请不动,我鲁肃不才,江东上大夫,参赞军机,亲自登门,到他府上去请他,这总算把面子把他,他一定跟我来咧?"

"啊哟喂,啊哟,啊哟喂,好大个上大夫,参赞军机,我这位朋友身份大,还是不来。"

"噢,还不来?这样子好啊,他行医哎,他不过要的是钱,我多把金银,他总该来了把?"

"我这位朋友存心济世,他不在乎钱,你拿金钱感动他,把他当作利徒看待!"

"可结皱啊!本人去,身份小了;把钱把他,又把他当利徒看待。你这个人结皱,你交的朋友都是结皱的。不要紧,我告诉你啊,这是我鲁肃跟你说的,我派人去,他不来;我本人去,还不来;拿钱给他,他不要,到那个时候,说不得我到军中拿一只大令,调他来营,代我家都督看病。他是我江东的,敢不受我家的令!"

"哈……,你大夫倒有挟请?人是你家的,受你令;人不是江东的,何能受你家的令？我这位朋友脾家结皱,宁死不临营代你家都督治病；你家都督的病没人看,也是死,同归于尽！"

"来噉,先生,你代人家跟我扳的哪一家？你,你告诉我好不好,你这位贵友上姓高名,住居何处,请得来请不来,不与你相干。"

"这个可以。"

"好极了。哪,请教了,你这位贵友尊姓大名？"

"你猜猜看,他近在目前,远在天边。"

"可结皱啊,跟你在块打哑谜。近在目前,远在天边……唉喂,天边没处找去；目前……""哎,先生僆儿会行医？"

"不会。"

"不会,我明白了,一定先生本人会行医？"

"被大夫猜巧了,亮会行医。"

"好极了！我跟先生相处了这么些日子,还不晓得先生会行医。先生一定是个医国手噉,失敬,失敬。奉请先生临营代我家都督看病。"

"我还在家挂牌行过道的。"

"好极咧,熟读'王子和',不如临阵多。挂牌行过道的嘛,更好了。"

"我牌上有七个字,你把他猜到了,我就跟你去；猜不到,我就不去。"

"可结皱啊！还要我猜牌上七个字。好,好,好,好,我要你用呢,我猜。""我先跟你交口,牌上起头两个字,世传,祖传,家传,你是哪两个字？"

"世传。"

"噢,世传。这两个字可在不在七个字内？"

"不在。"

"噢,不在。那就是当中一炷香七字。可有什么赛半仙,活神仙的名字？"

"没得。"

"噢,没得。没得嘛,就是诸葛亮三个字？"

"对的。"

"底下四个字就是看什么病什么病的?"

"不错。"

"好极了。嗳,我猜到你要跟我去啊。我先跟你交口,你先生要在十三科之内,十三科之外我就猜不到了。"

"当然在十三科之内。"

"好的。先生,跟你交代清楚,跟你说话难呢。第一科祝佑科,你先生不会吧?"

什么叫祝佑科?祝佑科就是画符代人治病。十三科第一科叫祝佑科。

"不画符。"

"晓得你先生不画符。那么,临了一科,先生怕你也不会,言笑科?"

言笑科是什么?是说书。说书也在十三科之内?嗯,因为饮食吃下去,一天有这么两三次笑,对人的身体有好处,所以十三科最后一科是言笑科。

"不说书。"

"不说书,那就猜当中十一科。你听著啊,诸葛亮大小方脉,七个字,对了吧?"

"非也。"

"诸葛亮内外方脉,七个字,对了吧?"

"非也。"

"诸葛亮男妇幼科?"

"非也。"

"诸葛亮小儿痘科?"

"非也。"

"诸葛亮针科眼科?"

"非也。"

"诸葛亮喉科齿科?"

"非也。"

"诸葛亮跌打伤科?"

"非也。"

"诸葛亮花柳专门?"

"非也。"

"诸葛亮一切杂症?"

"非也。"

"先生,你不要拿我开心了,十三科我都猜交了头了。你不在十三科之内。我请教了。"

"量你猜不到。"

"是的哎,我晓得我猜不到,请教你哎。"

"诸葛亮专治心病。"

"好极了!我家都督从来没得旧患,你先生看新病,他得的是新病,一看就好。"

怎么?错到外国去了!可对啊,倒错到外国去了!诸葛亮说的这个"心"是"心肺"之"心",鲁肃说的这个"新"是"新旧"之"新",考究这两个字真正连读音都不同,一个心,一个新,鲁肃就弄错了。

"奉请先生临营代我家都督治病。"

"不去啊。"

"怎么又不去的哎?"

"你家都督先前害过我两次,我代他把病看好了,又要害我了。"

"不得。先生,他害你是不错,你代他把个病看好了,他要感激你。你要晓得,君子记恩不记仇。你听我鲁肃的话,保管不错。奉请先生临营代我家都督治病。"

"亮还是不去。"

"来噢,你把牌上七个字告诉我了,怎么又不去的呀?"

"你大夫的大令还没有来。"

"哪个啊？晓得先生会看病，今生不敢谈大令的话，哈哈哈哈……，适才间失口乱言，该死该死，望先生恕罪。请先生临营代我家都督治病。"

"唉，依亮的本心不去。"

"不不不，一切全看我鲁肃。"

"既你大夫再三再四苦苦哀求，……"

"唉喂，说得这么难听法子。"

"你在前厢领路。"

"好极了。俗说求医如救火啊，用作先生用呢，我代先生领路。先生，你跟着我来。"

鲁肃在前，诸葛亮随后，踩跳上岸，到大营代周瑜治病。

1997年11月1日于扬州

费正良

葫芦谷

扬州评话"吴派三国"

费正良　口述

曹操带领文武诸官和残兵败卒，又往前走了。啊？走著走著怎么天暗下来啦？抬头望望："噢，坏得大呢。"怎干的？天上乌云漫漫的、滚滚的来了，看样子要下雨了。唉喂，这个雨还不能下。怎么不能下？啊，现在雨下下来，身上大潮了，连换的衣裳都没得。"我倒已经败到这种程度啦，不能再下了。"曹操巴望不下，嘿，哪晓得说下就下。先还好，星星撒撒的，接逗，"哗……"瓢泼盆倾的大雨。

"啊唷喂，没得命了！"

一个个的把头都打了缩起来了。何不找个地方躲雨？躲啊，到哪块躲雨啊？现在是逃命，在野外的路上，命还不晓得在哪块呢，还躲雨呢。怎么办呢？只好捱打噉。一个个打得周身透湿，跟落汤鸡仿佛。嗯，还好，一阵雨过去，天又变了，接逗起了风了，"呜！"唉喂，这个风吹到身上冷得很嘛。

"来。"

"丞相。"

"起的什么风？"

"丞相，这一刻转了风了，原先是东南风，这一刻转的西北风。"

"西北风？呐唏唏唏唏……"

曹操叹了一口气。为什么道理要叹气？"啊，我赤壁这个败仗，败得冤枉呢。怎么会遭败的呀？天败我也！天老爷把苦把我吃。冬令天本来就不应该有东南风，哎，偏偏他刮上一昼夜东南风，把我烧得干干净净。我这一刻烧光了，哎他又转了风了，又掉西北风了。你看看可是天把苦把我吃的呀？"唉喂，着实冷得很呢。怎么这么冷的呀？冬令天西北风当然冷。再加上这个雨一下,西北风一刮,嘿马上就结冰。一个个骑在马上,"得得得得得……"就跟打摆子差下多。怎么办?没得办法,只好朝前捱哎。

曹操骑在马上,走著走著,"吃曜!吃曜!""啊,不好了,哪个打我嘴巴子啊?啊呀,欺我曹操不能欺到这种程度啊,我倒已经败到这种样子了,还拿我开心,弄个嘴巴子打打。啊唷喂,这个嘴巴子打得难受呢,虽然打得不重,冰冷彻骨。我来望望看,什么玩艺。"噢,目梢子一睒。不是哪个打他,是自己打的。怎么自己打的呀?头上戴的顶直翅相貌,哪晓得右边这根翅啊,在他逃命的时候,不晓得在什么地方一碰一撞,"叭嗒!"这根翅断了,就挂到这个地方,刚才一阵大雨,打潮了,接逗西北风一刮,动起来了。嘿,这根断翅在这个地方就跟小冰冻铃铛子差下多,风刮着,"吃曜!吃曜!"弄到曹操嘴巴子上,一下子,一下子的打了玩。"嗯,天也欺我。不能老给他打吵。"手一抬,"啡!"把相貌褪下来了,把这根断翅干脆"叭"摔掉了朝地下一撂,再把相貌戴起来。啊唷喂,哪晓得不戴还好,戴起来难看了。怎么的呀?独翅相貌,从来没有看见过。这个时候也顾不得了,就这个样子了,让它难看。

朝前再走著走著。啊?前面到了一座山谷了。

"来,向导官。"

"是,丞相,向导官,找不到了。"

"哪里去了?"

"向导官不晓得在什么地方老早阵亡了。"

"尔可知道前面是什么所在?"

"啊,丞相,小人还稍微晓得点个。丞相若问,前面这个地方呐,是座谷,这座谷呐,谷口比较窄,进了谷之后呢,地方就宽了,过了宽地方它倒又窄了,过了窄的地方它倒又宽了,其形像个葫芦,所以叫葫芦谷。"

"噢,葫—芦—谷。呸!"

倒了霉了,怪不到我打败仗的,哪晓得我拱到葫芦里头来了!

"嗯!"

"咕噜噜噜噜……"唉喂,不好,肚子又饿了。怎么肚子饿的呀?当然饿啦,昨儿晚上就没有吃,今儿早上又没有吃,两顿不吃了,肚子不饿吗?刚才只顾逃命,不觉得,这一刻,哎,定下神来,肚子饿了。这个饿比平时的饿还难受。什么道理?他冷咧!周身这块抖着,肚里饿着,饥寒交迫。

"来,传管粮官。"

"嘿,丞相,还管粮官呢,管粮官倒不晓得到哪块去了,大概也阵亡了。"

"嗯。"

是的哎,就是把管粮官喊得来,有什么用啊,我的粮倒被烧光了。

"尔等腹中可饥馁?"

"不瞒丞相,肚子老早饿了,吃又不得吃,现在啊,跑都跑不动了。"

"身边可有干粮口袋?"

"还干粮口袋呢,刚才遇到常山赵云噢,两个膀子都嫌多,老早撂掉了,全撂了把刘备了。"

"来,传老夫令下,在此休息片刻,埋锅造饭,饱餐一顿,然后再走。尔等到附近的村庄去借点粮食。"

"嗷嗷!"

借点个粮食?哎,这个叫个漂亮话,说得好听,哪块是借唦,实际就是抢。不过,说出个"抢"出来,那就难听了。于是有人下令,大家不走了。曹操就下马,文武纷纷下骑。地下嘛这个时候又潮又烂,就只好在路边上蹲蹲了。曹操一望:唔,看见路旁有一棵老树,这一棵老树长得错节盘根,根鼓多高的,像个板凳差不多。曹老爹逛到树根面前:

"嗯唔噗,老夫也坐树根了。"

这个话什么意思?唔,有意思呢。坐树根哪个坐的呀?大耳贼刘备坐的哎!过去刘备跟我动到手,都是打败仗,打了败仗之后就坐树根。

哎，想不到今天老夫也弄个树根坐了玩玩。

　　手下人这个时候忙起来了，当差的跟这些兵丁，"哗……"全奔到附近的村庄，做啥？去找粮食。到了村庄上不由分说，直接是抢哎。老百姓看到这些败兵，就跟看到强盗差下多，动都不敢动，听他们玩。窝摺里头扒扒，米坛里头倒倒，哎，地窖子里头挖挖，菜田里头找找，咦，乖乖，找的花色着实不少。啊，不但有米，而且有面，另外什么红豆子、黑豆子、绿豆子、黄豆，另外山芋啊、青菜啊、萝卜啊，乖乖，一大堆。找了这些东西之后该派走了？走啊？嘿，既来之则安之，找到粮食之后接著又借了，借什么东西？借衣裳。一个个身上打得像落汤鸡，冷得要死，不顺便弄点个衣裳穿穿吗？换嗷！损德呢，到了老百姓家里翻箱倒柜，把人家单的、夹的、皮的、棉的，一起都拖出来，把潮衣裳一脱，乾衣裳朝起一换。来得早的，都是穿的好衣裳，都穿的男人家的衣裳。来得迟的，坏了，怎么的呀？嗨，男人家的衣裳都被前头的人抢光了，剩了女人家的衣裳。怎么办呢？笼著些呕，女的就女的嗷，忍心害理的，把这些妇道人家的裙子，大红大绿的，也就穿起来了。还有个小伙，才损德呢，人家家里头死人，做孝子，一身白的孝服，啊，管他呢，总归比穿潮衣裳好些，孝服拿过来也穿起来。他情愿代人做孝子，哎，这个时候只顾换衣裳。把这些米啊面的，什么豆子啦，菜啦，拿到沟塘里头去洗洗，接逗把腰刀抽出来，一阵瘟劗劗切切，把锣锅拿出来，朝锣锅里头一放，水放好了地下挖个塘，锣锅朝上一架，生火来煮饭。这种什么饭？啊，道道地地的八宝饭。啊咦喂，五颜六色，品种还繁多。他们煮饭这一刻还有一阵煮呢。

　　曹老爹坐在树根上。唔，一刻功夫，闻到香了。什么香啊？饭香。噢，哪晓得这个饭还香哪？嘿，比平时的饭香得多呢！本来米就有米香，再加上这么些豆子，这么些菜和到里头，不香吗？老远的就闻到香味了。好不容易饭煮好了，这时候手下人都来盛饭了。怎么吃呢？啊唷喂，这个时候还怎么吃呢，都是两双半玩嗷。这些文武呢，哎，这个时候就要看你平时对待手下人怎么样了，对待手下人好的，手下人这个个时候，哎，就装点个把你吃下子;平时对待手下人不好的,这个时候对不起,请你自己动手了,没得哪个照应你。有个当差的看见丞相坐在树根这块呢。这个时候要巴结下子丞相。做啥?啊,丞相正在倒楣的时候,这个时候巴结下丞相,他就记在心里头了,明儿个回到都中,嗨,虽不弄个官做做嘛,起码也弄个重赏。这个当差的把身上舀瓢取下来,装了满满的一舀瓢八宝饭,到了曹操面前:

"丞相,小人见丞相奉瓢!"

双手把个瓢举过头顶。曹操一望:"怎干想得起来的呀?平时只有奉肴,奉肴,还从来没有听见说过,还奉瓢。嗯,事已如此,不谈了。"把个瓢接过来。这个饭从来没有吃过,五颜六色的,倒还蛮香的。

"箸儿伺候。"

"嗷。"

多事有事,哎,不奉瓢倒也倒罢了,一奉瓢,跟你要筷子了。这个时候还有筷子哪?怎么办呢?有办法了,跑到树面前来,找两根树枝子,腰刀抽出来,劙了两根树枝子。还劙齐了哨,没这话,马马虎虎,一长一短。

"丞相请用。"

草草把两根树枝子拈过来。唉喂,烫呢。怎啊?才出锅的,当然烫啊。唔,稍微等下子。

"啊,哈哈哈哈哈……"

"咦喂,哪一位啊?啊?快活得大哪,我们倒已经败到这种程度了,还在这块笑哪?笑的哪一家啊?"

"先生,不是我笑,是丞相笑的啊。"

"哪个?丞相又笑啦?唉喂,不能笑啊。刚才一声笑,把个白脸赵云笑出来了,我们差点个把命玩掉。他这块倒又笑了。丞相一笑,我的心就跳。"

"我就不懂啊,丞相笑的哪一家哨?"

"哎,来问问看。"

"问问看。"

"丞相因何发笑?"

"老夫不笑旁人,笑那诸葛村夫。"

"噢,笑诸葛亮。哎,请问丞相,因何要笑诸葛亮呢?"

"那诸葛村夫虽然学问很大,诡计多端,但到底年轻,不会用兵。"

"噢,诸葛亮还不会用兵。哎,请问丞相,他怎样才会用兵呢?"

"喏,诸君看了,前面葫芦谷山势险峻,诸葛亮倘若在此埋伏一支兵马,只消三千兵丁,一员将士,老夫和诸君这顿饭就吃不成了。"

"哎,丞相这话是有道理。哎,佩服,佩服。不过,请问丞相,你何以知道诸葛亮在这个地方就没得伏兵呢?"

"喏,倘有伏兵,早已出来,到此时尚无动静,哪里有什么伏兵。"

"哎,这话也对,到这一刻没有动静。哎,但愿上了丞相的话,哎,没得伏兵就好了。"

一个个的都以为没得伏兵。

曹操把两根树枝子一拿,挑了个八宝饭的饭团子,朝嘴里送了。可曾进嘴哪?没有呢,才碰到嘴唇子,还没有到嘴里头呢。猛然只听见葫芦谷内:"嗒!""咚咯咚咚……""杀噢!""哗……"一通炮响,一棒鼓催,涌出来了,三千人。领首一将,未见其人,先闻其声,笑得浓抖抖地出来了。

"哈!哈!哈!国贼老瞒,燕人奉军师将令,在此等尔多时了啊!"

曹操一望:

"呃!"

打了个寒噤。哪一个?黑脸张飞。张飞怎么到这时候才出来的?他啊,军师关照他的:你早也不能出来,迟也不能出来,什么时候出来?闻到饭香再出来。诸葛亮料定了,曹操到了这个地方,肚子饿了,忍不住了,非埋锅造饭不可。你早出来嘛,他饭还没有煮得好呢;你迟出来呢,他饭吃过了;你就要在闻到饭香,他饭煮好了没有吃的时候出来。这个时候有什么好处?啊,可以弄顿白大饭吃下子。所以张飞就这个时候出来的。

曹操可吃啦？还吃呢，命还不晓得在哪块呢。把舀瓢一撂，两根树枝子甩掉了。

"来，诸位将军速挡黑厮。马来！"

"噘！"

手下人赶紧把曹操的马走过来。曹操上马，文武纷纷上骑。这些武将呐，你望著我，我望著你，做啥？要上去挡张飞。张辽望著张郃，心里有话："哎，轮到我们了。"什么意思呢啊，有的人带伤了，不能打了，有的人刚才跟赵云动过手了，"摊班嘛也摊到我们两个人咧。"好两个一起上。张辽跟张郃把马一领，端著枪：

"呔！黑厮，休得在此放肆，张辽来也！"

"张郃会你呃！"张飞看见两个人来，他动手有个脾气，他不容旁人先动手。张飞磕动裆下马，把丈八点钢蛇矛一起：

"去吧！"

"咯！"认定张辽心门就是一矛。张辽赶紧把枪一端：

"来得好！"

"铮！铮！铮！"响了两三下子，好不容易才把张飞这一矛架过去。接著张郃又上来：

"呔！黑厮，你向哪里走，张郃来也！看枪！"

"咯！"一枪认定张飞咽喉就扎。张飞把矛朝前一递：

"哈哈，来得好！"

"嗒！"没有费事，把张郃这杆枪|消|掉了。"咯铃铃铃铃……"牲口过门。他们两个人都这么吃劲啊？在平时两个人就不是张飞的对手，何况这个时候，惨了，肚子又饿，身上又冷，一个个都打折扣了。两杆枪打不过张飞一杆矛。也不过勉勉强强打了五六个回合。张辽望望："唔，丞相下去远了。"望着张郃会会意："哎，我们赶紧滑啊，滑迟了的话，不讨好啊。"这时候上来虚晃一枪：

"呔！黑厮，本将军厌战了，休得来追。"

"咯铃铃铃铃……"领马滑了。张郃跟在后头跑。张飞？张飞看见他们跑了：

"孩子们，追！"

"追！"

"我们追噢！"

"曹兵哎，你们降者免死啊！快把刀啊枪的掼下来啊！"

"啊唷喂！没得命了，张飞厉害噢，我们降噢！"

张飞磕动裆下马，这杆矛一起，哪里像挑的人，"切！切！切切切切……"就如同挑的草把子差下乡。曹兵是尸骸叠叠，血水汪汪。识相的都跪下来投降。

1989 年 5 月 23 日于扬州

徐幼良

华容道

扬州评话"吴派三国"

徐幼良　口述

刚才石碑后头跳出个大个子出来,周仓,他认不得,他把他当个强盗。曹操想收他面前做副将。周仓说我家主人不同意啊,要问主人。周仓跳到山后去了。

曹操把这个地方一望:"啧,这个地方多好啊,两边是山,这个地方是总路口。假如在这个所在突出一支埋伏出来,我是束手被擒,被擒束手。"

"呵呵哈哈哈哈……"

众谋士一听:

"哎哎哎,先生。"

"老夫子。"

"丞相倒又笑了。"

"相爷倒又笑了。"

"不能笑,丞相,在彝陵山蛮好的个事情,你一笑,笑出个赵云出来。哎,半天没有笑脸,走到葫芦谷,要吃饭了,你老人家又笑起来了,笑出个张飞出来,饭没有吃得成。这个时候不能再笑,假如笑出埋伏出来,笑不得,不能笑。"

"嘿,埋伏埋伏,埋者伏也,埋藏隐伏,哪里是老夫把他笑出来的?"

岂有此理啊!他预先伏到这个地方,哪块我一笑他就来啦?驾云都来不及啊,哪有这个说项。

"啊,丞相,不笑总归好得多,这个一笑,照常比赌咒都灵啊,不笑的好。丞相没得事发笑,什么事情发笑?"

都败得这个样子,还要笑吗?

"我不笑他人。"

"唉,你笑哪一个?"

"我笑村夫诸葛亮。"

"哦,笑诸葛亮?笑诸葛亮什么事情?"

"虽能用兵,不能十足的学问,只有八分。"

"噢,你老人家说诸葛亮只得八分,不得十足。要怎么样?要在丞相怎么样?"

"要在老夫用兵,你看就这华容小道,有山有树,有峰有岭,地势很好,这个地方哪需要多人,只消令箭一支,大将一员,精骁刀手五百,埋伏在此处,突然突出,我们就束手被擒,被擒束手了。"

哎,曹老爹哎,被你猜巧了,的确是五百个骁刀手,大将一员,连兵的数目都猜得不错。

"丞相,总归不笑的好。哎,你不是等那个黑脸大个子来的吗?看来大个子不会得来了,他说谎。大个子一懵罩跳出来,看见你丞相是官,他吓了走掉了。"

"嘿,岂有此理。这样人资质鲁莽,他决不会失信。"

嗷,你们不识人啊,这种人说一不二,不会得失信的。

"我们现在走,倒不是人家失信于我们,我们倒反失信了他了,再等片刻。"

"嗷,再等下子。"

又等了一刻儿工夫,听见那个山后头,石碑后头,"噗噗噗噗","嗦朗朗朗朗……"大个子跳出石碑前,朝曹操马旁边下首一落。不在迎面的?因为迎面要让他家主人。落在马旁下首,大棍子虎口对虎口的架落。

"唔嗯……"

曹操一望:"如何啊?你们说人家不来的,人家不是来了吗?哎,这种人不会得失信的。"

"壮士,你主人安在哉?"

"嗯。"

大棍子朝山后一指:

"那那那那那不是我的主人来了?"

看见没有看见?耳朵里头听见了。"咚咚哆咚……""哗……"

"嗨呀!"

"丞相,叫你不笑,你偏要笑,笑出埋伏出来,不能笑。"

来了官兵了。他不是说的强盗?不是强盗,强盗不会得放炮擂鼓,放炮擂鼓是一定是官兵。队伍出来了。队伍出来嘛,曹操你走吵?关公还在山里头呢,你不好朝过冲吗?就敢走了嘛,大个子站到旁边下首,你走下子,盖头一棍子,把脑浆珠要打了撒出来呢。就走得掉了吗?曹操吓了不敢走。

"杀噢!"

山关内处处五百骁刀手,弯弓势兜拿的形式,把山弯口堵塞住了。天下东西不显,在队伍头前,"嘟……"突出一杆棍图,描金画杆,金葫芦顶,冠绿排须,乌缎掏成,二十四挂金铃坠脚,两根飘带分为左右,风吹招展。平头字面,曹孟德看不清楚,我说书的人交代:"汉寿亭侯、偏将军"。只看见当中如许大一个字:"关"。"哈呀!关关关关关关关……"还"开开开开开开"呢,把圣讳都吓了忘却掉了。当中浪裂波开,"咯朗咯朗咯朗咯朗……"里面冲出一将,到队伍前头,刀从右起,须向左飘,坐马背,胜金童,蚕眉滴竖,凤目圆睁,美髯飘拂,五绺倒炸,两根须龙支起。

烈烈汉朝虎将,
巍巍担待英雄。
如红日贯当空,
至大至刚出众。
武达孙吴将略,
文通孔孟之中。

第九章 吴派和康派"三国"

空前绝后美髯公,

万古威名称颂。

关公在队伍头前勒马停刀。

曹操带着这些文武官员,一个个跟雷打了噤住了一个样子,不敢动弹。"我们是生力,彼是残场,都非他的对手,而况乎我们败得这种样子,败得剩了三百几十个残兵败卒,还能够跟他打吗?当然不是对手。束手被擒。死啊!嗖,朝哪块走呢,路当中两边是山,当中一条崎岖道路。一定被他捉住了。能够姓关的一刀头把我办掉了,谢天谢地,求之不得了。我这么大年纪了,短命鬼倒死过好几回了,还什么福没有享过。恐怕没得这个好日子给我过,把我捉了去,他家那个哥哥刘备恨肿了我,把我朝起一关,记得就把点我吃吃,记不得不得把我吃,三天弄出来拷下子,五天弄出来打下子,有得受凌辱罪呢!今儿高兴剜个眼睛,明儿个割了鼻子,后儿个再割个耳朵,慢慢地凌迟碎剐,而后才要我的命。嗳!我曹孟德惯把凌辱罪给人家受,怎么能受人家凌辱呢?死啊!要命过千年,还不免死呢,抓了去还死嘛,不如这个时候就死。"曹操手这一抬,搭到腰间倚天宝剑的剑把子,准备拔剑自刎。如其让他把剑拔出来,白光起处红光落,人头落地了。曹操刚要拔剑,在曹操马后,曹孟德爱得谋士程昱程仲德,念书人胆大。念书人的胆很小?胆小起来非常胆小,胆大起来非常胆大,他把情理想通了胆就大了。程先生马领上来,到曹操马后,拈住曹操的衣袖管,低语。曹操听见,对过姓关的听不见。说什么?说:

"丞相,且慢寻其短见,关将军傲上不虐下,欺强最怜弱;而且他过去在许昌跟丞相的交情不错啊,你何不跟他叙叙交情呢?"

程昱马拎了退后了。曹操听见了:"哎,不错,来跟他叙叙交情。姓关的这个人,我晓得。这个交情不行哎,这个是公事。哎,姓关的这个人,你跟他狠,他比你格外狠;你跟他大,他比你加倍大。我不如呢:将军,你饶了我的命吧。噢,他手一抬,饶你过去。傲上不虐下,欺强最怜弱。恐怕跟他叙交情不行吧?说说看咉,不成功再死也不迟啊。"

曹操把个马微微地领上,距离一定的距离,姓关的青龙刀够不到他。带百十万兵的个大营主,这个时候可怜了,不像个大丞相,好像那妇人昏夜乞怜的情形,惨巴巴,哭啼啼,悲切切,曲背哈腰,双手一并,望着关公:

"君……君侯别来无恙否?"

"嗯"这块哼,"托庇粗安。"

"如此天寒地冻,水冷草枯,将军带兵到何处去公干?"

曹操狠呢,姓关的来抓他,他不承认。如此天寒地冻,水冷草枯,将军带兵到何处去公干?有什么事啊,可能告诉我啊,敲点把我尝尝?

"特奉军师将令,前来等候丞相的!"

"哦呀!"

"噗通",曹操心定了,神安了,头上的虚汗干了,不怕了,有了三分命了。倒晓得有了三分命啦?唔。姓关的没有忘记旧情,如其忘却过去的交情,"老贼,国贼"倒骂了堆下来了。我请教他,他说"特奉军师将令,前来等候丞相的"。他还说"等候丞相"呢,可是有命三分?

"将军,曹某正在这里观碑思友,耳畔中忽听见夹山内金鼓声音,手下人来报告:非是他人,乃是关将军带兵走此经过。我说:尔等不要惊慌,关将军与曹操交情甚厚。我的手下官员说道:不能,他一定奉了诸葛军师将令,不存好意,来捉拿丞相的。哎,我说我与关将军的交情非比他人,他绝不能来捉拿曹操。哪知你将军果然是奉了军师将令,前来华容道捉拿曹操,岂不是被我手下人预料着了?"

曹操说话狠呢。君子人只可把人猜,把人度,把人量,而不是把人料。被人预料着了。

"不要骚叨,下马受——缚——!"

"不要骚叨,下马受缚呢!嗯!"周仓在旁边着急:"我的主人公,你跟他说什么东西啊?你跟他有交情,我跟他没交情,你喊下子我吵,我跳上去盖头一棍子,把他脑浆珠子打了撒出来呢。"曹操一望:"姓关的跟我叙交情,这个黑脸大个子跟我不叙交情。"

"将军,你你你当真这样子,就不看当初在过许昌,你我的交情二字?"

不提交情倒还罢了,提到交情,关公不由蚕眉滴竖,凤目圆睁,美髯飘拂,五绺倒炸,两根须龙支起。"啊呀,姓曹的啊,你怎么想得起来跟我谈交情的呀?这个不作啊。交情是我们两个人的私交,今日我奉命令来捉拿你,这是公事、国事,交情是私事,我何能以私而废公?不作啊,你不应该跟我谈交情。而且,就谈交情,我又不差你人情,君子不欠君子情,我不差你情啊,你待我的好处,我报答过你的人情了。你待我的好处,我没有忘记得掉噢,什么好处?三日小宴、五日大宴、千里马、绿锦袍、黄金、美女、爵拜汉寿亭侯,加封偏将军。你就待我这许多好处。我待你做了事了,你晓得啊?我待你有好处呢:我代你白马坡斩颜良,延津渡诛文丑。我就把这两个人办掉了,帮了你的忙了,我不代你把颜良、文丑办掉,你怎能仓亭破本初,得四州之地,你曹孟德怎么能混出这么大的家业出来?你直到现在过日子过的我的。我不代你斩颜良、文丑,你不可能成这么大的事啊。颜良、文丑亲自在征场上跟你说过这话的:'姓曹的,我们两个人,请你家那个张辽、许褚、徐晃、夏侯渊这些大将来十个八个吵,看我们两个人可惧怕不惧怕?'你吓死了,命都没得了。把关某请了去白马坡斩颜良,延津诛文丑。白马颜良丧,延津文丑休,河北英雄丧其心胆。"关公一想:"他不谈人情倒也罢了,他既谈人情,我来把个人情跟他叙下子呢;不叙交情,我不能拿他。把个人情跟他帐算下子呢!"

"关某斩颜良,诛文丑,报过你了。"

关公说到这个地方,面有愧色,有点惭愧,不好意思。"不好了,我们不像两个大人,倒像两个小孩子啦,在这块倒独子啦。小孩子做朋友的话:'我跟你好,你跟我好。''我把锅巴把你吃。''我把蚕豆把你吃。'没有花了下子翻了脸了,'你刚才吃我锅巴的。''你还吃我蚕豆呢。'哪像记事的大人呐?"关某关公有惭愧的意思。"我斩颜良,诛文丑,报过你,不欠你的情了。"

"不错,将军斩颜良,诛文丑,报过曹操,也还不错。你将军忘却了。"

忘却了,这也难怪啊,这叫贵人多忘事啊。

"忘却了是坝桥一别。将军得着哥哥信息,要辞曹归汉,我率领文武诸官,送将军至坝桥。有黄金一盘,秋衣一件,黄金送把将军沿途作为路费所用,秋衣以作纪念。哪知你将军再三不受。不受黄金,谦之再三,只受秋衣,黄金不受。将军连马皆不下,在马上用青龙刀尖将袍挑起,披于身上。而后将军临上桥时,你用青龙刀指著曹操,说:'关某诸恩皆报,余情未报,他日相逢,敢不以死而报之。'姓关的,当初出自你的口,入之我的耳,是你说的。我不要你以死报了,你今儿把这条路让我走嘛,不是就报我了吗?将军,素来将军为人,屯土山三事,乃将军之智也;徐州失守,将军兵困土山,接受张辽条件,免得苍生遭其磨难,乃将军之仁也;尽桃园义气,一在三存,一死三亡,乃将军之义也;不乱君臣之礼,尊重二嫂,乃将军之礼也。将军仁、义、礼、智四字俱全,可惜缺少一个'信'字。你素来取信天涯,今朝失信于曹操。也并非将军不肯让开曹操,军师的将令难违,上有差遣,下不由己。曹操当初能交情将军,你将军自坝桥走后,五关斩将而去,我手下的官员说道:'关将军岂有此理,擅杀朝廷命官,丞相何不命人带兵去追赶?嘿!'我说'你们不晓得,关将军杀关官,应该要杀,哪个叫他们阻挡关将军?谁叫他们阻挡关将军?关将军的交情跟我非比他人,杀得好,关将军不杀,也是我曹操来杀。啊呀,将军,你杀了关官,我反说你杀得好,我交情将军有什么好处,也不过预防有今日耳。'"

这个老贼刻薄话说尽了。好说:"姓关的,你倒已经走了,我还让你杀我的关官,我倒过来还说你对,我也不过防备有今日啊。"

"好,将军不能让开曹操,实在军师将令难违,也罢,我当初能够交情将军五关斩将而去,我何不今天一直交情将军到底嘛,不如献呈阁下曹某项上的首级,不需他人戈戟之劳,就请你将军下手吧!"

"咯铃咯铃咯铃咯铃……"曹操把个马往上拎，头朝前头送。姓关的，就请你下刀。啊，这就能玩了吗，假如关公就是一刀？不得。曹操的命不晓得多为奇呢，他说着，望着关公脸上的神色呢。见关公先前出来什么样子啊？刀从右起，须向左飘，蚕眉滴竖，凤目圆睁，威风凛凛，杀气腾腾。被曹操这个长篇的话说了一阵，关公听着听着蚕眉不竖；听着听着凤目不睁；听着听着美髯不飘；听着听着刀听了平下来了；听着听着单手取刀，刀头子向下，刀转儿向上；听着听着关公一手理须，望着曹操。先是满脸的怒容，这刻儿听出是一脸的慈色。怒容转成慈色，有点舍不得曹操，看他可怜的样子。曹操把他一望，晓得了，姓关的不可能下刀了。把个马往前领：

"曹某项上首级，不需要他人戈戟之劳，就请你将军下手吧。"

先前离得远，不介意，渐来渐近啊，关公裆下骑跨的这一头赤兔胭脂马，看见曹操裆下枣黄飞电驹，牲口头昂尾摆，"喳……嘟……"一声嘶叫。枣黄飞电驹看见赤兔胭脂马，"喳……"也还嘶声连叫。曹操一看：

"噢，将军，你你你你看，连马它们还尚念同槽之义，何况你我人乎？"

1989 年 5 月 19 日于扬州

戴步章

第十章　戴门"西游记"

仙庄投宿

扬州评话"戴门西游记"

戴步章　口述

　　西游记,西游记就是西方游玩的记录,叙述唐朝有一个和尚,离开中国,到印度去求取真经,是大明朝吴承恩先生作笔。这部书是个神话小说。今天谈的这一段呐,就是唐三藏师徒四个,连马五众生,已经在路了。在我们有个俗话的哎,大家都晓得的哎:"师徒人四个,连马五众生,天天向西走,日日向西奔。"他们的方向是向西。

　　今天,正逢秋九月时分,金风送爽,玉露凝秋,桂子飘香的季节啊,哎,旅客倒是心旷神怡。唐三藏他们今天走着的时候,此时夕阳西坠,即将玉兔东升,在万鸟归巢的这个时节啊,唐三藏再望望,一眼看不到个人家。是的哎,这个西方路上多见树木少见人。如果,把说锣鼓的说呐,有几句话呢,又是什么吊桶粪的缧缧藤啊,扁担长的杨辣子(刺蛾的俗称)啊,坑又坑死人啊,诸如此类,砖头子又成精啊,瓦砾子又作怪啊,这是神话小说当中都谈到的一些事情。唐三藏一眼看不到个人家,"咕噜咕噜噜噜噜……"又饿了,是派到吃晚饭的时间了,中饭本来吃得早。

　　"悟空。"

"老和尚。"

"你看四面无人,今天晚上要趁这个不晚,天亮以前,要找个地方过宿,还要化顿斋来,把为师果腹。"

"嗳,我望着咧。你也派腹中饥馁了。是的哎,到天黑的时候还不大好找。我们还是找个山洞子,找个树林子,找个草窝,总归嘛要聊避风雨。其实不得下噢,真下来的时候呐,还就犯嫌呢,要找个地方呢。"

"呼……老大哥。"

"嗯。"

"呼……我看到了。"

"咦喂,兄弟啊,你这个猪眼倒识货呢嘛,倒关心呢嘛。是的哎,你谈到五啊六的不重视噢,谈到七(谐吃)字你关心得很呢,要想吃晚饭了。你看见啊。"

"呼……树林深处,呼……有一人家。"

嗳,嗨嗨,旁的人望不到啊,叫个佛老爷眼睛照远不照近。大家朝四面看,哪晓得就在他们走的这条山路旁边,有乌酣酣一带松林,松林里面,隐约间,唵,是有房子呢。有房子就有人家,再好没得咧。

"哎,悟空,就奔他们家里。"

"哎,但愿这个人家家里僧道有缘,如果僧道有缘,我们到他家去呐,麻烦下子,跟人家家里头呐,借个地方过宿。肯给我们吃呐,更好;不肯给我们吃呐,我能到远处去化斋,你不能跑,我这个驾云快得很呢,哪怕十万八千里,一个跟头就到了,把斋化来把你吃。单怕这个人家僧道无缘,不准我们进大门。总归嘛,有个房子是好些咧,就是把准我们进大门,在人家家头大门口,人家廊檐台上坐坐,总归比蹲到树林头好得多呢。"

"唉,我要关照你们三个人,到那个地方去,你们不要把人家吓坏了。人家不晓得,我晓得,你们是山川野兽成精,受过我和尚一番良好的教育,并且是循规蹈矩。但是人家不晓得,看见你们这个猴头吊颈的,猪头三的样子,沙和尚更难看,青面獠牙,蓝脸红胡子,把人家家头不要吓了,你们自己要掩蔽掩蔽些个。"

"哎,这话倒也是的,我这个猴子虽然不像个人,有三分人形,这个猪站起来说话是有点怕人呢。哎兄弟。"

"呼……老大哥。"

"大要当心。"

"我晓得。"

猪八戒把头拿了低下来。这个长猪拱嘴麻烦咧,哎,好在和尚衣裳圆领,领扒下来,"啡!"猪拱嘴藏起来;两个大耳朵犯嫌呢,"七刮七刮"的,"啡!"大耳朵一抹,抹得反过来,哎,拿了贴到脑勺后头;和尚帽子一直扣到眉毛,眼睛婆婆下来,这个样子嘛,猛一冲看,还看不出犯嫌样子。沙和尚呐,格外要注意,这个蓝脸红胡子。他那个脸,不黑不青的蓝靛脸,就像什么样子啊!哎,这个颜色我说不出来,有个东西看得出来呢,你们看钟里头的发条,就那个样子,你要说他是黑的,他是青的;你要说他是青的,上面还有红丝子。沙和尚呐,把个腰哈下来,头低下来,担著高肩担子。猪八戒就牵著马。唐僧当然从马上下来了。八戒牵马,沙僧担担,唐三藏在前头,他这个样子,啊,又白又胖的大和尚,到人家去不犯嫌,就是僧道无缘,跟出家人不来往,看这个样子不犯嫌。

大家一起到了树林里面一看,哎,这个人家房子看得出来呢,就看这个山尖墙就晓得了,山尖墙有风火墙,一看山尖就晓得一、二、三,嗯。这个人家是一厅一住宅,前头是个门楼子,共计三进。房子不错。从这个人家家头来看,一看外表就晓得,不是穷人家。什么玩头?一看这外表就有数了,这个房子啊的大相就不错,山尖墙是扁砖蚰缝直砌到顶。到了门口一望,呃,冲天的照壁,八字粉墙,高大的门楼,有三层白矾石的浆插子(指石阶)。大门是开著的。唐三藏望著三个徒弟们目中会意,孙悟空把猪八戒、沙和尚一拖,朝照壁墙墙根这块一站。唐三藏上了坡台子。出家人要自爱。啊,有的人看见和尚,下高兴,啊,晚上还好些哪,尤其是大早,看见和尚不大愿意,什么事啊?和尚没得头发。没得头发怎干说啊?哎,没得头发,这个发,头发的发跟发财的发,同音,所以有的人就说呐:啊,弄个看见和尚大早没得头发,没得发财。有的人看见和尚还有个来气,他有个转向过去了,他有个联想:死人找和尚家来放焰口。这个无理不故的,弄个和尚朝家头跑啊跑的,不好。唐三藏不能进人家门槛,站在坡台子门槛之外,双手合掌,喉音略微高些,不能过高,眼睛望到门堂,门灯,门凳,六扇白粉屏风,上手的两扇屏风门开著,晓得里面肯定有人,不敢乱朝里头跑,招呼了一声:

"阿弥陀佛,府上可有人么?"

只要一声,听见里头答应了:

"啊,有呢。"

说著有呢,"踏,踏,踏",就在屏风里头,在门房里头出来的。他这是三间房子,中间一间是门堂,上下首是房间,这边这个房间是门房。哎,看这个样子,是个老家人的样子,怎么晓得的呀?看服装就是。现在不容易看到了,出来的时候士农工商、渔樵耕读可以穿差不多的衣裳,你不大容易看得出来。有的人不脱俗,也看得出来;有的人就看不出来。像我这个样子,身上穿这个衣裳,走到街上跑,人家晓得我是说书的呀?不晓得。在这个古来的时候呐,各人有各人的服饰。这个老头出来,罗帽海青,丝带靴儿,是个家人的打扮。年纪,唉喂,不小了,大概六十左右,也不过大。过大很了,老板不用你了。过大很了,主人翁不用你了,你倒臃肿不灵的了。大概好似在他家家头多年了。啊,看这个样子,嗳,身体还不错呢,倒是挺胸腆肚的。白胡子,啊,眉毛也有点个白了。还好,脸上的气色还不丑,哎嗨,声音说话,就晓得他的身体不错,还不是什么老迈龙钟,声音像洪钟一式。走屏风出来:

"啊,哪一位,哪一位?"

嘴喊到哪一位啊,唐三藏也看见了。屏风里头是个天井,有光亮,站在门堂里头黑暗,唐三藏跟这个老头子都站在亮地方呢。

"啊,原来是一位大和尚。"

"不敢当,阿弥陀佛,老施主。"

"噢,哈哈哈,听你这个口音啊,不是我们本地人啊。"

老头子说著的时候,跨门槛,就跨的这个屏风门门槛,出来,迎到大门来了,嘴里头说著,脚底下走著。

"噢,是是是,老人家,我和尚乃东土大唐朝到此。"

"啊,走中国来的呀?啊呀,路远山遥,在这个路上的时候不大好走哪,逢山有妖怪,遇洞又有魔啊,乖乖弄冬,各处那个妖怪据说作怪,着实不太平得很。高山峻岭,啊,还有大河,啊不大好走,还有豺狼虎豹。啊,你和尚是,啊,吃了辛苦了。啊,到我们这个地方有什呢么事的呀?"

"并非到贵地,奉我主唐王圣命,赶往西域印度,见我佛如来,求取真经。"

"噢,到天竺国去的。嗨,你老人家到我们这个门口来问人,还是问路,路认不得了?还是这个地方有熟人?"

"非也。"

"噢,不是的,嗯嗯。"

"此时时间不早。"

"嗳,时间是不早了。"

"我和尚腹中饥馁。"

"噢,肚头饿了。"

"不知哪里好住,又见不到庵观寺院,无处化缘,又看不到什么旅舍、客栈,又无处前去投宿,想到尊府前来打搅一宿。哎,并不需要高房大屋,也不需要高床大铺,聊避风雨所在,就这个门堂里面,聊为栖身。能赐一餐酒饭,我和尚就化缘弄一顿晚饭;如果不能,我和尚就另想别法。"

"啊,可以可以可以。不过呐,你大和尚也要晓得,我呐,是个手下人,还不能作主,你老人家在这个门凳上稍微坐下子,我去告诉我家主人。哎,主人不会不同意,我们家里呐,本来僧道有缘,本来僧道有缘,嗯,哪个和尚来都没得问题。你老人家这个走中国来的,路远山遥来的,到西域去求经嘛,是真正活佛啊。"

"啊,阿弥陀佛,不敢当,不敢当。"

"你就门凳上坐下子,不要紧哎。"

"好,好,这说我就打搅尊府。"

"不,不,不碍紧,你进来坐下子,进来坐。这个外头……?"

"噢,外面乃三个小徒。"

"噢,还有三个徒弟呢,还有马,还有担子。是啊,出门的人啊,啊,当然都有这些东西哪。他们一起家来坐,不碍紧哎,一起家来坐下子,不碍紧。老、老奶奶啊。"

"嗳。"

他一喊,门房头又出来个老大。这个老太出来了。

"嗳,你去告诉下主人,就说这么回……你听见咧?"

"听见了。"

"听见了嘛,你就去说下子,啊,看、看、看主人翁怎、怎、怎么安排法子啊,你去望看,你去望看。"

再看这个老奶奶啊,从门房朝里进去了。唐三藏想,不要把老头吓坏了。

"老人家,三个顽徒,并非人生父母所生,系山川野兽成精。"

"唉喂!乖乖!妖……"

"嗳,受过我和尚一番良好的教育,并循规蹈矩,你老人家休得害怕。"

"噢噢,这一说嘛,我就懂了。我就懂了,我就懂了。这个马呐,就、就、你就扣到照壁那块,有个扣马的那个环咧,你就扣那个环上,回头呐,只要我见主人翁说有安排,我回头把它带到后槽头。走这个大门里头进来,固然不大好走,假设万一有马尿、马粪,许多不便利,走我家这个东山尖到后头去呐,我见那块有个跨院,后头有后槽头。我们家头也养牲口咧,我们家头高头大马没得哎,大骡子,哎,驴子都有,在后跨院。我回头把它带了去。你们诸位呐,把担子挑着,不碍紧。"

唐三藏在上首门凳上坐下来,弟兄三个就在下首门凳坐下来,高肩担子歇在旁边。

一下工夫,老奶奶走里头喊起来了:

"老头子哎!"

"唉,怎干说的呀?"

"请他们家里厅上坐噢,啊,已经吩咐厨下办晚饭,办素斋了。"

"噢,好的,好的。大和尚你听见了吧,我说的我家主人呐,本来僧道有缘。厨下办素斋,晓得和尚吃斋。你们就请里头坐。"

"多谢老人家。"

老头子把师徒四个带著,沙和尚把担子仍然挑进来。进了屏风,绕福祠,一重院落,二重门进来,嗯,大厅。唐三藏把大厅上面一望,这时候厅上还看得清楚呢,还没有很晚呢,厅上条山字画还着实不错,房廊也还高大。就在迎面靠到厅后屏风这块,是一长上炕,大红的炕垫,大红的炕枕,两旁边四张椅子,两张茶几。唐三藏进来就关照徒弟:不要随便。把高肩担子就歇在厅口,师徒人四个上来。老头子说:

"你们请坐,我来泡茶。"

老头子忙着张罗。唐三藏师徒人四个,正好四张椅子上往下一坐。坐下来,茶来了。

"大和尚请用茶。"

"啊,好的好的,多谢,多谢。"

怎干主人翁还没出来的?老弄个手下人谈不行。突然听见屏风后面:"的哒,呃的哒,呃的哒的哒的呃的哒咯的哒",什么玩意头啊?脚步声音。唐三藏一听:是个女人家的,是女的。听这个脚步子声音就晓得。"的哒,的哒的的哒",大概是高跟皮鞋?嗳,那个时候不得高跟皮鞋,那个时候是小脚。这个小脚噢,走路不踏实,走路不得劲,所以做鞋的呐,就在后跟这个地方,在鞋底这块钉个木头板子。现在这个年纪大的,你们诸位听书的,有了这么七八十岁,或者就像我这个样子,六十外岁,能看见过,年轻的小朋友还没看见过。她家这个房子是铺的罗底砖,这个罗底砖底下是垫糙底钵,空心的,走起来有应声:"的哒,的哒的的哒"。嗳,听见声音了,还没有看见人呢,喉咙来了。一听,女人家的喉咙,娇滴滴的:

"啊咦喂,哪几个跑到我寡妇门中来了?"

唉,不但是个女的,这个人还不得丈夫呢。她还没有出来呢,已经自报山门了:是哪个到她寡妇门中来了。唐三藏赶紧往起一站。唐三藏站起来,三个徒弟当然也跟着站起来了,这一点礼貌都晓得。

啊,屏风暖阁后面出来一个人,徐娘半老,风韵犹存,四十多岁的个妇道人家。哎,长得不丑,嘿嘿,到底是不高不矮,不胖不瘦,胖墩墩的,还不怎干。好了,唐三藏看到,赶紧上前招呼:

"阿弥陀佛,女菩萨,僧人见女菩萨合十(谐合适)。"

什么子啊?合适啊?跟人家妇道人家叫个作揖哎。唉,就跟口袋头有东西要掏东西一式:

"啊咦喂,大和尚,不敢当,不敢当,有礼相还。大和尚请坐。"

"噢,女菩萨请。"

"啊,大和尚请坐,大和尚请坐。"

嘴头说的时候,本来唐僧等人坐在这个四张椅子上,就请他到上头上炕上坐。唐三藏?啊,不能,啊,和尚朝上头一供,像什么话呐?

"啊,不敢,女菩萨,言重了。僧人就此随便些儿,随便些儿。"

"大和尚,就,就恭敬不如从命,你就请坐吧。"

唐僧仍然坐下来。唐僧朝下一坐,三个徒弟也就坐下来了。唐三藏并不代他们介绍,晓得,这三个徒弟在这块曲背呵腰蛮好的,要头抬起来,一声招呼,不要犯嫌,顶好不啰嗦好。这位妇道人家就到上头上炕上一坐。她家这个老头子呢又来得欢速呢,又补了杯茶过来。当然啦,客人有茶吃,主人翁不能没得茶吃。

"大和尚贵姓啊?"

"阿弥陀佛,女菩萨,出家人不谈俗家名姓,僧人俗家姓陈,单名萼字,出家以后法名玄奘。"

"啊呀,高雅得很。"

"未曾请教女菩萨贵姓。"

"啊,我娘家姓贾(谐假),嫁了个丈夫姓马,就是贾家把了把马家,就这么贾马贾马的噢。"

"好好好,是是是。"

怎干这么巧法的呀,贾家把了个马家?

"你大和尚,将才我听见我家那个老妈子谈的,说的你们是走大唐朝来的?"

"啊,不远千里,从南瞻部洲到西牛贺洲,听说,我们没有出过远门噢,听说有十万八千里哪!"

"啊,正是。"

"辛苦的很哪。"

"这个,女菩萨,奉我唐王圣旨,向我佛如来求取真经,何言辛苦二字。"

"是的哎,为了你自己的事情噢,是谈布道辛苦二字噢。你大和尚,今年,有四十哪?"

"这个……"

唐僧想想:"谈谈世务,尊姓大名嘛,罢了,问问走哪块来的,到哪块去的嘛,你已经晓得了。问我今年可有四十,不止了,大概我生得少年些个哪?不见得,一路上餐风宿露,一路上戴月披星,风吹,雨打,太阳晒,这个脸上不见得丰润啊。她这个说法子,我不能不跟她……"

"僧人今年四十有二。"

"噢,四十二,四十二跟我同庚。"

"啊,是是是。"

没得哪个跟你做亲,要谈这些废话做事?

"大和尚啊,唉,谈起来噢,我倒有一番苦衷。"

又没有哪个问你的苦衷,我们到你家来的目的,就是吃晚饭,睡觉,能够客气些哉,明个弄顿早饭吃下子,吃过早饭,一宿两餐,我们要赶路。你跟我们谈些家常世务,不是跟和尚谈的事,像你一个妇道人家,尤其是孀居,跟我谈世务,啧,不大合适,谈家务事情,格外不大好。家头不得男人家,将才就说过了,用不着问哎,走后头说的哎,"哪个到寡妇门中来了?"寡妇……

"啊,是是。"

唐三藏只好跟她是啊是的。……

1989 年 5 月 23 日于扬州

戴步章

通天河

扬州评话"戴门西游记"

戴步章　口述

　　唐三藏师徒人四个，连马五众生，奉唐王圣旨去西方拜佛求经，无非是餐风宿露，戴月披星，登山涉水，夜宿晓行。在路上行程非止一日，好几载工夫，今天在一个傍晚时分，时在深秋，前有八百里大水阻路，一无舟楫，二无桥梁，天色已晚，不便西行，在河附近找一个地方借宿。这一个庄上有几百家人家，偶然性的巧合，就到这一家前来借宿。这一家的主人叫陈清，陈二员外，陈大员外叫陈澄。二员外把他们接家来。还好呢，这个人家中与僧道有缘，乐善好施，济困扶危，出家人走远道而来，前来借宿，必定好好地款待，邀请到厅上坐下来。唐三藏既然晓得三个徒弟相貌凶顽，天色已晚，不要把人吓了，在厅下东廊房比较黑暗避光的地方，叫三个徒弟坐到那个里头，他本人跟二员外坐到上头谈谈。

　　二员外吩咐人厨下办素斋。生的弄熟了，冷的弄热了，有一会耽搁，坐到这等，单吃茶等，难过呢，要找句把世务谈谈，找个话来说说，如果是老朋友，就好弄了，要谈的话多呢；才认识的，问过尊姓大名，就没得话说了。没话，要找话说。

　　"嗯，老院主。"

　　"嗯，大和尚。"

　　"贫僧进门借宿，多蒙热情招待，但见你老院主面有愁容，二目含泪，不知有何心事？"

　　"唵……"

　　倘唐僧不问，人家不过是面带愁容，二目含泪，这一问，触动悲情，止不住二目中滔滔流泪：

　　"唵，唵，唵，唵……大和尚，你是外地人，不知我们此地的事件。此地人也就不问了,都晓得。你老人家不问就不谈了,既问,我要说了。"

"噢,请老院主,请老施主赐明见。"

"我们这个地方通天河。"

"唉。"

"有河神。"

"阿弥陀佛。"

"他保佑我们这个地方人畜无灾,五谷丰登。"

"好,感应一方兴宙宇,威灵显赫保黎民,年年庄上施甘露,岁岁村中落庆云。阿弥陀佛,好。"

"大和尚,不好嘛,好我倒不淌眼泪了。这是几年的话了,最近这个几年不同了。"

"菩萨不保佑了?"

"不,还是年年庄上施甘露,岁岁村上落庆云;还是人畜无灾,五谷丰登。"

"唔唔。"

"但是菩萨要酬劳。"

"唉,唉。"

"要做,做,做会。"

"迎神赛会也无可非议。"

"要香花果贡,要猪羊牛酒来提供。"

"这也在情理之中。"

"是的,无可非议也好,在情理之中也好,有,有个玩头,一年春秋两季,上半年三月初三,今儿个九月初三,一年春秋两次,每次做会必须一对童男女送给大大王享用。"

"嗯,嗯。"

"这虽则恩重尚有害,纵有慈悲尚伤人,只因好吃童男女,不是昭彰正直神。"

"嗳,老施主,什么昭彰正直,分明是妖怪吃人!"

"哝,大和尚,这两个字犯忌呢,不能谈。"

"唔,你老施主有德。"

"我恐怕缺德。"

"你老施主有几位公郎?"

"膝下凋零,单生一子,今年七岁。"

"不妨。"

"不妨,方了不得圆噉。"

"哝。"

"幸我和尚到此,令公郎有救。"

"噢,你大和尚禅恩深似海,佛法大无边。"

"悟空,悟空!"

唐三藏望著底下在喊。孙悟空答应了:

"嗳。"

"我刚才跟这位老施主所讲的话,老施主跟我说的话,你可听见的啊?"

"耳朵又不聋,地方又不远,你们说的喉咙也蛮高,听得清清楚楚,明明白白。"

"分明是妖怪吃人。"

"嗯,对的。"

"你要救他一救。"

"噢。"

"救人一命,胜造七级浮屠。"

"嗯,造宝塔,好呢。"

"出家人慈悲为本,方便为门。"

"嗯,这些话呐,我耳朵里头老茧都听出来了,自从跟你作徒弟,这几年,'慈悲'二字一天到晚挂到嘴头。我先前不懂,后来你又讲了:'予人以乐曰慈,给人以快乐;拔人之苦曰悲,把人的痛苦拿掉。'好咧,我就听你的话咧。"

"人家有痛苦了,啊,要,要骨肉分离了,你要救他一救。"

"好呢,好呢,不听师父的话遭雷打呢。"

"老施主。"

"哎。"

"你下去。我这三个徒弟,最狠的呢就这个猴子。你不要看那个蓝脸红胡子大个子,膀条蛮壮的,个子蛮高的,但……老实人。你看这个猪头三,长嘴大耳朵,你看他这个凶顽的样子,有点个兽巴六扯的,也不行,也没得了不得。最要紧的是三分不像人,七分像个猴子的这一个,你去求求他,他只要拍了胸脯子,不要说你家一家,就是全庄的百姓,他都能救。"

"噢,噢噢噢噢。"

"嗳,不能喊他猴子,喊他猴子就不恭敬,不礼貌了。他姓孙,喊他孙大圣,齐天大圣,孙活佛,最好你喊他齐天大圣,他最欢喜。"

"噢噢噢噢。"

老头子下来,一嘴绕口令都下来了,什么玩头?就这么热萝卜烫了嘴,呱哩呱哩的,唐僧教他的,他一路走着:

"孙活佛,孙老活佛,孙大圣,齐天大圣,孙老活佛,齐天大圣……"

跑到面前"噗秃"往下一跪。跪下来磕头?磕头啊,他简直拿肉头撞石头,碰响头,磕头如鸡啄碎米。

"啊,孙老活佛,啊,齐天大圣。"

"起来起来,起来起来。你不要睬我家老和尚的话,用不着求拜,爬起来,爬起来。"

"噢噢。"

"头上磕起瘤起来了,你找话说呢,疼不疼啊?"

"嗯,不疼噢,只要小儿有救。"

"我把你这个样子看了下子,你家道不坏。"

"我家不穷。不但我家不穷,陈家庄几百家人家都不穷,人畜无灾,五谷丰登。在这块作医生,开医院,保证讨饭,没得人害病,连畜生都不害病,五谷丰登嗳。"

"不看吃的看穿的,不看穿的看住的,看你这个样子着实有几个呢。"

"你老人家能救我家儿子,你要多少钱,我把家私一起都把你。"

"找话说呢,我要你钱呢,我们出家人不要你的钱。我不要你的钱哎。你说的你家儿子,送了把妖怪吃去,送把大大王享用,怎么好好摊你送,五百家人家旁人不送?"

"抽签的哎。"

"噢,抽签,等于拈阄就是了。"

"嗳。今年的三月初一做过会之后就抽签了,百家人家,哪一家有童男女,哪一家中签,就哪一家到了下半年送了去。今儿个呐,到了天亮没事了,又抽签,抽明年三月初一的。"

"照这个说法,你就是六个月前就晓得要送你家儿子把妖怪吃去了?"

"唉。"

"不对咧,你家私蛮大的哎,就一个儿子哎?"

"唉。有三个五个嘛倒也罢咧,就一个哎。"

"你有钱,只得一个哎,穷人家就不止一个了。"

"没得穷人哎。"

"这块没得穷人哎,过了三十里五十里,一百儿八十里,嗳,一千里,到那个贫困地区,穷乡僻壤,那块穷人啊,他钱没得,儿女多,不要不要,一个;不要不要,又一个;不要不要,上半年一个,下半年一个;不要不要,双胞子,啊呀,养上一群嚎丧鬼,啃断脊梁心,又穷,孩子再多,不得了。你呐,花个一千儿八百的不在乎,买一个孩子家来,到献的时候你把你家儿子摆到家里头,把这买的来的孩子送了去,不是蛮好的嘛?人家家里得了这个钱,又可以养那些孩子,用这些钱种田的时候投入老本,做生意的时候投入资本,就能够翻身,何乐而不为,利人利己?"

"大和尚啊,我,我晓得呢。"

"你晓得就应该要做到咧。不舍得那些钱,现在临其时了,不行了。"

"我们庄上买孩子的人家多呢,好几年咧,我,我想的,不能玩。"

"什,什,什么事不能玩?"

"拿自己的心,比别人的心,我要买个孩子家来做压子的,买这个孩子家来,做奴隶的,做佣人,这个倒也罢了,晓得拿得来送了把菩萨吃的,我有钱的人家的孩子就留著,人家穷人的孩子就骨肉分离啊,我想想这个事情损呢,不能做,我情愿把自己的亲骨血送了去,我明儿哪怕买个孩子家来做儿子。"

"咦喂咦喂咦喂,老太爷啊,你这个人着实不错啊。"

"人生在世,律己修身,齐家治国平天下。"

"唉。"

"治国平天下嘛,那个没得份咧,律己修身、齐家,应该人人做到。"

"好!你把你家儿喊得来,把我望下子。"

"唔。"

二员外叫人去把儿子喊得来了。

小孩子七岁,从小就这么个老来子,并娇生惯养。自从上半年中签以后,更惯了,晓得他还有六个月倒要死了,所以要吃啊要玩啊,随他;要上天,拿梯子,随他怎干。孩子拿个东西,看见家里蛮好玩的。

"来噢来噢。"

"唉,爹爹。"

"来,乖乖,这位就是大和尚,你的救命恩公,活佛,赶紧过来磕头。"

"看见一个猴子!"

"不要瞎说!不要瞎说!活佛!齐天大圣!"

"来噢来噢,老太爷哎,你不要吵塞,猴子嘛就猴子咧,你不要听我家老和尚说的,猴子就骂我啦,没这话哎,猴子就猴子,又不错的。我周身用老虎皮穿起来,我就是老虎啦？不是的哎,不要瞎闹了,不在外表。就是他三更天送了把妖怪吃？"

"哎哎。"

"你望著。"

"噢。"

孙大圣叫他望著,就地一滚,摇身一变,变成陈关保模样。老头子一望:"咦,刚才这个猴头和尚没得了,两个儿子了。"孙悟空又变回了头。

"来噢,老大爷哎。"

"嗳嗳,大和尚,做啥？"

"你不管咧,刚才我变的你家儿子,你看像不像？"

"像呢。"

"像呢,好的,就这个样子,你把你的儿子带到后头去,好好的让他攻书上学,啊。我等到三更天就变成你家儿子送了去,没的话说咧。"

"大和尚啊,你老人家这个……"

"我啊,我嘛自我牺牲。"

"这个……我把一笔钱把你家师父。"

"不要找话说了,我们不要钱,要钱我们倒不来了,不做这回事情了。自我牺牲,做好事,慈悲,救人一命胜造七极浮屠,造宝塔,嗨嗨嗨嗨。"

"我把你老人家塑个铜像在家里头,早烧香,晚换水。"

"那是你的事,不与我相干,你塑个铜像也好,画个像也好。说不定噢有的不凭良心的人,我代他把事情做掉了,背后还说呢,'这个小伙甩子。''这个小伙夯货哎。'还骂我呆瓜,骂我夯货,骂我书呆子。随你怎么说法子。"

"好好。"

正在说着,后面一阵哭声。

"嗳,老太爷啊。"

"哎。"

"我们一进你家大门嗷,你面带愁容,二目含泪,是为你家令公郎要流泪,现在你家儿子有救咧,后头哭得呜呜的,哭成一条声了,死不人来啦?什么玩艺头啊?"

"大和尚,我估计嗷大概是家兄。"

"令兄怎干?"

"我谈了半天是谈的童男哎。"

"哎哎。"

"还有童女咧。"

"你就是一个儿子哎,膝下凋零,单生一子哎。"

"我们老弟兄两个没有分过家。"

"啊,嗯。"

"中签之后呐,我家大房里出童女,二房里出童男。家兄膝下凋零,单生一女,今年十三岁,叫一称金。"

"哎,你们一家出一个。"

"听说侄儿有救了,姑娘三更天要送命了,大概这个样哭起来了。"

"噢,难怪难怪,实实一个不救倒也罢咧。"

正说着,大老头子出来了,到了孙悟空面前往下一跪,肉头撞石头,碰响头,碰破了头,"拱哆,拱咚":

"孙老活佛,孙老活佛!"

"嗳,爬起来,有话好说。"

"望你老人家救命嗷,救命!"

"自我牺牲,你家弟兄两个谈下子,究竟救童男,还是救童女。我,天生自我牺牲,变童男也行,变童女也行,你们弟兄两个商议好了。"

"噢。唵唵唵,老二,不谈了,姑,姑娘没救了。你先请的哎,人家只能救一个,你先请的,事有先后。再说,女孩子,嫁出门的人,代人家养的,男孩子是陈氏门中香烟后代。孙活佛,对不起嗷,难为难为嗷,多谢多谢啵。唵……"

老大要朝后头跑,老二把他拖住:

"唉,大哥站住。你不来呐,我没有想得起来,你既来,孙老活佛,齐天大圣只能救一个,这样子,不会救姑娘嘛。"

"不,你请你的,我……"

"人家家头本来认不得我,认这个房子来借宿,我们弟兄没有分过家,人家是认这个房子来的,你是老大,沾点个先。"

"男孩子传宗接代咧。"

"你要谈传宗接代,哥哥,我想过了,嗯,你的侄儿我的儿子今年七岁。"

"嗯。"

"如果等他娶亲生子,再过十年,不成功。"

"十年,十七,不,不成功,嗯,不成功……"

"到了十年,我们今年五十外岁了,到那个时候还不晓得在不在呢,我看救姑娘。"

"救姑娘嘛,倒没得儿子了,还有孙子呢吗?十年,一百年都没得了。"

"没得这话。救姑娘,今年十三岁,再有三五年,就能招个女婿家来,养个儿子,有假儿没假孙,就传陈氏门中香烟后代;我们老来就有依靠,我看还是救姑娘的好。"

"当然救儿子好哎。"

"不错不错,你依我的话,如果你不同意我兄弟的话,我就不请孙活佛了,我就把我家儿子跟侄女儿一起送了去。"

"来啵来啵,二位老太爷哎。"

"嗳,孙老活佛。"

"你们弟兄两个蛮义气的嘛。"

"三纲五常,不谈义气。"

"这个样子,啊,你们弟兄两个呐,恐怕再呆不过了。"

"哎哎。"

"要救嘛当然一起救哎。"

"你老人家只能救一个哎。"

"你只认得睁眼的金刚,认不得闭眼的佛,只认得我孙先生,呐,这块有位猪先生坐在旁边,你们去见见,你们喊他猪老活佛,你们最好要喊他天篷大帅。"

"唔。"

"你们可晓得什么是天篷大帅啊?"

"嗯,不懂。"

"天篷大帅就是玉皇大帝面前督理天河的海军部长,海军总司令。"

"噢。怎么变成猪头三的?"

"搞腐化的,好嫖哎,变成猪头三的样子了。你们去请他,不错的。"

"唔唔,好的好的。"

弟兄两个跑到猪八戒面前。

"不要跪,不能,不能。大师兄。"

"嗯。"

"多蒙举荐。"

"不是多蒙举荐哎,救人一命,胜造七极浮屠,我们出家人慈悲为本,方便为门,师父刚才说过的,给我的教育。"

"哎。"

"还不得白难为你,你代人家做这件事,人家还要请你吃一顿。"

"不忙不忙,不是谈吃的事。三更天,你变童男,我变童女,送了把妖怪吃。"

"哎。"

"妖怪嘴一张,我猪八戒就下了毛屎缸了,这时候吃一顿不错,不能玩。"

"你这个人真呆巴六扯的好玩呢。"

"怎干?"

"怎干,先吃童男,后吃童女。"

"吃过你,就吃我。"

"他把我吃下去嘛就没得命吃你咧。"

"就吃饱了,吃不下去了?"

"他把我吃下去,我叫他吃白的,呕红的,叫他吃了走脊梁心冒掉,他就没得命吃你了。"

"嗯,对。莫忙嗷,假使他先吃老猪,然后吃你呢?"

"没得这话哎,童男童女,先吃童男,后吃童女。男女男女,先男后女,没得个女男。"

"妖怪是变种。他修道呐,玩阴阳,先阴后阳,女人家是阴,先吃女的,后吃男的。"

"就是畜生嘛,也要认个公母,先公后母,没得个母公。"

"有的畜生认公母,有的畜生不认公母,认母公,认雌雄,先雌后雄,不能玩。"

"我就不懂啊,这是有我哥哥在这块的,假如我哥哥不在这块,妖怪如果来吃师父,吃唐僧肉,你怎么说呢?"

"那个嘛我主动哎,跟他比耙哎,玩钉耙哎,这个嘛我送了去给他吃。"

"你把钉耙带着。"

"嗯。"

"他玩先吃童男,后吃童女,你就不动。"

"嗯。"

"他玩阴阳,你就跟他比耙。"

"嗯。"

"他玩公母,你就不啰嗦。"

"嗯。"

"他玩雌雄,你就拷他。"

"好,这个能玩,要把保险带着,钉耙带着,三个不对跟他比耙。不要忙,我们两个人都走了,老和尚在这块……"

"有沙老三。"

"对,你想得周到,我们两个人上前,后防上沙老三负责。"

"嗳,就这个说法。"

"好呢好呢。"

兄弟两个变成童男童女去捉怪降妖。

1996年8月29日于哥本哈根

扬州评话行话术语

扬州评话的行话术语是艺人行内的一些特有的词汇和说法。这些词汇一部分只适用于扬州评话,但有一部分是与其他中国口述传统通用的,即汉字是通用的,但是意思方面就不然,经常意思上有地方性的和曲艺种类的特点,不一定能放诸四海皆准。此处提供的解释是根据扬州评话艺人的理解。每一条词汇或说法是根据现代汉语拼音字母的写法排列的,后面加的音位标志为扬州方言的发音(在斜线括号当中/ /,其详参见第三章)。目录根据主要和次要的条目而排列,例如在"书"的一条主要条目以下就可以看到"大书、小书、书台、书路子"等条目。①

---

① 扬州评话行话术语的辞汇是我在扬州1989—1992年间的田野工作时期收集的。在做这项工作的过程中,我得到了所有的扬州评话艺人,尤其是费力、戴步章、李信堂和陈世勇的大力帮助。陈午楼教授为此也提供了极为宝贵的资料资讯。中文版本的行话术语的解释特别受惠于费力先生。费力1990年搜集、完备的术语目录稿件早就让我参考,以后刊登在《扬州曲艺志》1993:245—257。这次在把英文的解释翻成中文的过程里,我重新参考该作品,而且据其把不少解释进行调整。

A

安根/aēn-gēn/

"安根",即伏笔。书中特意安排的与后面重要情节有关的细节。

B

八宝/bae' bǎa/

"八宝"指的是说书表演中所用的八件道具。相传是乾隆创造了这个说法,并赐给了说书艺人。

(1) 台/táe/,即说书舞台,另见"书台"。

(2) 椅/ǐ/,艺人表演时坐的椅子。

(3) 桌帏/zua'-ué/,覆盖书台的桌布。

(4) 茶壶/cá-hú/,包括茶杯和茶壶。

(5) 止语/zǐ-y̌/,拍桌子的小石头或木头,另见"止语"。

(6) 手帕和扇子/sw̌-pa' hó sièn-zr/,在艺人说书时用做道具;扇子常用来象征剑或矛等;手帕象征一封信、一本书等等。

(7) 大碗/dà uǒn/,过去用于向听众收钱。

(8) 三弦/sāen-syáen/,乐器,用于扬州弦词。

白述/bo'-suo'/

"白述"有时指书中人物的对话,有时指改用韵文的句式把已说过的对话再概括一遍。

表白/biǎa-bo'/

"表白",是"私白"的另一种说法。

官白/guōn-bo'/

"官白"也叫"说"/suo'/，即评话故事里人物之间的对话。在"官白"里，每个人物都有自己的声音、方言和语调。

私白/sī-bo'/

"私白"也称为"表"或"表白"，评话表演里非"官白"的部分即为"私白"，比如人物内心的独白，说书人的叙事、评论和解释等。

拜师礼/bàe sī lǐ/

"拜师礼"是徒弟在被师父正式招收入门时必须举行的仪式。

拜师酒/bàe sī ziǔ/

在被师父招为正式徒弟时，徒弟为师父举办的酒席。

悖横/bè hón/

上下颠倒，书中不合情理的地方。

边陲/biēn-cúe/

在边界线上，指地点偏僻的书场，与"正面场子"相对比。

C

场子/cǎn-zr/

"场子"，也称"书场"或"书场子"。扬州和镇江的职业评话艺人的表演场地过去也叫做"书社"，比如："醒民书社"和"柳村书社"。

场东/cǎn-dōn/

书场的场主。

翻场子/fāen cǎn-zr/

说书艺人说完"一局生意",然后到在同一地区的另一个书场再继续说书。

冷场子/lěn cǎn-zr/

不常有说书艺人上演,且听众较少的书场。

热场子/ie' cǎn-zr/

不断有说书艺人上演,且听众稳定、较多的书场。

日场/le'-cǎn/

每天下午说书,"日档"的别称,见"档"、"日档"。

书场子/sū-cǎn-zr/

"书场"、"书场子",参见"场子"。

挖场子/uā cǎn-zr/

说书艺人叫场方与已约的艺人毁约来让自己上演。

晚场/uaěn-cǎn/

晚间说书,"晚档"的别称,见"档"。

一场书/ie'-cǎn sū/

"一场书",即书场里一天一次表演的书,也叫"一天书"。

正面场子/zèn-mièn cǎn-zr/

指地点较好、易招引听众的书场子。

吃螺丝/cie' ló-sr/

在台上出了错之后,发现并试图改正,于是书就说得不连贯、不自然。

吃字/cie' zr̀/

在台上说书时,艺人有些字的发音有问题,或是声调过低,故而观众就听不大清楚。

抽行子/cīu hán-zr/

小心眼的师父有时故意保留书里的一部分精彩的片段,不传授给徒弟。

杵合/cǔ-he'/

说书艺人在没有书场聘约时,出去闯码头,寻找正巧空闲着的书场。

赐名/cì mín/

旧时说书艺人都用艺名。徒弟的艺名都由师父来起,称赐名。

徒弟姓氏不变,下面两个字的艺名一般都要带师父艺名当中的一个字,以示承传关系。

D

打卦/dǎ gua'/

模仿别的艺人说书的特征。

大架子/dà zià-zr/

表演的动作幅度较大,同"大开门"。

大开门/dà kāe mén/

"大架子"的别称;艺人在说书表演中的身体动作较大,可以走动离开书台。为典型的苏州评话特点。参照"小开门"。

档/dàn/

见"生意","一档生意","局"的别称,另见"局","一局生意"。

包档/bāa-dàn/

不论听众多与少，由场方包说书艺人的收入。

打对档/dǎ duè-dàn/

与"对档"的意思相同，并含有比试书艺、争夺听众之意。

冬档/dōn-dàn/

冬季说书，通常从农历的十月开始。

独档/do'-dàn/

说书艺人在只有一家书场的地方说书，或者某地虽有两家以上的书场，但只有一家有说书艺人说书。

对档/duè-dàn/

两位说书艺人在同一地方相距不远的两家书场同时说书。

二档/àr-dàn/

在"年档"终结后的第二档生意，多在农历的三、四月开始。

公档/gōn-dàn/

一家书场邀三至五人会演，轮流在台上说小段的书。过去，公档通常为了帮助陷入困境的同行。

哄档/hōn-dàn/

客满的意思，有听众拥挤引起轰动之意。

年档/lién-dàn/

从农历正月初一开始说书的一档生意。

漂档/piāa dàn/

又称"漂"，当听众人数每日愈下时，艺人不得不在这"一局生意"没做完以前就停止。

日档/le'-dàn/

"日档"也称"日场"，每天下午两点钟开始表演一直到四点结束；旧时，多在午后三时开讲。

晚档/uǎen-dàn/

"晚档"也称"晚场"/uǎen-cǎn/，每天晚上说书；旧时通常在晚上八时开讲。另见"书","灯书"。

下档/sià-dàn/

别称"下局"，指说书艺人"一局生意"终局后的下一局。

夏档/sià-dàn/

夏天的一档说书"生意"。

道/dàa/

指说书的职业和本领。说得好称"道高"，说得不好称"道差"。

拜道/bàe dàa/

说书艺人到一处地方，拜望该地的前辈和同道。

谤道/bàn dàa/

说书艺人在说书当中，或在平时与人交谈时，贬低和讥笑他人说的书。

出道/cue' dào/

学说书的年轻徒弟"过海"之后，成为正式说书艺人中的一员。

道规/dàa-guē/

所有说书艺人应遵守的行业规矩。道规历来没有正式的文字条文，多为惯例，由师父训示子弟。

道龄/dàa-lín/

行道年数的累计。

道众/dàa-zòn/

泛指说书同行。

道子道孙/dàa zǐ dàa suēn/

说书艺人的后代。

南道/laén dàa/

泛指江南丹阳、金坛、溧水一带的说书艺人，他们也说扬州评话，一般与扬州一带说书艺人无传承关系。

踹道/pàe dàa/

这里的"踹"（拼音：chuai）是用的一个近义词，原字在扬州方言中读/pàe/音。意为初出道的说书艺人都要经过一个时期的演出实践，才能熟练、提升。

谈道/táen dàa/

说书艺人聚在一起时，不拘形式，切磋技艺。

同道/tón dàa/

说书同行。

行道/sín dàa/

常年从事职业性说书。

叙道规/sỳ dàa-guē/

如果说书艺人违犯了道规，受侵害的一方或主持公正者邀约同道来公议，进行批评或制裁。旧时叙道规多在茶馆进行。

倒宝塔/dǎa bǎa tae'/

听众由多而日渐稀少。

垫工/dièn-gōn/

说书艺人出于某种原因不能按时开始一档"生意"，或是在"生意"当中不得不终止表演，他可以征得场东的同意，请他的一个同行或学生代替他说一段时间的书。来"垫工"的艺人可以接着原来艺人的书继续说，也可以说另一部书。工资将付给来"垫工"的同行。

跌跟头/die' gēn-tw/

在台上说错了，又未发觉改正，经别人指出方才知道。

段子/duòn-zr/

即"书段";"一场书"通常包括四个"段子",另见"剪口"。

E

嗯啊唧哳/ēn á zie'-zae'/

指说书艺人由于书词不熟,在台上说的时候语言不流畅,夹有较多的"嗯"、"啊"等虚字。

F

肥/fé/

指书中有过多的细腻描绘和琐碎语言。

G

挂名/guà mín/

名义上是某人的徒弟,实际上并未学过某人的书。

挂灯笼/guà dēn-lón/

旧时书场开晚场时,除挂小牌外,另悬挂一灯笼,表示书场还开晚场。

叉灯笼/cā dēn-lón/
把灯笼叉下来,表示这家书场晚场歇业。

挂小牌/guà siǎa-páe/

旧时书场门外悬挂一用红纸蒙贴的木质小牌，一面竖写"谈古论今"，一面竖写"醒世良言"，上端横写说书艺人的姓名。挂小牌是这家书场有说书艺人说书的标记。

叉小牌/cā siǎa-páe/

把小牌叉下来，表示这家书场歇业。

官话/guōn-huà/

在表演英雄和将军说话时，扬州评话艺人说"扬州官话"或"北方官话"。

关书/guāen-sū/

旧时师徒订的契约。关书末有师徒双方、徒弟家长及"关证人"的签字盖章。

关证/guāen-zèn/

关书证明人的简称，又称"关证人"。旧时徒弟拜师时须请两位与师父同辈的说书艺人作证明人，万一以后师徒发生纠纷，关证人可以根据关书进行仲裁或调解。

关子/guāen-zr/

书中内容精彩、悬念较强的情节。

丢关子/diw guāen-zr/

"卖关子"的别称。

赶关子/suǎen guāen-zr/

指说书过程中将不太激动人心的部分简略，很快进入"关子书"。

冷关子/lěn guāen-zr/

虽然是"关子书",但是情节相当平淡,或是书中正面人物遭遇凄惨,致使观众不乐意听。

亮关子/liàn guāen-zr/

在书中用简短的话预告下面将要说精彩关子,以吸引听众。

卖关子/màe guāen-zr/

说书艺人在一场书结束时留下悬念,吸引听众第二天再来听。也指说书艺人为听众制造悬念,在情节上添加枝节以拖延高潮的到来,目的为延长说书表演。

上关子/sàn guāen-zr/

书中内容开始进入关子。

下关子/sià guāen-zr/

关子书即将说完。

虚关子/sȳ guāen-zr/

从情节的发展来看,应是精彩的关子,但实际内容并不精彩。

过海/gò hāe/

从师学成后首次登台说书。

H

行当/hán-dān/

说书中模仿各个行业人物的语言和特征。

红/hón/

即书场广告。旧时书场广告多用红纸,故简称"红",有图吉利之意。内容有说书艺人姓名、开讲书目、日期、时间、书场场名等。

出红/cue' hón/

在下一个说书艺人登台之前的几天,书场东家在书场附近街头巷尾的墙上贴"红"。

黄红/huán hón/

指"红"已上墙,而说书艺人却未能按期登台。

亮红/liàn hón/

同"出红"。

漫红/muòn hón/

指书场将"红"贴到别家书场贴出的"红"的上面,因而一部分被盖住。根据行规,三日之内不可"漫红"。

门红/mén hón/

贴在书场门口的一张特别大的"红"。

荤的/huēn-de/

"鱼肉"性的,"素的"反义词,带有低俗的、关于两性内容的语言,形容说书一部分笑话。

火/hǒ/

有活力的、热烈的,是"文"的相反。

J

加宴/ziā-iàen/

指书场上有座有茶但不用付钱的听众。旧时,这类听众或是说书艺人的、或是场东的亲友。

架子/zià-zr/

说书艺人在书台上表演时的动作幅度。

大架子/dà zià-zr/

表演的动作幅度较大。

小架子/siǎa zià-zr/

表演的动作幅度较小。

脚本/zia'-běn/

说书艺人的书词底本。旧时只有少数具有较高文化的说书艺人拥有这样的脚本。一般说,脚本有两种:一种包含书的简要梗概、重点情节和人物的一些主要对话;另一种是内容更为详细的台上表演的书词。

接/zie'/

当说书艺人做完一档"生意"之前,场东已经约定了由其他的艺人"接"。两个艺人通常说不同的书目。

热接/ie'-zie'/

当上一个说书艺人做完"生意"之后,"接"的艺人第二天就登台演出。

冷接/lěn-zie'/

当上一个说书艺人做完"生意"之后,后来"接"的艺人过几天才登台说书。

金/zīn/

付费,如茶金、书金等。

茶金/cá-zīn/

听众付的茶钱。旧时书场的服务员为每一位听客泡一壶茶,或者几位听客共用一大壶茶。

书金/sū-zīn/

听众听一场书所付的费用。

书茶金/sū-cá-zīn/

旧时书场经常将书金、茶金合在一起收,称书茶金。

净瓶倒水,春蚕吐丝/zìn pín dàa sǔe, cuēn caén tù sř/

描写说书当中或快或慢的节奏,参见"快而不乱,慢而不断"。

敬师礼/zìn sř lǐ/

在被师父正式接收为徒时,徒弟送给师父的礼金。

局/zio'/

参见"生意":"一局生意"。

下局/sià-zio'/

在说书艺人完成"一局生意"之后,开始的下"一局生意"。

终局/zòn zio'/

按合约做完了"一局生意",参见上文。旧时说书艺人把最后一天的收入全部留给场东或茶馆,以表达谢意。

K

开相/kāe siàn/

对书中人物的相貌、服饰等的描述。

开口/kāe kw̌/

开始说书。每天的一场书的开始,开始的方式有许多,以下列举几例：

(1) 最为简单的方法就是从前一天说书停下来之处,迳接着说。

(2) 开始先对前一天说的最后一个情节作一个简短的复述,时间不超过一两分钟。

(3) 开始先说两、三个并不属于"正书"的笑话。通常这些笑话用时不超过二十分钟。

(4) 开始先诵读一首诗词。诗歌的含义可以是劝戒、祝福、抒情性的内容,等等。这些诗歌通常选材于书本,有些是说书艺人创作的。

(5) 开始先说一个单独的、短小的故事。每天一个新的,共三十多个不同的故事。一些是由说书艺人自己想出来的,但更经常是从著名作品里摘选的。

(6) 过去也有说书艺人先开始咏诗唱歌的,比如从《西厢记》里选唱。

后面四个方法(3)、(4)、(5)、(6)称为"书头子";扬州弦词里开头唱歌,叫做"开篇"。旧时这四种开头方法称"入活"。

丢口/diw̄-kw̌/

"收口"的别称。

剪口/ziěn-kw̌/

旧时一场书分成四个"段子"说,当中稍许休息。剪口是指前三段书的末尾终止部分。

收口/sw̄-kw̌/

指每场书的末尾终止,或最后一场书的末尾终止。"收口"之前,说书艺人经常要"卖关子",目的是给听众制造悬念,第二天再来听书。说最后十二句时,节奏愈来愈快,声音愈来愈低,末尾一句几乎难以听见。同时,说书艺人站起身来,抱拳作揖,深鞠一躬,以示听众可以离席。当大部分观众离开以后,艺人从书台上走下来,这叫做"送客"。现在的年轻一代说书艺人不都遵循这个规程了。

科/kō/

书中引人发笑的地方。

丢科/diw̄ kō/

在一场书或者一段书的结尾来一个"科",让听众发笑。

插科/cae' kō/

插进一个和故事情节无关的"科",用于引起人们的兴趣。

满堂科/muǒn-tán kō/

使全场听众发笑的科趣。

让科/làn kō/

说书艺人说到"科"引起听众哄堂大笑时,适当停一停,等听众的笑声渐止时再往下说。

口/kw̌/

即"说口",指说书艺人的音质,咬字、吐字,以及运用语言的能力。

钝口/dèn-kw̌/

说书人的说口不好。

堆口/duē-kw̌/

又称"堆功",即一口气连说若干句,愈说愈快,字字清楚。

方口/fān-kw̌/

基于句式,发音方式和其他特征的不同,扬州评话分为"方口"和"圆口"的说口;也称"方口书"。方口段落的书词语句较为整齐、简洁,经常为四字和六字句式,讲述时讲究抑扬顿挫。

"大书"多为"方口书"。

方圆合掺/fān yaén he' cāen/

指有些说方口书的名家在讲述中将部分方口书改为圆口书,称之为"方圆合掺",即方口和圆口互相补充。

泼口/po'-kw̌/

口锋泼辣,嗓音洪亮,渲染气氛强烈。以说刀马书者居多,称为"泼口刀马"。

说口/suo'-kw̌/

"口"的别称。

绣口/siw̌-kw̌/

艺人的"说口"好。

圆口/yáen-kw̌/

书词多用生活语言,方言土音较浓的"说口";也称"圆口书"。"小书"大多属于"圆口书"。"方口"和"圆口"的"说口",虽然是对立相反的,但不是互相排斥的。在方口书里,能找到圆口的片段相穿插,在圆口书里,也经常能找到方口片段。

口,手,身,步,神/kw̌, sw̌, sēn, bù, sén/

说书的五个基本要素:"口"即说的艺术,"手"即手势,"身"即身体动作,"步"即腿的动作,"神"即面部和眼睛的表情。

口传心授/kw̌ cuón sīn sw̌/

说书艺人通常用的一种传授方法,即口头逐句教传,并以自己的心得和体会来全面教导上台的表演技巧。

快而不乱,慢而不断/kuáe ér be' luòn, màen ér be' duòn/

说书的一项基本技能要求。

L

领/lǐn/

听众不多,说书艺人每天仍认真演出。如听众日渐增多,叫"把生意领起来";听众不见增多,则叫"生意领不起来"。

拎/līn/

争夺听众。说书艺人在打"对档"时,一方把另一方的听众吸引过来。叫"把人(听众)拎过来",如另一方因此"漂档",叫"被人拎漂掉了"。

六技/lo' zì/

马,鼓,炮,哭,笑,躁/mǎa gǔ paà ko' siaà zaà/
说书中模仿声音的基本技能。

M

码头/mǎ-tẃ/

有书场的市镇。

开码头/kāe mǎ-tẃ/

从一地到另一地去说书。

码头差/mǎ-tẃ-càe/

说书艺人不管在什么地方对路过的同道,即使素无交往,也要接待一宿两餐。此为行业惯例。

码头话/mǎ-tẃ-huà/

指"官白"里表演人物对话时,对外地方言和行话的模仿,比如:北京方言、山东方言、海州方言、龙潭方言等。有的艺人主要是用扬州方言的发音，带有一点对其他地方方言的模仿；另一些艺人则纯粹模仿外地方言。

卖码头/màe mǎ-tw̓/

艺人的表演在某一个地方不受听众欢迎，以致之后再不能到该地去说书。

跑码头/pǎa mǎ-tw̓/

"开码头"的同义词。

懵黑/mo'-he'/

指说书人没有从师学艺，只是看书本而说。有懵听众的意思，好像是欺骗人。

N

拿魂/lá huén/

书里或表演中特别吸引人的几点。

拿字/lá zr̀/

正确的、有力的、清晰的发音。

奶字/lǎe-zr̀/

书中一些被艺人发错了音的字。

P

捧大碗/pǒn dà uǒn/

据说曾有一个说书艺人说错了书词，因而被听众里的一个闹事的把收放书金的大碗捧走了。自此,艺人们用这个做笑话来彼此提醒,在表演中避免出错。

Q

秋冬/ciw-dōn/

秋天说书,一直说到冬天,通常在中秋节开始。

S

神/sén/

指说书艺人表演时的面目表情。

虚神/sȳ sén/

"神"的别称。

抓神/zuā sén/

说书艺人以其表演吸引听众的能力。

走神/zw̌ sén/

指说书艺人在台上说书时由于受到干扰或忘记书词,一时神意离开了书情。

生意/sēn-ì/

职业性说书;现代也称"业务"。

丢生意/diw̄ sēn-ì/

按合约做完了"一局生意","终局"的别称,见"局"。

掼生意/guàen sēn-ì/

尚未到合约期满,说书艺人因故停止演出。

一档生意/ie'-dàn sēn-ì/

说书艺人说书的时间范围,"一局生意"的别称。

一局生意/ie'-zio' sēn-ì/

说书艺人说书的时间范围。按合约到书场说一个时期的书叫做"一局生意"。旧时一局生意不得少于四十天,否则场方不签聘约。

诗词歌赋/sī cí gū fù/

说书中用到的各种诗句。

寿老/sẁ-lăa/

说书艺人对较有教养的老听客的尊称。

书/sū/

说书的"书",在扬州评话和扬州弦词里是表演的"书目"或"书词"的意思。

大书/dà sū/

扬川评话中历史说部的统称,如"三国"、"水浒"、"岳传"、"西汉"、"隋唐"等。

刀马书/dāa-mǎ sū/

以书中多述古代武将马上交锋的战事而得名。"大书"多为"刀马书"。

灯书/dèn-sū/

晚间说书,另见"档","晚档";"晚场"。

蛇蚤书/ge'-zǎa sū/

全书的内容不均衡,间或精彩诱人,间或平淡乏味。有时是书词的原因,也有时是说书艺人水平不高所致。

还书/huáen sū/

徒弟把每日学得的书在师父面前演练一遍。

开书/kāe sū/

指开讲某一部书以及从何处开始说。有时也用于指在具体的某一场书的开说之处。

冷书/lěn sū/

书的内容不吸引人。

排书/páe sū/

师徒之间或长幼之间，前者指导后者一段一段地排练。

跑马书/păa-mă sū/

书的情节进展过快，缺乏细节叙述。

书路子/sū lù-zr/

情节先后的连接。说书艺人须首先熟记。

书台/sū-táe/

说书舞台，另见"八宝"和"台书"。

书头子/sū tẃ-zr/

开始说书的方法之一，参见"开口"。与所说的"正书"经常无关，主要为静场和等待部分迟来的听众而讲。旧时说"大书"的艺人多吟诵诗词，说"小书"的习惯说笑话。有的艺人一"开口"，就直接说"正书"，不说书头子。（弦词艺人一开始，就弹唱所谓"开篇"，然后边说边唱"正书"）。

书外书/sū uàe sū/

说书的题外话，不属于"正书"的片段。

说空书/suo' kōn sū/

指说书艺人不曾从师受训，未得真传，只简单依赖文字小说而背诵书的情节，书词粗糙，说书内容随意编凑。

说书/suo' sū/

扬州评话和弦词艺人的演出。旧时，只有这两种艺人允许在书场表演。艺人被称为"说书先生"，由此也体现了说书艺人的地位高于一般的地方说唱艺人。

说死书/suo' sǐ sū/

依照所学的书词,像"背书"式说书,表演水平低下。

听还魂书/tīn huáen-húen sū/

登台不久的说书艺人,过一个时期后,为求进一步的领悟与提高,重复听一遍师父的书,叫"听还魂书"。

偷书/tw̄ sū/

未经对方同意,在其不知情之下,偷偷地学同行的书。

焐书/ù sū/

说书艺人在登台前,把今天要说的内容在脑子里大体温习静思一遍。

小书/siăa sū/

除"大书"以外的其他各类说部的统称。如:武侠类的"小五义",公案类的"施公案",神话传奇类的"济公传",弦词"珍珠塔","落金扇"等;才子佳人类的书也属"小书"的范畴。

学书/sia'-sū/

学习说书。

正书/zèn sū/

一部书的主要内容以及与其有关联的人物、情节和事件。"书头子"、"书外书"等不属于"正书"。

双头马/suān-tw̄ mǎ/

出于疏忽,场方在同一时期聘约了两位说书艺人,或说书艺人接受了两家书场同一时期的聘约。

说噱弹唱演/suo', sio', taén, càn, iaěn/

说书艺人必须掌握的技能。"弹"和"唱"只用于弦词(弹词)。

说岔/suoˊ cà/

由于说书艺人大意或书词不熟,说书当中把情节连接错了。

说功/suoˊ-gōn/

指说书艺人除表演动作外的说、表能力。

说功书/suoˊ-gōn sū/

指有些书很少有武打情节和表演动作,主要是靠说、表的生动引人。

堆功/dūe-gōn/

一口气连说若干句,愈说愈快,字字清楚,另见"口","堆口"。

说漏/suoˊ lẁ/

由于大意或书词不熟,说书当中遗漏了内容。

送手巾/sòn sẘ-zīn/

遇有紧急情况,要正在台上说书的艺人立即停演,场方送上一条揩脸毛巾,说书艺人便心中有数。

素的/sù-de/

"素食"性的(非"鱼肉"性的),干净的(非粗俗、下流的),与"荤的"相对。形容说书没有关于两性内容的黄色插曲。

T

台品/táe-pǐn/

指说书艺人坐在台上的姿态、风度。

台功/taé-gōn/

指说书艺人长时间坐在台上说书的功夫。旧时,说书艺人只坐着说书,不站起身来走动。

台书/taé-sū/

指说书艺人在书台上说书。台书配合有各种眼神、手势和表演动作以及同听众的交流。从前,徒弟学艺时除在师父家里受教外,还必须听师父台书。

听站书/tīn zàen sū/

站在书场门口免费听书。

听仙鹤书/tīn siēn-he' sū/

"听站书"的别称。

铁门槛/tie' mén-kǎen/

指江都县邵伯镇。因此地听众要求严格,常指出说书艺人书词中的错误,因而说书艺人称该地为"铁门槛"。

拖/tō/

"一档生意"的书本来应该说完了,但由于下面来接的艺人还未到,或场方暂时尚未聘约到其他的说书艺人,这位说书艺人可以暂时不离开,于是想方设法添加书的内容,多说些时日。

W

外事/uàe-sr̀/

除了在书场说书以外,说书艺人也常会到私人宅第去演堂会,或到不同行业的会馆演出。外事经常为"包档",见"档",而且如果双方满意的话,合同经常得以续签。

尾冬/uě-dōn/

冬天说书,多从农历冬腊月间开始,"冬档"以后的"一档生意",见"档"。

尾冬带年/uě-dōn dàe lién/

从农历冬腊月开始说书,说到年底接着做"年档",见"档"。

瘟/uēn/

形容说书的语调平淡,神意不足。

文/uén/

文静、儒雅的风格,与"火"相对。

X

小开门/siǎa kāe mén/

说书艺人在书台上的动作较小,只局限在桌子的附近,为典型的扬州评话的动作特征。"小架子"的别称,见"架子";参照"大开门"。

小礼/siǎa lǐ/

在双方签定好聘约之后,场东给说书艺人的押金。

小帐/siǎa zàn/

付给茶楼在表演期间额外服务的费用,比如用上等茶叶,递热毛巾等。

屑子/sye'-zr/

　　书中穿插的与"正书"无关的题外话，或虽与"正书"有关但过于拖沓的叙述。

醒木/sǐn-mo'/

　　说书艺人的小木头或石头，以之敲击桌面，然后"开口"，扬州评话称之为"止语"，见"止语"一条。

噱子/sye'-zr/

　　比较风趣、诙谐的题外话，也称"噱头"。有时用于一场书的开始，即"书头子"。

Y

檐口滴水/ién-kw̌ die'-suě/

　　如书场的"红"上未注明"风雨无阻"，则表示这家书场雨天暂停，但惯例以檐口是否滴水为准，即到开讲时如檐口滴水便不登台；如檐口未滴水，即使听众少，也应正常开讲。

野鸭子/ě iae'-zr/

　　有师承关系的说书艺人对没有师承关系的说书艺人的称谓。

一人一口/ie' lén ie' kw̌/

　　表述说书的情形为单人表演，基本就是靠着一张嘴。舞台道具为数有限:一个止语,一把纸扇,一条手帕和一只茶壶。

Z

止语/zǐ-ỹ/

说书艺人的小木头或石头,以之敲击桌面,然后"开口",在中国很多说唱艺术里叫"醒木"。扬州评话艺人称之为"止语"。名称说明其意:当说书艺人用之敲桌时,听众就要停止讲话了。在表演当中,常常在说到关键处时,敲击"止语"一次,以帮助渲染气氛,引起听众的注意。"止语"相当雅致,经常为玉制。

中州韵/zōn-zw̄ yèn/

受戏曲影响,旧时说书艺人说的"官白"如用北方话时,须用古中州(今河南一带)的字音。民国年间对此已不甚严格,现基本不用。

转/zuòn/

旧时一场说书表演分为四段,也叫"转"。第一段书叫"头转",接下来是"二转"、"三转"和"四转"。"四转"也叫"末转",或"尾转"。

打转/dǎ zuòn/
在一场书说完之后,听众有时要求艺人再说一段,就高喊:"打转"。旧时,场东于此时收听众的钱,但数额不定,对把钱花光了的听众也不勉强,这笔收入全归说书艺人。

歇转/sie' zuòn/
两"转"之间的空歇。

专案录音、录像

本专案的田野调查主要是在 1989 年至 1992 年间进行的。当时所录的扬州评话艺人的表演当中,只有一部分之后能仔细分析和研究。而另外更多的表演材料同样属于我的经验范围之内,而且给本研究提供了更丰富的背景。

1996 年,本书英文本出版的这一年,在丹麦哥本哈根的北欧亚洲学院,开了"中国口头文学国际研讨会",会议邀请了五位扬州评话艺人参加,给西方与东方的观众(包括不少专门研究中国口头文学的专家)表演。当时丹麦民俗学院的研究员 Svend Nielsen 录了很多录像,丹麦的摄影家,Jette Ross(罗爱德)拍摄了艺人的很出色的照片。罗爱德拍的照片一部分在中文版本插图。1996 年至 2003 年,我本人又录了不少评话表演,还得到了一些很难得的录音材料,如王少堂 1961 年在南京广播电台表演的"武十回"的第一场书,即"武松打虎"的开头 30 分钟。1996 年以后得到的这些表演材料,一部分对我的研究有相当大补充的价值,所以在中文版的本书里加上了这些书段表演录音的文字。

2001 年至 2004 年,"中国说书的系统记录"这一项目在扬州进行。这个项目是将扬州评话的四家艺人:戴步章、费正良、高再华和任继堂的全书表演进行录像,并保存在 VCD 光碟上,一共 360 个小时的评话表演,均在扬州录制,全集总共四套 VCD 光碟,分别在中国大陆、台湾、丹麦和美国的专门收藏研究文献的重要图书馆里保存。录像集将为中国说书的研究提供独一无二的资料来源;这是历史上首次把评话艺人的书目一部一部完整地以每日说的书段为单元录像,并完全按照艺人自己的分段习惯(没有任何缩减,没有重新编排或为其他的目的而作改动)。为了方便读者,这些录音材料,目录说明如下。

专案的录音带和录像带(包括以上提到的后加上的材料)都在以下列出,并对表演艺人和书段,录制的时间和地点做了说明。本书专门研究的书段用星号做了标注。所录制的材料按照书目、门派、说书艺人的姓名以及录制时间的顺序排列出来。对在第二章里没有提到的一部分艺人也做了简要的介绍,他们提供的表演录音、录像,根据书目和门派分别加上。最后,一些其他的扬州曲艺种类的表演录音资料也被附上注解。

一些并非由我本人所录,而从其他渠道获得的带子(或 VCD),对之,我把来源做了详细的说明,并标注了"拷贝"的字样。

扬州评话

水　浒

王派水浒
王少堂:
　　*"武松打虎",30 分钟,1961 年,地点:南京广播电台,录音带,拷贝。
王筱堂:
　　"宋江:混城—李俊拔牙闹门兵",30 分钟,1985 年 12 月,地点:扬州电台,为扬州电台的表演,录音带,拷贝。

"武松打虎",10分钟,1989年5月21日。地点:镇江王筱堂家里,录音带。

＊"武松打虎",80分钟,1992年11月19日,地点:镇江王筱堂家里,录音带。

"武松打虎",60分钟,1996年8月30日,地点:位于哥本哈根的北欧亚洲学院,由丹麦民俗学院Svend Nielsen录像,录像带,拷贝。

"游街",60分钟,1997年10月31日,地点:镇江王筱堂的家,录音带。

王丽堂:

＊"武松大闹飞云浦"一、二,100分钟,1986年,中国音像公司,上海(只有最前面的20分钟在第八章引用),录音带,拷贝。

＊"武松打虎"上,30分钟,1998年4月7日,中央电视台,王丽堂1998年所说的50天"武松"的全部录音带给专案收集拷贝。为了此书中文版专门把开头的"打虎"在第八章里加上了。

"武松",VCD上、下,1—12集,时间不详,日期不详,扬子江音像有限公司,2003年购置,拷贝。

李信堂:

＊"武松打虎",40分钟,1986年11月,地点:扬州,录音带,拷贝。

"武松打虎",50分钟,1989年5月5日,地点:扬州大学,录音带。

"武松打虎",45分钟,1989年5月6日,地点:扬州西园饭店,学术会中的公开表演,录像带。

武松打虎",30分钟,1996年8月31日,地点:位于哥本哈根的北欧亚洲学院,由丹麦民俗学院Svend Nielsen录像,录像带,拷贝。

任继堂(任德坤):

＊"武松打虎"第一部分,30分钟,1989年5月29日,地点:扬州任德坤家里,录音带。

"潘金莲和武大郎",30分钟,1989年5月29日,地点:扬州任德坤家里,录音带。

　　*"武松打虎"第二部分,45分钟,1992年11月11日,地点:扬州戴步章家里,录音带。

　　"潘金莲和武大郎",25分钟,1998年10月7日,地点:哥本哈根大学的亚洲学院,录音带。

　　*"潘金莲和武大郎",25分钟,1998年10月11日,地点:奥斯陆本人家里,录音带。

　　"潘金莲和武大郎",10分钟,2000年5月15日,地点:扬州任德坤家里,录音带和录像带。

　　"水浒·武松",88天书,88张VCD,每片VCD 55分钟,2002年,地点:扬州,参见《扬州评话四家艺人全书表演录像目录》NIAS出版社,哥本哈根2004年,录像VCD,拷贝。

马晓龙(马伟):

　　*"武松打虎",15分钟,2003年10月31日,地点:扬州大学,录音带。

陈荫堂(陈世勇):

　　"武松",180分钟,无日期(约1985),地点:扬州电台,陈世勇为扬州电台表演的第一部分,录音带,拷贝。

　　*"武松打虎",20分钟,1989年5月26日,地点:扬州大学,录音带。

　　"武松打虎",20分钟,1989年6月9日,地点:扬州大学,录像带。

　　"武松打虎",40分钟,1990年12月7日,地点:哥本哈根大学,录音带。

　　"潘金莲与武大郎",20分钟,1990年11月20日,地点:奥斯陆本人家里,录音带。

　　"西门庆与潘金莲",15分钟,2000年5月11日,地点:扬州大学,录像带。

"西门庆与王婆",15分钟,2000年5月28日,地点:扬州大学,录音带和录像带。

惠兆龙:

*"巧遇周侗",30分钟,1992年10月10日,地点:扬州大光明书场,为受邀观众公开演出,录音带。

"武松打虎",25分钟,2000年5月9日,地点:扬州大学艺术系,给学生表演,录像带。

"巧遇周侗",10分钟,2000年5月16日,地点:扬州大光明书场,录像带。

扬州戏剧学校的学生和教师杨明坤:

"武松打虎",喝酒一段的排练,65分钟,1989年5月9日,地点:扬州戏剧学校,录音带。

"武松打虎",喝酒一段的排练,30分钟,1989年5月16日,地点:扬州戏剧学校,录音带。

三 国

吴派三国

徐幼良:

*"华容道",30分钟,1989年5月19日,地点:扬州戴步章家里,录音带。

费正良:

*"葫芦谷",30分钟,1989年5月23日,地点:扬州费力家里,录音带和录像带。

*"斩颜良",30分钟,1996年8月31日,地点:位于哥本哈根的北欧亚洲学院,由丹麦民俗学院 Svend Nielsen 录像,录像带,拷贝,录音带。

"前三国",50天书,50张 VCD,每张 VCD 55分钟,2003年,地点:扬州,参见《扬州评话四家艺人全书表演录像目录》NIAS 出版社,哥本哈根 2004 年,录像 VCD,拷贝。

康派三国

高再华:

"阚泽献诈降书",30 分钟,1992 年 10 月 28 日,地点:扬州大学,录音带。

"彝陵山",30 分钟,1995 年 5 月 25 日,地点:扬州的广陵文化站,录音带。

*"看病",20 分钟,1997 年 11 月 1 日,地点:扬州高再华家里,录音带。

"看病",20 分钟,2000 年 5 月 5 日,地点:扬州高再华家里,录音带和录像带。

"中三国",110 天书,110 张 VCD,每张 VCD 55 分钟,2002 年,地点:扬州,参见《扬州评话四家艺人全书表演录像目录》NIAS 出版社,哥本哈根 2004 年,录像 VCD,拷贝。

沈荫彭:

沈荫彭女士,职业评话艺人,1942 年生于江苏省东台,1954 年开始跟吴派的吴寿彭学说三国。她也跟康又华的儿子、高再华的同事康重华学过艺。我们于 1992 年在戴步章先生的家里认识。在我的请求下,沈女士没做任何准备,就表演了"彝陵山"的一段评话,为费正良和徐幼良先生说的书段之后的一段书。

"彝陵山",30 分钟,1992 年 11 月 8 日,地点:扬州戴步章家里,录音带。

西游记

戴门西游记

戴步章:

*"仙庄投宿",110 分钟,1989 年 5 月 23 日,地点:扬州费力家里

(只有最前面的 30 分钟在第十章里引用),录音带和录像带。

"仙庄投宿"的结束部分,30 分钟,1995 年 5 月 25 日,地点:扬州戴步章家里,录音带。

*"通天河",30 分钟,1996 年 8 月 29 日,地点:位于哥本哈根的北欧亚洲学院,由丹麦民俗学院 Svend Nielsen 录像,录像带,拷贝,录音带。

"西游记",100 天书,100 张 VCD,每张 VCD 55 分钟,2003 年,地点:扬州,参见《扬州评话四家艺人全书表演录像目录》NIAS 出版社,哥本哈根 2004 年,录像 VCD,拷贝。

济公传

莫浩：

"卖价事",12 分钟,2000 年 5 月 7 日,地点:扬州大学,录音带和录像带。

西汉

戴步章：

"西汉",35 分钟,2000 年 5 月 8 日,地点:扬州戴步章家里,录音带和录像带。

"西汉",15 分钟,2003 年 10 月 24 日,地点:扬州戴步章家里,录音带。

清风闸

杨明坤：

杨明坤先生是说"清风闸"的著名大师余又春的弟子。他既说传统的评话书目,也说现代作品。杨明坤以其幽默的表演闻名。他出版过的说书笑话的录音作品,参见下文"笑话"。

"皮五辣子",15 分钟,1989 年 5 月 9 日,地点:扬州戏剧学校,听众为八名学生和我本人,录音带。

"皮五辣子选回",150分钟,1987年录像,地点:扬州曲艺团,扬子江音像有限公司,VCD,拷贝。

王铭宏:

王铭宏先生是余又春的徒弟,参见上文。他从事音乐制作工作,偶尔说书。我在1992年10月听了王先生的书。之后,他送给我一个录有他表演的带子。

"皮五辣子当老鼠",30分钟,1992年10月17日,地点:广陵文化站,公开演出,录音带,拷贝。

三侠剑

邓少南:

邓少南,上海人,上海的扬州评话艺人。1989年4—5月,他每天在大光明书场说书。

"九龙山",90分钟,1989年5月2日,下午2—4时,地点:扬州大光明书场,录音带。

乾隆下江南

任德坤:

见"水浒","王派水浒","任继堂",又见第二章。

"乾隆下江南",12天书,12张VCD,每张VCD 55分钟,2002年,地点:扬州,参见《扬州评话四家艺人全书表演录像目录》NIAS出版社,哥本哈根,2004年,录像VCD,拷贝。

现代作品

惠兆龙:

"陈毅过江",30分钟,1996年8月29日,地点:位于哥本哈根的北欧亚洲学院,丹麦民俗学院Svend Nielsen录像,录像带,拷贝,录音带。

扬州弦词

玉蜻蜓

沈志凤:

沈志凤女士,师从张慧祥,是任继堂的妻子,参见第二章。

"庵堂认母",110分钟,1989年5月21日,地点:镇江书场,公开演出,录音带。

各种说口的举例,对工,圆口,方口,10分钟,1989年5月21日,地点:镇江书场,艺人休息房间,录音带。

"瞎子",5分钟,2000年5月17日,地点:扬州大学,录音带和录像带。

包伟:

"再生缘",15分钟,2000年5月17日,地点:扬州大光明书场,录音带和录像带。

笑 话

李信堂:

"刮刮叫"、"行酒会",20分钟,1986年11月,地点:扬州,录音带,拷贝。

杨明坤:

"古今笑话大观"、"呆子学说话"等,50分钟,无日期,地点:中国音乐家音像出版社,南京,录音带,拷贝。

清 曲

李仁珍:

李仁珍女士,师从张慧祥。她既表演弦词,也表演清曲。

"武松打虎",5分钟。1986年10月,地点:扬州大学,录音带。

"望江楼"等,15分钟,1986年10月,地点:扬州大学,录音带。

聂峰等:

聂峰等,扬州清曲小组。

"武松打虎",35分钟,2000年5月24日,地点:扬州瘦西湖,录音带和录像带。

"武松杀嫂",45分钟,2000年5月24日,地点:扬州瘦西湖,录音带和录像带。

参考书目

A

Alleton, Viviane (1972): *Les Adverbes en chinois moderne*, Paris.

——(1980): "En Chine: la contagion de l'ecrit", *Critique*, No. 384: 217—227.

Arendrup, Birthe (1988): "The romance of the Three Kingdoms: Inquiries into the Language of the *Sanguo Yanyi*", *Analecta Hafniensia* (ed. Leif Littrup), Scandinavian Institute of Asian Studies Occasional Papers No. 3: 3—18.

Auerbach, E. (1946, 1968): *Mimesis*, New York.

Austin, Norman (1966): "The function of digressions in the Iliad", in John Wright (ed.): *Essays on the Iliad*, Bloomington 1978: 70—84.

B

鲍明炜(1980):"六十年来南京方音向普通话靠拢情况的考察",《中国语文》,第四期:241—245。

Birch, Cyril ([1958], 1980): *Stories from a Ming Collection. The Art of the*

Chinese Story-teller, New York.

——(ed.)(1974): *Studies in Chinese Literary Genres*, Berkeley.

Blader, Susan (1978): ""San-hsia wu-yi and its link to oral literature"", *CHINOPERL Papers*, No. 8: 9—38.

——(1983): ""'Yan Chasan Thrice Tested': Printed Novel to Oral Tale"", *CHINOPERL Papers*, No. 12: 84—111.

——(1986): "Storytelling in China: a study of the origins and development of the art", unpublished manuscript, 24 pp.

Breuer, Rüdiger (2013): "Role Model or Cultural Construct? ——The Ming and Qing Period Storyteller Liu Jingting and His Representation in Modern Contexts", *Folk Traditions in Modern Society* (Pekka Hakamies, Sun Jian and Vibeke Børdahl eds.), Fudan University Press, Shanghai.

Børdahl, Vibeke (1972): "Historisk perspektiv på Yangzhou dialektens fonologi" [The phonology of the Yangzhou dialect in a historical perspective], M. A. thesis, Copenhagen, 107 pp.

——(1977): "The phonemes and the phonological structure of the Yangzhou dialect", *Acta Orientalia*, No. 38: 251—320.

——(1990): " Literary and colloquial forms in a Yangzhou storyteller's tale", *The Master Said: To study and... To Søren Egerod on the Occasion of His Sixty-Seventh Birthday*, East Asian Institute Occasional Papers No. 6, Copenhagen: 77—87.

——(1991a): "'Square mouth' and 'round mouth' in Yangzhou storytelling", *Acta Orientalia*, No. 52: 135—147.

——(1991b): "Grammatical gleanings from a Yangzhou storyteller's tale", *Cahiers de linguistique asie orientale*, vol. XX, No. 2, Paris: 169—217.

——(易德波)(1992):"扬州评话里的'方口'和'圆口'"(易德波,张蔚文译)《扬州评话之友》第五期:1—9。《曲艺信息》1992第二十九期和1993第三十期转载。

——(1993a): "*Wen bai yi du*: Literary and colloquial forms in Yangzhou storytelling", *CHINOPERL Papers*, No. 16, Harvard: 29—63.

——(1993b):"'Wu Song Fights the Tiger' in Yangzhou Storytelling" *Acta Orientalia*, No. 54, Copenhagen: 126—149.

——(1994a): "Digressions of a Yangzhou storyteller—the private life of the tiger that Wu Song killed", *Outstretched Leaves on his Bamboo Staff. Studies in Honour of Gøran Malmqvist on his 70th Birthday*, The Association of Oriental Studies, Stockholm: 36—45.

——(易德波)《1994b):"扬州评话中的'方口'与'圆口'",《方言》第二期:119—124。

——(1994c): "Den kinesiske fortællerkunst og dens betydning i moderne kinesisk litteratur" [The art of Chinese storytelling and its influence on modern Chinese literature], *Orientaliska Studier*, No. 82, Stockholm: 16—27.

——(1995a): "Three bowls and you cannot cross the ridge: orality and literacy in Yangzhou storytelling", *Cultural Encounters*, Aarhus University Press: 125—157.

——(1995b): "Narrative voices in Yangzhou storytelling", *CHINOPERL Papers*, No. 18: 1—31.

——(1996): *The Oral Tradition of Yangzhou Storytelling*, Nordic Institute of Asian Studies Monograph Series, No. 73, Curzon Press, Richmond.

——(1997a): "Professionai Storytelling in Modern China. A Case Study of Yangzhou pinghua", paper prepared for The Symposium of ISFNR in Beijing, April 1996. Revised version in: *Asian Folklore Studies*, Vol. LVI—1: 7—32.

——(易德波)(1997b):"中国说书与扬州评话",《扬州评话探讨》1996 英文版选段,张蕴和译,《曲艺讲坛》天津,第三期:65—69。

——(易德波)(1998):"扬州评话中的口头叙述与'说口'",《汉学研究》*Chinese Studies* 第 31 期,台北:267—287.《扬州曲艺之友》2001,第二十六期:1—3 转载。

——(1999a)(ed.): *The Eternal Storyteller. Oral Literature in Modern China*, NIAS Studies in Asian Topics, No. 24, Curzon Press, Richmond.

——(1999b): "Popular Literature in the Fu Ssu-nien Library of the Academia Sinica, Taiwan", *Asian Folklore Studies*, Vol. 58—1: 231—235.

——(1999c):"Chinese Storytellers on Storytelling", *Arv-Nordic Yearbook of Folklore*:73—92.

——(易德波)(1999d):"中国说书艺术的口头性与文体性:说扬州评话的王派'水浒'",《面向21世纪的民俗民间文化》,南宁市社会科学院编:393—400。《扬州曲艺之友》2001,第二十八期:1转载。

——(2002a):"Large-scale Registration of Chinese Storytelling", *Asian Folklore Studies*, Vol. 61—1:172—175.

——(2002b):"Systematic Recording of Chinese Storytelling Art", *China & The World Cultural Exchange*, Vol. 60, No. 4:36—38(with photos by Jette Ross).

——(2002c):"Review Essay:Epic and Asian Folklore", *Asian Folklore Studies*, Vol. 61—2:311—320.

——(易德波)(2002d):"关于中国说书的系统记录",(罗爱德摄影)《中外交流杂志》第62卷,第六期:9—11。

——(2003):"The Storyteller's Manner in Chinese Storytelling", *Asian folklore Studies*, Vol. 62—1:65—112.

——(2004):"The Voice of Wang Shaotang in Yangzhou Storytelling", *CHINOPERL Papers*, No. 25:1—31.

——(2005):"Storytellers' Scripts in the *Yangzhou pinghua* Tradition", *Acta Orientalia*, No. 66:227—296.

Børdahl, Vibeke and Jette Ross(2002): *Chinese Storytellers—Life and Art in the Yangzhou Tradition*, Cheng & Tsui Company, Boston,(+VCD/VHS 60 minutes).

Børdahl, Vibeke, Jette Ross and Jens-Christian Sørensen(2002—4): Website on *Chinese Storytelling* 说书网页 www.shuoshu.org,英文,中文和丹麦文。

Børdahl, Vibeke(易德波),Fei Li(费力) and Huang Ying(黄瑛)(2004)(eds.): *Four Masters of Chinese Storytelling—Full-length Repertoires of Yangzhou Storytelling on Video*,《扬州评话四家艺人全书表演录像目录》,NIAS Press, Copenhagen(+DVD 60 minutes).

C

Cartier, Alice (1972): *Les verbes resultatifs en chinois moderne*, Paris.

Chang, H. C. (1973): *Chinese Literature. Popular Fiction and Drama.* Edinburgh.

Chao Yuen-ren(赵元任)(1934): "The non-uniqueness of phonemic solutions of phonetic systems." *Bulletin of the Institute of History and Philology*, Academia Sinica, vol. IV, Part 4: 363—397 (reprinted in M. Joos (ed.): Readings in Linguistics, New York, 1958: 38—54).

——(1968): *A Grammar of Spoken Chinese*, Berkeley.

Chao Yuen-ren, 同 Zhao Yuanren 赵元任。

Chatman, Seymour (1978): *Story and Discourse*, Cornell University.

——(1990): *Coming to Terms*, Ithaca.

陈晨(1981):"扬州方言中的'子'缀",《扬州师院学报》,第二期:86—90。

——(1984):"语音风格略论",《江苏省语言学会八四年年会论文》,江苏:1—17。

——(无年):"略谈扬州说书的语言艺术",蜡版稿件,17页。

——(1985):"略论扬州说书的语言艺术",《修辞学论文集》,卷3,福建人民出版社,福州:451—462。

陈刚(1985):北京方言词典,商务印书馆,北京。

陈辽(1988a):"'金瓶梅'原是评话再论",《扬州师院学报》,第一期,14—19,26。

——(1988b):"从'武松'谈民间艺人对'水浒'文学的贡献",《艺术百家》,第四期,75—78。

陈汝衡(1958):《说书史话》,作家出版社,北京。

——(1984):"'水浒传'和说书",《中国曲艺论集》,中国曲艺出版社,北京,736—741。(《曲艺》,1980,第五期)。

——(1985):《陈汝衡曲艺文选》,中国曲艺出版社,北京。

陈午楼(笔名:思苏)(1957):"'卖关子'和'打转'",《扬州市报》10月19日。

——(笔名:思苏)(1962):"'铁门槛'",《曲艺》,第五期:63。

——(1983a):"科趣与美",《扬州师院学报》,第二期:150—154。

——(1983b):"'西游记'方言词语释例",《中国语文通讯》,第三期:14—18。

——(1983c):"扬州评话'武松'中的方言释例",稿件,169页。

——(1984):"漫说扬州评话",《文艺研究》,第二期:140—144。

——(1985a):"从长篇小说发展到长篇评话",《扬州师院学报》,第一期:107—114。

——(1985b):"扬州评话与民俗学",《苏州大学—扬州师院—学报》,第四期:95—102。

——(1986):"合掌文章",《曲艺艺术论丛》,第五期:57—63。

——(1987a):"默契——扬州评话审美功能之探索",《扬州师院学报》,第二期:159—165。

——(1987b):"扬州评话'火烧赤壁'整理本问世的意义",《曲艺艺术论丛》,第九辑:10—18。

——(1988):"扬州评话简论",稿件,30页。

——(1990a):"论王派'水浒'的形成与发展",收于《王派"水浒"评论集》:13—34。

——(1990b):"王少堂艺术特色论",(《艺术百家》1989,第三期:92—100),收于"王派'水浒'评论集":34—70。

——(1990c):"模糊语言在扬州评话王派'水浒'中的运用",收于《王派"水浒"评论集》:350—369。

——(1990d):"从柳敬亭到王少堂",收于《王派"水浒"评论集》:370—381。

——(1990e):"幽默:中国传统小说和传统评话的润滑剂",《明清小说研究》,第二期:15—27。

——(1992):"论'关子'",稿件,24页。

——(1994):"旧事重提:说'话本'",《读书》,第十期:148—150。

——(1998):"Old Questions Discussed Anew. On *Huaben*", introduced and translated by Vibeke Børdahl and Lucie Borotova, *Asian Folklore Studies*, Vol. 57—1:131—139.

陈云(1983):"陈云同志关于评弹的谈话和通信",中国曲艺出版社,北京。

程光辉(1983):"金鸡独立图(扬州评话)",《曲艺》,第五期:37—56。

Cheng, Susie S. (1977): "Chinese dialect literature", *Journal of Chinese Language Teachers' Association*, No. 12: 55—62.

Cheung, Samuel H. N. (1990): "Structural cyclicity in Shuihu Zhuan: from self to sworn brotherhood", *CHINOPERL Papers*, No. 15: 1—16.

CHINOPERL News (1974), Harvard, No. 4.

Chou Fa-kao (1986): "Reduplicatives in *The Book of Odes*", *Papers in Chinese Linguistics and Epigraphy*, Hong Kong: 9—46.

Coyaud, Maurice (1973): *Classification nominale en chinois. Les particules numerales*, Paris.

D

戴宏森(1986):"试谈'曲艺'的定名",《曲艺艺术论丛》,第五卷。

Dars, Jacques (1978, 1983): "Introduction", Shi Nai-an and Luo Guan-zhong: *Au bord de l'eau (Shui-hu-zhuan)*, vols I, II, trans. by J. Dars, Paris: xxxv-cxlvii.

Demieville, P. (1950): "Archaismes de prononciation en chinois vulgaire", *T'oung Pao*, No. 40: 1—50.

丁鹤林(1989):"纪念扬州评话一代宗师王少堂诞辰100周年",《扬州日报》,8月30日。

丁声树,李荣(1956):《汉语方言调查简表》,中国科学院语言研究所出版,北京。

段宝林(1989):"王派'水浒'书的文学特色管窥",《艺术百家》,第三期:101—107,114。又收于《王派"水浒"评论集》,1990:71—94。

Dudbridge, Glen (1970): *The Hsi-yu chi. A Study of Antecedents to the Sixteenth-Century Chinese Novel*, Cambridge.

E

Egerod, Søren (1956): *The Lungtu dialect*, Copenhagen.

——(1967):'Dialectology', in: *Current Trends in Linguistics*, 2, Mouton: 91—129.

——(1970): "Distinctive features and phonological reconstructions", *Journal of the American Oriental Society*, vol. 90.

——(1983):"南雄方言记略"——The Nan-Xiong Dialect',《方言》,第二期: 123—142。

Engler, Friedrich K. (ed.) (1986): *Zehn Tage in Yang-tschou. Chinesishe Novellen aus zwei Jahrtausenden*, Frankfurt am Main.

Eoyang, Eugene (1976): "The immediate audience: Oral narration in Chinese fiction", in: Nienhauser, W. H. (ed.): *Critical Essays on Chinese Literature*, Hong Kong: 43—57.

F

凡夫(1979):"严师高徒,业精于勤——记扬州评话演员王丽堂",《曲艺》,第六期:41—42。

《方言调查咨表》(1964),科学出版社,北京。

费俊良等(1983):"伍子胥闯关渡江",《曲艺》,第二期:44—64。

费俊良,费力(1986):《过五关斩六将》,江苏文艺出版社。

费俊良,汪福昌,费力(1985):《伍子胥》,中国曲艺出版社,北京。

费力,同费正良。

费力等(1980):"秦琼让印(扬州评话)",《曲艺》,第十二期:21—26。

费力(1983a):"'五虎'大战康国华",《春水》,7月10日:3。

——(1983b):"'敲烟袋'与'捧大碗'",《春水》,12月25日:4。

——(1986):"传统扬州评话的人物开相艺术",《曲艺艺术论丛》,第五期: 96—101。

——(1990):"扬州评话人物方言、声调的运用及其组合",《王派"水浒"评话集》:342—349。

——(1991):"书场风情",《扬州风情》,江苏文艺出版社,扬州:114—123。

——(1993):"'武松打虎'与哨棒"。《扬州评话之友》,第十七期:3—4。

——(1999):"书坛高手'康三国'",《扬州文学》,第三期:36—38。

——(1999):"How We Edited *Song Jiang*, *Shi Xiu* and *Lu Junyi* of Yangzhou Storytelling",in:Børdahl 1999a(ed.):218—222.

费正良,同费力。

费力,汪福昌(1986):《笑,笑,笑》,江苏文艺出版社,南京。

Fei Ling(n. y.):*Proletarian Culture in China*,Association for Radical East Asian Studies,London,59 pp.

Finnegan,Ruth(1967):*Limba Stories and Story-telling*,Oxford.

——(1977):*Oral Poetry. Its Nature, Significance and Social Content*,Cambridge.

——(1992):*Oral Traditions and the Verbal Arts*,London.

Foley,John Miles(1985):*Oral-formulaic Theory and Research. An Introduction and Annotated Bibliography*,New York.

Forrest,R. A. D.([1948],1965):*The Chinese Language*,London(revised edition 1965).

G

高本汉(瑞),同 Karlgren, Bernhard.

Genette,Gérard(1980):*Narrative discourse*,Ithaca.

——(1988):*Narrative discourse revisited*,Ithaca.

Genette,Gérard,同热奈特。

Goody,J.(1987):*The Interface between the Written and the Oral*,Cambridge.

"国际音标"(1979),《方言》,第四期:315—319。

H

Hagege,Claude(1975):*Le probleme linguistique des prepositions et la solution chinoise*, Paris.

Hanan, Patrick (1967): "The early Chinese short story: A critical theory in outline", *Harvard Journal of Asian Studies*, No. 27: 168—207.

——(1981): *The Chinese Vernacular Story*, Cambridge, Mass.

《汉语方言辞汇》(1964),文字改革出版社,北京。

《汉语语法修辞词典》(1988),安徽教育出版社,合肥。

何永康(1991):"一样题目,两样文字——武松打虎与李达杀虎",《漫话明清小说》,中华书局,北京:60—66。

Hegel, Robert E. (1984): "Making the past serve the present in fiction and drama: from the Yan'an forum to the Cultural Revolution", in B. McDougall (ed.) *Popular Chinese Literature and Performing Arts*, Berkeley: 197—223.

——(1985): "Distinguishing levels of audiences for Ming-Ch'ing vernacular literature: a case study" in David Johnson (ed.) *Popular Culture in Late Imperial China*, Berkeley: 112—135.

Hensman, Bertha and Mack Kwok-ping (1968): *Hong Kong Talespinners*, Hong Kong.

洪为溥(1980):《江都方言辑要》,世界书局,台北。

侯宝林(1980):"武松打虎"(对口相声),《侯宝林相声选》,人民文学出版社,北京:396—404。

Hrdličkova, Vena (1965): "The Professional training of Chinese storytellers and the storytellers' guilds", *Archiv orientalni*, No. 33: 225—248.

——(1968): "The Chinese storytellers and singers of ballads: their performances and storytelling techniques", *Transactions of the Asiatic Society of Japan*: 97—115.

胡士莹(1980):《话本小说概论》上、下,中华书局,北京。

黄德和(1994):"评话的笑与相声的笑",《扬州评话之友》,第一期:3—5。

黄继林(无年):"扬州话里的几个语气副词",《扬州史志》:47—49。

——(1987a):"扬州口语中的合音现象",《扬州史志》,第三期:57—60。

——(1987b):"扬州方言里的'蛮'和'稀'",《方言》,第四期:308—309。

——(1988a):"从扬州的地名特征看它的历史和文化",《扬州史志》,第一期:65—69。

——(1988b):"'方言志'篇目刍议"《扬州史志》,第二期:14—16。

——(1988c):"扬州方言和扬州民俗",《扬州史志》,第三期:49—52。

——(1988d):"扬州方言和文学艺术",《扬州史志》,第四期:20—23。

——(1989a):"略述扬州方言的历史演变"(上),《扬州史志》,第一期:51—55。

——(1989b):"略述扬州方言的历史演变"(下),《扬州史志》,第二期:37—42。

——(1990a):"扬州方言与宗教",《扬州史志》,第三期:32—35。

——(1990b):"扬州地区江淮方言中的反复问句",《扬州史志》,第四期:46—48。

惠兆龙(1980):"从'形似'到'神似'",《曲艺》,第十二期:12—13。

——(1995):"书坛塑陈毅",《曲艺》,第二期:40—42。

I

Idema, Wilt L. (1974): *Chinese Vernacular Fiction: The Formative Period*, Leiden.

Information CHINA (1989), vol. 3, The China Social Sciences Publishing House, Oxford.

Irwin, Richard G. (1953): *The evolution of a Chinese Novel: Shui-hu-chuan*, Cambridge, Mass.

J

Jensen, Minna Skafte (1980): *The Homeric Question and the Oral-formulaic Theory*, Copenhagen.

蒋星煜(1982):"明清两代的口技艺术",《扬州师院学报》,第一期:57—59。

《江苏省和上海市方言概况》(1960),江苏人民出版社。

金名(1985):"扬州评话与苏州弹词",《曲艺》:123—126。

金秋(1984):"扬州民间俗语浅考",《扬州师院学报》,第二期:118—120。

Jin Shaobo: "A storyteller writes stories", trans. by Susan Blader, ms, 6 pp.

K

Kaikkonen, Maria (1990): *Laughable Propaganda: Modern Xiangsheng as Didactic Entertainment*, Stockholm.

Kaivola-Bregenhøj, Annikki (1989): "Folklore Narrators", *Studia Fennica*, No. 33: 45—54.

康重华(1980):"三顾茅庐(扬州评话)",《曲艺》,第八期:46—48,第九期:41—46,39,第十期:28—33,42。

——(1985):《火烧赤壁》,江苏人民出版社,淮阴。

康新民,陈静(1985):"西沣渡(扬州评话)"《曲艺》,第一期:30—36。

Karlgren, Bernhard (1915—1924): *Études sur la phonologie chinoise. Archives d'études orientales*, Paris, No. 15, vols 1—4.

——(1926): *Philology and Ancient China*, Oslo.

——([1954], 1963): *Compendium of Phonetics in Ancient and Archaic Chinese*, *Bulletin of The Museum of Far Eastern Antiquities*, No. 26, Stockholm (Gøteborg 1963).

Kordas, Bronislawa (1987): *Le Proverbe en chinois moderne*, Taiwan.

——(1990): "The poetic functions and the oral transmission of Chinese proverbs", *CHINOPERL Papers*, No. 15: 85—94.

Kratochvil, Paul (1968): *The Chinese Language Today*, London.

L

Leino, Pentti (1989): "The interpretation of tales in folkloristics", *Studia Fennica*, No. 33, Helsinki: 29—41.

Lévy, André (1971): *Éstudes sur le conte et le roman chinois*, Paris.

——(1978): "A propos de la 'vulgarisation' de la nouvelle des Tang", *Occasional Papers*, European Association of Chinese Studies, No. 1: 1—29.

——(1981): *Le conte en langue vulgaire du XVIIe siècle*, Paris.

李斗([1793],1960,1984):《扬州画舫录》,中华书局出版,北京,1960,江苏广陵古籍刻印社再版,扬州。

李凤琪(1982):"以'客'衬主,相得益彰——听扬州评话'陈毅拜客'",《曲艺》,第五期:53—55。

李明(1986):"真善美的精神食粮——记市台扬州评话演播者陈荫堂",《扬州日报》,日期不详。

李荣,王世华,黄继林(1996):《扬州方言词典》,江苏教育出版社,南京。

李信堂(1990):"扬州书场旧俗",扬州市民俗文学,民间文学协会,首届学术年会论文,1989,1—7,《扬州市志》,第一期:60—61。

——(1992):"说了四十年'武松'仍未定稿",《曲艺资讯》,第二十九期:4。

李真(1980):"扬州评话艺术特色浅谈",《曲艺》,第十二期:26—28。

——(1983—84):"广陵禁烟记",《曲艺》1983,第十期:43—48,第十一期:37—41,第十二期:46—52。《曲艺》1984,第一期:50—56,第二期:49—56,第三期:42—48,32 和第四期:49—56。

——(1984):《广陵禁烟记》,中国曲艺出版社,北京。

——(1988):"王少堂传录",《扬州史志》,第一期:43—46。

李真,徐德明(1993):"童年王少堂——王少堂传",《扬州文学》,第三期:30—36。

——(1995):"上下求索——王少堂传",《扬州文学》,第一期:45—56,接第二期:47—52,刊登于《曲艺》1995,第三期:38—44。

廖化津(1956):"说象声词",《中国语文》,第九期:17—18。

Lindell, Kristina, Jan-Øjvind Swahn and Damrong Tayanin (1977): *A Kammu Story-Listener's Tales*, Lund.

——(1980): *Folk Tales from Kammu II: A Story-Teller's Tales*, London.

——(1984): *Folk Tales from Kammu III*, London.

——(1995): *Folk Tales from Kammu V: A Young Story-teller's Tales*, London.

Link, Perry (1984): "The genie and the lamp: Revolutionary *xiangsheng*", in:

McDougall 1984:83—111.

——(1986):"Stuck in Xiangsheng", *CHINOPERL Papers*, No. 14:27—36.

——(1992/3):"The Mum Sparrow: Non-vegetarian Xiangsheng in Action", *CHINOPERL Papers*, No. 16:1—28.

Literature and the Arts (1983), in: *China Handbook Series*, Foreign Languages Press, Beijing.

Liu, James J. Y. (1962): *The Art of Chinese Poetry*, Chicago.

刘介春,顾一平(1991):《扬州艺坛点将录》,扬州。

刘立人(1980):"歌吹古扬州(扬州弹词开篇)",《曲艺》第十二期:5。

——(1982):"碧血梅花",《曲艺》第四期:50—64。

刘林(1959):"再谈'讨喜'",《中国语文》,第六期:271。

刘阔漳(1988):《三侠剑·棍扫萧金台》,春风文艺出版社,沈阳。

刘培伦(1958a):"扬州方言里的程度副词'蛮'和'稀'",《中国语文》,第一期:25—26。

——(1958b):"扬州话里有'讨喜'",《中国语文》,第十一期:535。

刘操南,茅赛云(1980):《武松演义》,浙江人民出版社,杭州。

Lord, Albert B. (1960): *The Singer of Tales*, New York.

娄子匡,朱介凡(1963):《五十年来的中国俗文学》,正中书局,台北。

Lowe, H. Y. (1940, 1983): *The Adventures of Wu. The Life Cycle of a Peking Man*, Beijing. Reprinted Princeton 1983.

路洋(1985):"清丽高雅,婉约缠绵——扬州弹词演员李仁珍和她的表演艺术",《曲艺》第五期:32—33。

罗扬(1985):《新曲艺文稿》,中国曲艺出版社,北京。

罗扬(1995):《曲艺创新录》,中国文学出版社,北京。

吕叔湘(1984):《现代汉语八百词》,商务印书馆,北京。

M

Ma Yau-woon (1976): "The beginnings of professional storytelling in China: A critique of current theories and evidence", *Etudes d'histoire et de litterature chinoises offertes au professeur J. Průšek*, Paris: 227—245.

Mackerras, Colin (1975): *The Chinese Theatre in Modern Times*, London.

——(1981): *The Performing Arts in Contemporary China*, London.

Mair, Victor (1981): "Lay students and the making of written vernacular narrative", *CHINOPERL Papers*, No. 10: 5—96.

——(1989): *T'ang Transformation Texts*, Cambridge, Mass.

Malmqvist, Gøran (1961): "The syntax of bound forms in Sichuanese", *Bulletin of the Museum of Far Eastern Antiquities*, No. 33:125—199.

——(1962): "Studies in Western Mandarin phonology", *Bulletin of the Museum of Far Eastern Antiquities*, No. 34: 129—192.

——(1976—1979) (trans.): *Berättelser från träskmarkerna*, I-IV [Stories from the marshlands], Forum, Lund.

McDougall, Bonnie S. (ed.) (1984): *Popular Chinese Literature and Performing Arts in the People's Republic of China 1949—1979*, Berkeley.

孟元老《东京梦华录》,[1147年着],大立出版社(无出版地点和时间)。

《名人名著与扬州》(1991),扬州教育学院。

Møller, Erik (1993): *Mundtlig fortælling—fortællingens struktur og funktion i uformel tale* [Oral Telling of Stories—Structure and Function of Stories in Informal Conversation], Copenhagen.

N

倪钟之(1993):《曲艺民俗与民俗曲艺》,百花文艺出版社,天津。

Norman, Jerry(1988): *Chinese*, Cambridge.

Nøjgaard, Morten (1976): *Litteraturens Univers*, Odense.

O

Olrik, Axel (1992): *Principles for Oral Narrative Research*, Bloomington.

Ong, Walter J. (1982, 1988): *Orality and Literacy*, London.

欧阳健,萧相恺(1991):《宋元说经话本集》,中州古籍出版社,郑州。

欧阳健(1981):"武松形象的衍变",《扬州师院学报》,第四期:48—52。

P

Parker, Edward Harper (1884): "The dialect of Yangchow", *China Review*, No. 12: 9—17.

Paul, Waltraud (1988): *The Syntax of Verb-Object Phrases in Chinese. Constraints and Reanalysis*, Paris, 232 pp.

Peyraube, Alain (1980): *Les constructions locatives en chinois moderne*, Paris.

Pimpaneau, Jacques ([1977], 1991): *Chanteurs, conteurs, bateleurs. Litterature orale et spectacles populaires en Chine*, Paris 1977. Reprinted in *Chine—Litterature populaire. Chanteurs, conteurs, bateleurs*, Paris, 1991.

——(1989): *Histoire de la litterature chinoise*, Paris.

"评话艺术概论考察"(扬州师范学院试题,日期不详,刘立人先生1986年10月在扬州师范学院送给本书作者)

Plaks, Andrew H. (ed.) (1977): *Chinese Narrative: Critical and Theoretical Essays*, Princeton.

——(1980): "Shui-hu chuan and the sixteenth-century novel form: an interpretive re-appraisal", *Chinese Literature: Essays, Articles and Reviews*, No. 2: 3—53.

——(1987): *The Four Masterworks of the Ming Novel*, Princeton.

Porter, Deborah (1992): "Setting the tone: aesthetic implications of linguistic patterns in the opening section of *Shui-hu chuan*", *Chinese Literature, Essays, Articles, Reviews*, vol. 14: 51—75.

Průšek, Jaroslav (1955): *Die Literatur des Befreiten China und ihre Volkstraditionen*, Prague.

——([1968], 1974): "The beginnings of popular Chinese literature. Urban centres—the cradle of popular fiction", *Archiv orientalni*, 1968, No. 36: 67—121. Reprinted in Cyril Birch (ed.) *Studies in Chinese Literary Genres*, Berkeley, 1974: 259—298.

Q

钱小平(1990):"柳敬亭泰州故居考",《扬州史志》,第四期:56—57。

《清明上河图》(1979),北京:人民美术出版社。

《曲艺选 1949—1959》(1960),上海十年文学选集编辑委员会编,上海文艺出版社,上海。

R

热奈特(Genette,Gérard)(2001):《热奈特论文集》,史忠义译,百花文艺出版社,天津。

热奈特(法),同 Genette,Gérard。

Rimmon-Kenan, Shlomith (1983): *Narrative Fiction. Contemporary Poetics*, London.

戎寿坤,金奇(1981):"传统口法和韵白",摘自《朗读念词基本技巧》,湖北人民出版社:139—148。

Roy, David T. (1981): "The fifteenth-century shuo-ch'ang tz'u-hua as examples of written formulaic composition", *CHINOPERL Papers*, No. 10: 97—128.

Ruhlmann, Robert (1960): "Traditional heroes in Chinese popular fiction", in Arthur Wright (ed.): *The Confucian Persuasion*, Stanford: 141—176.

——(1974): "The Wu Sung story in Yangchow p'ing-hua", *CHINOPERL News*, No. 4: 59—64.

S

Sabban, Francoise (1980): *Idiotismes quadrisyllabiques en chinois moderne*,

Paris.

Scholes, R. and Kellogg, R. (1966): *The Nature of Narrative*, New York.

邵敬敏(1981):"拟声词初探",《语言教学与研究》,北京:57—66。

施耐庵(1972):《水浒》,上,下,人民文学出版社,北京。

施耐庵,罗贯中(1965):《水浒全传》,四卷,中华书局,香港。

施耐庵,罗贯中(1988,1997):《容与堂本水浒传》,上,下,上海古籍出版社,上海。

《说唱艺术简史》(1988),文化艺术出版社,北京。

Simmons, Richard Van Ness (1991): "Hangzhou Oral Performances", *Kaipian* No. 8: 34—37.

——(1992): "Hangzhou Storytellers and their Art", *Kaipian*, No. 9: 1—25.

Stevens, Cathrine(1973): *Peking Drumsingsing*, Harvard University, Ph. D. thesis.

孙龙父(1962):"扬州评话的历史发展",《扬州师院学报》,第十六 期:20—32。

孙家富,张广明(主编)(1983):《文学词典》,湖北人民出版社,武汉。

索今(1992):"说了四十年'武松'仍未定稿——记著名扬州评话演员李信堂",《曲艺信息》,12 月 29 日:4。

Svarny, O. and T. Y. Ruskova (1991): "Prosodic features in Chinese (Pekinese)", *Archiv Orientalni*, No. 59: 234—254.

T

谭达先([1978]1988):《中国评书(评话)研究》,台湾商务印书馆,台北。

Thomas, Rosalind (1992): *Literacy and Orality in Ancient Greece*, Cambridge.

"挺进苏北"(新编扬州评话,陈世勇),江苏电视报,日期不详。

Tristram, Hildegard L. (1983): "Tense and Time in Early Irish Narrative," *Innsbrucker Beitrage zur Sprachwissenschaft*, No. 32, Innsbruck.

Tsao Shuying (1980): "Xiangsheng and the Performer Hou Baolin",

CHINOPERL Papers, No. 9: 32—78.

V

Van der Loon, Piet (1967): "The Manila Incunabula and Early Hokkien studies", Part 2, *Asia Major*: 95—186.

W

Walls, Jan W. (1977): "The bamboo clapper tale", *CHINOPERL Papers*, No. 7: 60—91.

王长庚(1980):"窗口内外(扬州评话)"《曲艺》第六期:3—7。

王澄(1990):"柳敬亭年表初编",《扬州史志》,第四期:55。

Wang, David Teh-wei (1983): "Storytelling context in Chinese fiction: A preliminary examination of it as a mode of narrative discourse", *Tamkang Review*, vol XV, No. 1, 2, 3, 4: 133—150.

王德春,陈晨(1989):《现代修辞学》,江西教育出版社,南昌。

汪复昌,刘位,费正良(1980):"双送礼(扬州弹词)",《曲艺》第十二期:14—20。

汪景寿,王决,曾惠杰(1997):《中国评书艺术论》,经济日报出版社,北京。

王丽堂(1989):《武松》,上,下,中国曲艺出版社,北京。

——(1995):《宋江》,上,下,江苏文艺出版社,南京。

——(1995):《卢俊义》,江苏文艺出版社,南京。

——(1995):《石秀》,江苏文艺出版社,南京。

王淼(1982):"立志改革,贵在出新——记扬州评话演员惠兆龙",《曲艺》,第四期:48—49。

王年芳(1959):"扬州方言",《方言和普通话丛刊》,二,中国语文杂志社,北京,1—38。

《王派"水浒"评论集》(1990),中国曲艺出版社,北京。

王少堂(无年):《武松十回》(解放前稿)一,二,三,蜡版稿件,1267页。

——(1958):"武松打虎",《中国文学》,第五期:96—102。

——([1959a],1984):《武松》,扬州评话研究小组整理,上,下,江苏人民出版社,淮阴。

——(1959b):"松林别友,大闹飞云浦",摘自《全国曲艺汇演作品选集》,上海文艺出版社,上海,697—722。

——([1958,1961] 1979):"我的学艺经过和表演经验",《扬州评弹》,内部资料,扬州市文化处,扬州,1961,58—89,又收于《说新书》,上海文艺出版社,1979,第二期:286—310。

——(1981):"'宋江'选回",《曲艺》,第八期:54—64。

——(1985):《宋江》上,中,下,江苏人民出版社,扬州。

王世华(1959):《扬州话音系》,科学出版社,北京。

——(1981):"扬州语音的一些变化",《扬州师院学报》,第二期:82—85。

——(1983):"扬州语音中所见韵等残迹",《扬州师院学报》,第一期:70—73。

——(1985):"扬州话里两种反复问句共存",《中国语文》,第六期:415—416。

——(1986):"扬州口语中的破读",《扬州师院学报》,第一期:108—111。

——(1987a):"扬州方言,方言志漫话",《扬州史志》,第二期:43—46。

——(1987b):"方言志编写中的一些问题",《扬州史志》,第三期:12—16。

——(1988):"再谈方言志编写中的几个问题",《扬州史志》,45—47。

——(1989):"扬州话的动态助词",《扬州师院学报》,第一期:61—64。

——(1992a):"扬州话的声韵调",《方言》,第二期:115—119。

——(1992b):"扬州话里的'轻声'——补足调",稿件,89页。

——(1994):"扬州话里的'轻声'——补足调",中国语言学研究《开篇》12卷,56—66。

王筱堂(1992):《艺海苦航录》,江苏文史资料编辑部,镇江。

——(2002):《后水浒》,中国文联出版社,北京。

王资鑫(1984):"谈王少堂说'武松'的武打特色",《中国曲艺论集》第一集,中国曲艺出版社,北京:558—575。

——(1985):"试谈扬州评话'武松'中的酒与美",《苏州大学—扬州师院—学报》,第四期:103—105,111。

韦明铧(1988):"清代扬州的俗文学",《扬州史志》,第三期:8—11。

韦人(1980):"扬州评话三百年",《曲艺》,第十二期:29—30。

——(1983):"从'挺进苏北'看扬州评话的复兴",《曲艺》,第二期:24—26。

——(1985):"本地乱弹与扬剧——扬剧史初探之一",《曲艺》,第一期79—83。

韦人,韦明铧(1985):《扬州曲艺史话》,中国曲艺出版社,北京。

Winston L. Y. Yang (1980): "Classical Chinese fiction in the West: 1960—1980", *Renditions*, No. 13:40—55.

Wivell, Charles (1975): "The Chinese oral and pseudo-oral narrative traditions", *CHINOPERL Papers*, No. 5: 117—125.

吴林森,吴林源(1981):"还我头来(扬州评话)",《曲艺》,第一期:35—42。

吴同瑞,王文宝,段宝林(编)(1994):《中国俗文学七十年》,北京大学出版社,北京。

Wu Weiyun (1958): "The funny-men and story-tellers of the Chinese variety theatre", *Chinese Literature*, No. 5: 127—131.

吴晓铃,范宁,周妙中(1984):《话本选》,上,下,人民文学出版社,北京。

吴之翰(1965):"方位词使用情况的初步考察",《中国语文》,第三期:206—210。

X

夏耘等(1980):"陈毅拜客(扬州评话)",《曲艺》,第十二期:6—13。

——(1981):"挺进苏北",《曲艺》,第八期:9—22,51;第九期:4—17。

《现代汉语词典》(1989),商务印书馆,北京。

谢力(1989):"王少堂诞辰一百周年全国曲艺家在宁纪念",《新华日报》,8月。

徐谦芳(1992):《扬州风土记略》,国立中央图书馆出版,台北。

薛宝琨(1989):《中国幽默艺术论》,浙江人民出版社,安徽黄山。

薛宝琨等(1989):"王派'宋江'艺术成就论",《艺术百家》,第三期:108—114。

薛遴(1990):"扬州话中'把'的两种用法",《扬州史志》,第四期:50—51。

Y

扬振淇(1991):《京剧音韵知识》,中国戏剧出版社,北京。

《扬州风情》(1991),江苏文艺出版社,扬州。

《扬州歌谣谚语集》(1989),中国民间文艺出版社,北京。

"扬州邗江县胡场汉墓"(1980),《文物》,第三期:1—10。

《扬州民间故事》(1989),中国民间文艺出版社,北京。

《扬州民艺》(1994),《中国民间工艺》,第十三/十四期。

《扬州评话选》([1962] 1980),扬州评话研究小组编,上海文艺出版社,上海。

《扬州评话选,第二集》(1982),扬州评话研究组编,上海文艺出版社,上海。

《扬州评话之友》,1990—1995。

《扬州曲艺志》(1993),江苏文艺出版社。

《扬州市情》(1990),扬州市人民政府办公室。

《扬州说书选》(传统作品)(1981),扬州评话研究组编,中国曲艺出版社,北京。

《扬州说书选》(现代作品)(1981),扬州评话研究组编,中国曲艺出版社,北京。

耀声(1985):"满场风雷吼,全凭一张口——谈谈扬州评话'棋高一着'的说口艺术",《曲艺》第？期:127—130。

姚文群,李之光(1987):"雏凤清于老凤声——记陈荫堂",《扬州文艺》,10月期。

易德波,费力,黄瑛(2004)(编):《扬州评话四家艺人全书表演录像目录》,*Four Masters of Chinese Storytelling—Full-length Repertoires of Yangzhou Storytelling on Video*,NIAS Press, Copenhagen,(+DVD 60 minutes)。

易德波(丹),同 Børdahl, Vibeke.

音十(1993):"扬州说书艺人的扇子",《扬州评话之友》,第一期:7—9。

余又春(1985):《皮五辣子》(清风闸),王澄、汪复昌、陈午楼、李真整理,江苏文艺出版社,南京。

袁家骅(1960):《汉语方言概要》,文字改革出版社,北京。

Z

张岱(明清)(1986):《陶庵梦忆》,台北,金枫出版社。

张静(1982):"谈象声词",《汉语学习》,第四期:3—8。

张善安(1984):"韩信执法斩殷盖",《曲艺》,第九期:46—53。

张世英(1983):"长篇新话本'挺进苏北'是怎样成书的",《曲艺》,第二期:26—28。

张自清(1981):"喜怒哀乐",《曲艺》,第十期:2—4。

赵元任,同 Chao Yuen-ren.

赵元任(1979):《汉语口语语法》吕叔湘译,商务印书馆,北京。

郑振铎([1938,1958],1984):《中国俗文学史》,上,下,上海书店,上海。

钟敬文(1950):"谈谈口头文学的搜集",摘自钟敬文的《民间文艺新论集》,中外出版社,北京:191—213。

《中国大百科全书·戏曲—曲艺》(1983),中国大百科全书出版社,北京。

《中国评书精华》(1991),四卷,春风文艺出版社,沈阳。

《中国戏曲曲艺词典》(1981),上海辞书出版社,上海。

《中国曲艺志·江苏卷》(1996),中国 ISBN 中心出版,北京。

周荣耀(1989):"王派'水浒'四代相传",《文汇报》12 月 5 日。

朱德熙(1985):"汉语方言里的两种反复问句",《中国语文》,第一期:10—20。

凤凰文库书目

一、马克思主义研究系列
《走进马克思》 孙伯鍨 张一兵 主编
《回到马克思:经济学语境中的哲学话语》(第三版) 张一兵 著
《当代视野中的马克思》 任平 著
《回到列宁:关于"哲学笔记"的一种后文本学解读》 张一兵 著
《回到恩格斯:文本、理论和解读政治学》 胡大平 著
《国外毛泽东学研究》 尚庆飞 著
《重释历史唯物主义》 段忠桥 著
《资本主义理解史》(6卷) 张一兵 主编
《阶级、文化与民族传统:爱德华·P.汤普森的历史唯物主义思想研究》 张亮 著
《形而上学的批判与拯救》 谢永康 著
《21世纪的马克思主义哲学创新:马克思主义哲学中国化与中国化马克思主义哲学》 李景源 主编
《科学发展观与和谐社会建设》 李景源 吴元梁 主编
《科学发展观:现代性与哲学视域》 姜建成 著
《西方左翼论当代西方社会结构的演变》 周穗明 王玫 等著
《历史唯物主义的政治哲学向度》 张文喜 著
《信息时代的社会历史观》 孙伟平 著
《从斯密到马克思:经济哲学方法的历史性诠释》 唐正东 著
《构建和谐社会的政治哲学阐释》 欧阳英 著
《正义之后:马克思恩格斯正义观研究》 王广 著
《后马克思主义思想史》 [英]斯图亚特·西姆 著 吕增奎 陈红 译
《后马克思主义与文化研究:理论、政治与介入》 [英]保罗·鲍曼 著 黄晓武 译
《市民社会的乌托邦:马克思主义的社会历史哲学阐释》 王浩斌 著
《唯物史观与人的发展理论》 陈新夏 著
《西方马克思主义与苏联:1917年以来的批评理论和争论概览》 [荷]马歇尔·范·林登 著 周穗明 译 翁寒松 校
《物与无:物化逻辑与虚无主义》 刘森林 著
《拜物教的幽灵:当代西方马克思主义社会批判的隐性逻辑》 夏莹 著
《新中国社会形态研究》 吴波 著
《"崩溃的逻辑"的历史建构:阿多诺早中期哲学思想的文本学解读》 张亮 著
《"超越政治"还是"回归政治":马克思与阿伦特政治哲学比较》 白刚 张荣艳 著
《无调式的辩证想象:阿多诺〈否定的辩证法〉的文本学解读》 张一兵 著
《马克思再生产理论及其哲学效应研究》 孙乐强 著
《希望的源泉:文化、民主、社会主义》 [英]雷蒙·威廉斯 著 祁阿红 吴晓妹 译
《后工业乌托邦》 [澳]鲍里斯·弗兰克尔 著 李元来 译
《未来考古学:乌托邦欲望和其他科幻小说》 [美]弗里德里克·詹姆逊 著 吴静 译

二、政治学前沿系列
《公共性的再生产:多中心治理的合作机制建构》 孔繁斌 著
《合法性的争夺:政治记忆的多重刻写》 王海洲 著

《民主的不满:美国在寻求一种公共哲学》 [美]迈克尔·桑德尔 著 曾纪茂 译
《权力:一种激进的观点》 [英]斯蒂芬·卢克斯 著 彭斌 译
《正义与非正义战争:通过历史实例的道德论证》 [美]迈克尔·沃尔泽 著 任辉献 译
《自由主义与现代社会》 [英]理查德·贝拉米 著 毛兴贵 等译
《左与右:政治区分的意义》 [意]诺贝托·博比奥 著 陈高华 译
《自由主义中立性及其批评者》 [美]布鲁斯·阿克曼 等著 应奇 编
《公民身份与社会阶级》 [英]T. H. 马歇尔 等著 郭忠华 刘训练 编
《当代社会契约论》 [美]约翰·罗尔斯 等著 包利民 编
《马克思与诺齐克之间》 [英]G. A. 柯亨 等著 吕增奎 编
《美德伦理与道德要求》 [英]欧若拉·奥尼尔 等著 徐向东 编
《宪政与民主》 [英]约瑟夫·拉兹 等著 佟德志 编
《自由多元主义的实践》 [美]威廉·盖尔斯敦 著 佟德志 苏宝俊 译
《国家与市场:全球经济的兴起》 [美]赫尔曼·M. 施瓦茨 著 徐佳 译
《税收政治学:一种比较的视角》 [美]盖伊·彼得斯 著 郭为桂 黄宁莺 译
《控制国家:从古雅典至今的宪政史》 [美]斯科特·戈登 著 应奇 陈丽微 孟军 李勇 译
《社会正义原则》 [英]戴维·米勒 著 应奇 译
《现代政治意识形态》 [澳]安德鲁·文森特 著 袁久红 译
《新社会主义》 [加拿大]艾伦·伍德 著 尚庆飞 译
《政治的回归》 [英]尚塔尔·墨菲 著 王恒 臧佩洪 译
《自由多元主义》 [美]威廉·盖尔斯敦 著 佟德志 庞金友 译
《政治哲学导论》 [英]亚当·斯威夫特 著 佘江涛 译
《重新思考自由主义》 [英]理查德·贝拉米 著 王萍 傅广生 周春鹏 译
《自由主义的两张面孔》 [英]约翰·格雷 著 顾爱彬 李瑞华 译
《自由主义与价值多元论》 [英]乔治·克劳德 著 应奇 译
《帝国:全球化的政治秩序》 [美]麦克尔·哈特 [意]安东尼奥·奈格里 著 杨建国 范一亭 译
《反对自由主义》 [美]约翰·凯克斯 著 应奇 译
《政治思想导读》 [英]彼得·斯特克 大卫·韦戈尔 著 舒小昀 李霞 赵勇 译
《现代欧洲的战争与社会变迁:大转型再探》 [英]桑德拉·哈尔珀琳 著 唐皇凤 武小凯 译
《道德原则与政治义务》 [美]约翰·西蒙斯 著 郭为桂 李艳丽 译
《政治经济学理论》 [美]詹姆斯·卡波拉索 戴维·莱文著 刘骥 等译
《民主国家的自主性》 [美]埃里克·A. 诺德林格 著 孙荣飞 等译
《强社会与弱国家:第三世界的国家社会关系及国家能力》 [英]乔·米格德尔 著 张长东 译
《驾驭经济:英国与法国国家干预的政治学》 [美]彼得·霍尔 著 刘骥 刘娟凤 叶静 译
《社会契约论》 [英]迈克尔·莱斯诺夫 著 刘训练 等译
《共和主义:一种关于自由与政府的理论》 [澳]菲利普·佩蒂特 著 刘训练 译
《至上的美德:平等的理论与实践》 [美]罗纳德·德沃金 著 冯克利 译
《原则问题》 [美]罗纳德·德沃金 著 张国清 译
《社会正义论》 [英]布莱恩·巴利 著 曹海军 译
《马克思与西方政治思想传统》 [美]汉娜·阿伦特 著 孙传钊 译
《作为公道的正义》 [英]布莱恩·巴利 著 曹海军 允春喜 译
《古今自由主义》 [美]列奥·施特劳斯 著 马志娟 译
《公平原则与政治义务》 [美]乔治·格劳斯科 著 毛兴贵 译
《谁统治:一个美国城市的民主和权力》 [美]罗伯特·A. 达尔 著 范春辉 等译

《论伦理精神》 张康之 著
《人权与帝国:世界主义的政治哲学》 [英]科斯塔斯·杜兹纳 著 辛亨复 译
《阐释和社会批判》 [美]迈克尔·沃尔泽 著 任辉献 段鸣玉 译
《全球时代的民族国家:吉登斯讲演录》 [英]安东尼·吉登斯 著 郭忠华 编
《当代政治哲学名著导读》 应奇 主编
《拉克劳与墨菲:激进民主想象》 [美]安娜·M.史密斯 著 付琼 译
《英国新左派思想家》 张亮 编
《第一代英国新左派》 [英]迈克尔·肯尼 著 李永新 陈剑 译
《转向帝国:英法帝国自由主义的兴起》 [美]珍妮弗·皮茨 著 金毅 许鸿艳 译
《论战争》 [美]迈克尔·沃尔泽 著 任辉献 段鸣玉 译
《现代性的谱系》 张凤阳 著
《近代中国民主观念之生成与流变:一项观念史的考察》 闫小波 著
《阿伦特与现代性的挑战》 [美]塞瑞娜·潘琳 著 张云龙 译
《政治人:政治的社会基础》 [美]西摩·马丁·李普塞特 著 郭为桂 林娜 译
《社会中的国家:国家与社会如何相互改变与相互构成》 [美]乔尔·S.米格代尔 著 李杨 郭一聪 译 张长东 校
《伦理、文化与社会主义:英国新左派早期思想读本》 张亮 熊婴 编
《仪式、政治与权力》 [美]大卫·科泽 著 王海洲 译
《政治仪式:权力生产和再生产的政治文化分析》 王海洲 著
《论政治的本性》 [英]尚塔尔·墨菲 著 周凡 译

三、纯粹哲学系列
《哲学作为创造性的智慧:叶秀山西方哲学论集(1998—2002)》 叶秀山 著
《真理与自由:康德哲学的存在论阐释》 黄裕生 著
《走向精神科学之路:狄尔泰哲学思想研究》 谢地坤 著
《从胡塞尔到德里达》 尚杰 著
《海德格尔与存在论历史的解构:〈现象学的基本问题〉引论》 宋继杰 著
《康德的信仰:康德的自由、自然和上帝理念批判》 赵广明 著
《宗教与哲学的相遇:奥古斯丁与托马斯·阿奎那的基督教哲学研究》 黄裕生 著
《理念与神:柏拉图的理念思想及其神学意义》 赵广明 著
《时间性:自身与他者——从胡塞尔、海德格尔到列维纳斯》 王恒 著
《意志及其解脱之路:叔本华哲学思想研究》 黄文前 著
《真理之光:费希特与海德格尔论SEIN》 李文堂 著
《归隐之路:20世纪法国哲学的踪迹》 尚杰 著
《胡塞尔直观概念的起源:以意向性为线索的早期文本研究》 陈志远 著
《幽灵之舞:德里达与现象学》 方向红 著
《形而上学与社会希望:罗蒂哲学研究》 陈亚军 著
《福柯的主体解构之旅:从知识考古学到"人之死"》 刘永谋 著
《中西智慧的贯通:叶秀山中国哲学文化论集》 叶秀山 著
《学与思的轮回:叶秀山2003—2007年最新论文集》 叶秀山 著
《返回爱与自由的生活世界:纯粹民间文学关键词的哲学阐释》 户晓辉 著
《心的秩序:一种现象学心学研究的可能性》 倪梁康 著
《生命与信仰:克尔凯郭尔假名写作时期基督教哲学思想研究》 王齐 著

《时间与永恒:论海德格尔哲学中的时间问题》 黄裕生 著
《道路之思:海德格尔的"存在论差异"思想》 张柯 著
《启蒙与自由:叶秀山论康德》 叶秀山 著
《自由、心灵与时间:奥古斯丁心灵转向问题的文本学研究》 张荣 著
《回归原创之思:"象思维"视野下的中国智慧》 王树人 著
《从语言到心灵:一种生活整体主义的研究》 黄益民 著
《身体、空间与科学:梅洛-庞蒂的空间现象学研究》 刘胜利 著
《超越经验主义与理性主义:实用主义叙事的当代转换及效应》 陈亚军 著

四、宗教研究系列

《汉译佛教经典哲学研究》(上下卷) 杜继文 著
《中国佛教通史》(15卷) 赖永海 主编
《中国禅宗通史》 杜继文 魏道儒 著
《佛教史》 杜继文 主编
《道教史》 卿希泰 唐大潮 著
《基督教史》 王美秀 段琦 等著
《伊斯兰教史》 金宜久 主编
《中国律宗通史》 王建光 著
《中国唯识宗通史》 杨维中 著
《中国净土宗通史》 陈扬炯 著
《中国天台宗通史》 潘桂明 吴忠伟 著
《中国三论宗通史》 董群 著
《中国华严宗通史》 魏道儒 著
《中国佛教思想史稿》(3卷) 潘桂明 著
《禅与老庄》 徐小跃 著
《中国佛性论》 赖永海 著
《禅宗早期思想的形成与发展》 洪修平 著
《基督教思想史》 [美]胡斯都·L.冈察雷斯 著 陈泽民 孙汉书 司徒桐 莫如喜 陆俊杰 译
《圣经历史哲学》(上下卷) 赵敦华 著
《如来藏经典与中国佛教》 杨维中 著
《儒佛道思想家与中国思想文化》 洪修平 主编
《基督教神学发展史》(一)、(二)、(三) 林荣洪 著

五、人文与社会系列

《环境与历史:美国和南非驯化自然的比较》 [美]威廉·贝纳特 彼得·科茨 著 包茂红 译
《阿伦特为什么重要》 [美]伊丽莎白·扬—布鲁尔 著 刘北成 刘小鸥 译
《现代性的哲学话语》 [德]于尔根·哈贝马斯 著 曹卫东 等译
《追寻美德:伦理理论研究》 [美]A.麦金太尔 著 宋继杰 译
《现代社会中的法律》 [美]R.M.昂格尔 著 吴玉章 周汉华 译
《知识分子与大众:文学知识界的傲慢与偏见,1880—1939》 [英]约翰·凯里 著 吴庆宏 译
《自我的根源:现代认同的形成》 [加拿大]查尔斯·泰勒 著 韩震 等译
《社会行动的结构》 [美]塔尔科特·帕森斯 著 张明德 夏遇南 彭刚 译
《文化的解释》 [美]克利福德·格尔茨 著 韩莉 译

《以色列与启示:秩序与历史(卷1)》 [美]埃里克·沃格林 著 霍伟岸 叶颖 译
《城邦的世界:秩序与历史(卷2)》 [美]埃里克·沃格林 著 陈周旺 译
《战争与和平的权利:从格劳秀斯到康德的政治思想与国际秩序》 [美]理查德·塔克 著 罗
　炯 等译
《人类与自然世界:1500—1800年间英国观念的变化》 [英]基思·托马斯 著 宋丽丽 译
《男性气概》 [美]哈维·C.曼斯菲尔德 著 刘玮 译
《黑格尔》 [加拿大]查尔斯·泰勒 著 张国清 朱进东 译
《社会理论和社会结构》 [美]罗伯特·K.默顿 著 唐少杰 齐心 等译
《个体的社会》 [德]诺贝特·埃利亚斯 著 翟三江 陆兴华 译
《象征交换与死亡》 [法]让·波德里亚 著 车槿山 译
《实践感》 [法]皮埃尔·布迪厄 著 蒋梓骅 译
《关于马基雅维里的思考》 [美]利奥·施特劳斯 著 申彤 译
《正义诸领域:为多元主义与平等一辩》 [美]迈克尔·沃尔泽 著 褚松燕 译
《传统的发明》 [英]E.霍布斯鲍姆 T.兰格 著 顾杭 庞冠群 译
《元史学:十九世纪欧洲的历史想象》 [美]海登·怀特 著 陈新 译
《卢梭问题》 [德]恩斯特·卡西勒 著 王春华 译
《自足语义学:为语义最简论和言语行为多元论辩护》 [挪威]赫尔曼·开普兰
　[美]厄尼·利珀尔 著 周允程 译
《历史主义的兴起》 [德]弗里德里希·梅尼克 著 陆月宏 译
《权威的概念》 [法]亚历山大·科耶夫 著 姜志辉 译
《无国界移民》 [瑞士]安托万·佩库 [荷兰]保罗·德·古赫特奈尔 编 武云 译
《语言的未来》 [法]皮埃尔·朱代·德·拉孔布 海因茨·维斯曼 著 梁爽 译
《全球化的关键概念》 [挪]托马斯·许兰德·埃里克森 著 周云水 等译
《房地产阶级社会》 [韩]孙洛龟 著 芦恒 译
《政治创新与概念变革》 [美]特伦斯·鲍尔 詹姆斯·法尔拉塞尔·L.汉森 编 朱进东 译
《依赖性的理性动物:人类为什么需要德性》 [美]阿拉斯戴尔·麦金太尔 著 刘玮 译
《理解俄国:俄国文化中的圣愚》 [美]埃娃·汤普逊 著 杨德友 译
《留恋人世:长生不老的奇妙科学》 [美]乔纳森·韦纳 著 杨朗 卢文超 译

六、海外中国研究系列

《帝国的隐喻:中国民间宗教》 [英]王斯福 著 赵旭东 译
《王弼〈老子注〉研究》 [德]瓦格纳 著 杨立华 译
《章学诚思想与生平研究》 [美]倪德卫 著 杨立华 译
《中国与达尔文》 [美]詹姆斯·里夫 著 钟永强 译
《千年末世之乱:1813年八卦教起义》 [美]韩书瑞 著 陈仲丹 译
《中华帝国后期的欲望与小说叙述》 黄卫总 著 张蕴爽 译
《私人领域的变形:唐宋诗词中的园林与玩好》 [美]王晓山 著 文韬 译
《六朝精神史研究》 [日]吉川忠夫 著 王启发 译
《中国社会史》 [法]谢和耐 著 黄建华 黄迅余 译
《大分流:欧洲、中国及现代世界经济的发展》 [美]彭慕兰 著 史建云 译
《近代中国的知识分子与文明》 [日]佐藤慎一 著 刘岳兵 译
《转变的中国:历史变迁与欧洲经验的局限》 [美]王国斌 著 李伯重 连玲玲 译
《中国近代思维的挫折》 [日]岛田虔次 著 甘万萍 译

《为权力祈祷》　[加拿大]卜正民 著　张华 译
《洪业:清朝开国史》　[美]魏斐德 著　陈苏镇 薄小莹 译
《儒教与道教》　[德]马克斯·韦伯 著　洪天富 译
《革命与历史:中国马克思主义历史学的起源,1919—1937》　[美]德里克 著　翁贺凯 译
《中华帝国的法律》　[美]D.布朗 等著　朱勇 译
《文化、权力与国家》　[美]杜赞奇 著　王福明 译
《中国的亚洲内陆边疆》　[美]拉铁摩尔 著　唐晓峰 译
《古代中国的思想世界》　[美]史华兹 著　程钢 译刘东 校
《中国近代经济史研究:明末海关财政与通商口岸市场圈》　[日]滨下武志 著　高淑娟 孙彬 译
《中国美学问题》　[美]苏源熙 著　卞东波 译　张强强 朱霞欢 校
《翻译的传说:构建中国新女性形象》　胡缨 著　龙瑜宬 彭珊珊 译
《〈诗经〉原意研究》　[日]家井真 著　陆越 译
《缠足:"金莲崇拜"盛极而衰的演变》　[美]高彦颐 著　苗延威 译
《从民族国家中拯救历史:民族主义话语与中国现代史研究》　[美]杜赞奇 著　王宪明 高继美 李海燕 李点 译
《传统中国日常生活中的协商:中古契约研究》　[美]韩森 著　鲁西奇 译
《欧几里得在中国:汉译〈几何原本〉的源流与影响》　[荷]安国风 著　纪志刚 郑诚 郑方磊 译
《毁灭的种子:战争与革命中的国民党中国(1937—1949)》　[美]易劳逸 著　王建朗 王贤知 贾维 译
《理解农民中国:社会科学哲学的案例研究》　[美]李丹 著　张天虹 张胜波 译
《18世纪的中国社会》　[美]韩书瑞 罗有枝 著　陈仲丹 译
《开放的帝国:1600年的中国历史》　[美]韩森 著　梁侃 邹劲风 译
《中国人的幸福观》　[德]鲍吾刚 著　严蓓雯 韩雪临 伍德祖 译
《明代乡村纠纷与秩序》　[日]中岛乐章 著　郭万平 高飞 译
《朱熹的思维世界》　[美]田浩 著
《礼物、关系学与国家:中国人际关系与主体建构》　杨美慧 著　赵旭东 孙珉 译张跃宏 校
《美国的中国形象:1931—1949》　[美]克里斯托弗·杰斯普森 著　姜智芹 译
《清代内河水运史研究》　[日]松浦章 著　董科 译
《中国的经济革命:20世纪的乡村工业》　[日]顾琳 著　王玉茹 张玮 李进霞 译
《明清时代东亚海域的文化交流》　[日]松浦章 著　郑洁西 译
《皇帝和祖宗:华南的国家与宗族》　科大卫 著　卜永坚 译
《中国善书研究》　[日]酒井忠夫 著　刘岳兵 何英莺 孙雪梅 译
《大萧条时期的中国:市场、国家与世界经济》　[日]城山智子 著　孟凡礼 尚国敏 译
《虎、米、丝、泥:帝制晚期华南的环境与经济》　[美]马立博 著　王玉茹 译
《矢志不渝:明清时期的贞女现象》　[美]卢苇菁 著　秦立彦 译
《山东叛乱:1774年的王伦起义》　[美]韩书瑞 著　刘平 唐雁超 译
《一江黑水:中国未来的环境挑战》　[美]易明 著　姜智芹 译
《施剑翘复仇案:民国时期公众同情的兴起与影响》　[美]林郁沁 著　陈湘静 译
《工程国家:民国时期(1927-1937)的淮河治理及国家建设》　[美]戴维·艾伦·佩兹 著　姜智芹 译
《西学东渐与中国事情》　[日]增田涉 著　周启乾 译
《铁泪图:19世纪中国对于饥馑的文化反应》　[美]艾志端 著　曹曦 译
《危险的边疆:游牧帝国与中国》　[美]巴菲尔德 著　袁剑 译

《华北的暴力与恐慌:义和团运动前夕基督教传播和社会冲突》 [德]狄德满 著 崔华杰 译
《历史宝筏:过去、西方与中国的妇女问题》 [美]季家珍 著 杨可 译
《姐妹们与陌生人:上海棉纱厂女工,1919—1949》 [美]艾米莉·洪尼格 著 韩慈 译
《银线:19世纪的世界与中国》 林满红 著 詹庆华 林满红 译
《寻求中国民主》 [澳]冯兆基 著 刘悦斌 徐硙 译
《中国乡村的基督教:1860—1900江西省的冲突与适应》 [美]史维东 著 吴薇 译
《认知变异:反思人类心智的统一性与多样性》 [英]G.E.R.劳埃德 著 池志培 译
《假想的"满大人":同情、现代性与中国疼痛》 [美]韩瑞 著 袁剑 译
《男性特质论:中国的社会与性别》 [澳]雷金庆 著 [澳]刘婷 译
《中国的捐纳制度与社会》 伍跃 著
《文书行政的汉帝国》 [日]富谷至 著 刘恒武 孔李波 译
《城市里的陌生人:中国流动人口的空间、权力与社会网络的重构》 [美]张骊 著 袁长庚 译
《重读中国女性生命故事》 游鉴明 胡缨 季家珍 主编
《跨太平洋位移:20世纪美国文学中的民族志、翻译和文本间旅行》 黄运特 著 陈倩 译
《近代日本的中国认识》 [日]野村浩一 著 张学锋 译
《性别、政治与民主:近代中国的妇女参政》 [澳]李木兰 著 方小平 译
《狮龙共舞:一个英国人眼中的威海卫与中国文化》 [英]庄士敦 著 刘本森 译
《中国社会中的宗教与仪式》 [美]武雅士 著 彭泽安 邵铁峰 译 郭潇威 校
《大象的退却:一部中国环境史》 [英]伊懋可 著 梅雪芹 毛利霞 王玉山 译
《自贡商人:早期近代中国的企业家》 [美]曾小萍 著 董建中 译
《人物、角色与心灵:〈牡丹亭〉与〈桃花扇〉中的身份认同》 [美]吕立亭 著 白华山 译
《明代江南土地制度研究》 [日]森正夫 著 伍跃 张学锋 等译 范金民 夏维中 审校
《儒学与女性》 [美]罗莎莉 著 丁佳伟 曹秀娟 译
《权力关系:宋代中国的家族、地位与国家》 [美]柏文莉 著 刘云军 译
《行善的艺术:晚明中国的慈善事业》 [美]韩德林 著 吴士勇 王桐 史桢豪 译
《近代中国的渔业战争和环境变化》 [美]穆盛博 著 胡文亮 译
《工开万物:17世纪中国的知识与技术》 [德]薛凤 著 吴秀杰 白岚玲 译
《权力源自地位:北京大学、知识分子与中国政治文化,1898—1929》 [美]魏定熙 著 张蒙 译
《忠贞不贰?——辽代的越境之举》 [英]史怀梅 著 曹流 译
《两访中国茶乡》 [英]罗伯特·福琼 著 敖雪岗 译
《古代中国的动物与灵异》 [英]胡司德 著 蓝旭 译
《内藤湖南:政治与汉学(1866—1934)》 [美]傅佛果 著 陶德民 何英莺 译

七、历史研究系列
《中国近代通史》(10卷) 张海鹏 主编
《极端的年代》 [英]艾瑞克·霍布斯鲍姆 著 马凡 等译
《漫长的20世纪》 [意]杰奥瓦尼·阿瑞基 著 姚乃强 译
《在传统与变革之间:英国文化模式溯源》 钱乘旦 陈晓律 著
《世界现代化历程》(10卷) 钱乘旦 主编
《近代以来日本的中国观》(6卷) 杨栋梁 主编
《中华民族凝聚力的形成与发展》 卢勋 杨保隆 等著
《明治维新》 [英]威廉·G.比斯利 著 张光 汤金旭 译
《在垂死皇帝的王国:世纪末的日本》 [美]诺玛·菲尔德 著 曾霞 译

《美国的艺伎盟友》 [美]涩泽尚子 著 油小丽 牟学苑 译
《戊戌政变的台前幕后》 马勇 著
《战后东北亚主要国家间领土纠纷与国际关系研究》 李凡 著
《战后西亚国家领土纠纷与国际关系》 黄民兴 谢立忱 著
《民国首都南京的营造政治与现代想象(1927-1937)》 董佳 著
《战后日本史》 王新生 著
《衣被天下:明清江南丝绸史研究》 范金民 著

八、当代思想前沿系列
《世纪末的维也纳》 [美]卡尔·休斯克 著 李锋 译
《莎士比亚的政治》 [美]阿兰·布鲁姆 哈瑞·雅法 著 潘望 译
《邪恶》 [英]玛丽·米奇利 著 陆月宏 译
《知识分子都到哪里去了:对抗21世纪的庸人主义》 [英]弗兰克·富里迪 著 戴从容 译
《资本主义文化矛盾》 [美]丹尼尔·贝尔 著 严蓓雯 译
《流动的恐惧》 [英]齐格蒙特·鲍曼 著 谷蕾 杨超 等译
《流动的生活》 [英]齐格蒙特·鲍曼 著 徐朝友 译
《流动的时代:生活于充满不确定性的年代》 [英]齐格蒙特·鲍曼 著 谷蕾 武媛媛 译
《未来的形而上学》 [美]爱莲心 著 余日昌 译
《感受与形式》 [美]苏珊·朗格 著 高艳萍 译
《资本主义及其经济学:一种批判的历史》 [美]道格拉斯·多德 著 熊婴 译 刘思云 校
《异端人物》 [英]特里·伊格尔顿 著 刘超 陈叶 译
《哲学俱乐部:美国观念的故事》 [美]路易斯·梅南德 著 肖凡 鲁帆 译
《文化理论关键词》 [英]丹尼·卡瓦拉罗 著 张卫东 张生 赵顺宏 译
《齐格蒙特·鲍曼:后现代性的预言家》 [英]丹尼斯·史密斯 著 佘江涛 译
《公共领域中的伦理学》 [英]约瑟夫·拉兹 著 葛四友 主译
《文化模式批判》 崔平 著
《谁是罗兰·巴特》 汪民安 著
《身体、空间与后现代性》 汪民安 著
《时间、空间与伦理学基础》 [美]爱莲心 著 高永旺 李孟国 译

九、教育理论研究系列
《教育研究方法导论》 [美]梅雷迪斯·D.高尔等 著 许庆豫 等译
《教育基础》 [美]阿伦·奥恩斯坦 著 杨树兵 等译
《教育伦理学》 贾馥茗 著
《认知心理学》 [美]罗伯特·L.索尔索 著 何华 等译
《现代心理学史》 [美]杜安·P.舒尔茨 著 叶浩生 等译
《学校法学》 [美]米歇尔·W.拉莫特 著 许庆豫 等译

十、艺术理论研究系列
《弗莱艺术批评文选》 [英]罗杰·弗莱 著 沈语冰 译
《另类准则:直面20世纪艺术》 [美]列奥·施坦伯格 著 沈语冰 刘凡 谷光曙 译
《当代艺术的主题:1980年以后的视觉艺术》 [美]简·罗伯森 克雷格·迈克丹尼尔 著 匡骁 译
《艺术与物性:论文与评论集》 [美]迈克尔·弗雷德 著 张晓剑 沈语冰 译

《现代生活的画像:马奈及其追随者艺术中的巴黎》　[英]T.J.克拉克 著　沈语冰 诸葛沂 译
《自我与图像》　[英]艾美利亚·琼斯 著　刘凡 谷光曙 译
《博物馆怀疑论:公共美术馆中的艺术展览史》　[美]大卫·卡里尔 著　丁宁 译
《艺术社会学》　[英]维多利亚·D.亚历山大 著　章浩 沈杨 译
《云的理论:为了建立一种新的绘画史》　[法]于贝尔·达米施 著　董强 译
《杜尚之后的康德》　[比]蒂埃利·德·迪弗 著　沈语冰 张晓剑 陶铮 译
《蒂耶波洛的图画智力》　[美]斯维特拉娜·阿尔珀斯 迈克尔·巴克森德尔 著　王玉冬 译
《伦勃朗的企业:工作室与艺术市场》　[美]斯维特拉娜·阿尔珀斯 著　冯白帆 译
《新前卫与文化工业》　[美]本雅明·布赫洛 著　何卫华 史岩林 桂宏军 钱纪芳 译
《现代艺术:19与20世纪》　[美]迈耶·夏皮罗 著　沈语冰 何海 译
《重构抽象表现主义:20世纪40年代的主体性与绘画》　[美]迈克尔·莱雅 著　毛秋月 译
《神经元艺术史》　[英]约翰·奥尼恩斯 著　梅娜芳 译
《实在的回归:世纪末的前卫艺术》　[美]哈尔·福斯特 著　杨娟娟 译
《德国文艺复兴时期的椴木雕刻家》　[德]巴克森德尔 著　殷树喜 译
《艺术的理论与哲学:风格、艺术家和社会》　[美]迈耶·夏皮罗 著　沈语冰 王玉冬 译

十一、中国经济问题研究系列
《中国经济的现代化:制度变革与结构转型》　肖耿 著
《世界经济复苏与中国的作用》　[英]傅晓岚 编　蔡悦 等译
《中国未来十年的改革之路》　《比较》研究室 编
《大失衡:贸易、冲突和世界经济的危险前路》　[美]迈克尔·佩蒂斯 著　王璟 译
《中国经济新转型》　[日]青木昌彦 吴敬琏 编　姚志敏 等译
《经济全球化与中国产业发展》　刘志彪 著

十二、艺术与社会系列
《艺术界》　[美]霍华德·S.贝克尔 著　卢文超 译
《寻找如画美:英国的风景美学与旅游,1760—1800》　[英]马尔科姆·安德鲁斯 著　张箭飞
　韦照周 译

十三、公共管理系列
《更快 更好 更省?》　[美]达尔·W.福赛斯 著　范春辉 译
《公共行政的行动主义》　张康之 著
《美国能源政策:变革中的政治、挑战与前景》　[美]劳任斯·R.格里戴维·E.麦克纳布 著　付
　满 译

十四、智库系列
《经营智库:成熟组织的实务指南》　[美]雷蒙德·J.斯特鲁伊克 著　李刚 等译　陆扬 校
《日本经济:演进与超越》　[日]谷内满 著　杨林生 王婷 译
《新加坡发展的经验与教训》　[新加坡]严崇涛 著
《儿童保护:美国经验及其启示》　杨敏 著